W0315641

SPÉCIALITÉ

Physique Chimie

Première

PRÉPAS SCIENCES

collection dirigée par Bertrand Hauchecorne

SPÉCIALITÉ

Physique Chimie Première

NOUVEAUX PROGRAMMES

Cédric ROUX

Professeur au lycée Camille Corot (Morestel)

avec la collaboration de

Lionel VIDAL

Professeur au lycée Vaucanson (Grenoble)

Olivier DUHAMEL

Professeur au lycée Gabriel Faure (Tournon-sur-Rhône)

ellipses

COLLECTION
PRÉPAS SCIENCES

Retrouvez tous les titres de la collection et des extraits sur www.editions-ellipses.fr

ISBN 9782340-042384
© Ellipses Édition Marketing S.A., 2020
32, rue Bargue 75740 Paris cedex 15

DANGER
LE PHOTOCOPILLAGE TUE LE LIVRE

Le Code de la propriété intellectuelle n'autorisant, aux termes de l'article L. 122-5.2° et 3°a), d'une part, que les « copies ou reproductions strictement réservées à l'usage privé du copiste et non destinées à une utilisation collective », et d'autre part, que les analyses et les courtes citations dans un but d'exemple et d'illustration, « toute représentation ou reproduction intégrale ou partielle faite sans le consentement de l'auteur ou de ses ayants droit ou ayants cause est illicite » (art. L. 122-4).
Cette représentation ou reproduction, par quelque procédé que ce soit constituerait une contrefaçon sanctionnée par les articles L. 335-2 et suivants du Code de la propriété intellectuelle.

www.editions-ellipses.fr

Préface

Réussir la physique et la chimie en Première !

Pourquoi pas ? En Première, le baccalauréat semble encore loin mais déjà à ce stade se construisent les bases de la réussite. En un mot, il est déjà temps de se préparer à affronter les études supérieures dans des filières exigeantes. Coordonné par un professeur de Prépa mais écrit par un professeur enseignant en classe de Première, cet ouvrage répond à cet objectif. Aussi, sera-t-il particulièrement utile à ceux qui souhaitent acquérir un très bon niveau en **spécialité physique-chimie** dans l'optique d'une **poursuite d'études supérieures** en classe préparatoire ou dans une formation dans laquelle les sciences physiques sont l'une des composantes importantes comme dans une licence scientifique, dans des études de médecine ou plus généralement de santé.

Tout en suivant strictement le programme, ce livre l'appréhende différemment car il insiste sur les points délicats, il présente des approches plus théoriques mais surtout, il facilite la compréhension des méthodes de raisonnement et de résolution qui sont la clé de la réussite dans les études supérieures scientifiques. Il permet ainsi l'acquisition de connaissances solides.

La structure de chaque chapitre est identique.

- **Le résumé de cours** vous remet en mémoire tous les résultats à savoir. Il vous permet d'accéder à une connaissance synthétique du cours. Sa relecture est indispensable avant un devoir en classe.
- **La partie « méthodes »** vous initie aux techniques utiles pour résoudre les exercices classiques. Complément indispensable du cours, elle l'éclaire et l'illustre.
- **La partie « vrai/faux »** vous permet de tester votre recul par rapport au programme, vous révèle les mauvais réflexes à corriger et vous met en garde contre les erreurs classiques.
- **Les exercices** sont incontournables pour assimiler le programme et pour acquérir un niveau très satisfaisant. Des indications, que les meilleurs pourront ignorer, permettent d'avancer selon son niveau. Les corrigés sont rédigés avec soin et de manière exhaustive.

Ainsi ce livre complète celui utilisé en cours. Il permet d'aborder avec aisance les interrogations, les devoirs surveillés et bien sûr d'assurer de bonnes bases qui seront si utiles plus tard. En outre, il procure une **compréhension approfondie** des sciences physiques étudiées en spécialité de la classe de Première et offre ainsi les meilleures conditions pour **réussir sa Terminale et, par la suite, son entrée dans les études supérieures**.

Bertrand Hauchecorne

Sommaire

Chapitre 1

Vision et images

La vision est l'organe essentiel de notre perception du monde par l'intermédiaire de l'œil. La conception de lentilles a permis de corriger nos défauts de vision. Plus généralement, grâce à la compréhension de la formation des images on a pu concevoir des objets nouveaux comme l'appareil photographique.

Un scientifique

René **Descartes** (1596-1650) est avant tout célèbre pour la rédaction du *Discours de la méthode*. Dans ce livre, publié en 1637, il énonce les règles d'une bonne démarche scientifique. En appendice de cet ouvrage, il publie trois textes pour illustrer sa méthode. C'est dans l'un d'entre eux, *la Dioptrique*, qu'il énonce ses découvertes dans le domaine de l'optique permettant des progrès dans la fabrication de lentilles. Sur son nom, on a construit l'adjectif *cartésien* qui qualifie un esprit rationnel et rigoureux. On lui doit aussi, en géométrie, l'introduction des coordonnées dans un plan ; c'est pourquoi on parle de *repère cartésien*.

LE SAVIEZ-VOUS ?

La loi de la réfraction en optique porte en France le nom de **Descartes**. En réalité, un mathématicien hollandais, Willebrord **Snell** (1580-1626), l'avait énoncée avant lui. En 1657, un autre mathématicien, Pierre **de Fermat** avait justifié cette loi par le principe de moindre temps : le rayon lumineux parcourant l'espace en minimisant le temps de parcours.

Objectifs

Les notions que je dois maîtriser

- ▷ Lentilles convergentes
- ▷ Distance focale et vergence
- ▷ Relation de conjugaison d'une lentille mince convergente (formule de Descartes)
- ▷ Image réelle, image virtuelle, image droite, image renversée

Les compétences que je dois acquérir

- ▷ Déterminer graphiquement la position, la taille et le sens de l'image d'un objet par une lentille convergente
- ▷ Exploiter les relations de conjugaison et de grandissement pour déterminer la position et la taille de l'image d'un objet-plan réel

■■ Résumé de cours

■ Rappels sur les lentilles minces convergentes

❑ Description des lentilles minces convergentes

Une lentille mince est un objet transparent (en verre ou plexiglas par exemple) composé de deux dioptres susceptibles de dévier des rayons lumineux par réfraction. Le **centre optique** de la lentille est souvent noté O et son **axe optique**, axe privilégié de la lentille autour duquel sa rotation laisse le système inchangé, est noté Δ ou A.O. Une lentille mince convergente est schématisée par une double flèche dont la médiatrice est l'axe optique.

Dessin d'une lentille mince convergente

Schéma d'une lentille mince convergente

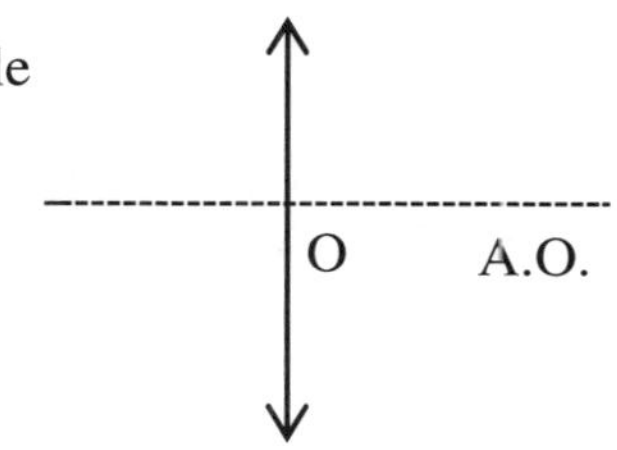

❑ Convergence de la lumière

La forme convexe des bords de la lentille mince convergente lui confère la propriété de faire converger la lumière d'un faisceau lumineux. Cette propriété peut être mise à profit pour concentrer un faisceau de lumière sur une zone réduite, technique employée pour allumer un feu à l'aide d'une loupe.

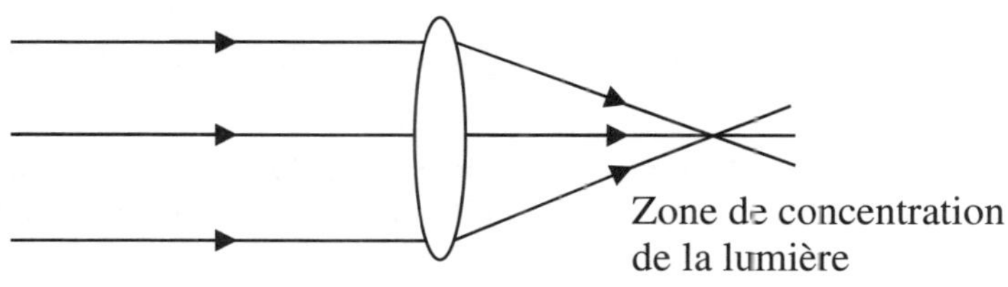

❑ Repérage d'un point

Le sens de propagation de la lumière sera pris de la gauche vers la droite. Pour repérer un point A sur l'axe optique par rapport au centre optique O de la lentille, la **distance algébrique** $\overline{OA}$ sera utilisée. $\overline{OA}$ est la distance entre O et A affectée d'un signe + si A est à droite de O ou d'un signe – si A est à gauche de O. Ainsi $\overline{OA} = -\overline{AO}$. De même pour [AB] perpendiculaire à l'axe optique, par convention $\overline{AB}$ sera affecté d'un signe + si B est au-dessus de A ou d'un signe – si B est au-dessous de A. $\overline{OA}$ indique la position d'un objet par rapport à la lentille, $\overline{AB}$ indique sa taille et son sens.

Exemple

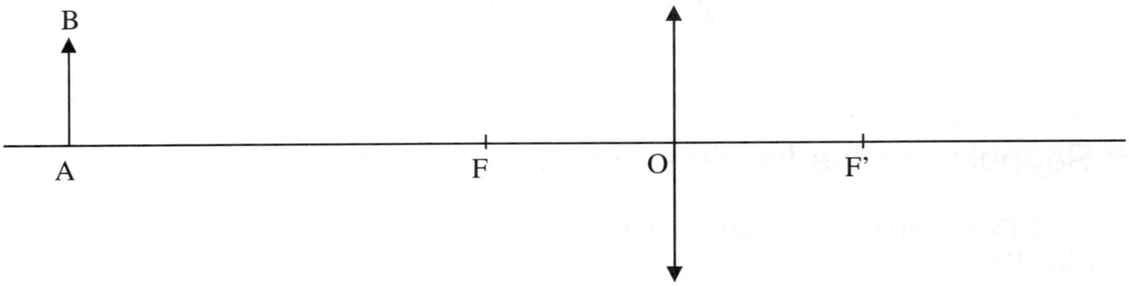

Ici $\overline{OA} < 0$ et $\overline{AB} > 0$.

❑ Distance focale et vergence

Les **foyers objet** (noté **F**) et **image** (noté **F'**) sont des points particuliers d'une lentille. Ils sont situés de part et d'autre de la lentille à une distance appelée **distance focale** (notée **f'**) du centre optique. Ainsi $f' = \overline{OF'} = \overline{FO} > 0$. F, foyer objet, sera toujours du côté de l'objet, par convention à gauche de la lentille. Les opticiens caractérisent les lentilles par leur **vergence**, notée **C** ou **V**, exprimée en **dioptries** (**δ**). V et f' sont reliés par la relation :

$$\boxed{V = \frac{1}{f'}}$$

V : vergence en δ
f' : distance focale en m

Remarque

L'unité dioptrie correspond à m^{-1} tout comme Hz correspond à s^{-1} (cours de 2de).

❑ Chemin d'un rayon

Un rayon incident sur une lentille convergente n'est pas dévié s'il passe par O. Un rayon incident sur une lentille convergente passant par F émerge de la lentille parallèlement à l'axe optique. Un rayon incident sur une lentille convergente parallèlement à l'axe optique émerge de la lentille en passant par F '.

⇨ **Méthode 1.1. Déterminer graphiquement la position, la taille et le sens de l'image d'un objet plan donné, par une lentille convergente**

■ Formation d'images

❑ Objet et image

D'un **objet** lumineux AB, une lentille mince convergente donne une **image** A'B'. Tout rayon lumineux incident passant par A émerge de la lentille en passant par A'. Idem pour B et B'. On dit que A' est l'image de A, B' l'image de B, A'B' celle de AB. L'objet situé à gauche de la lentille sur un schéma est qualifié de **réel**. L'image sera qualifiée de **réelle** si elle se trouve à droite de la lentille ou de **virtuelle** si elle se situe à gauche de la lentille.

⇨ **Méthode 1.3. Déterminer la position de l'image d'un objet situé à l'infini**
⇨ **Méthode 1.4. Déterminer graphiquement la position d'une image virtuelle**

❑ Relation de conjugaison

Les grandeurs $\overline{OA}$ et $\overline{OA'}$ indiquant les positions de l'objet et de son image sont reliées par la relation de conjugaison :

$$\boxed{\frac{1}{\overline{OA'}} - \frac{1}{\overline{OA}} = \frac{1}{f'}}$$

$\overline{OA}$; $\overline{OA'}$ et f' sont exprimés dans les mêmes unités. Il est conseillé de les exprimer en m.

❑ Grandissement

Le **grandissement**, noté **γ**, sans unité, est donné par :

$$\boxed{\gamma = \frac{\overline{A'B'}}{\overline{AB}} = \frac{\overline{OA'}}{\overline{OA}}}$$

Les grandeurs $\overline{A'B'}$, $\overline{AB}$, $\overline{OA'}$ et $\overline{OA}$ sont exprimées dans les mêmes unités.

$|\gamma| > 1$ implique que l'image est plus grande que l'objet.
$\gamma > 0$ implique que l'image est **droite** (dans le même sens que l'objet).
$\gamma < 0$ implique que l'image est **renversée** (dans le sens contraire de celui de l'objet).

⇨ **Méthode 1.2. Déterminer la position et la taille d'une image à l'aide de la relation de conjugaison et du grandissement**

■■ Méthodes

■ Comment déterminer les caractéristiques de l'image ?

❑ Méthode 1.1. Déterminer graphiquement la position, la taille et le sens de l'image d'un objet plan donné, par une lentille convergente

Cette méthode permet de déterminer position et taille de l'image d'un objet par un tracé de rayons. Sa précision dépend du soin des tracés. Le schéma doit être à une échelle raisonnable : trop petit, les mesures seront imprécises, trop grand, il ne rentrera pas sur la copie. La méthode consiste à tracer 2 des 3 rayons particuliers.

⇨ **Exercices 1.1 à 1.4.**

Considérons un objet lumineux P utilisé en TP, de 7,5 cm de hauteur, situé à 40,0 cm d'une lentille mince convergente de V = 8,00 δ. À quelle distance de la lentille doit être placé un écran afin qu'il s'y forme une image nette de l'objet ?

D'abord il faut déterminer f' : $f' = \frac{1}{V} = \frac{1}{8,00} = 0,125 \text{ m} = \boxed{12,5 \text{ cm}}$.

Le schéma initial est donc : échelle 1/5 : 5 cm (réel) ⇔ 1,0 cm (schéma)

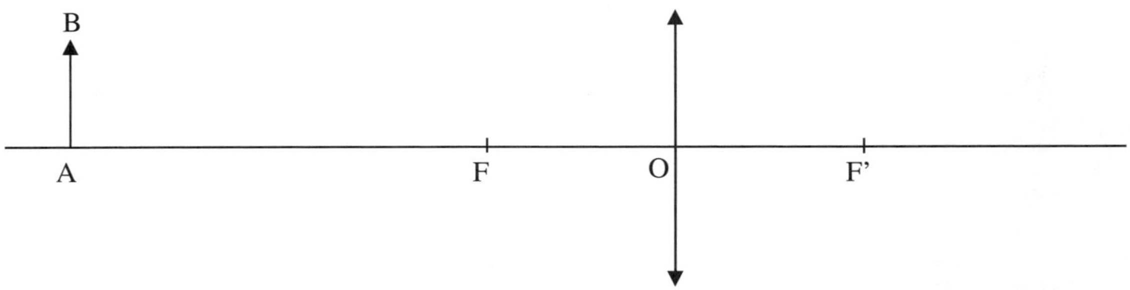

Par la méthode des tracés, il faut deux des trois rayons particuliers afin de déterminer l'image du point B. Arbitrairement, le premier sera ici celui passant par B, arrivant vers la lentille parallèlement à l'axe optique, il ressort de la lentille en passant par F' :

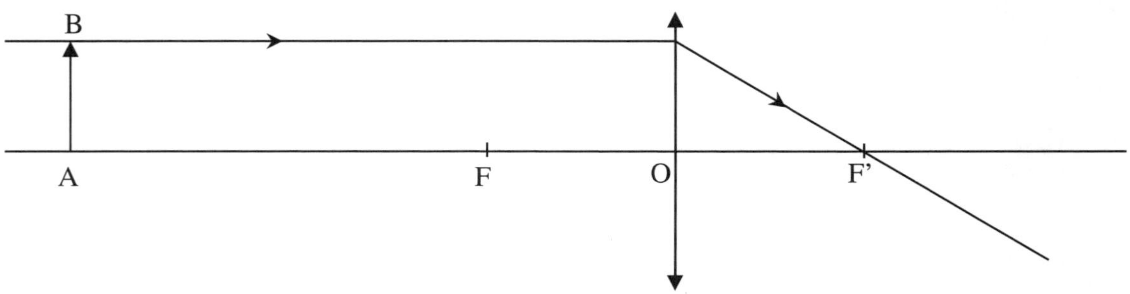

Ensuite un second rayon particulier, ici ce sera celui passant par B et F, il émerge de la lentille parallèlement à l'axe optique. À son croisement se trouve B', image de B.

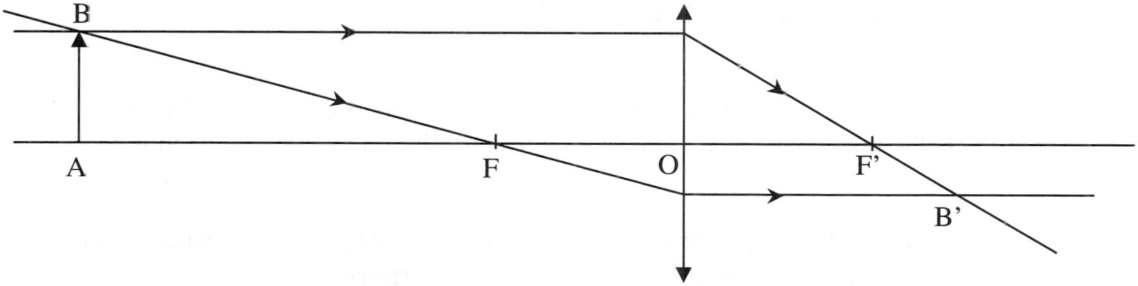

Le troisième rayon, passant par B et O, le centre optique, n'étant pas dévié, aurait tout aussi bien pu être utilisé. Il ne coûte pas grand-chose de le tracer aussi, cela est même recommandé afin de vérifier qu'il passe bien par B'.

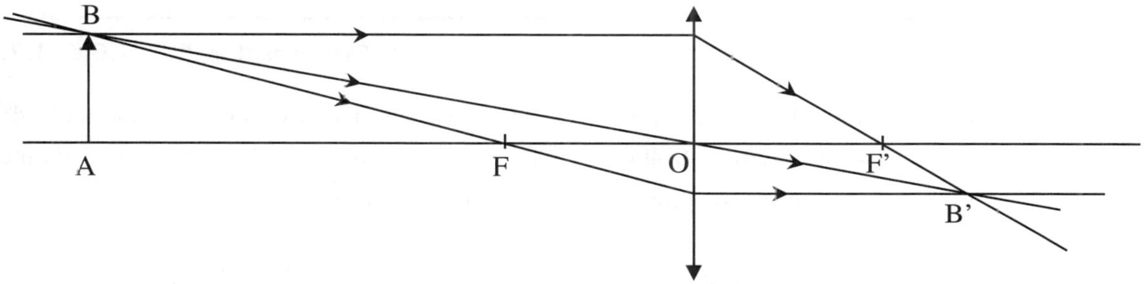

A étant sur l'axe optique, A' l'est aussi. Pour trouver A', il suffit de projeter B' sur l'axe optique :

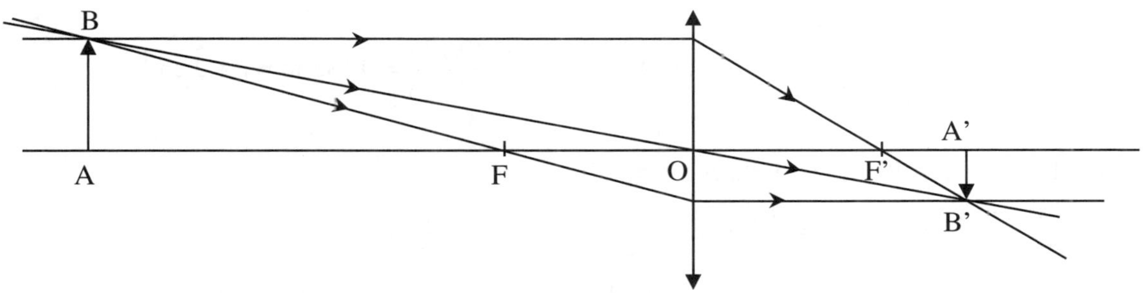

Méthodes

Il ne reste qu'à mesurer A'B' et OA' sur le schéma, calculer par proportionnalité avec l'échelle de réduction, on trouve OA' = 3,6 cm, A'B' = 0,7 cm. En tenant compte des grandeurs algébriques orientées et du facteur 5 d'échelle : $\boxed{\overline{OA'} = 18\text{ cm}}$ et $\boxed{\overline{A'B'} = -3,5\text{ cm}}$.

Remarque

Ces grandeurs dépendent de mesures faites à la règle, au mieux précises à 0,5 mm près ! Avec un facteur d'échelle de 5, nous ne pouvons garantir ces résultats à mieux que 2,5 mm près !

❑ Méthode 1.2. Déterminer la position et la taille d'une image à l'aide de la relation de conjugaison et du grandissement

> Cette méthode permet de déterminer position et taille de l'image d'un objet par le calcul. Il est indispensable de pouvoir manier la relation de conjugaison afin d'exprimer la grandeur recherchée en fonction des données.

⇨ **Exercices 1.2, 1.5, 1.6 et 1.7.**

Reprenons l'exemple cité dans la méthode 1.1. Une extraction des données importantes de l'énoncé donne : $\overline{OA} = -40,0\text{ cm} = -0,400\text{ m}$; $\overline{AB} = 7,5\text{ cm} = 0,075\text{ m}$. Le calcul de f' donne f' = 0,125 m. Il faut déterminer $\overline{OA'}$ puis $\overline{A'B'}$. D'abord, isolons $\overline{OA'}$:

En partant de la relation de conjugaison $\frac{1}{\overline{OA'}} - \frac{1}{\overline{OA}} = \frac{1}{f'}$, on a $\frac{1}{\overline{OA'}} = \frac{1}{f'} + \frac{1}{\overline{OA}}$ d'où en mettant sous le même dénominateur $\frac{1}{\overline{OA'}} = \frac{\overline{OA}}{\overline{OA} \times f'} + \frac{f'}{\overline{OA} \times f'} \rightarrow \frac{1}{\overline{OA'}} = \frac{\overline{OA} + f'}{\overline{OA} \times f'}$, en prenant l'inverse on obtient $\boxed{\overline{OA'} = \frac{\overline{OA} \times f'}{\overline{OA} + f'}}$. A.N. : $\overline{OA'} = \frac{-0,400 \times 0,125}{-0,400 + 0,125} = 0,182\text{ m} = \boxed{18,2\text{ cm}}$.

Pour déterminer $\overline{A'B'}$, il faut utiliser le grandissement :

$\gamma = \frac{\overline{A'B'}}{\overline{AB}} = \frac{\overline{OA'}}{\overline{OA}}$ d'où $\overline{A'B'} = \frac{\overline{OA'}}{\overline{OA}} \times \overline{AB} = \frac{18,2}{-40,0} \times 7,5 = \boxed{-3,4\text{ cm}}$.

Les résultats trouvés algébriquement confirment ceux trouvés géométriquement (méthode 1), avec plus de précision toutefois.

Remarque

Il est **indispensable** de savoir manier les équations **algébriques** avant d'introduire les valeurs numériques. Aussi, il est conseillé de s'entraîner à isoler $\overline{OA'}$ (démonstration ci-dessus), $\overline{OA}$ ou f'. Apprendre ces résultats est inutile, mais il est indispensable de pouvoir les retrouver :

$$\boxed{\overline{OA} = \frac{\overline{OA'} \times f'}{f' - \overline{OA'}}} \text{ et } \boxed{f' = \frac{\overline{OA} \times \overline{OA'}}{\overline{OA} - \overline{OA'}}}.$$

❑ Méthode 1.3. Déterminer la position de l'image d'un objet situé à l'infini

> Il faut être capable de définir l'infini sur l'axe optique ou hors axe optique et savoir trouver l'image d'un objet situé à l'infini. Pour cela il faut considérer l'infini comme un très grand nombre, ainsi « $\frac{1}{\infty}$ » peut être considéré comme nul (voir la notion de limites en mathématiques).

⇨ **Exercice 1.7.**

En optique, ou plus généralement en physique les grandeurs sont relatives les unes aux autres. Dire d'une grandeur qu'elle est grande ne signifie rien si on ne peut répondre « par rapport à quoi ? ». Par exemple 2000 euros est-elle une grande somme ? Oui à coup sûr pour un enfant qui compte s'acheter des bonbons, mais beaucoup moins lorsqu'on parle d'un budget d'État. De même 10 m ne représentent pas la même chose pour un marathonien ou un sprinter aux 100 m.

Remarque

En optique, nous considèrerons une distance infinie dès lors qu'elle sera plus de quelques dizaines de fois plus grande que toutes les autres.

Méthode géométrique

Considérons un objet situé à une très grande distance d'une lentille mince convergente, soit au moins quelques mètres en optique de TP. Tous les rayons parvenant à la lentille mince convergente sont donc tels qu'ils paraissent arriver parallèlement entre eux et à l'axe optique. D'après le cours, ils émergent tous de la lentille de manière à passer par F' :

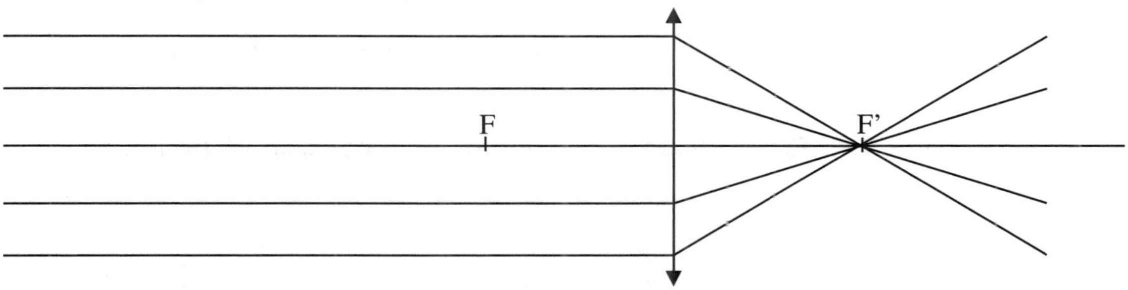

<u>Donc l'image par une lentille mince convergente d'un objet situé à l'infini sur l'axe optique se trouve en F', le foyer principal image de cette lentille.</u>

Dans le cas d'un objet situé à l'infini, hors de l'axe optique, deux rayons parmi les rayons incidents parallèles suffisent à trouver la position de l'image, on choisit ceux connus, celui qui passe par le centre optique O et celui qui passe par le foyer principal objet F. Le premier n'est pas dévié, le second ressort parallèle à l'axe optique. Ils se coupent en un point image par lequel passent tous les autres rayons :

Méthodes

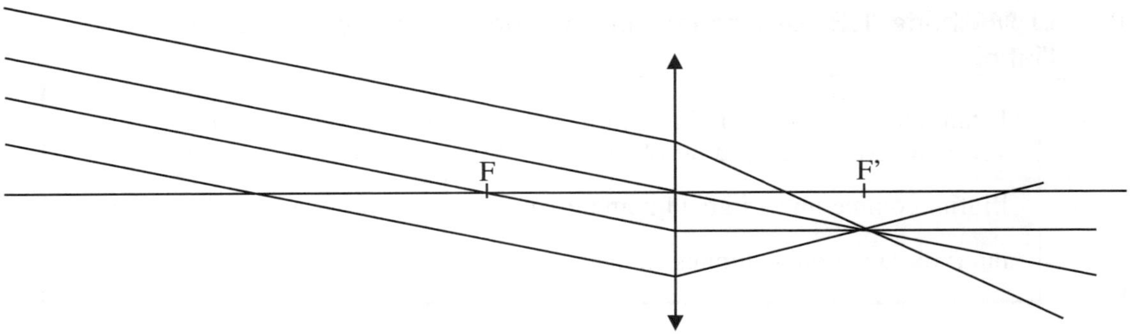

Méthode géométrique

Pour travailler avec la notion d'infini, des outils (les limites) seront abordées en mathématiques. En attendant, contentons-nous de comprendre une chose : une distance infinie étant très très grande (puisqu'infinie), l'inverse de cette distance est alors très très petit, pouvant être considéré nul. C'est comme si on partageait un gâteau. En 2 parts on voit 2 jolis morceaux, mais en 10 parts elles sont plus petites, en 100 ou en 1000, il ne reste plus grand-chose à chacun… en une infinité de parts, chaque part n'est constituée de rien. Si la notation ferait bondir à juste titre un mathématicien, pour comprendre, on dira que $\frac{1}{\infty} = 0$, de même $\frac{1}{-\infty} = -\frac{1}{\infty} = 0$.

Pour résoudre le cas d'un objet situé à l'infini, il faut voir que $\overline{OA} = -\infty$, donc $\frac{1}{\overline{OA}} = 0$.

Alors $\frac{1}{\overline{OA'}} - \frac{1}{\overline{OA}} = \frac{1}{f'}$ devient $\frac{1}{\overline{OA'}} = \frac{1}{f'}$ d'où $\boxed{\overline{OA'} = f'}$: l'image se trouve à distance focale de la lentille, soit en F', soit dans le plan perpendiculaire à l'axe optique en F' (on appelle ce plan le plan focal image).

❑ Méthode 1.4. Déterminer graphiquement la position d'une image virtuelle

Dans le cas d'objets comme la loupe, le but n'est pas de projeter l'image d'un objet sur l'écran. Lorsque l'objet se trouve à une distance inférieure à la distance focale, l'image se forme du même côté de la lentille que l'objet. On parle alors d'image **virtuelle**. Cette image est ainsi qualifiée car si elle est vue à un endroit précis, jamais les rayons lumineux ne l'atteignent.

⇨ **Exercice 1.3.**

Prenons par exemple cette situation initiale :

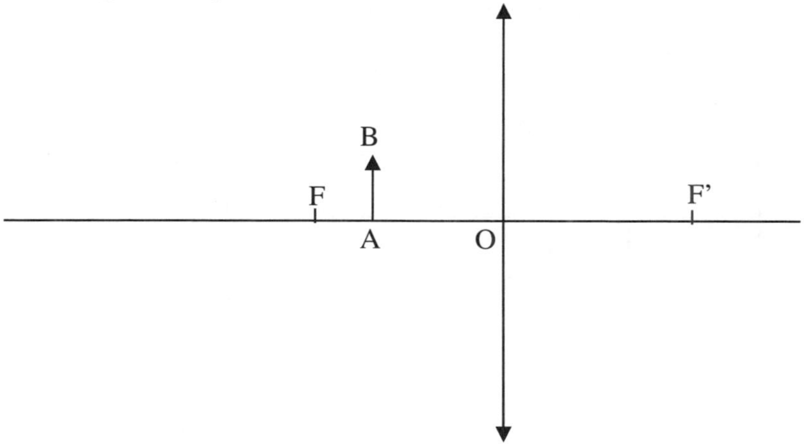

Le tracé de rayon classique du rayon incident passant par le centre de la lentille (non dévié) et du rayon incident passant par le foyer principal objet F (émergeant de la lentille parallèlement à l'axe optique) donne :

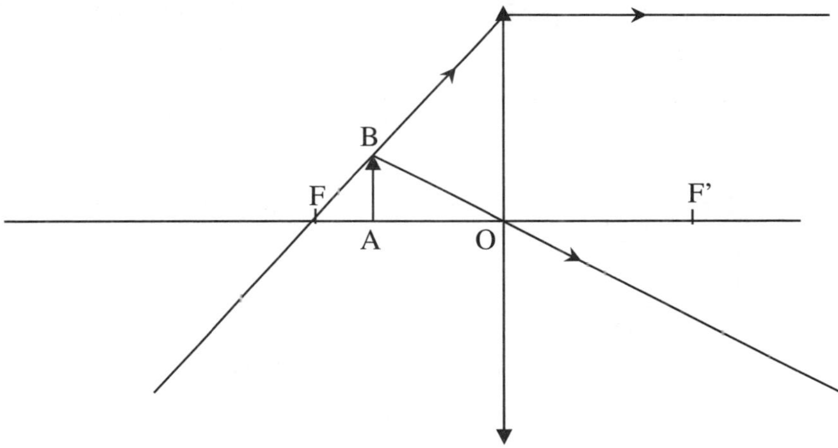

Cependant, on remarque que ces 2 rayons émergeant de la lentille ne se coupent pas à droite de la lentille. Aussi, il est important de se rappeler que <u>l'œil est sensible à la direction des rayons et est incapable de détecter des changements de direction de la lumière</u>, occasionnant des mirages par exemple (voir classe de 2de). Une personne située après la lentille verrait la lumière de ces rayons comme si elle était issue d'un point appartenant à la droite portant ces rayons. Prolongeons donc ces rayons :

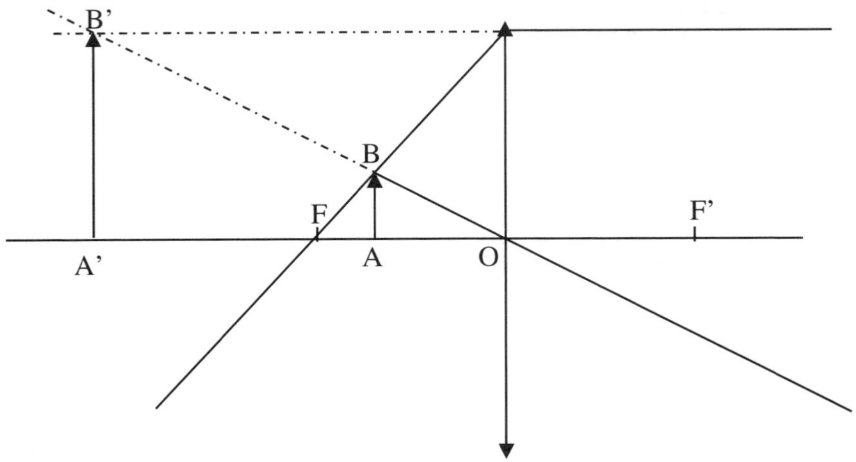

Ils sont sécants en un point B' qui est l'image virtuelle de B par la lentille. Les prolongements de rayons sont faits en pointillés car jamais la lumière ne passe par ces chemins, mais pour l'observateur, tout porte à le croire. A' se déduit une nouvelle fois par projection de B sur l'axe optique. Pour la construction, nous aurions pu choisir le rayon incident parallèle à l'axe optique passant par B, il émerge de la lentille en passant par F', traçons-le pour vérifier notre image :

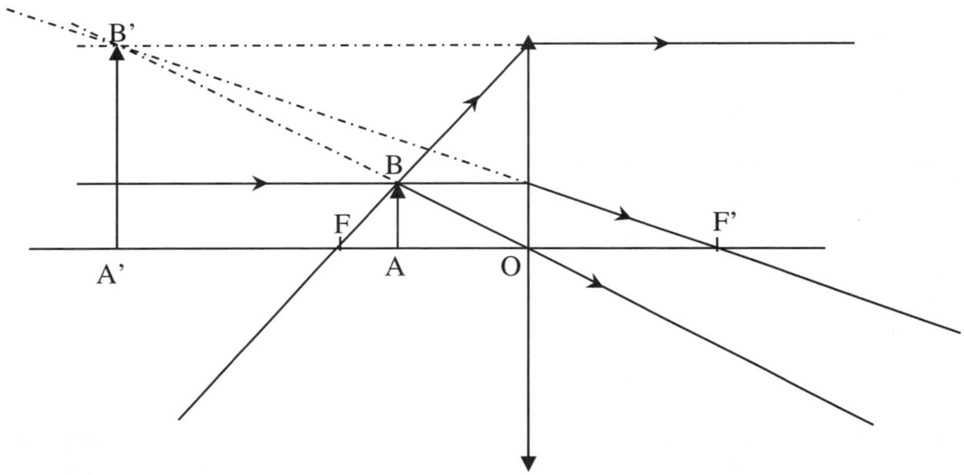

Ce rayon semble lui aussi provenir de B', ce qui confirme notre image trouvée précédemment.

Remarque

On peut noter ici qu'on retrouve bien le cas d'une loupe, l'objet étant mis près de la lentille, l'image est plus grande et non retournée pour celui qui l'observe.

Vrai/Faux

		Vrai	Faux
1.	La vergence d'une lentille convergente est toujours positive.	☐	☐
2.	Un rayon incident selon l'axe optique n'est pas dévié.	☐	☐
3.	Toute image d'un objet est observable sur un écran.	☐	☐
4.	Un seul rayon passant par une lentille mince convergente n'est pas dévié.	☐	☐
5.	Une image est systématiquement plus petite qu'un objet.	☐	☐
6.	Une image réelle est toujours renversée avec une lentille convergente.	☐	☐
7.	Pour des positions imposées d'un objet, d'une lentille et d'un écran, seul le choix de la vergence de la lentille peut permettre d'espérer obtenir une image nette de l'objet sur l'écran.	☐	☐
8.	Pour l'appareil photographique, seule la modification de la vergence de l'objectif (assimilable à une lentille mince convergente) permet d'obtenir l'image nette d'un objet situé à une distance fixée.	☐	☐
9.	Il est impossible pour une lentille de faire des images nettes simultanément sur un même écran d'un objet proche et d'un objet éloigné.	☐	☐
10.	Pour l'œil, toute image nette formée sur la rétine est réelle.	☐	☐

Énoncé des exercices

❑ Exercice 1.1. Prolongation de rayons

Prolonger les rayons de l'autre côté de la lentille dans les cas suivants :

1.

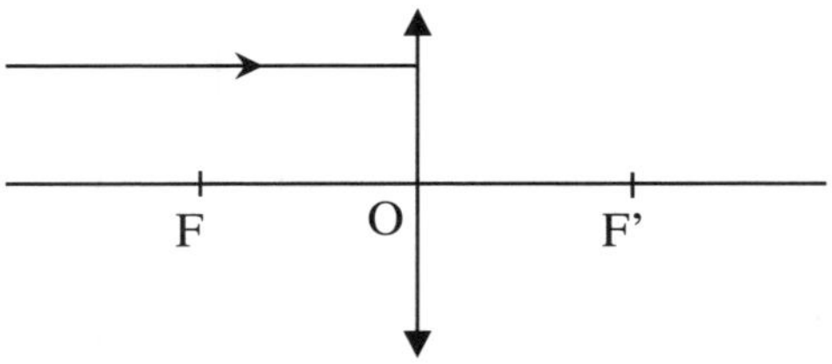

2.

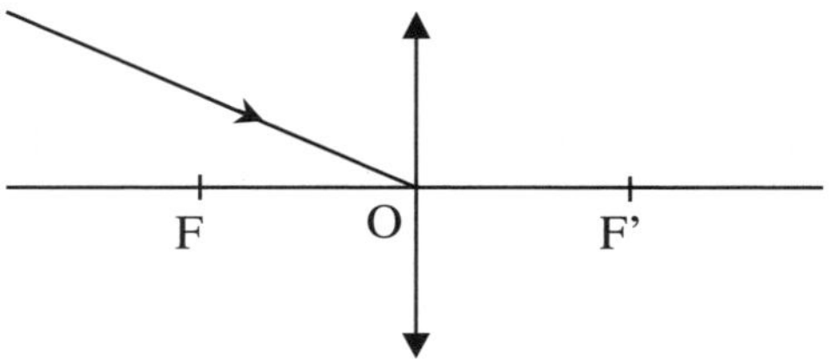

3.

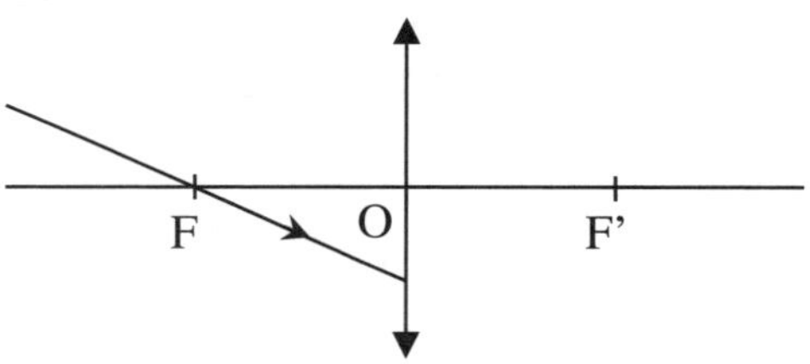

4.

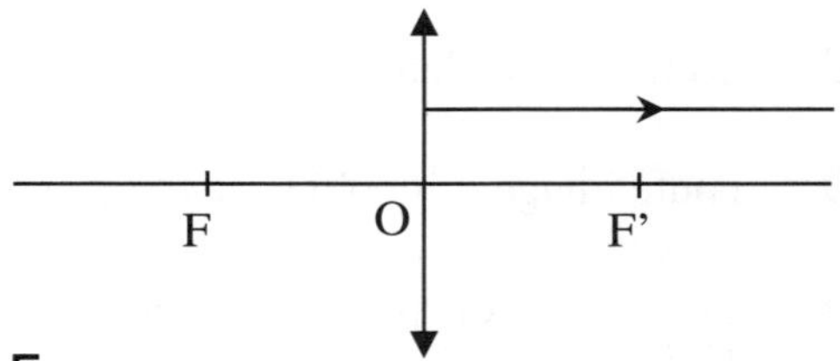

5.

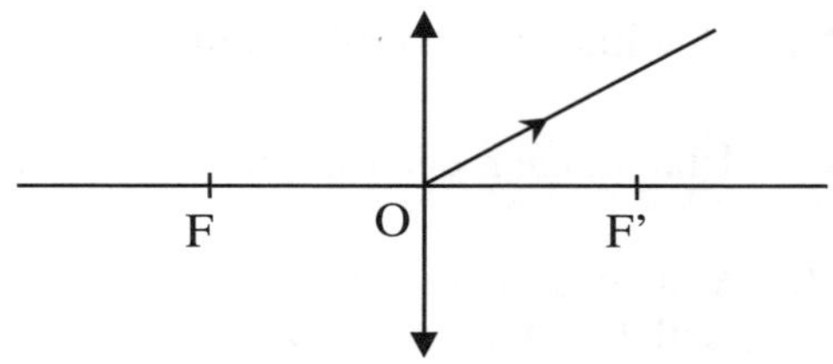

6.

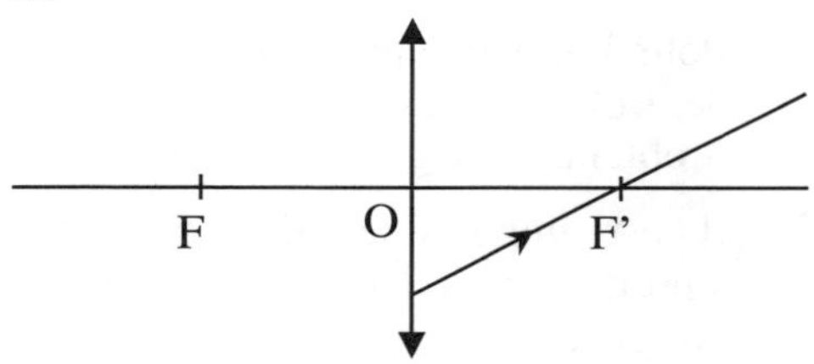

❑ Exercice 1.2. Formation d'images

Lors d'une séance de TP, Charlotte effectue l'image d'un objet lumineux « P » sur un écran à l'aide d'une lentille convergente de vergence $V = 8{,}00\ \delta$. Cette lentille est située à 15,0 cm de l'objet qui mesure 4,50 cm de haut.

1. a) Où Charlotte doit-elle placer son écran afin de former une image nette ?

b) Quel est alors le grandissement ? En déduire la taille de l'image, puis la commenter.

L'œil est un système complexe de formation d'images sur sa rétine à l'aide du cristallin jouant le rôle de lentille mince convergente. En ce moment vous regardez ce livre situé à 25 cm de vos yeux.

2. a) La rétine se situant à 17 mm derrière le cristallin, quelle est la vergence de vos cristallins ?

b) Ce livre mesure 24 cm de long, quelle est alors la taille de son image sur votre rétine ? Commentaire.

❑ Exercice 1.3. Détermination d'images

Dans chaque cas, déterminer géométriquement puis algébriquement en fonction de a la position des images.

1.

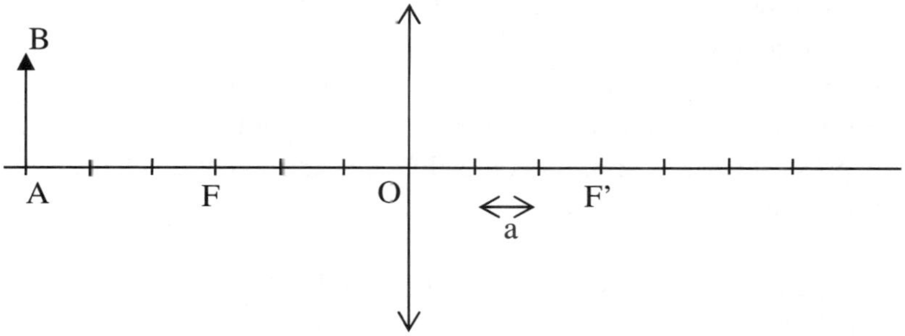

2.

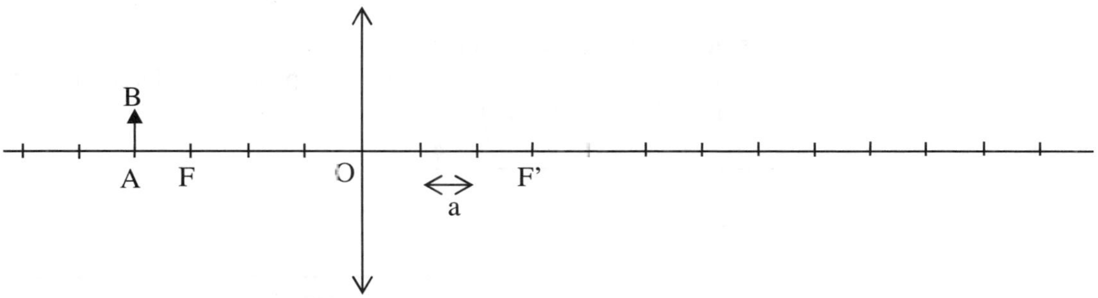

3.

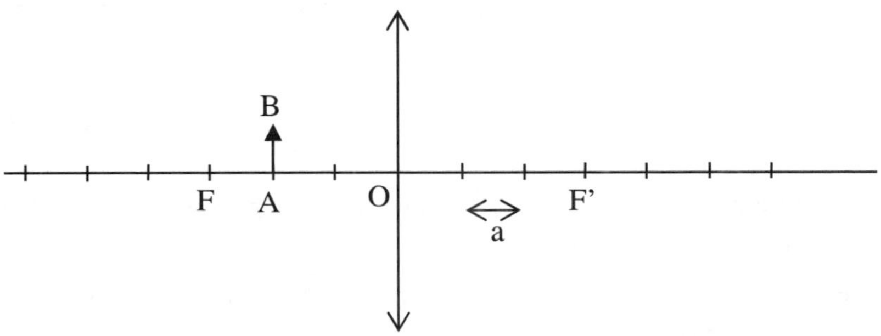

❑ Exercice 1.4. Lentille convergente inconnue

Une lentille convergente donne d'un objet AB mesurant 15 cm, une image retournée, deux fois plus grande, à une distance de 1,40 m de cet objet. Le but de cet exercice est de déterminer la position et la vergence de cette lentille.

1. Placer sur un schéma à l'échelle 1/10 l'objet et l'image.

2. À l'aide d'un tracé de rayon judicieux et argumenté, déterminer la position de la lentille.

3. Toujours à l'aide de tracés, déterminer les positions de F et de F', foyers principaux objet et image de la lentille.

4. Déduire la distance focale, puis calculer la vergence de la lentille.

❑ Exercice 1.5. Images d'une bougie

Le professeur de physique pose ses lunettes sur sa table durant une séance de correction de copies à la lumière d'une bougie. Il remarque alors sur le mur la formation de deux belles images, à l'envers, des bougies. Il décide de mesurer la distance de la bougie à ses lunettes et celle de ses lunettes au mur. Il trouve respectivement 76 cm et 1,48 m.

1. Pourquoi y a-t-il deux images sur le mur ?

2. a) Montrer qu'on pouvait prédire, avec le grandissement, que l'image serait à l'envers.

b) Calculer ce dernier. En déduire si les images sont plus grandes ou plus petites que la bougie.

3. Sur ses lunettes de vision de près est écrit « +2 ». Il décide alors de vérifier cette valeur.

a) Rappeler l'expression de la relation de conjugaison.

b) Isoler puis calculer f'.

c) Exprimer puis calculer la vergence. Ses lunettes correspondent-elles bien à l'indication ? Quelle unité a été oubliée par l'opticien ?

❑ Exercice 1.6. Démonstrations du cours**

À partir de la construction d'une image donnée ci-dessous, nous proposons de démontrer des propositions de l'optique des lentilles minces convergentes.

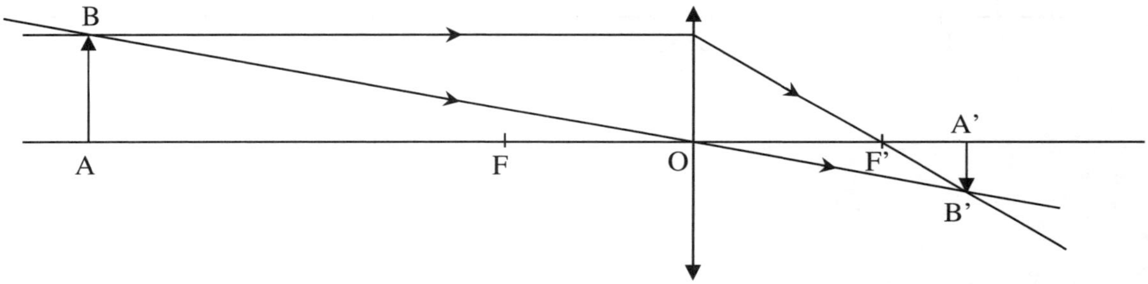

1. a) À l'aide des triangles rectangles OAB et OA'B', donner la relation liant $\overline{OA}$, $\overline{OA'}$, $\overline{AB}$ et $\overline{A'B'}$.

b) Soit J le projeté de B sur la lentille mince convergente. À l'aide des triangles rectangles OF'J et F'A'B', donner la relation liant $\overline{F'O}$, $\overline{F'A'}$, $\overline{OJ}$ et $\overline{A'B'}$.

c) En remarquant que $\overline{OJ} = \overline{AB}$, retrouver la formule de conjugaison liant $\overline{OA}$, $\overline{OA'}$ et $\overline{OF'}$

2. Démontrer qu'une image réelle est toujours renversée

3. Démontrer que, pour une image virtuelle, l'objet doit se situer entre le foyer principal objet et la lentille.

❑ Exercice 1.7. L'œil**

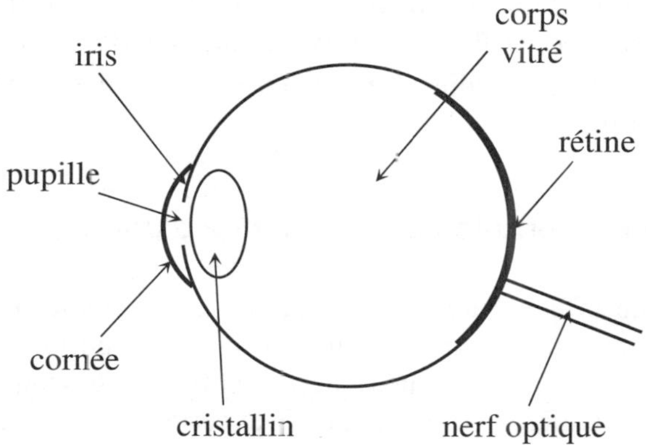

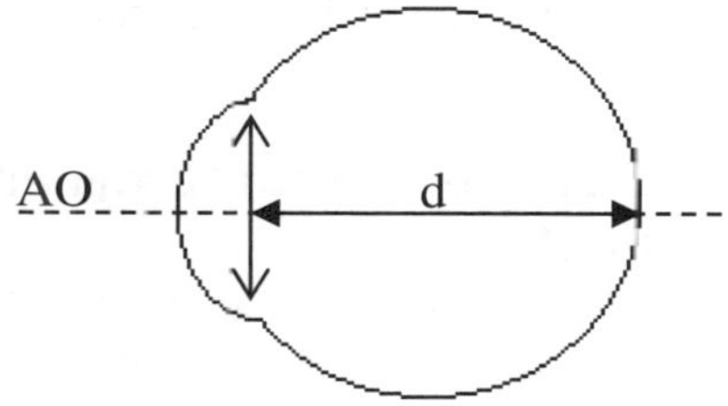

La distance d séparant le cristallin de la rétine de l'œil étudié est de 17,0 mm

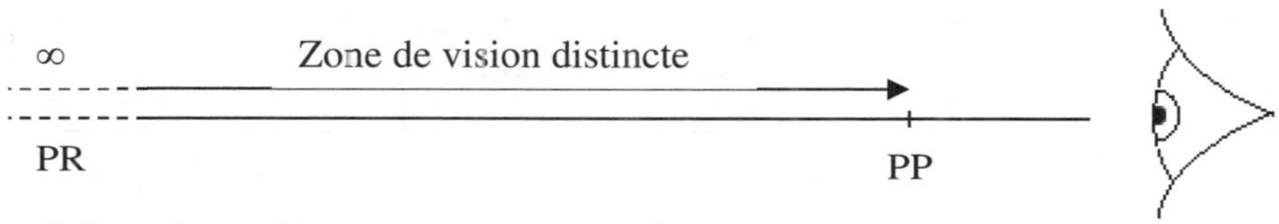

Pour un œil normal, (œil emmétrope) au repos, l'image d'un objet situé infiniment loin (en réalité à partir de quelques mètres) se forme sur la rétine. Si l'objet observé est plus proche, les muscles ciliaires augmentent la courbure du cristallin afin que l'image de cet objet se trouve toujours sur la rétine : l'œil accommode. Le cristallin est donc une lentille mince convergente de vergence variable, adaptable. Cependant si l'objet est trop près (moins de 10 à 15 cm), il est alors trop difficile d'accommoder, l'image se forme derrière la rétine : l'objet est vu flou. L'œil est donc capable de voir net en accommodant tout objet situé entre ces extrêmes nommés *Punctum Remotum* (PR, ici l'infini) et *Punctum Proximum* (PP, quelques centimètres). Au-delà de ces limites, l'œil n'est pas capable d'accommoder, les objets sont vus flous.

On modélise l'œil par une lentille mince convergente (cristallin) et un écran (rétine) situé à 17,0 mm de cette lentille.

1. Quelles sont les parties de l'œil qui jouent le rôle de lentille, d'écran et de diaphragme ?

2. a) Pourquoi l'œil doit-il accommoder ?

b) Comment cela est-il réalisé ?

c) Lorsqu'un objet se rapproche, la vergence du cristallin doit-elle augmenter ou diminuer ?

3. On considère un œil normal dont le PP se situe à 15,0 cm et le PR à l'infini. Entre quelles limites peuvent varier la distance focale et la vergence du cristallin ?

Lors de la lecture d'un journal, cet œil est situé à 25,0 cm des caractères d'imprimerie mesurant 4,0 mm de hauteur.

4. a) Calculer la vergence de l'œil

b) Quelle est la taille de l'image d'un caractère d'imprimerie sur la rétine ?

5. a) Entre quelles limites peuvent varier la distance focale et la vergence du cristallin d'un œil myope dont le PR est situé à 40,0 cm et le PP à 4,5 cm ?

b) Un œil myope est-il plus ou moins convergent qu'un œil normal ?

❑ Exercice 1.8. Projecteur de diapositives **

Un projecteur de diapositives utilisant une lentille mince convergente de distance focale $f' = 8{,}0\,\text{cm}$ forme avec un écran une image retournée de 90 cm à partir d'une diapositive de 25 mm. En couplant les relations de conjugaison et de grandissement, déterminer les positions de l'écran et de la diapositive par rapport à la lentille.

❑ Exercice 1.9. Détermination expérimentale de la vergence d'une lentille*

Mathys est chargé d'achever le TP de physique effectué avec Clara. Après avoir étudié les positions d'images et d'objets de quelques lentilles minces convergentes, la fin du TP porte sur l'étude d'une lentille mince convergente inconnue. Mathys dispose de ce tableau ci-dessous, dans lequel, avec sa binôme, il a complété les premières colonnes par 8 expériences avec la lentille inconnue.

	$\overline{OA}$ (m)	$\overline{OA'}$ (m)	γ	$\frac{1}{\overline{OA}}$ (m^{-1})	$\frac{1}{\overline{OA'}}$ (m^{-1})	…	…
Exp. n°1	– 0,500	0,166					
Exp. n°2	– 0,450	0,173					
Exp. n°3	– 0,400	0,182					
Exp. n°4	– 0,350	0,193					
Exp. n°5	– 0,300	0,215					
Exp. n°6	– 0,250	0,252					
Exp. n°7	– 0,200	0,335					
Exp. n°8	– 0,150	0,748					
					Moyenne		

1. Aider Mathys à compléter les 3 colonnes du tableau permettant d'obtenir γ, $\frac{1}{\overline{OA}}$ et $\frac{1}{\overline{OA'}}$.

2. Quelles colonnes pourraient être ajoutées à droite du tableau afin de caractériser la lentille ? Les ajouter puis les compléter. Caractériser alors cette lentille. Expliquer les éventuelles disparités.

3. Une question bonus est proposée en fin de TP : effectuer le tracé graphique, sur tableur, de $\frac{1}{\overline{OA'}}$ en fonction de $\frac{1}{\overline{OA}}$.

Quel type de courbe obtient-on ?

Pouvait-on s'y attendre ?

Déterminer la vergence par modélisation.

■ Pour vous aider à démarrer

Exercice 1.2. Utiliser les relations de conjugaison et de grandissement. Attention aux signes des distances algébriques !
Exercice 1.4. Un premier tracé de rayon non dévié peut déterminer le centre optique.
Exercice 1.6. Utiliser les relations de Thalès puis les relations de Chasles.

Question 3 : Cela revient à démontrer que $-f' < \overline{OA} < 0$.

Exercice 1.7. $\overline{OA'}$ est fixe, décrire l'influence des variations de $\overline{OA}$ sur V dans la formule de conjugaison.
Exercice 1.8. Faire un système de deux équations, puis faire apparaître γ dans la relation de conjugaison afin de n'avoir qu'une inconnue $\overline{OA'}$ ou $\overline{OA}$ en fonction de f' et γ.

Corrigé des vrai/faux

1.	2.	3.	4.	5.	6.	7.	8.	9.	10.
vrai	vrai	faux	faux	faux	vrai	vrai	faux	vrai	vrai

1. En effet : $V = \dfrac{1}{f'} = \dfrac{1}{\overline{OF'}}$ or $\overline{OF'} > 0$ d'où $\dfrac{1}{\overline{OF'}} > 0$ et donc $V > 0$

3. Si l'image est virtuelle, donc placée du même côté de la lentille que l'objet, un écran serait alors un obstacle à la lumière (cas où l'image est entre l'objet et l'écran), ou l'objet serait un obstacle à la lumière (cas où l'objet est entre l'image et l'écran). Seule une image réelle, à droite de la lentille, est visible sur un écran.

4. Tous les rayons passant par le centre d'une lentille mince convergente ne sont pas déviés. Toutefois cette affirmation devient vraie si on ne considère que les rayons issus d'un point objet particulier.

5. Cela dépend de $\overline{OA}$ et de $\overline{OA'}$ donc de $\gamma = \dfrac{\overline{OA'}}{\overline{OA}}$, c'est uniquement vrai si $|\gamma| < 1$.

6. On peut le démontrer avec le grandissement $\gamma = \dfrac{\overline{A'B'}}{\overline{AB}} = \dfrac{\overline{OA'}}{\overline{OA}}$. L'objet étant à gauche de la lentille, $\overline{OA} < 0$. Or si l'image est réelle, $\overline{OA'} > 0$, on a alors $\dfrac{\overline{OA'}}{\overline{OA}} < 0$, donc $\dfrac{\overline{A'B'}}{\overline{AB}} < 0$ donc $\overline{A'B'}$ et $\overline{AB}$ sont de signes contraires, l'image est renversée.

8. L'objectif peut aussi se déplacer par rapport au capteur photosensible, c'est d'ailleurs indispensable pour faire la mise au point dans le cas d'objectifs à focale fixe.

❑ Les erreurs classiques

– Faire attention aux grandeurs algébriques, elles sont affectées d'un signe à ne pas oublier.

– Les unités dans les formules doivent toutes correspondre. S'il n'est pas indispensable d'utiliser le mètre dans la relation de conjugaison (par analyse des unités, mettre la même suffit), il est conseillé d'utiliser le mètre afin de ne pas oublier de convertir en utilisant la vergence ou à la fin d'un calcul.

– Une horreur à éviter : $\frac{1}{\overline{OA'}} - \frac{1}{\overline{OA}} = \frac{1}{f'}$ <u>ne donne pas</u> $\overline{OA'} - \overline{OA} = f'$, mais $f' = \frac{\overline{OA} \times \overline{OA'}}{\overline{OA} - \overline{OA'}}$, bien penser à d'abord mettre un dénominateur commun avant de rassembler les fractions et d'en prendre l'inverse (méthode 1.2).

Corrigé

■■ Corrigé des exercices

Exercice 1.1

1.

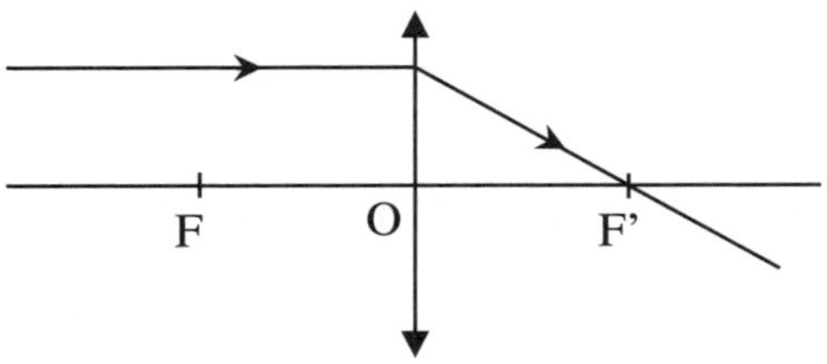

2.

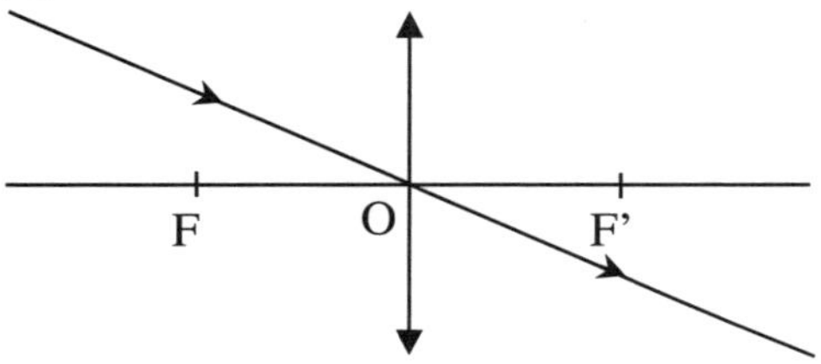

3.

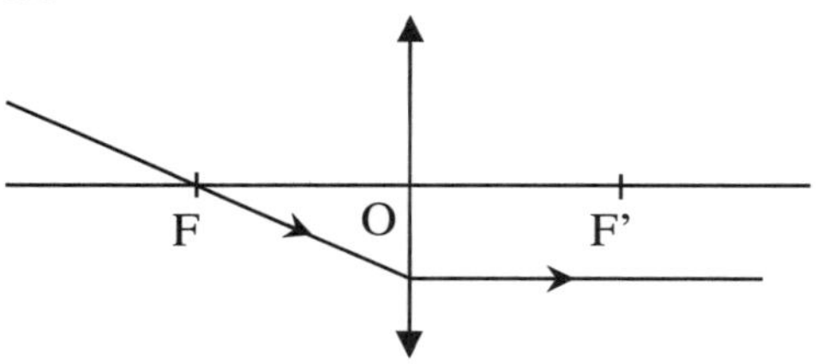

4.

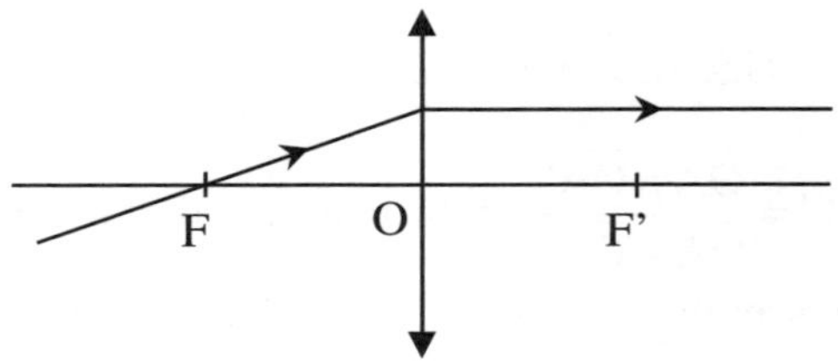

5.

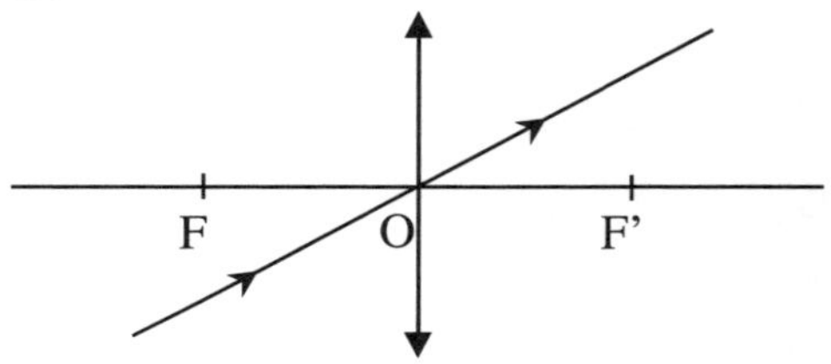

6.

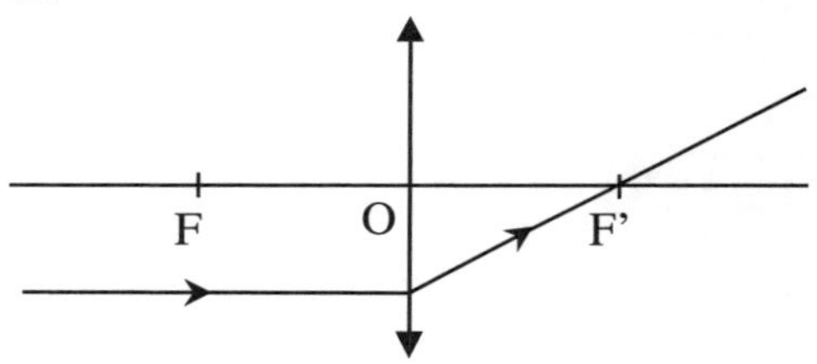

Exercice 1.2

1. a) D'abord, calculons la distance focale : $V = \dfrac{1}{f'} \Rightarrow f' = \dfrac{1}{V}$ A.N. : $f' = \dfrac{1}{8,00} = \boxed{0,125\ \text{m}}$.

Puis nous devons isoler $\overline{OA'}$: $\dfrac{1}{\overline{OA'}} - \dfrac{1}{\overline{OA}} = \dfrac{1}{f'} \Rightarrow \dfrac{1}{\overline{OA'}} = \dfrac{1}{f'} + \dfrac{1}{\overline{OA}} \Rightarrow \dfrac{1}{\overline{OA'}} = \dfrac{\overline{OA} + f'}{\overline{OA} \times f'}$ d'où

$\overline{OA'} = \dfrac{\overline{OA} \times f'}{\overline{OA} + f'}$. Application numérique (ou A.N.) : $\overline{OA'} = \dfrac{-0,150 \times 0.125}{-0.150 + 0.125} = \boxed{0,750\ \text{m}}$.

Elle doit donc placer son écran à 75,0 cm de la lentille.

b) Le grandissement est alors donné par $\gamma = \dfrac{\overline{OA'}}{\overline{OA}}$. A.N. : $\gamma = \dfrac{0,750}{-0,150} = \boxed{-5,00}$.

La taille de l'image est donnée par $\gamma = \frac{\overline{A'B'}}{\overline{AB}} \Rightarrow \overline{A'B'} = \gamma \times \overline{AB}$.

A.N. : $\overline{A'B'} = -5{,}00 \times 0{,}0450 = -0{,}225 \text{ m} = \boxed{-22{,}5 \text{ cm}}$.

L'image est donc 5 fois plus grande et retournée par rapport à l'objet.

2. a) La vergence est donnée par $V = \frac{1}{f'} = \frac{1}{\overline{OA'}} - \frac{1}{\overline{OA}}$, toutes les grandeurs devant être exprimées en mètres. A.N. : $V = \frac{1}{0{,}017} - \frac{1}{-0{,}25} = \boxed{63\ \delta}$.

b) Avec la relation de grandissement $\gamma = \frac{\overline{A'B'}}{\overline{AB}} = \frac{\overline{OA'}}{\overline{OA}}$, on obtient $\overline{A'B'} = \frac{\overline{OA'}}{\overline{OA}} \times \overline{AB}$.

A.N. : $\overline{A'B'} = \frac{0{,}017}{-0{,}25} \times 0{,}24 = \boxed{-0{,}016 \text{ m}}$, soit une image retournée (logique étant donné que c'est une image réelle de lentille mince convergente), assez petite (16 mm), ce qui est plausible puisqu'elle rentre sur la rétine (d'environ 40 mm) permettant de voir entièrement le livre…

Exercice 1.3

1.

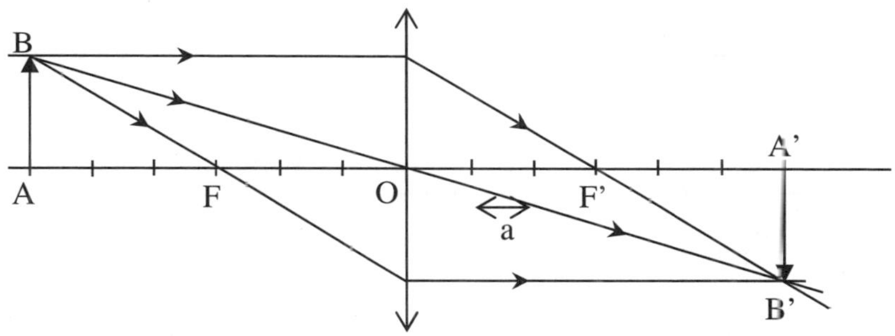

Par construction graphique, on trouve $\boxed{\overline{OA'} = +6a}$.

Algébriquement, on a $\overline{OA} = -6a$, $f' = 3a$, $\frac{1}{f'} = \frac{1}{\overline{OA'}} - \frac{1}{\overline{OA}} \Rightarrow \overline{OA'} = \frac{\overline{OA} \times f'}{\overline{OA} + f'}$

d'où : $\overline{OA'} = \frac{-6a \times 3a}{-6a + 3a} = \boxed{+6a}$. On confirme ainsi le résultat de la méthode graphique.

2.

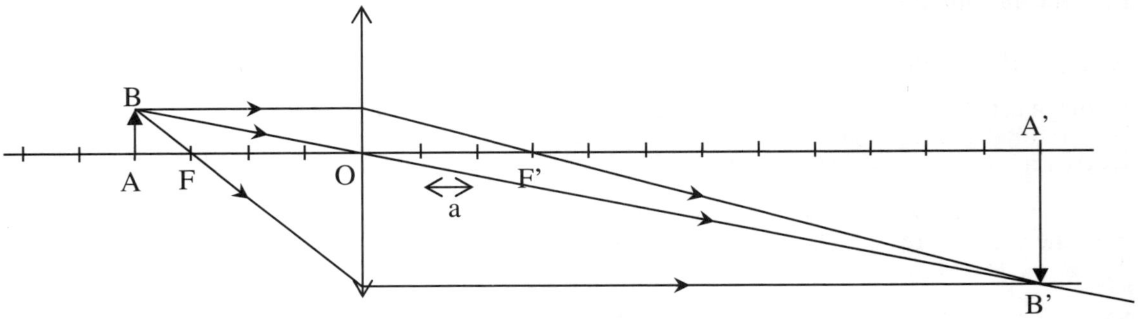

Par construction graphique, on trouve $\boxed{\overline{OA'} = +12a}$.

Algébriquement, on a $\overline{OA} = -4a$, $f' = 3a$, $\frac{1}{f'} = \frac{1}{\overline{OA'}} - \frac{1}{\overline{OA}} \Rightarrow \overline{OA'} = \frac{\overline{OA} \times f'}{\overline{OA} + f'}$

A.N. : $\overline{OA'} = \frac{-4a \times 3a}{-4a + 3a} = \boxed{+12a}$. On confirme encore le résultat de la méthode graphique.

3.

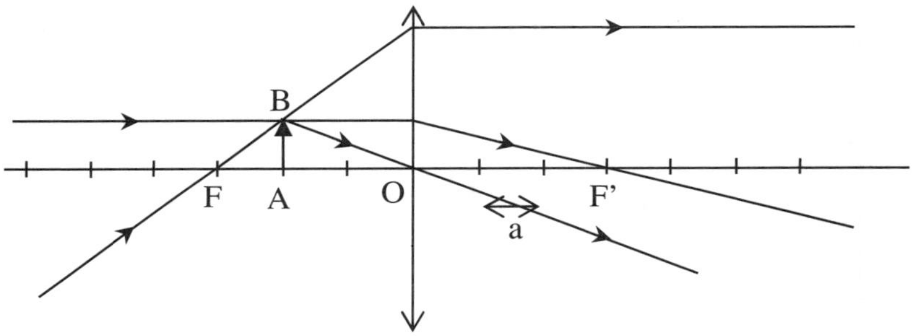

Les rayons issus de B ne sont pas sécants après leur passage par la lentille mince convergente. Pour l'éventuel observateur situé à droite, les rayons émergents semblent provenir de B', obtenu en prolongeant les rayons émergents de la lentille en ligne droite.

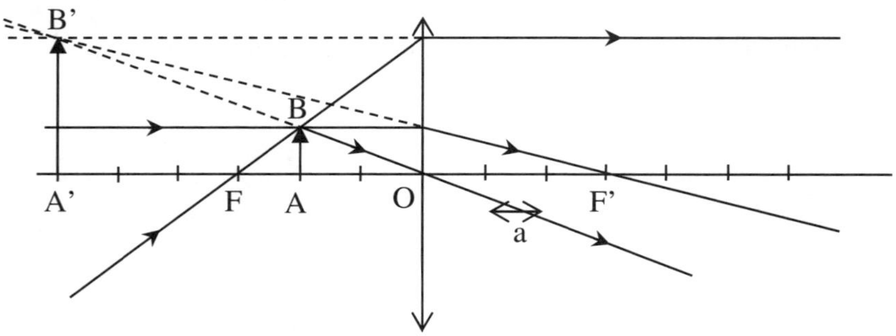

Par construction graphique, on trouve $\boxed{\overline{OA'} = -6a}$.

Algébriquement, on a $\overline{OA} = -2a$, $f' = 3a$, $\frac{1}{f'} = \frac{1}{\overline{OA'}} - \frac{1}{\overline{OA}} \Rightarrow \overline{OA'} = \frac{\overline{OA} \times f'}{\overline{OA} + f'}$

A.N. : $\overline{OA'} = \frac{-2a \times 3a}{-2a + 3a} = \boxed{-6a}$.

On confirme une nouvelle fois le résultat de la méthode graphique.

Exercice 1.4

1. On a $\overline{AB} = 15\,\text{cm}$, $\overline{A'B'} = -30\,\text{cm}$ (car retournée et deux fois plus grande, on peut aussi la calculer à l'aide de $\gamma = -2$) et $\overline{AA'} = 1,40\,\text{m}$. À l'échelle 1/10, on a donc $\overline{AB} = 1,5\,\text{cm}$, $\overline{A'B'} = -3,0\,\text{cm}$ et $\overline{AA'} = 14,0\,\text{cm}$. Ce qui donne graphiquement :

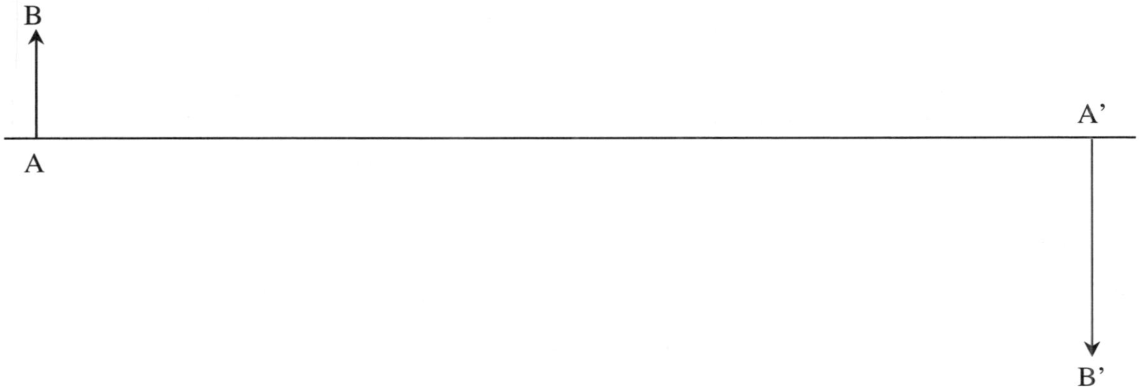

2. Afin de déterminer la position de la lentille, le tracé judicieux est celui du seul rayon non dévié par la celle-ci, il passe par B et B' et coupe l'axe optique au centre de la lentille O :

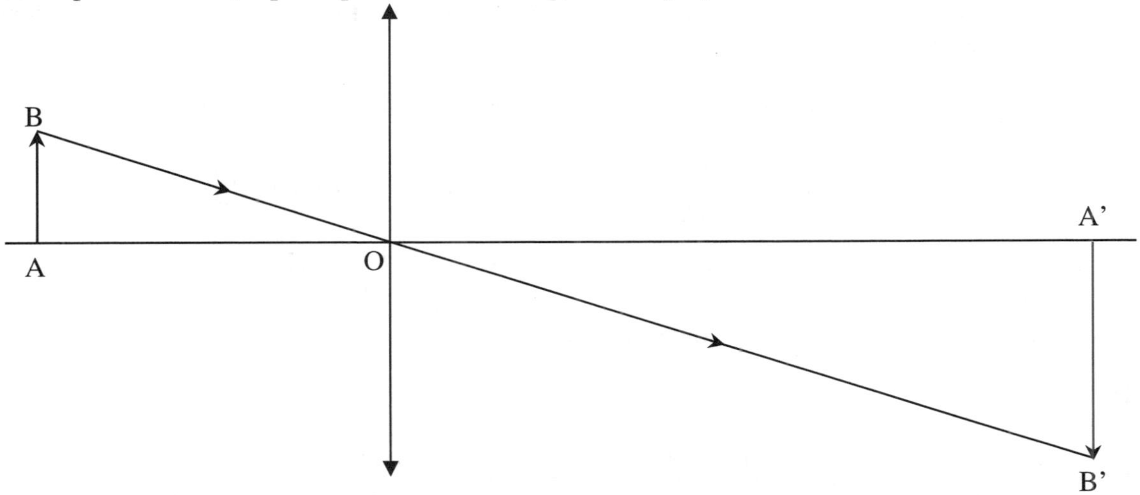

3. À l'aide des deux autres rayons du cours, nous pouvons déterminer les positions des foyers principaux objet F et image F' : le rayon incident parallèle à l'axe optique passant par B rejoint forcément B', il coupe alors l'axe optique en F', le rayon émergeant parallèle à l'axe optique passant par B' venait forcément de B, il coupe alors l'axe optique en F (ce dernier est donc tracé « à l'envers », soit de droite vers la gauche, bien qu'il se dirige réellement de la gauche vers la droite) :

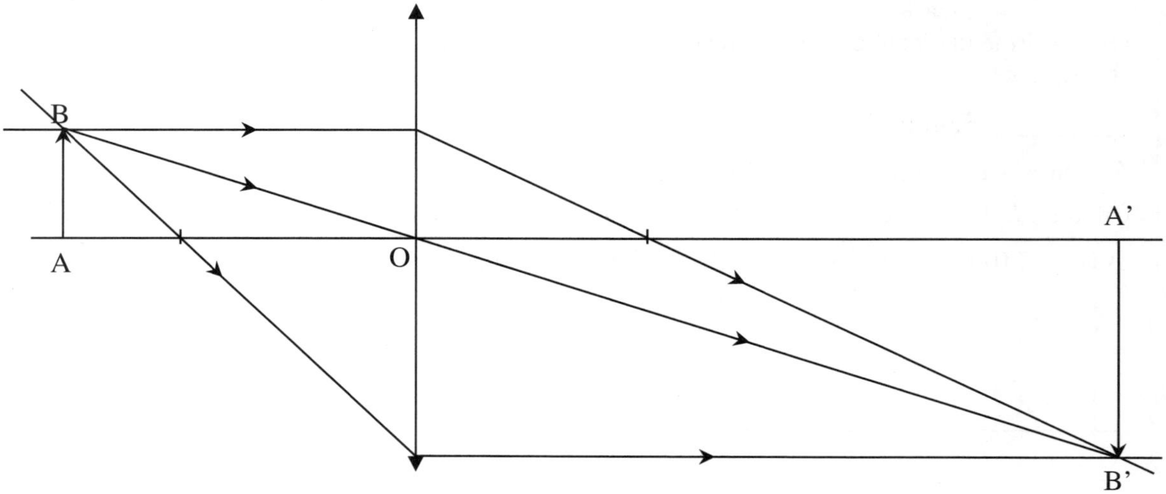

Par mesure, on trouve $\overline{OF'} = \overline{FO} = \boxed{3{,}1 \text{ cm}}$.

4. Donc en tenant compte de l'échelle 1/10, la distance focale réelle est $\boxed{f' = 31 \text{ cm}}$.

$V = \dfrac{1}{f'}$ Application numérique : $V = \dfrac{1}{0{,}31} = \boxed{3{,}2\ \delta}$

Exercice 1.5

1. Il y a deux lentilles convergentes, donc deux axes optiques et deux images différentes bien qu'il n'y ait qu'un objet : la bougie.

2. a) $\gamma = \dfrac{\overline{OA'}}{\overline{OA}}$ or $\overline{OA} < 0$ et $\overline{OA'} > 0$, on en déduit que $\boxed{\gamma < 0}$. L'image est donc renversée.

Pour s'en convaincre si besoin, $\gamma = \dfrac{\overline{OA'}}{\overline{OA}} = \dfrac{\overline{A'B'}}{\overline{AB}} < 0$ or $\overline{AB} > 0$, donc $\boxed{\overline{A'B'} < 0}$.

b) $\gamma = \dfrac{\overline{OA'}}{\overline{OA}}$; $\overline{OA'} = 1{,}48$ m et $\overline{OA} = -0{,}76$ m. A.N. : $\gamma = \dfrac{1{,}48}{-0{,}76} = \boxed{-1{,}9}$.

$|\gamma| > 1$, les images sont donc plus grandes que l'objet.

3. a) $\dfrac{1}{\overline{OA'}} - \dfrac{1}{\overline{OA}} = \dfrac{1}{f'}$.

b) $\dfrac{1}{\overline{OA'}} - \dfrac{1}{\overline{OA}} = \dfrac{1}{f'} \Rightarrow \dfrac{\overline{OA}}{\overline{OA}} \times \dfrac{1}{\overline{OA'}} - \dfrac{1}{\overline{OA}} \times \dfrac{\overline{OA'}}{\overline{OA'}} = \dfrac{1}{f'} \Rightarrow \dfrac{\overline{OA} - \overline{OA'}}{\overline{OA} \times \overline{OA'}} = \dfrac{1}{f'} \Rightarrow f' = \dfrac{\overline{OA} \times \overline{OA'}}{\overline{OA} - \overline{OA'}}$

A.N. : $f' = \dfrac{(-0{,}76) \times 1{,}48}{(-0{,}76) - 1{,}48} = \boxed{0{,}50 \text{ m}}$.

c) $V = \frac{1}{f'} = \frac{1}{0,50} = \boxed{2,0\ \delta}$. Cela correspond bien à l'indication, l'unité oubliée sur la monture est la dioptrie (δ).

Exercice 1.6

1. a) Avec les triangles rectangles en situation de Thalès, (AB) et (A'B') étant parallèles, on peut affirmer que $\boxed{\frac{\overline{OA'}}{\overline{OA}} = \frac{\overline{A'B'}}{\overline{AB}}}$.

b) Avec les triangles rectangles en situation de Thalès, (OJ) et (A'B') étant parallèles, on peut affirmer que $\boxed{\frac{\overline{F'A'}}{\overline{F'O}} = \frac{\overline{A'B'}}{\overline{OJ}}}$.

c) $\frac{\overline{OA'}}{\overline{OA}} = \frac{\overline{A'B'}}{\overline{AB}} = \frac{\overline{F'A'}}{\overline{F'O}}$ or d'après Chasles, $\overline{F'A'} = \overline{F'O} + \overline{OA'}$, donc $\frac{\overline{OA'}}{\overline{OA}} = \frac{\overline{F'O} + \overline{OA'}}{\overline{F'O}}$, $\frac{\overline{OA'}}{\overline{OA}} = 1 + \frac{\overline{OA'}}{\overline{F'O}}$, en divisant par $\overline{OA'}$ les deux membres $\frac{1}{\overline{OA}} = \frac{1}{\overline{OA'}} + \frac{1}{\overline{F'O}}$, en remarquant que $\frac{1}{\overline{F'O}} = -\frac{1}{\overline{OF'}} = -\frac{1}{f'}$, on a $\frac{1}{\overline{OA}} = \frac{1}{\overline{OA'}} - \frac{1}{f'}$ puis la formule du cours $\boxed{\frac{1}{f'} = \frac{1}{\overline{OA'}} - \frac{1}{\overline{OA}}}$.

2. Si une image est réelle, $\overline{OA'} > 0$, or $\overline{OA} < 0$, d'où $\gamma = \frac{\overline{OA'}}{\overline{OA}} < 0$, ce qui implique que $\gamma = \frac{\overline{A'B'}}{\overline{AB}} < 0$, $\overline{A'B'}$ et $\overline{AB}$ sont donc de signes contraires, l'image est donc renversée.

3. Démontrer que pour obtenir une image virtuelle, l'objet doit se situer entre le foyer principal objet et la lentille revient à montrer que : $-f' < \overline{OA} < 0$. Par hypothèse, $\overline{OA} < 0$ (objet mis à gauche de la lentille par convention) et $\overline{OA'} < 0$ (car image virtuelle). Partons de $\overline{OA'} < 0$, on en déduit que $\frac{1}{\overline{OA'}} < 0$ et d'après la relation de conjugaison $\frac{1}{\overline{OA}} = \frac{1}{\overline{OA'}} - \frac{1}{f'}$, on remplace $\frac{1}{\overline{OA'}}$ par $\frac{1}{\overline{OA}} + \frac{1}{f'}$ dans l'inéquation pour trouver $\frac{1}{\overline{OA}} + \frac{1}{f'} < 0$, d'où $\frac{1}{\overline{OA}} < -\frac{1}{f'}$, en prenant l'inverse, le sens de l'inégalité est retourné (fonction inverse décroissante), ce qui donne $\overline{OA} > -f'$, d'où $\boxed{-f' < \overline{OA} < 0}$.

Exercice 1.7

1. Comme dit dans l'énoncé, le cristallin joue le rôle de lentille mince convergente à vergence variable, la rétine celui d'écran. La pupille de l'iris joue quant à elle le rôle de diaphragme, limitant le faisceau de lumière entrant dans l'œil.

2. a) L'œil doit accommoder pour effectuer la mise au point de l'image qui doit être nette sur la rétine. Contrairement aux montages d'optique de TP, il est impossible de faire varier la distance lentille/écran.

Corrigé

b) Cela est réalisé avec une modification de la vergence du cristallin déformé par les muscles ciliaires.

c) Lorsqu'un objet se rapproche, le cristallin doit faire plus converger la lumière qu'il reçoit de l'objet, sa vergence doit augmenter. Mathématiquement $V=\frac{1}{\overline{OA'}}-\frac{1}{\overline{OA}}$. Quand l'objet se rapproche, $\overline{OA}$ augmente (ne pas oublier que $\overline{OA}<0$), donc $\frac{1}{\overline{OA}}$ diminue, donc $-\frac{1}{\overline{OA}}$ augmente, $\frac{1}{\overline{OA'}}-\frac{1}{\overline{OA}}$ aussi, ce qui implique que V augmente.

3. Vision au PR :

$\overline{OA'}=0{,}0170\text{ m}$; $\overline{OA}=-\infty$ donc $\frac{1}{\overline{OA}}=\frac{1}{-\infty}=0$ (puisque diviser 1 par un nombre infiniment grand donne 0).

$V=\frac{1}{f'}=\frac{1}{\overline{OA'}}-\frac{1}{\overline{OA}}$ devient alors $\frac{1}{f'}=\frac{1}{\overline{OA'}}$ d'où $f'_{PR}=\overline{OA'}=\boxed{0{,}0170\text{ m}}$.

$V=\frac{1}{f'}$ A.N. : $V_{PR}=\frac{1}{0{,}0170}=\boxed{58{,}8\ \delta}$.

Vision au PP :

$\overline{OA'}=0{,}0170\text{ m}$; $\overline{OA}=-0{,}150\text{ m}$

$V=\frac{1}{\overline{OA'}}-\frac{1}{\overline{OA}}$ A.N. : $V_{PP}=\frac{1}{0{,}0170}-\frac{1}{-0{,}150}=\boxed{65{,}5\ \delta}$.

$f'=\frac{1}{V}$ A.N. : $f'_{PP}=\frac{1}{65{,}5}=0{,}0153\text{ m}=\boxed{1{,}53\text{ cm}}$.

Donc pour cet œil, les valeurs de vergence et de distance focale du cristallin sont telles que $\boxed{1{,}53\text{ cm}<f'<1{,}70\text{ cm}}$ et $\boxed{58{,}8\ \delta<V<65{,}5\ \delta}$.

4. a) $V=\frac{1}{f'}=\frac{1}{\overline{OA'}}-\frac{1}{\overline{OA}}$ A.N. : $V=\frac{1}{0{,}0170}-\frac{1}{-0{,}250}=\boxed{62{,}8\ \delta}$.

b) $\gamma=\frac{\overline{OA'}}{\overline{OA}}=\frac{\overline{A'B'}}{\overline{AB}}$ d'où $\overline{A'B'}=\frac{\overline{OA'}}{\overline{OA}}\times\overline{AB}$ A.N. : $\overline{A'B'}=\frac{0{,}0170}{-0{,}250}\times0{,}0040=\boxed{-2{,}7\times10^{-4}\text{ m}}$.

Comme on pouvait s'y attendre, l'image de ce caractère est retournée et très petite. Le cerveau se charge de retourner cette image afin d'avoir une vision adaptée.

5. a) Vision au PR :

$\overline{OA'}=0{,}0170\text{ m}$; $\overline{OA}=-0{,}400\text{ m}$; $V=\frac{1}{\overline{OA'}}-\frac{1}{\overline{OA}}$ A.N. : $V_{PR}=\frac{1}{0{,}0170}-\frac{1}{-0{,}400}=\boxed{61{,}3\ \delta}$.

$f'_{PR}=\frac{1}{V_{PR}}$ A.N. : $f'_{PR}=\frac{1}{61{,}3}=0{,}0163\text{ m}=\boxed{16{,}3\text{ mm}}$.

Vision au PP :

$\overline{OA'} = 0{,}0170 \text{ m}$; $\overline{OA} = -0{,}045 \text{ m}$; $V = \dfrac{1}{\overline{OA'}} - \dfrac{1}{\overline{OA}}$ A.N. : $V_{PP} = \dfrac{1}{0{,}0170} - \dfrac{1}{-0{,}045} = \boxed{81\ \delta}$.

$f'_{PP} = \dfrac{1}{V_{PP}}$ A.N. : $f'_{PP} = \dfrac{1}{81} = 0{,}012 \text{ m} = \boxed{12 \text{ mm}}$.

✎ *Pour les calculs au PP, la donnée* $\overline{OA} = -0{,}045$ *ne comportant que 2 chiffres significatifs limite la précision des résultats à 2 chiffres significatifs.*

Donc pour cet œil, les valeurs de vergence et de distance focale du cristallin sont telles que $\boxed{1{,}2 \text{ cm} < f' < 1{,}63 \text{ cm}}$ et $\boxed{61{,}3\ \delta < V < 81\ \delta}$.

b) Il apparaît qu'un œil myope est plus convergent qu'un œil emmétrope (sa vergence est plus élevée).

✎ *Cela explique qu'une personne atteinte de myopie porte des lunettes divergentes. On peut vérifier cela en plaçant ce type de lunettes devant un texte : à l'inverse de ce qui se passerait avec une loupe, ce texte apparaît plus petit.*

Exercice 1.8

$\dfrac{1}{\overline{OA'}} - \dfrac{1}{\overline{OA}} = \dfrac{1}{f'}$ et $\gamma = \dfrac{\overline{A'B'}}{\overline{AB}} = \dfrac{\overline{OA'}}{\overline{OA}}$ avec $\overline{A'B'}$ et $\overline{AB}$ connus.

Il est donc possible de déterminer γ : $\gamma = \dfrac{\overline{A'B'}}{\overline{AB}} = \dfrac{-90}{2{,}5} = \boxed{-36}$.

$\gamma = \dfrac{\overline{OA'}}{\overline{OA}}$ d'où $\overline{OA'} = \gamma \times \overline{OA}$. On remplace $\overline{OA'}$ dans la relation de conjugaison pour obtenir $\dfrac{1}{f'} = \dfrac{1}{\gamma \times \overline{OA}} - \dfrac{1}{\overline{OA}} = \dfrac{1}{\gamma \times \overline{OA}} - \dfrac{\gamma}{\gamma \times \overline{OA}} = \dfrac{1-\gamma}{\gamma \times \overline{OA}}$ renversant les expressions, nous obtenons

$f' = \dfrac{\gamma \times \overline{OA}}{1-\gamma} = \dfrac{\gamma}{1-\gamma} \times \overline{OA}$ d'où $\overline{OA} = \dfrac{1-\gamma}{\gamma} \times f'$ A.N. : $\overline{OA} = \dfrac{1-(-36)}{-36} \times 0{,}080 = \boxed{-0{,}082 \text{ m}}$.

Puis on déduit $\overline{OA'} = \gamma \times \overline{OA}$ A.N. : $\overline{OA'} = -36 \times (-0{,}082) = \boxed{3{,}0 \text{ m}}$.

✎ *L'objet se situant proche du foyer objet il est normal d'avoir une image loin (3,0 m est une grande distance devant la distance focale, comparable à l'infini).*

Corrigé

Exercice 1.9

1. Le tableau est complété dans la question 2. On remarque que pour chaque expérience $\overline{OA'} > 0$, les images sont donc réelles. De même $\gamma < 0$ indique qu'elles sont renversées. Pour les 5 premières expériences $|\gamma| < 0$, elles sont donc plus petites que l'objet dont elles sont issues ; pour les expériences n°7 et n°8, $|\gamma| > 0$, l'image est plus grande que l'objet. L'expérience n°6 a un grandissement proche de 1, l'image est sensiblement de la même taille que l'objet.

Remarque

Si toutes les longueurs peuvent être exprimées en d'autres unités, il est conseillé d'utiliser le m, ce qui permettra si besoin d'utiliser la relation reliant la vergence à la distance focale sans soucis de conversions.

2. $\boxed{\frac{1}{\overline{OA'}} - \frac{1}{\overline{OA}} = \frac{1}{f'} = V}$, on peut donc ajouter la vergence V. Les longueurs étant exprimées en mètres, on obtient bien V en dioptries. $\boxed{f' = \frac{1}{V}}$ permet ensuite d'obtenir la distance focale en mètres. Les calculs indiquent une vergence de 8,00 δ et une distance focale de 0,125 m. Les disparités sont dues au fait que des mesures expérimentales contiennent des incertitudes de mesure et sont soumises à l'appréciation des expérimentateurs (une image nette l'est pour une position de l'écran, mais si celui-ci est avancé ou reculé légèrement, l'image est aussi acceptable). Statistiquement, ces disparités sont réparties autour de la valeur moyenne si l'expérience est répétée plusieurs fois.

	$\overline{OA}$ (m)	$\overline{OA'}$ (m)	γ	$\frac{1}{\overline{OA}}$ (m^{-1})	$\frac{1}{\overline{OA'}}$ (m^{-1})	V (δ)	f' (m)
Exp. n°1	– 0,500	0,166	– 0,332	– 2,00	6,02	8,02	0,125
Exp. n°2	– 0,450	0,173	– 0,384	– 2,22	5,78	8,00	0,125
Exp. n°3	– 0,400	0,182	– 0,455	– 2,50	5,49	7,99	0,125
Exp. n°4	– 0,350	0,193	– 0,551	– 2,86	5,18	8,04	0,124
Exp. n°5	– 0,300	0,215	– 0,717	– 3,33	4,65	7,98	0,125
Exp. n°6	– 0,250	0,252	– 1,01	– 4,00	3,97	7,97	0,124
Exp. n°7	– 0,200	0,335	– 1,68	– 5,00	2,99	7,99	0,125
Exp. n°8	– 0,150	0,748	– 4,99	– 6,67	1,34	8,00	0,126
					Moyenne	8,00	0,125

3. On obtient la modélisation suivante :

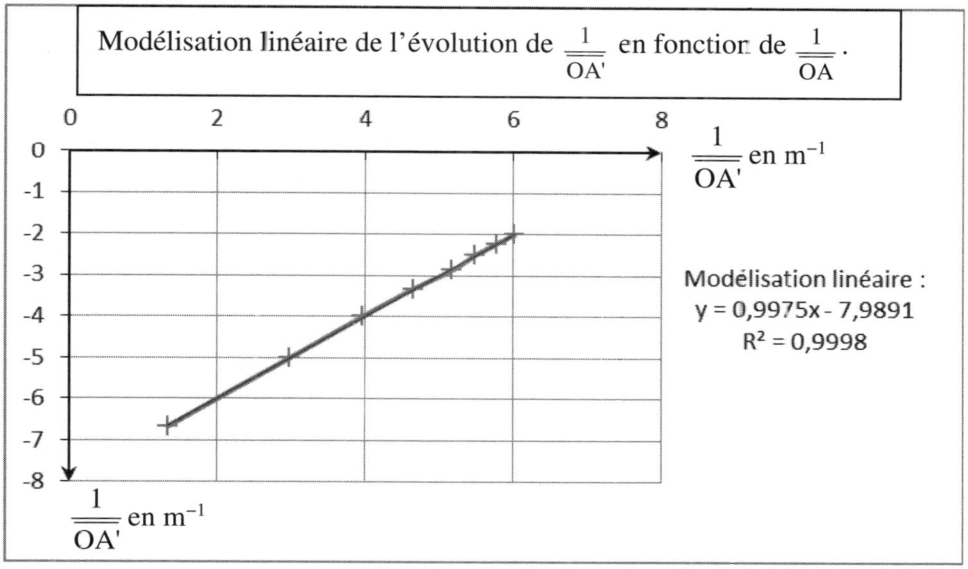

Cette modélisation linéaire valide une fonction affine. C'était prévisible, partant de $\frac{1}{\overline{OA'}} - \frac{1}{\overline{OA}} = \frac{1}{f'} = V$, donc $\boxed{\frac{1}{\overline{OA'}}} = 1 \times \boxed{\frac{1}{\overline{OA}}} + V$.

Du type $\boxed{y} = a \times \boxed{x} + b$, la validation du modèle est confirmée par le coefficient R² proche de 1, le coefficient directeur attendu était bien de 1, l'ordonnée à l'origine étant la vergence est 7,99 δ avec la modélisation, ce qui est en accord avec la moyenne obtenue à la question 2.

Corrigé

Chapitre 2
Couleur des objets

Nous percevons toute une gamme de couleurs. En réalité notre œil n'en reconnaît que trois et c'est grâce à une synthèse opérée par notre cerveau que nous avons la perception de toute cette variété chromatique. Que d'illusions d'optiques se comprennent grâce à la connaissance des mécanismes de la vision !

Un scientifique

Bien que passionné par la physique, Hermann **von Helmholtz** (1821-1894) effectue des études de médecine. Il débute sa vie professionnelle comme médecin à Postdam tout en enseignant l'anatomie et la physiologie. Il met au point un appareil pour examiner l'intérieur de l'œil ; à cette occasion il confirme l'hypothèse de Thomas **Young** selon laquelle la rétine possède trois types de récepteurs correspondant à trois couleurs, rouge, vert et bleu.
Par la suite, **Helmholtz** diversifie son action scientifique en mécanique des fluides, en acoustique et en astrophysique. En physique, il définit l'énergie potentielle et énonce la loi de conservation de l'énergie, idée déjà émise avant lui, en particulier par James **Joule**.

LE SAVIEZ-VOUS ?

Le physiologiste allemand Ewald **Hering** (1834-1918) fut considéré comme l'un des plus grands théoriciens de la vision. Dans ce domaine, il s'est nettement opposé à la théorie émise par **Young** et **Helmholtz**, privilégiant l'opposition deux à deux des couleurs. Si sur le plan purement physiologique la théorie de Helmholtz est confirmée, il semble que l'interprétation par le cerveau s'apparente à l'approche de **Hering**.

Objectifs

Les notions que je dois maîtriser

- ▷ Couleur spectrale, couleur perçue
- ▷ Absorption, diffusion, transmission
- ▷ Synthèses additive et soustractive
- ▷ Vision des couleurs, trichromie

Les compétences que je dois acquérir

- ▷ Utiliser les notions de couleur blanche et de couleurs complémentaires
- ▷ Interpréter la couleur observée d'un objet éclairé à partir de celle de la lumière incidente, ainsi que des phénomènes d'absorption, de diffusion et de transmission
- ▷ Prévoir le résultat de la superposition de lumières colorées et l'effet d'un ou plusieurs filtres colorés sur une lumière incidente

■■ Résumé de cours

■ Vision des couleurs

❑ Couleur spectrale et lumière colorée

La **couleur perçue** est liée à l'interprétation par le cerveau des informations transmises par l'œil. Cette couleur dépend de l'observateur, de l'éclairage et de l'objet éclairé. En physique on parle de spectres colorés. Les radiations étant classées par longueur d'onde λ, les radiations visibles colorées sont telles que $400 \text{ nm} < \lambda < 800 \text{ nm}$. Cette notion est celle de **couleur spectrale**, pour chaque longueur d'onde correspond une couleur. Afin de différencier couleur spectrale et couleur perçue, on peut par exemple dire qu'un œil verra du jaune (couleur perçue) si un objet émet des radiations jaunes de longueur d'onde $\lambda = 580 \text{ nm}$ (couleur spectrale jaune), mais aussi si un objet émet des radiations rouge et verte de longueurs d'onde $\lambda = 530 \text{ nm}$ et $\lambda = 600 \text{ nm}$ (couleurs spectrales vert et rouge). À l'œil nu, impossible de différencier le spectre de ces lumières.

❑ Vision

Nous avons vu que la formation des images par le cristallin de l'œil se fait sur sa rétine. Cette dernière possède deux types de cellules réceptrices : les bâtonnets et les cônes. Les **bâtonnets** sont très sensibles à l'intensité lumineuse, de nuit ils s'avèrent très efficaces à faible luminosité. Cependant ils ne permettent qu'une vision en noir et blanc et en nuances de gris. Les **cônes** quant à eux présentent une sensibilité aux couleurs spectrales. Trois types de cônes existent, l'un fortement sensible aux alentours des radiations bleues, un autre fortement sensible aux alentours des radiations vertes et enfin un dernier fortement sensible aux alentours des radiations rouges.

❑ Trichromie

Avec ces trois types de capteur de lumière colorée, l'œil peut percevoir une infinité de teintes colorées différentes. En effet, s'ajoutent aux couleurs perçues rouge, verte et bleue leurs mélanges avec toutes les intensités possibles. Par exemple avec un mélange de radiations rouge et verte, l'œil active ses deux types de cônes sensibles à ces radiations et le cerveau interprète du jaune. Mais avec une radiation verte et une radiation rouge deux fois plus intense que la verte, les cônes rouges sont plus activés et le cerveau interprète cela comme de l'orange... Ainsi il est possible de créer toutes les couleurs perceptibles par l'œil en émettant des quantités relatives de rouge, vert et bleu. C'est le principe de la **trichromie**, utilisé notamment sur des écrans (portable, télévision, PC) chaque pixel contient trois sous-pixels émettant chacun une lumière rouge, verte ou bleue d'intensité réglable.

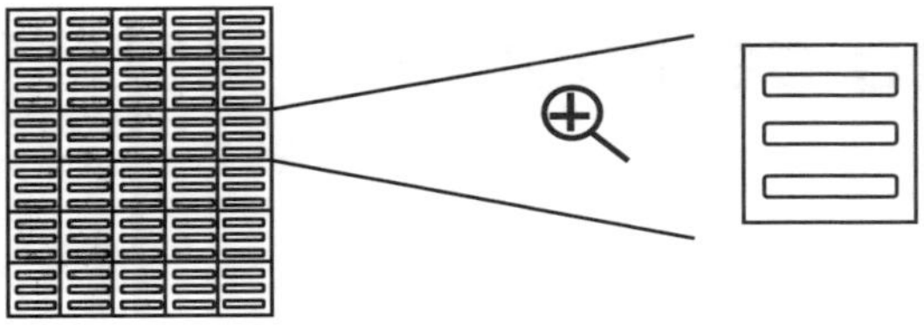

Zoom sur un pixel d'un écran, composé de trois sous-pixels rouge, vert et bleu.

❑ Daltonisme

La perception des couleurs dépend des personnes, en effet chaque œil capte et interprète des informations lumineuses à partir de sa composition et de ses éventuels défauts. Un exemple de défaut connu est le **daltonisme**, il est dû à la déficience d'un type de cônes et a donc pour conséquence de modifier la perception des couleurs. Dans le cas le plus fréquent, une personne atteinte de daltonisme fait des confusions entre les radiations rouges et vertes qu'il perçoit à l'identique.

■ Synthèses additive et soustractive

❑ Synthèse additive

Comme évoqué précédemment, les capteurs de l'œil peuvent capter simultanément différentes couleurs, le cerveau interprète ce cas par une nouvelle couleur : c'est la **synthèse additive** des couleurs. En superposant en proportions égales des lumières vertes et bleues, la couleur perçue est cyan. En ajoutant de la lumière rouge de même intensité, on perçoit du blanc. En jouant sur les intensités, il est possible de créer une infinité de teintes à partir de ces trois couleurs dites **couleurs primaires de la synthèse additive** : le **rouge** le **vert** et le **bleu**. De même, ajoutant en même proportion des lumières rouges et vertes on obtient de la lumière jaune ; en ajoutant en même proportion des lumières rouges et bleues on obtient de la lumière magenta. Deux couleurs sont dites **complémentaires** si par synthèse additive elles donnent du blanc.

Remarque

Dans cet ouvrage, sauf indication contraire, on ne tient pas compte des cas avec des radiations d'intensités différentes.

Représentation des couleurs obtenues par synthèse additive des couleurs émises par des lanternes de couleurs rouge, vert et bleu :

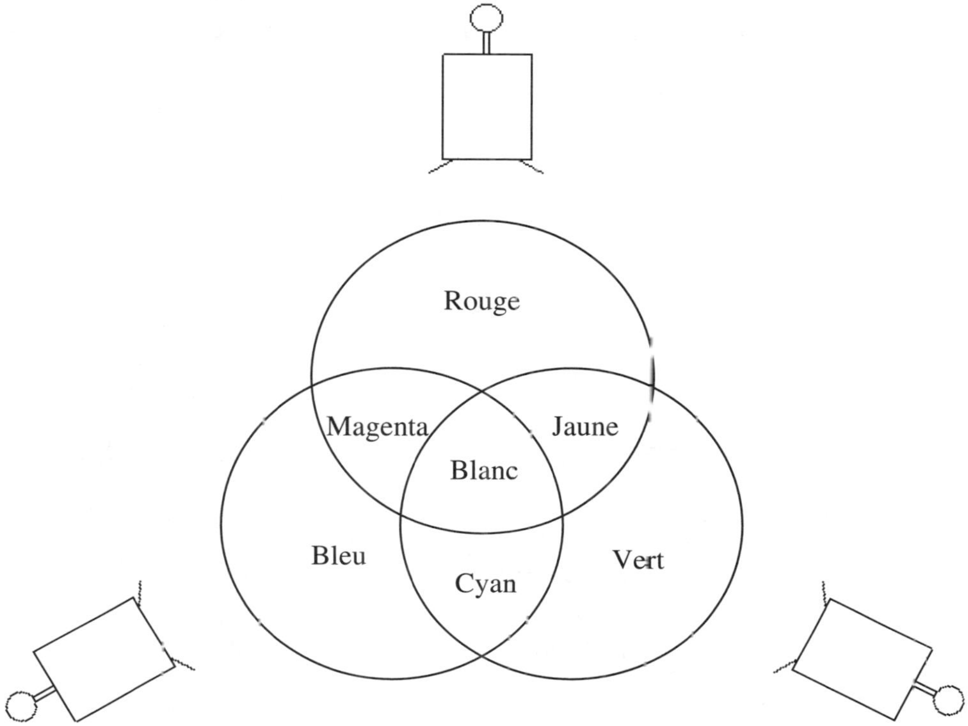

⇨ **Méthode 2.1. Déterminer la couleur obtenue par synthèse additive**

❑ Synthèse soustractive

Un objet éclairé interagit avec la lumière. Il peut **diffuser** cette lumière (la renvoyer dans toutes les directions), **absorber** cette lumière (l'énergie lumineuse est alors convertie en chaleur) ou **transmettre** cette lumière (cas des objets transparents). Dans la plupart des cas les objets interagissent différemment selon les longueurs d'onde de la radiation incidente, ainsi un objet peut absorber le vert et le bleu et diffuser le rouge. Observé par un œil, il sera alors perçu rouge. La lumière perçue d'un objet est la somme des radiations diffusées par celui-ci (ou transmises s'il est transparent). Éclairé en lumière blanche, tout objet coloré diffuse et absorbe des couleurs.

Remarque

S'il fait si chaud dans une voiture noire au soleil, c'est parce que la carrosserie absorbe toute la partie visible du spectre de la lumière incidente, mais aussi des infrarouges.

L'absorption de certaines radiations est à l'origine de la **synthèse soustractive**. En TP, on étudie la synthèse soustractive avec des filtres colorés. Un filtre cyan diffuse de la lumière bleue et de la lumière verte et absorbe les radiations rouges. Un filtre jaune diffuse de la lumière rouge et de la lumière verte et absorbe les radiations bleues. Un filtre magenta diffuse de la lumière bleue et de la lumière rouge et absorbe les radiations vertes. Les couleurs **jaune**, **cyan** et **magenta** sont les couleurs primaires de la synthèse soustractive.

⇨ **Méthode 2.2. Déterminer la couleur obtenue par synthèse soustractive**

La peinture utilise la synthèse soustractive des couleurs :

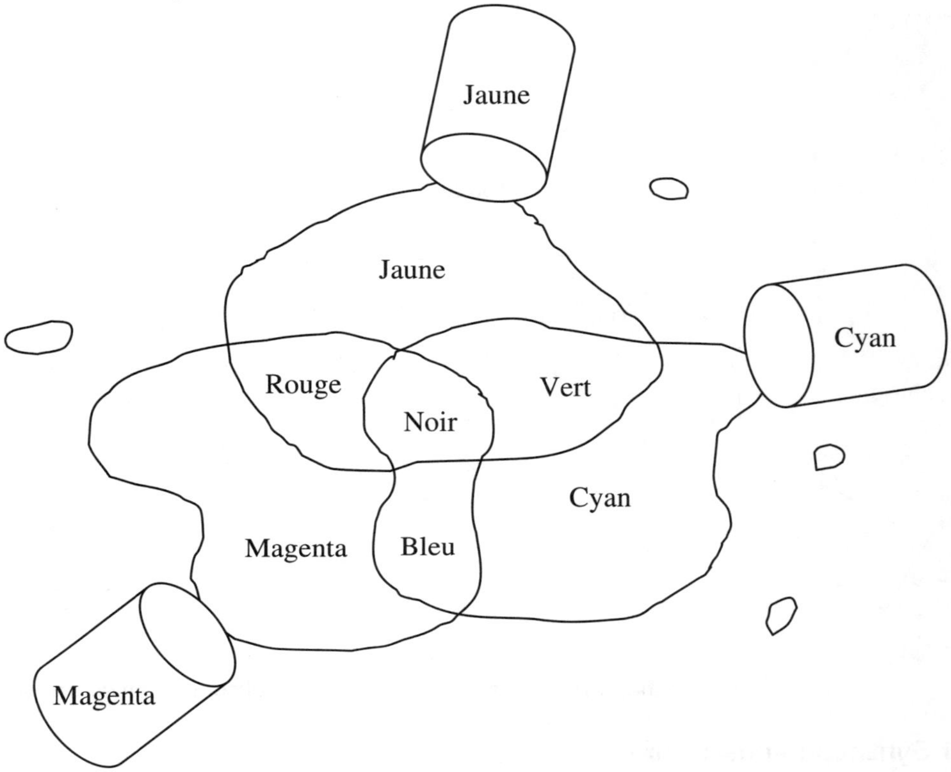

■ Comment déterminer la couleur perçue d'un objet ?

❑ Méthode 2.1. Déterminer la couleur obtenue par synthèse additive

Le but est de déterminer la couleur perçue par l'œil à partir des couleurs spectrales qu'il reçoit. Pour cela, il faut analyser les couleurs spectrales et associer les cônes de l'œil que ces radiations activeront.

➪ **Exercices 2.1 et 2.5.**

Avant tout, il est indispensable de connaître au moins ce diagramme. À l'aide d'un moyen mnémotechnique ou de l'apprentissage par cœur des premières lettres des couleurs RJVCBM. Pour tout exercice il est important de l'avoir rapidement sur un brouillon. Il résume à lui seul le cours. Par exemple, il indique que le rouge et le vert activeront les cônes associés mais que le cerveau interprétera cela comme du jaune. Il indique aussi les couleurs complémentaires (elles sont opposées sur le diagramme), ainsi le complémentaire du jaune est le bleu.

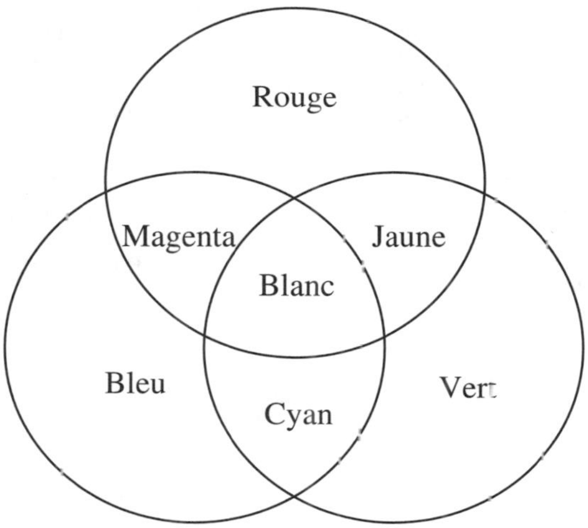

Exemple

Quelle couleur perçoit-on en observant un objet émettant des lumières bleues et vertes ? Quelle est la couleur complémentaire de cet objet ?

À l'aide du diagramme, on remarque qu'un objet émettant des lumières bleues et vertes paraîtra cyan à l'observateur. Sa couleur complémentaire est le rouge, opposé au cyan dans le diagramme. Ajoutant de la lumière rouge au cyan (donc des lumières bleues et vertes), on obtient donc du blanc (tous les cônes sont activés).

Méthodes

❑ Méthode 2.2. Déterminer la couleur obtenue par synthèse soustractive

En analysant les radiations incidentes sur un objet, ainsi que le comportement de cet objet vis-à-vis de ces radiations, il est possible de prévoir la couleur qui sera perçue de cet objet.

⇨ **Exercices 2.2, 2.3, 2.4 et 2.5.**

Exemple

Une pomme verte est éclairée en lumière jaune, puis en lumière bleue. De quelle couleur apparaît la pomme ?

Toujours à l'aide du diagramme, il est possible de décomposer la lumière jaune en lumière rouge et verte puisque les mêmes cônes seront activés, or la pomme étant verte, elle absorbe les lumières bleues et rouges éventuellement incidentes, donc ici le rouge. Seule la lumière verte est diffusée, la pomme paraît donc verte. Dans le second cas, la pomme n'est éclairée que de bleu, or elle absorbe cette couleur, aucune lumière n'est alors diffusée et la pomme paraît donc noire. Pour résumer le raisonnement, utilisons les diagrammes suivants :

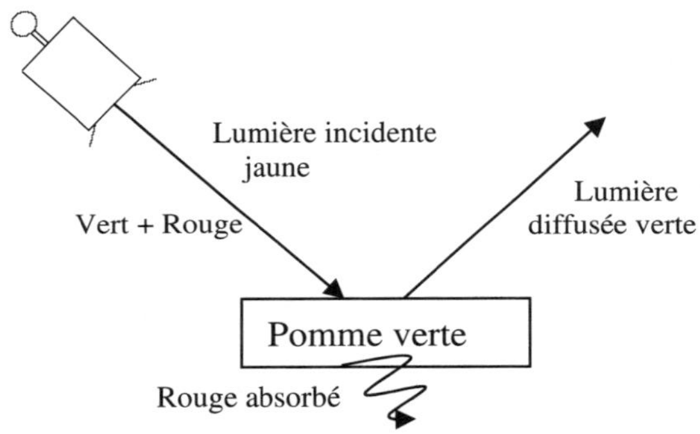

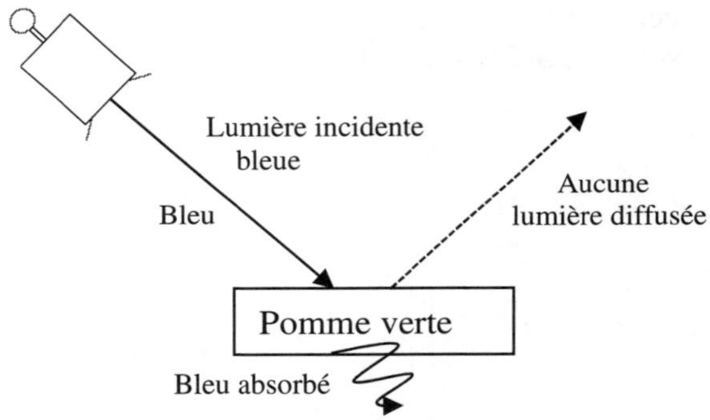

■■ Vrai/Faux

		Vrai	Faux
1.	Un objet perçu jaune a forcément une couleur spectrale jaune.	☐	☐
2.	Le principe permettant de reproduire un très grand nombre de couleurs à partir de trois couleurs primaires est la trichromie.	☐	☐
3.	Mélanger des lumières colorées ou mélanger des peintures donne le même résultat.	☐	☐
4.	Les couleurs primaires de la synthèse additive sont le rouge, le vert et le bleu.	☐	☐
5.	Un objet émettant des radiations rouges et bleues apparaît vert.	☐	☐
6.	En ajoutant deux lumières de couleurs complémentaires on obtient du blanc.	☐	☐
7.	Les couleurs primaires de la synthèse soustractive sont le jaune, le bleu et le magenta.	☐	☐
8.	Une lumière verte passant dans un filtre vert n'est pas modifiée.	☐	☐
9.	Une lumière jaune passant dans un filtre vert n'est pas modifiée.	☐	☐
10.	Éclairer une pomme rouge en lumière jaune la fait paraître jaune.	☐	☐

■■ Énoncé des exercices

❑ Exercice 2.1. Éclairage d'une scène*

Un régisseur lumière a pour rôle d'assurer l'éclairage d'une scène lors de spectacles. Il a à sa disposition des filtres bleu, rouge, jaune et cyan ainsi que plusieurs projecteurs de lumière blanche.

1. Lors de la première scène, un éclairage cyan est demandé sur l'actrice principale. Expliquer comment doit faire le régisseur.

2. À l'arrière de la scène, une faible lumière verte doit éclairer un jardin.

a) Comment créer cette lumière ?

b) De quel phénomène physique se sert le régisseur ?

3. Pour la scène suivante, un éclairage unique magenta est nécessaire.

a) Comment créer cette lumière ?

b) De quel(s) phénomène(s) physique(s) se sert le régisseur ?

❑ Exercice 2.2. Imprimante

Les imprimantes couleurs utilisent quatre types de cartouches : trois colorées et une noire. Tout type de teintes colorées peut être obtenu lors de l'impression par mélange sur le papier de différentes couleurs.

1. Quel principe utilise l'imprimante couleurs lors de l'impression d'une teinte quelconque ?

2. De quelles couleurs doivent être les trois cartouches colorées utilisées ?

3. Pour l'impression d'un devoir, Jade a choisi une police bleue avec des titres rouges et une problématique verte.

a) Pour chaque cas, quelles cartouches seront utilisées par l'imprimante ?

b) La cartouche d'encre cyan est vide, de quelles couleurs apparaissent les différents textes ?

4. La cartouche noire est-elle indispensable ? Justifier. Pourquoi l'utiliser ?

❑ Exercice 2.3. Boîte de nuit

Jade, Robin et Solène ont rendez-vous en boîte de nuit. Deux types de spots de lumière tournent au rythme du son : un bleu et un jaune. Éclairé au spot bleu, le tee-shirt de Jade apparaît noir alors que ceux de Robin et Solène apparaissent bleus. Avec le spot jaune, le tee-shirt de Jade apparaît jaune, celui de Robin vert et celui de Solène noir. De quelle couleur est chaque tee-shirt à la lumière du jour ?

❑ Exercice 2.4. Histoire de drapeaux

1. De quelle couleur faut-il éclairer le drapeau français pour voir le drapeau belge ?

2. De quelle couleur faut-il éclairer le drapeau italien et le drapeau français pour qu'ils soient vus à l'identique ?

3. Un drapeau européen est éclairé par les trois couleurs primaires de la synthèse additive, on observe les drapeaux suivants :

Noir	Vert	Noir

Éclairé en vert

Noir	Rouge	Rouge

Éclairé en rouge

Bleu	Noir	Noir

Éclairé en bleu

De quel pays ce drapeau porte-t-il les couleurs ?

4. Un drapeau européen est éclairé par deux des trois couleurs primaires de la synthèse soustractives : le jaune et le cyan, on observe les drapeaux suivants :

Jaune
Vert
Rouge

Éclairé en jaune

Cyan
Vert
Noir

Éclairé en cyan

De quel pays ce drapeau porte-t-il les couleurs ?

❑ Exercice 2.5. Pointillisme

Le pointillisme est une technique picturale employée par certains peintres comme Georges Seurat à la fin du XIXe siècle. Cette technique consiste à déposer de petites quantités de couleurs proches les unes des autres plutôt qu'une teinte plate unie. Ces couleurs sont discernables si on observe le tableau de très près, mais deviennent indiscernables lorsqu'on s'éloigne un peu (au-delà de 1 m par exemple).

1. Dans le cas d'une observation de loin, quel phénomène physique est utilisé par le peintre Seurat pour le rendu de ses couleurs ?

2. Citer une autre utilisation courante de cette technique.

3. Une zone jaune est observée de loin, quelles peuvent être les peintures utilisées par le peintre pointilliste sur cette zone ?

4. Un peintre pointilliste utilise du vert et du bleu à parts égales.

a) Quelle couleur obtient-il en juxtaposant ces couleurs ?

b) Que se passe-t-il s'il utilise plus de vert que de bleu ?

c) Quelle couleur obtient-il en mélangeant ces couleurs ?

❑ Exercice 2.6. Azurant optique

La cellulose est le principal constituant du bois, du coton, donc du papier et des vêtements en coton. Cependant, avec l'âge, cette cellulose absorbe des radiations lumineuses visibles et donne une teinte jaunâtre au papier qu'elle compose par exemple.

1. Quelle couleur est le complémentaire du jaune ?

2. Serait-il possible d'insérer cette couleur complémentaire dans les fibres de cellulose afin d'éviter ce jaunissement avec l'âge ? Pourquoi ?

Afin de lutter contre cet aspect vieillissant des fibres, l'industrie du papier ou textile utilise des azurants optiques. Un azurant optique est une molécule capable d'absorber des rayonnements ultraviolets (de longueur d'onde inférieure à 400 nm) et d'émettre par fluorescence un rayonnement « azuré », donc visible (de longueur d'onde proche de 480 nm).

3. Quel est le principe physique utilisé lors de l'utilisation d'un azurant optique pour lutter contre l'aspect vieillissant des fibres ?

4. En plus de lutter contre le vieillissement, ces azurants ont la réputation de rendre les objets « plus blancs que blancs ». Pourquoi ?

■ Pour vous aider à démarrer

Exercice 2.1. Utiliser des combinaisons de filtres pour compenser le manque de matériel.
Exercices 2.3. et 2.4. Considérer le comportement de chaque objet vis-à-vis des couleurs rouge, vert et bleu permet de conclure.
Exercice 2.5. Deux sources si proches qu'elles deviennent indiscernables à l'œil nu sont équivalentes à une seule source émettant les lumières de l'une et de l'autre.
Exercice 2.6. Un azurant optique n'absorbe pas de lumière visible, mais en émet. Il peut être considéré comme une source de lumière visible.

Corrigé des vrai/faux

1.	2.	3.	4.	5.	6.	7.	8.	9.	10.
faux	vrai	faux	vrai	faux	vrai	faux	vrai	faux	faux

1. Il peut avoir effectivement une couleur spectrale jaune, mais il se pourrait tout aussi bien que son spectre soit composé des deux couleurs spectrales rouge et vert. Dans les deux cas, les mêmes cônes de l'œil sont activés, ce dernier ne peut donc faire la différence.

3. Mélanger des lumières colorées, c'est faire de la synthèse additive des couleurs tandis que mélanger des peintures, c'est faire de la synthèse soustractive des couleurs. Cela ne donne donc pas le même résultat.

5. À l'aide du diagramme de la synthèse additive du cours, un objet émettant des radiations rouges et bleues apparaît magenta.

7. Les couleurs primaires de la synthèse soustractive sont le jaune, le cyan et le magenta.

9. Une lumière incidente jaune passant dans un filtre vert est modifiée. Pour analyser ce qu'il se passe du point de vue de l'œil, une lumière jaune équivaut à la somme de radiations rouge et verte. Or le filtre vert apparaît vert car il transmet le vert et absorbe les éventuelles radiations rouge et bleu, passant par ce filtre, une lumière jaune s'appauvrira des radiations rouges et émergera verte.

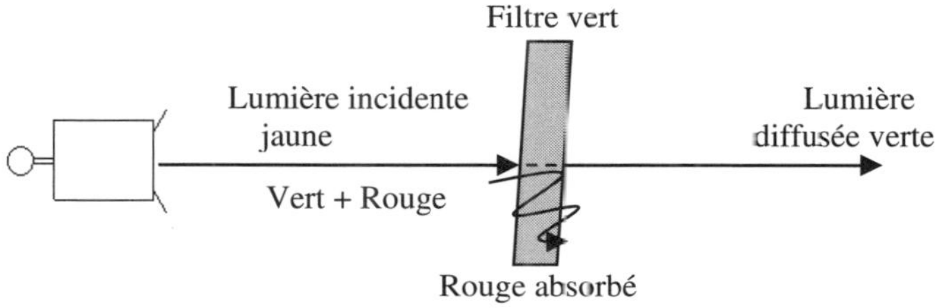

10. Éclairer une pomme rouge en lumière jaune la fait paraître rouge, en effet, la lumière jaune incidente est composée de rouge et de vert, or la pomme rouge diffuse la lumière rouge mais absorbe la lumière verte et la lumière bleue. Il ne reste donc que de la lumière rouge.

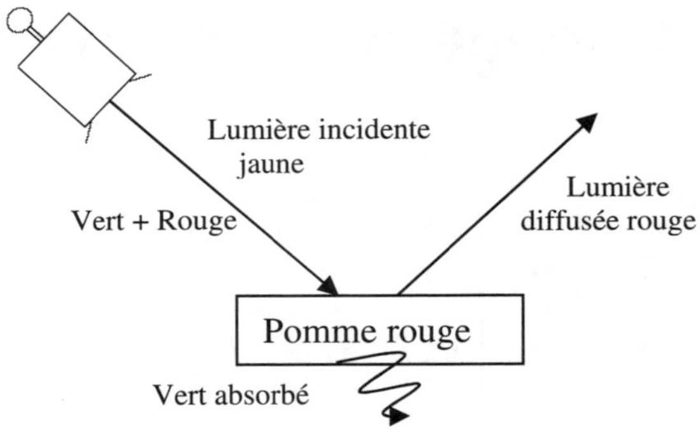

❑ Les erreurs classiques

– Ne pas confondre les couleurs bleu et cyan ou magenta et rouge.
– Bien distinguer selon les cas s'il faut utiliser la synthèse additive ou la synthèse soustractive.
– Ne pas confondre la couleur d'un objet éclairé en lumière blanche (celle dont on a l'habitude), et la couleur perçue de cet objet selon son éclairage.

Corrigé des exercices

Exercice 2.1

1. Assez évidemment, à partir d'une lumière blanche d'un projecteur, le régisseur crée une lumière cyan en adaptant un filtre cyan au projecteur.

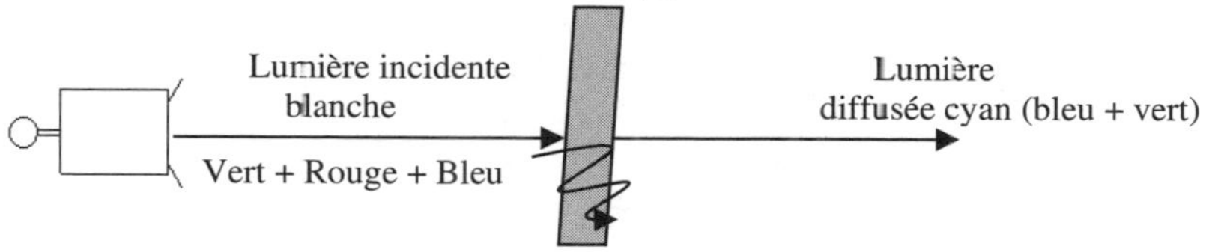

2. a) Cette lumière serait créée facilement avec un projecteur et un filtre vert, cependant le régisseur ne dispose pas de filtre vert. Il doit alors utiliser son cours de physique ! Afin de créer une lumière verte à partir d'une lumière blanche, il faut absorber les radiations rouge et bleu. Pour cela, il utilise donc les filtres cyan et jaune.

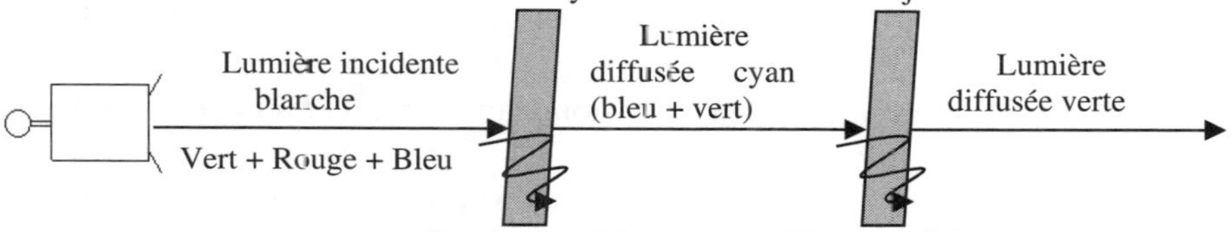

✎ *L'ordre des filtres n'est pas important. Placer le filtre jaune contre le projecteur absorberait le bleu dans un premier temps, puis le rouge serait absorbé ensuite avec le filtre cyan, la lumière finalement diffusée resterait verte.*

b) Le régisseur se sert ici de la synthèse soustractive des couleurs.

3. a) Pour créer cet éclairage magenta, le régisseur devrait se servir d'un projecteur et d'un filtre magenta, seul type de filtre absorbant uniquement des radiations vertes. Cependant il ne dispose pas de ce filtre. Il doit donc à nouveau faire preuve d'inventivité connaissant son cours de physique : le magenta peut être composé à partir de rouge et de bleu, à l'aide de ses deux projecteurs, il devra alors créer deux faisceaux de lumière, l'un rouge, l'autre bleu, qui se rejoindront sur scène afin de donner de la lumière magenta.

Corrigé

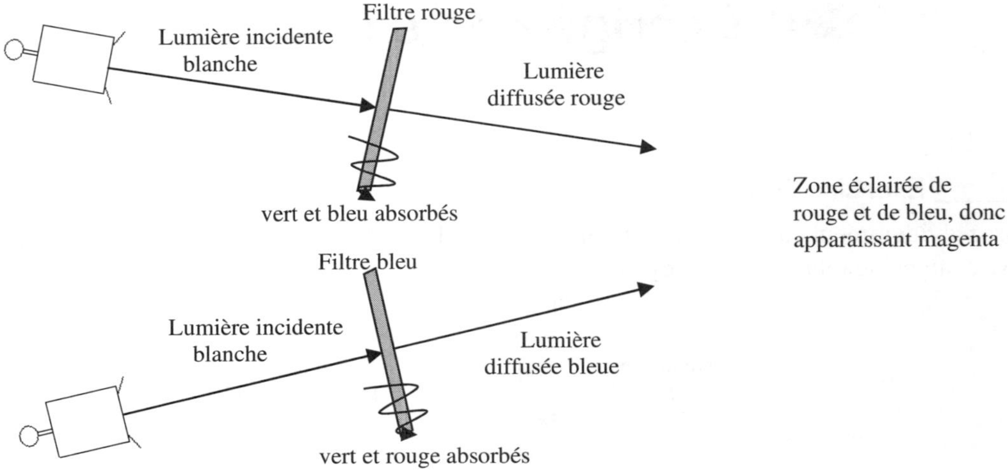

b) Le régisseur se sert de la synthèse soustractive des couleurs au niveau des filtres et de la synthèse additive des couleurs au niveau de la superposition des faisceaux de lumière sur la scène.

Exercice 2.2

1. L'imprimante couleurs utilise la synthèse soustractive des couleurs lors de l'impression d'une teinte quelconque.

2. Les trois cartouches colorées utilisées seront donc jaune, cyan et magenta, couleurs primaires de la synthèse soustractive.

3. a) Dans le cas du texte bleu, il faut que l'encre absorbe le vert et le rouge. Cela est réalisé par l'utilisation d'encre magenta (qui absorbe le vert) et d'encre cyan (qui absorbe le rouge). Dans le cas des titres rouges, il faut que l'encre absorbe le vert et le bleu. Cela est réalisé par l'utilisation d'encre magenta (qui absorbe le vert) et d'encre jaune (qui absorbe le bleu). Dans le cas de la problématique verte, il faut que l'encre absorbe le bleu et le rouge. Cela est réalisé par l'utilisation d'encre jaune (qui absorbe le bleu) et d'encre cyan (qui absorbe le rouge).

b) La cartouche d'encre cyan étant vide, le texte apparaît magenta (seule encre alors utilisée), les titres seront rouges (l'encre cyan n'est pas nécessaire) et la problématique paraîtra jaune (seule encre alors utilisée).

4. La cartouche noire n'est pas indispensable, en effet, le noir peut être obtenu par addition des trois encres jaune, cyan et magenta, absorbant respectivement les radiations bleues, rouges et vertes. C'est d'ailleurs ainsi que la majorité des imprimantes procèdent lorsque la cartouche d'encre noire est vide. Néanmoins, par soucis d'économie d'encre (et de prix), il est préférable de renouveler la cartouche noire dès que possible, évitant ainsi d'utiliser trois encres au lieu d'une, plus chères qui plus est.

Exercice 2.3

Considérons le tee-shirt de Jade :

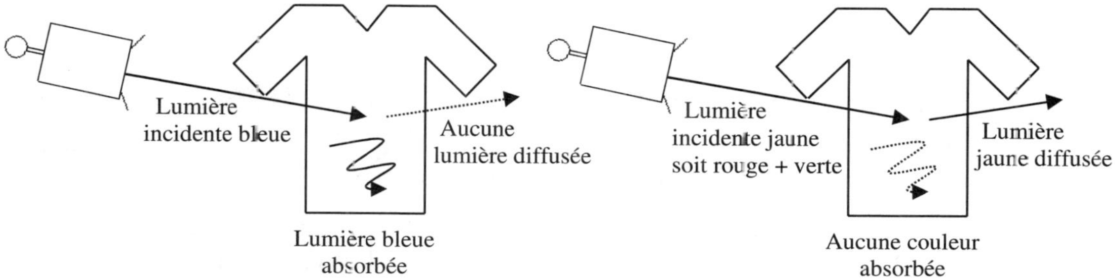

Ce tee-shirt absorbe le bleu et diffuse le rouge et le vert, il est donc jaune.

Considérons le tee-shirt de Robin :

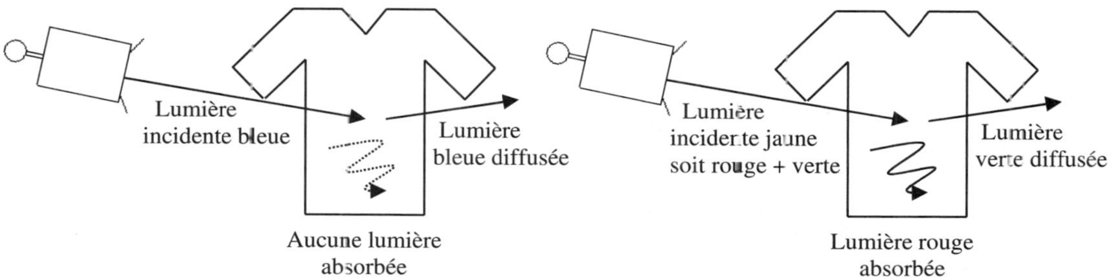

Ce tee-shirt absorbe le rouge et diffuse le bleu et le vert, il est donc cyan.

Considérons le tee-shirt de Solène :

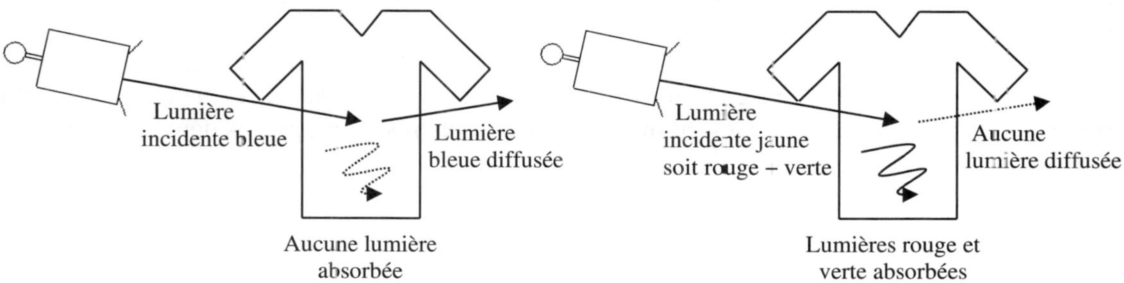

Ce tee-shirt absorbe le rouge et le vert, et diffuse le bleu, il est donc bleu.

Exercice 2.4

1. La réponse est évidente si on considère la couleur au centre du drapeau : blanche pour le drapeau français, jaune pour le drapeau belge. Éclairé en lumière jaune, la partie blanche apparaît jaune pour l'observateur. Il convient de vérifier les autres couleurs. La partie bleue du drapeau français absorbe les radiations vertes et rouges, le jaune composé de rouge et de vert se voit donc totalement absorbé par cette partie du drapeau. La partie rouge de drapeau français absorbe les radiations vertes et bleues, la lumière incidente voit donc ses radiations vertes absorbées et rouges diffusées. On obtient alors bien noir-jaune-rouge : le drapeau de la Belgique.

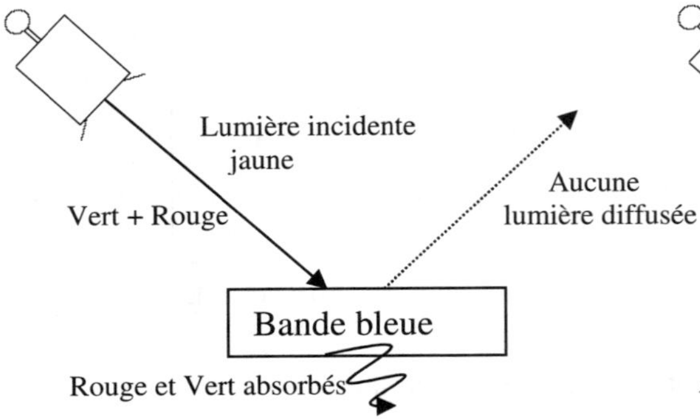

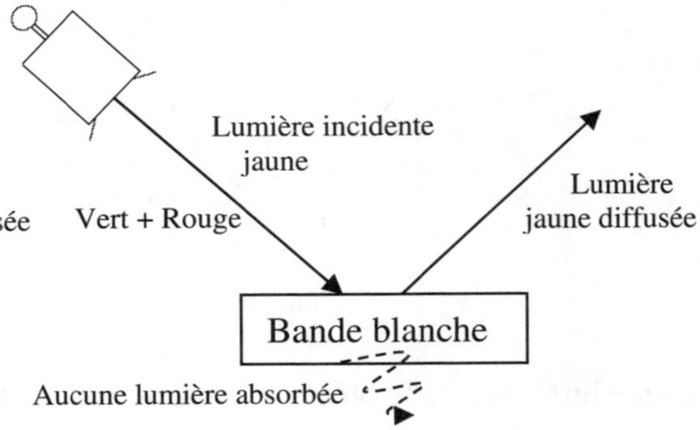

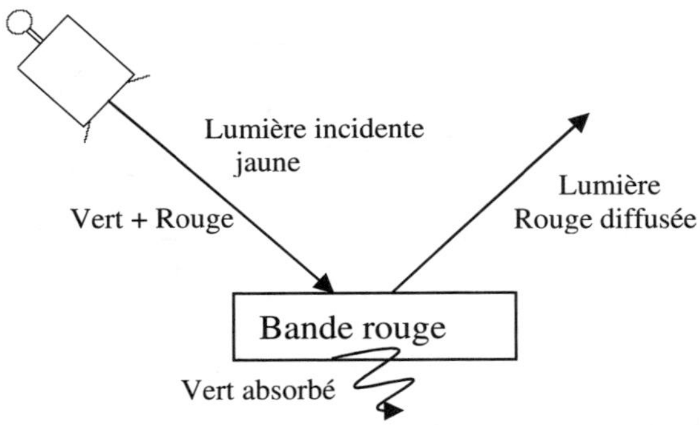

2. La bande blanche centrale et la bande rouge à droite étant communes aux deux drapeaux, elles ne peuvent intervenir dans le raisonnement. Il faut donc trouver une couleur qui doit être diffusée identiquement par les bandes bleue et verte à gauche des drapeaux français et italien. La seule réponse est le rouge, cette lumière étant absorbée par les bandes bleue et verte, aucune lumière n'est alors diffusée par les premières bandes. Éclairés en rouge, les deux drapeaux sont alors vus noir-rouge-rouge.

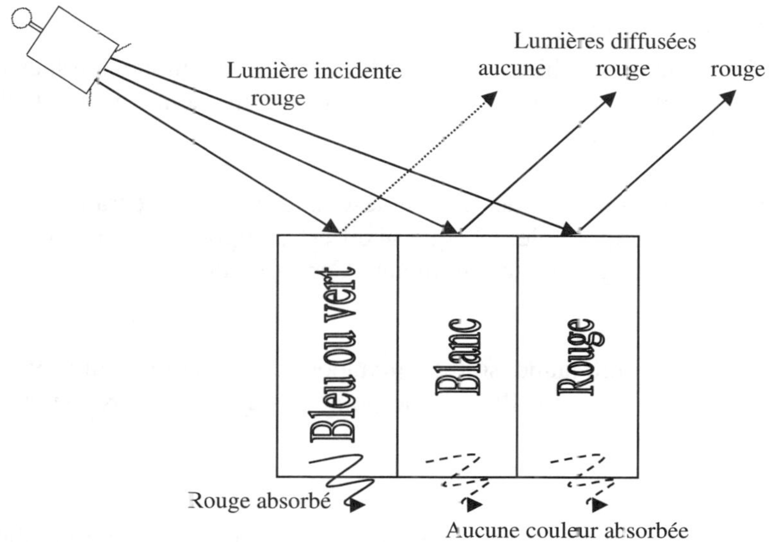

3. L'analyse est plus simple qu'elle ne paraît.
La première bande absorbe les lumières vertes et rouges, mais diffuse le bleu, elle est donc perçue bleue.
La seconde bande absorbe les lumières bleues, mais diffuse les lumières verte et rouges, elle est donc perçue jaune.
La troisième bande absorbe les lumières vertes et bleues, mais diffuse les lumières rouges, elle est donc perçue rouge.
Le drapeau est donc bleu-jaune-rouge, soit aux couleurs de la Roumanie.

4. La première bande diffuse la lumière jaune, donc les lumières rouges et vertes, et la lumière cyan, donc les lumières vertes et bleues. Cette bande diffuse donc les trois couleurs primaires de la synthèse additive, elle est perçue blanche.
La seconde bande diffuse la lumière verte, mais absorbe les lumières rouges (composant en partie le jaune) et bleues (composant en partie le cyan), cette seconde bande est donc perçue verte.
La troisième bande diffuse la lumière rouge, mais absorbe les lumières vertes (composant en partie le jaune) et bleues (composant en partie le cyan), cette troisième bande est donc perçue rouge. Ce drapeau est donc :

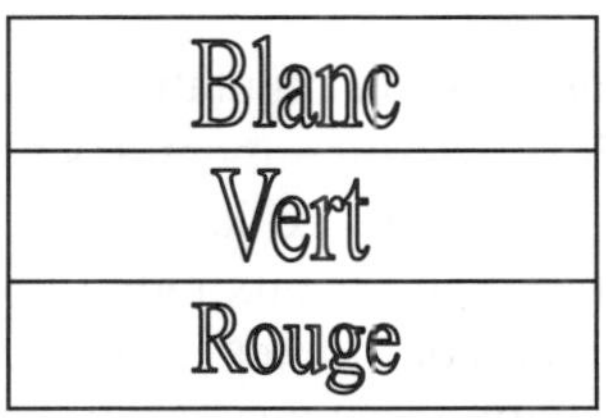

Le drapeau de la Bulgarie

Exercice 2.5

1. Il utilise le phénomène de synthèse additive ! En effet, si les lumières issues de deux points proches sont indiscernables, pour l'œil elles sont issues du même point et elles sont donc ajoutées, d'où la synthèse additive.

2. Une autre application courante de la synthèse additive est l'écran, par exemple d'un téléviseur ou d'un téléphone portable. Chaque pixel est composé de trois sous-pixels capables d'émettre de la lumière rouge, verte ou bleue. Ces sous-pixels sont si petits qu'ils sont indiscernables pour l'œil.

3. Soit il a utilisé de la peinture jaune, soit il a juxtaposé des peintures rouge et vert. Perçues de loin, deux teintes semblent provenir d'un même point et s'ajoutent, le rouge et le vert donnent bien du jaune en synthèse additive.

4. a) Il obtient du cyan.

b) La couleur observée sera entre le vert et le cyan. Selon la quantité, de nombreuses nuances peuvent être créées, parmi elles : le vert émeraude, le vert turquoise…

c) Le bleu absorbe les lumières vertes et rouges, le vert absorbe les lumières bleues et rouges : aucune des couleurs primaires de la synthèse additive ne pourra être diffusée par ce mélange de peinture qui sera perçu noir en théorie (dans la pratique, on a une teinte sombre).

Exercice 2.6

1. La couleur complémentaire du jaune est le bleu.

2. Insérer cette couleur complémentaire dans les fibres de cellulose reviendrait à faire de la synthèse soustractive des couleurs. Or, ici, ce n'est pas le but recherché. Le but étant de limiter l'apparition de lumière jaune, il faudrait faire de la synthèse additive avec ce jaune et de la lumière bleue, ainsi on obtiendrait à nouveau du blanc.

3. Le principe physique utilisé lors de l'utilisation d'un azurant optique pour lutter contre l'aspect vieillissant des fibres est la synthèse additive des couleurs. La lumière jaune est émise par la cellulose et la lumière bleue l'est par l'azurant optique. Ces rayonnements se confondent, pour l'œil qui observe, l'objet est perçu blanc.

4. Deux raisons font que ces azurants ont la réputation de rendre les objets « plus blancs que blancs ». D'abord les effets atténués du vieillissement des fibres, mais aussi la compensation du manque de radiations bleues dans le spectre de la lumière incidente (spectre de corps chaud aussi appelé spectre de corps noir) par rapports aux radiations jaunes, vertes ou rouges. En effet, l'intensité lumineuse n'est pas la même pour toutes les radiations émises par un corps chaud. Le Soleil par exemple émet plus de radiations rouges et vertes que de radiations bleues… Ajouter des radiations bleues équilibre alors le spectre et permet d'avoir un blanc plus éclatant.

✎ *Le rayonnement du corps noir est étudié en enseignement scientifique.*

Chapitre 3
Sources de lumière colorée

À la fin du XIXe siècle, les physiciens pensent avoir fini de comprendre le monde et pouvoir écrire le grand livre de la physique. L'optique de **Descartes**, l'électromagnétisme de **Maxwell**, la mécanique de **Newton** fournissent une description du monde physique acceptée de tous. Restent quelques détails à régler, notamment le problème de l'éther (la supposée substance, support de la lumière dans l'espace), le rayonnement du corps noir, l'effet photoélectrique ainsi que l'interrogation sur le caractère discret ou continu du rayonnement. Mais ces problèmes ne sont solubles qu'avec l'introduction de la mécanique quantique, toute la physique doit alors être réécrite, notamment au niveau microscopique.

■ **Un scientifique**

La thèse de Max **Planck** (1858-1947) concerne le second principe de la thermodynamique. Arrivé à Berlin où il obtient un poste en 1889, il se lance dans l'étude du rayonnement thermique ce qui l'amène à poser, dès cette année-là, les premiers fondements de la mécanique quantique. En 1899 il introduit la constante qui porte désormais son nom et élabore la théorie des quanta, ce qui lui vaut le prix Nobel en 1918. Il contribue par la suite à de nombreux développements dans le cadre de la théorie de la relativité introduite par Albert **Einstein** au début du XXe siècle. En fin de carrière, il tente, sans succès, de défendre les enseignants juifs face à Hitler.

LE SAVIEZ VOUS ?

La constellation d'Orion est l'une des plus belles du ciel d'hiver. Elle ressemble à un H, un peu serré à la ceinture. Tout en haut à gauche, on peut admirer Bételgeuse, une géante rouge alors qu'en bas à droite, Rigel, non moins géante, est bleutée. Or on sait que plus la source de chaleur est chaude, plus son maximum d'émission a lieu pour une faible longueur d'onde. On ne s'étonne donc pas que la surface de la première, d'environ 3 000 degrés Celsius, soit très inférieure à celle de la seconde qui avoisine 10 000 degrés Celsius.

Objectifs

Les notions que je dois maîtriser

- Les différents types de sources lumineuses
- Quantification de l'énergie d'un atome
- Dualité onde/corpuscule de la lumière, notion de photon
- Émission et absorption de photons par un atome

Les compétences que je dois acquérir

- Relier la température et la couleur d'une étoile
- Déterminer la longueur d'onde d'un photon émis ou l'énergie gagnée par un atome absorbant un photon
- Interpréter le spectre d'une source lumineuse à partir du diagramme de niveaux d'énergie des entités qui la constituent

Résumé de cours

Sources de lumière

Les différents types de sources

Les spectres de raies sont créés par des « **sources froides** » (ex : laser, lampes spectrales…) et les spectres continus sont créés par des « **sources chaudes** » (ex : lampes à filament, Soleil…). Une source froide peut fournir un spectre contenant une seule raie, elle est alors qualifiée de **source monochromatique**. Dans le cas d'un spectre contenant au moins deux raies, elle est alors qualifiée de **source polychromatique**. Une source chaude est nécessairement polychromatique.

Domaine des ondes électromagnétiques

La lumière peut être décrite comme une onde électromagnétique (même type d'ondes que celles émises par le téléphone portable). À ce titre, elles sont caractérisées par leur **longueur d'onde dans le vide λ** (dans le vide, car λ est une caractéristique du milieu par l'indice alors que ν est liée à la source) ou par leur **fréquence ν** (parfois notée f). Ces deux grandeurs sont reliées par la relation :

$$\boxed{\lambda = \frac{c}{\nu}}$$

λ : longueur d'onde en m
$c = 3{,}00\times10^{8}\ \text{m.s}^{-1}$: vitesse de la lumière dans le vide
ν : fréquence de l'onde en Hz

Cette relation peut aussi être écrite $\lambda_0 = \frac{c}{\nu}$, avec λ (ou λ_0) en m, ν en Hz et $c = 3{,}00\times10^{8}\ \text{m.s}^{-1}$ célérité de la lumière dans le vide.

Remarque

La période T de l'onde, en secondes, est retrouvée par la relation $T = \frac{1}{\nu}$ vue au collège et en classe de 2de.

Correspondance entre fréquence et longueur d'onde des ondes électromagnétiques :

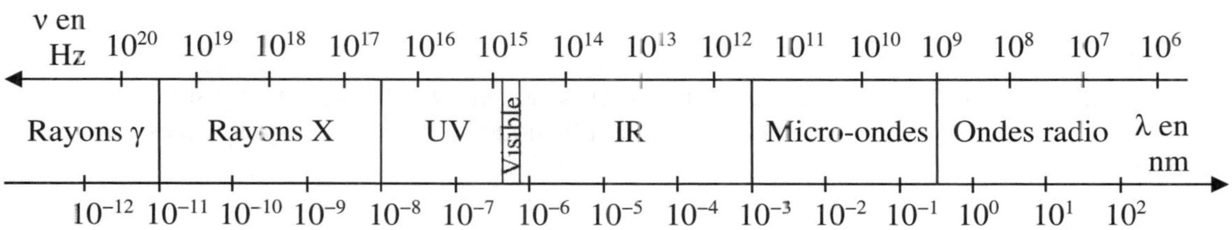

Cela peut être un bon entraînement de vérifier la correspondance des grandeurs du document ci-dessus.

■ Interaction rayonnement/matière

❑ Notion de photon

La lumière est décrite jusque-là comme une onde électromagnétique. Or les observations de Planck puis d'Einstein ont mené à considérer, aussi, la lumière comme une particule : le **photon**. Un faisceau de lumière est donc un ensemble de photons se comportant comme une onde : on parle de dualité onde-corpuscule de la lumière. L'énergie associée au photon est donnée par :

$$\boxed{E = h \times \nu}$$

E : énergie du photon en joules (J)

$h = 6{,}63 \times 10^{-34}$ J.s : constante de Planck

ν : fréquence de l'onde associée en Hz

⇨ **Méthode 3.1. Relier les grandeurs caractérisant le photon**

❑ Quantification de l'énergie d'un atome

L'énergie d'un atome ne peut pas prendre n'importe quelles valeurs, mais seulement des valeurs discrètes (non continues) dépendant de la nature de l'atome. On dit que l'énergie de l'atome est **quantifiée**. L'état d'énergie le plus faible est le plus **stable**, on l'appelle « état **fondamental** », les autres états sont des états « **excités** ». Les énergies possibles sont souvent représentées sur des diagrammes énergétiques.

Diagramme énergétique des 5 premiers niveaux d'énergie du sodium :

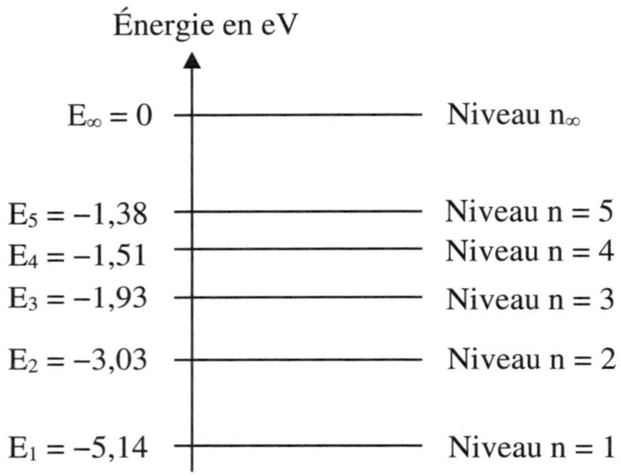

Les énergies E_n sont, selon les conventions, positives ou négatives. Dans cet exemple, elles sont négatives. Les énergies en jeu étant très faibles, l'unité « Joule » n'est pas adaptée, on utilisera l'électronvolt (eV), la conversion se fait avec :

$$\boxed{1{,}00 \text{ eV} = 1{,}60 \times 10^{-19} \text{ J}}$$

Remarque

Cette quantification de l'énergie est une rupture énorme avec la physique vue jusque-là, puisque toute énergie était envisageable. Naît alors la physique des énergies quantifiées : physique quantique.

Au sein de l'atome, ce sont les électrons qui, selon le niveau d'énergie occupé par l'atome, se retrouvent sur des couches plus ou moins éloignées du noyau (voir couches n°1, 2 et 3 et les sous-couches s et p associées de 2de). Lorsque l'énergie de l'atome devient trop grande, au niveau d'énergie E_∞, l'électron est expulsé de l'atome, on parle alors d'**ionisation** de l'atome. Les niveaux d'énergies d'un atome lui sont propres et **caractérisent** cet atome.

❑ Émission et absorption de lumière

L'**émission** de lumière, donc de photons, par une lampe spectrale (atomique) correspond à la désexcitation des atomes contenus dans cette lampe. C'est-à-dire au passage **spontané** d'un niveau d'énergie à un autre plus faible. L'énergie du photon émis correspond exactement à la perte d'énergie de l'atome désexcité.

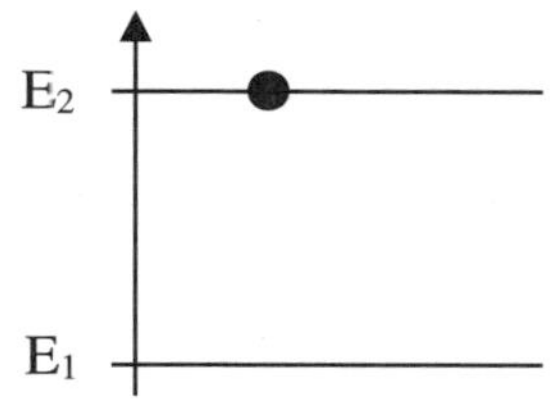

État initial, l'atome se trouve au niveau d'énergie $E_2 > E_1$.

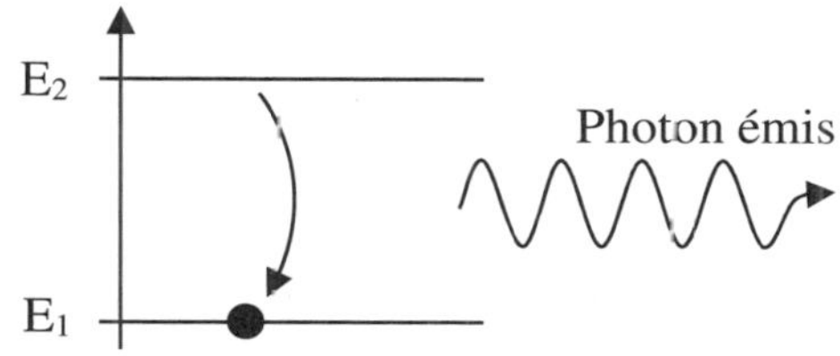

État final, l'atome se trouve au niveau d'énergie E_1. Un photon d'énergie $E = E_2 - E_1$ a été émis.

L'émission d'un photon est **spontanée**, **imprévisible** et **aléatoire**. Il est impossible de savoir à quel moment se produira sa désexcitation, ni la direction d'émission du photon, ni par quel(s) niveau(x) cela se fera.

⇨ **Méthode 3.2. Détermination des longueurs d'onde d'émission d'atomes**

Le passage d'un atome d'un état d'énergie à un autre état d'énergie plus élevé peut se faire de différentes façons. Il est possible de lui donner cette énergie sous forme thermique, électrique (cas des lampes spectrales), mais aussi lumineuse avec des photons adaptés. Si l'énergie d'un photon incident correspond exactement à l'énergie séparant le niveau d'énergie d'un atome et un autre niveau d'énergie possible plus élevé, alors l'atome **absorbe** le photon et subit une transition d'énergie le menant au niveau supérieur.

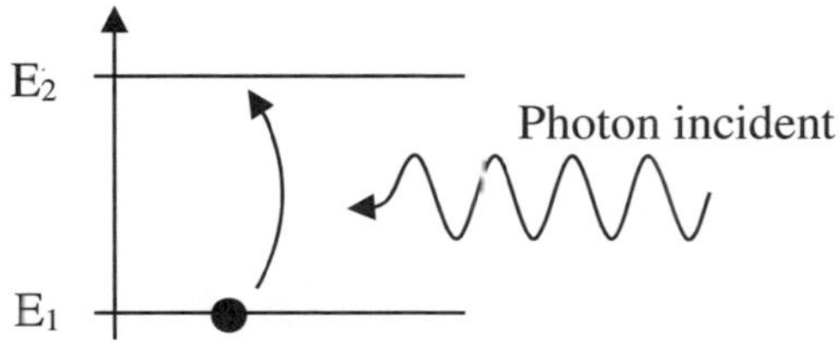

État initial, l'atome se trouve au niveau d'énergie $E_1 < E_2$. Un photon d'énergie $E = E_2 - E_1$ arrive à la rencontre de l'atome.

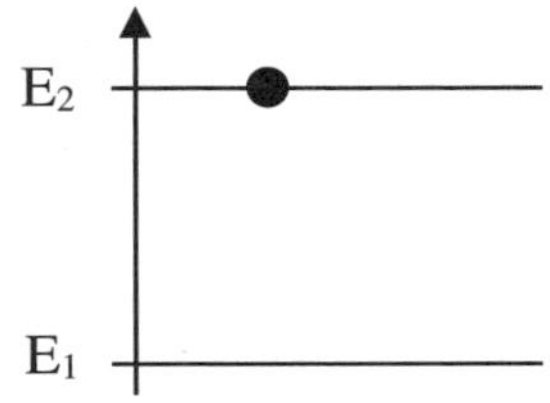

État final, l'atome se trouve au niveau d'énergie E_2, le photon a été absorbé.

Remarque

Dans le cas de plusieurs niveaux d'énergie E_1, E_2, E_3, E_4… rien n'oblige l'atome de passer par le niveau d'énergie immédiatement supérieur ou inférieur lors de l'absorption ou l'émission d'un photon. Passer du niveau E_1 au niveau E_4 ou du niveau E_3 au niveau E_1 est possible.

■■ Méthodes

■ Comment relier la longueur d'onde d'un photon émis par un atome à la désexcitation de l'atome ?

❑ Méthode 3.1. Relier les grandeurs caractérisant le photon

Un photon est caractérisé par son énergie, sa longueur d'onde dans le vide ou sa fréquence. Ces trois grandeurs ne sont pas indépendantes, au contraire elles sont liées par les formules vues dans le cours $E = h \times \nu$ et $\lambda = \frac{c}{\nu}$.

⇨ **Exercices 3.1 à 3.7.**

$E = h \times \nu$ peut nous fournir la fréquence ν : $\boxed{\nu = \frac{E}{h}}$.

$\lambda = \frac{c}{\nu}$ peut nous fournir la fréquence ν : $\boxed{\nu = \frac{c}{\lambda}}$.

En combinant les équations ci-dessus, on peut obtenir en un seul calcul E ou λ :

$E = h \times \nu \quad \Leftrightarrow \quad \boxed{E = h \times \frac{c}{\lambda}}$.

$\lambda = \frac{c}{\nu} \quad \Leftrightarrow \quad \boxed{\lambda = \frac{h \times c}{E}}$.

❑ Méthode 3.2. Détermination des longueurs d'onde d'émission d'atomes

La donnée des niveaux d'énergie d'un atome permet de déterminer l'énergie des photons susceptibles d'être émis ou absorbés par cet atome. Par l'utilisation des formules $\lambda = \frac{c}{\nu}$ et $E = h \times \nu$, on peut relier la longueur d'onde, l'énergie et la fréquence de ces photons.

⇨ **Exercices 3.1 à 3.3 et 3.7.**

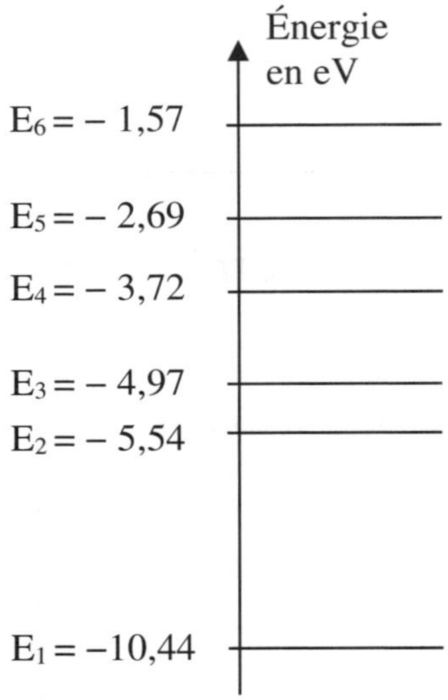

Le but est de déterminer les longueurs d'onde des raies d'émission visibles du mercure à partir du diagramme énergétique montrant les 6 premiers niveaux d'énergie possibles de cet atome.

D'abord déterminons le nombre de photons différents qu'il est possible d'obtenir avec ce type de diagramme : du niveau d'énergie E_6 peuvent être émis des photons pour des transitions vers les niveaux E_5, E_4, E_3, E_2 et E_1, soit 5 photons différents. De même, 4 photons différents peuvent être émis pour une désexcitation depuis le niveau d'énergie E_5, 3 depuis le niveau E_4, 2 depuis le niveau E_3 et 1 depuis le niveau E_2. Au total cela fait 15 photons différents ! Si cela peut être un bon entraînement de tous les déterminer, il faudra faire preuve d'un peu de finesse pour ne pas perdre trop de temps et se contenter des raies visibles.

Détermination du photon de la transition du niveau d'énergie E_2 vers le niveau d'énergie E_1 :
La variation d'énergie de l'atome est $\Delta E = E_2 - E_1 = -5{,}54 - (-10{,}44) = 4{,}90$ eV . Le photon émis a alors une énergie $E = 4{,}90 \text{ eV} = 4{,}90 \times 1{,}60 \times 10^{-19} \text{ J} = \boxed{7{,}84 \times 10^{-19} \text{J}}$.

Pour déterminer la longueur d'onde, on utilise la formule $\lambda = h \times \dfrac{c}{E}$.

A.N. : $\lambda = 6{,}63 \times 10^{-34} \times \dfrac{3{,}00 \times 10^{8}}{7{,}84 \times 10^{-19}} = 2{,}54 \times 10^{-7} \text{ m} = \boxed{254 \text{ nm}}$.
Ce photon n'est pas dans le domaine visible recherché, mais dans le domaine des UV.

Si nous devions étudier la transition du niveau d'énergie E_3 vers le niveau d'énergie E_1, la différence d'énergie est plus grande donc le photon est plus énergétique. D'après $E = h \times \nu$, la fréquence ν de ce photon est aussi plus grande, d'après $\lambda = \dfrac{c}{\nu}$, la longueur d'onde λ est plus petite, donc toujours dans les UV. Par ce type de considération, il est possible d'éviter des calculs inutiles.

Étudions la transition $E_5 \rightarrow E_2$: $\Delta E = E_5 - E_2 = -2{,}69 - (-5.54) = 2.85 \text{ eV} = \boxed{4{,}56 \times 10^{-19} \text{ J}}$.

$\lambda = h \times \dfrac{c}{E}$.   A.N. : $\lambda = 6{,}63 \times 10^{-34} \times \dfrac{3{,}00 \times 10^{8}}{4.56 \times 10^{-19}} = 4.36 \times 10^{-7} \text{ m} = \boxed{436 \text{ nm}}$.
On retrouve une raie bleue du spectre d'émission du mercure ! Les autres raies visibles sont celles qui ont des longueurs d'onde raisonnablement supérieures à celle-ci, donc correspondant à des fréquences raisonnablement inférieures, soit à des différences d'énergies raisonnablement inférieures. Tous calculs faits on retrouve des raies verte ($\lambda = 545$ nm), jaune ($\lambda = 578$ nm) et rouge ($\lambda = 683$ nm).

Pour s'entraîner, voici les résultats pour toutes les transitions :

Transition	E du photon émis en eV	E du photon émis en J	ν du photon émis en Hz	λ du photon émis en m	λ du photon émis en nm
Cas général $E_f \rightarrow E_i$	$\Delta E = E_i - E_f$	$E(eV) \times 1{,}60 \times 10^{-19}$	$\nu = \frac{E}{h}$	$\lambda = \frac{c}{\nu}$	$\lambda(m) \times 10^9$
$E_6 \rightarrow E_5$	1,12	$1{,}79 \times 10^{-19}$	$2{,}70 \times 10^{14}$	$1{,}11 \times 10^{-6}$	$1{,}11 \times 10^{3}$
$E_6 \rightarrow E_4$	2,15	$3{,}44 \times 10^{-19}$	$5{,}19 \times 10^{14}$	$5{,}78 \times 10^{-7}$	578
$E_6 \rightarrow E_3$	3,40	$5{,}44 \times 10^{-19}$	$8{,}21 \times 10^{14}$	$3{,}66 \times 10^{-7}$	366
$E_6 \rightarrow E_2$	3,97	$6{,}35 \times 10^{-19}$	$9{,}58 \times 10^{14}$	$3{,}13 \times 10^{-7}$	313
$E_6 \rightarrow E_1$	8,87	$1{,}42 \times 10^{-18}$	$2{,}14 \times 10^{15}$	$1{,}40 \times 10^{-7}$	140
$E_5 \rightarrow E_4$	1,03	$1{,}65 \times 10^{-19}$	$2{,}49 \times 10^{14}$	$1{,}21 \times 10^{-6}$	$1{,}21 \times 10^{3}$
$E_5 \rightarrow E_3$	2,28	$3{,}65 \times 10^{-19}$	$5{,}50 \times 10^{14}$	$5{,}45 \times 10^{-7}$	545
$E_5 \rightarrow E_2$	2,85	$4{,}56 \times 10^{-19}$	$6{,}88 \times 10^{14}$	$4{,}36 \times 10^{-7}$	436
$E_5 \rightarrow E_1$	7,75	$1{,}24 \times 10^{-18}$	$1{,}87 \times 10^{15}$	$1{,}60 \times 10^{-7}$	160
$E_4 \rightarrow E_3$	1,25	$2{,}00 \times 10^{-19}$	$3{,}02 \times 10^{14}$	$9{,}95 \times 10^{-7}$	995
$E_4 \rightarrow E_2$	1,82	$2{,}91 \times 10^{-19}$	$4{,}39 \times 10^{14}$	$6{,}83 \times 10^{-7}$	683
$E_4 \rightarrow E_1$	6,72	$1{,}08 \times 10^{-18}$	$1{,}62 \times 10^{15}$	$1{,}85 \times 10^{-7}$	185
$E_3 \rightarrow E_2$	0,57	$9{,}12 \times 10^{-20}$	$1{,}38 \times 10^{14}$	$2{,}18 \times 10^{-6}$	$2{,}18 \times 10^{3}$
$E_3 \rightarrow E_1$	5,47	$8{,}75 \times 10^{-19}$	$1{,}32 \times 10^{15}$	$2{,}27 \times 10^{-7}$	227
$E_2 \rightarrow E_1$	4,90	$7{,}84 \times 10^{-19}$	$1{,}18 \times 10^{15}$	$2{,}54 \times 10^{-7}$	254

Vrai/Faux

		Vrai	Faux
1.	Une lampe spectrale est une source monochromatique.	☐	☐
2.	La donnée de λ caractérise une onde électromagnétique dans le vide.	☐	☐
3.	Connaissant λ on retrouve ν dans le vide en divisant λ par c.	☐	☐
4.	Pour les ondes lumineuses entre 200 nm et 1000 nm : $\lambda < 400$ nm correspond aux UV, $\lambda > 800$ nm aux IR, 400 nm $< \lambda <$ 800 nm au spectre visible.	☐	☐
5.	Pour les ondes lumineuses : $\nu < \nu_{visible}$ correspond aux UV et $\nu > \nu_{visible}$ correspond aux IR.	☐	☐
6.	Lors de la désexcitation d'un atome situé sur son troisième niveau d'un système à 3 niveaux, un ou deux photons peuvent être émis.	☐	☐
7.	Chaque type d'atome possède des niveaux d'énergie discrets qui lui sont propres.	☐	☐
8.	Les photons que peut absorber un atome donné n'ont qu'une seule longueur d'onde particulière.	☐	☐
9.	La variation d'énergie de l'atome lors de l'absorption d'un photon correspond exactement à l'énergie du photon.	☐	☐
10.	Les niveaux d'énergie de l'azote et du mercure sont différents.	☐	☐

■■ Énoncé des exercices

Pour tous les exercices : h = 6,63.10^{-34} J.s ; c = 3,00.10^{8} m.s^{-1} et 1,00 eV = 1,60.10^{-19} J.

❑ Exercice 3.1. Énergie, longueur d'onde et fréquence

1. Un laser Hélium Néon du lycée de puissance $P = 1{,}0$ mW produit un faisceau lumineux de longueur d'onde 632,8 nm.

a) Quelle est la fréquence d'un photon émis par ce laser ?

b) Quelle énergie transporte ce photon ?

c) Quelle énergie transporte le photon émis par un laser Hélium Néon de puissance $P = 2{,}5$ mW , de longueur d'onde 632,8 nm ?

2. Un photon capté par un spectroscope a été émis par un atome de lithium. Il correspond exactement à une transition entre les niveaux E_2 et E_3 séparés par une énergie de 1,53 eV.

a) Représenter cette transition sur un diagramme énergétique.

b) Déterminer la fréquence, puis la longueur d'onde de ce photon.

c) Dans quel domaine de longueurs d'onde se trouve ce photon ?

❑ Exercice 3.2. Tubes de Coolidge

Dans un tube de Coolidge, des électrons émis par un filament chauffé par effet Joule sont accélérés sous l'effet d'un champ électrique uniforme. Ce champ est créé par une tension électrique U d'environ 100 kV. Les électrons se dirigent vers une cible de molybdène, métal de symbole Mo, avec laquelle ils interagissent pour produire les rayonnements désirés. Se déplaçant à une vitesse très élevée, ces électrons peuvent acquérir une énergie cinétique suffisante pour perturber les couches électroniques internes des atomes de la cible. Ces atomes, dans un état excité, vont alors émettre les rayonnements en retournant à leur état fondamental.

1. Reproduire sur votre copie le diagramme d'énergie du molybdène ci-contre, et y représenter par des flèches toutes les transitions électroniques de l'atome pouvant s'accompagner de l'émission d'un rayonnement.

2. Déterminer le domaine des ondes émises correspondant à ces transitions.

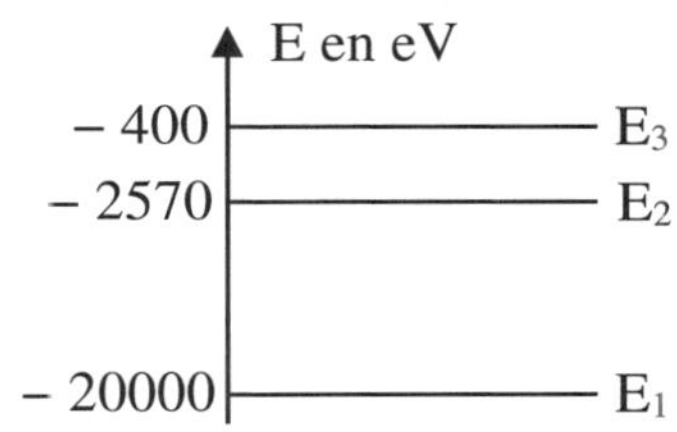

Extrait de BAC 2016 Antilles Guyane

❑ Exercice 3.3. La tête dans les étoiles

Doc 1 : Spectre de luminosité en fonction de λ pour le Soleil

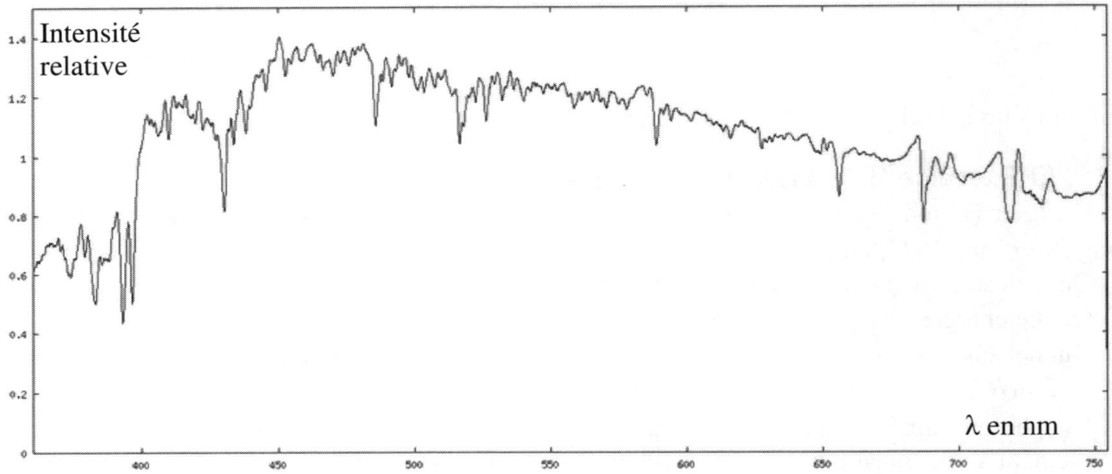

Doc 2 : Spectre de luminosité en fonction de λ pour Phad, étoile de la constellation de la Grande Ourse

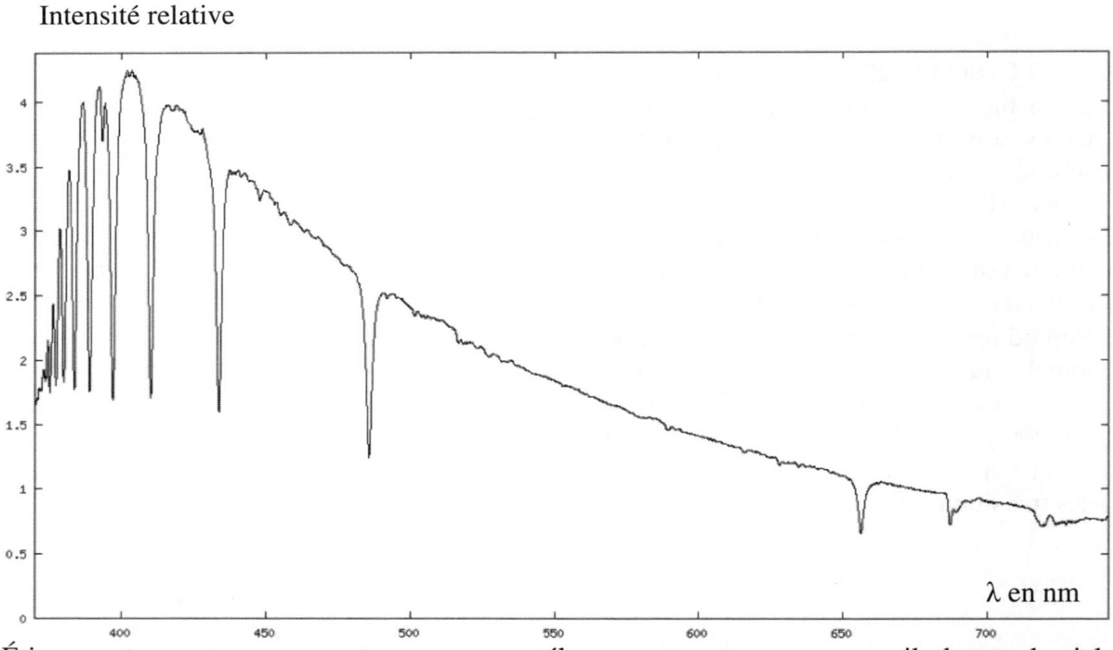

Étienne est un astronome amateur, avec son télescope et son spectroscope, il observe le ciel et trace les spectres de différents corps célestes, dont ceux du Soleil et de Phad ci-dessus. Nous allons tenter d'en savoir plus sur ces étoiles à partir de ces documents.

On donne le diagramme énergétique de l'hydrogène. De très nombreuses transitions sont possibles, donnant un grand nombre de types de photons potentiellement émis par cet atome. Les transitions mettant en jeu le niveau fondamental sont regroupées dans la « série de Lyman », celles visibles mettant en jeu le niveau E_2 sont regroupées dans la « série de Balmer », celles mettant en jeu le niveau E_3 sont regroupées dans la « série de Paschen ». On nomme λ_{ij} la longueur d'onde du photon émis lors d'une transition d'énergie du niveau j au niveau i.

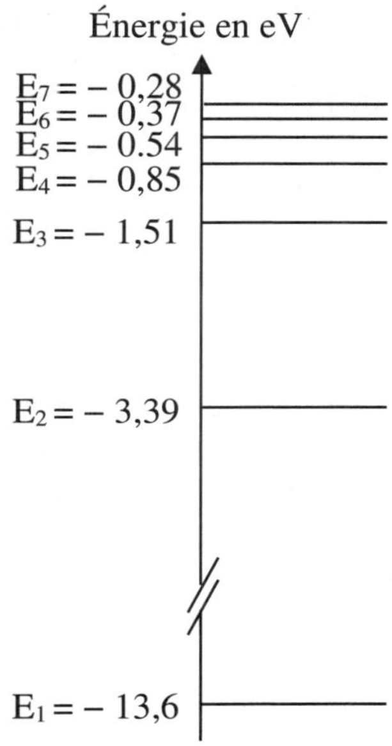

1. Combien de transitions énergétiques contient la série de Balmer ?

2. Déterminer les énergies et les longueurs d'onde des photons émis lors de ces transitions.

3. À l'aide des spectres d'Étienne, comment peut-on déterminer la présence d'hydrogène dans les chromosphères du Soleil et de Phad ? Qu'en est-il pour ces deux étoiles ?

4. Peut-on être sûr de cette conclusion à la question 3 ? Si non, que faudrait-il faire pour l'être ?

Spectres tirés de http://astronomia-spectro.weebly.com

❑ Exercice 3.4. Émission stimulée*

Un laser vert du lycée de puissance $P = 1,0$ mW fournit le spectre d'émission ci-dessous. Quelle quantité de photons ce laser émet-il chaque seconde (1,0 s) ?

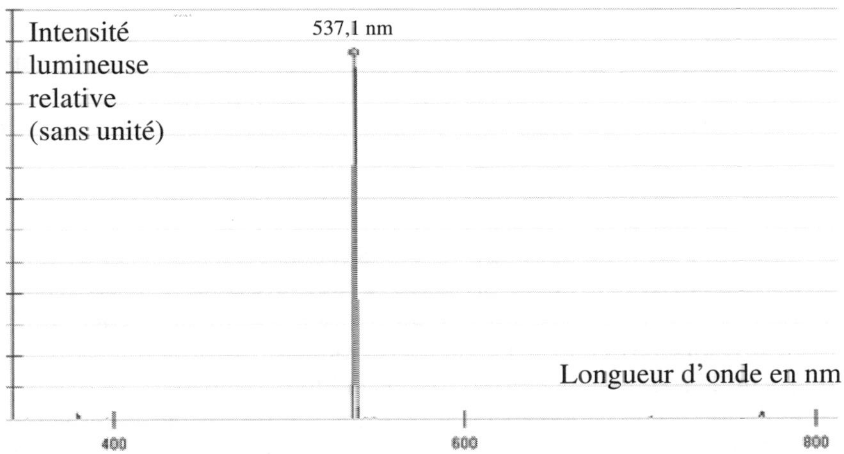

❑ Exercice 3.5. Analyse du spectre de raies du césium

En 1861, Kirchhoff et Bunsen mettent en évidence un nouvel élément, le césium, grâce à son spectre de raies. Dans ce spectre, deux raies sont particulièrement lumineuses, les raies notées α et β de longueurs d'onde respectives $\lambda_\alpha = 459$ nm et $\lambda_\beta = 455$ nm.

1. À quel domaine (visible, ultraviolet ou infrarouge) appartiennent les raies α et β ? Justifier.

2. La lumière analysée est-elle monochromatique ou polychromatique ? Justifier.

3. Quelle relation existe-t-il entre la fréquence ν d'une radiation et sa longueur d'onde λ dans le vide ?

4. Quelle est la fréquence ν de la raie α ?

On note E l'énergie du photon émis lors de la transition énergétique d'un atome.

5. Donner l'expression littérale de E en fonction de la longueur d'onde λ de la radiation émise dans le vide, de la constante de Planck h et de la célérité de la lumière dans le vide c.

6. On donne le diagramme simplifié des niveaux d'énergie de l'atome de césium.

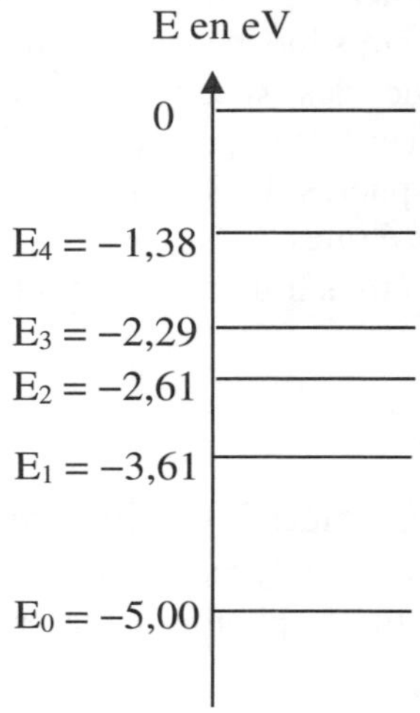

a) Indiquer sur le diagramme l'état fondamental et les états excités.

On considère maintenant la raie α du spectre d'émission du césium.

b) Calculer l'énergie ΔE (en eV) qui correspond à l'émission de cette radiation.

c) Indiquer par une flèche sur le diagramme la transition correspondante.

7. L'atome de césium, dans l'état E_0, reçoit maintenant une radiation lumineuse dont le quantum d'énergie correspond à 2,39 eV.

a) Cette radiation lumineuse peut-elle interagir avec l'atome de césium dans l'état E_0 ? Justifier.

b) La raie associée à cette transition est-elle une raie d'absorption ou une raie d'émission ? Justifier.

Extrait de BAC 2012 Asie

❑ Exercice 3.6. Lampe à vapeur de sodium

On utilise les lampes à vapeur de sodium pour éclairer des tunnels routiers. Ces lampes contiennent de la vapeur de sodium à très faible pression. Cette vapeur est excitée par un faisceau d'électrons qui traverse le tube. Les atomes de sodium absorbent l'énergie des électrons. L'énergie est restituée lors du retour à l'état fondamental sous forme de radiations lumineuses. Les lampes à vapeur de sodium émettent surtout de la lumière jaune.

1. L'analyse du spectre d'émission d'une lampe à vapeur de sodium révèle la présence de raies de longueur d'onde λ bien définie :

Spectre d'émission d'une lampe à vapeur de sodium

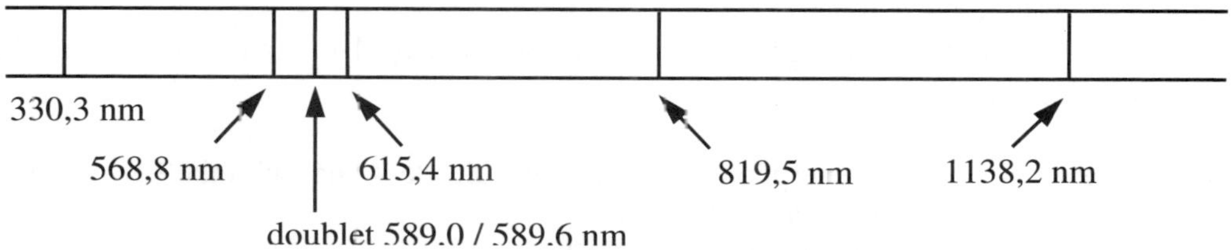

a) Quelles sont les longueurs d'onde des raies appartenant au domaine du visible ? Au domaine des ultraviolets ? Au domaine de l'infrarouge ?

b) S'agit-il d'une lumière polychromatique ou monochromatique ? Justifier votre réponse.

c) Quelle est la valeur de la fréquence ν de la raie de longueur d'onde $\lambda = 589{,}0$ nm ?

d) Parmi les données présentées en début de l'exercice, que représentent les grandeurs h et e ?

2. On donne le diagramme simplifié des niveaux d'énergie de l'atome de sodium.

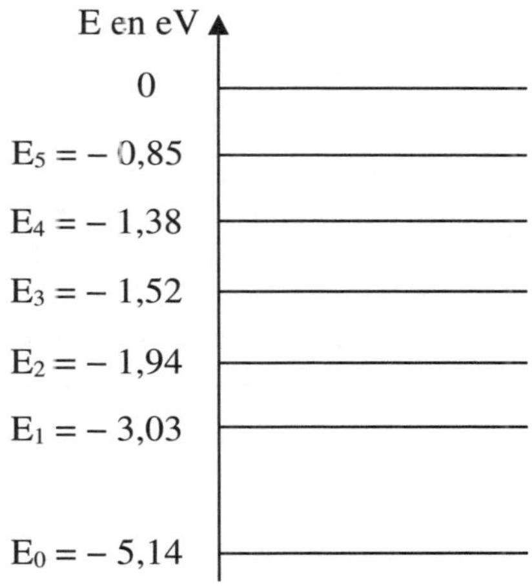

a) Indiquer sur le diagramme, l'état fondamental et les états excités.

b) En quoi ce diagramme permet-il de justifier la discontinuité du spectre d'émission d'une lampe à vapeur de sodium ?

c) On considère la raie jaune du doublet du sodium de longueur d'onde $\lambda = 589{,}0$ nm. Calculer l'énergie ΔE (en eV) qui correspond à l'émission de cette radiation. (On donnera le résultat avec le nombre de chiffres significatifs adapté aux données).

d) Sans justifier, indiquer par une flèche notée 1 sur le diagramme des niveaux d'énergie la transition correspondante.

3. L'atome de sodium, considéré maintenant à l'état E_1, reçoit une radiation lumineuse dont le quantum d'énergie $\Delta E'$ a pour valeur 1,09 eV.

a) Cette radiation lumineuse peut-elle interagir avec l'atome de sodium à l'état E_1 ? Justifier.

b) Représenter sur le diagramme la transition correspondante par une flèche notée 2. La raie associée à cette transition est-elle une raie d'émission ou une raie d'absorption ? Justifier votre réponse.

Extrait de BAC 2004 Pondichéry

❑ Exercice 3.7. Retour sur les azurants optiques**

Les azurants optiques étudiés dans l'exercice 2.6 sont utilisés pour leurs propriétés fluorescentes (se dit d'une molécule capable d'absorber un rayonnement UV puis d'émettre un rayonnement visible). Afin de lutter contre l'aspect vieillissant des fibres textiles dû à la cellulose, des molécules telles que la 4-méthylumbelliferone sont introduites dans les lessives. Cette molécule a en effet la capacité d'absorber des photons de longueur d'onde $\lambda = 340$ nm et de réémettre des photons de longueur d'onde $\lambda = 430$ nm.

1. Quelle est l'énergie d'un photon susceptible d'être absorbé par la molécule 4-méthylumbelliferone ?
2. Quelle est l'énergie d'un photon visible émis par la molécule 4-méthylumbelliferone ?
3. Que peut-on en conclure ?

Supposant que le diagramme énergétique de la molécule de 4-méthylumbelliferone n'ait que 3 niveaux, dont le fondamental E_0 à – 5,14 eV :
4. Représenter ce diagramme (sans soucis d'échelle).
5. Déterminer l'autre type de photon pouvant être émis par la 4-méthylumbelliferone après une première émission. Est-il visible ?

■ Pour vous aider à démarrer

Exercice 3.5. La différence d'énergie entre deux niveaux doit correspondre exactement à l'énergie d'un photon pour qu'il soit absorbé.
Exercice 3.7. À partir de l'état fondamental, l'absorption mène au niveau excité de plus grande énergie, l'émission d'un premier photon mène à un niveau d'énergie intermédiaire, puis un autre photon est alors émis.

■■ Corrigé des vrai/faux

1.	2.	3.	4.	5.	6.	7.	8.	9.	10.
faux	vrai	faux	vrai	faux	vrai	vrai	faux	vrai	vrai

1. Une lampe spectrale est une lampe à gaz subissant des décharges électriques, le spectre d'émission de lumière due à la désexcitation des atomes est un spectre de raies, donc polychromatique.

3. $\nu = \frac{c}{\lambda}$ et non pas l'inverse.

5. Pour les ondes lumineuses : $\nu < \nu_{visible}$ correspond aux IR et $\nu > \nu_{visible}$ correspond aux UV. À partir de la formule ci-dessus, on constate que les grandes longueurs d'ondes (IR) correspondent aux faibles fréquences et que les petites longueurs d'onde (UV) correspondent aux grandes fréquences.

6. Effectivement, soit une seule émission fait passer l'atome du troisième niveau au premier, soit deux photons sont émis pour passer du troisième au deuxième pour l'un puis du deuxième au premier pour l'autre.

8. Les photons que peut absorber un atome donné ont plusieurs longueurs d'onde possibles, leur nombre dépend du nombre de niveaux d'énergie accessibles de l'atome.

❑ Les erreurs classiques

– Attention aux unités ! Les énergies exprimées en eV doivent être converties en J dans les formules.
– Les photons ayant de grandes énergies ont une grande fréquence mais une faible longueur d'onde.
– Ne pas interpréter trop vite un spectre d'émission ou d'absorption, une longueur d'onde peut correspondre grossièrement à différents spectres, il faut valider avec les autres.

Corrigé des exercices

Exercice 3.1

1. a) La fréquence d'un photon émis par ce laser est donnée par la formule $\nu = \frac{c}{\lambda}$.

A.N. : $\nu = \frac{3{,}00 \times 10^{8}}{632{,}8 \times 10^{-9}} = \boxed{4{,}74 \times 10^{14}\ \text{Hz}}$.

b) Ce photon transporte une énergie $E = h \times \nu$.

A.N. : $E = 6{,}63 \times 10^{-34} \times 4{,}74 \times 10^{14} = \boxed{3{,}14 \times 10^{-19}\ \text{J}}$.

c) L'énergie de ce photon ne dépend pas de la puissance du laser, mais de la longueur d'onde émise. Cette longueur d'onde étant la même, la fréquence du photon est donc la même : $\nu = 4{,}74 \times 10^{14}$ Hz.

2. a) Diagramme énergétique de cette transition :

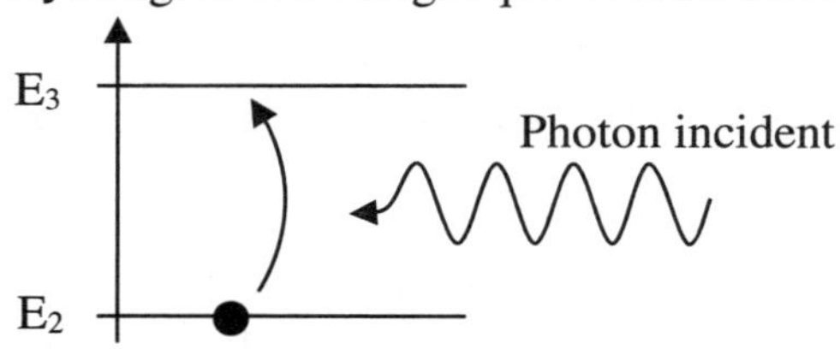

État initial, l'atome se trouve au niveau d'énergie $E_2 < E_3$. Un photon d'énergie $E = E_3 - E_2$ arrive à la rencontre de l'atome.

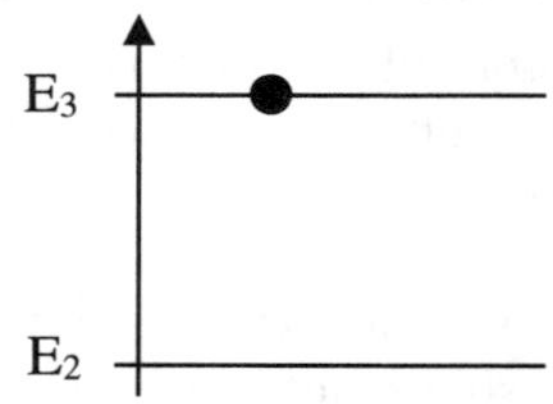

État final, l'atome se trouve au niveau d'énergie E_3, le photon a été absorbé.

b) $E = h \times \nu$ donc $\boxed{\nu = \frac{E}{h}}$ A.N. : $\nu = \frac{1{,}53 \times 1{,}60 \times 10^{-19}}{6{,}63 \times 10^{-34}} = \boxed{3{,}69 \times 10^{14}\ \text{Hz}}$.

$\lambda = \frac{c}{\nu}$ A.N. : $\lambda = \frac{3{,}00 \times 10^{8}}{3{,}69 \times 10^{14}} = 8{,}13 \times 10^{-7}\ \text{m} = \boxed{813\ \text{nm}}$.

c) Ce photon se trouve dans le domaine des longueurs d'onde infrarouges.

Exercice 3.2

1.

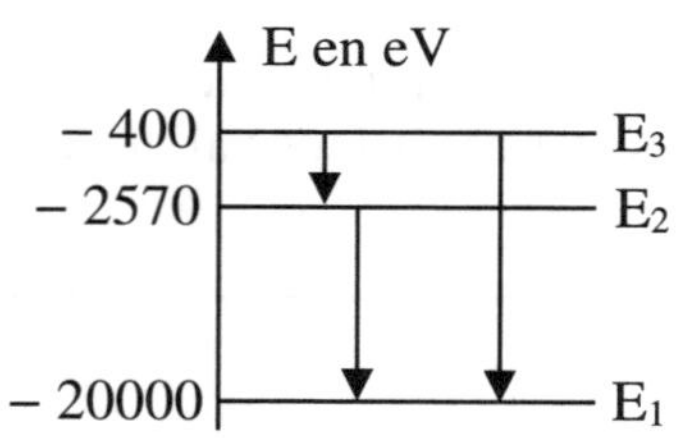

3 transitions sont envisageables :
- du niveau E_3 vers le niveau E_2
- du niveau E_2 vers le niveau E_1
- du niveau E_3 vers le niveau E_1

2. Calculons dans chaque cas les longueurs d'onde des radiations émises (on pourrait faire la même analyse en calculant les fréquences) via la formule $\lambda = h \times \frac{c}{E}$:

– du niveau E_3 vers le niveau E_2 : $\lambda_{32} = h \times \frac{c}{E_3 - E_2}$

$$\text{A.N. : } \lambda_{32} = 6{,}63 \times 10^{-34} \times \frac{3{,}00 \times 10^8}{\left[-400 - (-2570)\right] \times 1{,}60 \times 10^{-19}} = \boxed{5{,}73 \times 10^{-10}\ \text{m}} \Leftrightarrow \text{RX.}$$

– du niveau E_2 vers le niveau E_1 : $\lambda_{21} = h \times \frac{c}{E_2 - E_1}$

$$\text{A.N. : } \lambda_{21} = 6{,}63 \times 10^{-34} \times \frac{3{,}00 \times 10^8}{\left[-2570 - (-20000)\right] \times 1{,}60 \times 10^{-19}} = \boxed{7{,}13 \times 10^{-11}\ \text{m}} \Leftrightarrow \text{RX.}$$

– du niveau E_3 vers le niveau E_1 : $\lambda_{31} = h \times \frac{c}{E_3 - E_1}$

$$\text{A.N. : } \lambda_{31} = 6{,}63 \times 10^{-34} \times \frac{3{,}00 \times 10^8}{\left[-400 - (-20000)\right] \times 1{,}60 \times 10^{-19}} = \boxed{6{,}34 \times 10^{-11}\ \text{m}} \Leftrightarrow \text{RX.}$$

Exercice 3.3

1. La série de Balmer contient 5 émissions possibles vers le niveau d'énergie E_2 (depuis E_3, E_4, E_5, E_6 et E_7).

2. Les énergies des différentes transitions sont déterminées par la différence entre les énergies des niveaux concernés. La longueur d'onde du photon émis est alors donnée par $\lambda = h \times \frac{c}{E}$.

Transition $E_3 \rightarrow E_2$: $|E_2 - E_3| = |-3{,}39 - (-1{,}51)| = 1{,}88$ eV $= 3{,}01 \times 10^{-19}$ J

A.N. : $\lambda_{32} = 6{,}63 \times 10^{-34} \times \frac{3{,}00 \times 10^8}{3{,}01 \times 10^{-19}} = 6{,}61 \times 10^{-7}$ m $= \boxed{661\ \text{nm}}$.

Transition $E_4 \rightarrow E_2$: $|E_2 - E_4| = |-3{,}39 - (-0{,}85)| = 2{,}54$ eV $= 4{,}06 \times 10^{-19}$ J

A.N. : $\lambda_{42} = 6{,}63 \times 10^{-34} \times \frac{3{,}00 \times 10^8}{4{,}06 \times 10^{-19}} = 4{,}90 \times 10^{-7}$ m $= \boxed{490\ \text{nm}}$.

Transition $E_5 \rightarrow E_2$: $|E_5 - E_2| = |-3{,}39 - (-0{,}54)| = 2{,}85$ eV $= 4{,}56 \times 10^{-19}$ J

A.N. : $\lambda_{52} = 6{,}63 \times 10^{-34} \times \frac{3{,}00 \times 10^8}{4{,}56 \times 10^{-19}} = 4{,}36 \times 10^{-7}$ m $= \boxed{436\ \text{nm}}$.

Transition $E_6 \rightarrow E_2$: $|E_2 - E_6| = |-3{,}39 - (-0{,}37)| = 3{,}02$ eV $= 4{,}83 \times 10^{-19}$ J

A.N. : $\lambda_{62} = 6{,}63 \times 10^{-34} \times \frac{3{,}00 \times 10^8}{4{,}83 \times 10^{-19}} = 4{,}12 \times 10^{-7}$ m $= \boxed{412\ \text{nm}}$.

Transition $E_7 \rightarrow E_2$: $|E_2 - E_7| = |-3{,}39 - (-0{,}28)| = 3{,}11$ eV $= 4{,}98 \times 10^{-19}$ J

A.N. : $\lambda_{72} = 6,63\times10^{-34}\times\dfrac{3,00\times10^{8}}{4,98\times10^{-19}} = 3,99\times10^{-7}\ \text{m} = \boxed{399\ \text{nm}}$.

3. À l'aide des spectres d'Étienne, on peut affirmer la présence ou l'absence d'hydrogène dans les chromosphères du Soleil et de Phad en observant les raies d'absorption dans les spectres. Les raies d'absorption d'un gaz correspondent aux raies qu'il serait capable d'émettre. Si les raies d'absorption de l'hydrogène sont présentes, alors cet atome est présent dans la chromosphère de l'étoile étudiée. Pour ces deux étoiles, on constate la présence de ces raies (elles sont plus intenses pour Phad).

4. On ne peut être sûr de cette affirmation que si on est sûr que ces raies d'absorption ne sont pas dues à l'atmosphère terrestre. Pour s'affranchir de ce problème, il faudrait acquérir la lumière issue de ces étoiles hors de l'atmosphère terrestre (avec Hubble par exemple).

Exercice 3.4

À partir de la longueur d'onde d'émission de ce laser, nous pouvons déterminer l'énergie (sans obligatoirement passer par la fréquence) des photons émis. Connaissant sa puissance, il est possible de déterminer l'énergie totale des photons émis durant une seconde. Un rapport des énergies fournira alors le nombre de photons émis.

La longueur d'onde d'émission de ce laser est $\lambda = 537,1\ \text{nm}$.

$$\lambda_{\text{photon}} = h\times\frac{c}{E_{\text{photon}}} \Leftrightarrow E_{\text{photon}} = h\times\frac{c}{\lambda_{\text{photon}}}$$

A.N. : $E_{\text{photon}} = 6,63\times10^{-34}\times\dfrac{3,00\times10^{8}}{537,1\times10^{-9}} = 3,70\times10^{-19}\ \text{J} = \boxed{2,31\ \text{eV}}$.

Le laser étant de puissance $P = 1,0\ \text{mW}$, l'énergie libérée lors d'une seconde d'utilisation est $E_{\text{laser}} = P\times t$ A.N. : $E_{\text{laser}} = 1,0\times10^{-3}\times1 = \boxed{1,0\times10^{-3}\ \text{J}}$.

Pour savoir le nombre de photons, on effectue le rapport de l'énergie totale du laser par l'énergie d'un photon : $\dfrac{1,0\times10^{-3}}{3,70\times10^{-19}} = \boxed{2,7\times10^{15}\ \text{photons}}$.

Exercice 3.5

1. Les raies α et β appartiennent au domaine visible qui est tel que $400 < \lambda < 800\ \text{nm}$.

2. La lumière analysée est polychromatique puisqu'elle contient au moins deux radiations. Une lumière monochromatique n'en contiendrait qu'une.

3. Cette relation qui existe entre la fréquence ν d'une radiation et sa longueur d'onde λ dans le vide est : $\nu = \dfrac{c}{\lambda}$.

4. $\nu = \dfrac{3,00\times10^{8}}{459\times10^{-9}} = 6,54\times10^{14}\ \text{Hz}$ est la fréquence de la raie α.

5. $E = h \times \nu$ or $\nu = \dfrac{c}{\lambda}$ on en déduit $\boxed{E = h \times \dfrac{c}{\lambda}}$.

6. a) Diagramme énergétique :

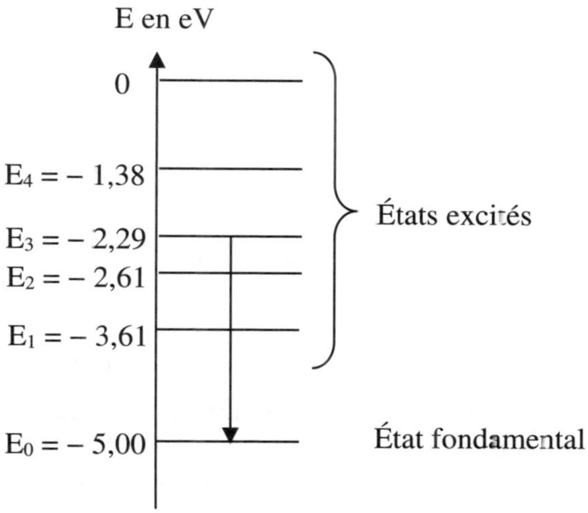

b) $\Delta E = h \times \dfrac{c}{\lambda}$ A.N. : $\Delta E = 6,63 \times 10^{-34} \times \dfrac{3,00 \times 10^{8}}{459 \times 10^{-9}} = 4,33 \times 10^{-19}\ \text{J} = \boxed{2,71\ \text{eV}}$ est l'énergie correspondant à la transition α.

c) On remarque que $E_3 - E_0 = 2,71\ \text{eV}$, la transition correspondante est donc celle depuis le niveau 3 pour atteindre le niveau fondamental.

7. a) On remarque que $E_2 - E_0 = 2,39\ \text{eV}$, cette radiation lumineuse peut donc bien interagir avec l'atome de césium dans l'état E_0.

b) La raie associée à cette transition est une raie d'absorption puisque l'atome de césium reçoit un photon qu'il absorbe, il passe alors de l'état fondamental E_0 à l'état excité E_2.

Exercice 3.6

1. a) Raies appartenant au domaine du visible : 568,8 nm ; 589,0 nm ; 589,6 nm et 615,4 nm.
Raie appartenant au domaine des ultraviolets : 330,3 nm.
Raies appartenant au domaine de l'infrarouge : 819,5 nm et 1138,2 nm.

b) Il s'agit d'une lumière polychromatique puisqu'il y a plusieurs longueurs d'onde différentes dans le spectre d'émission.

c) La valeur de la fréquence ν correspondant à la raie de longueur d'onde λ = 589,0 nm est donnée par : $\nu = \dfrac{c}{\lambda}$ A.N. : $\nu = \dfrac{3,00 \times 10^{8}}{589,0 \times 10^{-9}} = \boxed{5,09 \times 10^{14}\ \text{Hz}}$.

d) h correspond à la constante de Planck que l'on trouve dans la formule $E = h \times \nu$ reliant l'énergie d'un photon à sa fréquence. e correspond à la charge élémentaire (correspondant à la charge d'un proton par exemple).

Corrigé

2. a) Diagramme énergétique :

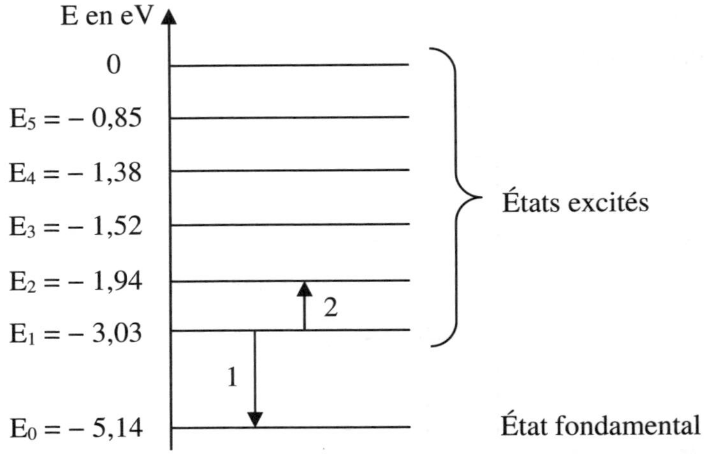

b) Ce diagramme permet de justifier la discontinuité du spectre d'émission d'une lampe à vapeur de sodium puisqu'il apparaît des niveaux d'énergies. Seuls les photons dont l'énergie correspond à l'énergie de la transition entre deux de ces niveaux sont émis par cette lampe. On a alors un spectre de raies d'émission.

c) L'énergie ΔE qui correspond à l'émission de cette radiation est donnée par $\Delta E = h \times \frac{c}{\lambda}$.

A.N. : $\Delta E = 6,63 \times 10^{-34} \times \frac{3,00 \times 10^{8}}{589,0 \times 10^{-9}} = 3,38 \times 10^{-19}\ \text{J} = \boxed{2,11\ \text{eV}}$.

d) On remarque que $E_1 - E_0 = 2,11\ \text{eV}$, cette transition a donc lieu entre les niveaux E_1 et E_0. C'est une émission, donc passage du niveau E_1 au niveau E_0.

3. a) On remarque que $\Delta E = E_2 - E_1 = 1,09\ \text{eV}$, cette transition est donc possible et a lieu entre les niveaux E_2 et E_1.

b) C'est une absorption puisqu'il est écrit que l'atome de sodium reçoit une radiation lumineuse depuis l'état E_1. On constate donc le passage du niveau E_1 au niveau E_2. La raie associée à cette transition est une raie d'absorption.

Exercice 3.7

1. L'énergie d'un photon susceptible d'être absorbé par la molécule 4-méthylumbelliferone est donnée par $E = h \times \frac{c}{\lambda}$ A.N. : $E = 6,63 \times 10^{-34} \times \frac{3,00 \times 10^{8}}{340 \times 10^{-9}} = 5,85 \times 10^{-19}\ \text{J} = \boxed{3,66\ \text{eV}}$.

2. L'énergie d'un photon visible émis par la molécule 4-méthylumbelliferone est aussi donnée par $E = h \times \frac{c}{\lambda}$ A.N. : $E = 6,63 \times 10^{-34} \times \frac{3,00 \times 10^{8}}{430 \times 10^{-9}} = 4,63 \times 10^{-19}\ \text{J} = \boxed{2,89\ \text{eV}}$.

3. On peut en conclure que l'énergie absorbée n'est pas toute réémise par les photons décrits. Une partie est diffusée par la molécule, par émission de photons moins énergétiques par exemple.

4. Diagramme de la 4-méthylumbelliferone (sans soucis d'échelle) :

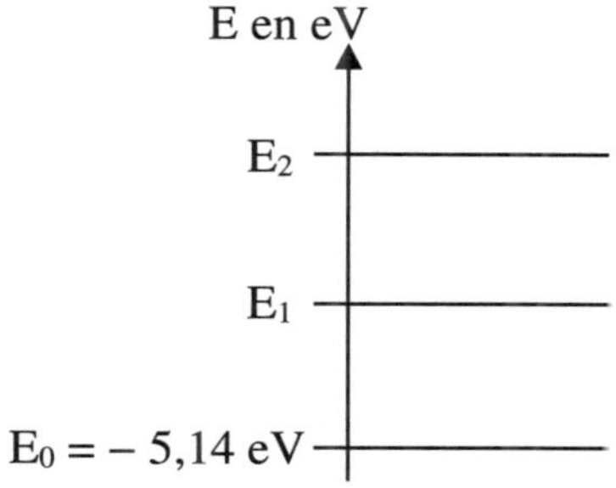

5. Il faut au préalable définir les énergies des niveaux excités.

Le niveau E_2 est tel que $E_2 - E_0 = 3,66$ eV . Ainsi $E_2 = 3,66 + E_0 = 3,66 + (-5,14) = -1,48$ eV .

Le niveau E_1 est tel que $E_2 - E_1 = 2,89$ eV . Ainsi $E_1 = E_2 - 2,89 = -1,48 - 2,89 = -4,37$ eV .

L'autre type de photon que peut émettre cette molécule correspond à la transition énergétique entre les niveaux E_1 et E_0, donc d'énergie $E = E_1 - E_0 = -4,37 - (-5,14) = 0,77$ eV .

Sa longueur d'onde est donnée par $\lambda = h \times \frac{c}{E}$.

A.N. : $\lambda = 6,63 \times 10^{-34} \times \frac{3,00 \times 10^{8}}{0,77 \times 1,60 \times 10^{-19}} = 1,6 \times 10^{-6}$ m = $\boxed{1,6\ \mu m}$.

Ce photon est dans le domaine des infrarouges, donc non visible à l'œil nu.

Corrigé

Chapitre 4
Détermination de la composition d'un système initial à l'aide de grandeurs physiques

La chimie organique, qui traite avant tout de molécules contenant du carbone et de l'hydrogène, joue un rôle essentiel dans la constitution du vivant. On la retrouve aussi dans différents autres domaines comme les colorants.

Un scientifique

Johann **Lambert** (1728-1777) est un savant allemand, doué d'une grande imagination et au savoir encyclopédique. Ceci explique qu'il se soit intéressé à différentes disciplines allant de la philosophie à l'astronomie. En mathématiques il montre l'irrationalité du nombre π, c'est-à-dire le fait que ce nombre ne peut s'écrire comme une fraction. En physique, il s'intéresse aux rayonnements des sources lumineuses. En astronomie, il affirme l'existence de galaxies au-delà de la voie lactée.

LE SAVIEZ-VOUS ?

Pierre **Bouguer** (1698-1758) énonça le premier en 1729 la loi de décroissance de l'intensité lumineuse en fonction de la nature et de l'épaisseur de la matière transparente traversée. Johann **Lambert** redécouvrit cette propriété et la précisa en 1760. La formulation actuelle est due à August **Beer** (1825-1863) en 1852. Pierre **Bouguer** est également célèbre pour avoir introduit la notion de métacentre de carène d'un navire et montré qu'il doit être situé au-dessus du centre de gravité, faute de quoi, le bateau se retourne.

Objectifs

Les notions que je dois maîtriser

- ▷ Relation entre masse molaire d'une espèce, masse des entités et constante d'Avogadro
- ▷ Masse molaire atomique d'un élément
- ▷ Volume molaire d'un gaz
- ▷ Concentration en quantité de matière
- ▷ Absorbance, spectre d'absorption, couleur d'une espèce en solution, loi de Beer-Lambert

Les compétences que je dois acquérir

- ▷ Déterminer la masse molaire d'une espèce à partir des masses molaires atomiques des éléments qui la composent
- ▷ Déterminer la quantité de matière contenue dans un échantillon de corps pur à partir de sa masse
- ▷ Utiliser le volume molaire d'un gaz pour déterminer une quantité de matière
- ▷ Déterminer la quantité de matière d'un soluté à partir de sa concentration en masse ou en quantité de matière et du volume de la solution
- ▷ Expliquer ou prévoir la couleur d'une espèce en solution à partir de son spectre UV-visible
- ▷ Déterminer la concentration d'un soluté à partir de données expérimentales relatives à l'absorbance de solutions de concentrations connues

Résumé de cours

Quantité de matière et masse molaire

Définition de la quantité de matière

Une **mole** d'objets correspond à une quantité de $6,02\times10^{23}$ objets. Ce paquet élémentaire peut être utilisé pour dénombrer des objets. Ainsi :

n = nombre de moles d'objets	N = nombre d'objets
1	$6,02\times10^{23}$
2	$2\times6,02\times10^{23}=12,04\times10^{23}$
3	$3\times6,02\times10^{23}=18,06\times10^{23}$
…	…
n	$n\times6,02\times10^{23}$

On appelle **quantité de matière** le **nombre de moles**, exprimé en **moles** (symbole de l'unité : **mol**) et ses multiples.

Remarque

Le nombre $6,02\times10^{23}$ représente le nombre d'atomes présents dans 12 g de carbone 12 (isotope du carbone contenant 12 nucléons).

Nombre d'objets et nombre de moles

Le facteur de proportionnalité entre le nombre de moles d'objets n et le nombre d'objets N est une constante appelée **constante d'Avogadro**, notée $\mathbf{N_A}$, exprimée en $\mathbf{mol^{-1}}$, telle que :

$$\boxed{N_A = 6,02\times10^{23}\ \text{mol}^{-1}}$$

Ainsi :

$$\boxed{N = n\times N_A}$$

N : nombre d'objets (sans unité)
n : quantité de matière (en mol)
N_A : constante d'Avogadro (en mol^{-1})

De cette formule, nous déduisons $\boxed{n = \dfrac{N}{N_A}}$ permettant de déterminer une quantité de matière à partir du nombre d'objets.

❑ Masse molaire

La **masse molaire** d'une entité correspond à la **masse d'une mole** de cette entité. Elle est notée **M** et exprimée en **$g.mol^{-1}$**. Elle est donc reliée à la masse par la relation :

$$\boxed{M = m \times N_A}$$

M : masse molaire de l'entité en $g.mol^{-1}$
m : masse de l'entité en g
N_A : constante d'Avogadro (en mol^{-1})

Peuvent être définies :

– la **masse molaire atomique** : masse d'une mole d'atomes de l'élément donné (elle est souvent présente dans la classification des éléments) ;
– la **masse molaire moléculaire** : masse d'une mole de la molécule étudiée, elle peut être calculée avec la somme des masses molaires atomiques des atomes composant cette molécule ;
– la **masse molaire ionique** : masse d'une mole de l'ion étudié.

Remarque

Une mole de carbone 12 a une masse de 12 g, la masse molaire du carbone 12 est donc de 12 $g.mol^{-1}$.

⇨ **Méthode 4.1. Calculer une masse molaire moléculaire à partir des masses molaires atomiques**

■ Détermination de la quantité de matière

Lors des manipulations ou de synthèses industrielles, on n'a pas accès directement à la quantité de matière des différents réactifs ou produits. Selon l'état physique de ce dernier, on réalise une mesure de masse, de volume ou de concentration.

❑ Cas d'un solide

La quantité de matière d'un échantillon de corps pur est reliée à sa masse par :

$$\boxed{n = \frac{m}{M}}$$

n : quantité de matière (en mol)
m : masse de l'échantillon (en g)
M : masse molaire (en $g.mol^{-1}$)

De cette formule, se déduisent celles de la masse et de la masse molaire :

$$\boxed{m = n \times M} \text{ et } \boxed{M = \frac{m}{n}}$$

⇨ **Méthode 4.2. Déterminer une quantité de matière connaissant la masse d'un solide**

Remarque

Dans le cas d'un corps pur liquide dont on connait le volume, on utilise les mêmes formules après avoir déterminé la masse via la masse volumique : $\boxed{m = \rho \times V}$ (voir cours de 2de).

❑ Cas d'un gaz

La quantité de matière d'un échantillon de corps gazeux est reliée à son volume par :

$$\boxed{n = \frac{V}{V_m}}$$

n : quantité de matière (en mol)
V : volume de gaz (en L)
V_m : volume molaire (en $L.mol^{-1}$)

De cette formule, se déduisent celles du volume et du volume molaire :

$$\boxed{V = n \times V_m} \text{ et } \boxed{V_m = \frac{V}{n}}$$

⇨ **Méthode 4.3. Déterminer une quantité de matière de gaz connaissant son volume**

❑ Cas d'une espèce en solution

La quantité de matière d'un soluté est reliée à son volume par :

$$\boxed{n = C \times V}$$

n : quantité de matière (en mol)
C : concentration molaire (en $mol.L^{-1}$)
V : volume de solution (en L)

De cette formule, se déduisent celles du volume et de la concentration molaire :

$$\boxed{V = \frac{n}{C}} \text{ et } \boxed{C = \frac{n}{V}}$$

⇨ **Méthode 4.4. Déterminer la quantité de matière d'un soluté à partir de sa concentration molaire et du volume de solution**

Remarque

Dans le cas où on a accès à la concentration en masse (aussi appelée titre ou titre massique, voir cours de 2de et rappels ci-après) $t = \frac{m}{V}$ avec m la masse de soluté et V le volume de solution, on peut au choix calculer la masse de soluté puis en déduire la quantité de matière, soit calculer la concentration molaire via la formule : $\boxed{t = C \times M}$.

■ Solutions colorées

❑ Quelques rappels de la chimie des solutions

Quelques grandeurs, leur unités et formules qu'il faut absolument maîtriser et savoir adapter.

Nom	Représentation symbolique	Unité	Formule
quantité de matière	n	mol	$n = \frac{m}{M}$; $n = \frac{N}{N_A}$

masse molaire	M	$g.mol^{-1}$	$M=\frac{m}{n}$
masse volumique	ρ	$kg.L^{-1}$; $g.mL^{-1}$	$\rho=\frac{m}{V}$
densité	d	sans unité	$d=\frac{\rho}{\rho_{eau}}$
concentration molaire de X	$[X]$ ou C_X	$mol.L^{-1}$	$[X]=\frac{n}{V}$
titre massique ou concentration en masse	t	$g.L^{-1}$	$t=\frac{m}{V}$

Avec N le nombre d'entités, N_A le nombre d'Avogadro, m la masse et V le volume.

Remarques

Ne pas confondre ρ et t, car bien que les formules soient les mêmes, ρ est utilisé pour un corps pur ou un solide, t l'est pour un soluté en solution.

$[X]$ est parfois notée à tort C_X. $[X]$ doit être utilisée pour les ions en solution, C_X pour la concentration en soluté apporté.

Lors d'une **dilution**, n et m sont conservées. Si on nomme « mère » la solution initiale et « fille » la solution diluée alors :

$$n_{mère}=n_{fille}$$

$$\text{Or } [X]=\frac{n}{V} \text{ d'où } n=[X]\times V$$

$$\boxed{[X]_{mère}\times V_{mère}=[X]_{fille}\times V_{fille}}$$

$$m_{mère}=m_{fille}$$

$$\text{Or } t=\frac{m}{V} \text{ d'où } m=t\times V$$

$$\boxed{t_{mère}\times V_{mère}=t_{fille}\times V_{fille}}$$

❑ Absorbance

L'**absorbance** est une grandeur sans unité, mesurée par un **spectrophotomètre**, qui traduit l'atténuation de l'intensité lumineuse lors de son passage par une solution colorée. L'absorbance est dépendante de la longueur d'onde λ : une solution jaune par exemple a une grande absorbance pour des radiations bleues, mais une très faible absorbance pour des radiations jaunes.

❑ Loi de Beer Lambert

Plus la longueur « l » de solution à traverser par un faisceau lumineux est grande, plus l'absorbance par celle-ci est grande. De même, plus la concentration molaire $[X]$ en colorant est grande, plus l'absorbance est grande. La loi de Beer-Lambert exprime cela mathématiquement :

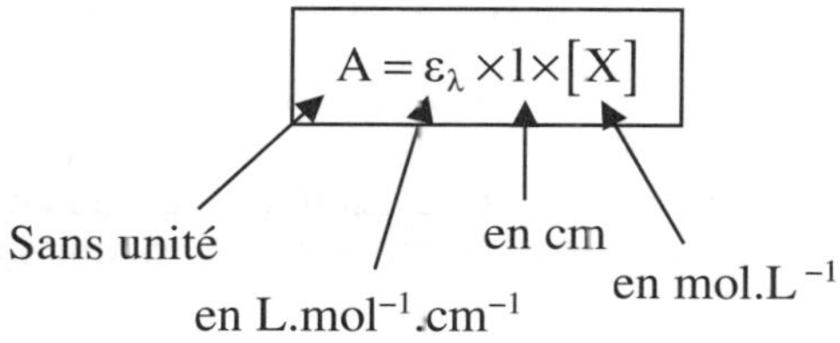

ε_λ est appelé coefficient d'extinction molaire, il tient compte de la nature du colorant et caractérise sa capacité à absorber une radiation de longueur d'onde λ. Ainsi pour un colorant jaune, ε_{430nm} (bleu) est plus grand que ε_{570nm} (jaune).

Remarque

On trouve parfois la formule $A = k \times [X]$ avec $k = \varepsilon_\lambda \times l$ constante liée au matériel et à la molécule colorée étudiée.

Dans le chapitre 2, nous avons étudié la synthèse soustractive que l'on peut retrouver ici par l'ajout de deux colorants dans une même solution. Chaque colorant absorbe des radiations, l'absorbance totale est la somme des deux absorbances de chaque colorant pris seul en solution. On dit que l'absorbance est **additive**, on obtient $A = \varepsilon_{1\lambda} \times l \times [X_1] + \varepsilon_{2\lambda} \times l \times [X_2]$

❑ Spectre d'absorption et dosage par étalonnage

Afin de déterminer les radiations absorbées par une solution colorée, on peut tracer le **spectre d'absorption**, c'est-à-dire l'absorbance de la solution en fonction de la longueur d'onde. Pour cela, on remplit une cuve de solution colorée dans le spectrophotomètre, tous réglages faits, l'appareil mesure l'absorbance A pour différents faisceaux de longueurs d'onde différentes.

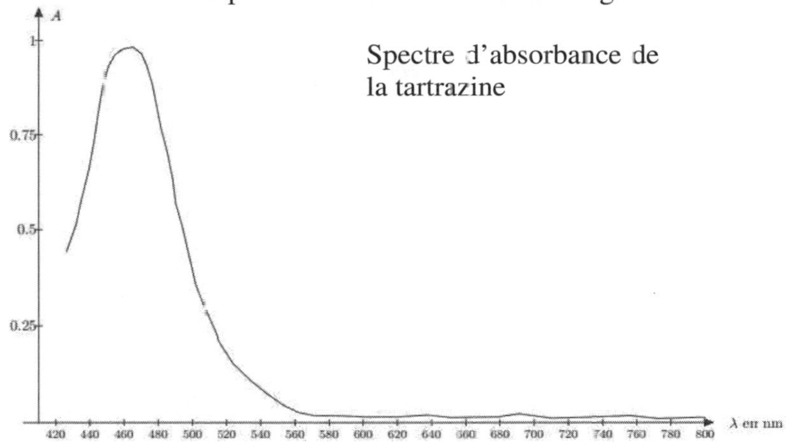

⇨ **Méthode 4.5. Déterminer la couleur absorbée et la couleur d'une solution à partir de son spectre d'absorption**

Un **dosage spectrophotométrique par étalonnage** utilise la loi de Beer-Lambert. La relation donne une proportionnalité entre la concentration molaire en soluté coloré et l'absorbance. À partir de quelques solutions de concentrations connues, on peut donc tracer une droite d'étalonnage de l'absorbance en fonction de la concentration. Afin de remonter à la concentration de la solution inconnue, il ne reste plus qu'à mesurer son absorbance au spectrophotomètre et à utiliser la droite d'étalonnage.

⇨ **Méthode 4.6. Déterminer la concentration en soluté coloré d'une solution avec un dosage spectrophotométrique par étalonnage**

Méthodes

Comment calculer une masse molaire moléculaire ?

Méthode 4.1. Calculer une masse molaire moléculaire à partir des masses molaires atomiques

> Pour calculer la masse molaire d'une molécule, il faut sommer les masses molaires de tous ses constituants.

⇨ **Exercices 4.2, 4.4 à 4.6.**

Calculer la masse molaire moléculaire de l'eau H_2O, de l'éthanol C_2H_6O et du glucose $C_6H_{12}O_6$.
Données de quelques masses molaires atomiques : $M_H = 1,00$ g.mol^{-1} ; $M_C = 12,0$ g.mol^{-1} ; $M_O = 16,0$ g.mol^{-1}.

La molécule d'eau H_2O est composée de 3 atomes : 2 atomes d'hydrogène H et 1 atome d'oxygène O :

$M_{H_2O} = 2 \times M_H + M_O$ A.N. : $M_{H_2O} = 2 \times 1,00 + 16,0 = \boxed{18,0 \text{ g.mol}^{-1}}$.

La molécule d'éthanol C_2H_6O est composée de 9 atomes : 2 atomes de carbone C, 6 atomes d'hydrogène H et 1 atome d'oxygène O :

$M_{C_2H_6O} = 2 \times M_C + 6 \times M_H + M_O$

A.N. : $M_{C_2H_6O} = 2 \times 12,0 + 6 \times 1,00 + 16,0 = \boxed{46,0 \text{ g.mol}^{-1}}$.

La molécule de glucose $C_6H_{12}O_6$ est composée de 24 atomes : 6 atomes de carbone C, 12 atomes d'hydrogène H et 6 atomes d'oxygène O :

$M_{C_6H_{12}O_6} = 6 \times M_C + 12 \times M_H + 6 \times M_O$

A.N. : $M_{C_6H_{12}O_6} = 6 \times 12,0 + 12 \times 1,00 + 6 \times 16,0 = \boxed{180,0 \text{ g.mol}^{-1}}$.

■ Comment déterminer des quantités de matières d'espèces chimiques ?

❑ Méthode 4.2. Déterminer une quantité de matière connaissant la masse d'un solide

À partir de la masse d'un solide et de sa masse molaire, on peut calculer la quantité de matière en utilisant la formule $n = \dfrac{m}{M}$.

➪ **Exercice 4.1, 4.3, 4.5, 4.6 et 4.8.**

Quelle quantité de matière de glucose $C_6H_{12}O_6$ est contenue dans 100 g de glucose ?
Donnée : $M_{C_6H_{12}O_6} = 180{,}0\ g.mol^{-1}$.

La quantité de matière de glucose est directement obtenue avec $n_{C_6H_{12}O_6} = \dfrac{m_{C_6H_{12}O_6}}{M_{C_6H_{12}O_6}}$.

A.N. : $n_{C_6H_{12}O_6} = \dfrac{100}{180{,}0} = \boxed{0{,}556\ mol}$.

❑ Méthode 4.3. Déterminer une quantité de matière de gaz connaissant son volume

À partir du volume d'un gaz et du volume molaire des gaz, on peut calculer la quantité de matière en utilisant la formule $n = \dfrac{V}{V_m}$.

➪ **Exercice 4.5 et 4.6.**

Quelle quantité de matière de diazote N_2 est contenue dans 300 mL de diazote ?
Donnée : $V_m = 22{,}4\ L.mol^{-1}$ dans les conditions de l'énoncé.

La quantité de matière de diazote est directement obtenue avec $n_{N_2} = \dfrac{V_{N_2}}{V_m}$.

A.N. : $n_{N_2} = \dfrac{0{,}300}{22{,}4} = \boxed{1{,}34 \times 10^{-2}\ mol}$.

❑ Méthode 4.4. Déterminer la quantité de matière d'un soluté à partir de sa concentration molaire et du volume de solution

> À partir de la concentration molaire en soluté et du volume de solution, on peut calculer la quantité de matière d'un soluté en utilisant la formule $n = C \times V$.

⇨ Exercice 4.7 à 4.10 et 4.14.

Quelle quantité de matière de diiode I_2 est dissous dans un volume $V = 200$ mL de solution dont la concentration en diiode est $C_{I_2} = 3{,}0 \times 10^{-2}$ mol.L^{-1} ?

La quantité de matière de diiode est directement obtenue avec $n_{I_2} = C_{I_2} \times V$.

A.N. : $n_{I_2} = 3{,}0 \times 10^{-2} \times 0{,}200 = \boxed{6{,}0 \times 10^{-3} \text{ mol}}$.

■ Utiliser l'absorbance pour caractériser une solution colorée.

❑ Méthode 4.5. Déterminer la couleur absorbée et la couleur d'une solution à partir de son spectre d'absorption

> À partir du spectre d'absorption d'une solution colorée, on détermine sa couleur et la couleur absorbée. La couleur absorbée correspond aux radiations absorbées et la couleur de la solution correspond au complémentaire de la couleur absorbée.

⇨ Exercice 4.12, 4.14 et 4.15.

On donne le spectre d'absorption du BBT (bleu de bromothymol) :

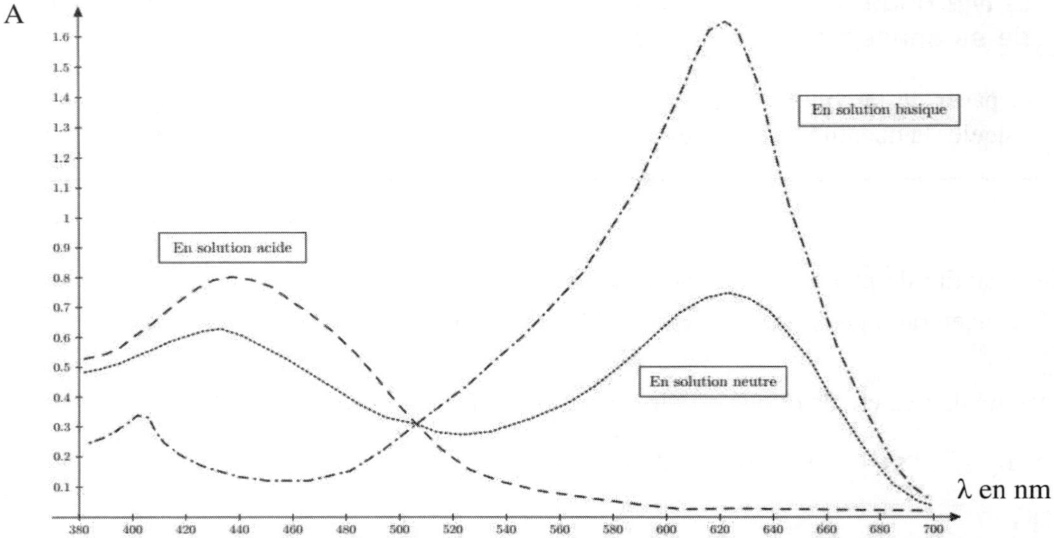

On donne aussi la correspondance entre les couleurs perçues et les longueurs des radiations :

Longueur d'onde (nm)	380 → 430	430 → 450	450 → 500	500 → 520	520 → 565	565 → 590	590 → 625	625 → 740
Couleur absorbée	violet	indigo	bleu	cyan	vert	jaune	orange	rouge

On se propose de déterminer les couleurs absorbées et les couleurs transmises par le BBT en fonction du caractère acide, basique ou neutre de la solution dans laquelle il se trouve.
En solution basique, cette molécule absorbe beaucoup dans le rouge, mais aussi dans le vert (à partir de 520 nm), elle est donc bleue. En solution neutre, cette molécule absorbe du bleu et du rouge, elle est donc verte. En solution acide, cette molécule absorbe du bleu, elle est donc jaune.

❑ Méthode 4.6. Déterminer la concentration en soluté coloré d'une solution avec un dosage spectrophotométrique par étalonnage

On cherche à déterminer la concentration d'une solution en un soluté coloré, en disposant d'une solution mère de concentration connue plus concentrée de ce soluté coloré, du matériel nécessaire pour effectuer des dilutions et d'un spectrophotomètre. La méthode consiste à réaliser différentes solutions de concentrations différentes par dilution, puis de mesurer leur absorbance pour tracer et exploiter une droite d'étalonnage $A = f([X])$.

⇨ **Exercices 4.12, 4.14 et 4.15.**

Par exemple, on cherche à déterminer la concentration en ions Cu^{2+} d'une solution de sulfate de cuivre. On dispose d'une solution mère de concentration $[Cu^{2+}] = 1{,}0\ mol.L^{-1}$, un peu plus grande en ions Cu^{2+} que la solution inconnue (elle est d'une couleur plus prononcée), d'un spectrophotomètre et de toute la verrerie nécessaire pour la dilution.

D'abord, on prépare l'échelle de teintes par des dilutions (voir cours de 2de), ensuite on effectue des mesures d'absorbance au spectrophotomètre. Le choix de longueur d'onde de travail est fixé par le maximum d'absorption de la solution colorée, ici dans le rouge (650 nm), couleur complémentaire de la teinte cyan des ions Cu^{2+} en solution aqueuse. On obtient :

A	0,12	0,25	0,37	0,50	0,60	0,74	0,87	0,99	1,12	1,23
$[Cu^{2+}]$ en $mol.L^{-1}$	0,10	0,20	0,30	0,40	0,50	0,60	0,70	0,80	0,90	1,0

On effectue ensuite le tracé :

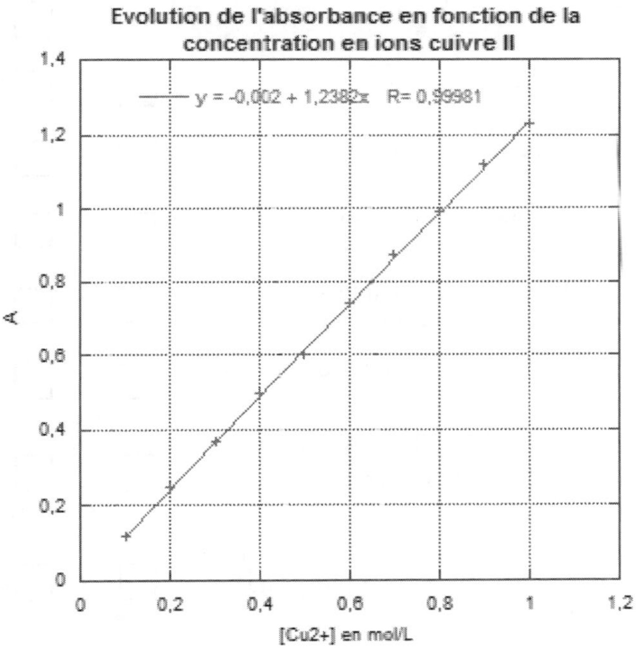

On mesure ensuite l'absorbance de la solution inconnue, puis on la reporte sur le graphique. On trouve ainsi la concentration correspondante. Plus précisément, on peut aussi modéliser la fonction et utiliser cette modélisation afin de retrouver la concentration. Ici, nous mesurons $A = 0.80$.

Par correspondance on trouve :

$$\left[Cu^{2+}\right] \approx 0,65 \text{ mol.L}^{-1}.$$

Par le calcul,

$$A = 1,2382 \times \left[Cu^{2+}\right] - 0,002$$

donc $\left[Cu^{2+}\right] = \dfrac{A + 0,002}{1,2382}$ soit

$$\left[Cu^{2+}\right] = \frac{0,80 + 0,002}{1,2382} = \boxed{0,65 \text{ mol.L}^{-1}}.$$

■■ Vrai/Faux

		Vrai	Faux
1.	$M_{HCN} = M_H + M_C + M_N$.	☐	☐
2.	La masse molaire de l'eau est égale à la masse molaire de l'hydrogène ajoutée à la masse molaire de l'oxygène.	☐	☐
3.	Le volume molaire d'un gaz est donné par $V_m = V \times n$.	☐	☐
4.	Lors de la dilution, la masse de soluté diminue.	☐	☐
5.	Lors de la dilution, la quantité de matière de soluté diminue.	☐	☐
6.	Concentration en masse t, concentration molaire C et masse molaire M sont reliées par $t = C \times M$.	☐	☐
7.	Si A_1 est l'absorbance d'une solution 1, et A_2 celle d'une solution 2, alors $A = A_1 + A_2$ est celle du mélange des deux solutions 1 et 2.	☐	☐
8.	$A = \varepsilon_\lambda \times l \times [X]$ s'applique pour tout type de molécule colorée dissoute en solution.	☐	☐
9.	Afin de mesurer une absorbance non négligeable d'une solution verte, il faut envoyer un faisceau vert avec un spectrophotomètre dans cette solution.	☐	☐
10.	Pour effectuer le dosage d'un colorant en solution à l'aide d'un spectrophotomètre, on peut utiliser des solutions connues de ce colorant et tracer une courbe d'étalonnage.	☐	☐

Énoncé des exercices

❑ Exercice 4.1. Antisèche !

Compléter le diagramme suivant résumant les formules pour passer d'une grandeur à l'autre parmi la quantité de matière, la masse et le volume en utilisant la masse molaire et la masse volumique :

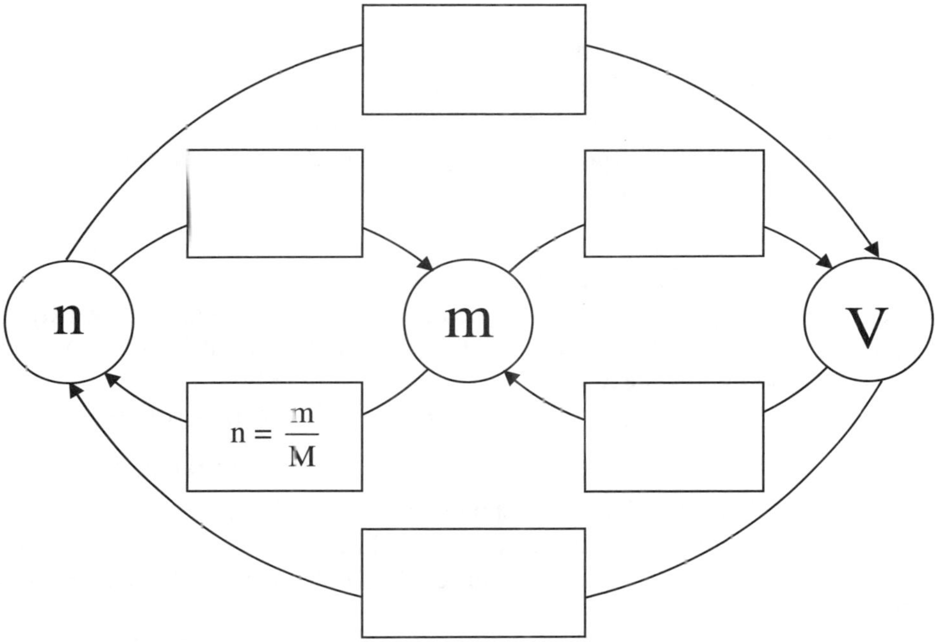

❑ Exercice 4.2. Calculs de masses molaires

Calculer la masse molaire des objets suivants en explicitant les calculs :

- Dioxyde de carbone CO_2
- Ammoniac NH_3
- Butane C_4H_{10}
- Acide sulfurique H_2SO_4
- Paracétamol $C_8H_9NO_2$
- Sérotonine $C_{10}H_{12}N_2O$

Données : $M_H = 1,00\ g.mol^{-1}$; $M_C = 12,0\ g.mol^{-1}$; $M_N = 14,0\ g.mol^{-1}$; $M_O = 16,0\ g.mol^{-1}$; $M_S = 32,1\ g.mol^{-1}$.

❑ Exercice 4.3. Plaques de fer et de plomb

Une plaque de fer est pesée en TP : $m_{Fe} = 50,4$ g . De même pour une plaque de plomb : $m_{Pb} = 98,1$ g .

Données : $m_{\text{atome Fe}} = 9,3 \times 10^{-23}$ g ; $M_{Pb} = 207,2$ g.mol^{-1} ; $N_A = 6,02 \times 10^{23}$ mol^{-1}.

À propos du fer :

1. a) Calculer le nombre d'atomes de fer présents dans la plaque.

b) En déduire la quantité de matière de fer.

c) Après avoir défini la masse molaire, calculer la masse molaire du fer.

À propos du plomb :

2. a) Calculer la quantité de matière de plomb dans la plaque.

b) Calculer le nombre d'atomes présents dans la plaque.

c) En déduire la masse d'un atome de plomb.

3. La plaque de plomb est plus lourde que la plaque de fer, néanmoins on constate qu'il y a plus d'atomes de fer que d'atomes de plomb. Expliquer pourquoi.

❑ Exercice 4.4. Acide oléique

L'acide oléique est le composant principal de l'huile d'olive. Sa formule brute est $C_{18}H_{34}O_2$. On considère qu'une bouteille d'1,0 litre d'huile d'olive (assimilée à de l'acide oléique pur pour simplifier) contient 3,2 mol d'acide oléique.

Données : masse volumique $\rho_{\text{acide oléique}} = 0,898$ g.mL^{-1} ; $N_A = 6,02 \times 10^{23}$ mol^{-1}.

Masses molaires : $M_C = 12,0$ g.mol^{-1} ; $M_H = 1,00$ g.mol^{-1} ; $M_O = 16,0$ g.mol^{-1}.

1. Calculer la masse d'huile contenue dans la bouteille.

2. a) Calculer la masse molaire à partir de la formule chimique.

b) Peut-on trouver cette masse à partir des données du problème ? Quelle manière vous semble plus précise ?

3. Quel est le nombre de molécules d'acide oléique présentes dans la bouteille ?

4. Quelle est alors la masse d'une molécule d'acide oléique ? Est-il possible de la peser avec une balance de laboratoire ?

❑ Exercice 4.5. Étude d'une transformation chimique : combustion de l'essence**

Les véhicules à essence rejettent une grande quantité de dioxyde de carbone. La combustion de l'essence (qu'on supposera être de l'octane C_8H_{18} pur) en présence de dioxygène produit du dioxyde de carbone et de l'eau. Cette transformation chimique peut être représentée par l'équation de réaction suivante :

$$C_8H_{18(l)} \quad + \quad \frac{25}{2}O_{2(g)} \quad \rightarrow \quad 8\,CO_{2(g)} \quad + \quad 9\,H_2O_{(g)}$$

Données : $M_C = 12,0$ g.mol^{-1} ; $M_H = 1,00$ g.mol^{-1} ; $M_O = 16,0$ g.mol^{-1} ;
masse volumique de l'octane : $\rho_{octane} = 0,690$ kg.L^{-1}.

La consommation d'une voiture standard sur autoroute est en moyenne de 6,0 L pour 100 km, on se propose d'étudier le trajet Vienne-Gonesse (520 km via l'autoroute A6).

À propos de l'essence :

1. a) Calculer le volume d'octane nécessaire pour parcourir cette distance.

b) Calculer la masse puis la quantité de matière d'octane correspondantes.

À propos du dioxyde de carbone :

2. a) Pour une molécule d'octane utilisée par le moteur, combien de molécules de dioxyde de carbone sont rejetées ?

b) Qu'en est-il pour 2 molécules d'octane utilisées ? Pour 10 ? Pour une mole ?

c) Quelle quantité de matière de dioxyde de carbone est alors rejetée lors d'un trajet Vienne Gonesse ?

d) Quel volume occuperait ce dioxyde de carbone seul dans l'atmosphère ? On considère le volume molaire à 24 $L.mol^{-1}$ ici.

e) En déduire la masse de dioxyde de carbone rejetée lors de ce trajet. Conclusion.

❑ Exercice 4.6. Oxygénothérapie

Les sapeurs-pompiers disposent de bouteilles de dioxygène à administrer aux patients en inhalation ou insufflations, lors de leurs interventions pour détresse respiratoire. Ce dioxygène est contenu dans une bouteille de 5,0 L.

Donnée : Volume molaire des gaz $V_m = 24{,}0\ L.mol^{-1}$ à 20 °C et 1013 Pa ; $M_O = 16{,}0\ g.mol^{-1}$

1. Quelle quantité de matière contient un volume de 5,0 L de dioxygène à 20 °C et 1013 Pa ?

2. « Pleine », la bouteille contient 1,25 kg de dioxygène.

a) Calculer la masse molaire du dioxygène.

b) Calculer la quantité de matière de dioxygène contenu dans la bouteille pleine.

c) Comparer ce résultat avec celui de la question 1.

3. Que contient cette bouteille quand elle est dite « vide » ?

❑ Exercice 4.7. Quelques solutions sans problèmes

Compléter les tableaux ci-dessous :

Solution	A	B	C
Quantité de matière n (en mol) de soluté	0,15		1,8
Volume V (en L) de la solution	0,10	5,0	
Concentration molaire C (en $mol.L^{-1}$) de soluté		2,0	0,90

Solution	D	E	F
Masse m (en g) de soluté	12		9,6
Volume V (en L) de la solution.	4,0	0,50	
Titre massique t (en $g.L^{-1}$) de soluté		12	3,2

❑ Exercice 4.8. Vogalène*

Le Vogalène est un médicament antiémétique, c'est-à-dire qu'il lutte contre les vomissements. Pour cela, il régularise la contraction des muscles de l'œsophage et de l'estomac.
Voici 4 formulations de ce médicament :

> Vogalène LYOC ®
> Boîte de 16 comprimés lyophilisés dont la composition est :
> Métopimazine (7,5 mg) ; excipients (gomme xanthane (Rhodigel 23), aspartame, docusate de sodium, dextrane 70, mannitol).

> Vogalène suppositoire ®
> Boîte de 10 suppositoires dont la composition est :
> Métopimazine ($1{,}12\times10^{-5}$ mol) ; excipients (glycérides hémi-synthétiques solides).

> Vogalène solution injectable ®
> Boîtes de 10 ampoules de 1,00 mL de solution dont la composition est :
> Métopimazine (10 $mg.mL^{-1}$) ; excipients (acide ascorbique, citrate de sodium, chlorure de sodium, acide chlorhydrique concentré (qsp pH 4,9), eau pour préparations injectables).

> Vogalène solution buvable ®
> Flacon de 150 mL dont la composition est :
> Métopimazine ($2{,}2$ $mmol.L^{-1}$) ; excipients (Acide ascorbique, citrate de sodium, métabisulfite de sodium, saccharine sodique, saccharose, parahydroxybenzoate de méthyle, parahydroxybenzoate de propyle, glycérol, éthanol à 96 %, solution alcoolique d'orange à 70°, eau purifiée).

Donnée : $M_{\text{Métopimazine}} = 445{,}6\ g.mol^{-1}$.

1. Quelle grandeur indique la mesure en métopimazine dans chaque formulation ?

2. a) Quelle quantité de matière de métopimazine trouve-t-on dans un comprimé de Vogalène LYOC ® ?

b) Quelle quantité de matière de métopimazine trouve-t-on dans un suppositoire de Vogalène ?

c) Quelle quantité de matière de métopimazine trouve-t-on dans une ampoule de Vogalène solution injectable ® ?

d) Parmi ces 3 formulations, laquelle contient donc le plus de principe actif ?

3. Combien de cuillères à café de solution buvable faut-il prendre pour se rapprocher le plus de la quantité de matière de principe actif équivalent à un cachet de Vogalène LYOC ? Le volume d'une cuillère à café est environ de 5 mL.

❑ Exercice 4.9. À propos des dilutions

Parmi les 5 propositions ci-dessous à propos de dilutions, trouver celles qui sont vraies et corriger celles qui sont fausses :

- Pour diluer 10 fois une solution d'eau sucrée d'un litre, il faut lui ajouter 10 litres.
- Pour obtenir 5,0 L de solution quelconque diluée 20 fois, il faut en prélever au départ 50,0 mL.

– Pour prélever ce volume précisément, on utilise une fiole jaugée.
– Pour diluer deux fois une solution de 100,0 mL d'eau sucrée, on utilise une fiole jaugée de 200,0 mL.
– En ajoutant deux solutions identiques, on obtient une solution de concentration identique à celles de départ.

❑ Exercice 4.10. Dilutions successives*

L'homéopathie est une médecine alternative basée sur

– le principe de similitude : un produit toxique provoquant des lésions peut permettre à très faible dose de soigner un malade présentant ce même type de lésions
– le principe des dilutions-dynamisation : la préparation du remède consiste à diluer une solution mère puis l'agiter de nombreuses fois et recommencer ce cycle plusieurs fois
– le principe de globalité : le traitement s'applique aux malades et non à la maladie, des symptômes identiques chez différents malades ne sont pas traités de la même façon.

Doc 1 :

<u>Principe de la dilution hahnemannienne</u> :
À partir d'une solution mère (teinture mère), une solution fille est obtenue en diluant une goutte de solution mère avec 99 gouttes de solvant. Cette solution fille est ensuite agitée de nombreuses fois (trituration), la solution obtenue est alors à 1 centésimale hahnemannienne, plus communément dite CH 1 ou 1 CH. Cette opération peut alors être à nouveau réalisée à partir de la solution fille pour obtenir une solution à CH 2, puis une nouvelle fois obtenant une à CH 3 et etc…

Doc 2 :

<u>Fabrication d'une solution mère</u>:
La solution mère est fabriquée soit à partir de plantes (fraîches ou sèches) mises à macérer dans une solution, soit à partir de minéraux dissous, soit à partir de substances animales (certains organes, animaux entiers, venin…) dissoutes.

Doc 3 :

<u>L'Argentum Nitricum®</u> :
Utilisé pour différents symptômes ou maladies (nervosité, trac, troubles digestifs, conjonctivite, laryngite…), la solution mère de l'*argentum nitricum* est préparée par dissolution de nitrate d'argent $AgNO_3$.

Lors de cet exercice, nous nous pencherons sur les dilutions, les concentrations de principe actif et l'éventuelle présence ou absence de principe actif dans des granules homéopathiques.

Données : solubilité maximale du nitrate d'argent : 2340 $g{\cdot}L^{-1}$; $M_{AgNO_3} = 169{,}9\ g.mol^{-1}$; constante d'Avogadro : $N_A = 6{,}02 \times 10^{23}\ mol^{-1}$.

1. Calculs de dilution.
On note C_0 la concentration molaire en soluté de la solution mère, C_1 celle de la solution ayant subi une dilution hahnemannienne, C_k celle ayant subi k dilutions hahnemanniennes.

a) Donner une relation entre C_0 et C_1.
b) Donner une relation entre C_1 et C_2.
c) Donner une relation entre C_0 et C_2.

d) Montrer que pour k dilutions hahnemanniennes, on obtient une concentration $C_k = \frac{C_0}{10^{2k}}$.

2. Étude de l'*argentum nitricum*® produit par Boiron.

a) Quelle est la concentration massique maximale en nitrate d'argent de la solution mère ?

b) Exprimer puis calculer alors la concentration molaire maximale C_0 en nitrate d'argent de la solution mère. On considèrera pour la suite cette concentration comme celle de la solution mère.

c) Sachant que chaque soluté $AgNO_3$ donne un ion Ag^+, exprimer la quantité de matière n_k puis le nombre d'ions N_k de soluté Ag^+ dissous que l'on trouve dans 1,000 L de solution. Faire le calcul pour CH 4 et CH 9.

d) Les granules homéopathiques sont préparés par l'ajout de sucre à la solution fille finalement obtenue puis par évaporation du solvant. Ne reste alors que le sucre mélangé au soluté de nitrate d'argent, considérant que dans 1,000 L de solution soit dissout 1,000 kg de sucre et que chaque granule obtenu finalement pèse 250 mg. En moyenne, combien de Ag^+ se trouvent dans chaque granule pour CH9 ?

e) Que dire des valeurs trouvées pour CH 15 ? Pour CH 30 ? On pourra calculer le nombre de granules à prendre pour avoir, en moyenne, au moins un ion Ag^+ par granule.

❑ Exercice 4.11. Autour d'un bon sirop*

Joy et Jules sont à la terrasse d'un bar à décompresser après leur épreuve de bac de français. Deux sirops de menthe ont été commandés et sont servis par deux serveurs différents. Joy est servie dans un verre cylindrique haut et fin, Jules dans un verre deux fois plus large et quatre fois moins haut. La couleur des sirops semble similaire pourtant Jules trouve le sien peu sucré alors que Joy affirme que le sien est trop sucré. Est-ce uniquement dû à leurs goûts ?

❑ Exercice 4.12. Étude d'une épice : le curcuma

Le curcuma est une épice extraite de la plante du même nom. Elle est utilisée pour ses propriétés antioxydante et colorante, mais aussi pour sa saveur poivrée et aromatique. Elle doit sa couleur jaune orangée principalement à la curcumine (E100), dont on se propose d'étudier la couleur.

1. Le protocole d'extraction de la curcumine à partir de curcuma est simple : introduire dans un récipient une pincée de l'épice et environ 10 mL d'éthanol, agiter quelques minutes puis filtrer. Le liquide coloré obtenu contient de la curcumine.

a) Avec quelle verrerie faut-il prélever l'éthanol ?

b) Comment nomme-t-on un liquide recueilli après filtration ?

c) Quelle type d'extraction est utilisée ici ?

2. En mesurant l'absorbance de la solution recueillie, on obtient :

λ (nm)	380	390	400	410	420	430	440	450	460
A	0,35	0,52	0,63	0,78	0,90	0,98	0,97	0,86	0,69

λ (nm)	470	480	490	500	510	520	530	540	550
A	0,48	0,26	0,06	0,02	0,02	0,01	0,01	0,02	0,01

L'absorbance est négligeable sur le reste du spectre visible.

a) Quelle est l'unité de l'absorbance ?

b) Quel appareil a-t-on utilisé pour mesurer ces absorbances ?

c) La solution étudiée est-elle colorée ?
d) Tracer le spectre d'absorbance $A = f(\lambda)$.
e) Quelle est la couleur absorbée par la curcumine ?
f) De quelle couleur est la solution ?

❑ Exercice 4.13. Détermination d'un coefficient d'extinction molaire

Dans un TP de chimie au sujet du BBT (bleu de bromothymol), un indicateur coloré de pH, on se propose de déterminer son coefficient d'extinction molaire ε pour la longueur d'onde $\lambda = 620$ nm (maximum d'absorption). Pour cela, une solution de concentration de $2{,}0 \times 10^{-3}$ mol.L^{-1} de BBT à $pH = 12$ est mise dans une cuve de 1,0 cm dans un spectrophotomètre. L'absorbance mesurée est $A = 0{,}80$.

1. Pourquoi le pH est-il contrôlé ?
2. Rappeler la relation liant A, ε et $[BBT]$.
3. À l'aide d'une analyse dimensionnelle, retrouver l'unité de ε si on utilise les données de l'énoncé.
4. Déterminer la valeur du coefficient d'extinction molaire ε à 620 nm.
5. Ce dernier serait-il plus grand, moins grand ou identique pour $\lambda = 500$ nm ?

❑ Exercice 4.14. Dosage spectrophotométrique de la vanilline*

La vanille est le fruit d'une orchidée grimpante, le vanillier, qui a besoin d'un climat tropical chaud et humide pour se développer. On la cultive à Madagascar, à Tahiti, à La Réunion, en Amérique du Sud... Elle est utilisée dans de nombreux domaines comme par exemple la parfumerie, l'industrie agro-alimentaire, en tant qu'intermédiaire de synthèse dans l'industrie pharmaceutique. La composition de la gousse de vanille est très riche en arômes dont le principal est la vanilline. Du fait de son coût d'extraction élevé, on lui préfère souvent aujourd'hui la vanilline de synthèse ou encore l'éthylvanilline qui a un pouvoir aromatisant 2 à 4 fois plus grand.
Dans cette partie, on se propose d'effectuer le dosage spectrophotométrique de la vanilline contenue dans un extrait de vanille acheté dans le commerce.

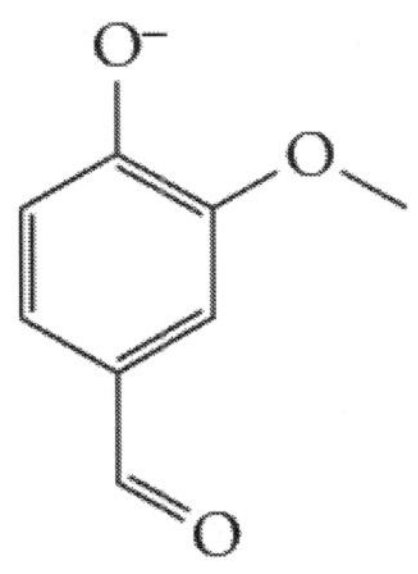 Formule topologique de la vanilline	Principe du dosage : La vanilline contenue dans un échantillon du commerce (solution aqueuse sucrée) est extraite par du dichlorométhane. Un traitement basique à l'aide d'une solution aqueuse d'hydroxyde de sodium ($Na^+_{(aq)} + HO^-_{(aq)}$) permet ensuite de faire repasser la vanilline en solution aqueuse sous forme d'ion phénolate représenté ci-contre. On réalise ensuite un dosage par étalonnage de cet ion par spectrophotométrie UV-visible afin de déterminer la concentration en vanilline de l'échantillon du commerce.

Protocole du dosage :

Étape 1 : Extraction de la vanilline et passage en solution basique

– À 1,0 mL d'échantillon de vanille liquide, on ajoute 10 mL d'eau distillée.

– On procède à trois extractions successives en utilisant à chaque fois 20 mL de dichlorométhane.

– À partir de la phase organique, on extrait trois fois la vanilline avec 50 mL d'une solution aqueuse d'hydroxyde de sodium de concentration 0,10 mol.L^{-1}.

– On rassemble les phases aqueuses.

Étape 2 : Préparation de la solution à doser et mesure de son absorbance

On introduit les phases aqueuses précédentes dans une fiole jaugée de 250 mL et on complète jusqu'au trait de jauge avec la solution aqueuse d'hydroxyde de sodium de concentration 0,10 mol.L^{-1}.

La mesure de l'absorbance de la solution à doser donne A = 0,88 à la longueur d'onde du maximum d'absorption.

Étape 3 : Préparation d'une gamme étalon de solutions de vanilline basique et mesure de leur absorbance

À partir d'une solution mère de vanilline, on prépare par dilution dans une solution aqueuse d'hydroxyde de sodium de concentration 0,10 mol.L^{-1} des solutions filles et on mesure leur absorbance.

Les résultats sont rassemblés dans le tableau ci-dessous :

Solution fille	S_1	S_2	S_3	S_4	S_5
c : concentration en vanilline (mol.L^{-1})	$5,0\times10^{-5}$	$4,0\times10^{-5}$	$3,0\times10^{-5}$	$2,0\times10^{-5}$	$1,0\times10^{-5}$
Absorbance	1,36	1,08	0,81	0,54	0,27

Donnée : Masse molaire moléculaire : $M_{vanilline}$ = 152 g.mol^{-1}.

1. Le spectre d'absorption UV-visible de l'ion phénolate est donné ci-dessous.
Cet ion absorbe-t-il dans le domaine du visible ? Justifier la réponse à l'aide du graphe ci-dessous.

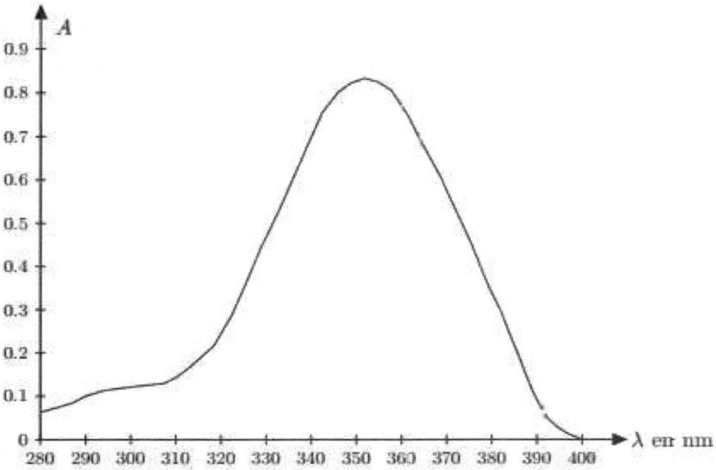

2. a) Tracer sur papier millimétré la courbe d'étalonnage A = f (c).

b) La loi de Beer-Lambert est vérifiée. À l'aide du graphique précédent, expliquer pourquoi elle s'énonce sous la forme A = k c.

3. Déterminer en détaillant la méthode utilisée la concentration en vanilline dans la solution à doser. On précise que la concentration en vanilline est égale à celle de l'ion phénolate.

4. Compte tenu du protocole suivi, en déduire le titre massique en $g.L^{-1}$ de vanilline dans l'échantillon de vanille liquide du commerce.

Extrait du Baccalauréat scientifique, Asie, session 2012

❑ Exercice 4.15. Dosage colorimétrique par étalonnage*

On se propose de déterminer la concentration en diiode dans une teinture d'iode officinale. On commence par diluer 200 fois la teinture d'iode (trop concentrée pour une étude spectrophotométrique directe). La solution aqueuse obtenue à l'issue de cette dilution est appelée solution S.
Par ailleurs on dispose d'un ensemble de solutions aqueuses de diiode notées D_i (D_1, D_2, etc) de concentrations connues toutes différentes. Ces solutions ont des colorations proches de celle de la solution S.
Données : Masse molaire atomique de l'iode : 127 $g.mol^{-1}$
Écart relatif entre une grandeur expérimentale G_{exp} et une valeur attendue G_a d'une grandeur quelconque G : $\frac{|G_{exp} - G_a|}{G_a}$.

Spectre d'absorption d'une solution aqueuse de diiode
de concentration molaire $C = 3{,}0 \times 10^{-3}$ mol.L^{-1}

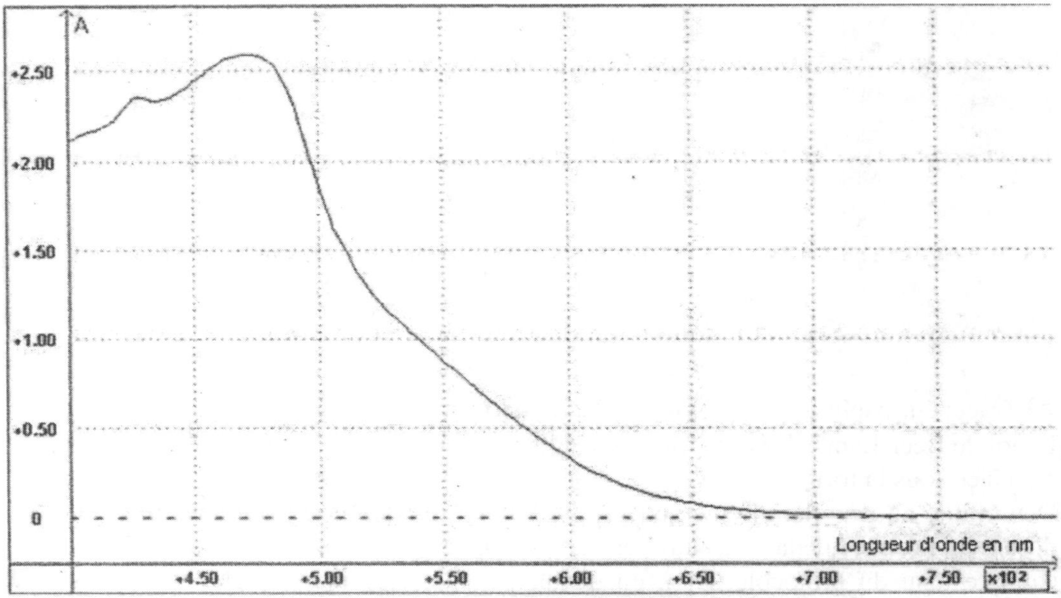

1. On peut trouver expérimentalement un encadrement de la concentration en diiode de la solution S, sans utiliser un spectrophotomètre.

a) Expliquer brièvement cette méthode.

b) Pourquoi lors de la mise en œuvre de cette méthode, faut-il que les récipients utilisés (tubes à essais ou béchers) soient tous identiques ?

2. À l'aide d'un spectrophotomètre, on mesure l'absorbance A_i de chaque solution D_i de diiode, puis celle de la solution S.

a) Donner la valeur d'une longueur d'onde qui vous paraît bien appropriée pour ces mesures. Justifier brièvement.

b) On obtient les résultats suivants :

Concentration C de la solution en μmol.L^{-1}	50	100	250	500	750	1000
Absorbance A de la solution	0,041	0,10	0,22	0,46	0,70	0,87

Absorbance de la solution S : A = 0,78.

La relation entre l'absorbance A et la concentration C est appelée loi de Beer-Lambert. Elle s'écrit : $A = k \times C$ avec k une constante et C la concentration molaire de l'espèce colorée dans la solution. La courbe d'étalonnage obtenue est-elle en accord avec cette loi ? Justifier.

La courbe d'étalonnage en fonction de la concentration molaire C en diiode est fournie ci-dessous.

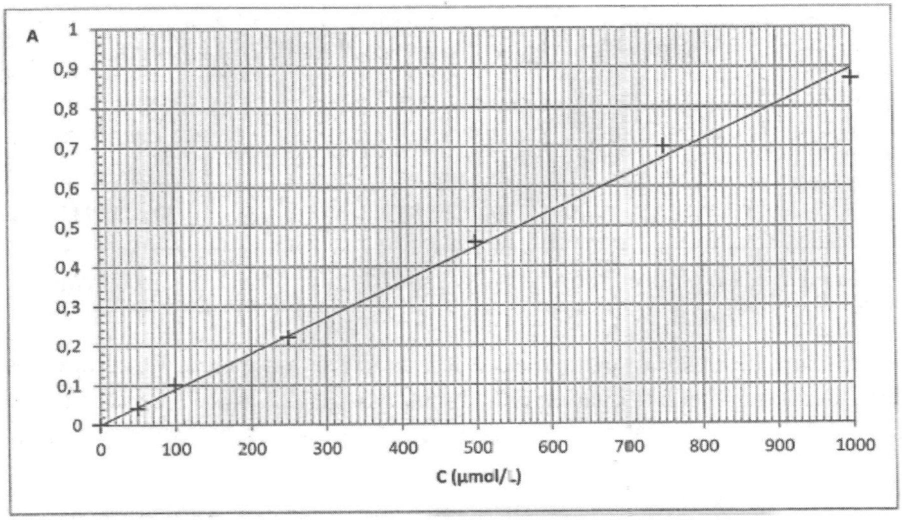

c) Déterminer graphiquement la concentration molaire $C_{S.exp}$ en diiode de la solution S. En déduire la concentration molaire C_{exp} en diiode de la teinture d'iode officinale.

3. La teinture d'iode officinale est étiquetée à 5,0 % en masse de diiode. Sa masse volumique est $\rho = 9{,}0 \times 10^2$ g.L^{-1}.

a) À partir de ces données, vérifier que le titre massique t en diiode attendu dans cette teinture est 45 g.L^{-1}.

b) En déduire la valeur de la concentration molaire attendue en diiode dans cette teinture. On la notera C_a.

c) Calculer l'écart relatif entre la valeur expérimentale C_{exp} et la valeur C_a. Conclure.

Extrait du Baccalauréat scientifique, Pondichéry, session 2013

■ Pour vous aider à démarrer

Exercice 4.5. question 2.b On remarque qu'il y a 8 fois plus de molécules de CO_2 rejetées que de molécules de C_8H_{18} consommées.
Exercice 4.10. Remarquer le facteur de dilution à chaque étape de dilution Hahnemannienne
Exercice 4.11. Penser aux paramètres d'influence de l'absorbance d'une solution.
Exercice 4.13. Pour l'analyse dimensionnelle, il faut isoler la grandeur dont on cherche l'unité puis multiplier et diviser les unités de la formule obtenue.
Exercice 4.14. Les formules de dilutions seront à utiliser. On peut montrer que $t = M \times c$.

Exercice 4.15. La relation $c = \frac{t}{M}$ peut être utile.

Corrigé des vrai/faux

1.	2.	3.	4.	5.	6.	7.	8.	9.	10.
vrai	faux	faux	faux	faux	vrai	faux	vrai	faux	vrai

2. La masse molaire de l'eau est égale à deux fois la masse molaire de l'hydrogène ajoutée à la masse molaire de l'oxygène, en équation cela donne $M_{H_2O} = 2 \times M_H + M_O$.

3. Le volume molaire d'un gaz est donné par $V_m = \frac{V}{n}$.

4. Lors de la dilution, la masse de soluté reste constante.

5. Lors de la dilution, la quantité de matière de soluté reste constante.

7. Si A_1 est l'absorbance d'une solution 1, et A_2 celle d'une solution 2, alors $A = A_1 + A_2$ serait celle d'une solution de même concentration que la solution 1 en solutés qui la colorent et que la solution 2 en solutés qui la colorent. Or ce n'est pas le cas du mélange des deux, puisqu'en mélangeant, le volume augmente et on a un effet de dilution.

9. Afin de mesurer une absorbance non négligeable d'une solution verte, il faut envoyer un faisceau de couleur complémentaire du vert, soit magenta, avec un spectrophotomètre dans cette solution.

❑ Les erreurs classiques

– Ne pas confondre masse volumique et concentration en masse.
– Concentration en masse, concentration massique, teneur, titre ou titre massique sont différentes façons de nommer la même chose, les normes (ou les modes) changent au cours du temps. Selon les sujets, chacune de ces dénominations peut être employée.
– Attention aux unités des grandeurs utilisées en chimie !
– Ne pas oublier que la loi de Beer-Lambert dépend de la longueur d'onde, ne pas comparer des valeurs faites avec des faisceaux différents. En TP, il faut aussi garder le même appareil et les mêmes cuves.

Corrigé des exercices

Exercice 4.1

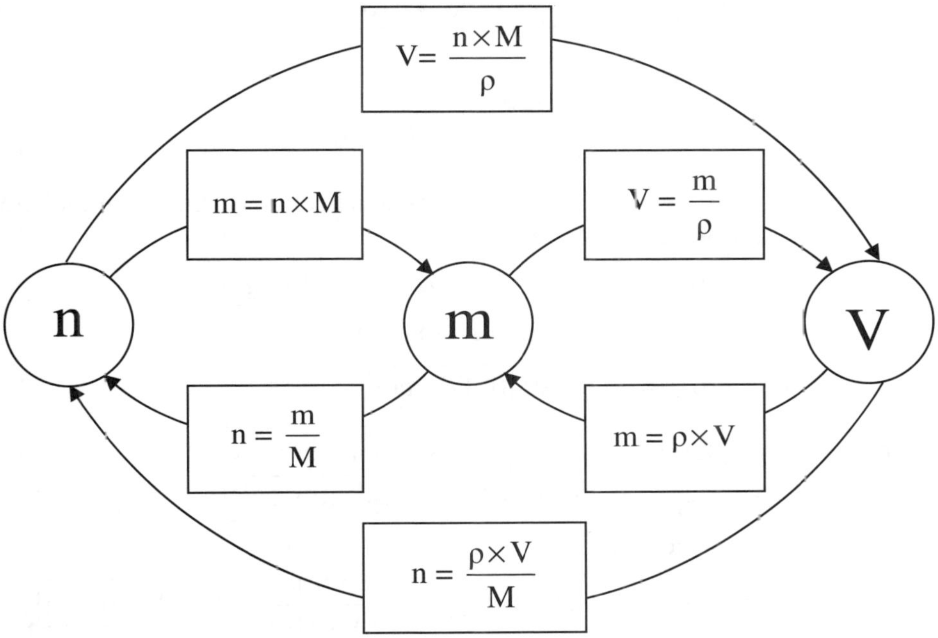

Exercice 4.2

$M_{CO_2} = M_C + 2 \times M_O = 12,0 + 2 \times 16,0 = \boxed{44,0 \text{ g.mol}^{-1}}$.

$M_{NH_3} = M_N + 3 \times M_H = 14,0 + 3 \times 1,00 = \boxed{17,0 \text{ g.mol}^{-1}}$.

$M_{C_4H_{10}} = 4 \times M_C + 10 \times M_H = 4 \times 12,0 + 10 \times 1,00 = \boxed{58,0 \text{ g.mol}^{-1}}$.

$M_{H_2SO_4} = 2 \times M_H + M_S + 4 \times M_O = 2 \times 1,00 + 32,1 + 4 \times 16,0 = \boxed{98,1 \text{ g.mol}^{-1}}$.

$M_{C_8H_9NO_2} = 8 \times M_C + 9 \times M_H + M_N + 2 \times M_O = 8 \times 12,0 + 9 \times 1,00 + 14,0 + 2 \times 16,0$

$= \boxed{151,0 \text{ g.mol}^{-1}}$.

$$M_{C_{10}H_{12}N_2O} = 10\times M_C + 12\times M_H + 2\times M_N + M_O = 10\times 12,0 + 12\times 1,00 + 2\times 14,0 + 16,0$$
$$= \boxed{176,0\ \text{g.mol}^{-1}}.$$

Exercice 4.3

1. a) Le nombre d'atomes de fer présents dans la plaque est donné par :

$N_{Fe} = \dfrac{m_{Fe}}{m_{\text{atome Fe}}}$ A.N. : $N_{Fe} = \dfrac{50,4}{9,3\times 10^{-23}} = \boxed{5,4\times 10^{23}}$.

b) La quantité de matière de fer est donnée par :

$n_{Fe} = \dfrac{N_{Fe}}{N_A}$ A.N. : $n_{Fe} = \dfrac{5,4\times 10^{23}}{6,02\times 10^{23}} = \boxed{0,90\ \text{mol}}$.

c) La masse molaire d'un objet représente la masse d'une mole de cet objet. La masse molaire du fer est donc la masse d'une mole d'atomes de fer, soit :

$M_{Fe} = m_{\text{atome Fe}} \times N_A$ A.N. : $M_{Fe} = 9,3\times 10^{-23}\times 6,02\times 10^{23} = \boxed{56\ \text{g.mol}^{-1}}$.

2. a) La quantité de matière de plomb dans la plaque est donnée par :

$n_{Pb} = \dfrac{m_{Pb}}{M_{Pb}}$ A.N. : $n_{Pb} = \dfrac{98,1}{207,2} = \boxed{0,473\ \text{mol}}$.

b) Le nombre d'atomes de plomb présents dans la plaque est donné par :

$N_{Pb} = n_{Pb} \times N_A$ A.N. : $N_{Pb} = 0,473\times 6,02\times 10^{23} = \boxed{2,85\times 10^{23}}$.

c) On en déduit la masse d'un atome de plomb :

$m_{\text{atome Pb}} = \dfrac{\text{masse de la plaque}}{\text{nombre d'atomes}} = \dfrac{m_{Pb}}{N_{Pb}}$ A.N. : $m_{\text{atome Pb}} = \dfrac{98,1}{2,85\times 10^{23}} = \boxed{3,44\times 10^{-22}\ \text{g}}$.

3. La plaque de plomb est plus lourde que la plaque de fer bien qu'il y ait moins d'atomes de plomb que d'atomes de fer, cela s'explique par le fait qu'un atome de plomb est plus lourd qu'un atome de fer (plus que 3 fois plus lourd !).

Exercice 4.4

1. La masse d'huile contenue dans la bouteille est donnée par :

$m = \rho \times V$ A.N. : $m = 0,898\times 1,0\times 10^3 = \boxed{9,0\times 10^2\ \text{g}}$.

2. a) $M_{C_{18}H_{34}O_2} = 18\times M_C + 34\times M_H + 2\times M_O$

A.N. : $M_{C_{18}H_{34}O_2} = 18\times 12,0 + 34\times 1,00 + 2\times 16,0 = \boxed{282,0\ \text{g.mol}^{-1}}$.

b) $n = \dfrac{m}{M} \Leftrightarrow M = \dfrac{m}{n}$ A.N. : $M = \dfrac{9,0\times 10^2}{3,2} = \boxed{2,8\times 10^2\ \text{g.mol}^{-1}}$.

La manière la plus précise est la première, avec les masses molaires atomiques car on a plus de chiffres significatifs.

3. Le nombre de molécules d'acide oléique présentes dans la bouteille est donné par :

$N = n \times N_A$ A.N. : $N = 3{,}2 \times 6{,}02 \times 10^{23} = \boxed{1{,}9 \times 10^{24}}$.

4. La masse d'une molécule d'acide oléique est déduite du rapport entre la masse totale et le nombre de molécules d'huile :

$m_{1\text{ molécule}} = \dfrac{m}{N}$ A.N. : $m_{1\text{ molécule}} = \dfrac{898}{1{,}9 \times 10^{24}} = \boxed{4{,}7 \times 10^{-22}\ \text{g}}$.

Cette masse n'est vraiment pas mesurable avec une balance, en lycée les balances les plus performantes mesurent au centième voire au millième de gramme.

Exercice 4.5

1. a) Une proportionnalité entre la distance parcourue en km et le volume d'essence permet de trouver le volume nécessaire pour effectuer cette distance :

Volume d'essence consommée en L	Distance parcourue en km
6,0	100
	520

$\dfrac{6{,}0 \times 520}{100} = \boxed{31\ \text{L}}$.

b) $M_{C_8H_{18}} = 8 \times M_C + 18 \times M_H = 8 \times 12{,}0 + 18 \times 1{,}00 = \boxed{114{,}0\ \text{g.mol}^{-1}}$.

$n_{C_8H_{18}} = \dfrac{\rho_{C_8H_{18}} \times V_{C_8H_{18}}}{M_{C_8H_{18}}}$ A.N. : $n_{C_8H_{18}} = \dfrac{0{,}690 \times 10^3 \times 31}{114{,}0} = \boxed{1{,}9 \times 10^2\ \text{mol}}$.

(attention à la masse volumique qui est convertie en g.L^{-1} dans le calcul).

2. a) Pour une molécule d'octane utilisée par le moteur, l'équation de réaction montre que 8 molécules de dioxyde de carbone sont rejetées.

b) Pour 2 molécules d'octane utilisées, 16 de dioxyde de carbone sont rejetées.
Pour 10 molécules d'octane utilisées, 80 de dioxyde de carbone sont rejetées.
Pour 1 mole d'octane utilisée, 8 moles de dioxyde de carbone sont rejetées.

c) Une quantité $1{,}9 \times 10^2 \times 8 = \boxed{1{,}5 \times 10^3\ \text{mol}}$ de dioxyde de carbone est alors rejetée lors d'un trajet Vienne Gonesse.

d) $V = n \times V_m$ A.N. : $V = 1{,}5 \times 10^3 \times 24 = \boxed{3{,}6 \times 10^4\ \text{L}} = 36\ \text{m}^3$.

e) $M_{CO_2} = M_C + 2 \times M_O = 12{,}0 + 2 \times 16{,}0 = \boxed{44{,}0\ \text{g.mol}^{-1}}$.

$m_{CO_2} = M_{CO_2} \times n_{CO_2}$ A.N. : $m_{CO_2} = 44{,}0 \times 1{,}5 \times 10^3 = \boxed{6{,}6 \times 10^4\ \text{g}} = \boxed{66\ \text{kg}}$.

Lors de ce trajet, une masse de 66 kg de dioxyde de carbone est rejetée par la voiture, représentant 36 m^3 de gaz pur. Lourd bilan carbone !

Exercice 4.6

1. $n = \dfrac{V}{V_m}$ A.N. : $n = \dfrac{5,0}{24,0} = \boxed{0,21 \text{ mol}}$ dans un volume de 5,0 L.

2. a) $M_{O_2} = 2 \times M_O = 2 \times 16,0 = \boxed{32,0 \text{ g.mol}^{-1}}$.

b) $n_{O_2} = \dfrac{m_{O_2}}{M_{O_2}}$ A.N. : $n_{O_2} = \dfrac{1,25 \times 10^3}{32,0} = \boxed{39,1 \text{ mol}}$ dans la bouteille pleine.

c) Il y a bien plus de molécules de dioxygène dans une bouteille dite pleine, c'est normal puisque celle-ci est sous haute pression. Lors de son utilisation, le gaz sortant se détend (sa pression diminue).

3. Quand cette bouteille est dite « vide », elle est en fait à la même pression que l'extérieur et contient donc encore 0,21 mol de dioxygène. En réalité, afin d'avoir une certaine marge et de la pression pour amener ce dioxygène au masque du patient, les bouteilles sont changées quand la jauge du manomètre est dans le rouge, environ à 10 % de la pression maximale.

Exercice 4.7

Solution	A	B	C
Quantité de matière n (en mol) de soluté	0,15	10	1,8
Volume V (en L) de la solution	0,10	5,0	2,0
Concentration molaire C (en mol.L^{-1}) de soluté	1,5	2,0	0,90

Solution	D	E	F
Masse m (en g) de soluté	12	6,0	9,6
Volume V (en L) de la solution.	4,0	0,50	3,0
Titre massique t (en g.L^{-1}) de soluté	3,0	12	3,2

Exercice 4.8

1. La grandeur indiquant la mesure en métopimazine dans :
- le Vogalène LYOC® est la masse exprimée en mg
- le Vogalène suppositoire® est la quantité de matière exprimée en mol
- le Vogalène solution injectable® est la concentration massique exprimée en mg.mL^{-1}
- le Vogalène soltion buvable® est la concentration molaire exprimée en mmol.L^{-1}.

2. a) La quantité de matière de métopimazine dans un comprimé de Vogalène LYOC® est donnée par $n_{\text{métopimazine}} = \dfrac{m_{\text{métopimazine}}}{M_{\text{métopimazine}}}$ A.N. : $n_{\text{métopimazine}} = \dfrac{7,5 \times 10^{-3}}{445,6} = \boxed{1,7 \times 10^{-5} \text{ mol}}$.

b) La quantité de matière de métopimazine dans un suppositoire de Vogalène est de $n_{\text{métopimazine}} = \boxed{1,12 \times 10^{-5} \text{ mol}}$.

c) La masse de métopimazine dans une ampoule de Vogalène solution injectable® est donnée par $m_{\text{métopimazine}} = t \times V$ A.N. : $m_{\text{métopimazine}} = 10 \times 1{,}00 = 10 \text{ mg} = 1{,}0 \times 10^{-2}$ g.

La quantité de matière de métopimazine dans une ampoule de Vogalène solution injectable® est alors $n_{\text{métopimazine}} = \dfrac{m_{\text{métopimazine}}}{M_{\text{métopimazine}}}$ A.N. : $n_{\text{métopimazine}} = \dfrac{1{,}0 \times 10^{-2}}{445{,}6} = \boxed{2{,}2 \times 10^{-5} \text{ mol}}$.

d) Parmi ces 3 formulations, celle qui contient le plus de principe actif est donc le Vogalène solution injectable®.

3. On cherche à avoir 7,5 mg, soit $1{,}7 \times 10^{-5}$ mol de principe actif. Le volume de solution buvable est alors donné par $V = \dfrac{n}{C}$ A.N. : $V = \dfrac{1{,}7 \times 10^{-5}}{2{,}2 \times 10^{-3}} = 7{,}7 \times 10^{-3} \text{ L} = \boxed{7{,}7 \text{ mL}}$.

Pour se rapprocher le plus de la quantité de matière de principe actif équivalent à des cachets de Vogalène LYOC, il faudrait donc 2 cuillères (voir une et demi !).

Exercice 4.9

Pour diluer 10 fois une solution d'eau sucrée d'un litre, il faut lui ajouter 10 litres.

→ FAUX. Pour diluer 10 fois cette solution d'un litre, il faudra lui en ajouter 9 afin qu'elle atteigne le volume de 10 L. Lui ajouter 10 L reviendrait à avoir une solution fille de 11 L, soit diluée 11 fois.

Pour obtenir 5,0 L de solution quelconque diluée 20 fois, il faut en prélever au départ 50,0 mL.

→ FAUX. Diluer 20 fois une solution de 50,0 mL donne un volume de solution fille de $V = 20 \times 50{,}0 = 1{,}0 \times 10^{3} \text{ mL} = \boxed{1{,}0 \text{ L}}$. Pour en avoir 5,0 L au final il faudrait soit 250,0 mL de solution mère diluée 20 fois, soit 50,0 mL de solution mère diluée 100 fois.

Pour prélever ce volume précisément, on utilise une fiole jaugée.

→ FAUX. Pour prélever ce volume précisément, on utilise une <u>pipette</u> jaugée.

Pour diluer deux fois une solution de 100,0 mL d'eau sucrée, on utilise une fiole jaugée de 200,0 mL.

→ VRAI. Diluer deux fois une solution de 100,0 mL a pour conséquence de doubler son volume, d'où l'utilisation de la fiole jaugée de 200,0 mL.

En ajoutant deux solutions identiques, on obtient une solution de concentration identique à celles de départ.

→ VRAI. Avec deux solutions de quantité de matière n_i et de volume V_i, on obtient une solution de quantité de matière $n_f = 2 \times n_i$ et de volume $V_f = 2 \times V_i$:

$$C_i = \frac{n_i}{V_i} \text{ et } C_f = \frac{n_f}{V_f} = \frac{2 \times n_i}{2 \times V_i} = \frac{n_i}{V_i} = C_i.$$

Corrigé

Exercice 4.10

1. a) La solution S_1 est une dilution d'un facteur 100 de la solution S_0 : $C_1 = \dfrac{C_0}{100}$.

b) La solution S_2 est une dilution d'un facteur 100 de la solution S_1 : $C_2 = \dfrac{C_1}{100}$.

c) Ainsi : $C_2 = \dfrac{C_1}{100} = \dfrac{\frac{C_0}{100}}{100} = \dfrac{C_0}{10000}$.

d) À chaque étape de dilution, la concentration est divisée par $100 = 10^2$. À partir de la solution S_0, la concentration de la solution S_k obtenue après k dilutions est donc donnée par $C_k = \dfrac{C_0}{10^{2k}}$.

2. a) La concentration massique maximale en nitrate d'argent de la solution mère est $t_0 = 2340 \text{ g.L}^{-1}$ (concentration massique à saturation).

b) $C_0 = \dfrac{t_0}{M}$ A.N. : $C_0 = \dfrac{2340}{169,9} = \boxed{13,77 \text{ mol.L}^{-1}}$.

c) $n_k = C_k \times V = \dfrac{C_0}{10^{2k}} \times V$ et $N_k = n_k \times N_A$.

Pour CH4 :

$n_4 = \dfrac{C_0}{10^{2\times 4}} \times V$ A.N. : $n_4 = \dfrac{13,77}{10^{2\times 4}} \times 1,000 = \boxed{1,377 \times 10^{-7} \text{ mol}}$

$N_4 = n_4 \times N_A$ A.N. : $N_4 = 1,377 \times 10^{-7} \times 6,02 \times 10^{23} = \boxed{8,29 \times 10^{16}}$.

Pour CH9 :

$n_9 = \dfrac{C_0}{10^{2\times 9}} \times V$ A.N. : $n_9 = \dfrac{13,77}{10^{2\times 9}} \times 1,000 = \boxed{1,377 \times 10^{-17} \text{ mol}}$

$N_9 = n_9 \times N_A$ A.N. : $N_9 = 1,377 \times 10^{-17} \times 6,02 \times 10^{23} = \boxed{8,29 \times 10^{6}}$.

d) Si on considère que dans 1,000 L de solution est dissout 1,000 kg de sucre et que chaque granule obtenu pèse finalement 250 mg, on aura $\dfrac{1000}{0,250} = 4000$ granules à partir de 1,000 L de solution. En moyenne, on trouve $\dfrac{8,29 \times 10^6}{4000} = 2,07 \times 10^3$ ions Ag^+ dans chaque granule.

e)

	CH10	CH11	CH12	CH15	CH30
$n_k = \frac{C_0}{10^{2k}} \times V$ en mol.	$1,377 \times 10^{-19}$	$1,377 \times 10^{-21}$	$1,377 \times 10^{-23}$	$1,377 \times 10^{-29}$	$1,377 \times 10^{-59}$
$N_k = n_k \times N_A$	$8,29 \times 10^{4}$	$8,29 \times 10^{2}$	$8,29$	$8,29 \times 10^{-6}$	$8,29 \times 10^{-36}$
Nombre de Ag^- par granule	$20,7$	$0,207$	$2,07 \times 10^{-3}$	$2,07 \times 10^{-9}$	$2,07 \times 10^{-39}$
Nombre de granules pour trouver un Ag^+		5	483	$4,83 \times 10^{8}$	$4,83 \times 10^{38}$

Pour les deux premières lignes, on utilise les formules de la question **c)**.
Pour le nombre de Ag^+ par granule, il faut diviser la ligne précédente par 4000.
Pour le nombre de granules à prendre pour trouver un Ag^+, il faut prendre l'inverse du nombre de Ag^+ par granule.

Le constat est que pour les CH15 et CH30, il n'y a que très peu de chances de trouver une trace du soluté dans les granules utilisés. Au-delà de CH10, la majorité des granules ne contiennent que du sucre.

Exercice 4.11

Lorsque Joy et Jules regardent leurs sirops, la lumière traverse le verre dans sa largeur. Cette grandeur intervient dans la loi de Beer-Lambert, c'est la longueur l : $A = \varepsilon_\lambda \times l \times [X]$, X représente ici la molécule colorant dans le sirop et est donc proportionnelle à la quantité introduite de sirop concentré.
La couleur des sirops semble similaire et indique que l'absorbance est sensiblement la même. Le sirop étant pour les deux élèves un sirop de menthe, donc le même, le coefficient d'extinction molaire l'est donc aussi (il est propre à la molécule colorée). Pour que l'absorbance du sirop de Joy soit la même que celle du sirop de Jules, l étant plus petite pour le verre de Joy, $[X]$ doit donc forcément être plus grand dans le verre de Joy, d'où sa sensation de sirop trop sucré (trop concentré), au contraire de Jules.
Pour aller plus loin, on peut déterminer combien de fois plus concentré est le sirop de Joy. En approximant que les absorbances sont les mêmes, notant les prénoms en indices des grandeurs qui concernent les sirops de Joy et Jules, alors :

$A_{Joy} = A_{Jules}$

$\Rightarrow \varepsilon_\lambda \times l_{Joy} \times [X]_{Joy} = \varepsilon_\lambda \times l_{Jules} \times [X]_{Jules}$

$\Rightarrow l_{Joy} \times [X]_{Joy} = l_{Jules} \times [X]_{Jules}$

$$\Rightarrow \frac{l_{Jules}}{l_{Joy}} = \frac{[X]_{Joy}}{[X]_{Jules}} \qquad \text{A.N. : } \Rightarrow \frac{l_{Jules}}{l_{Joy}} = 2 \Rightarrow \frac{[X]_{Joy}}{[X]_{Jules}} = 2 \text{ donc } \boxed{[X]_{Joy} = 2 \times [X]_{Jules}}.$$

Le sirop de Joy est donc 2 fois plus concentré que le sirop de Jules, ce qui justifie la différence de goût.

Exercice 4.12

1.a) Pour prélever l'éthanol, il faut utiliser une éprouvette, le volume à prélever ne devant pas être précis.

b) Un liquide recueilli après une filtration est un filtrat.

c) Ici, un solvant extracteur est utilisé pour extraire la curcumine d'une poudre solide (curcuma), il s'agit donc d'une extraction solide-liquide.

2. a) L'absorbance n'a pas d'unité.

b) L'appareil utilisé pour mesurer ces absorbances est un spectrophotomètre.

c) La solution étudiée est colorée puisqu'elle absorbe des radiations du domaine visible ($400 \text{ nm} < \lambda_{visible} < 800 \text{ nm}$).

d)

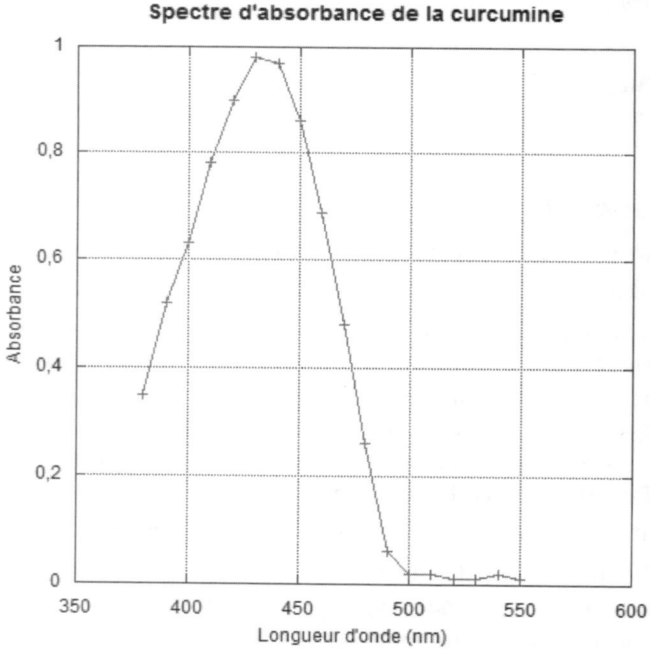

e) La curcumine absorbe fortement les radiations bleues d'après ce spectre. Le maximum d'absorption se trouve aux alentours de $\lambda \approx 430 \text{ nm} / 440 \text{ nm}$.

f) La solution est donc de couleur complémentaire au bleu, c'est-à-dire jaune (c'était écrit dans l'énoncé).

Exercice 4.13

1. Le pH est contrôlé car la couleur, donc l'absorbance, de certaines molécules organiques dépend du pH, c'est notamment le cas du BBT puisque c'est un indicateur coloré de pH.

2. La relation liant A, ε et $[BBT]$ est la loi de Beer-Lambert : $\boxed{A = \varepsilon \times l \times [BBT]}$.

3. Isolons ε à partir de la loi de Beer-Lambert, on obtient : $\varepsilon = \dfrac{A}{l \times [BBT]}$, en terme d'unités, nous n'avons pas d'unité au numérateur et nous avons cm.mol.L⁻¹ au dénominateur, ε a donc pour unité $\dfrac{1}{cm.mol.L^{-1}} = L.mol^{-1}.cm^{-1}$.

4. $\varepsilon = \dfrac{A}{l \times [BBT]} = \dfrac{0,80}{1,0 \times 2,0 \times 10^{-3}} = 4,0 \times 10^{2}\ L.mol^{-1}.cm^{-1}$.

5. $\varepsilon = \dfrac{A}{l \times [BBT]}$, A serait plus faible puisque le maximum d'absorption est pour $\lambda = 620$ nm.

$[BBT]$ et l étant identiques, ε serait plus petit à cette longueur d'onde $\lambda = 500$ nm.

Exercice 4.14

1. Cet ion n'absorbe pas dans le domaine du visible. En effet, son spectre d'absorbance montre qu'il absorbe pour $\lambda < 400$ nm, mais que son absorbance est nulle au-delà de cette longueur d'onde. Le spectre du visible étant compris entre $400\ nm < \lambda < 800\ nm$, cet ion n'absorbe pas dans le visible. Pour plus de rigueur, il faudrait avoir le spectre d'absorbance dans le visible et constater des valeurs nulles.

2. a) Le tracé donne :

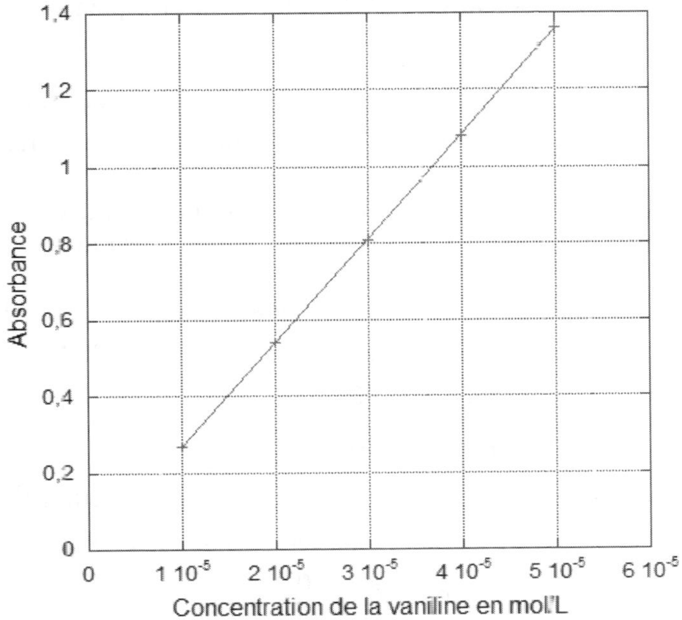

b) La loi de Beer-Lambert s'énonce sous la forme A = k c car on observe bien une relation de proportionnalité (fonction linéaire) entre A et c. Cela est cohérent avec la formule de la loi de Beer-Lambert, avec $k = \varepsilon \times l$.

3. À l'aide du graphique, on détermine la concentration d'une solution d'absorbance de 0,88 : on trouve $c = 3{,}3 \times 10^{-5}$ mol.L^{-1}.

4. La solution initiale est diluée 250 fois. Déterminons la concentration molaire de la solution mère : $n_{\text{mère}} = n_{\text{fille}}$, donc $c_{\text{mère}} \times V_{\text{mère}} = c_{\text{fille}} \times V_{\text{fille}}$ d'où

$$c_{\text{mère}} = \frac{c_{\text{fille}} \times V_{\text{fille}}}{V_{\text{mère}}} \qquad \text{A.N. : } c_{\text{mère}} = \frac{3{,}3 \times 10^{-5} \times 250}{1{,}0} = \boxed{8{,}3 \times 10^{-3}\ \text{mol.L}^{-1}}.$$

Il reste à déterminer le titre massique :

$$t = \frac{m}{V} = \frac{m}{n} \times \frac{n}{V} = M \times c \qquad \text{A.N. : } t = 152 \times 8{,}3 \times 10^{-3} = \boxed{1{,}3\ \text{g.L}^{-1}}.$$

Exercice 4.15

1. a) Pour réaliser un encadrement de la concentration molaire de la solution S, il est possible de réaliser une échelle de teintes. Cette technique consiste à réaliser une gamme de solutions de concentrations molaires connues, exposées par ordre croissant dans des récipients identiques (tubes à essai par exemple). Les teintes des solutions dépendent de leur concentration, d'où l'échelle de teintes. Il suffit ensuite de comparer la teinte de la solution inconnue placée dans un même récipient pour obtenir, par comparaison, un encadrement de sa concentration.

b) Les récipients doivent impérativement être identiques car l'absorbance de la solution dépend de l'épaisseur de solution traversée par la lumière. Afin de n'avoir qu'une dépendance en la concentration molaire, il est donc indispensable d'utiliser des récipients identiques pour réaliser une échelle de teintes.

2. a) La longueur d'onde la plus appropriée pour ces mesures est celle qui correspond au maximum d'absorption d'une solution aqueuse de diiode. Par lecture graphique, $\lambda = 470$ nm correspond à ce maximum et est donc la longueur d'onde adaptée.

b) La courbe d'étalonnage obtenue est une droite passant par l'origine, donc la représentation d'une équation d'une fonction linéaire qui correspond parfaitement avec la fonction $A = k \times C$, loi de Beer-Lambert.

c) Par lecture graphique sur la droite d'étalonnage, $A = 0{,}78$ correspond à $C_{S.exp} = 870$ µmol.L^{-1}. $C_{S.exp}$ étant obtenue par dilution d'un facteur 200 de la solution initiale de concentration molaire C_{exp}, on a alors $C_S = 200 \times C_{S.exp}$,

d'où : $C_S = 200 \times 870 = 1{,}74 \times 10^5$ µmol.L^{-1} $= \boxed{0{,}174\ \text{mol.L}^{-1}}$.

3. a) La masse volumique de la teinture d'iode officinale est $\rho = 9{,}0 \times 10^2$ g.L^{-1}, donc un litre de solution a une masse de $9{,}0 \times 10^2$ g. 5,0 % de cette masse représente la masse du diiode, cela représente donc $9{,}0 \times 10^2 \times 5{,}0\ \% = 9{,}0 \times 10^2 \times \frac{5{,}0}{100} = 45$ g.

Il y a 45 g de diiode dans un litre de solution, le titre massique t du diiode attendu dans cette solution est donc bien de $t = 45\ g.L^{-1}$.

b) $C_a = \dfrac{t}{M_{I_2}} = \dfrac{t}{2 \times M_I}$ A.N. : $C_a = \dfrac{45}{2 \times 127} = \boxed{0{,}18\ mol.L^{-1}}$.

c) $\dfrac{|G_{exp} - G_a|}{G_a} = \dfrac{|C_{exp} - C_a|}{C_a} = \dfrac{|0{,}174 - 0{,}18|}{0{,}18} = 0{,}033$ soit 3,3 % d'erreur. La valeur trouvée est donc proche de la valeur attendue.

Corrigé

Chapitre 5

Réaction chimique et bilan de matière

Lors d'une réaction chimique, les espèces chimiques se transforment mais on conserve globalement les éléments et les charges. En outre, il faut bien avoir en tête l'application des règles de la *stœchiométrie*. Au fond, l'équation de la matière devient alors un petit exercice d'arithmétique !

■ **Un scientifique**

Jeremias Benjamin **Richter** (1762-1807) apprend de son maître, le célèbre philosophe Emmanuel **Kant** (1724-1804), qu'une vraie science est nécessairement basée sur les mathématiques. Il se tourne alors vers la chimie et soutient sa thèse en latin, intitulée *De l'usage des mathématiques en chimie*. Trois ans plus tard, il établit la loi des quantités équivalentes selon laquelle dans une réaction chimique, les quantités de réactifs diminuent et les quantités de produits augmentent de manière proportionnelle. L'importance de l'œuvre de Richter n'est reconnue que bien après sa mort et il meurt dans la pauvreté à 45 ans.

LE SAVIEZ-VOUS ?

Le mot *stoechiométrie* a été introduit par Richter lui-même. Comme la plupart des mots savants en chimie, il est construit sur des termes grecs : *stoikhion* signifie *élément* ou *principe d'une chose* et *metron* désigne l'instrument de mesure. Ce dernier terme a aussi été utilisé pour nommer la nouvelle mesure introduite en 1791 : le mètre. Il a été alors défini comme la dix millionième partie de la distance de l'équateur au pôle.

Objectifs

Les notions que je dois maîtriser

- Stœchiométrie, nombres stœchiométriques
- Avancement, avancement maximal
- Réaction chimique, réactif, produit, réactif limitant
- Dosage et équivalence

Les compétences que je dois acquérir

- Écrire des équations de réaction à partir de données d'un énoncé
- Prévoir le réactif limitant d'une réaction chimique
- Décrire qualitativement l'état final d'un système après une réaction chimique
- Établir la relation entre les quantités de matière de réactifs introduites pour atteindre l'équivalence lors d'un dosage

Résumé de cours

Réaction chimique et stœchiométrie

Réaction chimique

Une transformation chimique est un processus au cours duquel des espèces chimiques, les **réactifs**, réagissent pour donner de nouvelles espèces chimiques, les **produits**. Les espèces chimiques en jeu peuvent tout aussi bien être des ions en solution ou des molécules, à l'état solide, liquide ou gazeux. Cette transformation se produisant peut être modélisée par une réaction chimique décrite par : somme des réactifs → somme des produits.

Exemple : $3\,C_{(s)} + 2\,Fe_2O_{3(s)} \rightarrow 4\,Fe_{(s)} + 3\,CO_{2(g)}$

Au cours d'une réaction chimique, il y a **conservation des éléments chimiques et des charges électriques**. Entre parenthèses et en indice, il est demandé d'indiquer l'état physique des espèces chimiques (s) pour solide, (l) pour liquide ou (g) pour gazeux. Dans le cas d'un ion en solution aqueuse, on indique (aq) pour aqueux mais pour une molécule, on indique (d) pour dissous.

Stœchiométrie

Au cours d'une réaction chimique, les quantités de réactifs diminuent et les quantités de produits augmentent de manière proportionnelle. Cette proportionnalité est fixée par les **nombres stœchiométriques** (ou **coefficients stœchiométriques**) placés devant les formules chimiques des espèces dans l'équation de réaction. Un mélange initial de réactifs dans des proportions telles qu'il n'en restera aucun en fin de réaction est dit **mélange stœchiométrique** (les réactifs ont alors été introduits dans des proportions stœchiométriques).

Exemple : $CH_{4(g)} + 2\,O_{2(g)} \rightarrow CO_{2(g)} + 2\,H_2O_{(g)}$

Introduisant 1,0 mole de CH_4 et 2,0 moles de O_2, on formera 1,0 mole de CO_2 et 2,0 moles de H_2O, il ne restera aucun réactif en fin de réaction. Ce mélange est stœchiométrique.
Mais si on introduit 1,0 mole de CH_4 et 5,0 moles de O_2, il ne restera plus de CH_4, il restera du O_2 en fin de réaction. On dit alors qu'O_2 est le réactif **en excès** et que CH_4 est le réactif **en défaut** ou **réactif limitant**.

Avancement et bilan de matière

Notion d'avancement

L'**avancement**, noté **x** est exprimé en **moles** et représente la quantité de matière consommée d'un réactif si son nombre stœchiométrique est 1 (la quantité de matière formée d'un produit si son nombre stœchiométrique est 1). Plus généralement pour la réaction $a\,A + b\,B \rightarrow c\,C + d\,D$, a, b, c et d étant les nombres stœchiométriques, la quantité de matière de réactifs consommés en

cours de réaction est donnée par ax pour A et bx pour B, la quantité de matière de produits formés en cours de réaction est donnée par cx pour C et dx pour D.
En fin de réaction, un réactif a totalement réagi, par conséquent x a atteint sa valeur maximale et est alors noté $\mathbf{x_{max}}$.

Remarque

x_{max} est parfois noté x_f, ce qui est maladroit en classe de 1re. En classe de terminale, on étudiera des réactions dont l'avancement maximal n'est pas atteint, mais un avancement x_f atteint à l'équilibre. Aucun réactif n'est alors limitant.

❑ Tableau d'avancement

Afin de faire un bilan quantifié des espèces chimiques en fin de réaction, on rédige un **tableau d'avancement**. En première ligne, nous plaçons l'équation bilan de la réaction chimique. Trois lignes sont consacrées à des moments particuliers. L'une pour l'**instant initial**, moment où les réactifs se rencontrent sans qu'ils n'aient commencé à réagir, $\mathbf{x = 0}$. Une autre pour les états **en cours de réaction**, pour lesquels coexistent produits et réactifs, $\mathbf{0 < x < x_{max}}$. Une dernière pour l'**état d'avancement maximal** pour lequel au moins un des réactifs a totalement réagi, $\mathbf{x = x_{max}}$.
Le tableau est rempli avec les quantités de matière à l'état d'avancement de la réaction en tenant compte des nombres stœchiométriques.

Équation chimique		a A $_{(aq,s,l\ ou\ g)}$ +	b B $_{(aq,s,l\ ou\ g)}$ →	c C $_{(aq,s,l\ ou\ g)}$
État initial	$x = 0$	$n_{0\,A}$	$n_{0\,B}$	0
En cours de réaction	x	$n_{0\,A} - a.x$	$n_{0\,B} - b.x$	c.x
État d'avancement maximal	$x = x_{max}$	$n_{0\,A} - a.x_{max}$	$n_{0\,B} - b.x_{max}$	$c.x_{max}$

Remarque

À chaque étape d'avancement, **a** molécules de A sont consommées, d'où le –**a**x (« a fois x », parfois noté a.x) et **b** molécules de B, d'où le –**b**.x (« b fois x », parfois noté b.x).

À tout état d'avancement $0 \leq x \leq x_{max}$ de la réaction chimique, il est possible de calculer les quantités de matière des espèces en jeu. Par exemple, pour l'avancement x = 1,0 mol, il reste donc ($n_{0\,A}$ – a) mol de A et ($n_{0\,B}$ – b) mol de B tandis que c mol de C a été formé.

Pour compléter la ligne de l'état d'avancement maximal, il faut commencer par déterminer quel est le **réactif limitant**, premier réactif qui vient à manquer : en effectuant le calcul de x_{max}.

⇨ **Méthode 5.1. Prévoir le réactif limitant d'une réaction chimique et effectuer un bilan de matière**

Remarque

Lorsqu'un réactif ou un produit est clairement en excès ou que sa quantité initiale est tellement importante qu'elle n'évolue que très peu (cas de l'eau solvant) par exemple, il est courant d'écrire « excès » ou « solvant » dans le tableau, ses variations sont négligeables et ne sont alors pas étudiées.

❑ Bilan de matière, titrage

Une fois l'avancement maximal atteint, il est facile de donner les quantités de matière en moles de chaque produit formé et de chaque réactif éventuellement restant. On fait alors un **bilan de matière**.

Dans le cas de réaction de **titrage**, on introduit progressivement un **réactif titrant** (dont la concentration est connue) depuis une **burette graduée** de manière à consommer intégralement le **réactif à titrer** (dont la concentration est inconnue) placé dans un **erlenmeyer**. Le moment où ce réactif à titrer est intégralement consommé doit être détectable par exemple par un **changement de couleur** de la solution. À ce moment-là, nommé l'**équivalence**, les réactifs sont introduits en proportions stœchiométriques et il est alors possible de retrouver la quantité initiale de réactif à doser à l'aide d'un tableau d'avancement.

À l'équivalence d'une réaction du type :

$$a\,A + b\,B \rightarrow c\,C$$

On obtient la relation suivante entre les quantités de matière des réactifs introduits :

$$\boxed{\frac{n_A}{a} = \frac{n_B}{b}}$$

Ce résultat est prouvé dans l'exercice 5.2.

Ci-contre, le dispositif de titrage légendé.

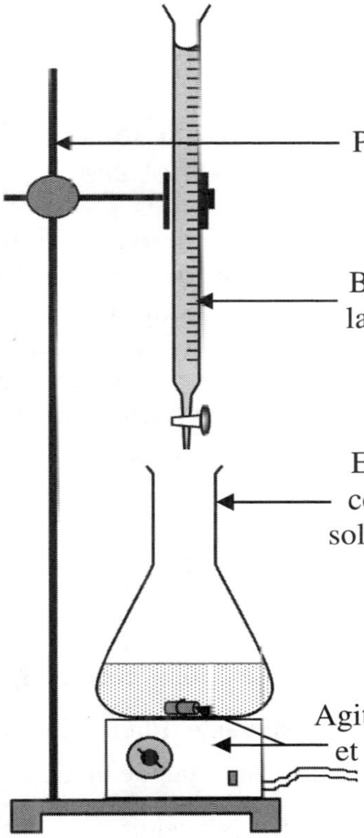

Remarque

La notion de dosage a été étudiée en classe de 2de. Le titrage est un type de dosage pour lequel on réalise une réaction chimique mettant en jeu le réactif dont on cherche à déterminer la quantité de matière (ou concentration).

⇨ **Méthode 5.2. Expliquer ou prévoir le changement de couleur observé à l'équivalence d'un titrage mettant en jeu une espèce colorée**
⇨ **Méthode 5.3. Déterminer des quantités initiales de réactifs par analyse de l'état final**

❑ Cas des transformations non totales

Dans certains cas de transformations chimiques, l'avancement maximal n'est jamais atteint et le système s'équilibre à un état d'avancement final noté x_f tel que $x_f < x_{max}$. On dit alors de la réaction qu'elle n'est pas totale.

Méthodes

Comment utiliser le tableau d'avancement et les bilans de matière ?

Méthode 5.1. Prévoir le réactif limitant d'une réaction chimique et effectuer un bilan de matière

> Le but est de déterminer le réactif limitant dans une réaction chimique afin de pouvoir dresser un bilan des quantités de matière. Il est possible de déterminer l'avancement maximal x_{max} d'une réaction chimique par analyse de la consommation des réactifs à partir de leur quantité initiale à l'aide d'un tableau d'avancement. Il est nécessaire de faire des hypothèses sur l'avancement maximal pour déterminer le premier réactif à manquer : le réactif limitant.

⇨ **Exercices 5.2 à 5.7 et 5.10.**

Un volume $V_1 = 12{,}0$ mL de solution d'hydroxyde de sodium de concentration $\left[Na^+\right] = \left[HO^-\right] = 0{,}10$ mol.L^{-1} est versé dans un bécher contenant une solution de volume $V_2 = 50{,}0$ mL contenant des ions cuivre II, de concentration $\left[Cu^{2+}\right] = 0{,}020$ mol.L^{-1}. La réaction de précipitation suivante a lieu : $Cu^{2+}{}_{(aq)} + 2\ HO^-{}_{(aq)} \rightarrow Cu(OH)_{2(s)}$. Nous cherchons à déterminer x_{max} puis à faire un bilan de matière de l'état final.

- D'abord déterminons les quantités initiales de réactifs :

$n_{0(Cu^{2+})} = \left[Cu^{2+}\right] \times V_2 = 0{,}020 \times 50{,}0 \times 10^{-3} = 1{,}0 \times 10^{-3}$ mol.

$n_{0(HO^-)} = \left[HO^-\right] \times V_1 = 0{,}10 \times 12{,}0 \times 10^{-3} = 1{,}2 \times 10^{-3}$ mol.

- Puis, nous dressons un tableau d'avancement :

Équation chimique		$Cu^{2+}{}_{(aq)}$ +	$2\ HO^-{}_{(aq)}$ →	$Cu(OH)_{2(s)}$
État initial	$x = 0$	$1{,}0 \times 10^{-3}$	$1{,}2 \times 10^{-3}$	0
En cours de réaction	x	$1{,}0 \times 10^{-3} - x$	$1{,}2 \times 10^{-3} - 2x$	x
État d'avancement maximal	$x = x_{max}$	$1{,}0 \times 10^{-3} - x_{max}$	$1{,}2 \times 10^{-3} - 2x_{max}$	x_{max}

- Afin de déterminer x_{max}, on effectue des hypothèses quant au réactif limitant :

Hypothèse 1 : Cu^{2+} est le réactif limitant
⇔ à l'état d'avancement maximal, il ne reste plus de Cu^{2+}
$\Leftrightarrow 1{,}0\times10^{-3}-x_{max}=0$
$\Leftrightarrow x_{max}=1{,}0\times10^{-3}$ mol.

Hypothèse 2 : HO^- est le réactif limitant
⇔ à l'état d'avancement maximal, il ne reste plus de HO^-
$\Leftrightarrow 1{,}2\times10^{-3}-2x_{max}=0$
$\Leftrightarrow x_{max}=\dfrac{1{,}2\times10^{-3}}{2}=6{,}0\times10^{-4}$ mol.

x_{max} est atteint pour une valeur plus petite pour HO^- ce qui signifie que c'est HO^- la première espèce chimique à manquer. On retient donc l'hypothèse 2, on conclut que HO^- est le réactif limitant et que $\boxed{x_{max}=6{,}0\times10^{-4}\ \text{mol}}$.

- À l'aide de la dernière ligne du tableau et connaissant x_{max}, nous effectuons le bilan de matière à l'état d'avancement maximal :

$n_{f(Cu^{2+})}=1{,}0\times10^{-3}-x_{max}=1{,}0\times10^{-3}-6{,}0\times10^{-4}=4{,}0\times10^{-4}$ mol

$n_{f(HO^-)}=1{,}2\times10^{-3}-2x_{max}=1{,}2\times10^{-3}-2\times6{,}0\times10^{-4}=0$ mol (évident car limitant)

$n_{f(Cu(OH)_2)}=x_{max}=6{,}0\times10^{-4}$ mol.

❑ Méthode 5.2. Expliquer ou prévoir le changement de couleur observé à l'équivalence d'un titrage mettant en jeu une espèce colorée

Lors d'un titrage colorimétrique, un changement de couleur du mélange réactionnel permet d'identifier l'équivalence. Il faut identifier les éventuelles colorations des réactifs ou des produits et en déduire le moment où l'équivalence est atteinte.

⇨ **Exercice 5.9.**

En effet, avant l'équivalence, du réactif à titrer se trouve dans le mélange réactionnel. Sa quantité diminue au cours du titrage via l'introduction de réactif titrant. Une fois l'équivalence atteinte, il n'y a plus de réactif à titrer dans le mélange réactionnel, si ce dernier était coloré on remarque alors l'absence de cette couleur. Dès l'ajout d'une goutte supplémentaire de réactif titrant désormais en excès, l'éventuelle couleur de ce dernier persiste dans le mélange réactionnel.

Exemple :
Pour le dosage du diiode I_2 dissous dans une solution aqueuse S_1, on utilise sa réaction avec les ions thiosulfate $S_2O_3^{2-}{}_{(aq)}$. Le diiode dissous donne une coloration jaune orangé à la solution, celle-ci disparait peu à peu au cours du dosage jusqu'à ce que le mélange réactionnel devienne incolore à l'équivalence.
Pour cette réaction, on utilise souvent de l'empois d'amidon qui, en présence de diiode, donne une couleur bleue intense à la solution.

❑ Méthode 5.3. Déterminer des quantités initiales de réactifs par analyse de l'état final

> En exploitant un tableau d'avancement, on peut effectuer le raisonnement inverse de la méthode précédente en partant du bilan de matière pour remonter aux quantités initiales de réactifs.

⇨ **Exercices 5.7 à 5.9.**

Pour le dosage du diiode I_2 dissous dans un volume $V_1 = 20{,}0$ mL de solution S_1, on utilise sa réaction avec les ions thiosulfate $S_2O_3^{2-}{}_{(aq)}$. Leur introduction se fait de manière contrôlée et précise à partir d'une solution titrante S_2 de concentration molaire $\left[S_2O_3^{2-}\right] = 1{,}00\times10^{-2}$ mol.L^{-1}. La solution S_1 est initialement jaune à cause du diiode dissous. Sa disparition au cours de la réaction chimique en jeu rend la solution incolore (toute autre espèce chimique présente étant incolore). Ce changement de couleur indique les proportions stœchiométriques des réactifs (l'équivalence) lorsqu'un volume $V_2 = 15{,}1$ mL de la solution S_2 est introduit. On cherche à déterminer la quantité de matière et la concentration molaire initiale de diiode dans la solution S_1. La réaction mise en jeu est :

$$I_{2(d)} + 2\ S_2O_3^{2-}{}_{(aq)} \rightarrow 2\ I^-{}_{(aq)} + S_4O_6^{2-}{}_{(aq)}.$$

- D'abord, calculons la quantité introduite d'ions thiosulfate $S_2O_3^{2-}$:

$n_{0(S_2O_3^{2-})} = \left[S_2O_3^{2-}\right]\times V_2 = 1{,}00\times10^{-2}\times15{,}1\times10^{-3} = 1{,}51\times10^{-4}$ mol.

- Puis on dresse un tableau d'avancement :

Équation chimique		$I_{2(d)}$ +	$2\ S_2O_3^{2-}{}_{(aq)}$ →	$2\ I^-{}_{(aq)}$ +	$S_4O_6^{2-}{}_{(aq)}$
État initial	$x = 0$	$n_{0(I_2)}$	$1{,}51\times10^{-4}$	0	0
En cours de réaction	x	$n_{0(I_2)} - x$	$1{,}51\times10^{-4} - 2x$	$2x$	x
État d'avancement maximal	$x = x_{max}$	$n_{0(I_2)} - x_{max}$	$1{,}51\times10^{-4} - 2x_{max}$	$2x_{max}$	x_{max}

- Utilisons le fait que les réactifs sont introduits dans des proportions stœchiométriques :

Dans ce cas, les réactifs I_2 et $S_2O_3^{2-}$ sont limitants.

$S_2O_3^{2-}$ limitant implique $1{,}51\times10^{-4} - 2x_{max} = 0$ d'où $x_{max} = \dfrac{1{,}51\times10^{-4}}{2} = \boxed{7{,}55\times10^{-5}\ \text{mol}}$.

I_2 limitant implique $n_{0(I_2)} - x_{max} = 0$ d'où $n_{0(I_2)} = x_{max} = \boxed{7{,}55\times10^{-5}\ \text{mol}}$.

Dans la solution de S_1, la concentration molaire en diiode est donc :

$$[I_2] = \frac{n_{0(I_2)}}{V_1} = \frac{7,55\times10^{-5}}{20,0\times10^{-3}} = \boxed{3,78\times10^{-3}\ \text{mol.L}^{-1}}.$$

Remarque

Il faut s'appliquer à toujours respecter le nombre de chiffres significatifs dans les calculs. Les nombres stœchiométriques n'étant pas des grandeurs mesurées mais des nombres parfaitement définis, ils ne limitent pas le nombre de chiffres significatifs dans les calculs.

Méthodes

Vrai/Faux

		Vrai	Faux
1.	Dans une équation bilan de réaction, la somme des charges des réactifs (ou des produits) est toujours nulle.	☐	☐
2.	La stœchiométrie est donnée par les nombres stœchiométriques dans l'équation chimique de réaction.	☐	☐
3.	L'avancement x est une grandeur sans unité caractérisant l'évolution du système chimique.	☐	☐
4.	Dans une réaction chimique, le réactif limitant est le premier réactif qui vient à manquer.	☐	☐
5.	Un tableau d'avancement se complète avec des quantités de matières.	☐	☐
6.	Un réactif est limitant si sa quantité de matière initiale est plus faible que celle des autres réactifs.	☐	☐
7.	La quantité de matière du réactif limitant est nulle en fin de réaction.	☐	☐
8.	Lorsque l'avancement maximal x_{max} est atteint, la réaction chimique s'arrête.	☐	☐
9.	L'avancement maximal est égal à la quantité de matière introduite du réactif limitant.	☐	☐
10.	Pour effectuer un bilan de matière, il est indispensable de construire et d'exploiter un tableau d'avancement.	☐	☐

Énoncé des exercices

❑ Exercice 5.1. Ajuster des équations bilan de réaction

Ajuster les équations de réactions suivantes :

1. ... $N_{2(g)}$ + ... $H_{2(g)} \rightarrow$ ... $NH_{3(g)}$

2. ... $Mg^{2+}{}_{(aq)}$ + ... $HO^{-}{}_{(aq)} \rightarrow Mg(OH)_{2(s)}$

3. ... $C_{(s)}$ + ... $O_{2(g)} \rightarrow$ ... $CO_{(g)}$

4. ... $C_2H_4O_{(l)}$ + ... $O_{2(g)} \rightarrow$ ... $C_2H_4O_{2(l)}$

5. ... $CuO_{(s)}$ + ... $C_{(s)} \rightarrow$ ... $Cu_{(s)}$ + ... $CO_{2(g)}$

6. ... $Co^{2+}{}_{(aq)}$ + ... $Cl^{-}{}_{(aq)} \rightarrow$ ... $CoCl_4{}^{2-}{}_{(aq)}$

7. ... $C_4H_{10(l)}$ + ... $O_{2(g)} \rightarrow$ ... $CO_{2(g)}$ + ... $H_2O_{(g)}$

8. ... $CO_{(g)}$ + ... $Fe_3O_{4(s)} \rightarrow$ ... $CO_{2(g)}$ + ... $Fe_{(s)}$

❑ Exercice 5.2. Démonstration de résultats importants*

1. Dans le cas d'une réaction d'équation chimique $a\,A + b\,B \rightarrow c\,C + d\,D$, démontrer que pour une réaction dans les proportions stœchiométriques, on a : $\frac{n_A}{a} = \frac{n_B}{b}$.

2. Pour l'équation chimique de réaction $Pb^{2+}{}_{(aq)} + 2\,Cl^{-}{}_{(ac)} \rightarrow PbCl_{2(s)}$, indiquer si les proportions suivantes sont stœchiométriques :

a) $n_{0(Pb^{2+})} = 3{,}0$ mol ; $n_{0(Cl^{-})} = 3{,}0$ mol

b) $n_{0(Pb^{2+})} = 3{,}0$ mol ; $n_{0(Cl^{-})} = 6{,}0$ mol

c) $n_{0(Pb^{2+})} = 6{,}0$ mol ; $n_{0(Cl^{-})} = 3{,}0$ mol

d) $n_{0(Pb^{2+})} = 1{,}5$ mol ; $n_{0(Cl^{-})} = 3{,}0$ mol

❑ Exercice 5.3. Disparition d'un clou

Un professeur de physique chimie souhaite illustrer l'attaque acide des métaux dans son cours de 3e. La réaction fait intervenir les atomes de fer du clou et les ions hydrogène H^+ responsables de l'acidité. Elle forme des ions Fe^{2+} ainsi que du dihydrogène gazeux. Pour cela, il prend un clou en fer de masse $m_{Fe} = 20{,}0$ g qu'il immerge dans une bouteille d'1,5 L de cola et propose d'observer au cours suivant ce qu'il est advenu du clou. La concentration moyenne en ions hydrogène des boissons cola est $[H^+] = 2{,}5 \times 10^{-3}$ mol.L^{-1}.

Donnée : $M_{Fe} = 55{,}8$ g.mol^{-1}.

1. a) Écrire l'équation chimique de réaction de l'attaque acide du fer.

b) Déterminer les quantités initiales de réactifs.

c) Dresser un tableau d'avancement et déterminer le réactif limitant.

d) Qu'est-il advenu du clou ?

2. Le professeur décide alors de plonger un clou identique au premier dans une solution d'1,0 L d'acide chlorhydrique de concentration en ions hydrogène $\left[H^+\right]=1,0\ mol.L^{-1}$

a) Quelles précautions faut-il prendre avec ce type de produit chimique ?

b) Déterminer les quantités initiales des réactifs.

c) Dresser un tableau d'avancement et déterminer le réactif limitant.

d) Qu'est-il advenu du clou ?

❑ Exercice 5.4. Synthèse d'un arôme alimentaire*

L'acétate de 3-méthylbutyle $C_7H_{14}O_{2(l)}$, aussi nommé acétate d'isoamyle, est un ester à odeur de banane utilisé dans l'industrie alimentaire comme arôme artificiel. On le trouve dans certains gâteaux ou yaourts par exemple. Industriellement il est produit par la réaction d'un mélange d'acide acétique ou éthanoïque $C_2H_4O_{2(l)}$ et d'alcool isoamylique $C_5H_{12}O_{(l)}$ en chauffant à reflux. Cette réaction produit aussi de l'eau qui est éliminée au fur et à mesure afin d'avoir un rendement maximal.

On se propose d'étudier une production industrielle par le mélange de 150 L d'alcool isoamylique avec 100 L d'acide acétique.

Données :

Masses molaires : $M_C=12,0\ g.mol^{-1}$; $M_H=1,00\ g.mol^{-1}$; $M_O=16,0\ g.mol^{-1}$.

Masses volumiques : $\rho_{alcool\ isoamylique}=0,810\ g.mL^{-1}$; $\rho_{acide\ acétique}=1,05\ g.mL^{-1}$.

1. Écrire l'équation chimique de réaction de synthèse d'acétate d'isoamyle. Toutes les espèces chimiques sont à l'état liquide lors de cette production.

2. Déterminer les quantités de matière de réactifs introduits.

3. Effectuer un tableau d'avancement afin de dresser un bilan de matière. Le mélange est-il stœchiométrique ? Quelle masse d'ester est alors produit ?

4. Quel volume d'acide acétique devrait-on mettre pour obtenir des proportions stœchiométriques ? Pourquoi cela serait-il intéressant ?

❑ Exercice 5.5. Synthèse de l'aspirine

L'acide acétylsalicylique, plus connu sous le nom d'aspirine est un des médicaments les plus vendus dans le monde (40 000 tonnes par an). Floriane réalise l'étude préparatoire à son TP de chimie : il lui est demandé de prévoir quelques résultats. La synthèse se fait avec 4,0 g d'acide salicylique $C_7H_6O_3$ en poudre et 10,0 mL d'anhydride acétique $C_4H_6O_3$. Il y a formation d'aspirine $C_9H_8O_{4(s)}$ et d'acide éthanoïque $C_2H_4O_{2(l)}$.

Données :

Masses molaires : $M_C=12,0\ g.mol^{-1}$; $M_H=1,00\ g.mol^{-1}$; $M_O=16,0\ g.mol^{-1}$.

Masse volumique : $\rho_{C_4H_6O_3}=1,08\ g.mL^{-1}$.

1. Écrire l'équation chimique de réaction.

2. Calculer les quantités de matière initiales des réactifs.

3. À l'aide d'un tableau d'avancement, déterminer le réactif limitant ainsi que la masse d'aspirine formée.

4. Quelle masse d'acide salicylique devra introduire Floriane afin d'avoir des proportions stœchiométriques ?

❑ Exercice 5.6. Émission de gaz à effet de serre*

Les sites web de covoiturage mettent le point sur l'impact écologique des déplacements motorisés. Mélanie propose un trajet depuis Brive-la-Gaillarde jusqu'à Paris, le site calcule 476 km à parcourir essentiellement par autoroute en 4h15min, avec une émission de 102 kg de dioxyde de carbone. Cette valeur lui semble ahurissante, elle décide de vous demander de l'aide pour vérifier ce résultat. L'essence est essentiellement composée d'octane C_8H_{18}, un alcane combustible.

Données :

Masses molaires : $M_C = 12{,}0\ g.mol^{-1}$; $M_H = 1{,}00\ g.mol^{-1}$; $M_O = 16{,}0\ g.mol^{-1}$.

Masse volumique de l'octane : $\rho_{(octane)} = 0{,}690\ kg.L^{-1}$.

Volume molaire des gaz : $V_m = 22{,}4\ L.mol^{-1}$ (1 mol de gaz représente 22,4 L de gaz).

La consommation de la voiture de Mélanie sur autoroute est en moyenne de 6,0 L pour 100 km.

1. Écrire et équilibrer la réaction de combustion de cet octane dans l'air.

2. Calculer la masse de cet octane consommé pour 476 km.

3. Calculer la masse de dioxyde de carbone émis pour ce trajet ainsi que le volume que cela représente. Le site web est-il mal réglé ?

❑ Exercice 5.7. Étude d'une eau oxygénée du commerce **

> Eau oxygénée stabilisée 10 volumes
>
> Solution pour application locale : V = 125 mL
>
> Ce médicament est un antiseptique de faible activité indiqué pour l'antisepsie des plaies et des brûlures superficielles et peu étendues.
>
> Ne pas laisser à portée des enfants.

L'extrait de notice d'une eau oxygénée vendue en pharmacie est donné ci-contre, on se propose d'étudier cet antiseptique. L'indication en volumes (ici 10 volumes) est le « titre » de l'eau oxygénée, elle correspond au volume en litres de dioxygène gazeux qu'un litre de solution peut libérer. L'eau oxygénée, nom usuel du peroxyde d'hydrogène a pour formule chimique H_2O_2, dissous dans l'eau. C'est un composé instable qui réagit lentement avec lui-même (on dit qu'il se dismute) pour former du dioxygène ainsi que de l'eau liquide. Ce type de solution corrosive est déconseillé sur la peau au-delà d'une concentration molaire de $1{,}0\ mol.L^{-1}$.

Donnée : volume molaire des gaz : $V_m = 22{,}4\ L.mol^{-1}$.

1. <u>Étude du dioxygène produit</u>.

a) Écrire l'équation chimique de réaction de dismutation du peroxyde d'hydrogène.

b) Quel volume de dioxygène peut libérer le volume V = 125 mL de cette solution du commerce ?

c) À quelle quantité de matière cela correspond-il ?

2. <u>Étude du peroxyde d'hydrogène.</u>

a) Dresser un tableau d'avancement de la réaction de dismutation du peroxyde d'hydrogène. L'eau est en excès car solvant.

b) Quel est le réactif limitant de cette réaction chimique ?

c) Quelle quantité de matière et quelle concentration de peroxyde d'hydrogène sont présentes dans la solution étudiée ?

d) Quelle est la concentration molaire des solutions 30 volumes (utilisée pour décolorer les cheveux ou du linge), 60 volumes (décoloration du linge), 130 volumes (décoloration et nettoyage de certains bois, du PVC, de l'ivoire) ?

3. Vérification de l'indication d'une notice.

On cherche à doser (déterminer la concentration molaire) le peroxyde d'hydrogène d'une solution commerciale à 10 volumes stockée dans le laboratoire de chimie du lycée. Dans ce but, une solution contenant des ions iodure $I^-_{(aq)}$ est utilisée, leur réaction avec $H_2O_{2(d)}$ en présence de $H^+_{(aq)}$ donne $I_{2(d)}$ ainsi que de l'eau. Pour le dosage, on utilise un volume $V_1 = 100,0$ mL d'une solution S_1 formée à partir de la solution commerciale diluée 10 fois et on dispose d'un volume $V_2 = 50,0$ mL d'une solution S_2 d'iodure de potassium ($K^+_{(aq)}$ + $I^-_{(aq)}$) de concentration $C_2 = 5,0 \times 10^{-2}$ mol.L^{-1}. On note C_1 la concentration de S_1.

a) Expliquer comment obtenir la solution S_1 à partir de la solution commerciale.

b) Écrire l'équation chimique de réaction de dosage.

c) Dresser un tableau d'avancement, H^+ et H_2O seront considérés en excès.

d) Déterminer l'avancement maximal x_{max} si $I^-_{(aq)}$ est le réactif limitant.

e) x_{max} est déterminé par un dosage spectrophotométrique, il vaut $x_{max} = 43 \times 10^{-5}$ mol. Que peut-on dire de l'hypothèse de la question précédente ?

f) En déduire la concentration de la solution dosée, puis celle de la solution commerciale. Conclure.

❑ Exercice 5.8. Contrôle qualité d'un vin blanc

La « casse ferrique » est une réaction chimique due à la présence en trop grande quantité d'ions fer III (Fe^{3+}) dans le vin. Ces ions sont déjà présents dans le vin dès son plus jeune âge, et leur quantité augmente avec le vieillissement de celui-ci. Afin d'assurer la qualité du vin dans le temps, un vigneron aimerait s'assurer que la concentration en masse en Fe^{3+} de son vin ne dépasse pas 12,0 mg.L^{-1}. Nous proposons d'étudier le dosage qu'il peut effectuer lors de ce contrôle qualité.

Ce dosage des ions Fe^{3+} est fait par une solution titrante de thiosulfate de sodium selon l'équation :

$$2\ Fe^{3+}_{(aq)} + 2\ S_2O_3^{2-}_{(aq)} \rightarrow S_4O_6^{2-}_{(aq)} + 2\ Fe^{2+}_{(aq)}$$

Protocole du titrage :

- Placer dans la .... la solution titrante de thiosulfate de sodium de concentration en ions thiosulfates $\left[S_2O_3^{2-}\right] = 1,00 \times 10^{-4}$ mol.L^{-1}.
- Prélever V = 20,0 mL de vin blanc à titrer à l'aide d'une ....
- Placer ce vin dans un ...., ajouter un barreau aimanté, le tout au-dessus d'un agitateur magnétique.
- Réaliser le titrage et noter le volume équivalent $V_{éq}$.

L'équivalence est repérée par une méthode non détaillée ici et donne un volume équivalent $V_{éq} = 10,2$ mL.

1. Compléter le protocole avec la verrerie utilisée.

2. Donner la relation à l'équivalence entre la quantité de matière d'ions fer III présente au départ $n_{0\,Fe^{3+}}$ dans le vin prélevé et celle d'ions thiosulfate introduits à l'équivalence du titrage $n_{éq\,S_2O_3^{2-}}$.

3. Exprimer une relation entre $n_{0\,Fe^{3+}}$, $V_{éq}$ et $\left[S_2O_3^{2-}\right]$. En déduire la valeur de $n_{0\,Fe^{3+}}$.

4. Calculer alors la quantité de matière $n_{Fe^{3+}}$ contenue dans 1,00 L de vin.

5. Calculer la masse $m_{Fe^{3+}}$ présente dans 1,00 L de vin et conclure quant à sa qualité vis-à-vis du risque de casse ferrique. On donne $M_{Fe} = 55,8$ g.mol^{-1}.

❑ Exercice 5.9. Titrage d'un antimousse

Afin d'éliminer de la mauvaise herbe dans votre jardin, vos parents comptent utiliser un produit antimousse en granulés solubles dont la substance active est du sulfate de fer II Fe^{2+}. Une poignée de granules dans l'arrosoir rempli d'eau et le tour est joué ! Mais c'est sans compter sur leur enfant chimiste qui compte intervenir, fiche de sécurité, de composition et recommandations d'utilisations à l'appui.

Document 1 : Extrait de la fiche de sécurité du sulfate de fer « Très toxique pour les rongeurs, insectes et la vie aquatique. Ne pas permettre le passage à l'égout, éviter la contamination du sol et des eaux. »
Document 2 : composition et recommandations d'utilisation de l'antimousse engrais NPK 18-0-0 + 35 % en masse de sulfate ferreux heptahydraté $FeSO_4, 7H_2O$. Dangereux. Respecter les précautions d'emploi. Dose d'emploi : 30 g de granulés dans 2,0 litres d'eau d'arrosage

Donnée : $M_{FeSO_4,\,7H_2O} = 277,9$ g.mol^{-1}.

Vous décidez alors de sermonner vos parents et de titrer la solution préparée dans l'arrosoir afin de comparer sa concentration à celle recommandée par le fabricant. Le titrage sera fait sur un prélèvement $V_0 = 20,0$ mL de solution à pulvériser par une solution de permanganate de potassium de concentration en ions permanganate $\left[MnO_4^-\right] = 1,0 \times 10^{-2}$ mol.L^{-1}.

L'équation de réaction est :

$$5\,Fe^{2+}_{(aq)} + MnO_4^-{}_{(aq)} + 8\,H^+_{(aq)} \rightarrow 5\,Fe^{3+}_{(aq)} + Mn^{2+}_{(aq)} + 4\,H_2O_{(l)}$$

On supposera le milieu suffisamment acide pour avoir les ions H^+ en excès.

1. a) Expliquer brièvement le protocole suivi lors du dosage, en nommant la verrerie.

b) Quel réactif est limitant avant l'équivalence ?

c) Quel réactif est limitant après l'équivalence ?

d) Sachant que seuls les ions permanganate MnO_4^- sont colorés (violet/rose intense), comment détecter l'équilibre ?

L'expérience donne un volume équivalent $V_{éq}$ = 13,1 mL. On note $\left[Fe^{2+}\right]_i$ la concentration molaire initiale en ions fer II dans l'arrosoir.

2. a) Quelle relation existe-t-il entre la quantité de matière initiale d'ions fer II $n_{i\,Fe^{2+}}$ de l'échantillon étudié et la quantité de matière d'ions permanganate $n_{MnO_4^-}$ introduite à l'équivalence ?

b) En déduire une relation entre $\left[MnO_4^-\right]$; $V_{éq}$; $\left[Fe^{2+}\right]_i$ et V_0.

c) Isoler puis calculer $\left[Fe^{2+}\right]_i$.

3. a) Calculer la concentration molaire en ions fer II $\left[Fe^{2+}\right]$ recommandée par le fabricant.

b) Que dire de la préparation de l'arrosoir ?

❑ Exercice 5.10. Synthèse de l'indigo**

L'indigo $C_{16}H_{10}\,N_2O_{2(s)}$ est un pigment bleu violet, historiquement extrait des feuilles et des tiges de l'indigotier. Aujourd'hui ce pigment est synthétisé industriellement, il peut être obtenu à partir de 2-nitrobenzaldéhyde $C_7H_5O_3N_{(s)}$, d'acétone $C_3H_6O_{(l)}$ et d'ions hydroxyde $HO^-_{(aq)}$. L'équation chimique de réaction est :

$$2\ C_7H_5O_3N_{(s)} + 2\ C_3H_6O_{(l)} + 2\ HO^-_{(aq)} \rightarrow C_{16}H_{10}N_2O_{2(s)} + 2\ C_2H_3O_2^-{}_{(aq)} + 4\ H_2O_{(l)}$$

Protocole de synthèse en TP de chimie :

Dans un erlenmeyer, dissoudre une masse $m = 1{,}00$ g de 2-nitrobenzaldéhyde dans 10,0 mL d'acétone et environ 10 mL d'eau sous agitation magnétique. Ajouter ensuite au goutte à goutte 8,00 mL d'une solution d'hydroxyde de sodium de concentration molaire $\left[HO^-\right] = \left[Na^+\right] = 1{,}00\ mol.L^{-1}$, toujours sous agitation. La solution initialement incolore évolue alors petit à petit au jaune clair puis au bleu foncé. L'indigo est alors formé, il reste à le filtrer, le rincer et le sécher à l'étuve afin d'obtenir un pigment pur, en poudre.

Données $M_C = 12{,}0\ g.mol^{-1}$; $M_H = 1{,}00\ g.mol^{-1}$; $M_N = 14{,}0\ g.mol^{-1}$; $M_O = 16{,}0\ g.mol^{-1}$.

Masse volumique : $\rho_{acétone} = 0{,}791\ g.mL^{-1}$.

1. Calculer les quantités de matière initiales des réactifs.

2. À l'aide d'un tableau d'avancement, déterminer le réactif limitant et effectuer un bilan de matière en fin de réaction.

3. Quelle masse d'indigo peut-on espérer former ?

En synthèse organique, on définit le rendement (noté r) comme le rapport entre la masse de produit obtenu sur la masse de produit que l'on pourrait obtenir théoriquement. En TP, un élève obtient m = 0,53 g en suivant ce protocole.

4. a) Quel est alors le rendement ? Le rendement est le rapport entre la masse produite et la masse espérée supposant un avancement maximal sans pertes.

b) Comment expliquer que ce rendement ne soit pas égal à 1 ?

■ Pour vous aider à démarrer

Exercice 5.1. Toujours finir par le coefficient stœchiométrique de la molécule simple (qui n'a qu'un seul type d'atomes, pas plusieurs)
Exercice 5.2. Effectuer un tableau d'avancement avec les quantités initiales algébriques et mettre en équation la notion d'équivalence.
Exercice 5.6 et 5.7. Une analyse dimensionnelle peut aider à utiliser le volume molaire.
Exercice 5.7. Connaissant x_{max}, on peut remonter à une quantité de matière de réactif à l'aide du tableau d'avancement.
Exercice 5.9. Pour calculer la concentration molaire recommandée, bien tenir compte que la masse de granule n'est qu'à 35 % du ($FeSO_4$, $7H_2O$).

Corrigé des vrai/faux

1.	2.	3.	4.	5.	6.	7.	8.	9.	10.
faux	vrai	faux	vrai	vrai	faux	vrai	vrai	faux	faux

1. Une équation bilan de réaction doit toujours être équilibrée au niveau des charges, c'est-à-dire que la somme des charges des réactifs doit être égale à la somme des charges des produits. Cette somme de charges peut être positive, négative ou nulle.

3. L'avancement x est une grandeur exprimée en moles, cette grandeur caractérise bien l'évolution du système chimique.

6. Le réactif dont la quantité de matière initiale est plus faible que celle des autres n'est pas forcément le réactif limitant, les nombres stœchiométriques ont aussi une grande importance dans la détermination du réactif limitant.

9. L'avancement maximal n'est égal à la quantité de matière introduite du réactif limitant que si son nombre stœchiométrique est 1 dans l'équation chimique de réaction.

10. Pour effectuer un bilan de matière, il n'est pas indispensable de construire et d'exploiter un tableau d'avancement. Pour des réactions simples il est possible de s'en passer, néanmoins il est préférable et plus sûr d'en utiliser un.

❑ Les erreurs classiques

– Ne pas croire que chaque membre d'une équation chimique est neutre. La charge totale des réactifs est égale à celle des produits. Elle peut être positive, négative ou neutre.
– Les volumes, souvent notés en mL, doivent la plupart du temps être exprimés en L dans les calculs.
– Ne jamais multiplier les quantités initiales par les nombres stœchiométriques ! S'il y a 1,0 mol d'un réactif dont le nombre stœchiométrique est 3 pour la réaction étudiée, il n'y a aucune raison d'en avoir d'un coup 3,0 moles au départ.
– Ne pas aller trop vite car « c'est facile », dans l'exploitation des tableaux d'avancement. Tout doit être détaillé, l'attention du correcteur est grande sur la rédaction des hypothèses et des conclusions.
– x et x_{max} ont des unités ! Ce sont des quantités de matières en moles, il ne faut pas l'oublier dans la rédaction de résultats.

Corrigé des exercices

Exercice 5.1

1. $N_{2(g)} + 3\ H_{2(g)} \rightarrow 2\ NH_{3(g)}$

2. $Mg^{2+}{}_{(aq)} + 2\ HO^{-}{}_{(ac)} \rightarrow Mg(OH)_{2(s)}$

3. $2\ C_{(s)} + O_{2(g)} \rightarrow 2\ CO_{(g)}$

4. $2\ C_2H_4O_{(l)} + O_{2(g)} \rightarrow 2\ C_2H_4O_{2(l)}$

5. $2\ CuO_{(s)} + C_{(s)} \rightarrow 2\ Cu_{(s)} + CO_{2(g)}$

6. $Co^{2+}{}_{(aq)} + 4\ Cl^{-}{}_{(aq)} \rightarrow CoCl_4{}^{2-}{}_{(aq)}$

7. $C_4H_{10(l)} + \frac{13}{2}\ O_{2(g)} \rightarrow 4\ CO_{2(g)} + 5\ H_2O_{(g)}$

8. $4\ CO_{(g)} + Fe_3O_{4(s)} \rightarrow 4\ CO_{2(g)} + 3\ Fe_{(s)}$

Exercice 5.2

1. Dressons un tableau d'avancement de la réaction chimique :

Équation chimique		a A +	b B →	c C +	d D
État initial	$x = 0$	$n_{0(A)}$	$n_{0(B)}$	0	0
En cours de réaction	x	$n_{0(A)} - ax$	$n_{0(B)} - bx$	cx	dx
État d'avancement maximal	$x = x_{max}$	$n_{0(A)} - ax_{max}$	$n_{0(B)} - bx_{max}$	cx_{max}	dx_{max}

Les réactifs sont introduits dans des proportions stœchiométriques, cela signifie que les deux réactifs A et B sont limitants.

A est limitant $\Leftrightarrow n_{0(A)} - ax_{max} = 0$

$\Leftrightarrow n_{0(A)} = ax_{max}$

$\Leftrightarrow \boxed{x_{max} = \frac{n_{0(A)}}{a}}$

B est limitant $\Leftrightarrow n_{0(B)}$ - $bx_{max} = 0$

$\Leftrightarrow n_{0(B)} = bx_{max}$

$\Leftrightarrow \boxed{x_{max} = \frac{n_{0(B)}}{b}}$

Donc on trouve bien, dans le cas de réactifs introduits dans des proportions stœchiométriques que : $\boxed{\frac{n_{0(A)}}{a} = \frac{n_{0(B)}}{b}}$.

2. On utilise la relation ci-dessus :

a) $n_{0(Pb^{2+})} = 3{,}0$ mol ; $n_{0(Cl^{-})} = 3{,}0$ mol

$\frac{n_{0(Pb^{2+})}}{1} = 3,0 \text{ mol}$; $\frac{n_{0(Cl^-)}}{2} = \frac{3,0}{2} = 1,5 \text{ mol} \Rightarrow$ proportions non stœchiométriques.

b) $n_{0(Pb^{2+})} = 3,0 \text{ mol}$; $n_{0(Cl^-)} = 6,0 \text{ mol}$

$\frac{n_{0(Pb^{2+})}}{1} = 3,0 \text{ mol}$; $\frac{n_{0(Cl^-)}}{2} = \frac{6,0}{2} = 3,0 \text{ mol} \Rightarrow$ proportions stœchiométriques.

c) $n_{0(Pb^{2+})} = 6,0 \text{ mol}$; $n_{0(Cl^-)} = 3,0 \text{ mol}$

$\frac{n_{0(Pb^{2+})}}{1} = 6,0 \text{ mol}$; $\frac{n_{0(Cl^-)}}{2} = \frac{3,0}{2} = 1,5 \text{ mol} \Rightarrow$ proportions non stœchiométriques.

d) $n_{0(Pb^{2+})} = 1,5 \text{ mol}$; $n_{0(Cl^-)} = 3,0 \text{ mol}$

$\frac{n_{0(Pb^{2+})}}{1} = 1,5 \text{ mol}$; $\frac{n_{0(Cl^-)}}{2} = \frac{3,0}{2} = 1,5 \text{ mol} \Rightarrow$ proportions stœchiométriques.

Exercice 5.3

1. a) $Fe_{(s)} + 2\,H^+_{(aq)} \rightarrow Fe^{2+}_{(aq)} + H_{2(g)}$.

b) $n_{Fe} = \frac{m_{Fe}}{M_{Fe}} = \frac{20,0}{55,8} = \boxed{0,358 \text{ mol}}$.

$n_{H^+} = [H^+] \times V_{cola} = 2,5 \times 10^{-3} \times 1,5 = \boxed{3,8 \times 10^{-3} \text{ mol}}$.

c) Tableau d'avancement :

Équation chimique		$Fe_{(s)}$ +	$2\,H^+_{(aq)}$ →	$Fe^{2+}_{(aq)}$ +	$H_{2(g)}$
État initial	$x = 0$	$0,358$	$3,8 \times 10^{-3}$	0	0
En cours de réaction	x	$0,358 - x$	$3,8 \times 10^{-3} - 2x$	x	x
État d'avancement maximal	$x = x_{max}$	$0,358 - x_{max}$	$3,8 \times 10^{-3} - 2x_{max}$	x_{max}	x_{max}

Hypothèse 1 : Fe est le réactif limitant.
⇔ à l'état d'avancement maximal, il ne reste plus de Fe
⇔ $0,358 - x_{max} = 0$
⇔ $x_{max} = 0,358 \text{ mol}$.

Hypothèse 2 : H^+ est le réactif limitant.
⇔ à l'état d'avancement maximal, il ne reste plus de H^+
⇔ $3,8 \times 10^{-3} - 2x_{max} = 0$
⇔ $x_{max} = \frac{3,8 \times 10^{-3}}{2} = 1.9 \times 10^{-3} \text{ mol}$.

x_{max} est atteint pour une valeur plus petite pour H^+ ce qui signifie que c'est H^+ la première espèce chimique à manquer. On retient donc l'hypothèse 2, on conclut que H^+ est le réactif limitant et que $\boxed{x_{max} = 1,9 \times 10^{-3} \text{ mol}}$.

d) Il reste donc au moins une partie du clou. Pour plus d'information, cherchons la quantité de matière de fer restant :

$n_{Fe} = 0,358 - x_{max} = 0,358 - 1,9\times10^{-3} = 0,356$ mol ! On remarque que très peu de fer a réagi, le clou est donc sensiblement le même à l'œil, d'où une probable sensation d'échec de l'expérience.

2. a) Avec des acides concentrés, il est fortement recommandé de porter des lunettes de sécurité ainsi que des gants. Il faut manipuler proprement, sur une paillasse rangée, debout sans sac ou chaise trop près de soi.

b) $n_{Fe} = \dfrac{m_{Fe}}{M_{Fe}} = \dfrac{20,0}{55,8} = \boxed{0,358 \text{ mol}}$ est toujours la même.

$n_{H^+} = \left[H^+\right]\times V_{acide} = 1,0\times1,0 = \boxed{1,0 \text{ mol}}$.

c) Tableau d'avancement :

Équation chimique		$Fe_{(s)}$ +	$2\,H^+_{(aq)}$ →	$Fe^{2+}_{(aq)}$ +	$H_{2(g)}$
État initial	x = 0	0,358	1,0	0	0
En cours de réaction	x	$0,358 - x$	$1,0 - 2x$	x	x
État d'avancement maximal	$x = x_{max}$	$0,358 - x_{max}$	$1,0 - 2x_{max}$	x_{max}	x_{max}

Hypothèse 1 : Fe est le réactif limitant.
⇔ à l'état d'avancement maximal, il ne reste plus de Fe
⇔ $0,358 - x_{max} = 0$
⇔ $x_{max} = 0,358$ mol.

Hypothèse 2 : H^+ est le réactif limitant.
⇔ à l'état d'avancement maximal, il ne reste plus de H^+
⇔ $1,0 - 2x_{max} = 0$
⇔ $x_{max} = \dfrac{1,0}{2} = 0,50$ mol

x_{max} est atteint pour une valeur plus petite pour Fe ce qui signifie que c'est Fe la première espèce chimique à manquer. On retient donc l'hypothèse 1, on conclut que Fe est le réactif limitant et que $\boxed{x_{max} = 0,358 \text{ mol}}$.

d) Le fer étant le réactif limitant, le clou a donc totalement disparu, l'élément fer se retrouve sous forme d'ions $Fe^{2+}_{(aq)}$ en solution.

Exercice 5.4

1. $C_2H_4O_{2(l)} + C_5H_{12}O_{(l)} \rightarrow C_7H_{14}O_{2(l)} + H_2O_{(l)}$.

2. D'abord, calculons les masses molaires :

$M_{C_5H_{12}O} = 5\times M_C + 12\times M_H + M_O = 5\times12,0 + 12\times1,00 + 16,0 = 88,0$ g.mol^{-1}

$M_{C_2H_4O_2} = 2\times M_C + 4\times M_H + 2\times M_O = 2\times12,0 + 4\times1,00 + 2\times16,0 = 60,0$ g.mol^{-1}.

Puis les masses :

$m_{C_5H_{12}O} = \rho_{C_5H_{12}O}\times V_{C_5H_{12}O} = 0,810\times150 = 122$ kg

$m_{C_2H_4O_2} = \rho_{C_2H_4O_2}\times V_{C_2H_4O_2} = 1,05\times100 = 105$ kg.

Corrigé

Remarque

Attention aux unités utilisées, ici V est en litres, on utilise la masse volumique en $kg.L^{-1}$ ($\rho_{\text{alcool isoamylique}} = 0,810\ kg.L^{-1}$ et $\rho_{\text{acide acétique}} = 1,05\ kg.L^{-1}$), cela donne une masse en kg.

Puis on calcule les quantités de matière :

$$n_{C_5H_{12}O} = \frac{m_{C_5H_{12}O}}{M_{C_5H_{12}O}} = \frac{122\times10^3}{88,0} = \boxed{1,39\times10^3\ mol}$$

$$n_{C_2H_4O_2} = \frac{m_{C_2H_4O_2}}{M_{C_2H_4O_2}} = \frac{105\times10^3}{60,0} = \boxed{1,75\times10^3\ mol}.$$

Remarque

Ici on a les masses molaires en $g.mol^{-1}$, d'où l'utilisation des masses en g.

3.

Équation chimique		$C_2H_4O_{2(l)}$ +	$C_5H_{12}O_{(l)}$ →	$C_7H_{14}O_{2(l)}$ +	$H_2O_{(l)}$
État initial	$x = 0$	$1,75\times10^3$	$1,39\times10^3$	0	0
En cours de réaction	x	$1,75\times10^3 - x$	$1,39\times10^3 - x$	x	x
État d'avancement maximal	$x = x_{max}$	$1,75\times10^3 - x_{max}$	$1,39\times10^3 - x_{max}$	x_{max}	x_{max}

<u>Hypothèse 1</u> : $C_2H_4O_{2(l)}$ est réactif limitant.

⇔ à l'état d'avancement maximal, il ne reste plus de $C_2H_4O_{2(l)}$

⇔ $1,75\times10^3 - x_{max} = 0$

⇔ $x_{max} = 1,75\times10^3$ mol.

<u>Hypothèse 2</u> : $C_5H_{12}O_{(l)}$ est réactif limitant.

⇔ à l'état d'avancement maximal, il ne reste plus de $C_5H_{12}O_{(l)}$

⇔ $1,39\times10^3 - x_{max} = 0$

⇔ $x_{max} = 1,39\times10^3$ mol.

Le mélange n'est donc pas stœchiométrique, x_{max} est atteint pour une valeur plus petite pour $C_5H_{12}O_{(l)}$ ce qui signifie que c'est $C_5H_{12}O_{(l)}$ la première espèce chimique à manquer. On retient donc l'hypothèse 2, on conclut que l'alcool isoamylique $C_5H_{12}O_{(l)}$ est le réactif limitant et que $\boxed{x_{max} = 1,39\times10^3\ mol}$.

Sont alors formés $x_{max} = 1,39\times10^3$ mol d'acétate de 3-méthylbutyle $C_7H_{14}O_{2(l)}$, or

$M_{C_7H_{14}O_2} = 7\times M_C + 14\times M_H + 2\times M_O = 7\times12,0 + 14\times1,00 + 2\times16,0 = 130,0\ g.mol^{-1}$, soit

$m_{C_7H_{14}O_2} = M_{C_7H_{14}O_2} \times n_{C_7H_{14}O_2} = 130,0\times1,39\times10^3 = 1,81\times10^5\ g = \boxed{181\ kg}$.

4. Pour obtenir des proportions stœchiométriques, il faudrait $n_{C_2H_4O_2} = 1,39\times10^3$ mol au départ, soit une masse $m_{C_2H_4O_2} = M_{C_2H_4O_2} \times n_{C_2H_4O_2} = 60,0\times1,39\times10^3 = 8,34\times10^4\ g = 83,4\ kg$ et un volume $V_{C_2H_4O_2} = \frac{m_{C_2H_4O_2}}{\rho_{C_2H_4O_2}} = \frac{83,4}{1,05} = \boxed{79,4\ L}$. Cela permettrait d'avoir tous les réactifs consommés, donc pas de gaspillage. En entreprise, un réactif non consommé est une source de pollution et de coût supplémentaire dans la conception de produits.

✎ Le faible prix de l'acide acétique $C_2H_4O_2$ devant celui de l'alcool isoamylique pousse néanmoins les industriels à le mettre en excès pour d'autres raisons (notamment pour être sûr de faire réagir tout l'alcool isoamylique).

Exercice 5.5

1. $C_7H_6O_{3(s)} + C_4H_6O_{3(l)} \rightarrow C_9H_8O_{4(s)} + C_2H_4O_{2(l)}$

2. Calcul des masses molaires :

$M_{C_7H_6O_3} = 7\times M_C + 6\times M_H + 3\times M_O = 7\times 12,0 + 6\times 1,00 + 3\times 16,0 = 138,0\ g.mol^{-1}$

$M_{C_4H_6O_3} = 4\times M_C + 6\times M_H + 3\times M_O = 4\times 12,0 + 6\times 1,00 + 3\times 16,0 = 102,0\ g.mol^{-1}$

$M_{C_9H_8O_4} = 9\times M_C + 8\times M_H + 4\times M_O = 9\times 12,0 + 8\times 1,00 + 4\times 16,0 = 180,0\ g.mol^{-1}$.

Calcul de la masse d'anhydride acétique :

$m_{C_4H_6O_3} = \rho_{C_4H_6O_3} \times V_{C_4H_6O_3} = 1,08\times 10,0 = 10,8\ g$.

Calcul des quantités de matière :

$n_{C_7H_6O_3} = \frac{m_{C_7H_6O_3}}{M_{C_7H_6O_3}} = \frac{4,0}{138,0} = \boxed{2,9\times 10^{-2}\ mol}$ $n_{C_4H_6O_3} = \frac{m_{C_4H_6O_3}}{M_{C_4H_6O_3}} = \frac{10,8}{102,0} = \boxed{1,06\times 10^{-1}\ mol}$.

3.

Équation chimique		$C_7H_6O_{3(s)}$ +	$C_4H_6O_{3(l)}$ →	$C_9H_8O_{4(s)}$ +	$C_2H_4O_{2(l)}$
État initial	$x = 0$	$2,9\times 10^{-2}$	$1,06\times 10^{-1}$	0	0
En cours de réaction	x	$2,9\times 10^{-2} - x$	$1,06\times 10^{-1} - x$	x	x
État d'avancement maximal	$x = x_{max}$	$2,9\times 10^{-2} - x_{max}$	$1,06\times 10^{-1} - x_{max}$	x_{max}	x_{max}

Hypothèse 1 : $C_7H_6O_{3(s)}$ est réactif limitant.

⇔ à l'état d'avancement maximal, il ne reste plus de $C_7H_6O_{3(s)}$

⇔ $2,9\times 10^{-2} - x_{max} = 0$

⇔ $x_{max} = 2,9\times 10^{-2}$ mol.

Hypothèse 2 : $C_4H_6O_{3(l)}$ est réactif limitant.

⇔ à l'état d'avancement maximal, il ne reste plus de $C_4H_6O_{3(l)}$

⇔ $1,06\times 10^{-1} - x_{max} = 0$

⇔ $x_{max} = 1,06\times 10^{-1}$ mol.

x_{max} est atteint pour une valeur plus petite pour $C_7H_6O_{3(s)}$ ce qui signifie que c'est $C_7H_6O_{3(s)}$ la première espèce chimique à manquer. On retient donc l'hypothèse 1, on conclut que $C_7H_6O_{3(s)}$ est le réactif limitant et que $\boxed{x_{max} = 2,9\times 10^{-2}\ mol}$.

On forme donc $x_{max} = n_{C_9H_8O_{4(s)}} = 2,9\times 10^{-2}$ mol d'acide acétylsalicylique, soit une masse $m_{C_9H_8O_4} = M_{C_9H_8O_4} \times n_{C_9H_8O_4} = 180,0\times 2,9\times 10^{-2} = \boxed{5,2\ g}$.

Corrigé

4. Afin d'avoir des proportions stœchiométriques, il faut introduire une quantité de $C_7H_6O_{3(s)}$ suffisante pour que $n_{C_7H_6O_{3(s)}} - x_{max} = 1{,}06\times10^{-1} - x_{max} = 0$, les deux réactifs sont alors limitants, donc $n_{C_7H_6O_{3(s)}} = x_{max} = 1{,}06\times10^{-1}$ mol, ce qui correspond à une masse d'acide salicylique $m_{C_7H_6O_3} = n_{C_7H_6O_3} \times M_{C_7H_6O_3} = 1{,}06\times10^{-1}\times138{,}0 = \boxed{14{,}6\text{ g}}$.

Exercice 5.6

1. Le comburant dans l'air est le dioxygène $O_{2(g)}$:

$$C_8H_{18(l)} + \frac{25}{2}O_{2(g)} \rightarrow 8\ CO_{2(g)} + 9\ H_2O_{(g)}$$

✎ *Si les années précédentes il vous était demandé d'utiliser des nombres entiers pour équilibrer les équations de réaction, il est possible, sachant qu'on parle de très grandes quantités de matière (comptées en moles) d'utiliser aussi des demi-entiers. Multiplier tous les coefficients par 2 ne changerait pas le résultat final de l'exercice, juste quelques résultats intermédiaires.*

2. La voiture consomme 6,0 L pour 100 km parcourus dans ces conditions, soit $V_{octane} = \frac{6{,}0\times476}{100} = 29$ L par proportionnalité pour 476 km.

$m_{octane} = \rho_{octane} \times V_{octane} = 0{,}690\times29 = \boxed{20\text{ kg}}$ est la masse d'essence consommée.

3. Il faut d'abord calculer la quantité de matière d'octane consommée sur cette distance, puis à l'aide d'un tableau d'avancement trouver la quantité de matière de dioxyde de carbone rejeté et enfin sa masse.

or $M_{octane} = M_{C_8H_{18}} = 8\times M_C + 18\times M_H = 8\times12{,}0 + 18\times1{,}00 = 114{,}0$ g.mol^{-1}

d'où $n_{C_8H_{18}} = \frac{m_{C_8H_{18}}}{M_{C_8H_{18}}} = \frac{20\times10^3}{114{,}0} = \boxed{1{,}8\times10^2\text{ mol}}$.

Le tableau d'avancement de la réaction de combustion étudiée :

Équation chimique		$C_8H_{18(l)}$	$+ \frac{25}{2}O_{2(g)}$	$\rightarrow 8\ CO_{2(g)}$	$+ 9\ H_2O_{(g)}$
État initial	$x = 0$	$1{,}8\times10^2$	excès	0	0
En cours de réaction	x	$1{,}8\times10^2 - x$	excès	$8x$	$9x$
État d'avancement maximal	$x = x_{max}$	$1{,}8\times10^2 - x_{max}$	excès	$8x_{max}$	$9x_{max}$

✎ *Il y a du dioxyde de carbone et de l'eau dans l'atmosphère, bien avant que la voiture n'en rajoute, néanmoins, on peut mettre 0 et 0 dans le tableau, on calcule alors les quantités ajoutées de ces molécules lors du trajet.*

Le dioxygène de l'air ne pouvant être limitant (ce qui serait inquiétant), l'octane est donc réactif limitant et $x_{max} = 1,8 \times 10^2$ mol, on forme alors $n_{CO_2} = 8x_{max} = 8 \times 1,8 \times 10^2 = \boxed{1,4 \times 10^3 \text{ mol}}$.

$M_{CO_2} = M_C + 2 \times M_O = 12,0 + 2 \times 16,0 = 44,0 \text{ g.mol}^{-1}$

On a donc une masse rejetée $m_{CO_2} = M_{CO_2} \times n_{CO_2} = 44,0 \times 1,4 \times 10^3 = 6,2 \times 10^4 \text{ g} = \boxed{62 \text{ kg}}$, le site annonce donc une valeur au-dessus de la valeur trouvée, le calcul est donc fait avec une consommation plus élevée.

Par analyse des unités de $V_m = 22,4 \text{ L.mol}^{-1}$, on a un volume divisé par une quantité de matière, la formule est donc $V_m = \dfrac{V_{CO_2}}{n_{CO_2}}$, le volume est donc :

$V_{CO_2} = V_m \times n_{CO_2} = 22,4 \times 1,4 \times 10^3 = \boxed{3,1 \times 10^4 \text{ L}}$, ce qui représente 31 m^3 de gaz carbonique…

Exercice 5.7

1. Étude du dioxygène produit.

a) $2\ H_2O_{2(aq)} \rightarrow 2\ H_2O_{(l)} + O_{2(g)}$

b) « 10 volumes », donc la solution peut libérer 10 fois son volume en dioxygène, soit $10 \times 0,125 = 1,25$ L.

c) Par analyse des unités de $V_m = 22,4 \text{ L.mol}^{-1}$, on a un volume divisé par une quantité de matière, la formule est donc $V_m = \dfrac{V}{n}$, d'où $n_{O_2} = \dfrac{V_{O_2}}{V_m} = \dfrac{1,25}{22,4} = \boxed{5,58 \times 10^{-2} \text{ mol}}$.

2. Étude du peroxyde d'hydrogène.

a) Tableau d'avancement de la réaction de dismutation du peroxyde d'hydrogène :

Équation chimique		$2\ H_2O_{2(aq)}$ →	$2\ H_2O_{(l)}$ +	$O_{2(g)}$
État initial	$x = 0$	$n_{initial(H_2O_2)}$	Solvant	0
En cours de réaction	x	$n_{initial(H_2O_2)} - 2x$	Solvant	x
État d'avancement maximal	$x = x_{max}$	$n_{initial(H_2O_2)} - 2x_{max}$	Solvant	x_{max}

b) H_2O_2 est le seul réactif, donc c'est le réactif limitant de cette réaction chimique.

c) La quantité de matière de dioxygène formé est $n_{O_2} = x_{max} = 5,58 \times 10^{-2}$ mol (déterminée en 1.c. le tableau nous indique donc x_{max}).

Or H_2O_2 est le réactif limitant, donc $n_{initial(H_2O_2)} - 2x_{max} = 0$

donc $n_{initial(H_2O_2)} = 2x_{max} = 2 \times 5,58 \times 10^{-2} = \boxed{0,112 \text{ mol}}$

d'où : $C_{initial(H_2O_2)} = \dfrac{n_{initial(H_2O_2)}}{V} = \dfrac{0,112}{0,125} = \boxed{0,896 \text{ mol.L}^{-1}}$.

d) Pour obtenir les concentrations dans des solutions 30 volumes, 60 volumes ou 130 volumes il suffit de multiplier le résultat précédent par 3, 6 ou 13. En effet il y aura le même facteur dans le volume d'O_2 formé ainsi que dans les autres résultats qui en dépendent. Donc : $C_{(H_2O_2)\,30\,vol} = 2{,}69\ mol.L^{-1}$; $C_{(H_2O_2)\,60\,vol} = 5{,}38\ mol.L^{-1}$; $C_{(H_2O_2)\,130\,vol} = 11{,}6\ mol.L^{-1}$.

3. Vérification de l'indication d'une notice.

a) Pour faire une dilution d'un facteur 10 il faut multiplier par 10 le volume de solution par ajout de solvant, ici d'eau. On souhaite faire $V_1 = 100{,}0\ mL$ de solution S_1, on prélève précisément 10,0 mL de solution d'eau oxygénée commerciale avec une pipette jaugée, on introduit ce volume dans une fiole jaugée de 100,0 mL, puis on complète cette dernière jusqu'au trait de jauge avec de l'eau distillée. Deux homogénéisations sont faites, une quand la fiole jaugée est complétée aux 2/3, une à la fin.

b) $H_2O_{2(aq)} + 2\ I^-_{(aq)} + 2\ H^+_{(aq)} \rightarrow I_{2(aq)} + 2\ H_2O_{(l)}$

c) Tableau d'avancement :

Équation chimique		$H_2O_{2(aq)}$ +	$2\ I^-_{(aq)}$	$+ 2\ H^+_{(aq)} \rightarrow$	$I_{2(aq)}$	$+ 2\ H_2O_{(l)}$
État initial	$x = 0$	$n_{0(H_2O_2)}$	$n_{0(I^-)}$	excès	0	solvant
En cours de réaction	x	$n_{0(H_2O_2)} - x$	$n_{0(I^-)} - 2x$	excès	x	solvant
État d'avancement maximal	$x = x_{max}$	$n_{0(H_2O_2)} - x_{max}$	$n_{0(I^-)} - 2x_{max}$	excès	x_{max}	solvant

d) Calcul de la quantité de matière initiale $n_{0(I^-)}$:

$n_{0(I^-)} = C_2 \times V_2 = 5{,}0\times10^{-2} \times 50{,}0\times10^{-3} = 2{,}5\times10^{-3}\ mol$.

Si I^- est le réactif limitant, $n_{0(I^-)} - 2x_{max} = 0$

$$\text{donc } x_{max} = \frac{n_{0(I^-)}}{2} = \frac{2{,}5\times10^{-3}}{2} = \boxed{1{,}3\times10^{-3}\ mol}.$$

e) $x_{max} = 43\times10^{-5}\ mol$ est plus petit que celui trouvé avec I^- limitant, cela signifie que c'est H_2O_2 qui est limitant. L'hypothèse de la question précédente est donc fausse.

f) H_2O_2 est limitant donc $n_{0(H_2O_2)} - x_{max} = 0$, $x_{max} = n_{0(H_2O_2)} = \boxed{43\times10^{-5}\ mol}$.

$$[H_2O_2]_1 = \frac{n_{0(H_2O_2)}}{V} = \frac{43\times10^{-5}}{0{,}100} = 4{,}3\times10^{-3}\ mol.L^{-1}.$$

La solution commerciale étant 10,0 fois plus concentrée :

$[H_2O_2]_{commerciale} = 10{,}0 \times [H_2O_2]_1 = 10{,}0\times4{,}3\times10^{-3} = \boxed{4{,}3\times10^{-2}\ mol.L^{-1}}$, cette solution est beaucoup moins concentrée que notée sur l'étiquetage (environ 20 fois moins concentrée), on en déduit que la solution est stockée depuis longtemps dans le laboratoire, une grande partie du peroxyde d'hydrogène s'est dismutée.

Exercice 5.8

1. Protocole du titrage :

- Placer dans la burette la solution titrante de thiosulfate de sodium de concentration en ions thiosulfates $[S_2O_3^{2-}] = 1,00 \times 10^{-4}$ mol.L^{-1}.
- Prélever V = 20,0 mL de vin blanc à titrer à l'aide d'une pipette jaugée.
- Placer ce vin dans un erlenmeyer, ajouter un barreau aimanté, le tout au-dessus d'un agitateur magnétique.
- Réaliser le titrage et noter le volume équivalent $V_{éq}$.

2. À l'équivalence : $\frac{n_{0\,Fe^{3+}}}{2} = \frac{n_{éq\,S_2O_3^{2-}}}{2}$ donc $n_{0\,Fe^{3+}} = n_{éq\,S_2O_3^{2-}}$.

3. $n_{0\,Fe^{3+}} = n_{éq\,S_2O_3^{2-}} = [S_2O_3^{2-}] \times V_{éq}$

A.N. : $n_{0\,Fe^{3+}} = 1,00 \times 10^{-4} \times 10,2 \times 10^{-3} = \boxed{1,02 \times 10^{-6}\ \text{mol}}$.

4. Par une relation de proportionnalité entre le volume de solution et la quantité de matière d'ions fer III qu'elle contient : $n_{Fe^{3+}} = n_{0\,Fe^{3+}} \times \frac{V_{tot}}{V}$

A.N. : $n_{Fe^{3+}} = 1,02 \times 10^{-6} \times \frac{1,00}{20,0 \times 10^{-3}} = \boxed{5,10 \times 10^{-5}\ \text{mol}}$.

5. $m_{Fe^{3+}} = n_{Fe^{3+}} \times M_{Fe}$ A.N. : $m_{Fe^{3+}} = 5,10 \times 10^{-5} \times 55,8 = 2,85 \times 10^{-3}\ \text{g} = \boxed{2,85\ \text{mg}}$.

2,85 mg < 12,0 mg , il n'y a donc pas de risque de casse ferrique.

Exercice 5.9

1. a) Le protocole suivi lors du dosage, est le suivant :

- Remplir la burette de réactif titrant : la solution de permanganate de potassium (ajuster le zéro de la burette).
- Prélever les 20,0 mL de solution à doser (préparation d'antimousse de l'arrosoir) à l'aide d'une pipette jaugée et les placer dans un erlenmeyer.
- Ajouter un barreau aimanté dans l'erlenmeyer et le déposer sous la burette sur un agitateur magnétique.
- Après avoir réglé l'agitation, effectuer le titrage par ajouts successifs de réactif titrant.

b) Le réactif limitant avant l'équivalence est l'ion MnO_4^-.

c) Le réactif limitant après l'équivalence est l'ion Fe^{2+}.

d) Sachant que seuls les ions permanganate MnO_4^- sont colorés, on détecte leur présence ou leur absence. Avant l'équivalence ils sont limitants, le mélange réactionnel est donc incolore.

Corrigé

Après l'équivalence ils sont en excès, la solution est alors colorée rose/violet par les ions permanganate. Ce changement de couleur marque l'équivalence.

2. a) D'après la stœchiométrie de la réaction, à l'équivalence on a :

$$\frac{n_{i\,Fe^{2+}}}{5} = n_{MnO_4^-} \Leftrightarrow n_{i\,Fe^{2+}} = n_{MnO_4^-} \times 5\,.$$

b) $n_{i\,Fe^{2+}} = \left[Fe^{2+}\right]_i \times V_0$ et $n_{MnO_4^-} = \left[MnO_4^-\right] \times V_{éq}$.

Avec l'équation de la question précédente : $\left[Fe^{2+}\right]_i \times V_0 = \left[MnO_4^-\right] \times V_{éq} \times 5$.

c) $\left[Fe^{2+}\right]_i = \dfrac{\left[MnO_4^-\right] \times V_{éq} \times 5}{V_0}$

A.N. : $\left[Fe^{2+}\right]_i = \dfrac{1{,}0 \times 10^{-2} \times 13{,}1 \times 10^{-3} \times 5}{20{,}0 \times 10^{-3}} = \boxed{3{,}3 \times 10^{-2}\ \text{mol.L}^{-1}}$.

3. a) $\left[Fe^{2+}\right]_{recommandée} = \dfrac{n_{Fe^{2+}}}{V}$ pour V = 2,0 L. On doit calculer $n_{Fe^{2+}}$.

Dans 30 g de granulés, 35 % est composé de ($FeSO_4$,7 H_2O).

$n_{FeSO_4,7H_2O} = \dfrac{m}{M}$ A.N. : $n_{FeSO_4,7H_2O} = \dfrac{30 \times 35/100}{277{,}9} = 3{,}8 \times 10^{-2}$ mol.

La dissolution de ($FeSO_4$,7 H_2O) donne Fe^{2+} et SO_4^{2-} donc $n_{Fe^{2+}} = n_{FeSO_4,7H_2O} = 3{,}8 \times 10^{-2}$ mol.

Dans 2,0 L d'eau, on a alors une concentration molaire recommandée :

$\left[Fe^{2+}\right]_{recommandée} = \dfrac{n_{Fe^{2+}}}{V}$ A.N. : $\left[Fe^{2+}\right]_{recommandée} = \dfrac{3{,}8 \times 10^{-2}}{2{,}0} = \boxed{1{,}9 \times 10^{-2}\ \text{mol.L}^{-1}}$.

b) La préparation de l'arrosoir a donc une concentration supérieure à celle recommandée.

Exercice 5.10

1. Pour le 2-nitrobenzaldéhyde :

$$M_{C_7H_5O_3N} = 7 \times M_C + 5 \times M_H + 3 \times M_O + M_N = 7 \times 12{,}0 + 5 \times 1{,}00 + 3 \times 16{,}0 + 14{,}0 = 151{,}0\ \text{g.mol}^{-1}$$

$$n_{0(C_7H_5O_3N)} = \frac{m_{C_7H_5O_3N}}{M_{C_7H_5O_3N}} = \frac{1{,}00}{151{,}0} = \boxed{6{,}62 \times 10^{-3}\ \text{mol}}.$$

Pour l'acétone : $\rho_{C_3H_6O} = \dfrac{m_{C_3H_6O}}{V}$ donc $m_{C_3H_6O} = \rho_{C_3H_6O} \times V = 0{,}791 \times 10{,}0 = 7{,}91$ g

$$M_{C_3H_6O} = 3 \times M_C + 6 \times M_H + M_O = 3 \times 12{,}0 + 6 \times 1{,}00 + 16{,}0 = 58{,}0\ \text{g.mol}^{-1}$$

$$n_{0(C_3H_6O)} = \frac{m_{C_3H_6O}}{M_{C_3H_6O}} = \frac{7{,}91}{58{,}0} = \boxed{0{,}136\ \text{mol}}.$$

Pour les ions hydroxyde : $n_{0(HO^-)} = \left[HO^-\right] \times V = 1{,}00 \times 8{,}00 \times 10^{-3} = \boxed{8{,}00 \times 10^{-3}\ \text{mol}}$.

2. Tableau d'avancement :

Équation chimique		$2\ C_7H_5O_3N_{(s)}$ +	$2\ C_3H_6O_{(l)}$ +	$2\ HO^-_{(aq)}$ →	$C_{16}H_{10}N_2O_{2(s)}$ +	$2\ C_2H_3O_2^-{}_{(aq)}$ +	$4\ H_2O_{(l)}$
État initial	$x = 0$	$6{,}62.10^{-3}$	0,136	$8{,}00.10^{-3}$	0	0	0
En cours	x	$6{,}62.10^{-3} - 2x$	$0{,}136 - 2x$	$8{,}00.10^{-3} - 2x$	x	$2x$	$4x$
État max	x_{max}	$6{,}62.10^{-3} - 2x_{max}$	$0{,}136 - 2x_{max}$	$8{,}00.10^{-3} - 2x_{max}$	x_{max}	$2x_{max}$	$4x_{max}$

<u>Hypothèse 1</u> : $C_7H_5O_3N_{(s)}$ est réactif limitant.

⇔ à l'état d'avancement maximal, il ne reste plus de $C_7H_5O_3N_{(s)}$

$\Leftrightarrow 6{,}62\times10^{-3} - 2x_{max} = 0$

$\Leftrightarrow x_{max} = \dfrac{6{,}62\times10^{-3}}{2} = 3{,}31\times10^{-3}$ mol.

<u>Hypothèse 2</u> : $C_3H_6O_{(l)}$ est réactif limitant.

⇔ à l'état d'avancement maximal, il ne reste plus de $C_3H_6O_{(l)}$

$\Leftrightarrow 0{,}136 - 2x_{max} = 0$

$\Leftrightarrow x_{max} = \dfrac{0{,}136}{2} = 0{,}0680$ mol.

<u>Hypothèse 3</u> : $HO^-_{(aq)}$ est réactif limitant.

⇔ à l'état d'avancement maximal, il ne reste plus de $HO^-_{(aq)}$

$\Leftrightarrow 8{,}00\times10^{-3} - 2x_{max} = 0$

$\Leftrightarrow x_{max} = \dfrac{8{,}00\times10^{-3}}{2} = 4{,}00\times10^{-3}$ mol.

x_{max} est atteint pour une valeur plus petite pour $C_7H_5O_3N_{(s)}$ ce qui signifie que c'est $C_7H_5O_3N_{(s)}$ la première espèce chimique à manquer. On retient donc l'hypothèse 1, on conclut que $C_7H_5O_3N_{(s)}$ est le réactif limitant et que $\boxed{x_{max} = 3{,}31\times10^{-3}\ \text{mol}}$.

Bilan de matière en fin de réaction :

$n_{C_7H_5O_3N} = 0$ mol (logique car réactif limitant)

$n_{C_3H_6O} = 0{,}136 - 2x_{max} = 0{,}136 - 2\times3{,}31\times10^{-3} = 0{,}129$ mol

$n_{HO^-} = 8{,}00\times10^{-3} - 2x_{max} = 8{,}00\times10^{-3} - 2\times3{,}31\times10^{-3} = 1{,}38\times10^{-3}$ mol

$n_{C_{16}H_{10}N_2O_2} = x_{max} = 3{,}31\times10^{-3}$ mol

$n_{C_2H_3O_2^-} = 2x_{max} = 2\times3{,}31\times10^{-3} = 6{,}62\times10^{-3}$ mol

$n_{H_2O} = 4x_{max} = 4\times3{,}31\times10^{-3} = 1{,}32\times10^{-2}$ mol.

Corrigé

3. $M_{C_{16}H_{10}O_2N_2} = 16\times M_C + 10\times M_H + 2\times M_O + 2\times M_N$

$M_{C_{16}H_{10}O_2N_2} = 16\times 12{,}0 + 10\times 1{,}00 + 2\times 16{,}0 + 2\times 14{,}0 = 262{,}0 \text{ g.mol}^{-1}$

$m_{C_{16}H_{10}N_2O_2} = n_{C_{16}H_{10}N_2O_2} \times M_{C_{16}H_{10}N_2O_2} = 3{,}31\times 10^{-3} \times 262{,}0 = \boxed{0{,}867 \text{ g}}$.

On peut donc espérer former 0,867 grammes d'indigo.

4. a) $r = \dfrac{0{,}53}{0{,}867} = 0{,}61\ (= 61\%)$.

b) Ce rendement n'est pas égal à 1 car il y a probablement des pertes (réaction non totale, filtration…), voire des erreurs de pesée ou autres…

Chapitre 6
Réactions d'oxydoréduction

Par des échanges d'électrons, les oxydants et les réducteurs provoquent une réaction d'oxydoréduction. Celle-ci explique différents phénomènes comme la corrosion de certains métaux. L'oxydoréduction joue un rôle dans le métabolisme cellulaire ; elle est à la base de nombreuses applications industrielles et permet en particulier de concevoir des piles et des accumulateurs.

■ Un scientifique

Georges **Leclanché** (1836-1882) est un ingénieur français. Très opposé au pouvoir de Napoléon III, il fuit la France en 1863. Aussi, c'est en Belgique qu'il met au point une pile au carbonate de cuivre en 1866. L'année suivante il confectionne une pile fonctionnant par oxydoréduction entre le zinc et le dioxyde de manganèse. Améliorée par son fils, la pile Leclanché détiendra la totalité du marché français, jusqu'à la création de la pile Wonder en 1916 par Estelle **Courtecuisse**.

LE SAVIEZ-VOUS ?

L'eau oxygénée (voir exercice 6.8), ou peroxyde d'hydrogène, de formule H_2O_2 a été découverte en 1818 par le chimiste français Louis-Jacques **Thénard** alors qu'il travaillait à l'École polytechnique avec Joseph **Gay-Lussac**. Elle est instable et peut avoir des propriétés oxydantes comme réductrices. Elle est utilisée en pharmacie pour son pouvoir antiseptique mais aussi comme comburant dans des moteurs d'avions ou de fusées.

■■ Objectifs

■ Les notions que je dois maîtriser

- ▷ Oxydant, réducteur
- ▷ Couple oxydant-réducteur (ou couple rédox)
- ▷ Demi-équation électronique
- ▷ Réaction d'oxydoréduction

■ Les compétences que je dois acquérir

- ▷ Reconnaître un oxydant et un réducteur
- ▷ Écrire une demi-équation rédox
- ▷ Écrire l'équation d'une réaction d'oxydoréduction à partir des couples rédox

Résumé de cours

Réactions d'oxydoréduction

Notion d'oxydant et de réducteur

Un **oxydant** est une espèce chimique capable de **gagner** un ou plusieurs électrons. Un **réducteur** est une espèce chimique capable de **perdre** un ou plusieurs électrons.

Exemples

Cu^{2+} gagne deux électrons et devient Cu selon l'équation : $Cu^{2+}{}_{(aq)} + 2\ e^- = Cu_{(s)}$

$\rightarrow$ Cu^{2+} est donc un oxydant.

$Cu_{(s)}$ perd deux électrons et devient Cu^{2+} selon l'équation : $Cu_{(s)} = Cu^{2+}{}_{(aq)} + 2\ e^-$,

$\rightarrow$ Cu est donc un réducteur.

Remarque

Les électrons sont représentés par « e^- » dans les équations en oxydoréduction.

Couple rédox et demi-équation rédox

Deux espèces chimiques reliées par une équation chimique contenant un transfert d'électrons sont dites **conjuguées**. L'équation qui les lie est du type **oxydant + n e⁻ = réducteur** et s'appelle **demi-équation d'oxydoréduction** ou **demi-équation rédox**.

Remarque

Par convention un signe « = » est utilisé pour les demi-équations rédox.

Les deux espèces chimiques conjuguées forment un **couple d'oxydant-réducteur** ou **couple rédox** qui est représenté **Ox/Réd** (où Ox et Réd sont les formules chimiques de l'oxydant et du réducteur conjugués).

L'équation **Ox + n e^- = Réd** forme un réducteur, c'est une **réduction**.

L'équation **Réd = n e^- + Ox** forme un oxydant, c'est une **oxydation.**

Remarque

On écrit l'équation dans le sens ox = réd et on appelle le couple réd-ox. Encore une histoire entre anglophones et francophones…

Exemple

Cas de $Cu^{2+}{}_{(aq)}$ et $Cu_{(s)}$ vus au paragraphe précédent.

Couple : Cu^{2+} / Cu

Demi-équation rédox : $Cu^{2+}{}_{(aq)} + 2\ e^- = Cu_{(s)}$ dans ce sens c'est une réduction (ou $Cu_{(s)} = Cu^{2+}{}_{(aq)} + 2\ e^-$: dans ce sens une oxydation).

Les demi-équations rédox doivent conserver les éléments et les charges électriques.

⇨ **Méthode 6.1. Écrire une demi-équation rédox**

Remarque

Il n'est pas nécessaire que la charge soit nulle pour une demi-équation rédox, il faut juste qu'elle soit la même de part et d'autre du signe « = ».

❑ Réactions d'oxydoréduction

Une **réaction d'oxydoréduction** a lieu entre un **oxydant** d'un couple rédox $Ox_1/Réd_1$ et un **réducteur** d'un autre couple rédox $Ox_2/Réd_2$. La réduction de l'Ox_1 libère des électrons qui servent à l'oxydation du $Réd_2$. Il y a un transfert d'électrons, les espèces conjuguées des deux couples sont alors produites, l'équation est du type :

$$\boxed{\mathbf{a_1.Ox_1 + b_2.Réd_2 \rightarrow c_2.Ox_2 + d_1.Réd_1}}$$

avec a_1, b_2, c_2 et d_1 des coefficients stœchiométriques

La **conservation des éléments** entraîne la présence de nombres stœchiométriques et éventuellement de molécules d'eau $H_2O_{(l)}$ et d'ions $H^+_{(aq)}$.

La **conservation de la charge** est assurée, mais **aucun électron** n'apparaît dans le bilan de l'équation de réaction d'oxydoréduction. L'écriture de la réaction d'oxydoréduction s'obtient à partir des demi-équations rédox des deux couples. Un même nombre d'électrons doit être capté et cédé par l'oxydant et le réducteur. Une combinaison des deux demi-réactions permet d'obtenir cette équation.
Par convention, une flèche remplace le signe « = » utilisé pour les demi-équations rédox.

⇨ **Méthode 6.2. Écrire une équation d'oxydoréduction**

■■ Méthodes

■ Comment obtenir une équation d'oxydoréduction ?

Méthode 6.1. Écrire une demi-équation rédox

Connaissant le couple rédox, il est possible de déterminer la demi-équation rédox associée avec un peu de méthode :

- Écrire l'oxydant et le réducteur de part et d'autre d'un signe « = » (mettre l'oxydant à gauche).
- Équilibrer les éléments chimiques autres que O et H.
- Équilibrer l'élément oxygène O en ajoutant des molécules d'eau $H_2O_{(l)}$.
- Équilibrer l'élément hydrogène H en ajoutant des ions $H^+_{(aq)}$.
- Équilibrer les charges électriques en ajoutant des électrons notés e^-.

⇨ **Exercices 6.1 à 6.8.**

On désire écrire la demi-équation rédox du couple MnO_4^- / Mn^{2+}. L'ion MnO_4^- est l'oxydant.

– Écrire l'oxydant et le réducteur de part et d'autre d'un signe « = » (mettre le réactif à gauche) :

$$MnO_4^-{}_{(aq)} = Mn^{2+}{}_{(aq)}$$

– Équilibrer les éléments chimiques autres que O et H :
Les autres éléments sont ici équilibrés, un atome de manganèse Mn étant de chaque côté du signe =.

$$MnO_4^-{}_{(aq)} = Mn^{2+}{}_{(aq)}$$

– Équilibrer l'élément oxygène O en ajoutant des molécules d'eau :
Il y a quatre atomes d'oxygène O à gauche, aucun à droite, on ajoute quatre molécules d'eau $H_2O_{(l)}$ à droite pour assurer la conservation de l'élément chimique oxygène.

$$MnO_4^-{}_{(aq)} = Mn^{2+}{}_{(aq)} + 4\ H_2O_{(l)}$$

– Équilibrer l'élément hydrogène H en ajoutant des ions $H^+_{(aq)}$:

Il y a 8 atomes d'hydrogène H à droite, aucun à gauche, on ajoute 8 ions $H^+_{(aq)}$ à gauche pour assurer la conservation de l'élément hydrogène.

$$MnO_4^-{}_{(aq)} + 8\ H^+{}_{(aq)} = Mn^{2+}{}_{(aq)} + 4\ H_2O_{(l)}$$

– Équilibrer les charges électriques en ajoutant des électrons notés e^- :
Charge totale à gauche : $(-1)+8\times(+1)=+7$.

Charge totale à droite : $+2+0=+2$.
En ajoutant 5 électrons à gauche, nous assurons la conservation de la charge électrique, il y a alors une charge de +2 de part et d'autre.

$$\boxed{MnO_4{}^-{}_{(aq)}+8\ H^+{}_{(aq)}+5\ e^-=Mn^{2+}{}_{(aq)}+4\ H_2O_{(l)}}$$

En comptant les charges, on a des multiples de e la charge élémentaire. Même si on devrait dire +2e, −5e… il est acceptable d'omettre le e.

Toujours prendre quelques secondes pour vérifier la conservation des éléments et de la charge de la demi-équation électrique trouvée, cela peut éventuellement éviter de répercuter des erreurs par la suite.

❑ Méthode 6.2. Écrire une équation d'oxydoréduction

À partir d'un oxydant et d'un réducteur, connaissant les couples rédox auxquels ils sont associés, il est possible de déterminer l'équation d'oxydoréduction qui les lie avec la méthode suivante :
- Écrire les demi-équations rédox des deux réactifs, tourner ces équations de manière à avoir les réactifs à gauche.
- Multiplier une (ou les deux) demi-équations rédox par un nombre de manière à ce qu'elles fassent intervenir le même nombre d'électrons, le plus petit possible.
- Sommer membre à membre les deux demi-équations rédox obtenues.
- Simplifier l'équation d'oxydoréduction, les électrons disparaissent (il est aussi possible de trouver de part et d'autre $H_2O_{(l)}$ ou $H^+{}_{(aq)}$).

Après simplification, celle-ci ne doit pas contenir d'électron.

⇨ **Exercices 6.4, 6.6 à 6.8.**

Etudions l'action de $MnO_4{}^-{}_{(aq)}$ sur $H_2O_{2(d)}$. Les couples redox associés sont $MnO_4{}^- / Mn^{2+}$ et O_2 / H_2O_2.

– Écrire les demi-équations rédox des deux réactifs, tourner ces équations de manière à avoir les réactifs à gauche :

$$MnO_4{}^-{}_{(aq)}+8\ H^+{}_{(aq)}+5\ e^-=Mn^{2+}{}_{(aq)}+4\ H_2O_{(l)}$$
$$H_2O_{2(d)}=O_{2(g)}+2\ H^+{}_{(aq)}+2\ e^-$$

– Multiplier une (ou les deux) demi-équations rédox par un nombre de manière à ce qu'elles fassent intervenir le même nombre d'électrons, le plus petit possible :
La première demi-équation rédox fait intervenir 5 électrons, la seconde en fait intervenir 2. Le multiple commun le plus petit est 10, il faut multiplier la première équation par 2 et la seconde par 5 :

$$2\ MnO_4{}^-{}_{(aq)}+16\ H^+{}_{(aq)}+10\ e^-=2\ Mn^{2+}{}_{(aq)}+8\ H_2O_{(l)}$$
$$5\ H_2O_{2(d)}=5\ O_{2(g)}+10\ H^+{}_{(aq)}+10\ e^-$$

– Sommer membre à membre les deux demi-équations rédox obtenues :

$$5H_2O_{2(d)} + 2MnO_4^-{}_{(aq)} + 16H^+{}_{(aq)} + 10e^- \rightarrow 2Mn^{2+}{}_{(aq)} + 8H_2O_{(l)} + 5O_{2(g)} + 10H^+{}_{(aq)} + 10e^-$$

– Simplifier l'équation d'oxydoréduction, les électrons disparaissent (il est aussi possible de trouver de part et d'autre $H_2O_{(l)}$ ou $H^+{}_{(aq)}$) :

Ici nous avons 10 électrons de part et d'autre, comme prévu ils se simplifient. Nous avons aussi 16 $H^+{}_{(aq)}$ réactifs et 10 $H^+{}_{(aq)}$ produits, que l'on simplifie en 6 $H^+{}_{(aq)}$ réactifs.

$$\boxed{5\,H_2O_{2(d)} + 2\,MnO_4^-{}_{(aq)} + 6\,H^+{}_{(aq)} \rightarrow 2\,Mn^{2+}{}_{(aq)} + 8\,H_2O_{(l)} + 5\,O_{2(g)}}$$

On obtient l'équation d'oxydoréduction entre H_2O_2 et MnO_4^-. On constate bien qu'elle ne contient pas d'électron et qu'elle est équilibrée.

Méthodes

Vrai/Faux

		Vrai	Faux
1.	Un oxydant peut libérer des électrons.	☐	☐
2.	Un oxydant est formé lors d'une oxydation.	☐	☐
3.	Un réducteur peut agir sur un oxydant.	☐	☐
4.	Un réducteur peut agir sur un réducteur.	☐	☐
5.	Dans $Cu^{2+}_{(aq)} + Zn_{(s)} \rightarrow Cu_{(s)} + Zn^{2+}_{(aq)}$; Cu^{2+} est oxydant et Zn réducteur.	☐	☐
6.	Le couple rédox du cuivre s'écrit Cu/Cu^{2+}.	☐	☐
7.	$H_2CO_{3(d)} = 2\ H^+_{(aq)} + CO_3{}^{2-}{}_{(aq)}$ est une oxydation.	☐	☐
8.	Dans $O_{2(d)} + 4\ H^+_{(aq)} + 4\ e^- = 2\ H_2O_{(l)}$, l'eau est l'oxydant.	☐	☐
9.	Dans une équation d'oxydoréduction, il ne doit pas apparaître d'électron.	☐	☐
10.	Dans une équation d'oxydoréduction peuvent apparaître des charges, tant que l'équation reste équilibrée.	☐	☐

Énoncé des exercices

❑ Exercice 6.1. Couples rédox

1. Quels couples rédox peut-on former avec Fe^{2+}, Fe^{3+}, ClO^-, Cl^-, Br^- et Fe ?

2. Pour chaque couple, écrire sa demi-équation rédox.

Exercice 6.2. Demi-équations rédox

Compléter les demi-équations rédox suivantes et préciser s'il s'agit d'une oxydation ou d'une réduction.

1. $Cu^{2+}_{(aq)} + ... = Cu_{(s)}$

2. $...\ IO_3^-{}_{(aq)} + ...+....... = I_{2(s)} + 6\ H_2O_{(l)}$

3. $Pb_{(s)} + ...\ H_2O_{(l)} = PbO_{2(s)} + ...\ H^+_{(aq)} + ...\ e^-$

4. $NO_3^-{}_{(aq)} + ...+....... = NO_{(g)} + ...\ H_2O_{(l)}$

5. $S_2O_8^{2-}{}_{(aq)} + ... = ...\ SO_4^{2-}{}_{(aq)}$

6. $CH_3CHO_{(l)} + ... = CH_3COOH_{(l)} + ...+.......$

❑ Exercice 6.3. Correction de demi-équations rédox

Corriger les demi-équations rédox suivantes :

1. $Mg^{2+}_{(aq)} = Mg_{(s)} + 2\ e^-$

2. $HClO_{(aq)} + H^+_{(aq)} + e^- = Cl_{2(g)} + H_2O_{(l)}$

3. $Br_{2(s)} + e^- = Br^-_{(aq)}$

4. $MnO_{2(s)} + H_2O_{(l)} = Mn_2O_{3(s)} + 2\ H^+_{(aq)} + 2\ e^-$

5. $SO_4^{2-}{}_{(aq)} = 2\ SO_{2(g)} + 2\ e^-$

❑ Exercice 6.4. Équation d'oxydo-réduction

Écrire les équations d'oxydoréduction suivantes :

1. Oxydation du magnésium Mg par l'ion nitrate NO_3^-, couples rédox : Mg^{2+}/Mg et NO_3^- / NO_2^-.

2. Oxydation de l'aluminium Al par le dioxygène O_2, couples rédox : Al^{3+}/Al et O_2 / H_2O.

3. Oxydation des ions plomb (II) Pb^{2+} par le peroxyde d'hydrogène H_2O_2, couples rédox : PbO_2/Pb^{2+} et H_2O_2 / H_2O.

4. Oxydation de l'eau H_2O par le dichlore Cl_2 dissous, couples rédox : Cl_2/Cl^- et O_2 / H_2O.

5. Oxydation de l'éthanol C_2H_6O par l'ion dichromate $Cr_2O_7^{2-}$, couples rédox : C_2H_4O/C_2H_6O et $Cr_2O_7^{2-} / Cr^{3+}$.

6. Oxydation de l'ion bromure Br^- par l'ion permanganate MnO_4^-, couples rédox : Br_2/Br^- et MnO_4^- / Mn^{2+}.

7. Oxydation de l'ion fer (II) Fe^{2+} par l'ion peroxodisulfate $S_2O_8^{2-}$, couples rédox : Fe^{3+}/Fe^{2+} et $S_2O_8^{2-} / SO_4^{2-}$.

❑ Exercice 6.5. Pile cuivre-argent

Les échanges d'électrons ayant lieu dans des réactions d'oxydoréduction se font directement par contact de l'oxydant et du réducteur. Néanmoins, séparant ces réactifs et les reliant par un fil électrique par lequel passent les électrons, il est possible de générer un courant électrique (déplacement des électrons) : alors, une pile est créée. Nous allons nous intéresser ici à une pile cuivre-argent réalisée en laboratoire dans des béchers avec des plaques métalliques baignant dans des solutions d'ions métalliques, dont on donne l'équation d'oxydoréduction :

$$2\ Ag^+_{(aq)} + Cu_{(s)} = 2\ Ag_{(s)} + Cu^{2+}_{(aq)}.$$

La neutralité dans chaque bécher est assurée par un pont salin dont le fonctionnement n'est pas étudié ici.

1. Repérer les couples rédox en jeu dans cette pile.

2. Déterminer les demi-équations rédox associées.

Le métal cuivre et le métal argent sont placés dans des béchers distincts, reliés électriquement par des fils, un ampèremètre et une résistance.

3. Déterminer l'anode (pôle où a lieu l'oxydation), la cathode (pôle où a lieu la réduction), le sens du courant, le sens de parcours des électrons et la polarité de la pile (bornes positive et négative).

4. Compléter le schéma du montage de cette pile ci-dessous.

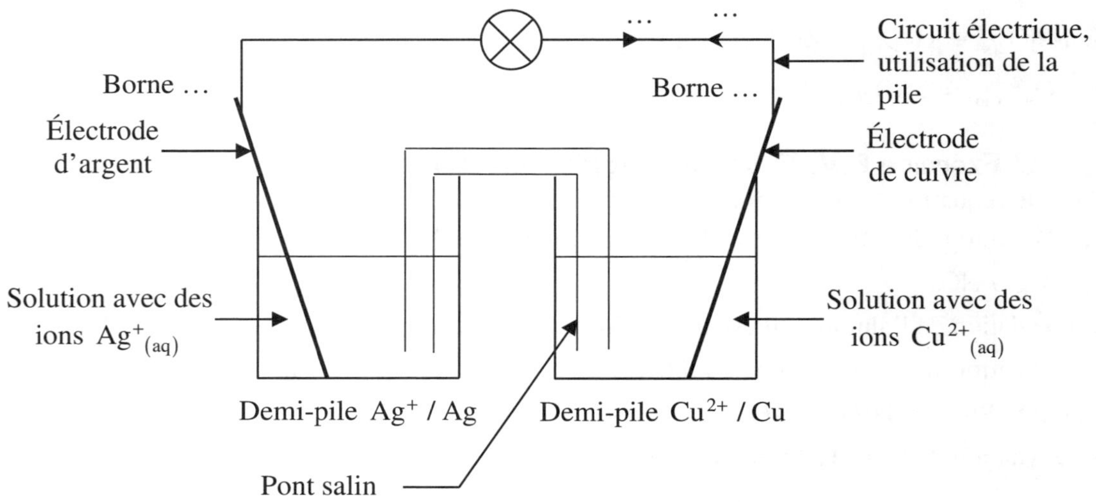

❑ Exercice 6.6. Pile nickel-zinc

Une pile nickel-zinc est réalisée de la même manière que celle de l'exercice précédent, elle débite dans une résistance montée en série avec un ampèremètre qui affiche pour l'intensité du courant la valeur I = 0,172 A.

Schéma de la pile nickel-zinc :

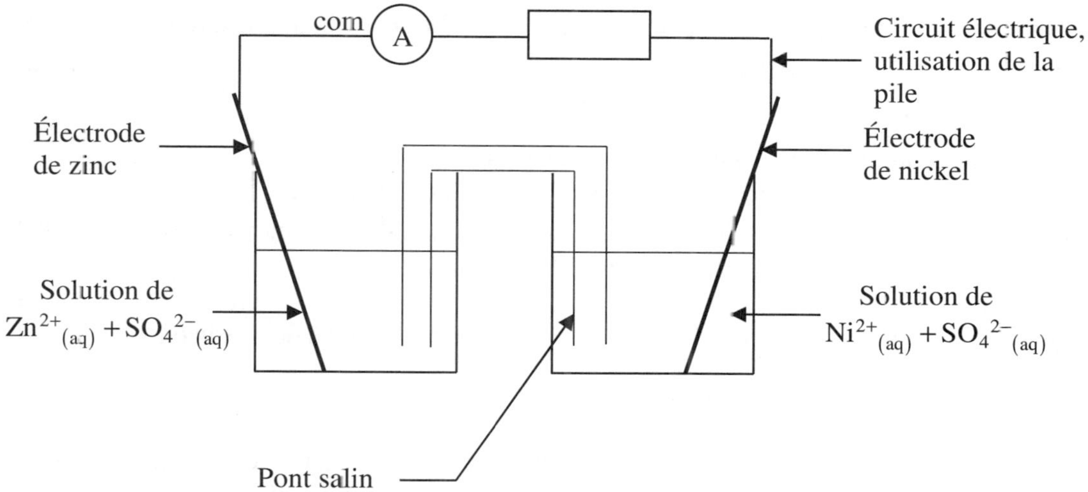

1. Déterminer les couples rédox en jeu dans cette pile.

2. Donner les demi-équations associées à ces couples rédox.

On rappelle qu'un ampèremètre donne une valeur positive d'un courant s'il est branché de manière à ce que sa borne COM soit en direction de la borne négative d'un générateur continu.

3. Déterminer la polarité de cette pile.

4. Quelle électrode réalise une oxydation ? Quelle électrode réalise une réduction ?

5. Donner l'équation d'oxydoréduction de cette pile.

6. Le pont salin contient des ions potassium K^+ et des ions chlorure Cl^-. Ces derniers se déplacent dans le pont afin d'assurer la neutralité dans les deux solutions. Dans quelles directions se déplacent chacun de ces ions ?

7. Compléter le schéma en ajoutant la polarité, le sens de parcours des porteurs de charges (électrons et ions), l'intensité du courant, l'anode et la cathode.

❑ Exercice 6.7. Réduction d'ions cuivre II**

On plonge une plaque de zinc de masse $m_{Zn} = 38{,}85$ g dans un volume $V = 50{,}0$ mL de solution de sulfate de cuivre telle que $[SO_4^{2-}] = [Cu^{2+}] = 1{,}0$ mol.L^{-1}. Il se passe alors une équation d'oxydoréduction durant laquelle les ions Cu^{2+} sont réduits et le zinc Zn est oxydé. Les couples rédox en jeu sont Zn^{2+}/Zn et Cu^{2+}/Cu. Au bout de quelques heures, la plaque de zinc est retirée, sa partie immergée est devenue brune. Séchée, elle pèse à présent $m = 38{,}80$ g.

Données : $M_{Cu} = 63{,}5$ g.mol^{-1} ; $M_{Zn} = 65{,}4$ g.mol^{-1}.

1. Donner la demi-équation de réduction des ions Cu^{2+}.
2. Donner la demi-équation d'oxydation de Zn.
3. Quelle réaction d'oxydoréduction a alors lieu dans le bécher ?
4. Déterminer l'avancement maximal, le réactif limitant et en déduire la quantité de matière de cuivre formé dans ce cas.
5. Comment expliquer que la masse de la plaque soit inférieure à la masse initiale ?

Au bout de quelques heures, la solution a toujours une coloration bleutée, moins prononcée cependant qu'au départ.

6. Comment expliquer cette persistance de couleur bleue ?
7. On se propose de déterminer l'avancement final atteint réellement.
a) Exprimer la perte de masse $\Delta m = m_{Zn\ consommé} - m_{Cu\ formé}$ de la plaque métallique en fonction de x_{final} (l'avancement en fin de réaction), M_{Cu} et M_{Zn}.
b) En déduire la valeur de x_{final}.
c) Que dire de la précision de ce résultat ? Que faire pour avoir plus de précision ?

❑ Exercice 6.8. Eau oxygénée*

L'eau oxygénée est une solution aqueuse incolore contenant du peroxyde d'hydrogène H_2O_2 dissous, qui peut être utilisée comme désinfectant, pour se blanchir les dents, de décolorant capillaire ou textile… selon sa concentration (demander conseil à un pharmacien).
L'eau oxygénée est instable, le peroxyde d'hydrogène réagit sur lui-même pour donner du dioxygène et de l'eau. On dit alors qu'il se dismute, il joue le rôle d'oxydant et de réducteur, appartenant aux deux groupes rédox : O_2 / H_2O_2 et H_2O_2 / H_2O.

Donnée : volume molaire d'un gaz (volume par mole de gaz) : $V_m = 22,4\ L.mol^{-1}$.

1. Donner les deux demi-équations rédox associées, placer le peroxyde d'hydrogène comme réactif.
2. Donner l'équation de dismutation du peroxyde d'hydrogène. Cette réaction, lente, a lieu au sein de l'eau oxygénée, c'est pourquoi elle est moins efficace avec le temps.
3. Une solution d'eau oxygénée est caractérisée en « volumes », une solution à X volumes est une solution qui peut dégager jusqu'à X litres de dioxygène gazeux par litre de solution.
a) Quel volume de dioxygène peut libérer un volume $V_{eau\ ox} = 10,0\ mL$ d'eau oxygénée 10 volumes ? Quelle quantité de matière de dioxygène cela représente-t-il ?
b) En vous appuyant sur un tableau d'avancement, déterminer la concentration molaire en peroxyde d'hydrogène que contient une solution à 10 volumes.

Afin de vérifier l'état d'une eau oxygénée à 10 volumes du lycée, Bastien compte effectuer le dosage d'un volume $V_{eau\ ox} = 10,0\ mL$. Cette manipulation consiste à faire réagir le peroxyde d'hydrogène avec une solution titrante ajoutée en quantité connue et de pouvoir détecter l'« équivalence », moment où les réactifs sont introduits dans des proportions stœchiométriques. La solution titrante est une solution de permanganate de potassium de concentration $\left[MnO_4^-\right] = 0,100\ mol.L^{-1}$ en ions permanganate oxydants de couleur violette. Le couple rédox de l'ion permanganate est MnO_4^- / Mn^{2+}.

4. Écrire la demi-équation rédox du couple ci-dessus.

5. En déduire l'équation de réaction du dosage.

6. Les ions Mn^{2+} sont incolores. De quelle couleur est la solution d'eau oxygénée tant que le peroxyde d'hydrogène est en excès ? De quelle couleur est cette solution quand les ions permanganate sont en excès ? Comment alors Bastien peut-il détecter l'équivalence ?

Cette équivalence est obtenue pour un volume $V = 6{,}5$ mL de solution titrante. Les ions H^+ sont introduits en excès.

7. À l'aide d'un tableau d'avancement, déterminer la quantité de matière en peroxyde d'hydrogène de la solution dosée. En déduire sa concentration molaire. La solution a-t-elle été bien conservée ?

■ Pour vous aider à démarrer

Exercices 6.5 et 6.6. Se souvenir que les électrons quittent la borne négative d'une pile pour rejoindre la borne positive.
Exercice 6.7. Question 5 : Bien penser que 2 métaux sont en jeu, l'un réactif, l'autre produit. *Question 7. a)* : Exprimer les masses en fonction des quantités de matière, puis ces dernières en fonction de l'avancement maximal x_{max}.
Exercice 6.8. Le volume molaire d'un gaz est le volume d'une mole de gaz. Son unité $L.mol^{-1}$ indique la formule qui le lie au volume et à la quantité de matière.

Corrigé des vrai/faux

1.	2.	3.	4.	5.	6.	7.	8.	9.	10.
faux	vrai	vrai	faux	vrai	faux	faux	faux	vrai	vrai

1. Un oxydant peut capter des électrons.

4. Un réducteur ne peut agir que sur un oxydant.

6. Le couple rédox du cuivre s'écrit Cu^{2+}/Cu.

7. $H_2CO_{3(d)} = 2\ H^+_{(aq)} + CO_3^{2-}{}_{(aq)}$ est une demi-équation acido-basique (sera vue l'an prochain). En tout cas, ce n'est pas une oxydation, aucun électron n'étant échangé.

8. Dans $O_{2(d)} + 4\ H^+_{(aq)} + 4\ e^- = 2\ H_2O_{(l)}$, l'eau est le réducteur.

❑ Les erreurs classiques

– Dans le cas d'un couple rédox formé d'un anion et d'un cation, ne pas croire que forcément le cation est l'oxydant, MnO_4^- / Mn^{2+} est un exemple pour lequel ça ne fonctionne pas.
– Ne pas chercher à faire réagir un oxydant avec un oxydant ou un réducteur avec un réducteur.
– Ne pas retenir que telle espèce est oxydante et telle espèce réductrice. Certaines peuvent être les deux, comme Fe^{2+} qui est oxydant du couple Fe^{2+} / Fe, mais réducteur du couple Fe^{3+} / Fe^{2+}.

Corrigé des exercices

Exercice 6.1

1. Les couples rédox sont : Fe^{3+}/Fe^{2+}, Fe^{2+}/Fe, Fe^{3+}/Fe et ClO^-/Cl^-. Rechercher les demi-équations rédox associées à ces couples permet de vérifier quel est l'oxydant et quel est le réducteur, car si c'est évident pour le couple Fe^{3+}/Fe^{2+}, ça l'est moins pour le couple ClO^-/Cl^-.

2. Pour chaque couple, sa demi-équation rédox est :

Fe^{3+}/Fe^{2+} : $Fe^{3+}_{(aq)} + e^- = Fe^{2+}_{(aq)}$

Fe^{2+}/Fe : $Fe^{2+}_{(aq)} + 2\ e^- = Fe_{(s)}$

Fe^{3+}/Fe : $Fe^{3+}_{(aq)} + 3\ e^- = Fe_{(s)}$

ClO^-/Cl^- : $ClO^-_{(aq)} + 2\ e^- + 2\ H^+_{(aq)} = Cl^-_{(aq)} + H_2O_{(l)}$.

Exercice 6.2

1. $Cu^{2+}_{(aq)} + 2\ e^- = Cu_{(s)}$ est une réduction.

2. $2\ IO_3^-{}_{(aq)} + 12\ H^+_{(aq)} + 10\ e^- = I_{2(s)} + 6\ H_2O_{(l)}$ est une réduction.

3. $Pb_{(s)} + 2\ H_2O_{(l)} = PbO_{2(s)} + 4\ H^+_{(aq)} + 4\ e^-$ est une oxydation.

4. $NO_3^-{}_{(aq)} + 4\ H^+_{(aq)} + 3\ e^- = NO_{(g)} + 2\ H_2O_{(l)}$ est une réduction.

5. $S_2O_8^{2-}{}_{(aq)} + 2\ e^- = 2\ SO_4^{2-}{}_{(aq)}$ est une réduction.

6. $CH_3CHO_{(l)} + H_2O_{(l)} = CH_3COOH_{(l)} + 2\ H^+_{(aq)} + 2\ e^-$ est une oxydation.

Exercice 6.3

1. $Mg^{2+}_{(aq)} + 2\ e^- = Mg_{(s)}$

2. $2\ HClO_{(aq)} + 2\ H^+_{(aq)} + 2\ e^- = Cl_{2(g)} + 2\ H_2O_{(l)}$

3. $Br_{2(s)} + 2\ e^- = 2\ Br^-_{(aq)}$

4. $2\ MnO_{2(s)} + 2\ H^+_{(aq)} + 2\ e^- = Mn_2O_{3(s)} + H_2O_{(l)}$

5. $SO_4^{2-}{}_{(aq)} + 4\ H^+_{(aq)} + 2\ e^- = SO_{2(g)} + 2\ H_2O_{(l)}$

Exercice 6.4

Chaque demi-équation rédox est écrite ici avec le réactif à gauche.

1. Demi-équation rédox du couple Mg^{2+}/Mg :

$Mg_{(s)} = Mg^{2+}{}_{(aq)} + 2\ e^-$

Demi-équation rédox du couple NO_3^- / NO_2^- :

$NO_3^-{}_{(aq)} + 2\ H^+{}_{(aq)} + 2\ e^- = NO_2^-{}_{(aq)} + H_2O_{(l)}$

Il y a 2 électrons de chaque côté, par somme on a directement :

$$\boxed{NO_3^-{}_{(aq)} + 2\ H^+{}_{(aq)} + Mg_{(s)} \rightarrow NO_2^-{}_{(aq)} + H_2O_{(l)} + Mg^{2+}{}_{(aq)}}$$

2. Demi-équation rédox du couple Al^{3+}/Al :

$Al_{(s)} = Al^{3+}{}_{(aq)} + 3\ e^-$

Demi-équation rédox du couple O_2 / H_2O :

$O_{2(g)} + 4\ H^+{}_{(aq)} + 4\ e^- = 2\ H_2O_{(l)}$

Il y a 3 électrons dans la première demi-équation, 4 dans la seconde. Le multiplicateur commun est 12, nous multiplions la première demi-équation par 4 et la seconde par 3 avant de les sommer :

$4\ Al_{(s)} = 4\ Al^{3+}{}_{(aq)} + 12\ e^-$

$3\ O_{2(g)} + 12\ H^+{}_{(aq)} + 12\ e^- = 6\ H_2O_{(l)}$

Soit par somme :

$$\boxed{3\ O_{2(g)} + 12\ H^+{}_{(aq)} + 4\ Al_{(s)} \rightarrow 6\ H_2O_{(l)} + 4\ Al^{3+}{}_{(aq)}}$$

3. Demi-équation rédox du couple PbO_2/Pb^{2+} :

$Pb^{2+}{}_{(aq)} + 2\ H_2O_{(l)} = PbO_{2(s)} + 4\ H^+{}_{(aq)} + 2\ e^-$

Demi-équation rédox du couple H_2O_2 / H_2O :

$H_2O_{2(d)} + 2\ H^+{}_{(aq)} + 2\ e^- = 2\ H_2O_{(l)}$

Il y a 2 électrons de chaque côté, par somme on a directement :

$H_2O_{2(d)} + 2\ H^+{}_{(aq)} + Pb^{2+}{}_{(aq)} + 2\ H_2O_{(l)} \rightarrow 2\ H_2O_{(l)} + 4\ H^+{}_{(aq)} + PbO_{2(s)}$

Après simplification des molécules d'eau et des ions H^+ :

$$\boxed{H_2O_{2(d)} + Pb^{2+}{}_{(aq)} \rightarrow 2\ H^+{}_{(aq)} + PbO_{2(s)}}$$

4. Demi-équation rédox du couple O_2 / H_2O :

$2\ H_2O_{(l)} = O_{2(g)} + 4\ H^+{}_{(aq)} + 4\ e^-$

Demi-équation rédox du couple Cl_2/Cl^- :

$Cl_{2(d)} + 2\ e^- = 2\ Cl^-{}_{(aq)}$

Il y a 4 électrons dans la première demi-équation, 2 dans la seconde. Le multiplicateur commun est 4, nous multiplions la seconde par 2 avant de les sommer :

$2\ H_2O_{(l)} = O_{2(g)} + 4\ H^+{}_{(aq)} + 4\ e^-$

$2\ Cl_{2(d)} + 4\ e^- = 4\ Cl^-{}_{(aq)}$

Soit par somme :

$$2\ H_2O_{(l)} + 2\ Cl_{2(d)} \rightarrow O_{2(g)} + 4\ H^+_{(aq)} + 4\ Cl^-_{(aq)}$$

5. Demi-équation rédox du couple C_2H_4O/C_2H_6O :

$C_2H_6O_{(l)} = C_2H_4O_{(l)} + 2\ H^+_{(aq)} + 2\ e^-$

Demi-équation rédox du couple $Cr_2O_7^{2-}/Cr^{3+}$:

$Cr_2O_7^{2-}{}_{(aq)} + 14\ H^+_{(aq)} + 6\ e^- = 2\ Cr^{3+}_{(aq)} + 7\ H_2O_{(l)}$

Il y a 2 électrons dans la première demi-équation, 6 dans la seconde. Le multiplicateur commun est 6, nous multiplions la première par 3 avant de les sommer :

$3\ C_2H_6O_{(l)} = 3\ C_2H_4O_{(l)} + 6\ H^+_{(aq)} + 6\ e^-$

$Cr_2O_7^{2-}{}_{(aq)} + 14\ H^+_{(aq)} + 6\ e^- = 2\ Cr^{3+}_{(aq)} + 7\ H_2O_{(l)}$

Soit par somme :

$3\ C_2H_6O_{(l)} + Cr_2O_7^{2-}{}_{(aq)} + 14\ H^+_{(aq)} \rightarrow 2\ Cr^{3+}_{(aq)} + 7\ H_2O_{(l)} + 3\ C_2H_4O_{(l)} + 6\ H^+_{(aq)}$

Après simplification des ions H^+ :

$$3\ C_2H_6O_{(l)} + Cr_2O_7^{2-}{}_{(aq)} + 8\ H^+_{(aq)} \rightarrow 2\ Cr^{3+}_{(aq)} + 7\ H_2O_{(l)} + 3\ C_2H_4O_{(l)}$$

6. Demi-équation rédox du couple Br_2/Br^- :

$2\ Br^-_{(aq)} = Br_{2(d)} + 2\ e^-$

Demi-équation rédox du couple MnO_4^-/Mn^{2+} :

$MnO_4^-{}_{(aq)} + 8\ H^+_{(aq)} + 5\ e^- = Mn^{2+}_{(aq)} + 4\ H_2O_{(l)}$

Il y a 2 électrons dans la première demi-équation, 5 dans la seconde. Le multiplicateur commun est 10, nous multiplions la première par 5 et la seconde par 2 avant de les sommer :

$10\ Br^-_{(aq)} = 5\ Br_{2(d)} + 10\ e^-$

$2\ MnO_4^-{}_{(aq)} + 16\ H^+_{(aq)} + 10\ e^- = 2\ Mn^{2+}_{(aq)} + 8\ H_2O_{(l)}$

Soit par somme :

$$10\ Br^-_{(aq)} + 2\ MnO_4^-{}_{(aq)} + 16\ H^+_{(aq)} \rightarrow 5\ Br_{2(d)} + 2\ Mn^{2+}_{(aq)} + 8\ H_2O_{(l)}$$

7. Demi-équation rédox du couple Fe^{3+}/Fe^{2+} :

$Fe^{2+}_{(aq)} = Fe^{3+}_{(aq)} + e^-$

Demi-équation rédox du couple $S_2O_8^{2-}/SO_4^{2-}$:

$S_2O_8^{2-}{}_{(aq)} + 2\ e^- = 2\ SO_4^{2-}{}_{(aq)}$

Il y a 1 électron dans la première demi-équation, 2 dans la seconde. Le multiplicateur commun est 2, nous multiplions la première par 2 avant de les sommer :

$2\ Fe^{2+}_{(aq)} = 2\ Fe^{3+}_{(aq)} + 2\ e^-$

$S_2O_8^{2-}{}_{(aq)} + 2\ e^- = 2\ SO_4^{2-}{}_{(aq)}$

Soit par somme :

$$S_2O_8^{2-}{}_{(aq)} + 2\ Fe^{2+}_{(aq)} \rightarrow 2\ SO_4^{2-}{}_{(aq)} + 2\ Fe^{3+}_{(aq)}$$

Exercice 6.5

1. Les couples rédox en jeu dans cette pile sont : Ag^+/Ag et Cu^{2+}/Cu.

2. Les demi-équations rédox associées sont :

$Ag^+_{(aq)} + e^- = Ag_{(s)}$ et $Cu_{(s)} = Cu^{2+}_{(aq)} + 2\ e^-$.

3. Du côté de l'électrode d'argent a lieu une réduction, c'est la cathode. Les électrons arrivent à cette borne, c'est donc la borne +, l'intensité du courant pointe vers l'opposé.
Du côté de l'électrode de cuivre a lieu une oxydation, c'est l'anode. Les électrons partent de cette borne, c'est donc la borne –, l'intensité du courant pointe vers cette borne.

4. Schéma du montage de cette pile :

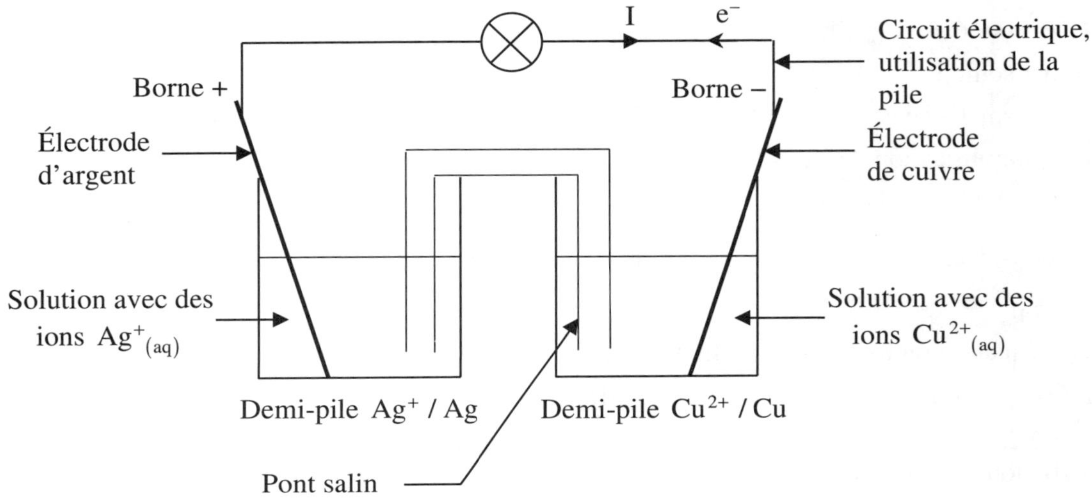

Exercice 6.6

1. Les couples rédox en jeu dans cette pile sont Ni^{2+}/Ni et Zn^{2+}/Zn.

2. Leurs demi-équations associées :

$Ni^{2+}_{(aq)} + 2\ e^- = Ni_{(s)}$ et $Zn^{2+}_{(aq)} + 2\ e^- = Zn_{(s)}$.

3. Un ampèremètre donne une valeur positive d'un courant s'il est branché de manière à ce que sa borne COM soit en direction de la borne négative d'un générateur continu. C'est le cas ici, donc la borne négative est l'électrode de zinc et par conséquent la borne positive est l'électrode de nickel.

4. Une oxydation libère des électrons, elle a donc lieu sur la borne négative de zinc. Une réduction capte des électrons, elle a lieu sur a borne positive de nickel.

5. Les demi-équations rédox dans le bon sens sont donc :

$Ni^{2+}_{(aq)} + 2\ e^- = Ni_{(s)}$

$Zn_{(s)} = Zn^{2+}_{(aq)} + 2\ e^-$.

Ces demi-équations contiennent autant d'électrons, l'équation d'oxydoréduction de cette pile s'obtient par somme :

$$\boxed{Ni^{2+}_{(aq)} + Zn_{(s)} \rightarrow Ni_{(s)} + Zn^{2+}_{(aq)}}$$

6. Du côté de l'électrode de zinc :

- des ions Zn^{2+} sont formés et s'ajoutent donc à la solution ;
- des ions chlorure Cl^- se déplacent vers le bécher de cette demi-pile afin de respecter la neutralité.

Du côté de l'électrode de nickel :

- des ions Ni^{2+} sont consommés, la solution perd des cations ;
- des ions potassium K^+ se déplacent vers le bécher de cette demi-pile afin de respecter la neutralité.

7. Schéma de la pile nickel-zinc :

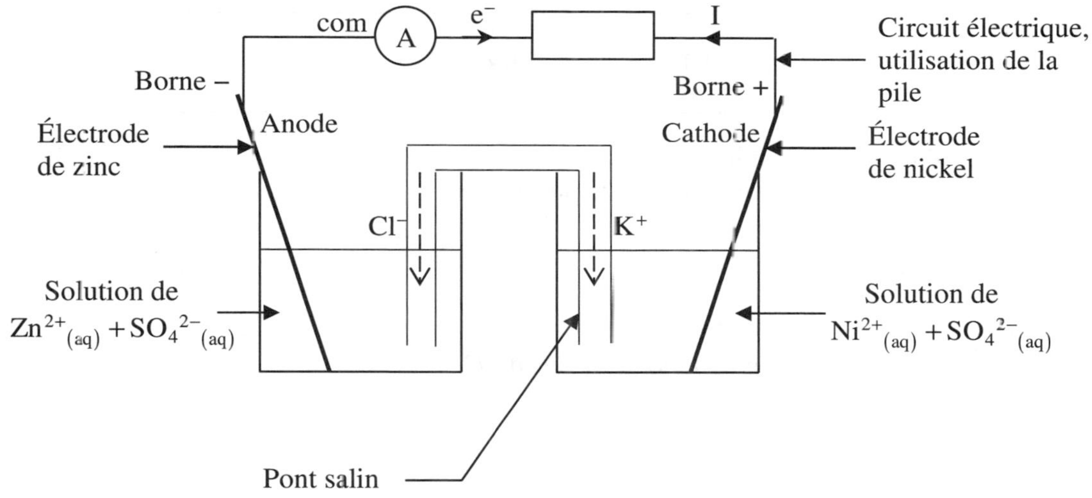

Exercice 6.7

1. La demi-équation de réduction des ions Cu^{2+} est :

$$Cu^{2+}_{(aq)} + 2\ e^- = Cu_{(s)}$$

2. La demi-équation d'oxydation de Zn est :

$$Zn_{(s)} = Zn^{2+}_{(aq)} + 2\ e^-$$

3. Par somme, le même nombre d'électrons étant en jeu dans les deux demi-équations rédox, on obtient la réaction d'oxydoréduction suivante :

$$\boxed{Zn_{(s)} + Cu^{2+}_{(aq)} = Zn^{2+}_{(aq)} + Cu_{(s)}}$$

4. Nous allons réaliser un tableau d'avancement. Au préalable, calculons les quantités de matières initiales en réactifs.

Détermination de $n_{0(Cu^{2+})}$:

$n_{0(Cu^{2+})} = \left[Cu^{2+}\right] \times V$ A.N. : $n_{0(Cu^{2+})} = 1{,}0 \times 50{,}0 \times 10^{-3} = \boxed{5{,}0 \times 10^{-2}\ mol}$.

Détermination de $n_{0(Zn)}$:

$n_{0(Zn)} = \frac{m_{(Zn)}}{M_{(Zn)}}$ A.N. : $n_{0(Zn)} = \frac{38,85}{65,4} = \boxed{0,594 \text{ mol}}$.

Le tableau d'avancement est :

Équation chimique		$Zn_{(s)}$ +	$Cu^{2+}_{(aq)}$ →	$Cu_{(s)}$ +	$Zn^{2+}_{(aq)}$
État initial	$x = 0$	0,594	$5,0\times10^{-2}$	0	0
En cours de réaction	x	$0,594 - x$	$5,0\times10^{-2} - x$	x	x
État d'avancement maximal	$x = x_{max}$	$0,594 - x_{max}$	$5,0\times10^{-2} - x_{max}$	x_{max}	x_{max}

<u>Hypothèse 1</u> : Zn est réactif limitant :
⇔ à l'état d'avancement maximal, il ne reste plus de Zn
⇔ $0,594 - x_{max} = 0$
⇔ $x_{max} = 0,594$ mol.

<u>Hypothèse 2</u> : Cu^{2+} est réactif limitant :
⇔ à l'état d'avancement maximal, il ne reste plus de Cu^{2+}
⇔ $5,0\times10^{-2} - x_{max} = 0$
⇔ $x_{max} = 5,0\times10^{-2}$ mol.

x_{max} est atteint pour une valeur plus petite pour Cu^{2+} ce qui signifie que c'est Cu^{2+} la première espèce chimique à manquer. On retient donc l'hypothèse 2, on conclut que Cu^{2+} est le réactif limitant et que $\boxed{x_{max} = 5,0\times10^{-2} \text{ mol}}$.

La quantité de cuivre qu'il est possible de former est alors de : $\boxed{n_{Cu} = x_{max} = 5,0\times10^{-2} \text{ mol}}$.

5. La masse de la plaque est inférieure à la masse initiale car s'il y a formation de cuivre, il y a disparition de zinc. La stœchiométrie indique que pour chaque atome de cuivre formé, un atome de zinc s'oxyde. La masse d'un atome de zinc est plus grande que celle d'un atome de cuivre, donc la plaque voit sa masse diminuer au cours de l'expérience.

6. Cette persistance de couleur bleue s'explique par le fait que la réaction s'arrête avant que l'avancement maximal soit atteint. Le cuivre se déposant à la surface de la plaque zinc, il forme une barrière qui protège la plaque de zinc. Les réactifs Cu^{2+} et Zn n'étant plus en contact, la réaction est arrêtée. On dit qu'il y a passivation du zinc.

7. a) $\Delta m = m_{Zn\ consommé} - m_{Cu\ formé} = n_{Zn\ consommé} \times M_{Zn} - n_{Cu\ formé} \times M_{Cu}$

D'après le tableau d'avancement, $x_{final} = n_{Zn\ consommé} = n_{Cu\ formé}$.

Donc $\Delta m = x_{final} \times M_{Zn} - x_{final} \times M_{Cu} = x_{final} \times (M_{Zn} - M_{Cu})$

D'où : $\boxed{x_{final} = \dfrac{\Delta m}{(M_{Zn} - M_{Cu})}}$.

b) $\Delta m = 38.85 - 38.80 = 0,05$ g. $\quad x_{final} = \dfrac{0,05}{65,4 - 63,5} = \boxed{0,03 \text{ mol}}$.

c) Ce résultat n'est pas précis, il n'a qu'un seul chiffre significatif. Pour avoir plus de précision, il faudrait une pesée avec un chiffre significatif de plus, soit au milligramme dans un cas idéal. Mais expérimentalement, ce serait difficile d'obtenir de tels résultats, la perte de masse de moins de 0,1 % étant très difficile à vérifier à cause de problèmes techniques expérimentaux.

Exercice 6.8

1. La demi-équation rédox associée au couple O_2 / H_2O_2 est :

$$H_2O_{2(d)} = O_{2(g)} + 2\ H^-_{(aq)} + 2\ e^-$$

La demi-équation rédox associée au couple H_2O_2 / H_2O est :

$$H_2O_{2(d)} + 2\ H^+_{(aq)} + 2\ e^- = 2\ H_2O_{(l)}$$

2. L'équation de dismutation du peroxyde d'hydrogène est la somme des demi-équations rédox ci-dessus :

$$\boxed{2\ H_2O_{2(d)} \rightarrow 2\ H_2O_{(l)} + O_{2(g)}}$$

3. a) « 10 volumes », donc la solution peut libérer 10 fois son volume en dioxygène, soit $10 \times 0,0100 = 0,100$ L.

Par analyse des unités de $V_m = 22,4$ L.mol^{-1}, on a un volume divisé par une quantité de matière, la formule est donc $V_m = \dfrac{V}{n}$, d'où $n_{O_2} = \dfrac{V_{O_2}}{V_m}$

A.N. : $n_{O_2} = \dfrac{0,100}{22,4} = \boxed{4,46 \times 10^{-3} \text{ mol}}$.

b) Tableau d'avancement de la réaction de dismutation du peroxyde d'hydrogène :

Équation chimique		$2\ H_2O_{2(d)}$ $\rightarrow$	$2\ H_2O_{(l)}$ +	$O_{2(g)}$
État initial	$x = 0$	$n_{initial(H_2O_2)}$	Solvant	0
En cours de réaction	x	$n_{initial(H_2O_2)} - 2x$		x
État d'avancement maximal	$x = x_{max}$	$n_{initial(H_2O_2)} - 2x_{max}$		x_{max}

H_2O_2 est le seul réactif, donc c'est le réactif limitant de cette réaction chimique.

La quantité de matière de dioxygène formé est $n_{O_2} = x_{max} = 4,46 \times 10^{-3}$ mol.

Or H_2O_2 est le réactif limitant, donc $n_{initial(H_2O_2)} - 2x_{max} = 0$

donc $n_{initial(H_2O_2)} = 2x_{max} = 2 \times 4,46 \times 10^{-3} = 8,92 \times 10^{-3}$ mol ;

d'où : $C_{initial(H_2O_2)} = \dfrac{n_{initial(H_2O_2)}}{V}$ A.N. : $C_{initial(H_2O_2)} = \dfrac{8{,}92\times10^{-3}}{0{,}0100} = \boxed{0{,}892\ mol.L^{-1}}$.

4. La demi-équation rédox du couple MnO_4^- / Mn^{2+} est :

$$MnO_4^-{}_{(aq)} + 8\ H^+{}_{(aq)} + 5\ e^- = Mn^{2+}{}_{(aq)} + 4\ H_2O_{(l)}$$

5. Pour ce dosage, l'ion permanganate MnO_4^- est oxydant, il doit réagir sur le peroxyde d'hydrogène H_2O_2 réducteur, soit la demi-équation :

$$H_2O_{2(d)} = O_{2(g)} + 2\ H^+{}_{(aq)} + 2\ e^-$$

Pour obtenir l'équation d'oxydoréduction, il faut au préalable multiplier la demi-équation rédox de la question 4. par 2 et celle ci-dessus par 5 avant de les sommer afin de ne pas avoir d'électron dans l'équation de réaction :

$\rightarrow 2\ MnO_4^-{}_{(aq)} + 16\ H^+{}_{(aq)} + 10\ e^- = 2\ Mn^{2+}{}_{(aq)} + 8\ H_2O_{(l)}$

$\rightarrow 5\ H_2O_{2(d)} = 5\ O_{2(g)} + 10\ H^+{}_{(aq)} + 10\ e^-$

Soit par somme :

$$5\ H_2O_{2(d)} + 2\ MnO_4^-{}_{(aq)} + 16\ H^+{}_{(aq)} \rightarrow 2\ Mn^{2+}{}_{(aq)} + 8\ H_2O_{(l)} + 5\ O_{2(g)} + 10\ H^+{}_{(aq)}$$

Après simplification : $\boxed{5\ H_2O_{2(d)} + 2\ MnO_4^-{}_{(aq)} + 6\ H^+{}_{(aq)} \rightarrow 2\ Mn^{2+}{}_{(aq)} + 8\ H_2O_{(l)} + 5\ O_{2(g)}}$.

6. Tant que le peroxyde d'hydrogène est en excès, le mélange en cours de titration est incolore. En effet, la totalité des ions permanganate éventuellement introduits a réagi. Quand ces ions permanganate sont en excès, la solution prend la couleur violette caractéristique des ions $MnO_4^-{}_{(aq)}$. Bastien peut donc détecter l'équivalence lors du changement de couleur, la solution à doser devenant violette.

7. À l'équivalence, la quantité de matière en ions MnO_4^- introduits est donnée par :

$n_{0(MnO_4^-)} = \left[MnO_4^-\right] \times V = 0{,}100 \times 6{,}5\times10^{-3} = 6{,}5\times10^{-4}$ mol.

Le tableau d'avancement donne :

Équation chimique		$5\ H_2O_{2(d)}$ +	$2\ MnO_4^-{}_{(aq)}$ +	$6\ H^+{}_{(aq)}$ →	$2\ Mn^{2+}{}_{(aq)}$ +	$8\ H_2O_{(l)}$ +	$5\ O_{2(g)}$
État initial	$x = 0$	$n_{0(H_2O_2)}$	$n_{0(MnO_4^-)}$	Excès	0	Solvant	0
En cours	x	$n_{0(H_2O_2)} - 5x$	$n_{0(MnO_4^-)} - 2x$	Excès	$2x$	Solvant	$5x$
État max	x_{max}	$n_{0(H_2O_2)} - 5x_{max}$	$n_{0(MnO_4^-)} - 2x_{max}$	Excès	$2x_{max}$	Solvant	$5x_{max}$

À l'équivalence on a : $n_{0(H_2O_2)} - 5x_{max} = 0$ et $n_{0(MnO_4^-)} - 2x_{max} = 0$ puisque les réactifs sont limitants et en proportions stœchiométriques.

Ainsi : $n_{0(MnO_4^-)} - 2x_{max} = 0 \Leftrightarrow x_{max} = \dfrac{n_{0(MnO_4^-)}}{2} = \dfrac{6{,}5\times10^{-4}}{2} = \boxed{3{,}3\times10^{-4}\ mol}$.

Et : $n_{0(H_2O_2)} - 5x_{max} = 0 \Leftrightarrow n_{0(H_2O_2)} = 5x_{max} = 5\times\frac{6,5\times10^{-4}}{2} = \boxed{1,6\times10^{-3}\ \text{mol}}$,

$$C_{0(H_2O_2)} = \frac{n_{0(H_2O_2)}}{V_{eau\ ox}} = \frac{1,6\times10^{-3}}{0,0100} = \boxed{0,16\ \text{mol.L}^{-1}}.$$

Comparée à sa concentration théorique initiale $C_{initial(H_2O_2)}$ = 0,892 mol.L^{-1}, cette solution est clairement laissée à l'abandon depuis un bon moment dans les laboratoires du lycée…

Chapitre 7
De la structure à la polarité d'une entité

La structure des molécules est à la base même de l'explication de la plupart des réactions chimiques et sa compréhension est indispensable pour anticiper de nombreuses propriétés de la matière.

Un scientifique

Gilbert **Lewis** (1875-1946) est un physicien et un chimiste américain. Il passe sa thèse de doctorat sur les potentiels électrochimiques. Après un voyage en Europe il enseigne d'abord à Harvard puis à Berkeley à partir de 1908 où il termine sa carrière. Il reste célèbre pour sa théorie sur les liaisons chimiques, qu'il énonce en 1916, dans laquelle il introduit la notion de covalence.

LE SAVIEZ-VOUS ?

On retrouve les gaz rares, ou gaz nobles, dans la colonne de droite du tableau de Mendeleiev. Vu leur caractère inerte, leur découverte fut difficile. En 1784, Henry **Cavendish** s'aperçoit de l'existence dans l'air d'un composant beaucoup moins réactif que l'azote. Ce n'est qu'en 1894 que deux savants britanniques William **Ramsay** et lord **Rayleigh** confirmèrent cette affirmation en isolant un tel gaz. On lui donna le nom d'argon de l'adjectif grec *argos* signifiant oisif.
Entre-temps, en étudiant la couronne solaire, l'astronome français Jules **Janssen** remarque, lors de l'observation d'une éclipse en 1868, l'existence d'une raie inconnue dans les protubérances solaires. Son collègue anglais Norman **Lockyer**, fondateur de la célèbre revue *Nature*, se rend compte qu'il s'agit d'un gaz nouveau et le nomme *helium* en référence à *Helios*, le nom grec du Soleil.

Objectifs

Les notions que je dois maîtriser

- Schéma de Lewis d'une molécule, d'un ion mono ou polyatomique
- Lacune électronique
- Géométrie des entités
- Électronégativité des atomes et évolution dans le tableau périodique
- Polarisation d'une liaison covalente, polarité d'une entité moléculaire

Les compétences que je dois acquérir

- Établir le schéma de Lewis de molécules et d'ions mono ou polyatomiques à partir du tableau périodique des éléments
- Interpréter la géométrie d'une entité à partir de son schéma de Lewis
- Déterminer le caractère polaire d'une liaison à partir de la donnée de l'électronégativité des atomes
- Déterminer le caractère polaire ou apolaire d'une entité moléculaire à partir de sa géométrie et de la polarité de ses liaisons

■■ Résumé de cours

■ Des atomes aux molécules

❑ Rappels sur la stabilité des atomes

Les atomes de configuration électronique stable dans la classification périodique des éléments se trouvent dans la dernière colonne : famille des gaz nobles (ou gaz rares). Ces atomes doivent leur **stabilité** au fait que toutes leurs **couches électroniques sont complètes**.

Exemple

Structure électronique de l'argon $Ar_{(Z=18)}$: $1s^2\ 2s^2 2p^6\ 3s^2 3p^6$.

Ainsi les autres atomes peuvent gagner ou perdre des électrons pour ne plus avoir de couche électronique incomplète et avoir la configuration électronique stable du gaz noble le plus proche.

Exemples

$Cl_{(Z=17)}$: $1s^2\ 2s^2 2p^6\ 3s^2 3p^5$ gagne un électron et devient l'ion chlorure Cl^- : $1s^2\ 2s^2 2p^6\ 3s^2 3p^6$

$H_{(Z=1)}$: $1s^1$ perd un électron et devient l'ion hydrogène H^+ : $1s^0$.

❑ Formation des molécules

Une autre solution pour avoir la structure électronique d'un gaz noble est la **mise en commun d'électrons**. Par exemple l'atome d'hydrogène de structure électronique $1s^1$ peut mettre en commun son unique électron avec un autre atome d'hydrogène qui en fait de même, on a alors deux électrons communs entre les deux hydrogènes, cela forme une **liaison chimique covalente** entre les deux atomes, donnant naissance à la molécule de dihydrogène H_2. Ainsi, chaque hydrogène voit autour de lui deux électrons : H —— H.

❑ Nombre de liaisons covalentes faites par un atome

Une liaison covalente résulte de la mise en commun de deux électrons provenant de deux atomes, elle apporte un électron pour chaque atome de la liaison. Les autres électrons de la **couche de valence** (couche électronique externe) non impliqués dans des liaisons se regroupent par deux et forment des **doublets non liants**.

Ainsi, on peut montrer que l'oxygène fait deux liaisons et a deux doublets non liants, que l'azote fait trois liaisons et a un doublet non liant, que le carbone fait quatre liaisons et n'a pas de doublet non liant…

⇨ **Méthode 7.1. Déterminer le nombre de liaisons et de doublets non liants des atomes des trois premières périodes de la classification des éléments**

❑ Schéma de Lewis

Le **schéma de Lewis** d'une molécule est une représentation des atomes qui la constituent ainsi que de tous les électrons de valence de chaque atome regroupés en **doublets liants** (liaison covalente) ou en **doublets non liants**. Ces différents doublets sont représentés par des traits.

Exemples

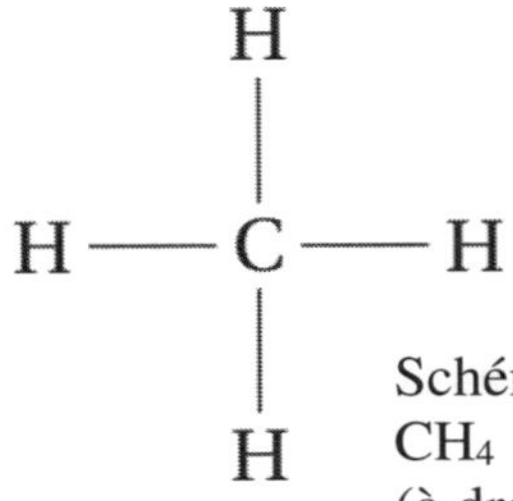
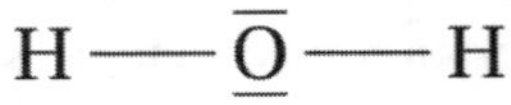

Schémas de Lewis du méthane CH_4 (à gauche) et de l'eau H_2O (à droite)

⇨ **Méthode 7.2. Construire le schéma de Lewis d'une molécule**

Le schéma de Lewis d'un ion se construit de la même manière que pour la molécule, mais on précise la charge de l'ion. Chaque atome de la molécule doit porter une **charge formelle** si le nombre d'électrons qui lui sont propres, c'est-à-dire ceux constituants ses doublets non liants et la moitié de ceux qui constituent ses liaisons covalentes, est différent du nombre d'électrons qu'il est supposé avoir.

Exemples

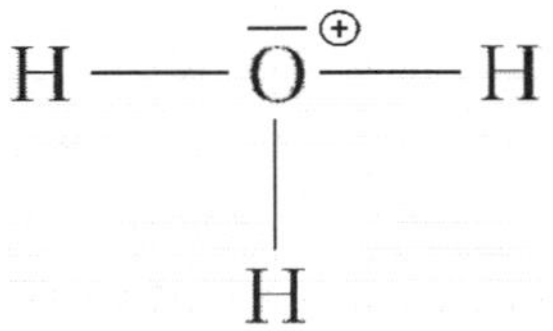

Schémas de Lewis de l'ion oxonium H_3O^+ (à gauche) et de l'ion chlorure Cl^- (à droite)

Ici l'oxygène, censé avoir 6 électrons de valence, a autour de lui 5 électrons (1 doublet non liant + 3 liaisons covalentes, soit 2 + 3 = 5). Cet électron manquant lui implique la charge formelle « + ». De même pour le chlore, censé avoir 7 électrons de valence, a autour de lui 8 électrons (4 doublets non liants). Cet électron en trop lui implique la charge formelle « – ».

⇨ **Méthode 7.3. Construire le schéma de Lewis d'un ion**

Remarque

Afin de vérifier la justesse d'un schéma de Lewis d'un ion ou d'une molécule, il peut être utile de compter le nombre de doublets (liants et non liants) autour de chaque atome : se stabilisant avec la structure du gaz noble le plus proche, ils ont 1 ou 4 doublets (correspondant à 2 ou 8 électrons).

❑ Lacunes électroniques

Parfois le schéma de Lewis de certains atomes donne lieu à un déficit de deux électrons par rapport aux règles de stabilité. On a alors une **lacune électronique**, représentée par un rectangle vide en schéma de Lewis. Un atome possédant une lacune électronique est appelé « acide de Lewis » et a comme propriété d'être particulièrement réactif avec les doublets non liants portés par des atomes d'autres molécules.

Exemple

Le Bore a pour numéro atomique Z = 5, sa configuration électronique $1s^2\ 2s^2 2p^1$ implique une couche de valence ne contenant que 3 électrons, donc potentiellement 3 liaisons covalentes au maximum. Associé à trois atomes d'hydrogène, le bore donne la molécule de borane dont le schéma de Lewis est :

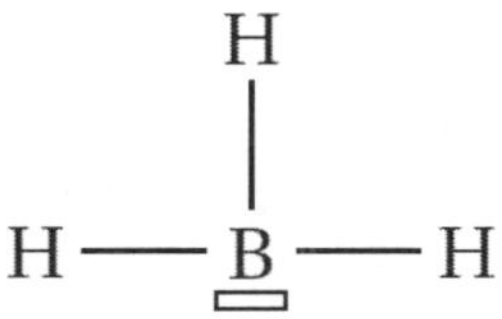

Autour du bore, on ne compte que 3 doublets, soit 6 électrons, il en manque 2 d'après les règles de stabilité. On représente alors cette lacune par un rectangle vide.

■ Géométrie des molécules

❑ Répulsion des doublets

La géométrie des molécules est conditionnée par la répulsion des doublets d'électrons qui la constituent. En effet, ces doublets étant chargés négativement, ils exercent les uns sur les autres une forte **répulsion électrostatique**. Autour d'un atome, les doublets liants ou non liants se répartissent de manière à être le plus éloigné les uns des autres. Ainsi, en fonction du nombre de doublets non liants et de liaisons autour d'un atome, on peut prédire la direction que prennent ces liaisons autour de cet atome.

❑ Géométrie

La géométrie d'une molécule autour d'un atome dépend de la nature et du nombre de doublets qu'elle comporte. Pour la déterminer, il faut décrire la forme obtenue en joignant les extrémités des liaisons issues de cet atome. Les doubles liaisons et les triples liaisons comptent pour une seule liaison (se dire que c'est <u>une</u> double liaison, <u>une</u> triple liaison) ; les doublets non liants ont leur importance pour comprendre la disposition des autres doublets.

Description des doublets	Exemple formule + nom	Géométrie	Modèle moléculaire	Nom de la géométrie
2 liaisons	CO_2 dioxyde de carbone	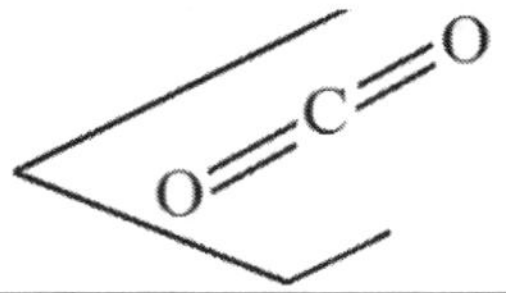		linéaire
2 liaisons + 2 doublets non liants	H_2O eau	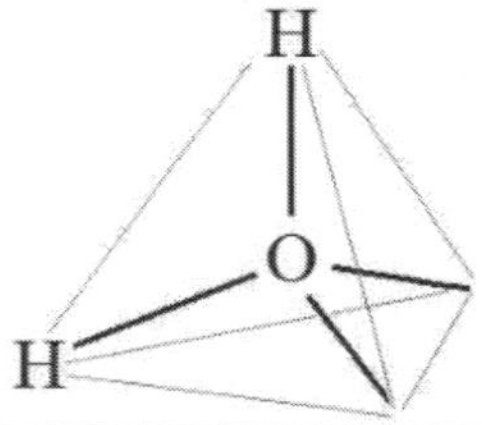	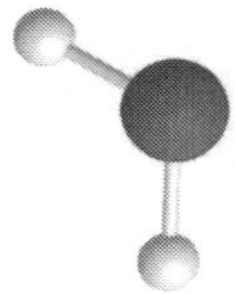	coudée
3 liaisons	CH_2O méthanal	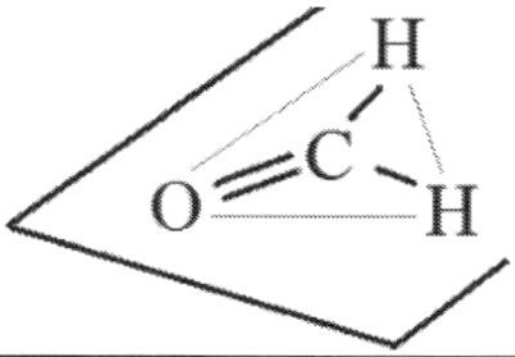	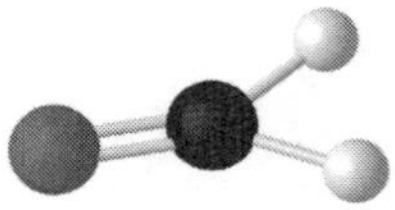	triangulaire plane
3 liaisons + 1 doublet non liant	NH_3 ammoniac	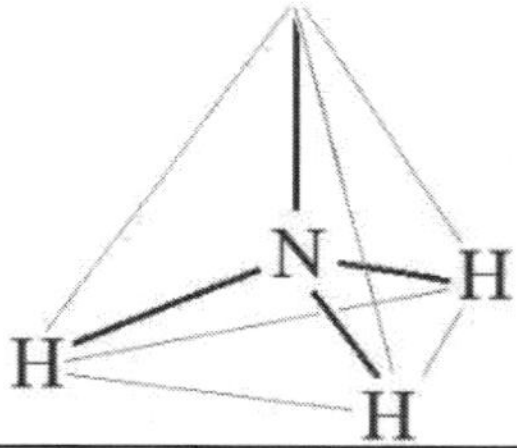		pyramidale
4 liaisons	CH_4 méthane	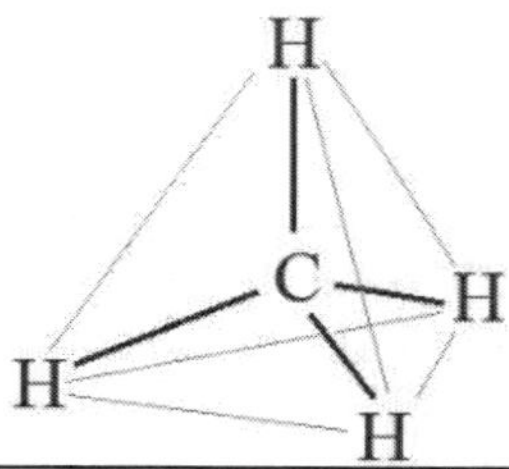	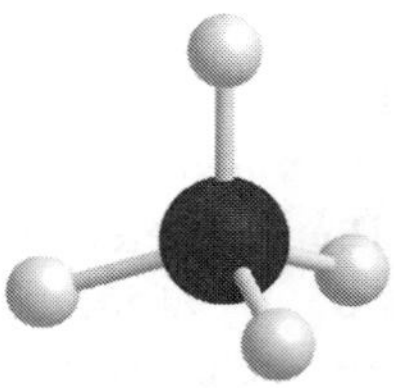	tétraédrique

⇨ **Méthode 7.4. Déterminer la géométrie d'une molécule autour d'un atome**

■ Polarité

❑ Électronégativité et polarité

Ces atomes ont une capacité à attirer les électrons, cette propriété est appelée l'**électronégativité**. C'est une grandeur relative sans unité. Un atome très électronégatif attire

fortement les électrons, un atome peu électronégatif les attire peu. L'électronégativité des éléments augmente de gauche à droite sur une même ligne de la classification périodique ou de bas en haut sur une même colonne. Elle est souvent notée χ (khi, lettre grecque).
Classement de quelques atomes : $\chi_F > \chi_O > \chi_{Cl} > \chi_N > \chi_{Br} > \chi_C \approx \chi_H$.

Du fait de la plus grande électronégativité de l'oxygène par rapport à l'hydrogène, le doublet d'électrons d'une liaison OH est plus attiré par O que par H, cela implique un léger déplacement donc un léger excès de charge négative vers O symbolisé par $\delta-$, et par conséquent un léger excès de charge positive du côté de H, symbolisé par $\delta+$. Se forme alors un petit dipôle électrique, la liaison est alors dite **polaire** ou **polarisée** :

C'est le cas des deux liaisons de la molécule d'eau, qui ajoutent leurs effets et rendent ainsi cette molécule polaire. Parfois, la molécule d'eau est représentée comme un dipôle : 

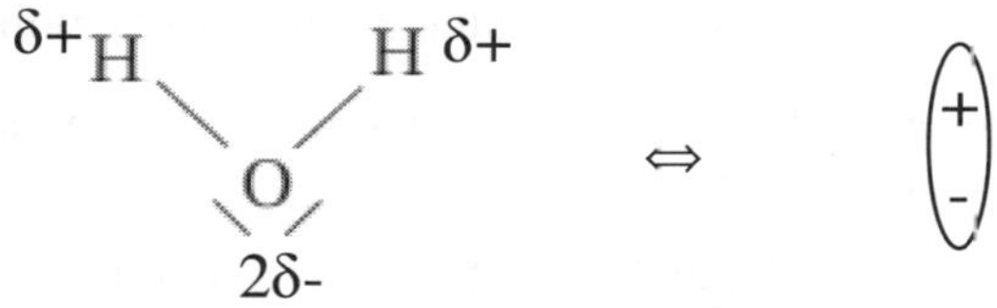

Remarque

$\delta-$ et $\delta+$ sont des charges partielles, de valeurs petites devant la charge élémentaire e.

❑ Molécules polaires et apolaires

Comme la molécule d'eau, toute molécule possédant des atomes d'électronégativités différentes est susceptible d'être polaire. Par exemple HCl a une seule liaison électronique : le doublet électronique est plus attiré par Cl (plus électronégatif que H) que par H, donc la liaison est polarisée. Cette molécule est polaire. Une liaison est polarisée si la différence d'électronégativité est suffisante, c'est le cas des liaisons O–H, C=O, H–F, H–Br ou N–H. Les liaisons C–H ne sont pas polarisées, C et H ayant des électronégativités proches.

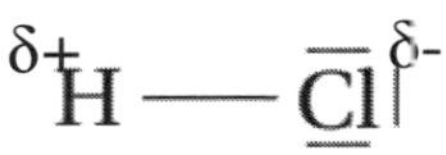

Néanmoins avoir des liaisons polarisées ne suffit pas, il est aussi indispensable que la géométrie de la molécule ne soit pas telle qu'elle compense ces polarités.

Exemples

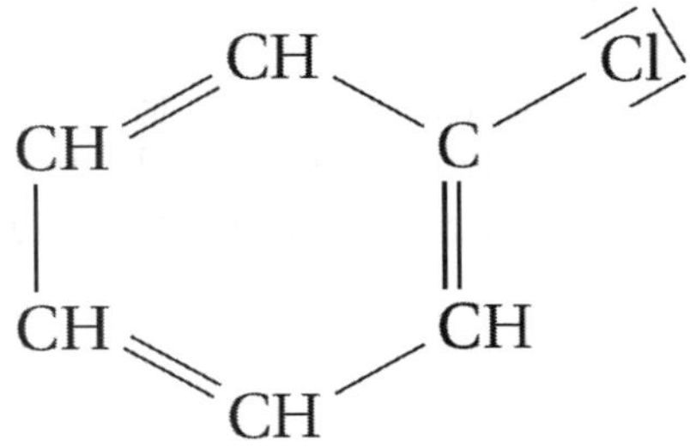

Molécule polaire à cause de la liaison C—Cl.

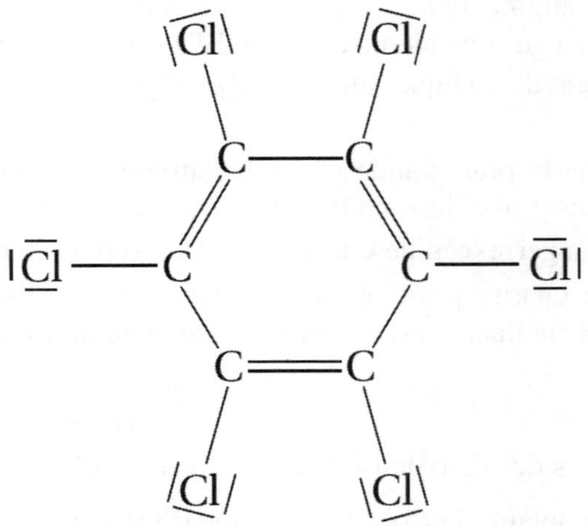

Molécule apolaire car les dipôles opposés formés par C—Cl annulent leurs effets globalement sur la molécule.

Il est nécessaire de représenter les molécules en représentation de Lewis et d'étudier leur géométrie pour déterminer leur polarité.

⇨ **Méthode 7.5. Déterminer si une molécule est polaire ou apolaire**

■ Comment construire des schémas de Lewis ?

❑ Méthode 7.1. Déterminer le nombre de liaisons et de doublets non liants des atomes des trois premières périodes de la classification des éléments

Par l'analyse de sa structure électronique, il est possible de déterminer le nombre de liaisons covalentes que peut faire un atome au sein d'une molécule, ainsi que le nombre de doublets non liants qu'il possède. Pour cela, il suffit de compter le nombre d'électrons manquants pour obtenir la structure électronique d'un gaz noble, l'atome effectuera alors autant de liaisons en mettant en jeu dans ces liaisons autant d'électrons de sa couche électronique externe (couche de valence). Les électrons restant se rassemblent par paires et font des doublets non liants d'électrons.

⇨ **Exercices 7.1 à 7.4 et 7.8.**

Détaillons les cas de l'atome d'oxygène et de l'atome d'hydrogène par exemple :

$O_{(Z=8)}$: $1s^2\ 2s^2 2p^4$ a 6 électrons sur sa couche de valence, il en manque 2 pour compléter sa couche de valence. Il met donc 2 électrons en jeu dans des liaisons chimiques covalentes avec 1 ou 2 autre(s) atome(s), ses 4 autres électrons se rassemblent en 2 doublets non liants. L'atome d'oxygène a donc, en résumé, 2 doublets non liants et met 2 de ses électrons en jeu pour faire des liaisons chimiques covalentes. On peut le représenter comme ci-contre :

$H_{(Z=1)}$: $1s^1$ a 1 électron sur sa couche de valence, il en manque 1 pour compléter sa couche de valence. Il met donc son unique électron en jeu dans 1 liaison chimique covalente avec un autre atome, n'ayant pas d'autre électron, il ne forme aucun doublet non liant. L'atome d'hydrogène a donc, en résumé, 0 doublet non liant et met son unique électron en jeu pour faire une liaison chimique covalente. On peut le représenter comme ci-contre :

Pour le cas de quelques atomes :

atome	configuration électronique	nombre d'électrons possibles sur la couche externe	nombre d'électrons sur la couche de valence	nombre de liaisons possibles	nombre de doublets non liants	Schématiquement
hydrogène (Z = 1)	$1s^1$	2	1	1	0	H•
carbone (Z = 6)	$1s^2\ 2s^2 2p^2$	8	4	4	0	•Ċ• (avec un point au-dessous)
azote (Z = 7)	$1s^2\ 2s^2 2p^3$	8	5	3	1	:N|
oxygène (Z = 8)	$1s^2\ 2s^2 2p^4$	8	6	2	2	/O\ (avec deux points au-dessous)
chlore (Z = 17)	$1s^2\ 2s^2 2p^6\ 3s^2 3p^5$	8	7	1	3	•Cl| (barres dessus et dessous)
argon (Z = 18)	$1s^2\ 2s^2 2p^6\ 3s^2 3p^6$	8	8	0	4	|Ar| (barres dessus et dessous)

❑ Méthode 7.2. Construire le schéma de Lewis d'une molécule

Afin de construire le schéma de Lewis d'une molécule, il est nécessaire de connaître le nombre de liaisons et de doublets non liants de chaque atome qui la constitue. Il suffit ensuite d'associer les atomes en créant les liaisons.

⇨ **Exercices 7.2 à 7.5, 7.8 et 7.9.**

On se propose de représenter le schéma de Lewis de la molécule d'ammoniac NH_3.
À l'aide de la méthode 7.1., on a pour N un doublet non liant et trois électrons pour faire trois liaisons covalentes et pour chacun des trois H, un électron pour faire une liaison covalente.
H ne faisant qu'une seule liaison, il ne peut pas être au centre.
Ce qui donne :

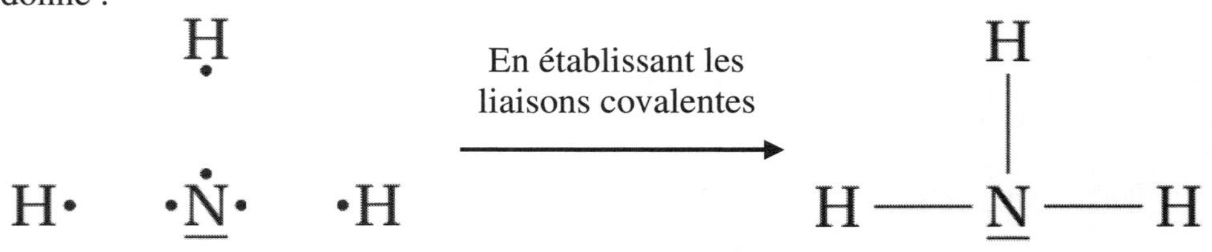

❑ Méthode 7.3. Construire le schéma de Lewis d'un ion

Le schéma de Lewis d'un ion se construit de la même manière que pour la molécule, mais on précise la charge de l'ion :
- dans le cas d'un ion monoatomique, la charge de l'ion est représentée
- dans le cas d'un élément dont un doublet non liant est devenu un doublet liant, l'élément porte alors une charge positive, c'est alors la charge de l'ion
- dans le cas d'un élément dont un doublet liant est devenu un doublet non liant, l'élément porte alors une charge négative, c'est alors la charge de l'ion.

⇨ Exercice 7.6.

Déterminons le schéma de Lewis de l'ion monoatomique O^{2-} :
La structure électronique de l'atome d'oxygène est $1s^2\ 2s^2 2p^4$, la structure électronique stable de l'ion oxygène est $1s^2\ 2s^2 2p^5$, sa valence est constituée de 8 électrons, aucun ne faisant de doublet liant, il y a alors 4 doublets non liants. C'est deux de plus que l'atome d'oxygène à l'état isolé, d'où la charge formelle « 2– » :

Déterminons le schéma de Lewis de l'ion ammonium NH_4^+ :
La structure électronique de l'atome d'azote est $1s^2\ 2s^2 2p^3$, la structure électronique stable de l'atome d'azote est $1s^2\ 2s^2 2p^6$, il devrait faire 3 liaisons covalentes et posséder un doublet non liant. Or pour se lier à 4 atomes d'hydrogène, il fait 4 liaisons covalentes. Il a autour de lui 4 électrons au lieu de 5. C'est un de moins, alors il porte une charge formelle « + » :

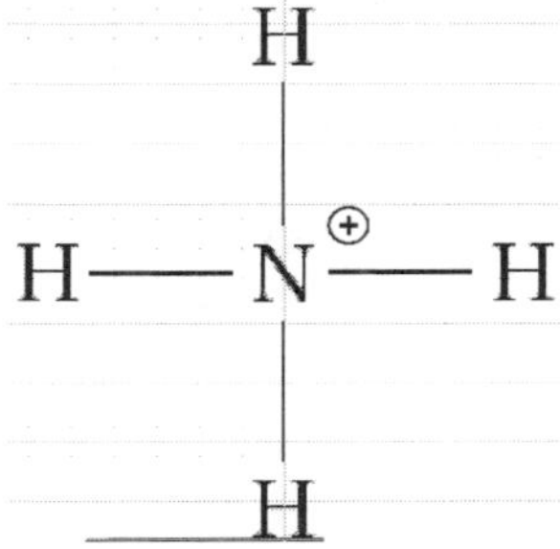

Déterminons le schéma de Lewis de l'ion hydroxyde HO^- :
La structure électronique de l'atome d'oxygène est $1s^2\ 2s^2 2p^4$, la structure électronique stable de l'ion oxygène est $1s^2\ 2s^2 2p^6$, il devrait faire 2 liaisons covalentes et posséder deux doublets non liants. Or pour se lier à 1 seul atome d'hydrogène, il ne fait qu'une liaison covalente. Il a alors autour de lui 6 électrons se regroupant en 3 doublets non liants. Ce qui fait en tout 7 électrons, c'est un de plus, alors il porte une charge formelle « – » :

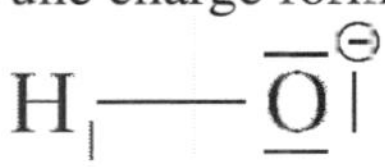

■ Comment déterminer la polarité d'une entité ?

❑ Méthode 7.4. Déterminer la géométrie d'une molécule autour d'un atome

Ayant la représentation de Lewis d'une molécule, on détermine la géométrie autour d'un atome en fonction de la nature et du nombre de doublets autour de cet atome. La géométrie de la molécule est donnée par la forme obtenue en joignant les extrémités des liaisons covalentes issues de cet atome. Il est indispensable toutefois de tenir compte de l'influence des doublets non liants.

⇨ **Exercices 7.2, 7.3, 7.5 et 7.8.**

Dans le cas de NH_3, on a 4 doublets, dont 3 liaisons covalentes. Les 4 doublets s'éloignent le plus possible, leurs extrémités forment ainsi un tétraèdre. Or l'un de ces doublets est non liant, les autres forment donc une pyramide à base triangulaire, la géométrie est pyramidale.

Les 4 doublets sont représentés, au bout de l'un d'eux ne se trouve pas d'atome, c'est le doublet non liant.

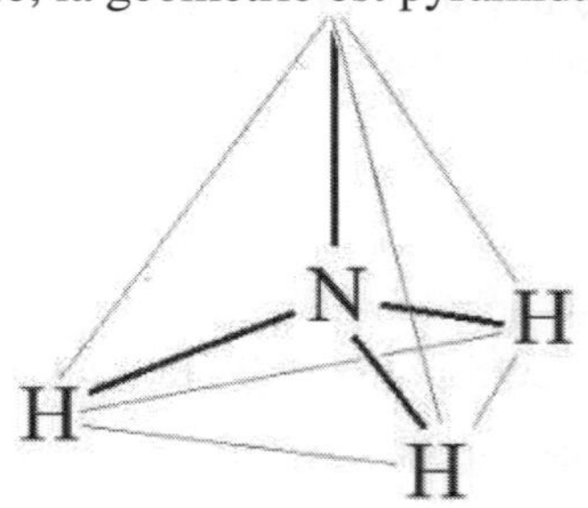

❑ Méthode 7.5. Déterminer si une molécule est polaire ou apolaire

Pour déterminer si une molécule est polaire ou apolaire, il est nécessaire d'avoir une idée de sa géométrie et des électronégativités des atomes qui la composent.

⇨ **Exercices 7.7 et 7.8.**

Avec les électronégativités, il faut d'abord déterminer les liaisons polarisées. S'il n'y en a pas, la molécule est apolaire, s'il y en a, elle est peut-être polaire. Il faut ensuite étudier sa géométrie pour voir si les effets des liaisons polarisées se compensent, ce qui est souvent le cas avec des molécules symétriques, la molécule est alors apolaire. Si ces effets ne se compensent pas, la molécule est polaire.

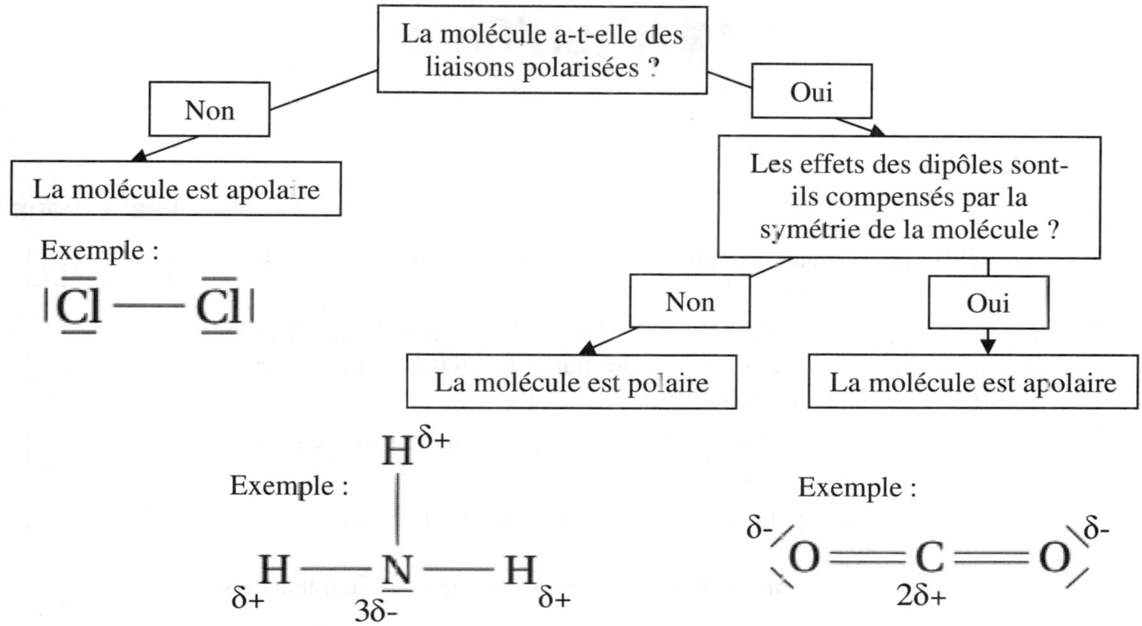

Les dipôles créés au niveau des liaisons peuvent être vus comme des vecteurs représentant leur « moment dipolaire ». La somme de ces vecteurs est le moment dipolaire de la molécule. Si cette somme de vecteurs est nulle, la molécule est apolaire. Les moments dipolaires sont représentés par des vecteurs dont la base est sur le pôle négatif de la liaison. Pour CO_2 on a :

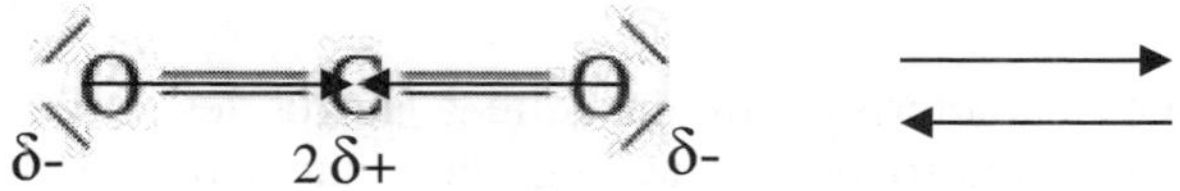

: vecteurs moment dipolaire, leur somme est nulle ici.

Vrai/Faux

		Vrai	Faux
1.	Les seuls atomes électroniquement stables sans faire d'ions ou de molécules sont les gaz nobles.	☐	☐
2.	La formation des molécules est due à la nécessité des atomes électroniquement instables seuls de faire des liaisons par mise en commun d'électrons de valence.	☐	☐
3.	Un atome mettant en jeu des électrons pour des liaisons doit en mettre autant en jeu pour des doublets non liants.	☐	☐
4.	L'atome de carbone peut faire jusqu'à 4 liaisons au maximum.	☐	☐
5.	Une molécule diatomique (faite de deux atomes uniquement) est forcément linéaire.	☐	☐
6.	Une structure de Lewis est une représentation développée en 3 dimensions.	☐	☐
7.	En structure de Lewis, autour de chaque atome se trouvent 4 doublets.	☐	☐
8.	L'azote $N_{(Z=7)}$: $1s^2\ 2s^2 2p^3$ a besoin de trois liaisons simples covalentes pour être stable.	☐	☐
9.	L'électronégativité des atomes caractérise leur capacité à attirer les électrons, elle augmente si le numéro atomique augmente au sein d'une même ligne de la classification périodique, mais diminue si le numéro atomique augmente au sein d'une même colonne.	☐	☐
10.	Une molécule présentant des liaisons polarisées est polaire.	☐	☐

■■ Énoncé des exercices

❑ Exercice 7.1. C'est tout faux !

Chercher l'erreur et corriger les molécules suivantes en représentations semi-développées (les liaisons covalentes avec des atomes d'hydrogène ne sont pas représentées, les autres le sont) :

1. CH_3—CH_3—OH
2. CH_3—OH—CH_3
3. CH_2—OH
4. CH_3—F—Cl
5. O—CH_3
6. CH_3—NH_3

❑ Exercice 7.2. Comparaison de géométrie

Le méthanal a pour formule chimique CH_2O, le carbone est au centre et est relié aux 3 autres atomes. La phosphine a pour formule chimique PH_3, le phosphore est au centre et est relié aux 3 autres atomes.

Données : $Z_H = 1$; $Z_C = 6$; $Z_O = 8$; $Z_P = 15$.

1. Étant donné que le méthanal et la phosphine sont constitués d'autant d'atomes liés à un atome central, peut-on affirmer que leur géométrie est identique ?

2. a) Déterminer, en détaillant votre démarche, le nombre de liaisons ainsi que le nombre de doublets non liants que peut faire chaque atome composant le méthanal.

b) Donner le schéma de Lewis du méthanal.

c) Quelle est sa géométrie ?

3. a) Déterminer, en détaillant votre démarche, le nombre de liaisons que peut faire l'atome de phosphore.

b) Donner la structure de Lewis de la phosphine.

c) Quelle est sa géométrie ? Conclusion.

❑ Exercice 7.3. Schémas de Lewis

1. Déterminer, en détaillant votre démarche et en précisant la règle suivie, le nombre de liaisons ainsi que le nombre de doublets non liants que peuvent faire les atomes suivants :

a) Carbone : C **b)** Hydrogène : H **c)** Oxygène : O
d) Azote : N **e)** Fluor : F **f)** Silicium : Si
g) Phosphore : P **h)** Soufre : S **i)** Chlore : Cl

2. Préciser les différentes dispositions possibles de doublets autour des atomes de :

a) Carbone : C **b)** Azote : N **c)** Oxygène : O

3. Donner les schémas de Lewis des molécules suivantes et préciser leur géométrie autour des atomes qui ne sont pas aux extrémités de ces molécules :

a) Eau : H_2O **b)** Méthanol : CH_3–OH **c)** Chlorure d'hydrogène : HCl
d) Cyanure d'hydrogène : H–C≡N **e)** Nitrosométhane : CH_3–N=O
f) Sulfure d'hydrogène : SH_2 **g)** Ammoniac : NH_3
h) Dioxyde de silicium : SiO_2

❑ Exercice 7.4. Schéma de Lewis d'une molécule

On donne la molécule suivante :

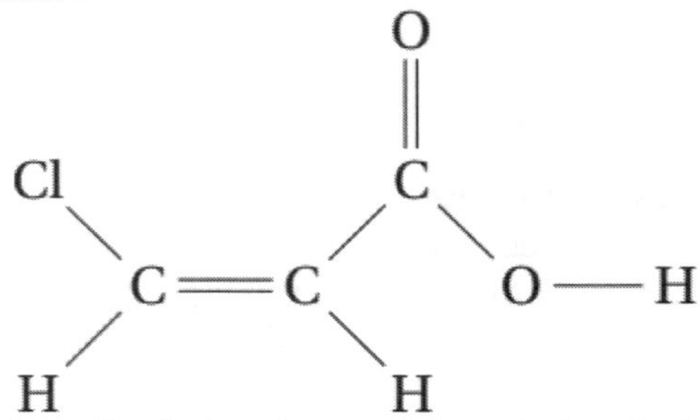

Compléter cette représentation afin d'obtenir un schéma de Lewis de cette molécule.

❑ Exercice 7.5. Schémas de Lewis de quelques gaz

Donner les schémas de Lewis des molécules suivantes, puis préciser leur géométrie (on pourra s'aider des deux premières questions de l'exercice 7.3.) :

1. Le diazote N_2.
2. Le dioxygène O_2.
3. Le dihydrogène H_2.
4. Le méthane CH_4.

❑ Exercice 7.6. Schémas de Lewis de quelques ions

Donner les schémas de Lewis des ions suivants (on pourra s'aider des deux premières questions de l'exercices 7.3.) :

1. L'ion hydrogène H^+.
2. L'ion hydronium H_3O^+.
3. L'ion sodium Na^+.
4. L'ion ammoniac NH_4^+.
5. L'ion chlorure Cl^-.
6. L'ion hydroxyde HO^-.
7. L'ion oxyde O^{2-}.

❑ Exercice 7.7. Polarité de quelques molécules de pesticides

Lorsqu'on voudra plus tard étudier la solubilité dans l'eau de molécules, nous aurons besoin de savoir si elles sont polaires ou non. Pour chacune des molécules de pesticides ci-après, dire si elles sont polaires et pourquoi :

1. HCB (hexachlorobenzène) :

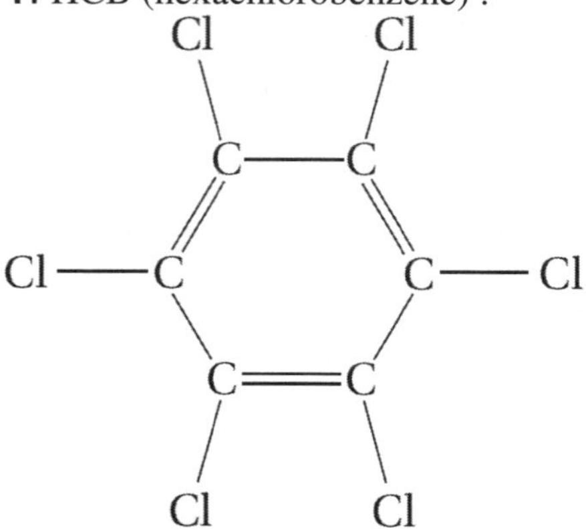

2. Glyphosate :

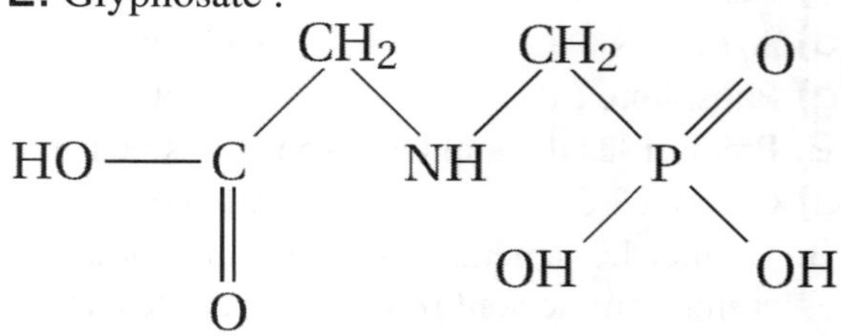

3. Acéphate :

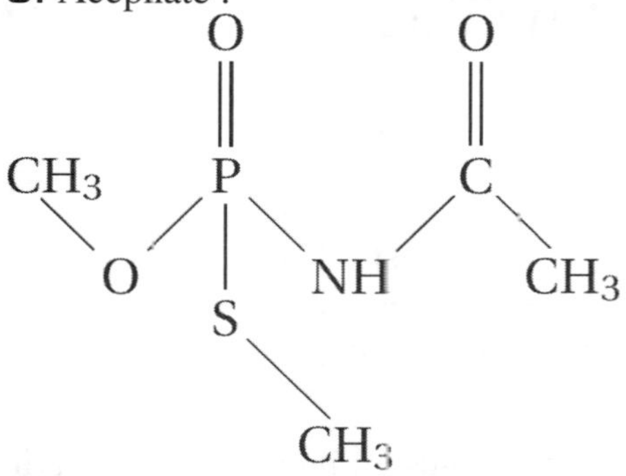

4. DDT (dichlorodiphényltrichloroéthane):

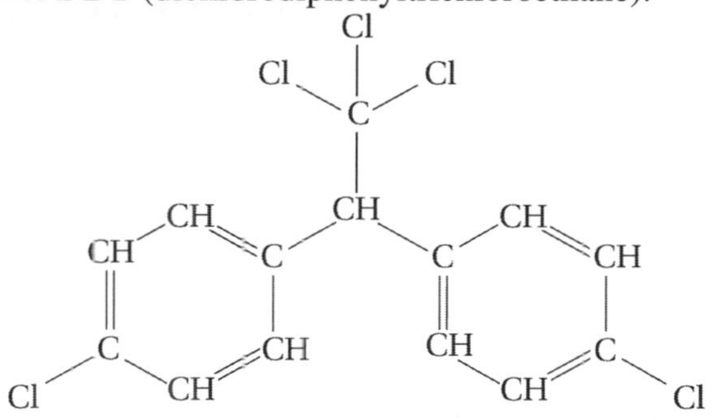

Aide : pour cette molécule, les polarisations se compensent.

❑ Exercice 7.8. Fréons

On appelle fréons une famille de gaz hydrochlorofluorocarbonés, c'est-à-dire de gaz composés notamment de carbone, d'hydrogène et d'halogènes tels que le chlore et le fluor. Ces gaz servaient de fluides caloporteurs dans les machines frigorifiques ou de fluides propulsant dans les aérosols. Leur utilisation est aujourd'hui de plus en plus réduite du fait de leur effet néfaste pour l'environnement, particulièrement sur la couche d'ozone.

1. Déterminer, en détaillant votre démarche et en précisant la règle suivie, le nombre de liaisons ainsi que le nombre de doublets non liants que peuvent faire les atomes suivants :

a) Carbone : C **b)** Hydrogène : H **c)** Chlore : Cl **d)** Fluor : F

2. Préciser les différentes dispositions possibles de doublets autour de ces atomes.

3. Donner les schémas de Lewis des molécules suivantes et préciser leur géométrie autour des atomes centraux :

a) Chlorométhane : CH_3Cl **b)** Dichlorométhane : CH_2Cl_2

c) Dichlorodifluorométhane : CF_2Cl_2 **d)** Tétrachlorométhane : CCl_4

4. À l'aide de ce classement des électronégativités : $\chi_F > \chi_O > \chi_{Cl} > \chi_N > \chi_{Br} > \chi_C \simeq \chi_H$, Indiquer pour chacune des molécules si elle est polaire ou apolaire.

❑ Exercice 7.9. CH_3ON**

4 isomères, dont l'un fait un cycle, ont pour formule brute CH_3ON. Donner, sans justifier les liaisons, leurs représentations de Lewis.

■ Pour vous aider à démarrer

Exercice 7.1. Vérifier le nombre de liaisons faites par les différents atomes.
Exercice 7.9. L'une d'elles présente un cycle de 3 atomes.

Corrigé des vrai/faux

1.	2.	3.	4.	5.	6.	7.	8.	9.	10.
vrai	vrai	faux	vrai	vrai	faux	faux	faux	vrai	faux

3. Un atome met en jeu autant d'électrons dans des liaisons covalentes qu'il lui en manque afin d'obtenir la structure électronique d'un gaz noble. Ses autres électrons sont rassemblés en doublets non liants. Par exemple, l'atome d'oxygène de structure électronique $1s^2\ 2s^2 2p^4$, à qui il manque 2 électrons, met en jeu 2 électrons dans des liaisons. Il en met alors 4 en jeu pour des doublets non liants (soit 2 doublets non liants).

6. Une représentation de Lewis est une représentation développée plane pour laquelle apparaissent en plus les doublets non liants.

7. En représentation de Lewis, autour de chaque atome se trouvent 1 ou 4 doublets selon la structure électronique stable ($1s^2$ ou $1s^2\ 2s^2 2p^6$ ou $1s^2\ 2s^2 2p^6\ 3s^2 3p^6$ pour les 3 premières lignes de la classification périodique).

8. L'azote $N_{(Z=7)}$: $1s^2\ 2s^2 2p^3$ a besoin de trois liaisons simples covalentes pour être stable, ou alors d'une double liaison et une liaison simple ou bien d'une triple liaison.

10. Une molécule avec des liaisons polarisées peut ne pas être polaire si des symétries annulent les effets des dipôles.

❑ Les erreurs classiques

– Ne pas confondre la représentation développée et la structure de Lewis.
– Ne pas oublier de compter les doublets non liants et d'en tenir compte lors de la détermination de la géométrie des molécules.
– Toujours compter le nombre de liaisons pour chaque atome en structure de Lewis dans une réponse afin de vérifier leur structure électronique complète.
– Ne pas croire qu'une molécule portant des charges partielles dues à des différences d'électronégativité est forcément polaire. Des liaisons polarisées symétriques peuvent voir leur polarité être compensée.

Corrigé des exercices

Exercice 7.1

D'après le cours, sans aucune double ou triple liaison, le carbone doit faire 4 liaisons simples, l'hydrogène 1 liaison, l'azote 3 liaisons et l'oxygène 2 liaisons. Le fluor ou le chlore (avant dernière colonne de la classification des éléments) n'ont besoin que d'une liaison pour être stables.

1. CH_3—CH_2—OH Le carbone au centre avait 5 liaisons, il en fait 4.

2. CH_3—O—CH_3 L'oxygène avait 3 liaisons, il en fait 2.

3. CH_3—OH Le carbone n'avait que 3 liaisons, il en fait 4.

4. F—CH_2—Cl Ni F, ni Cl ne peuvent être au centre car ils ne font qu'une liaison. On met C au centre, il fait 4 liaisons, on lui attribue alors seulement 2 atomes d'hydrogène.

5. HO—CH_3 L'oxygène doit faire 2 liaisons, il faut lui attribuer 1 H.

6. CH_3—NH_2 L'azote avait 4 liaisons, il n'en fait que 3.

Exercice 7.2

1. Le méthanal et la phosphine sont constitués d'autant d'atomes liés à un atome central, mais on ne peut pas pour autant affirmer que leur géométrie est identique, peut-être que des doublets non liants interviennent dans leur géométrie. Il faut étudier ces molécules plus en détail pour répondre.

2. a) $H_{(Z=1)}$: $1s^1$ a 1 électron sur sa couche de valence, il en manque 1 pour compléter cette couche électronique de valence. Il met donc son unique électron en jeu dans 1 liaison chimique covalente avec un autre atome, n'ayant pas d'autre électron, il ne forme aucun doublet non liant. L'atome d'hydrogène a donc, en résumé, 0 doublet non liant et met son unique électron en jeu pour faire une liaison chimique covalente.

$C_{(Z=6)}$: $1s^2\ 2s^2 2p^2$ a 4 électrons sur sa couche de valence, il en manque 4 pour compléter cette couche électronique de valence. Il met donc 4 électrons en jeu dans des liaisons chimiques covalentes avec d'autres atomes, il n'a pas d'autres électrons donc pas de doublets non liants.
En résumé, l'atome de carbone n'a donc pas de doublet non liant et met ses 4 électrons de valence en jeu pour faire des liaisons chimiques covalentes.

$O_{(Z=8)}$: $1s^2\ 2s^2 2p^4$ a 6 électrons sur sa couche de valence, il en manque 2 pour compléter cette couche électronique de valence. Il met donc 2 électrons en jeu dans 2 liaisons chimiques covalentes avec 1 ou 2 autre(s) atome(s), ses 4 autres électrons se rassemblent en 2 doublets non liants.

L'atome d'oxygène a donc, en résumé, 2 doublets non liants et met 2 de ses électrons en jeu pour faire des liaisons chimiques covalentes.

b) Le schéma de Lewis du méthanal est donc :

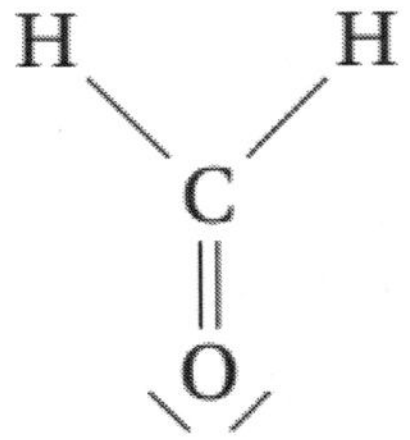

c) Le carbone fait 3 liaisons, aucun doublet non liant, la géométrie est donc triangulaire plane.

3. a) $P_{(Z=15)}$: $1s^2\ 2s^2 2p^6\ 3s^2 3p^3$ a 5 électrons sur sa couche de valence, il en manque 3 pour compléter cette couche électronique de valence. Il met donc 3 électrons en jeu dans 3 liaisons chimiques covalentes avec 1, 2 ou 3 autre(s) atome(s), ses 2 autres électrons se rassemblent en 1 doublet non liant.

L'atome de phosphore a donc en résumé, 1 doublet non liant et met 3 de ses électrons en jeu pour faire des liaisons chimiques covalentes.

b) La structure de Lewis de la phosphine est donc :

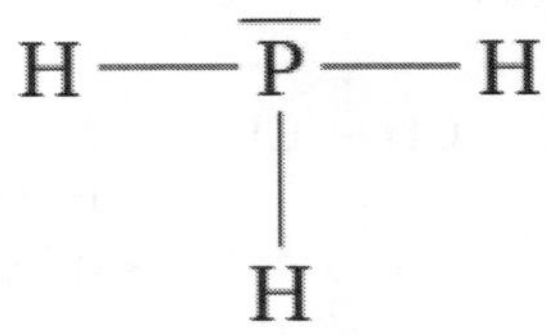

c) Le phosphore fait 3 liaisons, a un doublet non liant, la géométrie est donc pyramidale.

Exercice 7.3

1. a) $C_{(Z=6)}$: $1s^2\ 2s^2 2p^2$ a 4 électrons sur sa couche de valence, il en manque 4 pour compléter celle-ci. Il met donc 4 électrons en jeu dans des liaisons chimiques covalentes avec d'autres atomes, il n'a pas d'autre électron donc pas de doublet non liant.

b) $H_{(Z=1)}$: $1s^1$ a 1 électron sur sa couche de valence, il en manque 1 pour compléter celle-ci. Il met donc son unique électron en jeu dans 1 liaison chimique covalente avec un autre atome, n'ayant pas d'autre électron, il ne forme aucun doublet non liant.

c) $O_{(Z=8)}$: $1s^2\ 2s^2 2p^4$ a 6 électrons sur sa couche de valence, il en manque 2 pour compléter celle-ci. Il met donc 2 électrons en jeu dans 2 liaisons chimiques covalentes avec 1 ou 2 autre(s) atome(s), ses 4 autres électrons se rassemblent en 2 doublets non liants.

d) $N_{(Z=7)}$: $1s^2\ 2s^2 2p^3$ a 5 électrons sur sa couche de valence, il en manque 3 pour compléter celle-ci. Il met donc 3 électrons en jeu dans 3 liaisons chimiques covalentes avec 1, 2 ou 3 autre(s) atome(s), ses 2 autres électrons se rassemblent en 1 doublet non liant.

e) $F_{(Z=9)}$: $1s^2\ 2s^2 2p^5$ a 7 électrons sur sa couche de valence, il en manque 1 pour compléter celle-ci. Il met donc 1 électron en jeu dans 1 liaison chimique covalente avec 1 autre atome, ses 6 autres électrons se rassemblent en 3 doublets non liants.

f) $Si_{(Z=14)}$: $1s^2\ 2s^2 2p^6\ 3s^2 3p^2$ a 4 électrons sur sa couche de valence, il en manque 4 pour compléter celle-ci. Il met donc 4 électrons en jeu dans des liaisons chimiques covalentes avec d'autres atomes, il n'a pas d'autre électron donc pas de doublet non liant.

g) $P_{(Z=15)}$: $1s^2\ 2s^2 2p^6\ 3s^2 3p^3$ a 5 électrons sur sa couche de valence, il en manque 3 pour compléter celle-ci. Il met donc 3 électrons en jeu dans des liaisons chimiques covalentes avec d'autres atomes (1, 2 ou 3 atomes différents), ses 2 autres électrons se rassemblent en 1 doublet non liant.

h) $S_{(Z=16)}$: $1s^2\ 2s^2 2p^6\ 3s^2 3p^4$ a 6 électrons sur sa couche de valence, il en manque 2 pour compléter celle-ci. Il met donc 2 électrons en jeu dans 2 liaisons chimiques covalentes avec 1 ou 2 autre(s) atome(s), ses 4 autres électrons se rassemblent en 2 doublets non liants.

i) $Cl_{(Z=17)}$: $1s^2\ 2s^2 2p^6\ 3s^2 3p^5$ a 7 électrons sur sa couche de valence, il en manque 1 pour compléter celle-ci. Il met donc 1 électron en jeu dans 1 liaison chimique covalente avec 1 autre atome, ses 6 autres électrons se rassemblent en 3 doublets non liants.

2. a) Autour de l'atome de carbone, nous avons donc 4 doublets liants et aucun doublet non liant. Il peut donc y avoir : 4 simples liaisons chimiques covalentes, 2 simples liaisons covalentes et une double liaison covalente, 1 triple liaison covalente et 1 simple liaison covalente ou 2 double-liaisons covalentes.

b) Autour de l'atome d'azote, nous avons donc 3 doublets liants et 1 doublet non liant. Il peut donc y avoir, en plus du doublet non liant : 3 simples liaisons chimiques covalentes, 1 simple liaison covalente et une double liaison covalente ou 1 triple liaison covalente.

c) Autour de l'atome d'oxygène, nous avons donc 2 doublets liants et 2 doublets non liants. Il peut donc y avoir, en plus de 2 doublets non liants : 2 simples liaisons chimiques covalentes ou une double liaison chimique covalente.

3. a) Eau :

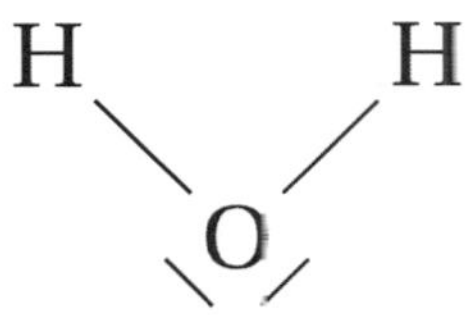

géométrie coudée

b) Méthanol :

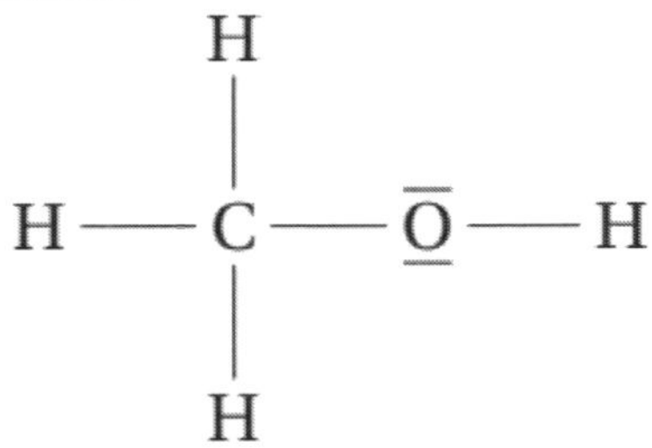

géométrie tétraédrique autour de C
géométrie coudée autour de O

c) Chlorure d'hydrogène :

géométrie linéaire

d) Cyanure d'hydrogène :

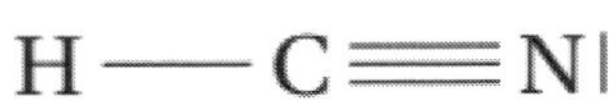

géométrie linéaire

Corrigé

e) Nitrosométhane :

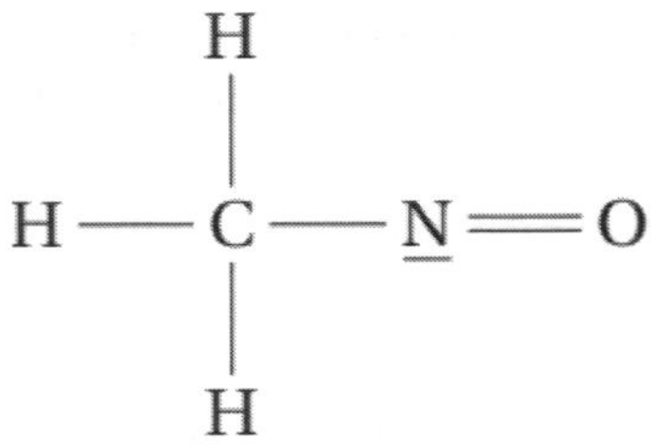

géométrie tétraédrique autour de C
géométrie coudée autour de N

f) Sulfure d'hydrogène :

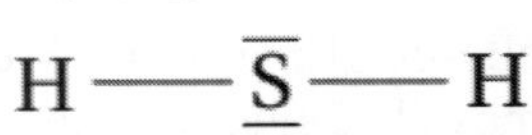

géométrie coudée

g) Ammoniac :

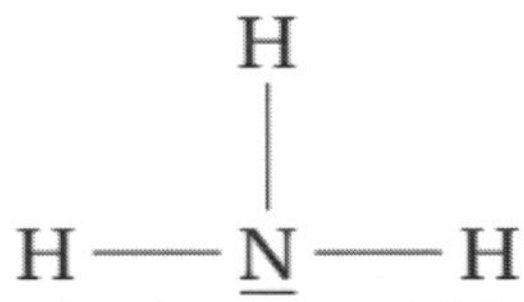

géométrie pyramidale

h) Dioxyde de silicium :

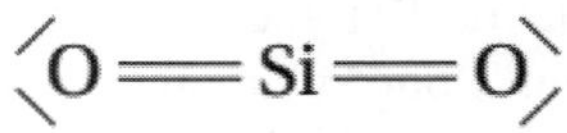

géométrie linéaire

Cette molécule n'existe qu'en phase gazeuse à très haute température.

Exercice 7.4

En formulation de Lewis :

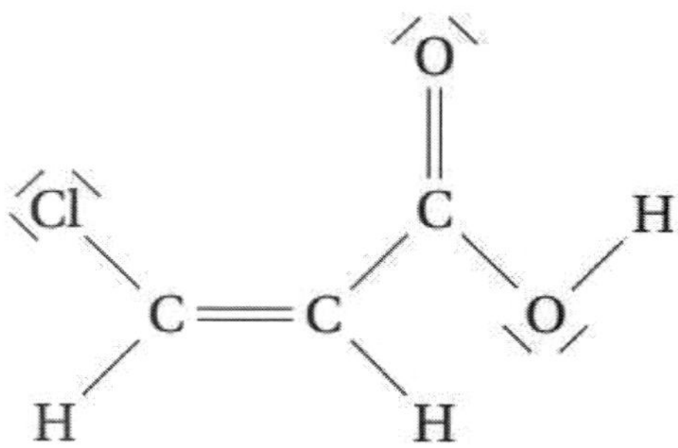

Exercice 7.5

1.

géométrie linéaire

2.

géométrie linéaire

3.

géométrie linéaire

4.

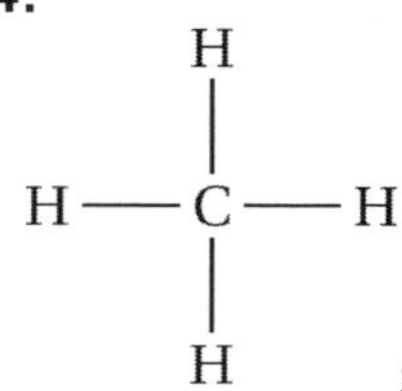

géométrie tétraédrique

Exercice 7.6

1. L'ion hydrogène H^+ :

2. L'ion hydronium H_3O^+ :

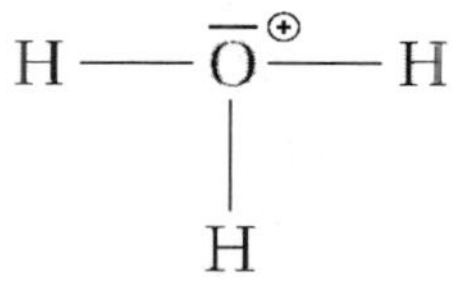

3. L'ion sodium Na^+ :

4. L'ion ammoniac NH_4^+ :

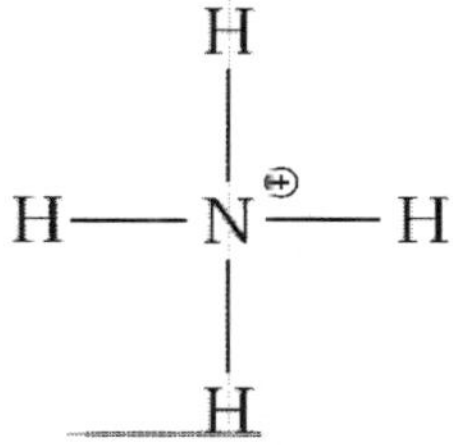

5. L'ion chlorure Cl^- :

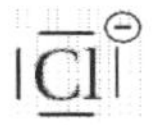

6. L'ion hydroxyde HO^- :

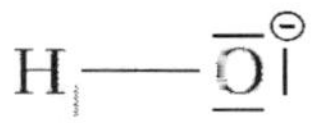

7. L'ion oxyde O^{2-} :

Exercice 7.7

1. HCB (hexachlorobenzène) :

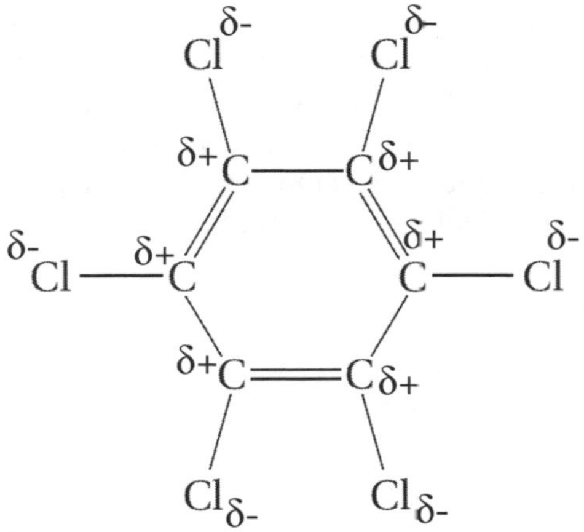

Les atomes de carbone sont moins électronégatifs que les atomes de chlore, on a alors des charges partielles δ- sur les atomes de chlore et des charges partielles δ+ sur les atomes de carbone. Les liaisons C–Cl sont polarisées. Néanmoins, les liaisons polarisées opposées formant des dipôles opposés voient leurs effets s'annuler sur la molécule qui est donc apolaire.

2. Glyphosate :

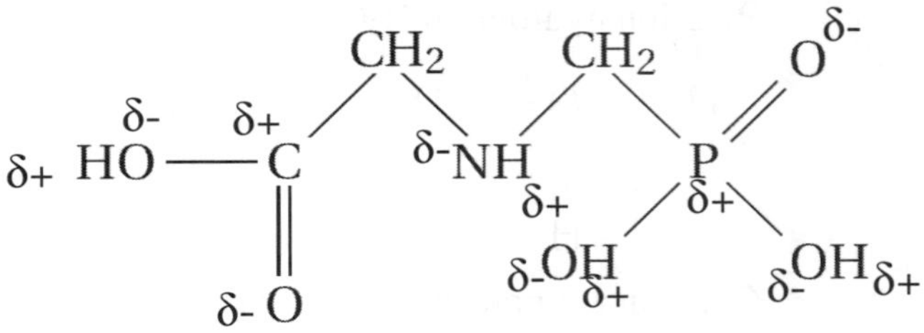

On retrouve des charges partielles sur chaque liaison comportant des atomes de différentes électronégativités : N–H, O–H, C=O, P=O. La géométrie de la molécule est telle qu'aucune symétrie ne compense les effets des polarisations créées, on a donc une molécule polaire.

3. Acéphate :

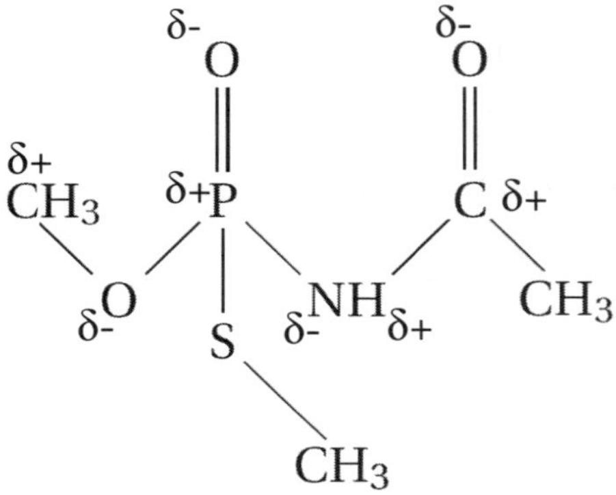

On retrouve des charges partielles sur chaque liaison comportant des différences d'électronégativité : N–H, C=O, C–O, P=O. La géométrie de la molécule est telle qu'aucune symétrie ne compense les effets des polarisations créées, on a donc une molécule polaire.

4. DDT (dichlorodiphényltrichloroéthane) :

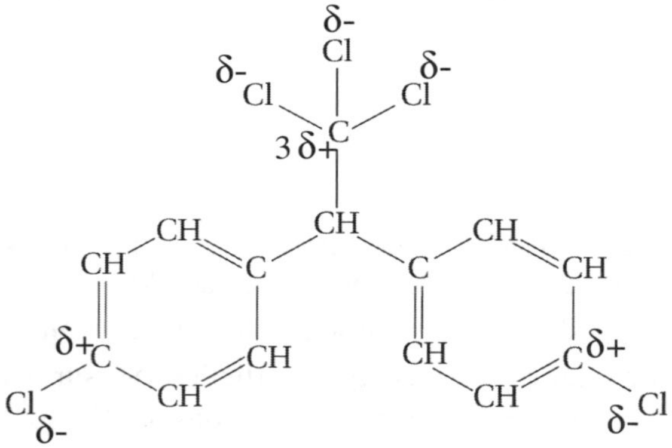

Toutes les liaisons Cl sont polarisées. Les 3 du haut de la formule ont un moment résultant non nul dirigé vers le bas. Les 2 moments dipolaires dus aux Cl du bas ont une résultante non nulle dirigée vers le haut. On suppose que ces composantes s'annulent. Cette molécule est donc apolaire.

Exercice 7.8

1. a) $C_{(Z=6)}$: $1s^2\ 2s^2 2p^2$ a 4 électrons sur sa couche de valence, il en manque 4 pour compléter celle-ci. Il met donc 4 électrons en jeu dans des liaisons chimiques covalentes avec d'autres atomes, il n'a pas d'autre électron donc pas de doublet non liant.

b) $H_{(Z=1)}$: $1s^1$ a 1 électron sur sa couche de valence, il en manque 1 pour compléter celle-ci. Il met donc son unique électron en jeu dans 1 liaison chimique covalente avec un autre atome, n'ayant pas d'autre électron, il ne forme aucun doublet non liant.

c) $Cl_{(Z=17)}$: $1s^2\ 2s^2 2p^6\ 3s^2 3p^5$ a 7 électrons sur sa couche de valence, il en manque 1 pour compléter celle-ci. Il met donc 1 électron en jeu dans 1 liaison chimique covalente avec 1 autre atome, ses 6 autres électrons se rassemblent en 3 doublets non liants.

d) $F_{(Z=9)}$: $1s^2\ 2s^2 2p^5$ a 7 électrons sur sa couche de valence, il en manque 1 pour compléter celle-ci. Il met donc 1 électron en jeu dans 1 liaison chimique covalente avec 1 autre atome, ses 6 autres électrons se rassemblent en 3 doublets non liants.

2. a) Autour de l'atome de carbone, nous avons donc 4 doublets liants et aucun doublet non liant. Il peut donc y avoir : 4 simples liaisons chimiques covalentes, 2 simples liaisons covalentes et une double liaison covalente, 1 triple liaison covalente et 1 simple liaison chimique covalente ou 2 double liaisons covalentes.

b) Autour de l'atome d'hydrogène, nous avons donc 1 seul doublet liant.

c) Autour de l'atome de chlore, nous avons donc 3 doublets non liants et un doublet liant.

d) Autour de l'atome de fluor, nous avons donc 3 doublets non liants et un doublet liant.

3. a) Chlorométhane : CH_3Cl

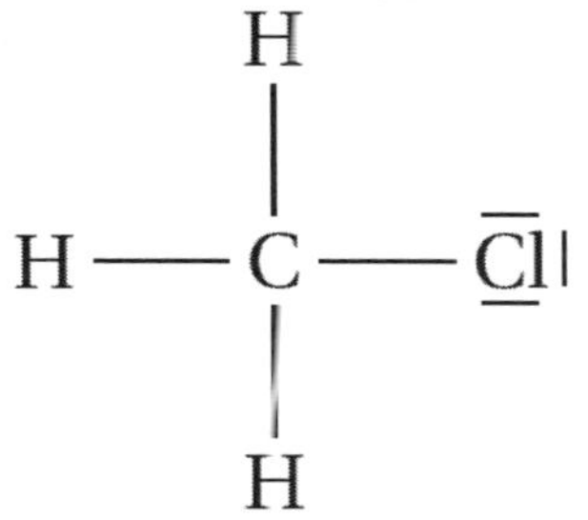

géométrie tétraédrique

b) Dichlorométhane : CH_2Cl_2

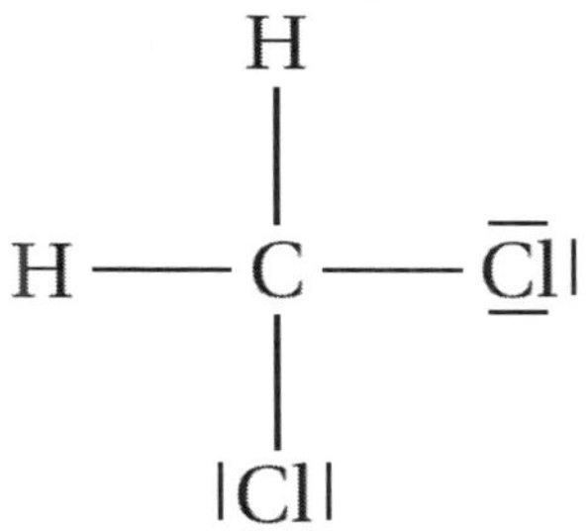

géométrie tétraédrique

c) Dichlorodifluorométhane : CF_2Cl_2

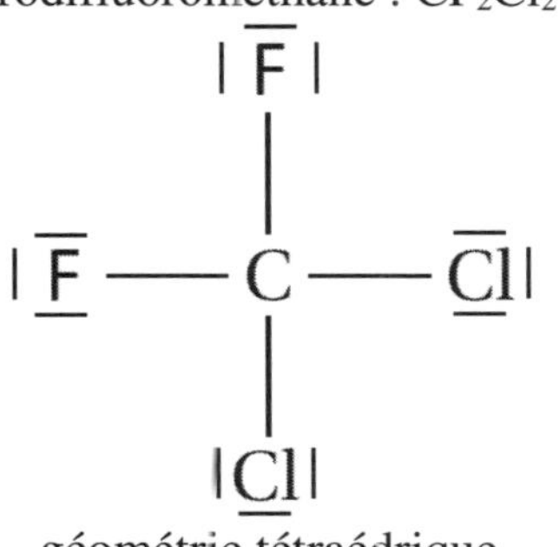

géométrie tétraédrique

d) Tétrachlorométhane : CCl_4

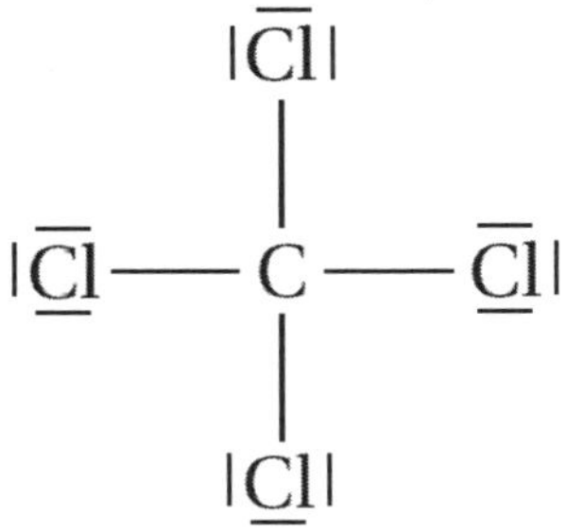

géométrie tétraédrique

4. Les trois premières molécules sont polaires car :

- le chlorométhane a une seule liaison polarisée C—Cl ;
- le dichlorométhane a deux liaisons polarisées C—Cl dont les contributions ne se compensent pas ;
- le dichlorodifluorométhane a deux liaisons polarisées C—Cl et deux liaisons polarisées C—F dont les contributions ne se compensent pas (l'électronégativité du fluor étant plus grande que celle du chlore).

La molécule de tétrachlorométhane possède quatre liaisons polarisées C—Cl, celles-ci se compensent par symétrie, ainsi cette molécule est apolaire.

Exercice 7.9

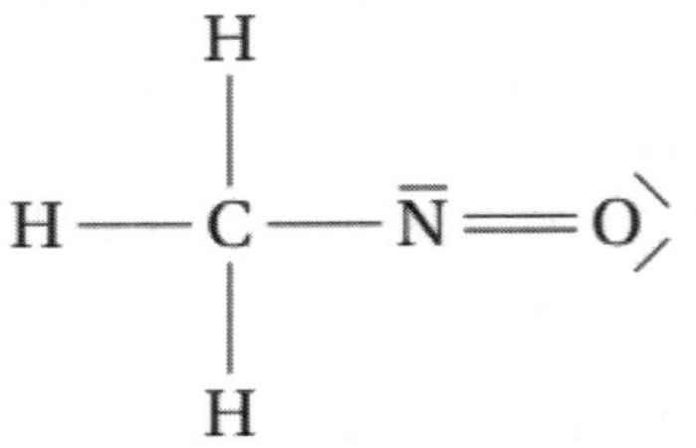

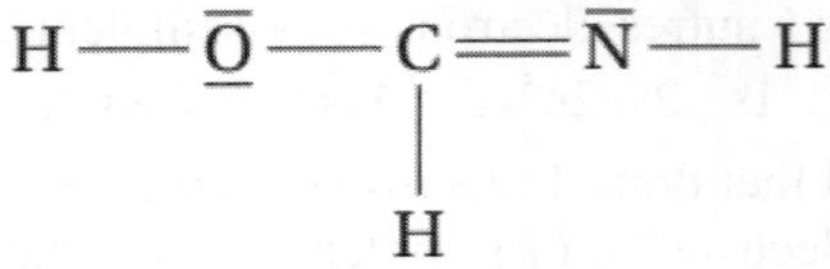

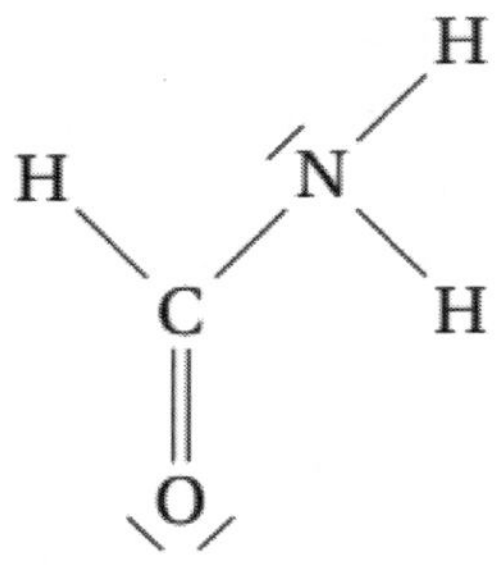

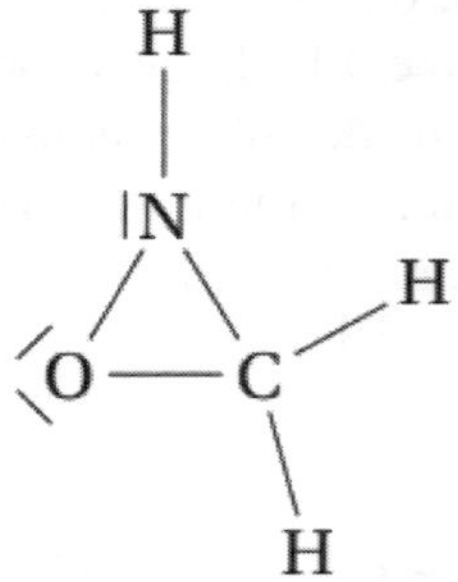

Dans chaque cas, bien veiller à ce que chaque atome ait bien le bon nombre de doublets autour de lui.

Bien que les atomes aient le bon nombre de doublets autour d'eux, la dernière de ces molécules a sans doute une stabilité limitée.

Chapitre 8
De la cohésion à la solubilité des espèces chimiques

La cohésion des ions, grâce à des charges complémentaires, explique la stabilité de la matière ainsi que nombre de ses propriétés.

Un scientifique

Au milieu du XIXe siècle, il parut de plus en plus évident que la loi selon laquelle, pour un gaz donné, le produit du volume par la pression est proportionnel à la température, n'était pas parfaitement réalisée. En 1873, le physicien hollandais Johannes **van der Waals** (1837-1923) propose ce que l'on appelle désormais l'équation caractéristique des fluides réels. Pour l'interpréter au niveau macroscopique, il postule l'existence de forces entre les molécules, qui se comportent comme des dipôles électriques. Ces forces qui portent désormais son nom, sont à l'origine de la cohésion de la matière. Ces travaux, pour lesquels il obtient le prix Nobel de physique en 1913, prendront toute leur valeur avec le développement de la mécanique quantique.

LE SAVIEZ-VOUS ?

Horace Benedict **de Saussure** (1740-1799) est autant un savant qu'un aventurier. S'étant rendu à Chamonix, le mont Blanc le fascine ; il ne rêve plus que d'en faire l'ascension pour y conduire des expériences. Il se lance en août 1787 accompagné de Jacques **Balmat** qui avait réussi la première ascension du toit des Alpes l'année précédente. Arrivé au sommet, il calcule l'altitude qu'il estime à 2450 toises soit 4775 mètres ne se trompant que d'environ 35 mètres. Grâce à un thermomètre d'une grande précision, il constate que l'eau y bout à 68,993 degrés Réaumur soit 86,24 degrés Celsius. Il confirme ainsi que le point d'ébullition dépend de la pression atmosphérique.

Objectifs

Les notions que je dois maîtriser

- ▷ Cohésion dans un solide
- ▷ Interactions entre ions, entre entités polaires ou apolaires, pont hydrogène
- ▷ Dissolution des solides ioniques dans l'eau
- ▷ Extraction par solvant, solubilité dans un solvant, miscibilité de deux liquides
- ▷ Hydrophilie/lipophilie/amphiphilie d'une espèce chimique organique

Les compétences que je dois acquérir

- ▷ Expliquer la cohésion des solides ioniques et moléculaires
- ▷ Expliquer la capacité de l'eau à dissocier une espèce ionique et à solvater les ions
- ▷ Obtenir et utiliser l'équation de dissolution, calculer la concentration des ions dans la solution obtenue
- ▷ Expliquer ou prévoir la solubilité d'une espèce chimique dans un solvant, l'appliquer à l'extraction liquide-liquide
- ▷ Expliquer le caractère amphiphile et les propriétés lavantes d'un savon

■■ Résumé de cours

■ Dissolution d'espèces chimiques ioniques

❑ Solides ioniques

Un **solide ionique**, aussi appelé **cristal ionique**, est un solide constitué d'**anions** (ions négatifs) et de **cations** (ions positifs) disposés de manière **régulière** et **ordonnée**. La quantité de chaque type d'ion dans le cristal dépend de sa charge, la charge du cristal devant être **neutre**. L'**équation de dissolution** représente la dissociation des ions du cristal lors de son passage en solution. On indique (s) sous la formule chimique du solide ionique et (aq) sous les ions solvatés par l'eau (en solution aqueuse).

Exemple

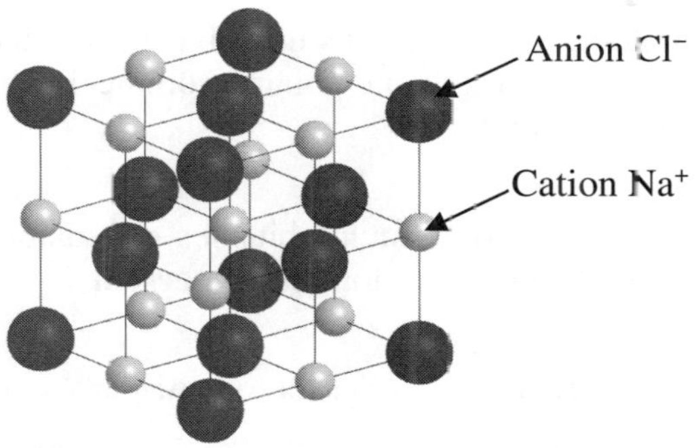

Cristal de chlorure
de sodium NaCl

NaCl solide est formé d'ions Na^+ et Cl^- en égales quantités. Son équation de dissolution est :

$$NaCl_{(s)} \rightarrow Na^+{}_{(aq)} + Cl^-{}_{(aq)}.$$

$CaCl_2$ solide est formé de deux fois plus d'ions Cl^- que d'ions Ca^{2+}. Son équation de dissolution est :

$$CaCl_{2(s)} \rightarrow Ca^{2+}{}_{(aq)} + 2\ Cl^-{}_{(aq)}.$$

⇨ **Méthodes 8.1. Trouver la formule chimique d'un cristal à partir des ions qui le composent et 8.2. Écrire l'équation de dissolution d'un cristal ionique**

❑ Polarité de la molécule d'eau

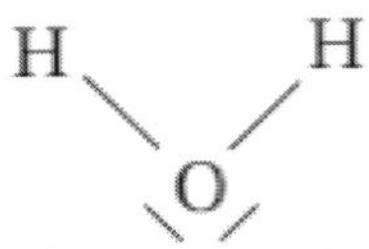

Représentation de Lewis de la molécule d'eau

En partie étudiée dans le chapitre précédent, la molécule d'eau H_2O est coudée en raison de ses deux doublets non liants sur l'atome central d'oxygène. Lorsqu'on étudie les atomes d'hydrogène et d'oxygène, on a :

– $H_{(Z=1)}$: $1s^1$ a tendance à se débarrasser de son électron afin de ne pas avoir de couche électronique incomplète, il forme alors l'ion H^+. Il peut aussi mettre son électron en jeu dans une liaison covalente afin de former une molécule.

– $O_{(Z=8)}$: $1s^2\ 2s^2\ 2p^4$ aurait tendance à attirer deux électrons afin de ne pas avoir de couche électronique incomplète. Plus souvent, il met deux électrons en jeu dans deux liaisons covalentes afin de former une molécule.

Ces atomes ont une capacité différente à attirer les électrons, cette propriété, appelée l'**électronégativité**, a été étudiée dans le chapitre précédent et fait que les deux liaisons OH de la molécule d'eau sont polarisées, donc que cette molécule est **polaire**.
Pour rappel la molécule d'eau est équivalente à un petit dipôle :

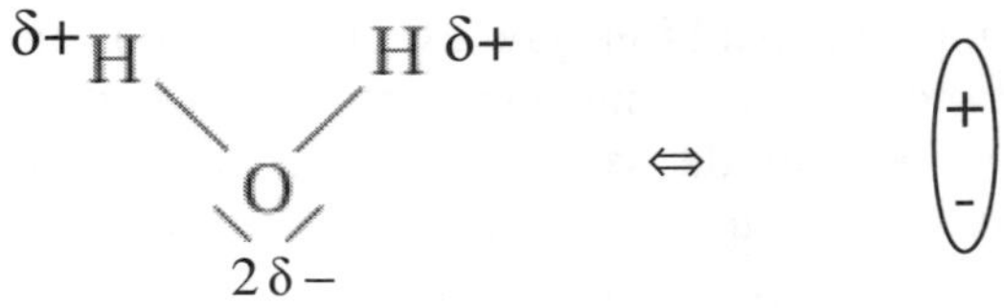

❑ Mécanisme de dissolution

Un solide ionique est très faiblement soluble dans un solvant **apolaire** (composé de molécules non polaires) et plus soluble dans un solvant polaire comme l'eau. Cela s'explique par le mécanisme de dissolution d'un cristal ionique.

1re étape : **dissociation**.
En présence d'eau, les forces d'interaction coulombiennes qui maintiennent la cohésion entre les ions du cristal sont fortement affaiblies, les ions se **dispersent**.

2e étape **solvatation**.
Les molécules d'eau approchent des anions et des cations dispersés en présentant leur oxygène chargé partiellement $2\delta-$ vers les cations et les hydrogènes chargés $\delta+$ vers les anions. Des forces d'interaction électromagnétiques ont alors lieu entre les molécules de solvant et ces ions.

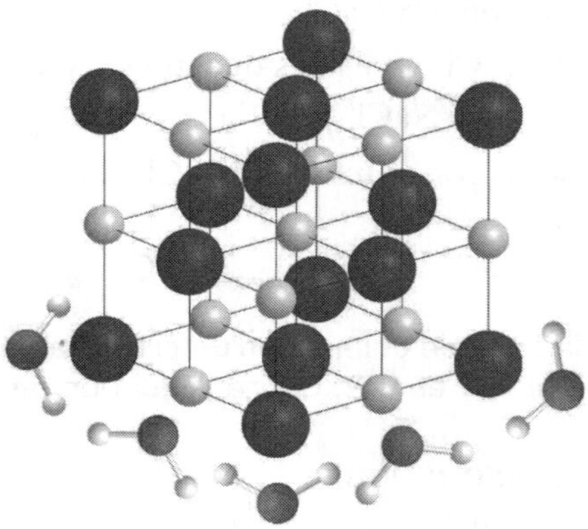

Dissociation d'un cristal ionique
par des molécules d'eau

Les ions dissociés se retrouvent encerclés de molécules d'eau, on dit que les ions sont **solvatés**.

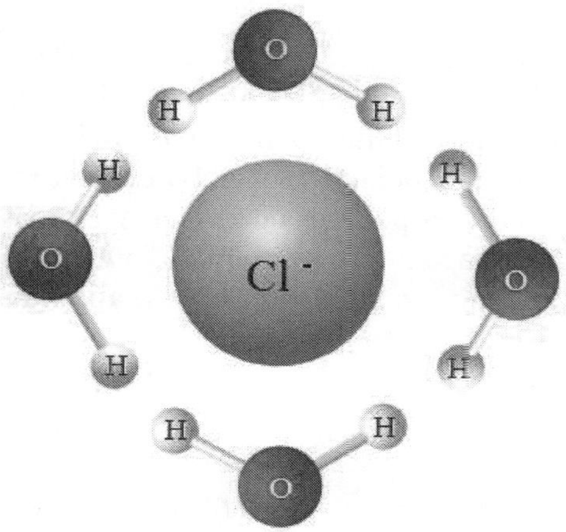

Hydratation d'un ion Cl^-

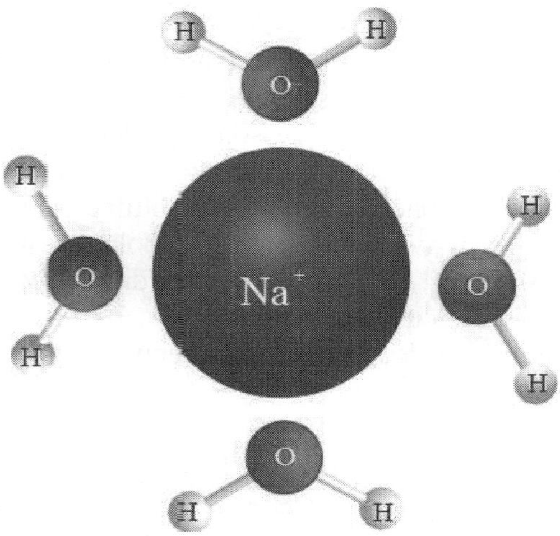

Hydratation d'un ion Na^+

3e étape **dispersion**.
Les ions solvatés sont dispersés par agitation thermique dans toute la solution.

❑ Concentration en ions

À partir de l'équation de dissolution, de la quantité de soluté et du volume de solution, on peut déterminer les concentrations molaires.
La concentration molaire en ions X dissous est exprimée $[X]$ et est donnée par la relation :

$$\boxed{[X] = \frac{n_{ion}}{V}}$$

n_{ion} : nombre de moles d'ions, en mol
V : volume de solution, en L
$[X]$: la concentration molaire en ion X, en $mol.L^{-1}$

Remarque

La notation $C = \frac{n}{V}$ est à proscrire pour les ions mis en solution. Elle est utilisée pour la concentration en soluté apporté !

⇨ **Méthode 8.3. Donner les concentrations en ions dissous issus d'un cristal ionique**

■ Dissolution d'espèces moléculaires

❑ Solide moléculaire

Un solide moléculaire est un solide constitué de **molécules** neutres. Ces molécules peuvent être arrangées régulièrement (comme la glace ou du diiode par exemple) ou non (comme le caoutchouc). Il est important de savoir identifier si ces molécules sont polaires ou apolaires (voir chapitre précédent).

❑ Dissolution de solides moléculaires

Les polarités du soluté et du solvant ont une très grande influence quant à la solubilité. Deux molécules polaires sont attirées l'une par l'autre comme de petits aimants, ces interactions de type électromagnétique sont appelées **interactions de Van der Waals**. Ainsi, une molécule polaire a une bien meilleure affinité avec une autre molécule polaire. Un **solvant polaire** solubilise donc bien un **soluté polaire**. Au contraire, des molécules polaires ne se mélangent pas facilement avec des molécules apolaires : les dipôles ont tendance à rester ensemble, on a alors deux phases. Un **solvant polaire** dissout peu un **soluté apolaire**. De même un **solvant apolaire** dissout bien un **soluté apolaire**.

Interactions de Van der Waals entre deux molécules d'eau :

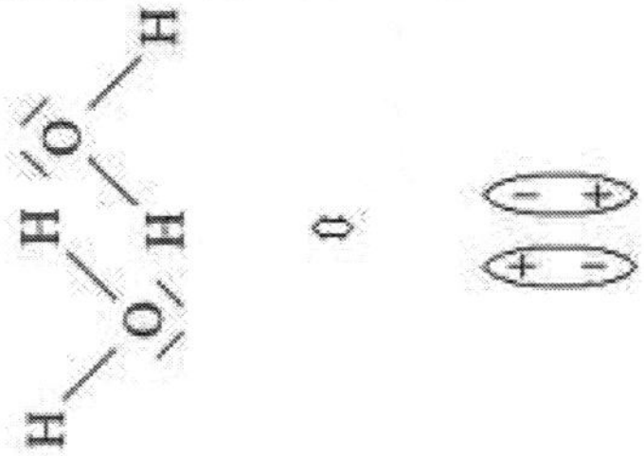

La partie portant des charges partielles négatives (oxygène) et la partie portant des charges partielles positives (hydrogène) s'attirent. Deux molécules d'eau se comportent ainsi comme deux dipôles.

Exemples

I_2 (apolaire) est bien soluble dans le cyclohexane (apolaire) mais est insoluble dans l'eau (polaire).

Molécule apolaire car aucune différence d'électronégativité entre les atomes.

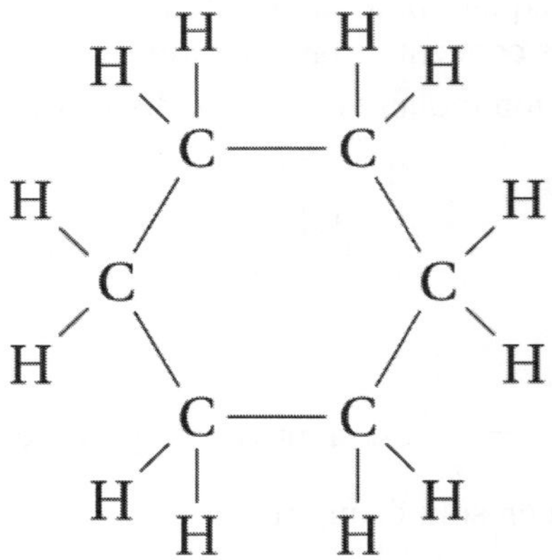

Cyclohexane apolaire car faible différence d'électronégativité entre les atomes (+ symétrie).

Remarque

Ne pas croire que les atomes d'iode se séparent en solution ! Les molécules d'un solide moléculaire restent des molécules en solution, mais dissoutes.

■ Cohésion des solides

❑ Différents états physiques de la matière

L'**état gazeux** a ses constituants éloignés, en mouvement incessant les uns des autres avec peu d'interactions. L'**état liquide** a ses constituants proches les uns des autres, en mouvement avec peu d'interactions. L'**état solide** a ses constituants proches les uns des autres, sans mouvement mais avec des vibrations et des interactions.

❑ Cohésion des solides ioniques

Dans un solide ionique, les anions et les cations du cristal sont alternés régulièrement et en interaction électrostatique (sans mouvement). Cette interaction est **attractive** entre anions et cations et **répulsive** entre deux anions ou deux cations. Pour des corps de charges q_A et q_B dont les centres de gravité sont distants de d, elle a :

- pour **points d'application** A pour $F_{B\to A}$ et B pour $F_{A\to B}$
- pour **direction** la droite (AB)
- pour **sens** de A vers B pour $F_{B\to A}$ et de B vers A pour $F_{A\to B}$ dans le cas d'une interaction **attractive**, mais dans le sens contraire pour une interaction **répulsive** !
- pour **valeur** $\boxed{F_{A\to B} = F_{B\to A} = \frac{1}{4\pi\varepsilon_0}\times\frac{|q_A \times q_B|}{d^2} = k\times\frac{|q_A \times q_B|}{d^2}}$.

Avec : $\varepsilon_0 = 8{,}854\times10^{-12}$ USI (unité du système international) la permittivité diélectrique du vide

q_A et q_B en C (Coulomb, unité de la charge électrique)

$d = AB$ distance en m entre les centres de gravité de A et B.

La constante $\frac{1}{4\pi\varepsilon_0}$ est parfois exprimée par $k = 9{,}0\times10^9\ N.m^2.C^{-2}$.

Remarque

Les interactions répulsives entre anions ou entre cations sont moins intenses que les interactions attractives entre anions et cations, à cause des différences de distances. Voir exercice 9.7.

❑ Cohésion des solides et liquides moléculaires

La cohésion des solides et liquides moléculaires est principalement due à deux types d'interactions : les interactions de **Van der Waals** et les « **liaisons hydrogène** » aussi appelées « **ponts hydrogène** ».

Une liaison hydrogène n'est pas une liaison au sens chimique du terme, mais une interaction qui s'établit **entre un atome d'hydrogène** $\delta+$ car lié à un atome très électronégatif (Cl, O, N, F…) **et le doublet non liant d'un autre atome** très électronégatif. C'est une interaction attractive représentée par des pointillés.

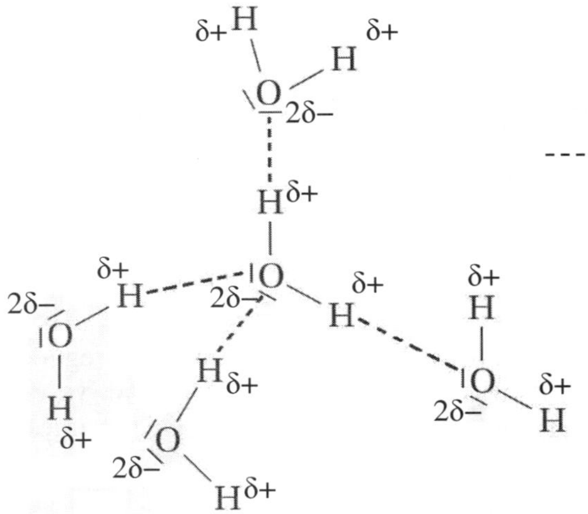

Dans le cas de molécules apolaires, des interactions de Van der Waals ont tout de même lieu. Elles sont dues au fait que ponctuellement et aléatoirement des molécules se polarisent et induisent leur polarité à leurs voisines. On appelle cela des interactions de **Van der Waals induites**. Les interactions de Van der Waals sont d'autant plus intenses que les molécules sont rapprochées, elles sont moins intenses que les liaisons hydrogène.

❑ Changement d'état

Pour qu'un changement d'état ait lieu, il doit y a avoir des échanges d'énergie. En effet, le passage de solide à liquide ou de liquide à gazeux est possible s'il y a un apport d'énergie extérieur pour vaincre les interactions à l'origine de la cohésion **de l'état condensé**. Ces énergies sont nommées « énergie de changement d'état » et dépendent de la quantité de matière concernée, donc de la masse concernée. Elle est exprimée en $J.mol^{-1}$ ou en $J.kg^{-1}$! Un changement d'état s'effectue pour un corps pur à température constante, l'énergie apportée ne servant pas à chauffer le système mais à vaincre ses liaisons internes de cohésion.

■ Solubilité dans un solvant

❑ Choix du solvant pour un soluté

Nous retiendrons :

- qu'un **soluté ionique** se dissout bien dans un **solvant polaire** ;
- qu'un **solide moléculaire** se dissout bien dans un **solvant de même polarité** que lui ;
- que deux **liquides de même polarité sont miscibles**, dans le cas contraire ils sont non miscibles.

❑ Extraction liquide-liquide

L'extraction liquide-liquide se fait dans une **ampoule à décanter**, elle permet d'extraire un soluté d'une solution par un solvant extracteur en utilisant les différences de solubilité. Afin de réaliser cette extraction, il faut faire un choix de solvant extracteur avec les critères suivants :

- le soluté à extraire doit être plus soluble dans le solvant extracteur que dans la solution d'origine ;

– les deux solvants doivent être non miscibles ;
– si plusieurs solvants extracteurs conviennent, le moins polluant et le moins cher sera choisi.

■ Propriétés lavantes d'un savon

Une espèce soluble dans l'eau est qualifiée d'**hydrophile**. Son hydrophilie vient du fait qu'elle est polaire (comme l'eau, solvant polaire), chargée ou qu'elle fait des ponts hydrogène avec l'eau.
Une espèce soluble dans les graisses est dite **lipophile**. Sa lipophilie vient du fait qu'elle est apolaire (comme le sont les graisses).

Remarque

Une espèce hydrophile est souvent lipophobe (qui repousse/ne se dissout pas dans les graisses) et au contraire une espèce lipophile est souvent hydrophobe (qui repousse/ne se dissout pas dans l'eau).

Les **savons** sont constitués de molécules de grandes tailles comprenant une partie hydrophile et une partie lipophile : on dit alors qu'ils sont **amphiphiles**. Cette propriété en fait de bons **tensioactifs** : agents de surface permettant par exemple le nettoyage de taches de graisse.

Schéma d'une molécule amphiphile :

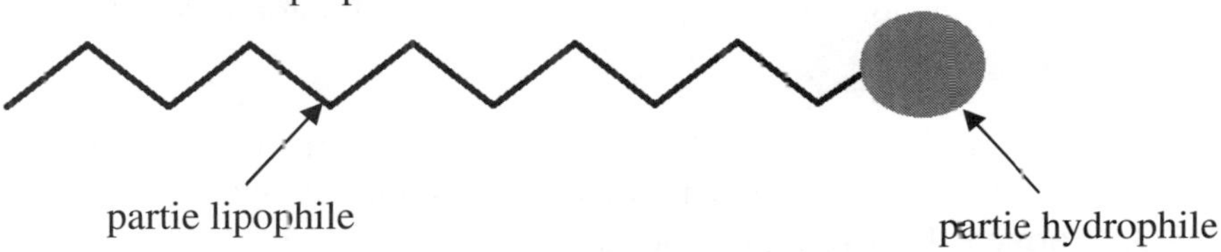

Propriétés lavantes d'un savon, exemple du retrait d'une tache de graisse d'un vêtement :

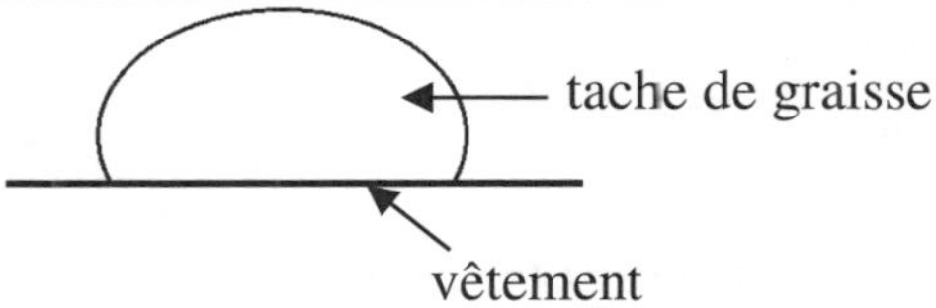	1/ Une tache de graisse s'accroche à un vêtement, elle s'imprègne.
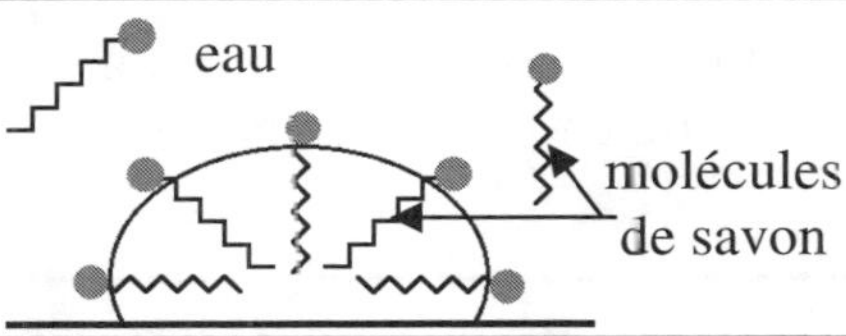	2/ Les molécules de savon se répartissent à la surface de la tache, la partie hydrophile dans l'eau et la partie lipophile dans la tache de graisse.
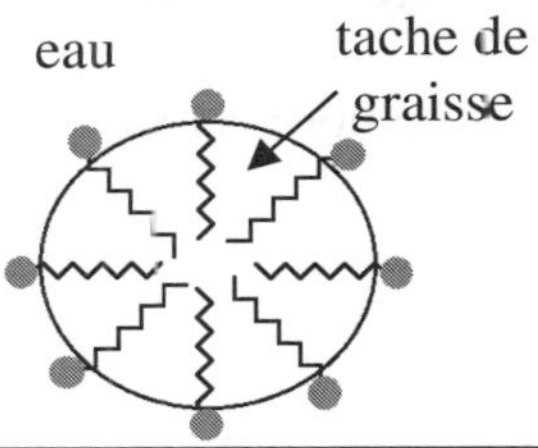	3/ La tache de graisse se détache du vêtement, une **micelle** s'est formée : entourée par les parties hydrophiles des molécules de savon, elle ne peut plus se déposer ailleurs sur le vêtement.

Méthodes

Comment exploiter les informations d'un cristal ionique ?

❑ Méthode 8.1. Trouver la formule chimique d'un cristal à partir des ions qui le composent

Afin de déterminer la formule chimique d'un cristal ionique, il suffit d'analyser les charges des ions qui le composent et de trouver les proportions traduisant la neutralité du cristal.

⇨ **Exercices 8.1 et 8.4.**

Normalement, avec l'intuition il est possible de deviner les formules des cristaux ioniques afin qu'ils soient neutres. Mais si besoin était, avec des anions A^{n-} et des cation C^{p+}, la formule du cristal neutre est C_nA_p. En effet, on a alors n fois C donc n fois la charge +p et p fois A donc p fois la charge –n. $n\times(+p)+p\times(-n)=0$. On met toujours le cation à gauche dans la formule chimique du cristal, pour la nomenclature, on dit « nom de l'anion » + « de » + « nom du cation ».

Étudions le cas des ions : Fe^{3+}, Mg^{2+}, SO_4^{2-} et Cl^-. Ils peuvent former en s'associant 4 cristaux ioniques différents dont on se propose de déterminer les formules chimiques :

- Fe^{3+} et SO_4^{2-} forment $Fe_2(SO_4)_3$ appelé sulfate de fer III.
- Fe^{3+} et Cl^- forment $FeCl_3$ appelé chlorure de fer III.
- Mg^{2+} et SO_4^{2-} forment $MgSO_4$ appelé sulfate de magnésium.
- Mg^{2+} et Cl^- forment $MgCl_2$ appelé chlorure de magnésium.

❑ Méthode 8.2. Écrire l'équation de dissolution d'un cristal ionique

L'équation de dissolution d'un cristal ionique se déduit de sa formule chimique, il faut néanmoins connaître les ions formant ce cristal, ou être en mesure de pouvoir les deviner.

⇨ **Exercices 8.1, 8.2 et 8.4.**

Les cristaux ioniques de la méthode 8.1 donnent les équations de dissolution suivantes :

$$Fe_2(SO_4)_{3(s)} \rightarrow 2\ Fe^{3+}{}_{(aq)} + 3\ SO_4{}^{2-}{}_{(aq)}$$

$$FeCl_{3(s)} \rightarrow Fe^{3+}{}_{(aq)} + 3\ Cl^-{}_{(aq)}$$

$$MgSO_{4(s)} \rightarrow Mg^{2+}{}_{(aq)} + SO_4{}^{2-}{}_{(aq)}$$

$MgCl_{2(s)} \rightarrow Mg^{2+}{}_{(aq)} + 2\ Cl^{-}{}_{(aq)}$.

Dans le cas d'un cristal où les ions ne sont pas connus d'avance, par exemple $MgCl_2$ pour lequel on ne connaît que l'ion Cl^-, il faut déterminer l'ion formé par l'atome de magnésium. Cela se fait avec la neutralité du cristal, ce dernier contient dans sa formule chimique 2 ions chlorure Cl^- soit deux charges négatives, le seul cation Mg doit compenser cela avec sa charge : Mg^{2+}.

Alors : $MgCl_{2(s)} \rightarrow Mg^{2+}{}_{(aq)} + 2\ Cl^{-}{}_{(aq)}$

❑ Méthode 8.3. Donner les concentrations en ions dissous issus d'un cristal ionique

> Les ions contenus dans un cristal n'ont pas forcément tous la même concentration, ni celle du soluté apporté. Il faut tenir compte de leur stœchiométrie.

⇨ Exercices 8.4.

On se propose de calculer la concentration en ions dissous Ca^{2+} et Cl^- lors de la dissolution d'une masse de 2,0 g d'un sel de chlorure de calcium dans 200,0 mL d'eau distillée.
Données : $M_{Ca} = 40,1\ g.mol^{-1}$; $M_{Cl} = 35,5\ g.mol^{-1}$

D'abord, écrivons l'équation de dissolution : $CaCl_{2(s)} \rightarrow Ca^{2+}{}_{(aq)} + 2\ Cl^{-}{}_{(aq)}$.
Puis, calculons la masse molaire de $CaCl_2$ afin de déterminer la quantité de matière de soluté :

$$M_{CaCl_2} = M_{Ca} + 2 \times M_{Cl} = 40,1 + 2 \times 35,5 = 111,1\ g.mol^{-1}$$

$$n_{CaCl_2} = \frac{m_{CaCl_2}}{M_{CaCl_2}} = \frac{2,0}{111,1} = 1,8 \times 10^{-2}\ mol.$$

Pour info : $C_{CaCl_2} = \frac{n_{CaCl_2}}{V} = \frac{1,8 \times 10^{-2}}{0,2000} = 9,0 \times 10^{-2}\ mol.L^{-1}$.

Dressons un tableau d'avancement pour effectuer un bilan de matière :

Équation chimique		$CaCl_{2(s)}$ →	$Ca^{2+}{}_{(aq)}$ +	$2\ Cl^{-}{}_{(aq)}$
État initial	x = 0	$1,8 \times 10^{-2}$	0	0
En cours de réaction	x	$1,8 \times 10^{-2} - x$	x	2x
État d'avancement maximal	$x = x_{max}$	$1,8 \times 10^{-2} - x_{max}$	x_{max}	$2x_{max}$

Le réactif limitant (si le cristal se dissout intégralement) est $CaCl_2$, donc $1,8 \times 10^{-2} - x_{max} = 0$, d'où $x_{max} = 1,8 \times 10^{-2}$ mol.

Au final on a donc $n_{Ca^{2+}} = x_{max} = 1,8 \times 10^{-2}$ mol et $n_{Cl^-} = 2 \times x_{max} = 3,6 \times 10^{-2}$ mol.

Les concentrations molaires en ions Ca^{2+} et Cl^- sont donc :

$$\left[Ca^{2+}\right] = \frac{n_{Ca^{2+}}}{V} = \frac{1,8\times10^{-2}}{0,2000} = 9,0\times10^{-2}\ \text{mol.L}^{-1}$$

$$\left[Cl^{-}\right] = \frac{n_{Cl^-}}{V} = \frac{3,6\times10^{-2}}{0,2000} = 1,8\times10^{-1}\ \text{mol.L}^{-1}.$$

La concentration en ions Cl^- est deux fois plus grande que celle de Ca^{2+}, ce qui est cohérent avec l'équation de dissolution, la neutralité du cristal et celle de la solution.

Vrai/Faux

		Vrai	Faux
1.	Un solide ionique est chargé.	☐	☐
2.	La cohésion d'un cristal ionique est forcément due aux interactions de Van der Waals.	☐	☐
3.	Un solvant polaire est adapté à un soluté apolaire.	☐	☐
4.	L'eau est un bon solvant pour les cristaux ioniques.	☐	☐
5.	$[X] = n_X \times V_{solution}$ donne la concentration molaire en soluté X dans une solution de volume V.	☐	☐
6.	$NaCl_{(s)} \rightarrow Na^+{}_{(aq)} + Cl^-{}_{(aq)}$ est l'équation de dissolution du chlorure de sodium.	☐	☐
7.	$FeCl_{3(s)} \rightarrow Fe^{2+}{}_{(aq)} + Cl^-{}_{(aq)}$ est celle du chlorure de fer II.	☐	☐
8.	Le méthanol $CH_3{-}OH$ est polaire, fait des liaisons hydrogène et des interactions de Van der Waals.	☐	☐
9.	On qualifie d'hydrophile une molécule qui se dissout bien dans l'eau.	☐	☐
10.	On qualifie d'amphiphile une molécule qui possède une partie hydrophobe et une partie lipophile.	☐	☐

Énoncé des exercices

❑ Exercice 8.1. Formation de cristaux ioniques

Donner la formule chimique, l'équation de dissolution et nommer les cristaux ioniques formés avec des ions :

1. Lithium Li^+ et carbonate CO_3^{2-}.

2. Fer III Fe^{3+} et bromure Br^-.

3. Fer II Fe^{2+} et nitrate NO_3^-.

4. Aluminium Al^{3+} et sulfate SO_4^{2-}.

5. Potassium K^+ et hydroxyde HO^-.

6. Potassium K^+ et permanganate MnO_4^-.

7. Calcium Ca^{2+} et hydroxyde HO^-.

8. Sodium Na^+ et carbonate CO_3^{2-}.

❑ Exercice 8.2. Compléter des équations de dissolution

Énoncer les lois de la conservation des réactions chimiques, puis compléter les équations de dissolution suivantes :

1. $KCl_{(s)} \rightarrow K^+_{(aq)} + \ldots\ldots$

2. $K_2SO_{4(s)} \rightarrow \ldots\ldots + SO_4^{2-}{}_{(aq)}$.

3. $FeCl_{3(s)} \rightarrow \ldots\ldots + 3\ Cl^-_{(aq)}$.

4. $PbCl_{2(s)} \rightarrow \ldots\ldots + 2\ Cl^-_{(aq)}$.

5. $CaCO_{3(s)} \rightarrow Ca^{2+}_{(aq)} + \ldots\ldots$

6. $NaHCO_{3(s)} \rightarrow Na^+_{(aq)} + \ldots\ldots$

7. $CuBr_{2(s)} \rightarrow Cu^{2+}_{(aq)} + \ldots\ldots$

8. $Fe_2(SO_4)_{3(s)} \rightarrow \ldots\ldots + 3\ SO_4^{2-}{}_{(aq)}$.

9. $Fe(OH)_{2(s)} \rightarrow \ldots\ldots + 2\ HO^-_{(aq)}$.

10. $AgNO_{3(s)} \rightarrow \ldots\ldots + NO_3^-{}_{(aq)}$.

❑ Exercice 8.3. Isomères du dichlorobiphényle

Le 2,2'-dichlorobiphényle et le 4,4'-dichlorobiphényle sont deux isomères (molécules de même formule brute, mais de formules semi-développées différentes) qui étaient utilisés dans l'industrie comme isolants électriques, fluides caloporteurs, additifs d'huiles… mais qui sont aussi des perturbateurs endocriniens désormais interdits d'utilisation en France. Le 4,4'-dichlorobiphényle a une solubilité dans l'eau de 0,062 $mg.L^{-1}$, c'est-à-dire qu'il est possible d'en dissoudre 0,062 mg dans un litre d'eau, alors que le 2,2'-dichlorobiphényle a une solubilité dans l'eau de 1,85 $mg.L^{-1}$, soit environ 30 fois plus grande. Expliquer la raison de cette différence.

Molécule de 2,2'-dichlorobiphényle :

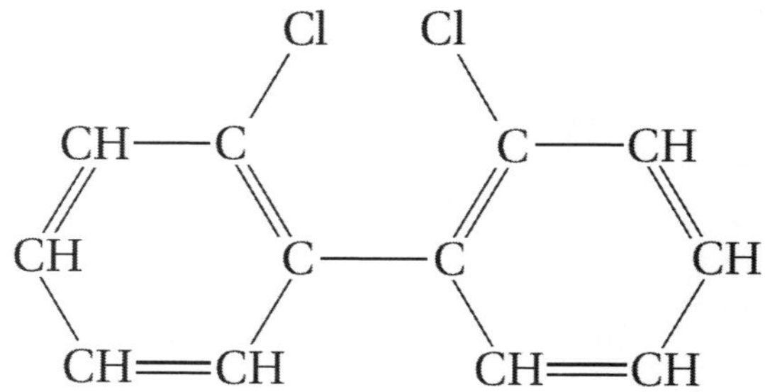

Molécule de 4,4'-dichlorobiphényle :

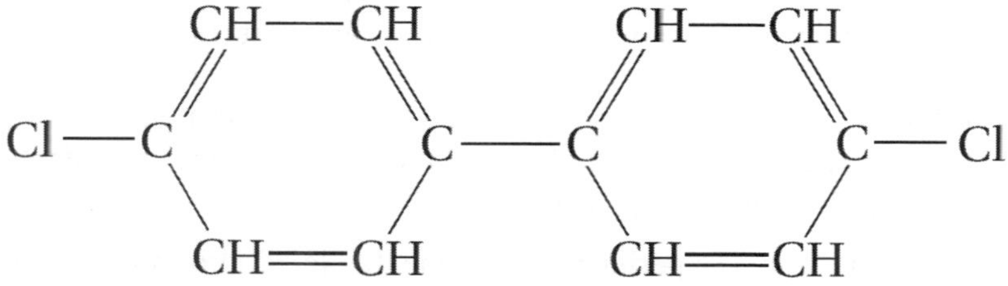

❑ Exercice 8.4. Fluorine

La fluorine est un cristal ionique composé d'ions fluor F^- et d'ions calcium Ca^{2+} dont la maille élémentaire est représentée ci-dessous :

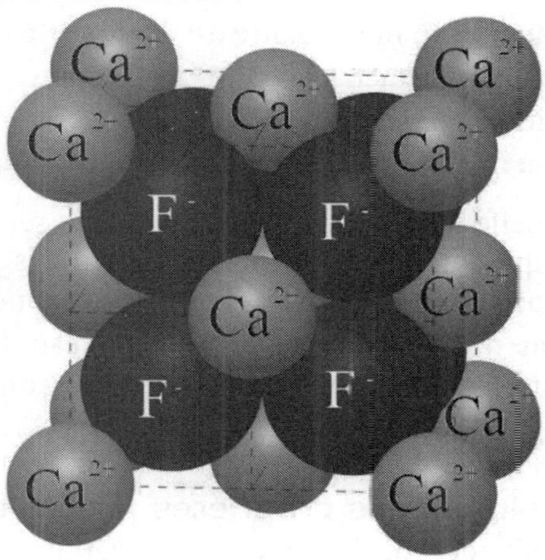

Maille élémentaire de fluorine

1. Écrire l'équation chimique de dissolution de la fluorine dans l'eau.

2. a) À quoi est due la cohésion de la fluorine ?

b) Exprimer les différentes forces d'interaction électrostatiques prépondérantes qui ont lieu dans la fluorine en fonction de k (constante de Coulomb), des distances d'influence et de la charge élémentaire e, et préciser si elles sont attractives ou répulsives.

3. 17 mg de fluorine sont dissous dans 1,00 L d'eau distillée.

a) Déterminer la concentration molaire en soluté apporté.

b) Déterminer la concentration molaire de chaque ion dissous.

Données : Masses molaires $M_{Ca} = 40,1 \text{ g.mol}^{-1}$; $M_F = 19,0 \text{ g.mol}^{-1}$.

❑ Exercice 8.5. En couple

On donne des couples de molécules, préciser pour lesquels on observe des liaisons hydrogène puis les représenter.

1. H_2O et H_2O_2. **2.** H_2O et NH_3.

3. CH_2O et CH_4. **4.** CH_4O (de formule semi-développée CH_3–OH) et NH_3.

5. CCl_4 et CH_2O. **6.** CO_2 et SO_2.

❑ Exercice 8.6. Polarisation d'une boule d'aluminium*

Afin d'observer des manifestations d'interaction électromagnétiques, on frotte une baguette en verre avec de la laine, elle se charge positivement en surface (le frottement lui arrache des électrons), puis on approche cette baguette auprès d'une boule en aluminium initialement chargée suspendue à un fil. Celle-ci s'écarte de la baguette approchée.

1. Quel est le signe de la charge de la boule d'aluminium ? Schématiser l'expérience, les charges, et représenter les forces en jeu.

On effectue à nouveau l'expérience avec une boule d'aluminium neutre. On observe alors 3 phases : d'abord, la boule est attirée par la baguette, puis elle la touche, puis elle est repoussée par la baguette.

2. a) Comment expliquer l'attraction au cours de la première phase ? Schématiser l'expérience et la répartition des charges.

b) À quel type d'interaction au niveau moléculaire est analogue ce type d'interaction ?

3. Que se passe-t-il au moment du contact ?

4. a) Expliquer alors la troisième phase.

b) À quel type d'interaction au niveau atomique est analogue ce type d'interaction ?

Une expérience analogue à celle de la première phase peut servir à illustrer la polarité des molécules d'un liquide : à l'approche de la baguette chargée des filets de solvants, certains se dévient. C'est le cas de l'eau par exemple, mais pas du cyclohexane.

5. Expliquer ce qui se passe au niveau microscopique pour l'eau. Dans quelle direction se dévie le filet d'eau ? Schématiser ce qui se passe au niveau microscopique pour l'eau.

6. Que se passerait-il si la baguette était chargée négativement ?

❑ Exercice 8.7. Évolution des propriétés physiques**

On se propose d'étudier l'influence de la structure de certaines espèces chimiques sur leur température de changement d'état. On donne des températures de vaporisation :

Molécule	méthane CH_4	éthane C_2H_6	propane C_3H_8	butane C_4H_{10}	pentane C_5H_{12}
Température de vaporisation en °C	–161,5	–89	–42	–1	36
Masses molaires en $g.mol^{-1}$					

Gaz noble	hélium	néon	argon	krypton	xénon
Température de vaporisation en °C	–269	–246	–186	–153	–108
Masses molaires en $g.mol^{-1}$	4,0	20,2	39,9	83,8	131,3

Molécule	acétone CH_3-C(=O)-CH_3	eau H_2O	éthanol CH_3-CH_2-OH	méthane CH_4
Température de vaporisation en °C	56	100	78	–161,5

Données : masse molaires $M_H = 1{,}00\ g.mol^{-1}$; $M_C = 12{,}0\ g.mol^{-1}$; $M_O = 16{,}0\ g.mol^{-1}$.

1. a) Les alcanes du premier tableau sont-ils des espèces chimiques moléculaires ou des cristaux ioniques ?

b) Sont-ils polaires ? Pourquoi ?

c) Calculer les masses molaires afin de compléter le tableau du premier document.

d) Y a-t-il corrélation entre la masse molaire et la température de vaporisation ?

e) Expliquer le lien de causalité entre ces grandeurs physiques, on pourra relier cela aux causes de la cohésion des alcanes.

f) Que dire de la température de vaporisation de l'octane, principal constituant de l'essence ?

2. a) Les gaz nobles (second document) sont-ils des cristaux ioniques ?

b) Sont-ils polarisables ?

c) Lesquels sont les plus susceptibles d'interagir ? Quel est le type d'interaction en jeu ?

d) Expliquer l'évolution des températures de vaporisation des gaz nobles avec leur masse molaire.

3. a) Les espèces chimiques du troisième tableau sont-elles ioniques ou moléculaires ?

b) Dessiner leur formulation de Lewis et étudier leur polarité.

c) Quel type d'interaction effectuent-elles chacune entre elles (corps purs) ?

d) Expliquer la différence entre la température de vaporisation du méthane et celles des autres molécules.

e) Que dire de la température de vaporisation du dioxygène ? Expliquer pourquoi chimiquement.

4. On constate une différence de température de fusion entre deux molécules dites « isomères Z/E » : l'acide fumarique et l'acide maléique.

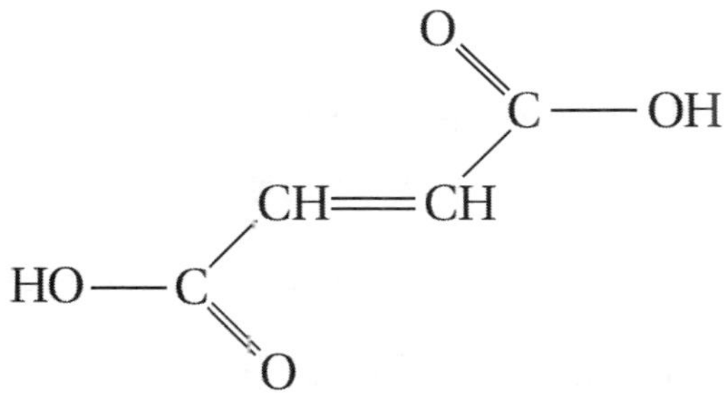

Acide fumarique
Température de fusion : 287 °C

a) Indiquer, si elles existent, les liaisons polarisées de cette molécule.

b) Cette molécule est-elle polarisée ?

c) Fait-elle des liaisons hydrogène avec ses voisins ?

d) La représentation semi-développée de l'acide maléique est :

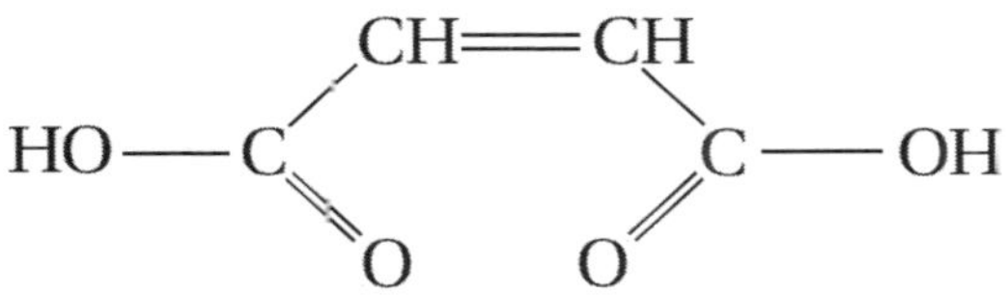

Acide maléique
Température de fusion : 131 °C.

Cette molécule a pour particularité de faire des liaisons hydrogène intramoléculaires. Définir ce que cela veut dire en l'illustrant sur la molécule.

e) Expliquer alors la différence de température de fusion.

❑ Exercice 8.8. Extraction de l'eugénol

L'eugénol est une molécule présente dans certaines épices dont le clou de girofle. Cette molécule d'eugénol possède deux principales propriétés biologiques : antiseptique et anesthésiante. Afin de l'extraire, on réalise une hydrodistillation de clous de girofle, on ajoute au distillat du sel, puis on réalise une extraction liquide-liquide.

Doc 1 : Propriétés du dichlorométhane, de l'éthanol et de l'eugénol

	Solubilité dans l'eau	Solubilité dans l'eau salée	Solubilité dans l'éthanol	Solubilité dans le dichlorométhane	Densité
Eugénol	faible	très faible	grande	grande	1,07
Éthanol	élevée	élevée		nulle	0,79
Dichlorométhane	nulle	nulle	nulle		1,33

Doc 2 : Fiche du dichlorométhane

DICHLOROMÉTHANE
Formule brute CH_2Cl_2
$M = 84{,}9\ g.mol^{-1}$
Densité 1,33 $T_{fus} = -95{,}1\ °C$ $T_{éb} = 40\ °C$
Attention : H351 – Susceptible de provoquer le cancer

1. L'hydrodistillat est collecté dans un erlenmeyer. Schématiser ce dernier en justifiant la position des solutions obtenues.

2. L'ajout de sel après l'hydrodistillation est appelé relargage. Justifier cette manipulation.

3. Afin d'extraire l'eugénol dissous dans la phase aqueuse, il est aussi possible de réaliser une extraction liquide-liquide via un solvant extracteur. Quel solvant extracteur choisir entre l'éthanol et le dichlorométhane ? Justifier.

4. Quelles précautions prendre lors de la manipulation du dichlorométhane ?

5. Dans quelle verrerie se réalise l'extraction liquide-liquide ? Schématiser cette expérience.

6. Après extraction, le solvant extracteur est éliminé par chauffage sous hotte dans un évaporateur rotatif. Expliquer la condition indispensable pour que ce soit réalisable afin de récupérer de l'eugénol pur.

❑ Exercice 8.9. Dépôt de liquide vaisselle

À la surface d'une eau douce, on dépose du poivre en poudre. Celui-ci flotte et se répartit sur toute la surface. On dépose alors une goutte de produit vaisselle, tensioactif. On remarque alors que le poivre est repoussé hors d'une zone circulaire autour de l'endroit où le liquide vaisselle a été déposé.

1. Rappeler ce qu'est un tensioactif.

2. Réaliser un schéma sans soucis d'échelle représentant le poivre à la surface de l'eau, puis un autre après ajout du tensioactif. Expliquer la mise à l'écart du poivre.

❑ Exercice 8.10. Savon de Marseille

Le savon de Marseille est fabriqué avec des huiles végétales telles que l'huile d'arachide, l'huile de coprah – au grand pouvoir moussant – et l'huile de palme. On peut représenter schématiquement l'ion actif du savon (composé d'une chaîne carbonée et d'une tête ionique) de la façon suivante :

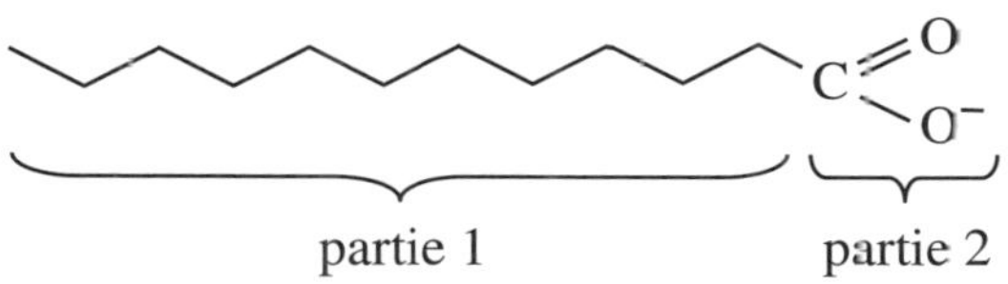

Pour simplifier, on peut représenter l'ensemble ainsi :

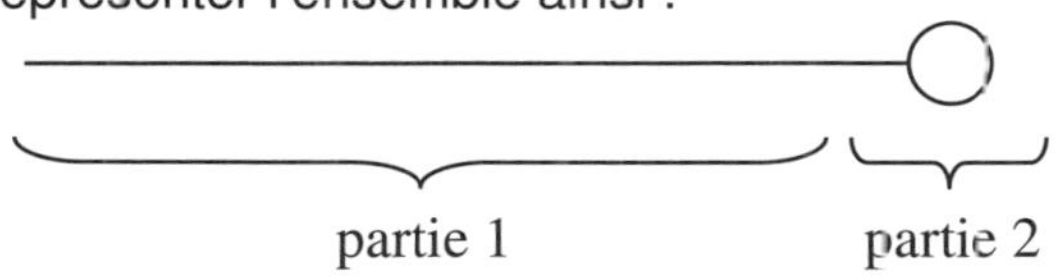

1. Reproduire le schéma simplifié et légender chaque partie à l'aide du vocabulaire suivant : hydrophile, hydrophobe, lipophile, lipophobe.

2. Choisir en justifiant parmi les schémas A et B ci-dessous celui qui peut expliquer le mode d'action d'un savon.

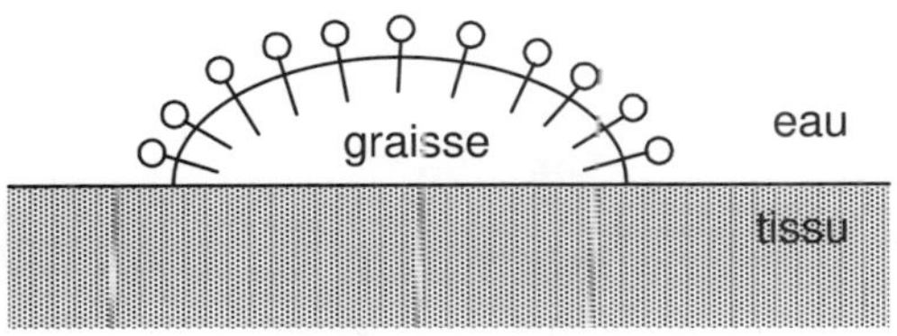

Schéma A

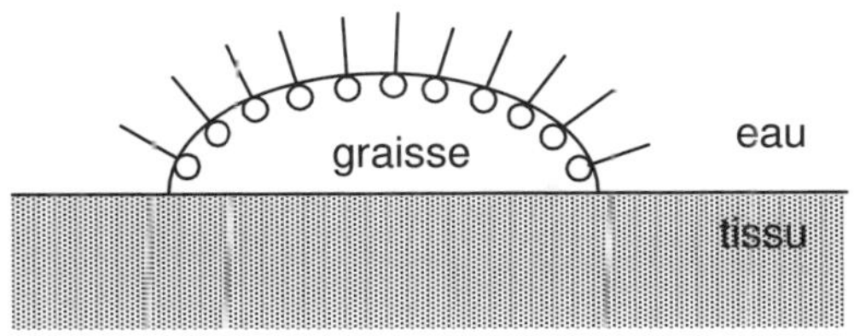

Schéma B

D'après sujet du BAC Métropole 2009 (rattrapage)

■ Pour vous aider à démarrer

Exercice 8.3. Étudier la polarité des molécules étudiées.
Exercice 8.4. Analyser les différences d'électronégativité dans les molécules proposées créant des charges partielles.
Exercice 8.6. Les mouvements relatifs d'objets chargés donnent une information quant à leurs signes.
La boule neutre est polarisable comme peut l'être une molécule à plus petite échelle.
Les molécules d'eau (polaires) sont semblables à des aimants microscopiques qui peuvent interagir avec des charges.

Corrigé des vrai/faux

1.	2.	3.	4.	5.	6.	7.	8.	9.	10.
faux	faux	faux	vrai	faux	vrai	faux	vrai	vrai	faux

1. Un solide ionique est neutre.

2. La cohésion d'un cristal ionique est forcément due aux interactions électrostatiques.

3. Un solvant polaire est adapté à un soluté polaire.

5. $[X] = n_X / V_{solution}$ donne la concentration molaire en soluté X dans une solution de volume V.

7. $FeCl_{3(s)} \rightarrow Fe^{3+}{}_{(aq)} + 3\ Cl^{-}{}_{(aq)}$ est l'équation de dissolution du chlorure de fer III. $FeCl_{2(s)} \rightarrow Fe^{2+}{}_{(aq)} + 2\ Cl^{-}{}_{(aq)}$ est celle du chlorure de fer II.

10. On qualifie d'amphiphile une molécule qui possède une partie hydrophobe et une partie hydrophile (ou une partie lipophile et une partie lipophobe).

❑ Les erreurs classiques

– Lors d'une dissolution de solide moléculaire, les liaisons chimiques des molécules ne sont pas rompues !
– Une liaison hydrogène n'est pas une liaison chimique covalente, c'est pourquoi on préfère utiliser la dénomination « pont hydrogène ».
– Lors de la mise en solution d'un cristal ionique, les concentrations en ions ne sont pas forcément toutes identiques.

Corrigé

Corrigé des exercices

Exercice 8.1

1. $Li_2CO_{3(s)} \rightarrow 2\ Li^+_{(aq)} + CO_3{}^{2-}{}_{(aq)}$ est l'équation de dissolution du carbonate de lithium.

2. $FeBr_{3(s)} \rightarrow Fe^{3+}{}_{(aq)} + 3\ Br^-{}_{(aq)}$ est l'équation de dissolution du bromure de fer III.

3. $Fe(NO_3)_{2(s)} \rightarrow Fe^{2+}{}_{(aq)} + 2\ NO_3{}^-{}_{(aq)}$ est l'équation de dissolution du nitrate de fer II.

4. $Al_2(SO_4)_{3(s)} \rightarrow 2\ Al^{3+}{}_{(aq)} + 3\ SO_4{}^{2-}{}_{(aq)}$ est l'équation de dissolution du sulfate d'aluminium.

5. $KOH_{(s)} \rightarrow K^+{}_{(aq)} + HO^-{}_{(aq)}$ est l'équation de dissolution de l'hydroxyde de potassium.

6. $KMnO_{4(s)} \rightarrow K^+{}_{(aq)} + MnO_4{}^-{}_{(aq)}$ est l'équation de dissolution du permanganate de potassium.

7. $Ca(OH)_{2(s)} \rightarrow Ca^{2+}{}_{(aq)} + 2\ HO^-{}_{(aq)}$ est l'équation de dissolution de l'hydroxyde de calcium.

8. $Na_2CO_{3(s)} \rightarrow 2\ Na^+{}_{(aq)} + CO_3{}^{2-}{}_{(aq)}$ est l'équation de dissolution du carbonate de sodium.

Exercice 8.2

Les lois de la conservation des réactions chimiques sont : conservation des éléments et des charges.

1. $KCl_{(s)} \rightarrow K^+{}_{(aq)} + Cl^-{}_{(aq)}$.

2. $K_2SO_{4(s)} \rightarrow 2\ K^+{}_{(aq)} + SO_4{}^{2-}{}_{(aq)}$.

3. $FeCl_{3(s)} \rightarrow Fe^{3+}{}_{(aq)} + 3\ Cl^-{}_{(aq)}$.

4. $PbCl_{2(s)} \rightarrow Pb^{2+}{}_{(aq)} + 2\ Cl^-{}_{(aq)}$.

5. $CaCO_{3(s)} \rightarrow Ca^{2+}{}_{(aq)} + CO_3{}^{2-}{}_{(aq)}$.

6. $NaHCO_{3(s)} \rightarrow Na^+{}_{(aq)} + HCO_3{}^-{}_{(aq)}$.

7. $CuBr_{2(s)} \rightarrow Cu^{2+}{}_{(aq)} + 2\ Br^-{}_{(aq)}$.

8. $Fe_2\left(SO_4\right)_{3(s)} \rightarrow 2\ Fe^{3+}{}_{(aq)} + 3\ SO_4{}^{2-}{}_{(aq)}$.

9. $Fe(OH)_{2(s)} \rightarrow Fe^{2+}{}_{(aq)} + 2\ HO^-{}_{(aq)}$.

10. $AgNO_{3(s)} \rightarrow Ag^+{}_{(aq)} + NO_3{}^-{}_{(aq)}$.

Exercice 8.3

Molécule de 2,2'-dichlorobiphényle :

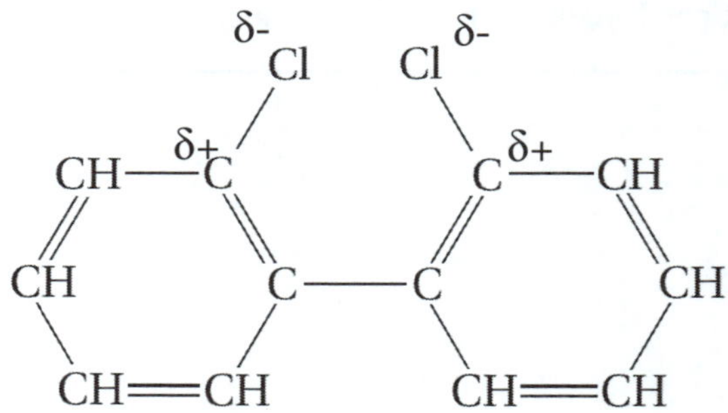

Cette molécule possède deux liaisons polaires dues à la différence d'électronégativité des atomes Cl, plus électronégatifs que C, qui ont alors une charge partielle $\delta-$, et C qui ont alors une charge partielle $\delta+$. Leurs effets ne se compensent pas, au contraire, les charges partielles négatives étant du même côté et celles positives de l'autre. Cette molécule polaire est donc soluble dans l'eau qui est un solvant polaire.

Molécule de 4,4'-dichlorobiphényle :

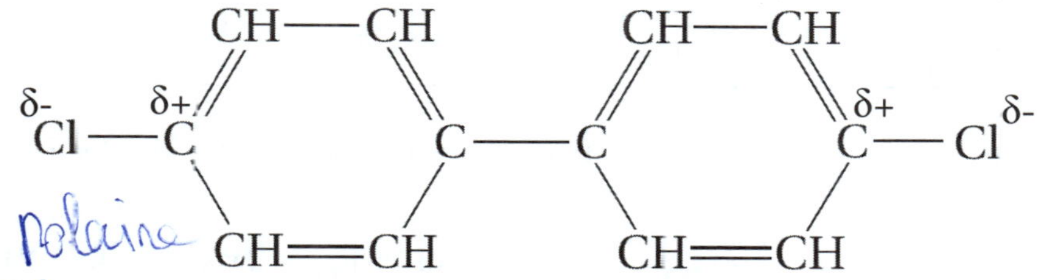

Cette molécule possède deux liaisons polaires dues à la différence d'électronégativité des atomes Cl et C, comme la précédente. Cependant pour cette molécule, leurs effets se compensent à cause de sa symétrie. Cette molécule est donc apolaire et par conséquent peu soluble dans l'eau.

Exercice 8.4

1. $CaF_{2(s)} \rightarrow Ca^{2+}{}_{(aq)} + 2\ F^{-}{}_{(aq)}$.

2. a) La cohésion de la fluorine est due aux interactions électrostatiques attractives entre les anions F^- et les cations Ca^{2+}.

b) $F_{Ca^{2+}\rightarrow F^-} = F_{F^-\rightarrow Ca^{2+}} = k \times \dfrac{|q_{Ca^{2+}} \times q_{F^-}|}{{d_{Ca^{2+}/F^-}}^2} = k \times \dfrac{|2e \times (-e)|}{{d_{Ca^{2+}/F^-}}^2} = k \times \dfrac{2e^2}{{d_{Ca^{2+}/F^-}}^2}$ est une interaction attractive.

$F_{Ca^{2+}\rightarrow Ca^{2+}} = k \times \dfrac{|q_{Ca^{2+}} \times q_{Ca^{2+}}|}{{d_{Ca^{2+}/Ca^{2+}}}^2} = k \times \dfrac{|2e \times 2e|}{{d_{Ca^{2+}/Ca^{2+}}}^2} = k \times \dfrac{4e^2}{{d_{Ca^{2+}/Ca^{2+}}}^2}$ est une interaction répulsive.

$F_{F^-\rightarrow F^-} = k \times \dfrac{|q_{F^-} \times q_{F^-}|}{{d_{F^-/F^-}}^2} = k \times \dfrac{|-e \times -e|}{{d_{F^-/F^-}}^2} = k \times \dfrac{e^2}{{d_{F^-/F^-}}^2}$ est une interaction répulsive.

3. a) $M_{CaF_2} = M_{Ca} + 2 \times M_F = 40{,}1 + 2 \times 19{,}0 = 78{,}1\ g.mol^{-1}$

$$n_{CaF_2} = \frac{m_{CaF_2}}{M_{CaF_2}} = \frac{0{,}017}{78{,}1} = 2{,}2 \times 10^{-4}\ mol$$

$$C_{CaF_2} = \frac{n_{CaF_2}}{V} = \frac{2{,}2 \times 10^{-4}}{1{,}00} = \boxed{2{,}2 \times 10^{-4}\ mol.L^{-1}}.$$

b) D'après la formule chimique du cristal CaF_2 et son équation de dissolution, on sait que $\left[Ca^{2+}\right] = C_{CaF_2} = 2{,}2 \times 10^{-4}\ mol.L^{-1}$ et $\left[F^-\right] = 2 \times C_{CaF_2} = 2 \times 2{,}2 \times 10^{-4} = 4{,}4 \times 10^{-4}\ mol.L^{-1}$. Si besoin était, on pouvait s'en convaincre à l'aide d'un tableau d'avancement :

Équation chimique		$CaF_{2(s)}$	→ $Ca^{2+}_{(aq)}$	+ $2\ F^-_{(aq)}$
État initial	x = 0	$2,2\times10^{-4}$	0	0
En cours de réaction	x	$2,2\times10^{-4}-x$	x	2x
État d'avancement maximal	$x = x_{max}$	$2,2\times10^{-4}-x_{max}$	x_{max}	$2x_{max}$

Le réactif limitant (si le cristal se dissout intégralement) est CaF_2, donc $2,2\times10^{-4}-x_{max}=0$, d'où $x_{max}=2,2\times10^{-4}$ mol.

Au final on a donc $n_{Ca^{2+}}=x_{max}=2,2\times10^{-4}$ mol et $n_{Cl^-}=2\times x_{max}=4,4\times10^{-4}$ mol.

Les concentrations molaires en ions Ca^{2+} et Cl^- sont donc :

$$\left[Ca^{2+}\right]=\frac{n_{Ca^{2+}}}{V}=\frac{2,2\times10^{-4}}{1,00}=\boxed{2,2\times10^{-4}\ \text{mol.L}^{-1}}$$

$$\left[F^-\right]=\frac{n_{F^-}}{V}=\frac{4,4\times10^{-4}}{1,00}=\boxed{4,4\times10^{-4}\ \text{mol.L}^{-1}}.$$

La concentration en ions F^- est deux fois plus grande que celle de Ca^{2+}, ce qui est cohérent avec l'équation de dissolution, la neutralité du cristal et celle de la solution.

Exercice 8.5

1. H_2O et H_2O_2 font des liaisons hydrogène. Les hydrogènes $\delta+$ effectuent ces interactions avec les doublets non liants des atomes d'oxygène $\delta-$:

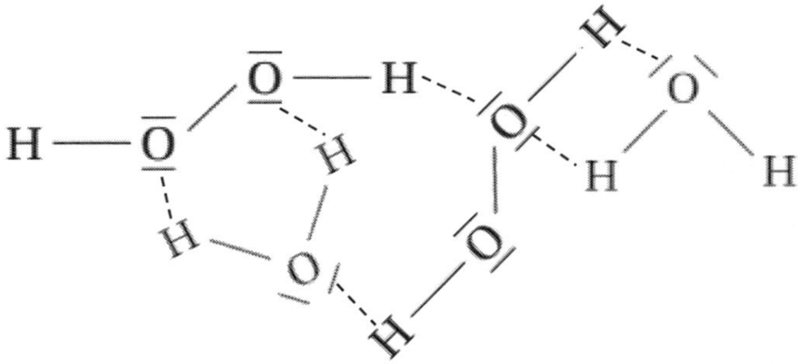

2. H_2O et NH_3 font des liaisons hydrogène. Les hydrogènes $\delta+$ effectuent ces interactions avec les doublets non liants des atomes d'azote et d'oxygène $\delta-$:

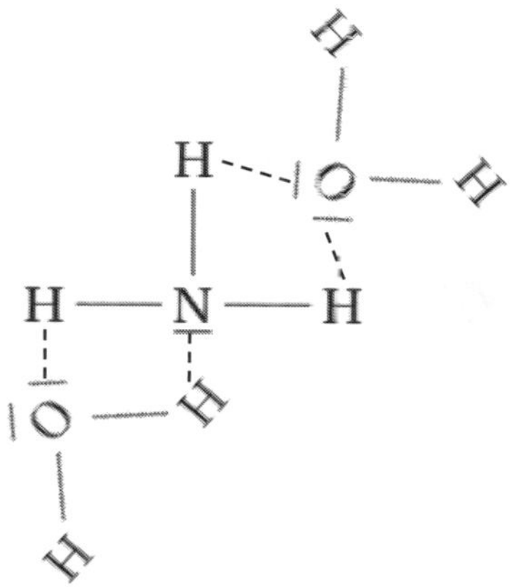

3. CH_2O et CH_4 ne font pas de liaisons hydrogène. En effet, les liaisons CH ne sont pas (ou très peu) polarisées.

4. CH_3–OH et NH_3 font des liaisons hydrogène. Les hydrogènes $\delta+$ effectuent ces interactions avec les doublets non liants des atomes d'azote et d'oxygène $\delta-$:

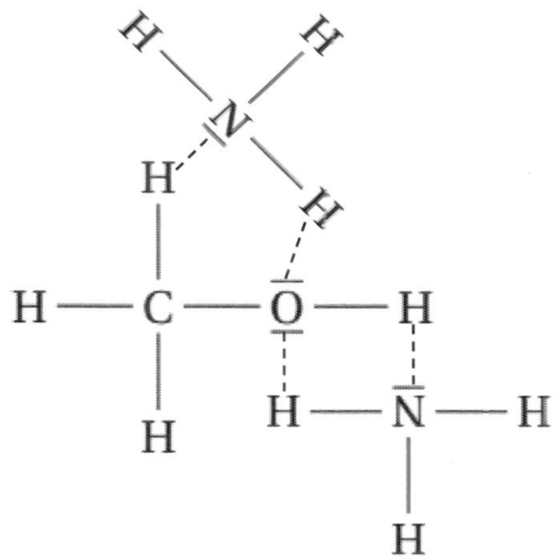

5. CCl_4 et CH_2O ne font pas de liaisons hydrogène. Les hydrogènes ne sont pas $\delta+$ car ils sont reliés à des carbones et non pas à des atomes très électronégatifs.

6. CO_2 et SO_2 n'ont pas d'atomes d'hydrogène donc ils ne font pas de liaisons hydrogène.

Exercice 8.6

1. La charge de la boule d'aluminium doit être de même signe que celle de la baguette de verre puisque cette dernière s'éloigne, l'interaction est alors répulsive. La boule est donc chargée positivement.

La sphère est chargée positivement : elle possède plus de charges positives que de charges négatives.

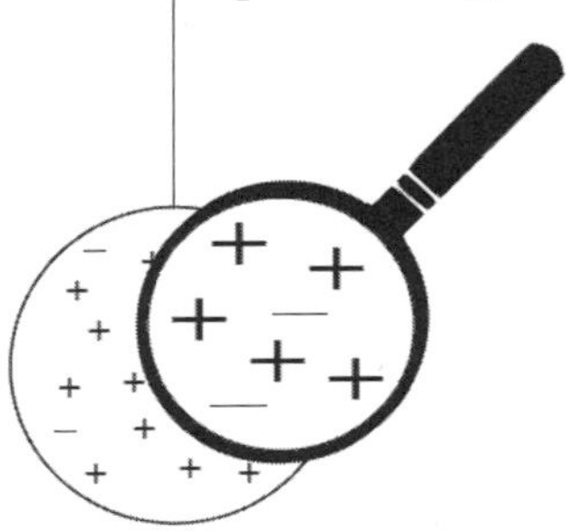

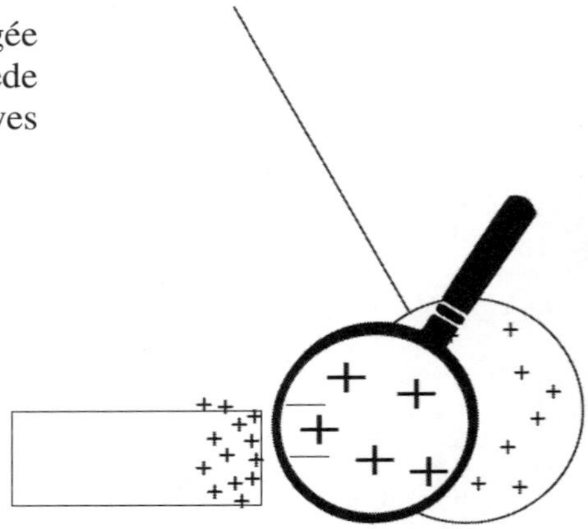

Éloignement de la sphère à l'approche de la baguette.

2. a) Au cours de la première phase, des électrons se déplacent du côté de la baguette, des charges positives se retrouvent donc en excès à l'opposé. La boule est alors polarisée « par influence ».

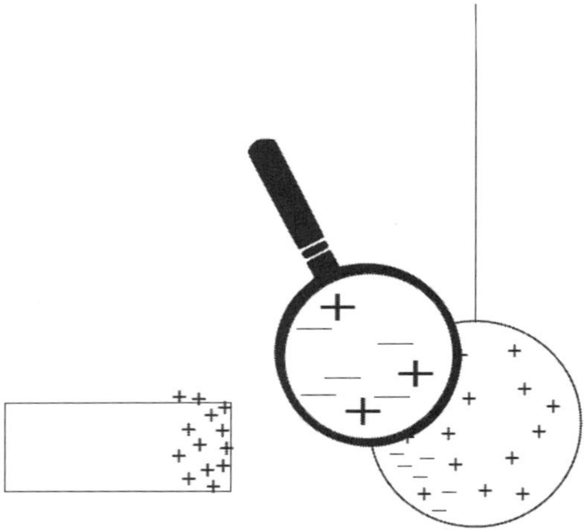

Polarisation de la sphère sous l'influence de la baguette chargée : les charges négatives se déplacent car elles sont attirées.

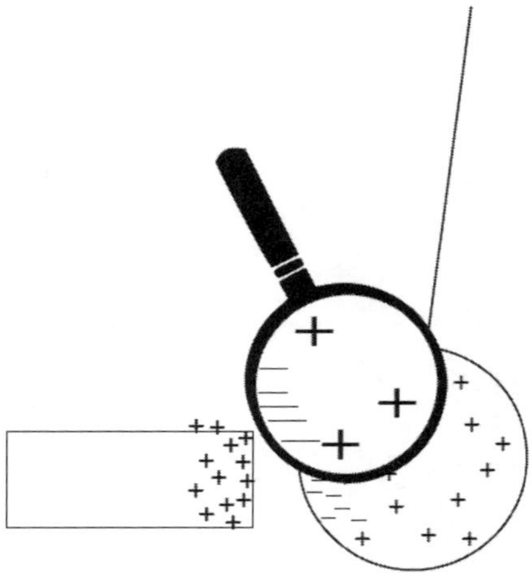

Approche de la sphère polarisée.

b) Ce type d'interaction est analogue à l'interaction de Van der Waals induite qui a lieu au niveau moléculaire pour des molécules apolaires.

3. Au moment du contact, la boule globalement neutre touche la baguette chargée positivement, des électrons de la boule se déplacent sur la baguette, les deux objets sont alors globalement chargés positivement. Par conséquent, la boule et la baguette se repoussent.

4. a) La troisième phase confirme cela, la sphère chargée légèrement positivement est repoussée par la baguette ce qui explique son éloignement.

b) Ce type d'interaction est analogue à de l'interaction électrostatique qui a lieu à l'échelle microscopique.

5. L'eau étant une molécule polaire, elle s'oriente dans un premier temps tel un petit aimant. Son pôle chargé δ- étant dirigé vers la baguette. Une fois orientée, la molécule est ensuite attirée par la baguette, elle se déplace. Ce déplacement observé macroscopiquement est donc dû au déplacement des molécules d'eau au niveau microscopique du fait de leur polarité.

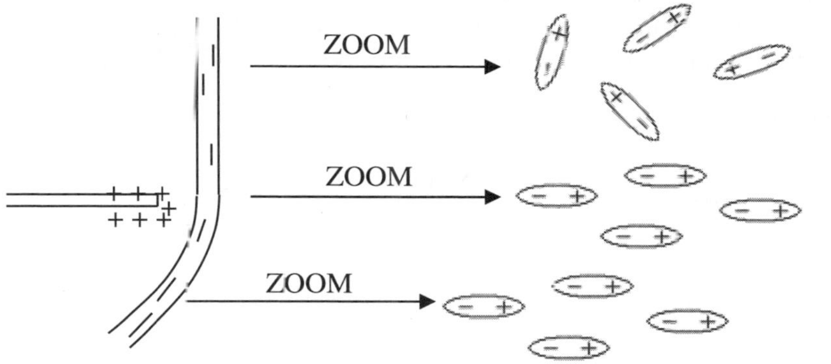

6. Si la baguette était chargée négativement, les molécules d'eau s'orienteraient dans le sens inverse, puis se déplaceraient pareillement du côté de la baguette. La seule différence d'orientation étant à l'échelle microscopique, aucune différence ne serait observable à l'œil.

Exercice 8.7

1. a) Les alcanes du premier tableau sont des espèces moléculaires.

b) Les alcanes ne possèdent pas de liaisons polarisées du fait que la différence d'électronégativité entre H et C est faible. Ils ne sont donc pas polaires.

c)

Molécule	méthane CH_4	éthane C_2H_6	propane C_3H_8	butane C_4H_{10}	pentane C_5H_{12}
Température de vaporisation en °C	–161,5	–89	–42	–1	36
Masses molaires en $g.mol^{-1}$	16,0	30,0	44,0	58,0	72,0

d) Il semble y avoir une corrélation entre la masse molaire et la température de vaporisation, les molécules de plus grande masse molaire ont une température de vaporisation plus élevée.

e) L'augmentation de la température de vaporisation avec la masse molaire des molécules alcanes est due à l'interaction de Van der Waals induite. En effet, les molécules les plus grandes, ayant le plus d'atomes, sont plus polarisables. Elles ont donc plus d'interaction avec leurs voisines, d'où le besoin de plus d'énergie thermique pour les séparer.

f) La température de vaporisation de l'octane est donc par conséquent plus grande que celles indiquées puisque celui-ci est encore plus grand, elle est donc au moins de 36 degrés Celsius.

Corrigé

2. a) Les gaz nobles ne sont pas des cristaux ioniques.

b) Ils sont polarisables, car si un voisin impose un champ électrostatique, le nuage électronique du gaz noble se déforme. On a alors une interaction de Van der Waals induite.

c) Les plus susceptibles d'interagir sont les plus gros : ils ont plus d'électrons, leur nuage électronique est plus déformable. L'interaction en jeu est Van der Waals induite.

d) Les réponses précédentes ont montré que plus l'atome avait une grande masse molaire, plus il était polarisable, donc plus il interagit avec ses voisins avec des interactions de Van der Waals induites, par conséquent plus il faut lui fournir d'énergie (avoir une température élevée) pour le vaporiser. Cela confirme bien l'évolution des températures de vaporisation lues dans le tableau.

3. a) Les espèces chimiques du troisième tableau sont moléculaires.

b)

Acétone :

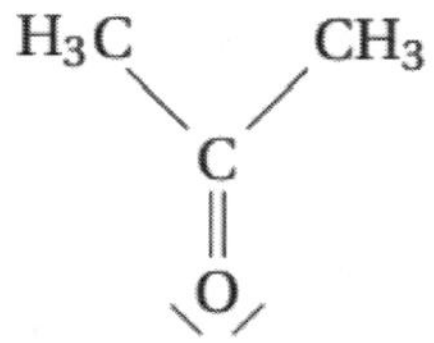

polaire à cause de la liaison polarisée C=O

Méthane :

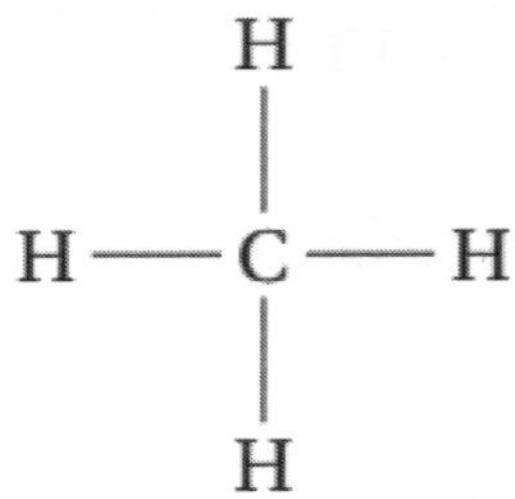

apolaire

Éthanol :

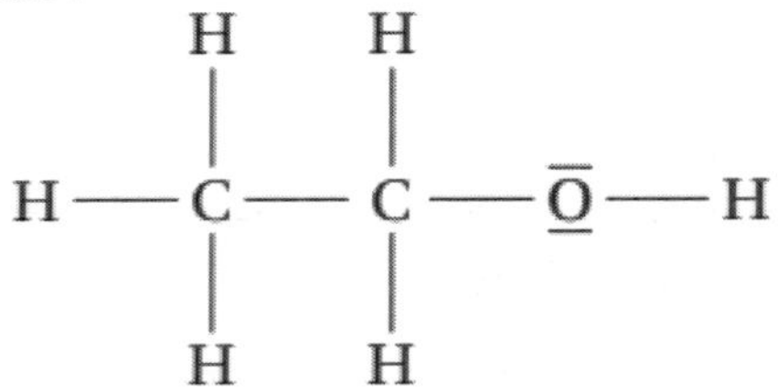

polaire à cause de la liaison O–H

Eau :

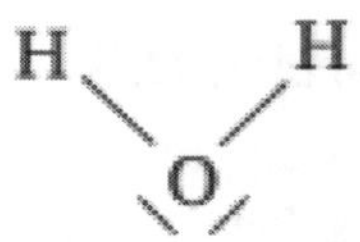

polaire à cause des 2 liaisons O–H

c) Elles effectuent des interactions de type Van der Waals entre elles, sauf pour le méthane apolaire qui ne peut effectuer que des interactions de Van der Waals induites n'ayant pas de moment dipolaire permanent. L'eau et l'éthanol effectuent aussi des liaisons hydrogène.

d) Le méthane effectue des interactions de Van der Waals induites, moins fortes que celles des autres molécules qui effectuent des interactions de Van der Waals entre molécules polaires et des liaisons hydrogène. Ces interactions moins grandes ont pour conséquence une moins grande cohésion du liquide qui est dont plus facile à vaporiser.

e) La température de vaporisation du dioxygène doit être très basse. Déjà il est logique de répondre cela puisque même l'hiver par de basses températures, l'air est composé à 20 % de dioxygène… Chimiquement, le dioxygène est une molécule apolaire, donc qui n'interagit que faiblement avec ses voisines. Comme le méthane, il est donc plus aisé de la vaporiser que les autres molécules étudiées ici.

4. a)

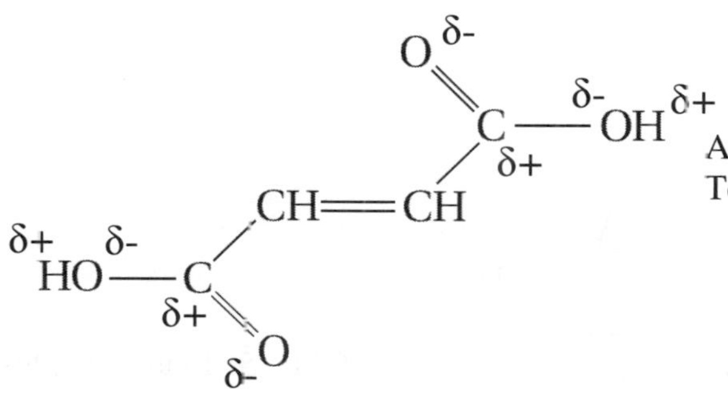

Acide fumarique
Température de fusion : 287 °C.

Il y a 4 liaisons polarisées sur cette molécule à cause des différences d'électronégativité. Il s'agit des deux liaisons C=O et des deux liaisons O–H.

b) Les liaisons polarisées de même type sont opposées, leur effet est donc compensé pour la molécule qui par conséquent n'est pas polarisée.

c) Elle fait des liaisons hydrogène avec ses voisins, celles-ci sont effectuées par les hydrogènes δ+ sur les doublets non liants des atomes d'oxygène.

d) Cette molécule a pour particularité de faire des liaisons hydrogène intramoléculaires. Ces dernières sont des liaisons hydrogène effectuées par un hydrogène d'une molécule sur un doublet non liant d'un atome électronégatif de cette même molécule, et non d'une molécule voisine :

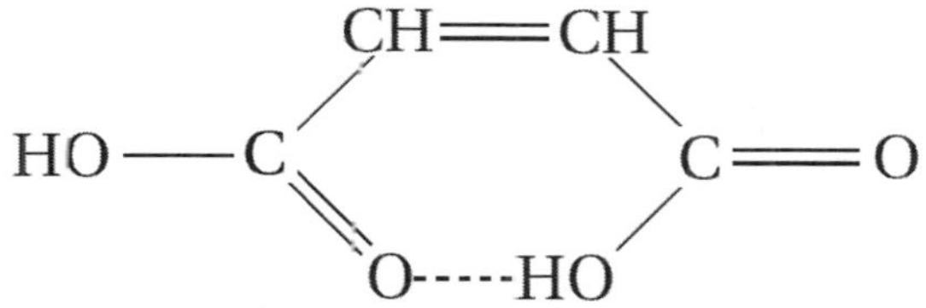

Acide maléique
Température de fusion : 131 °C.

e) Si la molécule d'acide fumarique effectue des liaisons hydrogène avec ses voisins avec 2 hydrogènes, la molécule d'acide maléique, effectuant une liaison hydrogène interne, n'a qu'un hydrogène disponible pour faire des liaisons hydrogène avec ses voisins. Elle a donc moins d'interaction, donc moins de cohésion, d'où sa température de vaporisation plus faible.

Exercice 8.8

1. Schéma de l'hydrodistillat, l'eugénol a une densité de 1,07 donc supérieure à celle de l'eau (qui vaut 1,00), l'eugénol et l'eau sont non miscibles, le plus dense se retrouve en dessous :

Corrigé

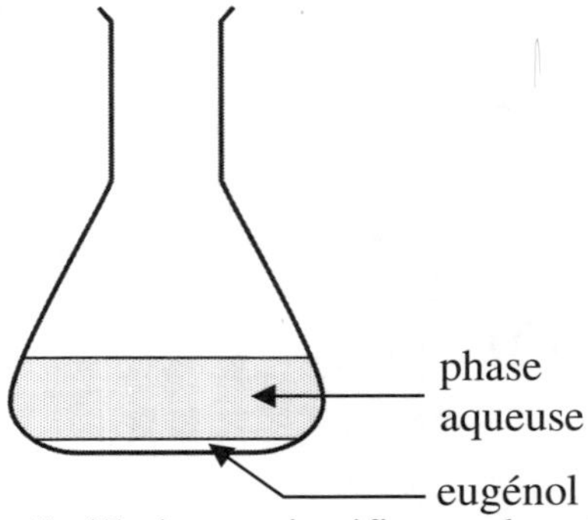

2. L'ajout de sel après l'hydrodistillation se justifie par la solubilité de l'eugénol plus faible dans l'eau salée que dans l'eau. L'ajout de sel permet ainsi le relargage de l'eugénol, c'est-à-dire d'extraire une plus grande partie de l'eugénol dissous dans l'eau.

3. Afin d'extraire l'eugénol encore dissous dans l'eau, il est impossible d'utiliser l'éthanol comme solvant extracteur, ce dernier étant soluble dans l'eau. Il faudrait donc utiliser le dichlorométhane. Ce dernier est particulièrement bien adapté car :

- l'eugénol y est plus soluble que dans l'eau ;
- il n'est pas soluble dans l'eau.

4. Les précautions à prendre lors de la manipulation du dichlorométhane sont de le manipuler sous hotte aspirante muni de gants et de lunettes de protection.

5. L'extraction liquide-liquide se réalise dans une ampoule à décanter :

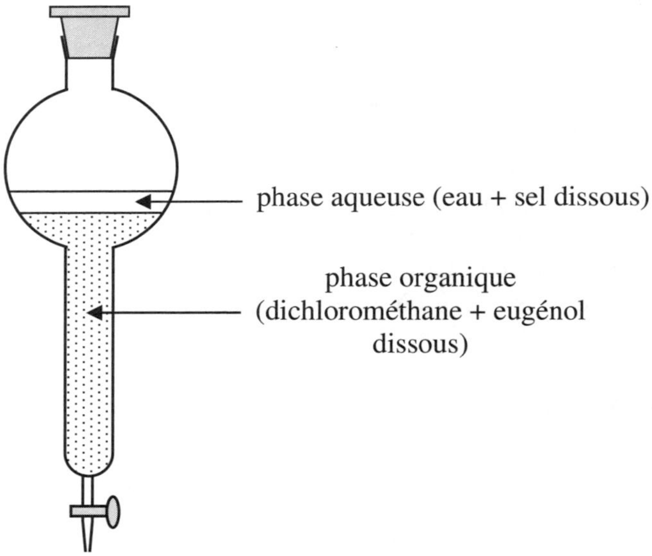

6. Après extraction, le solvant extracteur est éliminé par chauffage sous hotte dans un évaporateur rotatif. C'est réalisable à condition que la température de vaporisation de l'eugénol soit supérieure à celle du dichlorométhane (ce qui est effectivement le cas puisqu'elle est de 254 °C).

Exercice 8.9

1. Un tensioactif est un agent de surface qui doit ses propriétés à son caractère amphiphile.

2. Les grains de poivre sont répartis initialement sur toute la surface de l'eau :

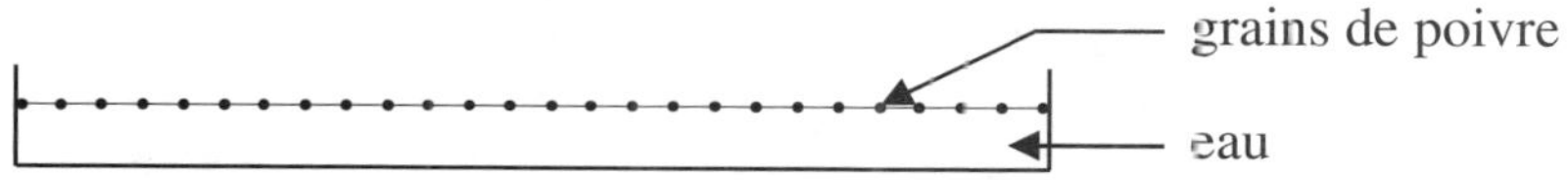

L'ajout de tensioactif au centre repousse les grains de poivre. En effet, les molécules amphiphiles restent à la surface de l'eau, la tête hydrophile dans l'eau. Elles se répartissent donc à la surface et poussent par conséquent le poivre sur les bords.

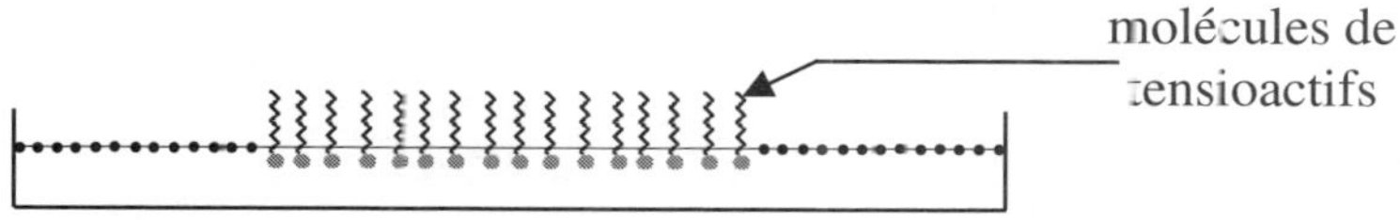

Exercice 8.10

1. Schéma légendé :

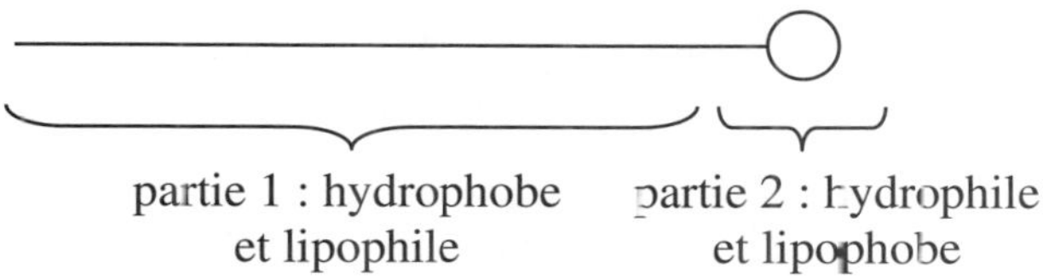

2. La partie 1 est hydrophobe et lipophile. Elle a très peu d'affinité avec l'eau et se dissout bien dans les corps gras. Au contraire la partie 2 est hydrophile et lipophobe, elle n'a des interactions attractives qu'avec l'eau. C'est le schéma A qui représente cela.

Corrigé

Chapitre 9

Interactions fondamentales et notion de champ

Les forces d'attraction, surtout lorsqu'elles s'établissent sans contact comme dans le domaine de la gravitation ou de l'électricité, ont longtemps paru mystérieuses. Dans les derniers siècles les lois qui les régissent ont été découvertes, permettant de nombreuses applications pratiques.

Un scientifique

Expérimentateur très rigoureux, Charles **Coulomb** (1736-1806) se consacre, à partir de 1781, essentiellement à l'étude de la physique. Grâce à des expériences précises et rigoureuses, il étudie la distribution des charges électriques sur une surface et établit les lois qui régissent l'attraction et la répulsion des charges électriques et des pôles magnétiques. Il construit en particulier une balance électrique grâce à laquelle il établit de manière expérimentale que l'attraction des charges électriques est proportionnelle à l'inverse du carré de la distance. En hommage à ses travaux, son nom est donné à l'unité de charge électrique dans le Système international.

LE SAVIEZ-VOUS ?

Longtemps on a cru que la foudre était une expression de la colère divine. Benjamin **Franklin** est le premier à comprendre qu'il s'agit d'un phénomène électrique ce qui lui donne l'idée de confectionner un paratonnerre. La foudre se forme dans des cumulonimbus lorsque de fortes différences de températures provoquent des vents ascendants qui ionisent positivement le haut du nuage et négativement sa base et même le sol. Ceci provoque une différence de potentiel colossale qui engendre d'énormes décharges électriques et de violents éclairs.

■■ Objectifs

■ Les notions que je dois maîtriser

- ▷ Charge électrique, interaction électrostatique, influence électrostatique
- ▷ Loi de Coulomb
- ▷ Force de gravitation et champ de gravitation
- ▷ Force électrostatique et champ électrostatique

■ Les compétences que je dois acquérir

- ▷ Interpréter des expériences mettant en jeu l'interaction électrostatique
- ▷ Utiliser la loi de Coulomb
- ▷ Utiliser l'expression vectorielle de la force de gravitation et du champ de gravitation
- ▷ Utiliser l'expression vectorielle de la force électrostatique et du champ électrostatique
- ▷ Caractériser localement une ligne de champ électrostatique ou de champ de gravitation

Résumé de cours

Interactions fondamentales

Les interactions fondamentales

Une **interaction** est une **action réciproque** entre deux corps formant un système isolé, c'est-à-dire à la fois une action de l'un sur l'autre et de l'autre sur l'un. Tous les phénomènes physiques mettant en jeu l'atome et ses constituants peuvent être expliqués par quatre interactions fondamentales que l'on va décrire.

Ces interactions fondamentales sont l'interaction nucléaire forte (à l'origine de la cohésion des noyaux des atomes), l'interaction nucléaire faible (à l'origine de la fusion des étoiles), l'interaction électrostatique entre particules chargées et l'interaction gravitationnelle entre objets massiques. Seules ces deux dernières interactions seront étudiées en détail dans ce chapitre.

Interaction forte

L'interaction forte est une interaction **attractive**, **très intense**, mais à très **courte portée** : 10^{-15} m, ne lui permettant pas d'être observable hors du noyau de l'atome. C'est par cette force que le noyau assure sa **cohésion**. En effet, si les neutrons sont neutres, les protons de même charge +e se repoussent les uns des autres via l'interaction électromagnétique avec des forces telles que l'interaction gravitationnelle ne peut les compenser. Ce constat prouve l'existence d'une force attractive, intense et de courte portée au sein du noyau.

Cette interaction a toutefois ses limites puisqu'au-delà d'un certain nombre de protons au sein du noyau : Z = 82 (correspondant à l'atome de plomb, l'interaction forte ne suffit plus à assurer la cohésion de l'atome. On a alors des atomes instables (voir cours de la classe de Terminale).

Interaction faible

Cette interaction **attractive** a une portée encore plus faible de 10^{-17} à 10^{-18} m, soit 1/100e à 1/1000e de la taille de l'atome. Elle a une intensité plus faible que l'interaction forte et agit sur les composants du noyau, mais aussi leurs composants (quarks) et des particules de matière (neutrinos...) qui seront étudiées à l'Université.

L'interaction gravitationnelle

Déjà vue l'an dernier, cette interaction **toujours attractive** intervient pour des corps **massiques** de masses m_A et m_B dont les centres de gravité sont distants de d et elle a :

- pour **points d'application** A pour $F_{B\to A}$ et B pour $F_{A\to B}$
- pour **direction** la droite (AB)
- pour **sens** de A vers B pour $F_{B\to A}$ et de B vers A pour $F_{A\to B}$

– pour **intensité** $\boxed{F_{A \to B} = F_{B \to A} = G \times \frac{m_A \times m_B}{d^2}}$, exprimée en newtons (N)

Avec : $G = 6,67 \times 10^{-11}\ N.m^2.kg^{-2}$ constante de gravitation universelle

m_A et m_B en kg

$d = AB$ distance en m entre les centres de gravité de A et B

Représentation vectorielle des forces d'interaction gravitationnelle entre deux objets massiques :

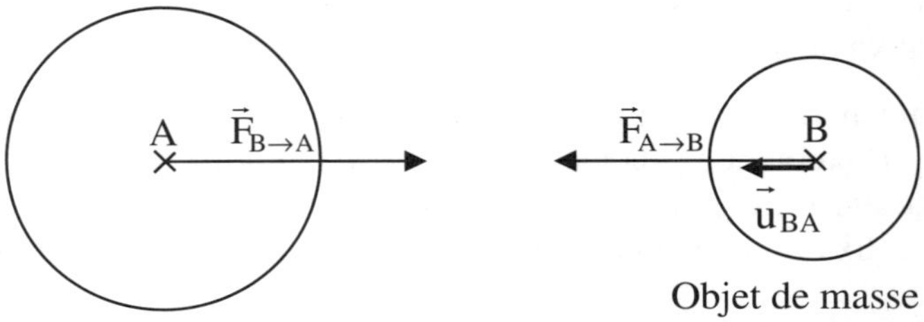

La force exercée par le corps A sur le corps B est représentée par un **vecteur** ayant pour origine le centre de gravité de B, pour direction la droite (AB) et pour sens de B vers A :

$$\boxed{\vec{F}_{A \to B} = -\vec{F}_{B \to A} = G \times \frac{m_A \times m_B}{d^2} \vec{u}_{BA}}$$

avec $\vec{u}_{BA}$ un vecteur unitaire (de norme égale à 1), indiquant la direction de B vers A.

Remarques

La force $\vec{F}_{B \to A}$ se dit « force exercée par B sur A » et peut aussi être notée $\vec{F}_{B/A}$.

$\vec{u}_{BA}$ est un vecteur unitaire dirigé de B vers A, on peut aussi utiliser $\vec{u}_{AB}$ vecteur unitaire dirigé de A vers B : $\vec{F}_{B \to A} = G \times \frac{m_A \times m_B}{d^2} \vec{u}_{AB}$.

⇨ **Méthode 9.1. Utiliser la formule de l'interaction gravitationnelle**

❑ Interaction électromagnétique

L'interaction électromagnétique est l'une des quatre interactions fondamentales, dans le cadre de ce cours, nous en étudierons uniquement le cas particulier pour lequel les charges électriques sont immobiles, on parlera alors d'**interaction électrostatique** (plus tard sera étudié le cas où des charges électriques sont en mouvement, engendrant alors aussi une interaction magnétique). Cette interaction **attractive** ou **répulsive** intervient pour des corps chargés de charges q_A et q_B dont les centres de gravité sont distants de d et elle a :

– pour **points d'application** A pour $F_{B\to A}$ et B pour $F_{A\to B}$
– pour **direction** la droite (AB)
– pour **sens** de A vers B pour $F_{B\to A}$ et de B vers A pour $F_{A\to B}$ dans le cas d'une interaction **attractive** (charges de signes opposés), mais dans le sens contraire pour une interaction **répulsive** (charges de même signe) ! (voir schéma)
– pour **intensité** $\boxed{F_{A\to B} = F_{B\to A} = \dfrac{1}{4\pi\varepsilon_0}\times\dfrac{|q_A \times q_B|}{d^2} = k\times\dfrac{|q_A \times q_B|}{d^2}}$ exprimée en newtons (N)

Avec : $\varepsilon_0 = 8{,}854\times10^{-12}$ USI (unité du système international) est la permittivité diélectrique du vide
q_A et q_B en C (Coulomb, unité de la charge électrique)
$d = AB$ distance en m entre les centres de gravité de A et B
La constante $\dfrac{1}{4\pi\varepsilon_0}$ est parfois exprimée par $k = 9{,}0\times10^9$ N.m^2.C^{-2}

Dans le cas de deux corps avec des **charges de mêmes signes** (deux protons ou deux électrons par exemple) la force est **répulsive,** dans le cas de deux corps avec des **charges de signes contraires** (un proton et un électron par exemple) la force est **attractive**.

Représentation vectorielle des forces d'interaction électrostatique entre deux objets chargés :

La force exercée par le corps A sur le corps B est représentée par un **vecteur** ayant pour origine le centre de gravité de B, pour direction la droite (AB) et pour sens de A vers B par convention, donc **dirigée vers l'extérieur**. Ce vecteur est donné par la **loi de Coulomb** :

$$\boxed{\vec{F}_{A\to B} = -\vec{F}_{B\to A} = k\times\frac{q_A \times q_B}{d^2}\,\vec{u}_{AB}}$$

Dans le cas de **deux charges de mêmes signes**, cette force est donc bien **répulsive** et dirigée vers l'extérieur. Dans le cas de **deux charges de signes contraires**, un signe moins apparaît dans l'expression de la force, cela « retourne » le vecteur, la force est alors **attractive**.

Remarque

Dans le cas de la représentation des forces d'interaction électromagnétique entre deux objets chargés de signes opposés, l'un positif et l'autre négatif, le schéma devient :

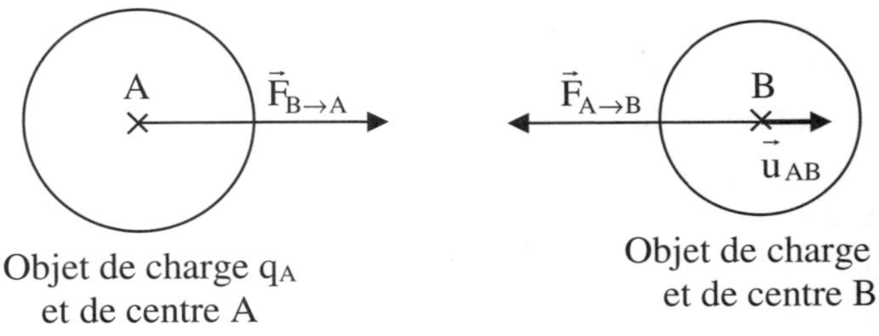

⇨ **Méthode 9.2. Utiliser la formule de l'interaction électrostatique**

⇨ **Méthode 9.3. Manipuler les formules des forces d'interaction gravitationnelle et électrostatique**

■ Champ et lignes de champ

❑ Définition

Un **champ** correspond à un ensemble de **valeurs** ou de **vecteurs** d'une **grandeur physique** représentés dans un **espace défini**. Un champ dont la grandeur physique mesurée est un scalaire (une valeur) est appelé **champ scalaire**. Un champ dont la grandeur physique mesurée est un vecteur est appelé **champ vectoriel**.

Exemples

À la météo sont représentés des champs scalaire et vectoriel :

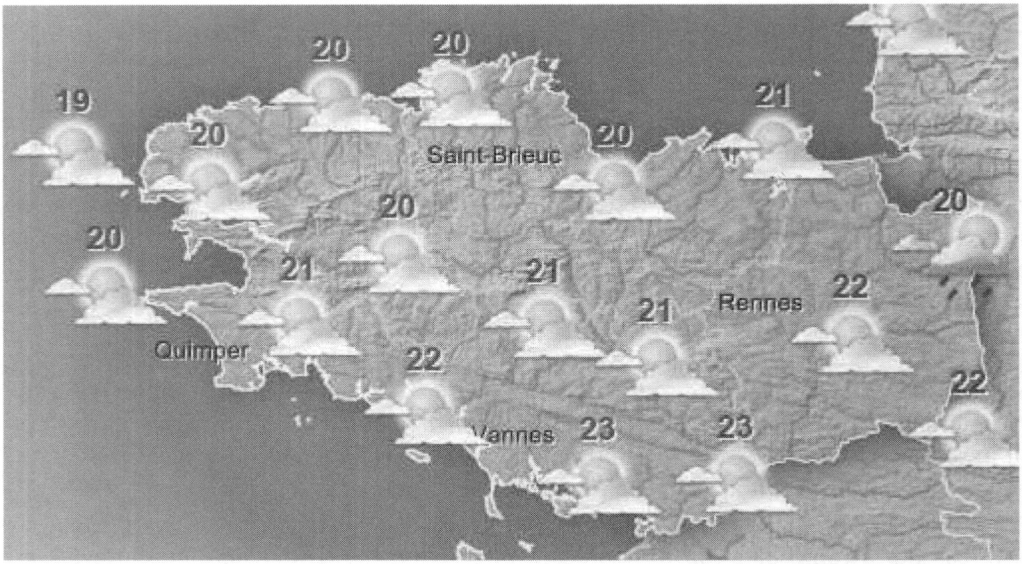

Carte des températures (et de la couverture nuageuse) en Bretagne du dimanche 31 juillet 2016. C'est un champ scalaire.

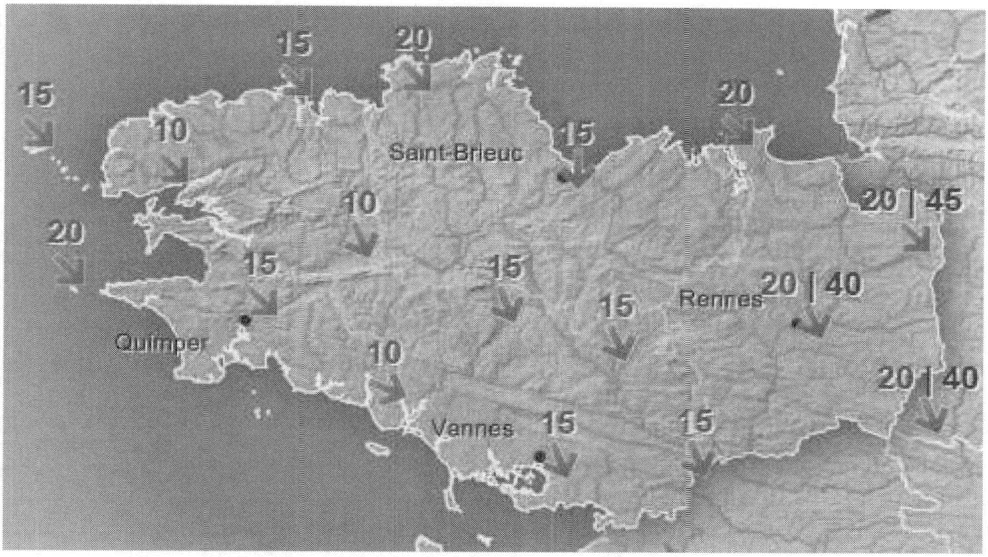

Carte de champ de vitesse du vent en Bretagne du dimanche 31 juillet 2016. C'est un champ vectoriel.

Source : Météo-France le 31 Juillet 2016 (http://www.meteofrance.com/previsions-meteo-france/bretagne/regi53).

❑ Champ de gravitation et champ de pesanteur à partir de l'exemple terrestre

Tout objet massique à proximité de la Terre subit une force de gravitation qui l'attire vers cette Terre mettant ainsi en évidence un **champ de gravitation terrestre**, noté $\vec{\mathcal{G}}$ et est donné par la relation :

$$\boxed{\vec{\mathcal{G}} = \frac{\vec{F}}{m}}$$

$\vec{F}$: force d'interaction gravitationnelle appliquée à l'objet, dont la norme F (l'intensité) est exprimée en newtons (N)
m : masse de l'objet en kg
$\vec{\mathcal{G}}$: champ de gravitation terrestre dont la norme $\mathcal{G}$ s'exprime en $N.kg^{-1}$

Dans le cas de l'étude à la surface de la Terre, ce champ est appelé **champ de pesanteur**, il est noté $\vec{g}$ et est donné par la relation $\boxed{\vec{g} = \frac{\vec{P}}{m}}$, $\vec{P}$ étant le poids de l'objet en newtons (N) et m sa masse en kg, g s'exprime donc en $N.kg^{-1}$.

❑ Propriétés du champ de gravitation

La force de gravitation est toujours attractive, donc les lignes de champ de pesanteur sont toujours dirigées vers le centre de l'objet créant ce champ. Les propriétés du vecteur champ gravitationnel sont :

- direction : portée par la droite passant par le point de mesure et le centre de gravité de l'objet créant ce champ
- sens : vers l'objet créant ce champ
- norme : $\left\|\vec{\mathscr{G}}\right\| = \dfrac{\left\|\vec{F}\right\|}{m}$

Ce champ est considéré **uniforme sur de petites régions**.

Méthode 9.4. Exprimer le champ de pesanteur d'une planète en fonction des caractéristiques de cette planète

❑ Champ électrostatique

Une entité chargée exerce sur une autre entité chargée de charge q une force électrostatique $\vec{F}$. Cette entité crée autour d'elle un **champ électrostatique** (ou **champ électrique**) noté $\vec{E}$, dont l'intensité dépend de la charge de la particule et de la distance à partir du centre de celle-ci. Ce champ est décroissant en s'écartant de cette entité chargée. La force électrostatique subie par la charge q et le champ $\vec{E}$ sont reliés par :

$$\boxed{\vec{E} = \frac{\vec{F}}{q}}$$

$\vec{F}$: force d'interaction électrostatique appliquée à l'objet, dont la norme F (l'intensité) est exprimée en newtons (N)
q : charge de l'entité subissant le champ, en Coulombs (C)
$\vec{E}$: champ électrique dont la norme E s'exprime en $N.C^{-1}$ (mais aussi en $V.m^{-1}$)

⇨ **Méthode 9.5. Déterminer l'expression d'un champ électrostatique $\vec{E}$**
⇨ **Méthode 9.6. Retrouver les caractéristiques du champ électrostatique $\vec{E}$**

❑ Propriétés du champ électrique

Les caractéristiques du vecteur champ électrique sont :

- **direction** : portée par la droite joignant le centre de l'entité chargée et le point où est mesuré le champ ;
- **sens** : dirigé de l'entité chargée vers l'extérieur si elle est chargée positivement, dirigé de l'extérieur vers l'entité chargée si elle est chargée négativement ;
- **intensité** : elle décroit avec la distance et est d'autant plus grande que la charge de l'entité est élevée.

L'intensité du champ $\vec{E}$ est indépendante de la charge qui subit ce champ.

❑ Lignes de champ

Un champ vectoriel est associé à des mesures de grandeurs vectorielles. Les lignes **tangentes aux vecteurs** d'un champ vectoriel sont des **lignes de champ vectoriel**, les tracer permet de cartographier ce champ vectoriel. Dans le cas d'un champ de **vecteurs égaux** (identiques), le champ est **uniforme** et les lignes de champs sont des **droites parallèles**.

Représentation du champ de gravitation terrestre près de la Tour Eiffel :

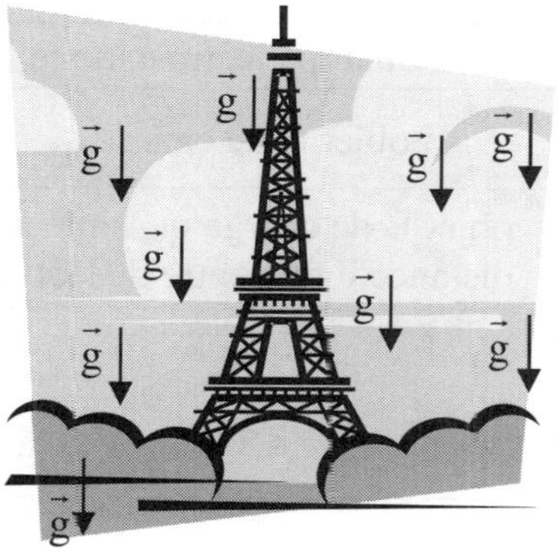

Représentation des lignes champ de gravitation terrestre près de la Tour Eiffel :

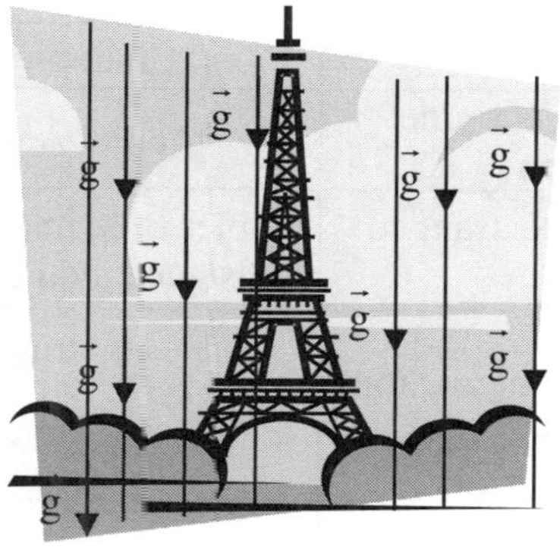

Représentation du champ électrique autour d'un proton :

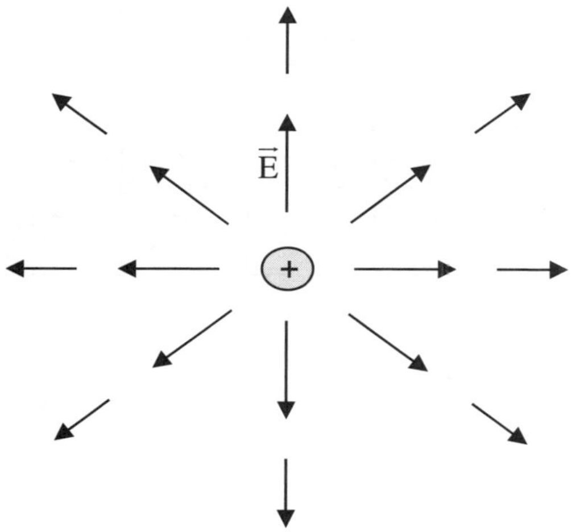

Représentation des lignes de champ électrique autour d'un proton :

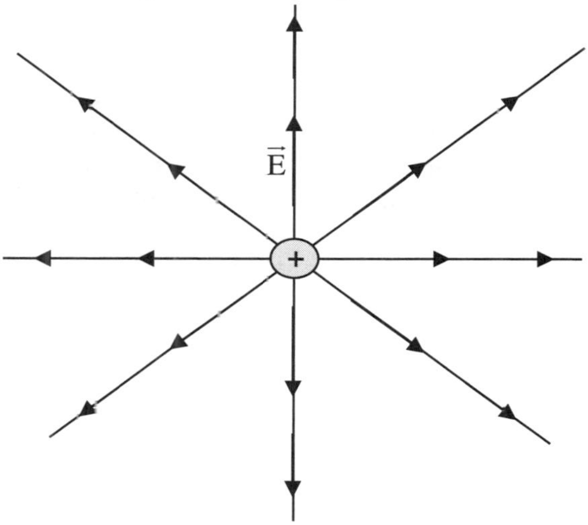

Remarques

Les lignes de champ sont orientées dans le sens des vecteurs champ, vers l'extérieur si la charge est positive, vers la charge si elle est négative.

Dans le cas du champ gravitationnel, la force étant toujours attractive, le champ est toujours vers l'objet attracteur.

■ Comparaisons entre les champs gravitationnel et électrostatique

	Champ gravitationnel	Champ électrostatique	
Objet à l'origine du champ	objet A de masse m_A	objet A de charge q_A	
Objet subissant ce champ	objet B de masse m_B, situé à une distance d du centre de l'objet A	objet B de charge q_B, situé à une distance d du centre de l'objet A	
Force d'interaction subie	$\vec{F}_{A\to B} = m_B \times \vec{\mathcal{G}}$ $= G\times\dfrac{m_A \times m_B}{d^2}\vec{u}_{BA}$	$\vec{F}_{A\to B} = q_B \times \vec{E}$ $= k\times\dfrac{q_A \times q_B}{d^2}\vec{u}_{AB}$	
Expression du champ déduite par identification	$\vec{\mathcal{G}} = G\times\dfrac{m_A}{d^2}\vec{u}_{BA}$	$\vec{E} = k\times\dfrac{q_A}{d^2}\vec{u}_{AB}$	
Sens du champ	toujours vers l'objet à l'origine du champ	Si $q_A > 0$: dans la direction opposée à l'objet A	Si $q_A < 0$: dans la direction de l'objet A
Tracé des lignes de champ autour d'un objet A sphérique	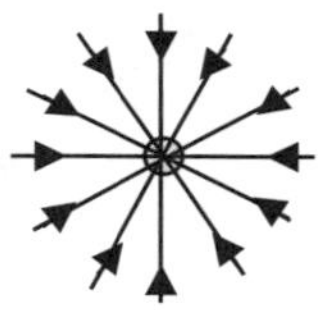	$q_A > 0$: 	$q_A < 0$: 

■ Comment utiliser les formules des forces d'interaction gravitationnelle et électrostatique ?

❑ Méthode 9.1. Utiliser la formule de l'interaction gravitationnelle

Il est nécessaire de maîtriser les calculs de forces d'interaction gravitationnelle. Il faut pour cela prêter attention aux grandeurs utilisées et à leurs unités.

⇨ **Exercices 9.2 à 9.8, 9.11 et 9.13.**

Exemple de la force exercée par le Soleil sur Mars :
Données :

$m_{Mars} = 6,39 \times 10^{23}$ kg

$m_{Soleil} = 1,989 \times 10^{30}$ kg

$G = 6,67 \times 10^{-11}$ N.m^2.kg^{-2}

$d_{M/S} = 2,279 \times 10^8$ km

On applique la formule $F_{Soleil \to Mars} = G \times \dfrac{m_{Soleil} \times m_{Mars}}{{d_{M/S}}^2}$. Attention aux unités !! La distance entre les centres de gravité de Mars et du Soleil est donnée en km, elle doit être en m dans la formule : $d_{M/S} = 2,279 \times 10^8$ km $= 2,279 \times 10^{11}$ m . Ainsi :

$$F_{Soleil \to Mars} = 6,67 \times 10^{-11} \times \frac{1,989 \times 10^{30} \times 6,39 \times 10^{23}}{(2,279 \times 10^{11})^2} = \boxed{1,63 \times 10^{21} \text{ N}}.$$

❑ Méthode 9.2. Utiliser la formule de l'interaction électrostatique

Il est nécessaire de maîtriser les calculs de forces d'interaction électromagnétique. Il faut pour cela prêter attention aux grandeurs utilisées et à leurs unités.

⇨ **Exercices 9.2 à 9.7, 9.11 et 9.14.**

Exemple de la force exercée par le proton sur l'électron de l'atome d'hydrogène :
Données :

$e = 1,6 \times 10^{-19}$ C

$k = 9,0 \times 10^9$ N.m^2.C^{-2}

$d_{p/e^-} = 53$ pm

On applique la formule $F_{proton \to électron} = k \times \frac{|q_{proton} \times q_{électron}|}{d_{p/e^-}{}^2}$. Attention aux unités !! La distance entre les centres le proton et l'électron est donnée en pm, elle doit être en m dans la formule : $d_{M/S} = 53\ pm = 53 \times 10^{-12}\ m$. Ainsi :

$$F_{proton \to électron} = 9{,}0 \times 10^9 \times \frac{|1{,}6 \times 10^{-19} \times (-1{,}6 \times 10^{-19})|}{(53 \times 10^{-12})^2} = \boxed{8{,}2 \times 10^{-8}\ N}.$$

❑ Méthode 9.3. Manipuler les formules des forces d'interaction gravitationnelle et électromagnétique

Même si le plus souvent est demandée la détermination de la force, il peut être utile de manipuler ces formules afin d'isoler les masses, les charges ou la distance séparant les centres de gravité des objets concernés. Cela se fait avec un peu d'algèbre.

⇨ **Exercices 9.2, 9.4 à 9.6 et 9.8.**

Partant de la force d'interaction gravitationnelle F_{ig}, on peut :

– isoler une des masses

$$F_{ig} = G \times \frac{m_A \times m_B}{d^2} \Leftrightarrow \boxed{m_A = F_{ig} \times \frac{d^2}{G \times m_B}} \Leftrightarrow \boxed{m_B = F_{ig} \times \frac{d^2}{G \times m_A}}\ ;$$

– isoler la distance entre les centres de gravité des objets massiques

$$F_{ig} = G \times \frac{m_A \times m_B}{d^2} \Leftrightarrow d^2 = G \times \frac{m_A \times m_B}{F_{ig}} \Leftrightarrow \boxed{d = \sqrt{G \times \frac{m_A \times m_B}{F_{ig}}}}.$$

Partant de la force d'interaction électromagnétique $F_{él}$, on peut :

– isoler une des charges

$$F_{él} = k \times \frac{|q_A \times q_B|}{d^2} = k \times \frac{|q_A| \times |q_B|}{d^2} \Leftrightarrow \boxed{|q_A| = F_{él} \times \frac{d^2}{k \times |q_B|}} \Leftrightarrow \boxed{|q_B| = F_{él} \times \frac{d^2}{k \times |q_A|}}\ ;$$

– isoler la distance entre les centres des objets chargés

$$F_{él} = k \times \frac{|q_A \times q_B|}{d^2} \Leftrightarrow d^2 = k \times \frac{|q_A \times q_B|}{F_{él}} \Leftrightarrow \boxed{d = \sqrt{k \times \frac{|q_A \times q_B|}{F_{él}}}}.$$

■ Comment exprimer un champ ?

❑ Méthode 9.4. Exprimer le champ de pesanteur d'une planète en fonction des caractéristiques de cette planète

> À partir de la relation définissant le champ de gravitation et de la force d'interaction gravitationnelle dont il dépend, nous pouvons déterminer l'expression d'un champ de gravitation et d'un champ de pesanteur intrinsèques (qui ne dépendent pas des objets sur lesquels ils agissent).

⇨ **Exercices 9.9, 9.11, 9.12 et 9.13.**

D'après la définition, le champ gravitationnel $\overrightarrow{\mathscr{G}}$ créé par un objet de masse M qui exerce sur un autre objet de masse m une force $\vec{F}$ est donné par la relation : $\overrightarrow{\mathscr{G}} = \frac{\vec{F}}{m}$. En prenant la norme de cette expression, nous obtenons $\mathscr{G} = \frac{F}{m}$.

Or, la force $F = F_{gravitationnelle} = G \times \frac{M \times m}{d^2}$ où d est la distance séparant les centres des deux objets massiques.

En remplaçant cette expression dans la première formule, on obtient :

$$\boxed{\mathscr{G} = \frac{F}{m} = G \times \frac{M \times m}{d^2 \times m} = G \times \frac{M}{d^2}}$$

À la surface de la Terre, la force d'interaction gravitationnelle appliquée par la Terre sur un corps de masse m est le poids du corps, noté $\vec{P}$, donné par la relation $\vec{P} = m \times \vec{g}$.

Alors $\mathscr{G}$ devient : $\mathscr{G} = \frac{P}{m} = \frac{m \times g}{m} = g$.

On a toujours $\mathscr{G} = \frac{F}{m}$, mais d = R_T (rayon de la Terre), $\mathscr{G} = G \times \frac{M \times m}{{R_T}^2 \times m} = G \times \frac{M}{{R_T}^2}$. On retrouve alors un résultat connu : $\boxed{g = G \times \frac{M}{{R_T}^2}}$.

❑ Méthode 9.5. Déterminer l'expression d'un champ électrostatique $\vec{E}$

À partir de la définition du champ électrique et de l'expression de la force d'interaction électromagnétique, il est possible de déterminer l'expression du champ électrostatique $\vec{E}$.

⇨ **Exercices 9.10, 9.11 et 9.14.**

D'après la définition, le champ électrostatique $\vec{E}$ créé par un objet de charge q_A qui exerce sur un autre objet de charge q_B une force $\vec{F}$ est donné par la relation : $\vec{E} = \frac{\vec{F}}{q_B}$. En prenant la norme de cette expression, nous obtenons $E = \frac{F}{q_B}$.

Or, la force $F = F_{\text{électrostatique}} = \frac{1}{4\pi\varepsilon_0} \times \frac{|q_A \times q_B|}{d^2} = k \times \frac{|q_A \times q_B|}{d^2}$ où d est la distance séparant les centres des deux objets chargés. En prenant les normes des vecteurs, nous occultons l'étude du signe (le sens des champs ou des forces peut être déduit du signe des charges en jeu). On peut donc retirer les valeurs absolues.
En remplaçant cette expression dans la première formule, on obtient :

$$\boxed{E = \frac{F}{q_B} = k \times \frac{q_A}{d^2}\frac{q_B}{q_B} = k \times \frac{q_A}{d^2} = \frac{1}{4\pi\varepsilon_0} \times \frac{q_A}{d^2}}$$

Le signe, donc le sens, du champ dépend donc du signe de la charge qui crée ce champ.

❑ Méthode 9.6. Retrouver les caractéristiques du champ électrostatique $\vec{E}$

Ayant démontré les formules ci-dessus, il devient facile de déduire les caractéristiques du champ électrostatique vues dans le cours.

⇨ **Exercices 9.11.**

Les caractéristiques du vecteur champ électrique sont :

- **Direction** : portée par la droite joignant le centre de l'entité chargée et le point où est ressenti le champ. Cette caractéristique est montrée par la formule $\vec{E} = \frac{\vec{F}}{q_B}$, les vecteurs $\vec{E}$ et $\vec{F}$ apparaissent colinéaires, ils ont donc la même direction.
- **Sens** : dirigé de l'entité chargée vers l'extérieur si les charges q_A et q_B sont de même signe, dirigé de l'extérieur vers l'autre entité chargée si les charges q_A et q_B sont de signes contraires. Une étude des signes peut être faite en définissant des vecteurs unitaires directeurs.

- **Norme (ou intensité)** : elle décroit avec la distance et est d'autant plus grande que la charge de l'entité est élevée. $E = k \times \frac{q_A}{d^2}$, on retrouve la décroissance annoncée en fonction de la distance (c'est même avec le carré de cette distance !), le champ est aussi directement proportionnel à la charge q_A de l'objet qui le crée. L'intensité du champ $\vec{E}$ est indépendante de la charge qui subit ce champ et se constate aussi dans cette formule où n'apparaît plus la charge q_B.

Méthodes

Vrai/Faux

		Vrai	Faux
1.	Des lignes de champ vectoriel sont des lignes joignant des points de l'espace où la grandeur physique vectorielle a la même norme.	☐	☐
2.	Les lignes de champ électrostatique partent des charges positives pour rejoindre les charges négatives.	☐	☐
3.	Le champ électrostatique auquel est soumis un objet chargé dépend de la charge de cet objet.	☐	☐
4.	Le champ de $\vec{\mathscr{G}}$ de la Terre peut être assimilé au champ de pesanteur terrestre $\vec{g}$.	☐	☐
5.	La norme du champ de pesanteur terrestre est donnée par g = P x m.	☐	☐
6.	L'interaction gravitationnelle entre deux objets augmente si la distance entre les centres de gravité de ces deux objets augmente.	☐	☐
7.	L'interaction gravitationnelle compense la répulsion due à l'interaction électromagnétique des protons dans un noyau.	☐	☐
8.	L'interaction gravitationnelle est toujours attractive, peu importent les masses des objets en jeu.	☐	☐
9.	L'interaction électromagnétique est répulsive ou attractive selon le signe des charges des corps en interaction.	☐	☐
10.	L'interaction faible et l'interaction forte sont de portées si faibles qu'on ne peut les observer en dehors du noyau atomique.	☐	☐

■■ Énoncé des exercices

■ À propos des forces

❑ Exercice 9.1. Parce qu'il faut absolument savoir faire

Quelques grandeurs (longueurs, distances, tailles…) sont exprimées dans la première colonne du tableau suivant, convertir ces grandeurs en mètres, puis en exprimer l'écriture scientifique et l'ordre de grandeur :

Distance, taille	Convertie en mètres (m)	En écriture scientifique en mètres (m)	Ordre de grandeur en mètres (m)
4809 m			
75 µm			
9461×10^3 Gm			
0,8418 fm			
0,40 nm			
0,0075 mm			
11×10^{20} m			
2,8 dam			
0,9848 hm			
384 Mm			
632,8 nm			
53 pm			

Associer chacun de ces objets à sa taille présente dans ce tableau. On pourra pour cela classer ces objets par tailles croissantes :

- Cheveu (épaisseur)
- Voie lactée (taille)
- Neutron (taille)
- Molécule d'eau (longueur)
- Année lumière
- Globule rouge (diamètre)
- Laser rouge (longueur d'onde)
- Terrain de basketball (longueur)
- Mont Blanc (hauteur)
- Atome d'hydrogène (rayon)
- Lancer de javelot (record du monde masculin)
- Distance Terre-Lune

❑ Exercice 9.2. Calculs et analyse dimensionnelle

On se propose d'étudier deux forces d'interaction dont on rappelle les formules :

Force d'interaction gravitationnelle : $F_{A \to B} = F_{B \to A} = G \times \dfrac{m_A \times m_B}{d^2}$.

Force d'interaction électromagnétique : $F_{A \to B} = F_{B \to A} = k \times \dfrac{|q_A \times q_B|}{d^2}$.

Données :

masse de la Terre : $m_T = 5{,}97 \times 10^{24}$ kg

constante de gravitation universelle : $G = 6{,}67 \times 10^{-11}$ USI (unité du système internationnal)

constante k : $k = 9{,}0 \times 10^{9}$ USI (unité du système internationnal)

masse d'un proton : $m_p = 1{,}67 \times 10^{-27}$ kg

charge élémentaire : $e = 1{,}6 \times 10^{-19}$ C

rayon de la Terre : $r_T = 6{,}4 \times 10^{3}$ km

distance séparant 2 nucléons dans un noyau : $d_{p/p} = d_{p/n} = d_{n/n} = 1{,}0$ fm .

1. Rappeler la notion d'interaction.

2. On considère un sauteur en hauteur de masse $m_s = 75{,}5$ kg en train de sauter.

a) Exprimer la force d'interaction gravitationnelle exercée par la Terre sur le sauteur en hauteur.

b) À partir de cette formule, isoler G afin d'en déterminer son unité par analyse dimensionnelle.

c) Quelles sont les caractéristiques (intensité, point d'application, direction et sens) de la force exercée par la Terre sur l'athlète ?

d) Le sauteur exerce-t-il une force sur la Terre lors de son saut ? Si oui, quelle en est son intensité ?

e) Représenter les forces étudiées sur un schéma sans soucis d'échelle.

3. On considère un noyau d'hélium ${}^{4}_{2}He$.

a) Donner la composition de ce noyau.

b) Exprimer la force d'interaction électromagnétique exercée par un proton sur un neutron de ce noyau. Quelles sont les caractéristiques (intensité, point d'application, direction et sens) de cette force ?

c) Exprimer la force d'interaction électromagnétique exercée par un proton sur un autre proton de ce noyau. Quelles sont les caractéristiques (intensité, point d'application, direction et sens) de cette force ?

d) Quelle est l'intensité de la force électromagnétique subie par l'autre proton ?

e) À partir de cette formule, isoler k afin d'en déterminer son unité par analyse dimensionnelle.

f) Représenter les forces étudiées sur un schéma sans soucis d'échelle.

g) La force d'interaction gravitationnelle entre les protons du noyau a une intensité de l'ordre de 10^{-34} N. Que peut-on conclure de la cohésion du noyau ?

❑ Exercice 9.3. Calculs en ordres de grandeur

Sans calculatrice, comparer les ordres de grandeur des forces d'interaction électromagnétique et gravitationnelle exercées par le noyau d'un atome d'oxygène $^{16}_{8}O$ sur un de ses électrons. On commencera par exprimer les ordres de grandeur des données. Conclure quant à l'interaction qui donne la cohésion de ce système.

On donne : $e = 1{,}6\times10^{-19}$ C ; $m_p = 1{,}67\times10^{-27}$ kg ; $m_{e^-} = 9{,}11\times10^{-31}$ kg ; $k = 9{,}0\times10^{9}$ USI

$G = 6{,}67\times10^{-11}$ USI et $d_{noyau/électron} = 58\times10^{-12}$ m .

❑ Exercice 9.4. Paramètres d'influence des forces*

On s'intéresse à deux objets massiques de masses m_A et m_B assimilables à leurs centres de gravité A et B distants de $d = AB$.

1. a) Rappeler l'expression de la force d'interaction gravitationnelle s'exerçant entre les deux objets.

b) Démontrer que si la masse de l'objet A est doublée, alors l'intensité de cette force est doublée aussi.

c) Qu'en est-il pour une masse multipliée par un facteur k ? Y a-t-il proportionnalité entre la masse et la force ?

d) Démontrer que si la distance d entre les centres A et B des objets est doublée, alors l'intensité de la force est divisée par 4.

e) Qu'en est-il pour une distance multipliée par un facteur k ? Y a-t-il proportionnalité entre la distance et la force ?

f) La distance Terre/Lune est 60 fois plus grande que le rayon de la Terre. Que dire de la force exercée par la Terre sur un astronaute situé sur l'orbite de la Lune autour de la Terre ? Tombe-t-il sur Terre ?

On s'intéresse désormais à deux objets chargés de charges q_A et q_B assimilables à leurs centres A et B distants de $d = AB$.

2. a) Rappeler l'expression de la force d'interaction électromagnétique s'exerçant entre les deux objets.

b) Démontrer que si la charge de l'objet A est doublée, alors l'intensité de cette force est doublée aussi. Conclure rapidement quant à la proportionnalité entre la charge d'un objet et la force puis entre celle de la distance entre les objets et la force (on pourra s'aider des questions du 1.).

Deux cations chargés $q = +e$ se trouvent à une distance $d = 10$ nm en solution aqueuse.

3. a) Quelle est la direction et le sens des forces d'interaction électromagnétique qu'ils exercent l'un sur l'autre ?

b) Comparer leur interaction avec celle de deux protons d'un noyau atomique distants de $d_{p/p} = 1{,}0\times10^{-15}$ m .

❑ Exercice 9.5. Compensation de forces

Données : $G = 6{,}67\times10^{-11}$ USI ; $r_T = 6{,}4\times10^{3}$ km ; $m_T = 5{,}97\times10^{24}$ kg ; $e = 1{,}6\times10^{-19}$ C ; $k = 9{,}0\times10^{9}$ USI .

1. Calculer la force d'interaction gravitationnelle exercée par la Terre sur un ballon de football de masse $m_b = 400$ g à la surface de la Terre.
2. Calculer la force de répulsion de deux protons d'un noyau distants de $d_{p/p} = 1,0 \times 10^{-15}$ m.
3. À quelle distance faudrait-il placer ces deux protons pour qu'ils exercent l'un sur l'autre la même force que celle subie par le ballon ?
4. À quelle distance faudrait-il placer ces deux protons pour qu'ils exercent l'un sur l'autre une force de même intensité que celle subie par le ballon ?

❑ Exercice 9.6. Compensation de forces, le retour

Soient deux objets sphériques identiques de masse m, distants de $d = 10$ cm, dont la charge vaut $q = 5,0$ C. Quelle doit être leur masse pour que les forces d'interaction gravitationnelle et électromagnétique se compensent exactement ?

Données : $G = 6,67 \times 10^{-11}$ USI ; $k = 9,0 \times 10^{9}$ USI ; $e = 1,6 \times 10^{-19}$ C.

❑ Exercice 9.7. Étude du sel de table*

Le sel de table est un cristal ionique de chlorure de sodium NaCl, c'est-à-dire un arrangement ordonné de cations Na^+ et d'anions Cl^- alternés régulièrement. On représente pour simplifier ces ions par des sphères dont voici ci-contre une maille (structure élémentaire). Seuls les anions et les cations sont en contact dans la maille.

Données : $r_{Na^+} = 98$ pm ; $r_{Cl^-} = 181$ pm ; $^{23}_{11}Na$; $^{35}_{17}Cl$: $m_p \approx m_n \approx 1,67 \times 10^{-27}$ kg ; $k = 9,0 \times 10^{9}$ USI ; $e = 1,6 \times 10^{-19}$ C. Distance entre anions et cations les plus proches : $d_{Cl^-/Cl^-} = d_{Na^+/Na^+} = 395$ pm

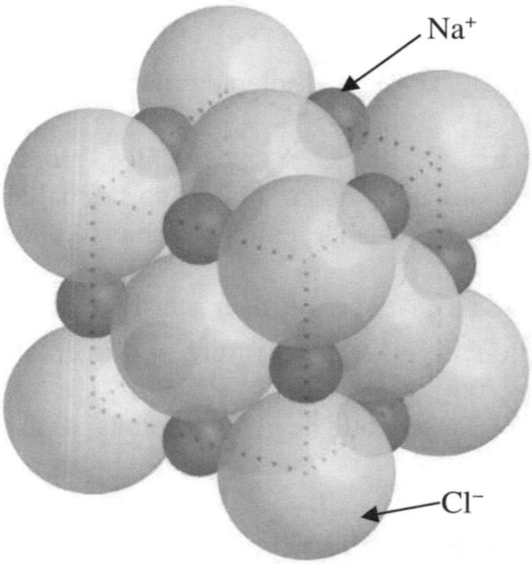

1. Donner la composition des ions Na^+ et Cl^- ainsi que leur configuration électronique. Sont-ils stables ?

2. Calculer les forces d'interaction gravitationnelle, puis préciser si elles sont attractives ou répulsives, entre :

a) deux cations Na^+ les plus proches ;

b) deux anions Cl^- les plus proches ;

c) un anion Cl^- et un cation Na^+ les plus proches.

3. Calculer les forces d'interaction électromagnétique, puis préciser si elles sont attractives ou répulsives, entre :

a) deux cations Na^+ les plus proches ;

b) deux anions Cl^- les plus proches ;

c) un anion Cl^- et un cation Na^+ les plus proches.

4. À quoi est due la cohésion d'un cristal de sel de table ?

❑ Exercice 9.8. « Ah! s'écria Michel Ardan, voilà donc un peu de physique amusante ! »*

En 1865, Jules Verne écrit dans *De la Terre à la Lune* le texte suivant au cours duquel Nicholl, Michel et Barbicane sont en route pour la Lune :

« Depuis le moment où ils avaient quitté la Terre, leur propre poids, celui du boulet et des objets qu'il renfermait, avaient subi une diminution progressive. S'ils ne pouvaient constater cette déperdition pour le projectile, un instant devait arriver où cet effet serait sensible pour eux-mêmes et pour les ustensiles ou les instruments dont ils se servaient. […]

On sait que l'attraction, autrement dit la pesanteur, est proportionnelle aux masses et en raison inverse du carré des distances. De là cette conséquence : si la Terre eût été seule dans l'espace, si les autres corps célestes se fussent subitement annihilés, le projectile, d'après la loi de Newton, aurait d'autant moins pesé qu'il se serait éloigné de la Terre, mais sans jamais perdre entièrement son poids, car l'attraction terrestre se fût toujours fait sentir à n'importe quelle distance.

Mais dans le cas actuel, un moment devait arriver où le projectile ne serait plus aucunement soumis aux lois de la pesanteur, en faisant abstraction des autres corps célestes dont on pouvait considérer l'effet comme nul.

En effet, la trajectoire du projectile se traçait entre la Terre et la Lune. A mesure qu'il s'éloignait de la Terre, l'attraction terrestre diminuait en raison inverse du carré des distances, mais aussi l'attraction lunaire augmentait dans la même proportion. Il devait donc arriver un point où, ces deux attractions se neutralisant, le boulet ne pèserait plus. Si les masses de la Lune et de la Terre eussent été égales, ce point se fût rencontré à une égale distance des deux astres. Mais, en tenant compte de la différence des masses, il était facile de calculer que ce point serait situé aux quarante-sept cinquante-deuxièmes du voyage, soit, en chiffres, à soixante-dix-huit mille cent quatorze lieues de la Terre. »

Données : $G = 6,67 \times 10^{-11}$ USI ; $m_T = 5,97 \times 10^{24}$ kg ; $m_L = 7,35 \times 10^{22}$ kg ;

$D_{T/L} = 3,84 \times 10^{8}$ m ; 1 lieue terrestre $= 4,44$ km .

1. En exploitant la formule adéquate, préciser pourquoi dans une première phase le poids des objets diminue au cours de ce voyage vers la Lune. Est-ce le cas jusqu'à l'arrivée ?

2. De même, expliquer pourquoi l'effet de cette force n'est jamais nul.

3. On note d_T la distance du vaisseau à la Terre, d_L la distance du vaisseau à la Lune.

a) Exprimer les forces subies par le vaisseau de masse m_v quelque part entre la Terre et la Lune.

b) Représenter ces forces sur un schéma sans souci d'échelle.

c) Montrer qu'au point décrit par Jules Verne où les deux actions se neutralisent, on a la relation $\frac{d_T}{D-d_T}=\sqrt{\frac{m_T}{m_L}}$.

d) En isolant d_T dans cette relation, déterminer la distance de ce point à la Terre, appelé point neutre par Jules Verne.

e) Vérifier la valeur avancée par Jules Verne.

■ À propos des champs

❑ Exercice 9.9. Représenter des champs gravitationnels

Le schéma ci-dessous représente la Terre et ses pôles géographiques par lequel passe son axe de rotation.

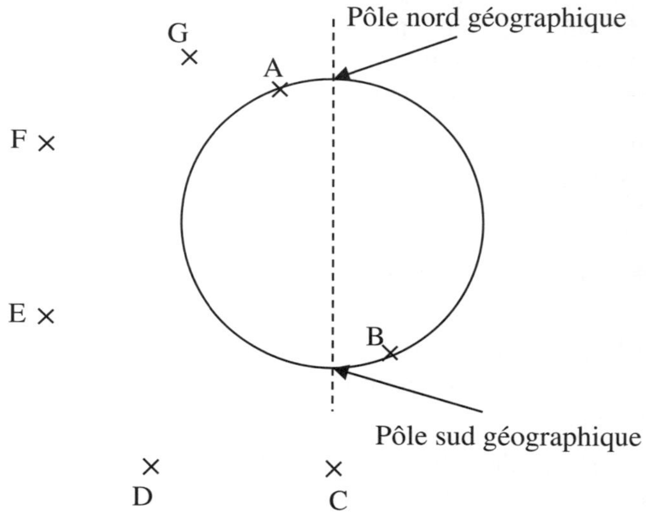

1. Représenter, sans soucis d'échelle, les champs de gravitation en A, B, C, D, E, F et G.

2. Ont-ils la même norme ? Pourquoi ?

3. Représenter les lignes de champ gravitationnel auxquelles appartiennent les points A, B, C, D, E, F et G.

❑ Exercice 9.10. Représentations de champ $\vec{E}$

On considère, d'après le principe de superposition que le résultat obtenu par différents phénomènes du même type est la somme des résultats qui seraient obtenus indépendamment les uns des autres. Il s'applique à la détermination de champs électrostatiques.

Indiquer, sans soucis d'échelle, le champ $\vec{E}$ en A en fonction de l'influence des charges +q et –q dans les cas suivants :

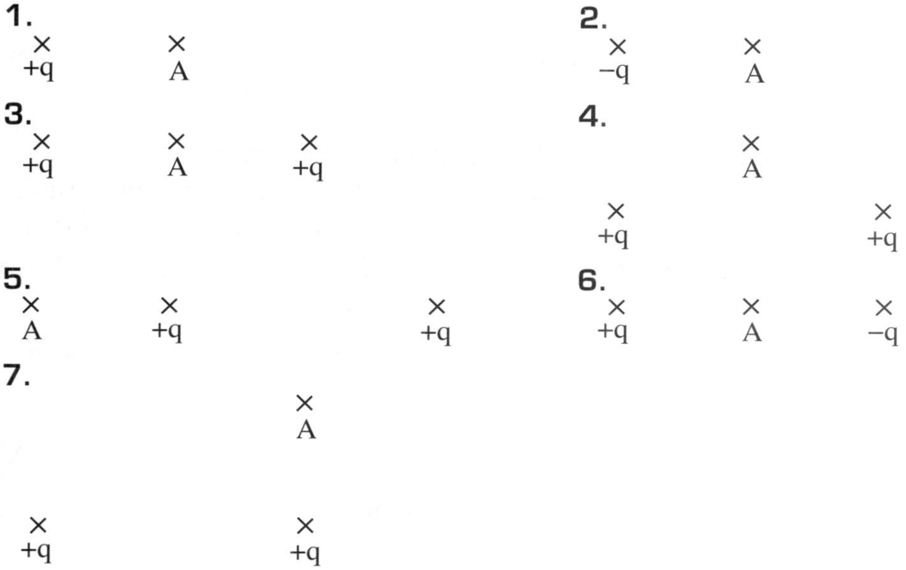

❑ Exercice 9.11. Lévitation*

Un condensateur plan est un dispositif constitué de deux armatures (plaques) parallèles chargées, de charges opposées (notées –Q et +Q). Le champ $\vec{E}$ créé entre les armatures est uniforme et a pour intensité :

$$E = \frac{U}{d}$$

U : tension électrique entre les deux plaques en V.
d : distance entre les deux plaques en m.

On considère un condensateur plan constitué de deux plaques chargées +Q et −Q, soumis à une tension $U = 12,0\ V$. La plaque de charge négative est posée sur le sol, au-dessus de celle-ci est placée la plaque de charge positive parallèlement au sol. Les deux plaques sont situées à une distance d = 10,0 cm l'une de l'autre. À l'instant initial, une sphère en aluminium pesant $m_{alu} = 22,5\ g$ et chargée $Q_{alu} = -1,80 \times 10^{-4}\ C$ est lâchée entre et à équidistance des deux plaques.

Donnée : $g = 9,8$ USI.

1. Représenter schématiquement le dispositif, quelques vecteurs du champ électrostatique $\vec{E}$ et quelques vecteurs du champ de gravitation terrestre $\vec{\mathcal{G}}$.

2. Rappeler l'unité de ces champs.

3. a) Exprimer E l'intensité du champ électrostatique $\vec{E}$ entre les plaques de deux manières différentes.

b) En déduire la force subie par la sphère en aluminium.

4. Exprimer puis calculer la force de gravitation subie par la sphère en aluminium.

5. Que se passe-t-il quand on lâche la sphère ?

6. Quelle charge devrait avoir cette sphère pour léviter entre les plaques ?

❑ Exercice 9.12. Démonstration

Démontrer que pour le champ de pesanteur terrestre, les lignes de champ de pesanteur sont orthogonales aux lignes de champ scalaire de l'intensité du poids (que l'on définira).

❑ Exercice 9.13. Étude du champ de gravitation terrestre

Cet exercice propose d'étudier le champ de gravitation terrestre et son uniformité. Données : altitude de Hubble : $h_{Hubble} = 559 \text{ km}$, altitude du Mont Blanc : $h_{Mont\ Blanc} = 4809 \text{ m}$, rayon de la Terre : $R_T = 6371 \text{ km}$, masse de la Terre $M_T = 5{,}97 \times 10^{24} \text{ kg}$, $G = 6{,}67 \times 10^{-11}$ USI.

1. Exprimer puis calculer le champ de gravitation terrestre en fonction et ses grandeurs d'influence au niveau de la mer.

2. Que devient ce champ de gravitation en haut du Mont Blanc ?

3. Quelle erreur est faite lorsque l'on suppose sur Terre le champ de gravitation uniforme ? On pourra calculer une erreur relative $\varepsilon = \frac{\mathcal{G}_T - \mathcal{G}_{Mont\ Blanc}}{\mathcal{G}}$ pour illustrer ce propos.

4. Que devient ce champ au niveau de Hubble ? Conclusion.

❑ Exercice 9.14. Calculs de champs électriques* * *

Cas d'une charge ponctuelle.

1. On considère une charge ponctuelle de charge +q.

a) Schématiser cette charge par une croix et représenter le vecteur champ électrique $\vec{E}$ à une distance r de la charge.

b) Exprimer le champ représenté $\vec{E}$ dans la question **a)** en fonction de q, k et r.

Détermination de $\vec{E}$ à l'aide du théorème de Gauss.

Le théorème de Gauss permet de déterminer la valeur du champ $\vec{E}$ créé par une charge ou un objet chargé. Pour cela, il faut « envelopper » la charge par une surface de Gauss contenant la base du vecteur $\vec{E}$. Le produit de la surface S orthogonale au champ $\vec{E}$, par $\vec{E}$ est égal à la charge Q enfermée dans cette surface divisée par ε_0.

$$\Rightarrow E \times S = \frac{Q_{int}}{\varepsilon_0}$$

2. Vérifier avec le théorème de Gauss appliqué à une charge ponctuelle que l'on retrouve le résultat du 1. (la surface de Gauss adaptée est une sphère dont le centre est celui de la charge ponctuelle et dont un rayon est r). Effectuer un schéma indiquant cette surface de Gauss. La surface d'une sphère est donnée par $S = 4 \times \pi \times r^2$.

3. On considère un fil infini chargé linéiquement λ (en $C.m^{-1}$) dont on veut déterminer $\vec{E}$ situé à une distance r du fil. La surface de Gauss à utiliser est un cylindre de hauteur h et de rayon r enveloppant le fil. Le vecteur $\vec{E}$ est représenté ci-après.

a) Quelle est la surface latérale S du cylindre (sans ses bases = disques, non orthogonales au champ $\vec{E}$) ?

b) Que vaut la charge Q englobée par la surface de Gauss ?

c) Que vaut alors E(r) ?

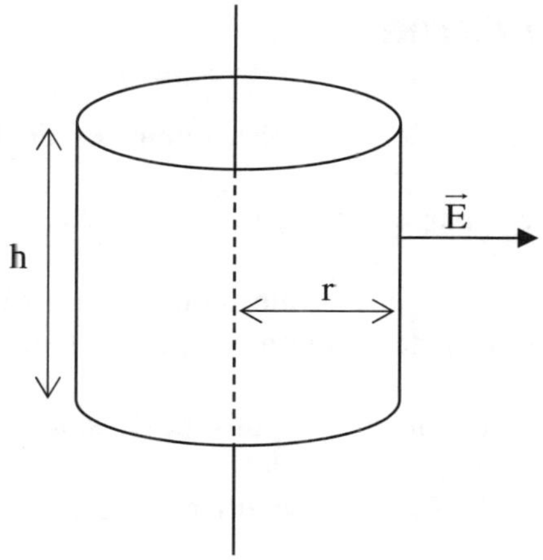
h
r
E

■ Pour vous aider à démarrer

Exercice 9.2. Question 3.g : Comparer les intensités de forces, que devrait-il se passer ?
Exercice 9.3. Commencer par exprimer les ordres de grandeur des données peut s'avérer pratique.
Exercice 9.4. Question 1.f : « Sur l'orbite de la Lune » signifie « sur la trajectoire de la Lune » et non « sur la Lune ». Ici on ne s'intéresse donc pas à la force exercée par la Lune sur l'astronaute.
Exercice 9.7. Les masses des ions se déduisent de leur composition, la masse des électrons peut être négligée face à celle des nucléons.
Exercice 9.8. Question 3.d : Exprimer mathématiquement le fait que les forces se compensent.
Exercice 9.10. Considérer les champs créés par l'un puis par l'autre des objets, puis sommer ces champs.
Exercice 9.14. On pourra nommer q' la charge de l'objet subissant le champ, exprimer la force d'interaction ainsi que le champ, ce dernier apparaît indépendant de q'.

Corrigé des vrai/faux

1.	2.	3.	4.	5.	6.	7.	8.	9.	10.
faux	vrai	faux	faux	faux	faux	faux	vrai	vrai	vrai

1. Des lignes de champ vectoriel sont des lignes joignant des points de l'espace où la grandeur physique vectorielle est tangente à la ligne de champ.

3. Le champ électrostatique auquel est soumis un objet chargé est indépendant de la charge de cet objet.

4. Le champ de $\vec{\mathscr{G}}$ de la Terre ne peut être assimilé au champ de pesanteur terrestre $\vec{g}$, uniquement au voisinage de la Terre.

5. La norme du champ de pesanteur terrestre est donnée par $g = \frac{P}{m}$.

6. L'interaction gravitationnelle entre deux objets diminue si la distance entre les centres de gravité de ces deux objets augmente. En effet, dans l'expression de la force d'interaction gravitationnelle, cette distance se trouve au dénominateur.

7. L'interaction gravitationnelle ne compense pas la répulsion due à l'interaction électromagnétique des protons dans un noyau, elle est trop faible pour des objets si légers. C'est l'interaction forte qui assure la cohésion d'un noyau.

❑ Les erreurs classiques

– Comparer des ordres de grandeur uniquement s'ils ont la **même unité** !
– Attention aux unités à utiliser dans les formules des interactions gravitationnelle et électromagnétique (unités du système international).
– Attention aux sens des forces d'interaction, certaines sont attractives, d'autres répulsives selon les objets concernés.
– Le champ (gravitationnel ou électrique) subi par un objet est toujours indépendant de cet objet.

Corrigé

Corrigé des exercices

Exercice 9.1

Distance, taille	Convertie en mètres (m)	En écriture scientifique en mètres (m)	Ordre de grandeur en mètres (m)	Objet
4809 m	4809	$4,809\times10^{3}$	10^{3}	Mont Blanc
75 µm	75×10^{-6}	$7,5\times10^{-5}$	10^{-4}	cheveu
9461×10^{3} Gm	9461×10^{12}	$9,461\times10^{15}$	10^{16}	année lumière
0,8418 fm	$0,8418\times10^{-15}$	$8,418\times10^{-16}$	10^{-15}	neutron
0,40 nm	$0,40\times10^{-9}$	$4,0\times10^{-10}$	10^{-10}	molécule d'eau
0,0075 mm	$0,0075\times10^{-3}$	$7,5\times10^{-6}$	10^{-5}	globule rouge
11×10^{20} m	11×10^{20}	$1,1\times10^{21}$	10^{21}	Voie lactée
2,8 dam	$2,8\times10^{1}$	$2,8\times10^{1}$	10^{1}	Terrain de basketball
0,9848 hm	$0,9848\times10^{2}$	$9,848\times10^{1}$	10^{2}	record au javelot
384 Mm	384×10^{6}	$3,84\times10^{8}$	10^{8}	distance Terre-Lune
632,8 nm	$632,8\times10^{-9}$	$6,328\times10^{-7}$	10^{-6}	$\lambda_{\text{laser rouge}}$
53 pm	53×10^{-12}	$5,3\times10^{-11}$	10^{-10}	atome d'hydrogène

Classés par tailles croissantes : neutron, atome d'hydrogène, molécule d'eau, laser rouge, globule rouge, cheveu, terrain de basketball, record du lancer de javelot, Mont Blanc, distance Terre-Lune, année lumière, Voie lactée.

Exercice 9.2

1. Une interaction est une action réciproque qu'exercent l'un sur l'autre 2 systèmes physiques.

2. a) La distance entre les centres de gravité du sauteur et du centre de la Terre peut être considérée égale au rayon de la Terre dans la mesure où le sauteur n'effectue pas des sauts de plusieurs kilomètres de haut : $\boxed{F_{T\to S} = G\times\frac{m_T\times m_S}{{r_T}^2}}$.

b) $F_{T\to S} = G\times\frac{m_T\times m_S}{{r_T}^2} \Leftrightarrow \boxed{G = \frac{F_{T\to S}\times {r_T}^2}{m_T\times m_S}}$. Nous avons donc au numérateur une force multipliée par une distance au carré ($N.m^2$), divisé par une masse au carré (kg^2). L'unité de G est donc : $N.m^2.kg^{-2}$.

c) Les caractéristiques de la force exercée par la Terre sur l'athlète sont :

- intensité : $F_{T\to S} = G \times \dfrac{m_T \times m_S}{r_T^{\,2}} = 6{,}67 \times 10^{-11} \times \dfrac{5{,}97 \times 10^{24} \times 75{,}5}{(6{,}4 \times 10^6)^2} = \boxed{7{,}3 \times 10^2\ \text{N}}$;
- point d'application : le centre de gravité du sauteur ;
- direction : portée par la droite passant par les centres de gravité de la Terre et du sauteur ;
- sens : du centre de gravité du sauteur vers le centre de gravité de la Terre.

d) Le sauteur exerce aussi une force sur la Terre lors de son saut, celle-ci est égale à celle exercée par la Terre sur le sauteur : $\boxed{7{,}3 \times 10^2\ \text{N}}$.

e) On représente la Terre par un cercle de centre T, le sauteur par son centre de gravité S :

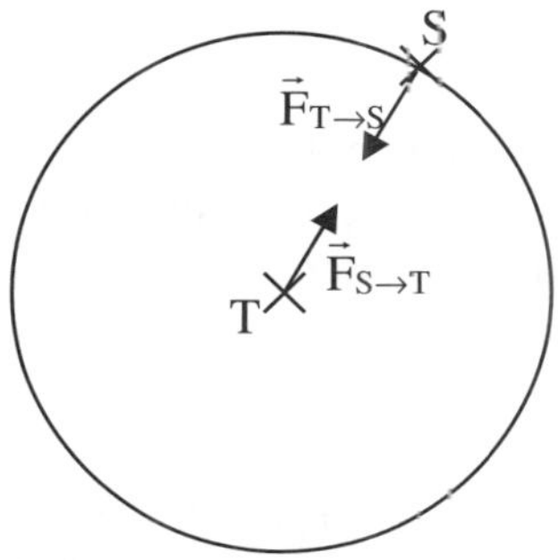

3. a) La composition de ce noyau est 2 protons ($Z = 2$) et 4 nucléons ($A = 4$), donc $A - Z = 2$ neutrons.

b) La force d'interaction électromagnétique exercée par un proton sur un neutron est donnée par $F_{p\to n} = k \times \dfrac{|q_p \times q_n|}{d^2}$ or $q_n = 0$ C (neutron neutre), donc $F_{p\to n} = 0$ N. On ne peut donc définir de sens, de direction et de point d'application puisque cette force est nulle.

c) La force d'interaction électromagnétique exercée par un proton sur un autre proton est donnée par $F_{p\to p} = k \times \dfrac{|q_p \times q_p|}{d^2}$.

Les caractéristiques de la force exercée par un proton sur un autre proton sont :

- intensité : $F_{p\to p} = k \times \dfrac{|q_p \times q_p|}{d^2} = 9{,}0 \times 10^9 \times \dfrac{|1{,}6 \times 10^{-19} \times 1{,}6 \times 10^{-19}|}{(1{,}0 \times 10^{-15})^2} = \boxed{2{,}3 \times 10^2\ \text{N}}$
- point d'application : le centre du proton subissant la force
- direction : portée par la droite passant par les centres des deux protons
- sens : du centre du proton qui subit la force vers la direction opposée à l'autre proton

d) L'intensité de la force électromagnétique subie par l'autre proton est la même puisque c'est une interaction : $\boxed{2{,}3 \times 10^2\ \text{N}}$.

Corrigé

e) $F_{p\to p} = k\times\frac{|q_p \times q_p|}{d^2} \Leftrightarrow \boxed{k = F_{p\to p}\times\frac{d^2}{|q_p \times q_p|}}$. Nous avons donc au numérateur une force multipliée par une distance au carré ($N.m^2$), divisé par une charge au carré (C^2). L'unité de k est donc : $N.m^2.C^{-2}$.

f) Schéma des forces réciproques exercées par deux protons de centres P_1 et P_2, au sein d'un noyau :

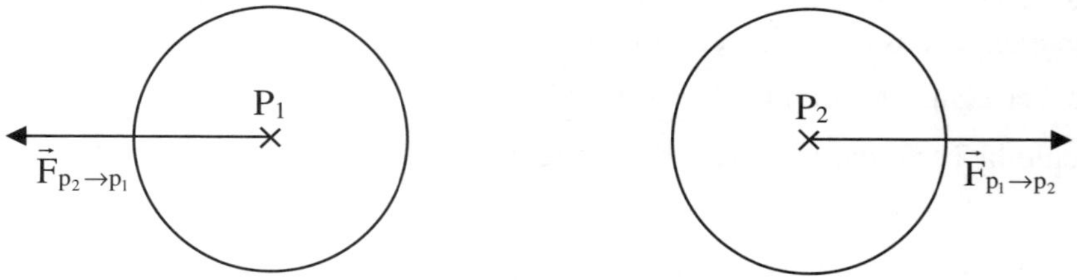

g) La cohésion du noyau prouve l'existence d'une autre force d'interaction attractive. En effet, la répulsion due à la force d'interaction électromagnétique est extrêmement plus intense que l'attraction due à la force d'interaction gravitationnelle. Sans autre force d'interaction attractive, le noyau devrait exploser.

Exercice 9.3

On commence par exprimer les ordres de grandeur des données :

$e = 1{,}6\times10^{-19}\ C \approx 10^{-19}\ C$

$G = 6{,}67\times10^{-11}\ USI \approx 10^{-10}\ USI$

$m_{e^-} = 9{,}11\times10^{-31}\ kg \approx 10^{-30}\ kg$

$k = 9{,}0\times10^{9}\ USI \approx 10^{10}\ USI$

$m_p = m_n = 1{,}67\times10^{-27}\ kg \approx 10^{-27}\ kg$

$d_{noyau/électron} = 58\times10^{-12}\ m = 5{,}8\times10^{-11}\ m \approx 10^{-10}\ m$.

Charge et masse du noyau :

$O_{(Z=8)}$ donc le noyau contient 8 protons, la charge de celui-ci est donc $Q \approx 8\times10^{-19} \approx 10^{-18}\ C$.

Le noyau contient 16 nucléons, soit une masse $m_{noyau} = 16\times1{,}67\times10^{-27} \approx 16\times10^{-27} \approx 10^{-26}\ kg$.

Force d'interaction électromagnétique :

$$F_{n\to e} = k\times\frac{|Q\times q_e|}{d^2} \approx 10^{10}\times\frac{|10^{-18}\times(-10^{-19})|}{(10^{-10})^2} \approx \frac{10^{-27}}{10^{-20}} \approx \boxed{10^{-7}\ N}.$$

Cette force est attractive car le signe des charges en jeu est différent.

Pour les calculs en ordres de grandeur, il suffit d'assembler les puissances de 10 et de simplifier les calculs. Ici, les puissances au numérateur donnent $10^{10}\times10^{-18}\times10^{-19} = 10^{10-18-19} = 10^{-27}$ *par exemple.*

Force d'interaction gravitationnelle :

$$F_{n\to e} = G\times\frac{m_{noyau}\times m_e}{d^2} \approx 10^{-10}\times\frac{10^{-26}\times10^{-30}}{(10^{-10})^2} =\approx \frac{10^{-66}}{10^{-20}} \approx \boxed{10^{-46}\ N}.$$

On remarque donc que la force d'interaction gravitationnelle est négligeable devant la force d'interaction électromagnétique pour ce système, sa cohésion est donc due à la force attractive d'interaction électromagnétique.

Exercice 9.4

1. a) $F_{A\to B} = F_{B\to A} = F = G\times\frac{m_A\times m_B}{d^2}$.

b) Si la masse de A devient $m'_A = 2\times m_A$, alors la force exercée F' est telle que :

$F' = G\times\frac{m'_A\times m_B}{d^2} = G\times\frac{2\times m_A\times m_B}{d^2} = 2\times G\times\frac{m_A\times m_B}{d^2} = 2\times F$. Doubler une masse revient dont à doubler la force d'interaction gravitationnelle.

c) Si la masse de A devient $m''_A = k\times m_A$, alors la force exercée F'' est telle que :

$F'' = G\times\frac{m''_A\times m_B}{d^2} = G\times\frac{k\times m_A\times m_B}{d^2} = k\times G\times\frac{m_A\times m_B}{d^2} = k\times F$. Multiplier une masse par un facteur k revient dont à multiplier la force d'interaction gravitationnelle par ce même facteur k. Il y a donc proportionnalité entre la masse d'un objet et la force d'interaction gravitationnelle.

d) Si la distance d devient $d' = 2\times d$, alors la force exercée F' est telle que :

$$F' = G\times\frac{m_A\times m_B}{d'^2} = G\times\frac{m_A\times m_B}{(2\times d)^2} = G\times\frac{m_A\times m_B}{2^2\times d^2} = \frac{1}{4}\times G\times\frac{m_A\times m_B}{d^2} = \frac{1}{4}\times F.$$

Donc si la distance d entre les centres A et B des objets est doublée, alors l'intensité de la force est divisée par 4.

e) Si la distance d devient $d'' = k\times d$, alors la force exercée F'' est telle que :

$$F'' = G\times\frac{m_A\times m_B}{d''^2} = G\times\frac{m_A\times m_B}{(k\times d)^2} = G\times\frac{m_A\times m_B}{k^2\times d^2} = \frac{1}{k^2}\times G\times\frac{m_A\times m_B}{d^2} = \frac{1}{k^2}\times F.$$

Donc si la distance d entre les centres A et B des objets est multipliée par un facteur k, alors l'intensité de la force est divisée par un facteur k^2. Il n'y a donc pas de proportionnalité entre la distance et la force.

f) D'après la conclusion à la question précédente, une distance 60 fois plus grande implique une force multipliée par $\frac{1}{60^2} = \frac{1}{3600}$, soit 3600 fois moins intense. Néanmoins, cette force existe toujours dans l'espace et, en l'absence d'autres forces plus grandes, l'astronaute tombe sur Terre.

2. a) $F_{A\to B} = F_{B\to A} = F = \frac{1}{4\pi\varepsilon_0}\times\frac{|q_A\times q_B|}{d^2} = k\times\frac{|q_A\times q_B|}{d^2}$

b) Les mêmes démonstrations que pour le 1. mènent aux mêmes conclusions. Pour une charge doublée $q'_A = 2\times q_A$: $F' = k\times\frac{|q'_A\times q_B|}{d^2} = k\times\frac{|2\times q_A\times q_B|}{d^2} = 2\times k\times\frac{|q_A\times q_B|}{d^2} = 2\times F$. La force est donc proportionnelle à la charge. On peut aussi démontrer qu'avec un facteur k pour la distance, la force est divisée par un facteur k^2. Il n'y a donc pas de proportionnalité entre la distance et la force.

Corrigé

3. a) La direction des forces d'interaction électromagnétique qu'ils exercent l'un sur l'autre est portée par la droite passant par le centre de ces cations, le sens pour un cation est à l'opposé de l'autre cation (forces répulsives car charges du même signe, ici positives).
b) Les charges étant égales, seule la distance varie dans la formule de la force d'interaction. $d = 10\ \text{nm} = 10^{-8}\ \text{m}$. Soit une distance plus éloignée des deux protons, d'un facteur $k = \dfrac{10^{-8}}{10^{-15}} = 10^7$, la force est donc atténuée d'un facteur $\dfrac{1}{k^2} = \dfrac{1}{(10^7)^2} = \dfrac{1}{10^{14}}$ par rapport à celle de deux protons d'un noyau atomique distants de $d_{p/p} = 1{,}0 \times 10^{-15}\ \text{m}$.

Exercice 9.5

1. $F_{T\to b} = G \times \dfrac{m_T \times m_b}{d^2} = 6{,}67 \times 10^{-11} \times \dfrac{5{,}97 \times 10^{24} \times 0{,}400}{(6{,}4 \times 10^6)^2} = \boxed{3{,}9\ \text{N}}$.

2. $F_{p\to p} = k \times \dfrac{|e \times e|}{{d_{p/p}}^2} = 9{,}0 \times 10^9 \times \dfrac{|1{,}6 \times 10^{-19} \times 1{,}6 \times 10^{-19}|}{(1{,}0 \times 10^{-15})^2} = \boxed{2{,}3 \times 10^2\ \text{N}}$.

3. Cette force subie par les protons étant répulsive et celle subie par le ballon étant attractive, elles ne peuvent pas être identiques.
4. On cherche $d_{p/p}$ telle que $F_{p\to p} = 3{,}9\ \text{N}$. Pour cela il faut isoler $d_{p/p}$ dans la formule de la force d'interaction électromagnétique :

$$F_{p\to p} = k \times \frac{|e \times e|}{{d_{p/p}}^2} \Leftrightarrow {d_{p/p}}^2 = k \times \frac{e^2}{F_{p\to p}}$$

$\Leftrightarrow d_{p/p} = \sqrt{k \times \dfrac{e^2}{F_{p\to p}}} = \sqrt{9{,}0 \times 10^9 \times \dfrac{(1{,}6 \times 10^{-19})^2}{3{,}9}} = \boxed{7{,}7 \times 10^{-15}\ \text{m}}$, soit à l'extérieur du noyau (mais pas trop éloigné).

Exercice 9.6

Les forces d'interaction gravitationnelle et électromagnétique se compensent exactement donc $F_{ig} = F_{ié} \Leftrightarrow G \times \dfrac{m \times m}{d^2} = k \times \dfrac{|q \times q|}{d^2} \Leftrightarrow G \times m^2 = k \times q^2 \Leftrightarrow m^2 = \dfrac{k \times q^2}{G} \Leftrightarrow \boxed{m = \pm q \times \sqrt{\dfrac{k}{G}}}$

La masse ne pouvant être négative, la seule réponse mathématiquement acceptable est la positive.

L'analyse numérique donne : $m = 5{,}0 \times \sqrt{\dfrac{9{,}0 \times 10^9}{6{,}67 \times 10^{-11}}} = \boxed{5{,}8 \times 10^{10}\ \text{kg}}$, ce qui est colossal !

✎ *Ce résultat est indépendant de la distance, celle-ci se simplifiant dans le calcul.*

Exercice 9.7

1. $Na_{(Z=11)}$: l'atome a donc 11 protons, 23 nucléons dont N = A – Z = 23 – 11 = 12 neutrons et 11 électrons, Na^+ a donc 11 protons, 12 neutrons et 10 électrons, sa configuration électronique est donc : $1s^2 2s^2 2p^6$.

$Cl_{(Z=17)}$: l'atome a donc 17 protons, 35 nucléons dont N = A – Z = 35 – 17 = 18 neutrons et 17 électrons, Cl^- a donc 17 protons, 18 neutrons et 18 électrons, sa configuration électronique est donc : $1s^2 2s^2 2p^6 3s^2 3p^6$.

Na^+ et Cl^- ont donc des couches de valence complètes, ce qui implique leur stabilité.

2. a) Les centres de deux cations Na^+ les plus proches sont distants de : $d = 395$ pm.

Leur masse se calcule avec leur nombre de nucléons :

$$m_{Na^+} = A_{Na^+} \times m_n = 23 \times 1{,}67 \times 10^{-27} = 3{,}84 \times 10^{-26} \text{ kg}$$

$$F_{Na^+ \to Na^+} = G \times \frac{m_{Na^+} \times m_{Na^+}}{d_{Na^+/Na^+}{}^2} = 6{,}67 \times 10^{-11} \times \frac{3{,}84 \times 10^{-26} \times 3{,}84 \times 10^{-26}}{(395 \times 10^{-12})^2} = \boxed{6{,}30 \times 10^{-43}\text{ N}}.$$

b) Deux anions Cl^- les plus proches sont aussi distants de $d = 395$ pm.

$$m_{Cl^-} = A_{Cl^-} \times m_n = 35 \times 1{,}67 \times 10^{-27} = 5{,}85 \times 10^{-26} \text{ kg}$$

$$F_{Cl^- \to Cl^-} = G \times \frac{m_{Cl^-} \times m_{Cl^-}}{d_{Cl^-/Cl^-}{}^2} = 6{,}67 \times 10^{-11} \times \frac{5{,}85 \times 10^{-26} \times 5{,}85 \times 10^{-26}}{(395 \times 10^{-12})^2} = \boxed{1{,}46 \times 10^{-42}\text{ N}}.$$

c) Un anion Cl^- et un cation Na^+ les plus proches sont distants de :

$d = r_{Na^+} + r_{Cl^-} = 98 + 181 = 279$ pm.

$$F_{Cl^- \to Na^+} = G \times \frac{m_{Cl^-} \times m_{Na^+}}{d_{Cl^-/Na^+}{}^2} = 6{,}67 \times 10^{-11} \times \frac{5{,}85 \times 10^{-26} \times 3{,}84 \times 10^{-26}}{(279 \times 10^{-12})^2} = \boxed{1{,}92 \times 10^{-42}\text{ N}}.$$

Ces trois forces calculées sont <u>attractives</u> puisque d'interaction gravitationnelle.

3. a) La charge d'un cation Na^+ est +e.

$$F_{Na^+ \to Na^+} = k \times \frac{|e \times e|}{d_{Na^+/Na^+}{}^2} = 9{,}0 \times 10^9 \times \frac{|1{,}6 \times 10^{-19} \times 1{,}6 \times 10^{-19}|}{(395 \times 10^{-12})^2} = \boxed{1{,}5 \times 10^{-9}\text{ N}}.$$

Cette interaction est répulsive car les cations ont le même signe positif.

b) La charge d'un anion Cl^- est –e.

$$F_{Cl^- \to Cl^-} = k \times \frac{|-e \times -e|}{d_{Cl^-/Cl^-}{}^2} = 9{,}0 \times 10^9 \times \frac{|(-1{,}6 \times 10^{-19}) \times (-1{,}6 \times 10^{-19})|}{(395 \times 10^{-12})^2} = \boxed{1{,}5 \times 10^{-9}\text{ N}}.$$

C'est exactement la même force que celle entre deux cations. C'était prévisible, les charges ayant la même valeur absolue et les distances étant identiques. Cette interaction est répulsive car les anions ont le même signe négatif.

c) $$F_{Cl^- \to Na^+} = k \times \frac{|-e \times e|}{d_{Cl^-/Na^+}{}^2} = 9{,}0 \times 10^9 \times \frac{|1{,}6 \times 10^{-19} \times 1{,}6 \times 10^{-19}|}{(279 \times 10^{-12})^2} = \boxed{3{,}0 \times 10^{-9}\text{ N}}.$$

Cette interaction est attractive car les cations et les anions sont de signes contraires.

4. La cohésion d'un cristal de sel de table est due à l'interaction attractive la plus forte, il s'agit de l'interaction électromagnétique entre anions et cations les plus proches dans le cristal.

Corrigé

Exercice 9.8

On notera avec un indice V ce qui concerne le vaisseau.

1. D'après l'expression de la force d'interaction gravitationnelle : $F_{T\to V} = G\times\frac{m_T \times m_V}{{d_T}^2}$, l'intensité de la force décroit avec le carré de la distance à la Terre. Plus le vaisseau s'éloigne, plus cette force est faible. Néanmoins, si le vaisseau se rapproche d'un autre astre, il subira alors un poids vers ce dernier. C'est pourquoi dans une première phase (phase d'éloignement de la Terre avant que l'intensité de la pesanteur de la Lune ne soit prépondérante), le poids des objets, des personnages et du vaisseau diminue au cours de ce voyage vers la Lune. Ce n'est pas le cas jusqu'à l'arrivée, passé le point où les actions se neutralisent, le poids dû à la Lune augmente plus que celui dû à la Terre ne diminue, la sensation de poids augmente donc alors dans le vaisseau.

2. L'effet de cette force n'est jamais nul puisque mathématiquement $G\times\frac{m_T \times m_V}{{d_T}^2}$ ne peut être nul que si G ou m_T ou m_V est nul, ce qui n'est jamais le cas. Cependant, pour une très grande valeur de d, le dénominateur devient très grand et la force très petite.

3. a) $F_{T\to V} = G\times\frac{m_T \times m_V}{{d_T}^2}$ et $F_{L\to V} = G\times\frac{m_L \times m_V}{{d_L}^2}$.

b) Schéma des forces exercées par la Terre et la Lune sur le vaisseau :

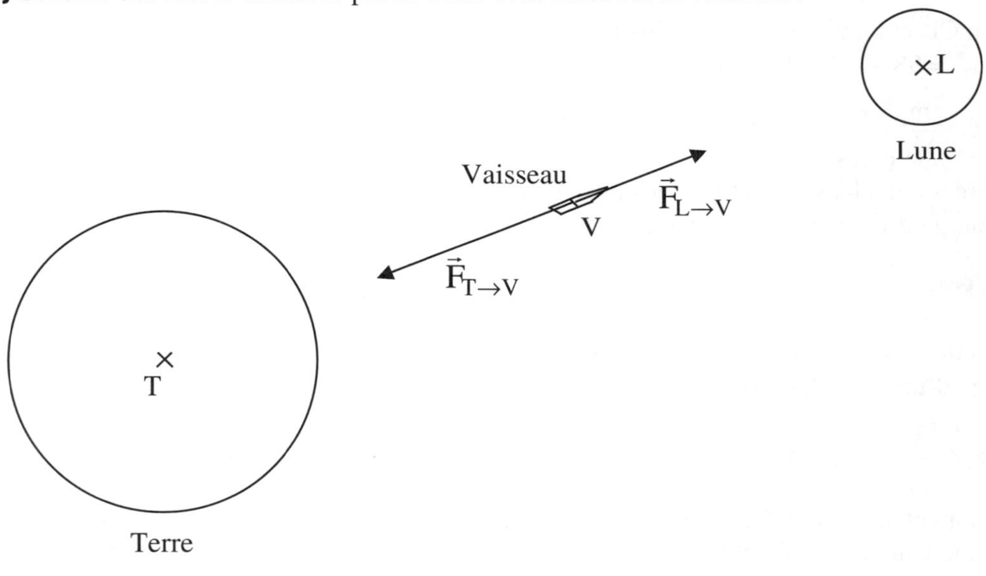

c) Au point décrit par Jules Verne où les deux actions se neutralisent, on a :

$$F_{T\to V} = F_{L\to V} \Leftrightarrow G\times\frac{m_T \times m_V}{{d_T}^2} = G\times\frac{m_L \times m_V}{{d_L}^2} \Leftrightarrow \frac{m_T}{{d_T}^2} = \frac{m_L}{{d_L}^2} \Leftrightarrow \frac{{d_T}^2}{{d_L}^2} = \frac{m_T}{m_L} \Leftrightarrow \frac{d_T}{d_L} = \sqrt{\frac{m_T}{m_L}},$$

en remplaçant d_L par $D - d_T$ on a : $\boxed{\frac{d_T}{D-d_T} = \sqrt{\frac{m_T}{m_L}}}$.

d) Isolant d_T dans la relation précédente, $\dfrac{d_T}{D-d_T}=\sqrt{\dfrac{m_T}{m_L}} \Leftrightarrow d_T=(D-d_T)\times\sqrt{\dfrac{m_T}{m_L}}$

$\Leftrightarrow d_T(1+\sqrt{\dfrac{m_T}{m_L}})=D\times\sqrt{\dfrac{m_T}{m_L}} \Leftrightarrow d_T=\dfrac{D\times\sqrt{\dfrac{m_T}{m_L}}}{1+\sqrt{\dfrac{m_T}{m_L}}}$ qui peut se simplifier en multipliant numérateur et dénominateur par $\sqrt{\dfrac{m_L}{m_T}}$, alors $\boxed{d_T=\dfrac{D}{\sqrt{\dfrac{m_L}{m_T}}+1}}$.

Par le calcul : $d_T=\dfrac{3{,}84\times10^8}{\sqrt{\dfrac{7{,}35\times10^{22}}{5{,}97\times10^{24}}}+1}=\boxed{3{,}46\times10^8\ \text{m}}$.

✎ *Ce résultat est indépendant de la masse du vaisseau et de la constante de gravitation universelle G.*

e) Jules Verne annonce la valeur 78114 lieues, or une lieue vaut 4,44 km soit $4{,}44\times10^3$ m. Il prédit donc $78114\times4{,}44\times10^3=\boxed{3{,}47\times10^8\ \text{m}}$, ce qui est très proche de ce que nous avions trouvé ! Jules Verne connaissait donc bien son cours de physique.

Exercice 9.9

1. Représentation des champs de gravitation terrestre en A, B C, D, E, F et G :

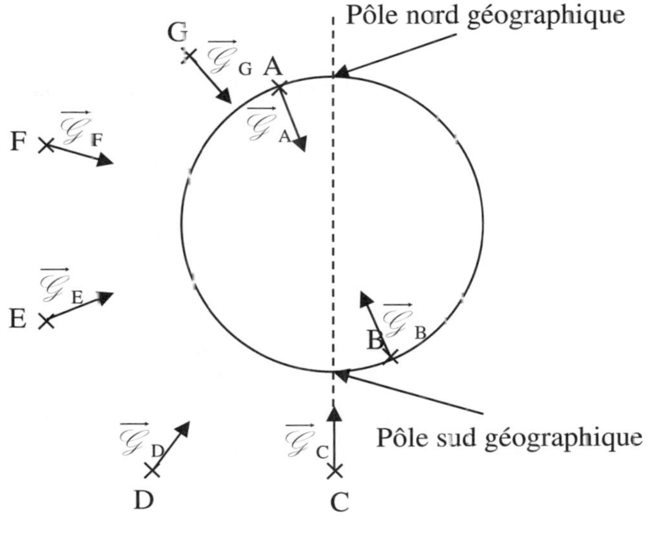

2. Ils n'ont pas la même norme car leur distance au centre de la Terre n'est pas la même. Pour rappel : $\mathcal{G} = G \times \frac{M_T}{d^2}$.

3.

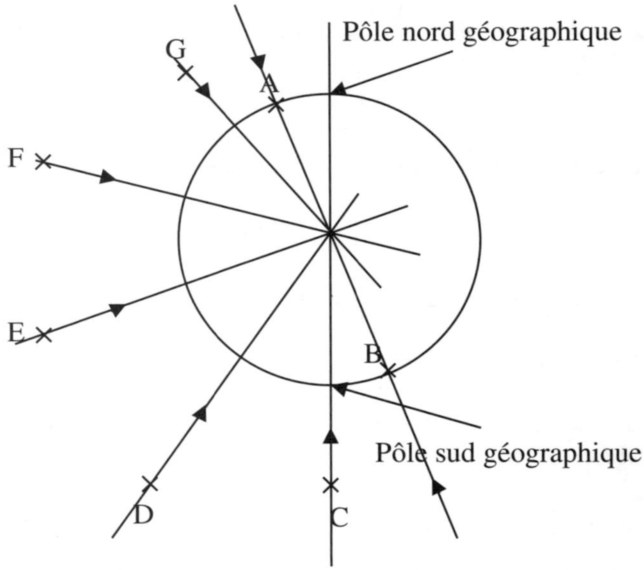

Exercice 9.10

1. Le champ créé par une charge positive est dirigé à l'opposé de la charge :

2. Le champ créé par une charge négative est dirigé en direction de la charge :

3. Nommons $\vec{E}_g$ le champ électrostatique créé en A par la charge de gauche et $\vec{E}_d$ celui créé par la charge de droite. On obtient alors :

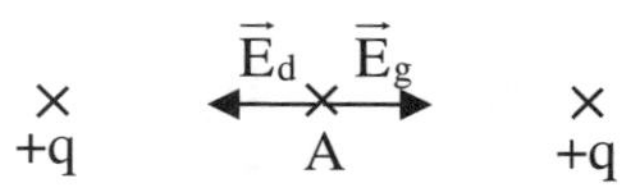

Les charges étant égales et à même distance de A, les champs créés sont donc opposés et de même intensité. D'après le théorème de superposition, les champs créés se compensent donc ici, le champ total est donc nul.

4. Nommons $\vec{E}_g$ le champ électrostatique créé en A par la charge de gauche et $\vec{E}_d$ celui créé par la charge de droite. Chaque champ est porté par la droite passant par le centre de la charge qui le crée et A. On obtient alors :

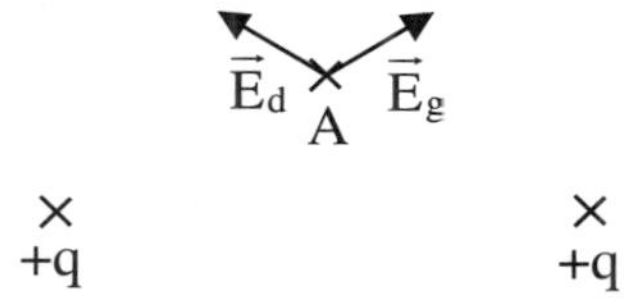

Le champ total étant la somme des deux champs créés d'après le théorème de superposition, on obtient :

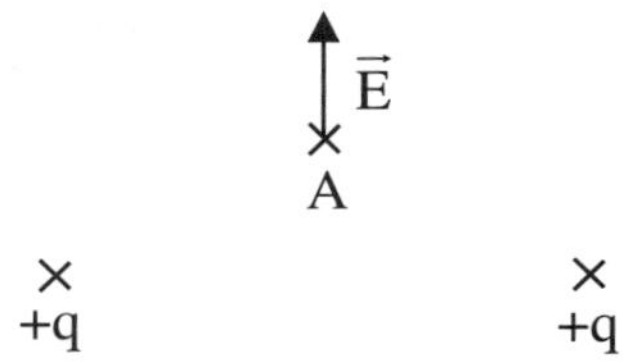

5. Nommons $\vec{E}_g$ le champ électrostatique créé en A par la charge de gauche et $\vec{E}_d$ celui créé par la charge de droite. Les champs créés sont orientés vers la même direction, opposée aux charges. Même si nous n'avons pas à nous soucier de l'échelle, nous savons que la distance séparant A de chaque charge a son importance. A semble 3 fois plus éloigné de la charge de droite que de celle de gauche, le champ créé devrait être 9 fois plus petit. Sans respecter l'échelle, il faut toutefois prendre garde à ne pas représenter deux vecteurs de même taille ou $\vec{E}_d$ avec une norme plus grande que $\vec{E}_g$.

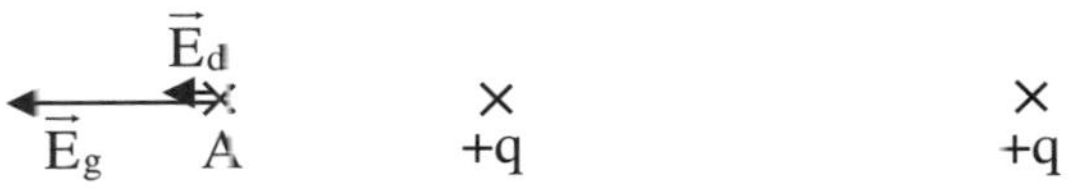

Le champ total étant la somme des deux champs créés d'après le théorème de superposition, on obtient :

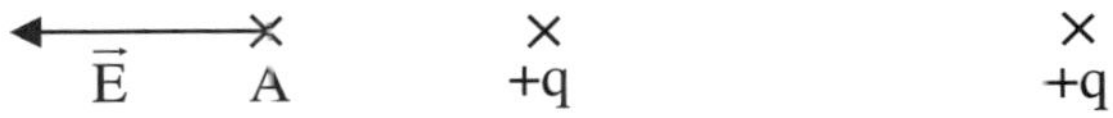

6. Nommons $\vec{E}_g$ le champ électrostatique créé en A par la charge de gauche et $\vec{E}_d$ celui créé par la charge de droite. Les champs créés sont orientés vers la même direction, en ce qui concerne le sens : la charge positive crée un champ en direction opposée à la charge, donc vers la droite ; la charge négative crée un champ en direction de la charge, donc vers la droite aussi. Les distances aux charges semblent être les mêmes, les normes des vecteurs sont donc les mêmes.

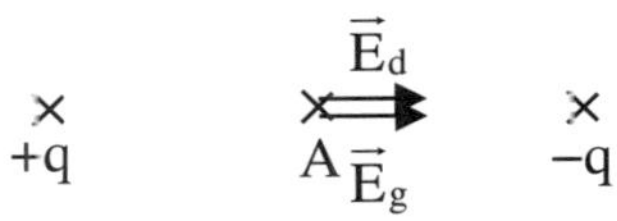

Le champ total étant la somme des deux champs créés d'après le théorème de superposition, on obtient :

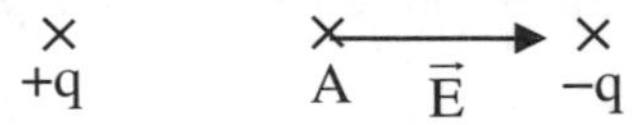

7. Nommons $\vec{E}_g$ le champ électrostatique créé en A par la charge de gauche et $\vec{E}_d$ celui créé par la charge de droite. Chaque champ est porté par la droite passant par le centre de la charge qui le crée et A. On obtient alors :

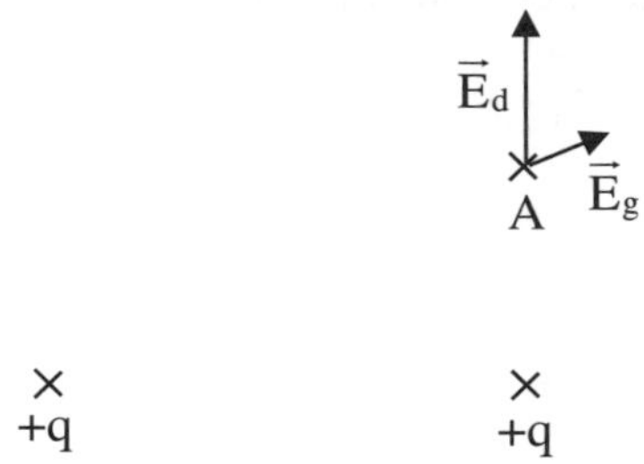

Le champ total étant la somme des deux champs créés d'après le théorème de superposition, on obtient :

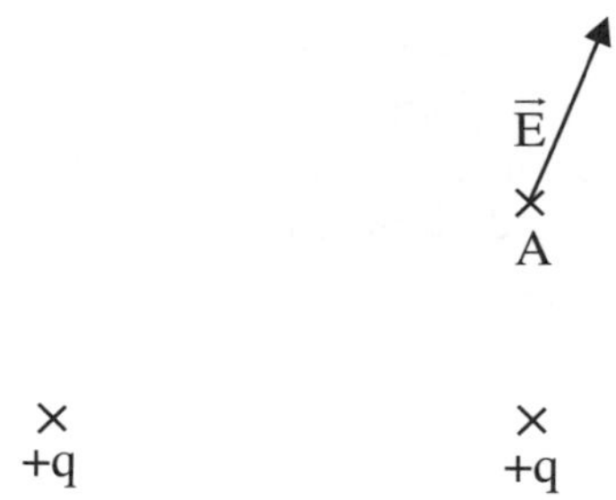

Exercice 9.11

1. Schéma du condensateur cité dans l'énoncé :

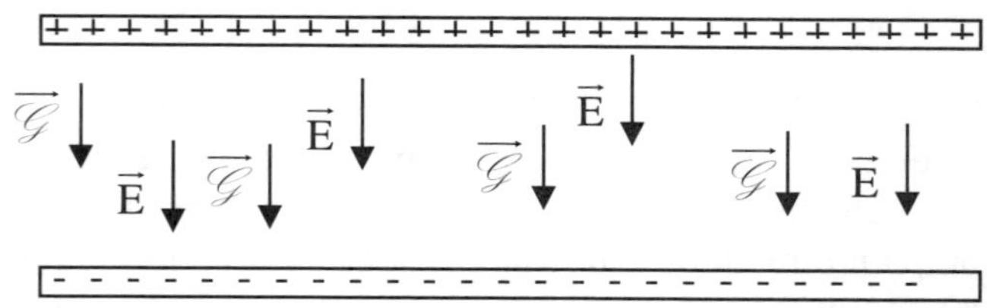

plaque chargée +Q du condensateur

plaque chargée −Q du condensateur

2. Le champ électrostatique $\vec{E}$ est exprimé en V.m^{-1} ou en N.C^{-1}, le champ de gravitation $\vec{\mathscr{G}}$ est exprimé en N.kg^{-1}.

3. a) $\left\|\vec{E}\right\| = \dfrac{\left\|\vec{F}\right\|}{\left|Q_{alu}\right|} = \dfrac{U}{d}$, avec F la force d'interaction gravitationnelle appliquée sur la sphère en aluminium. Les grandeurs prises étant les normes, nous ne nous soucions pas des signes.

b) $\left\|\vec{F}\right\| = \dfrac{U}{d} \times \left|Q_{alu}\right| = \dfrac{12,0}{0,100} \times 1,80 \times 10^{-4} = \boxed{0,0216 \text{ N}}$ (force dirigée vers les charges positives, donc vers le haut, car la charge de la sphère est négative).

4. Au niveau de la Terre, $\vec{\mathcal{G}}$ est assimilable à $\vec{g}$. L'intensité de la force de gravitation subie par la sphère en aluminium est donc donnée par $P = m \times g = 22,5 \times 10^{-3} \times 9,8 = \boxed{0,22 \text{ N}}$. Cette force est exercée vers le bas.

5. Quand on lâche la sphère, elle tombe donc vers le bas, la force de gravitation étant plus grande que la force électrostatique qui pousserait la sphère à se déplacer vers le haut.

6. Il faudrait pouvoir créer une force électrostatique telle qu'elle serait en norme égale à la force gravitationnelle : $F = \dfrac{U}{d} \times \left|Q_{alu}\right| \Leftrightarrow \boxed{\left|Q_{alu}\right| = F \times \dfrac{d}{U} = 0,22 \times \dfrac{0,100}{12,0} = 1,8 \times 10^{-3} \text{ C}}$.

Cette charge doit être négative, soit $\boxed{Q_{alu} = -1,8 \times 10^{-3} \text{ C}}$.

Cette charge est très importante pour un simple objet, non réalisable en lycée.

Exercice 9.12

Une ligne de champ scalaire est une ligne passant par des points de l'espace où la mesure de la grandeur en question est la même. Ici, il est question du champ scalaire du poids. Or d'après la formule de la force d'interaction gravitationnelle, un corps massique de masse M exerce sur un autre de masse m la force : $F_{gravitationnelle} = G \times \dfrac{M \times m}{d^2}$. Cette force est donc constante si les objets sont les mêmes (ce que l'on suppose ici) à condition que la distance d séparant leurs centres de gravité reste constante. L'intensité du poids est donc constante à une altitude donnée. Les lignes de champ sont donc des lignes horizontales (on pourrait même définir des « plans de champ »). Les lignes du champ de pesanteur terrestre ou de tout corps exerçant un champ de gravitation sont des droites verticales (passant par le centre de gravité de l'objet attracteur créant ce champ). En conclusion, nous avons les lignes de champ du champ scalaire du poids sur des horizontales et les lignes de champ de pesanteur sur des verticales, elles sont donc bien orthogonales.

Exercice 9.13

1. Soit m la masse d'un objet dans le champ de gravitation terrestre, $\mathcal{G} = \dfrac{F}{m}$ or $F = F_{gravitationnelle} = G \times \dfrac{M_T \times m}{{R_T}^2}$, on a alors $\boxed{\mathcal{G} = \dfrac{F}{m} = G \times \dfrac{M_T \times m}{{R_T}^2 \times m} = G \times \dfrac{M_T}{{R_T}^2}}$ au niveau de la mer. L'application numérique donne :

Corrigé

$\mathcal{G} = G \times \dfrac{M_T}{{R_T}^2} = 6,67 \times 10^{-11} \times \dfrac{5,97 \times 10^{24}}{(6371 \times 10^3)^2} = \boxed{9,81\ N.kg^{-1}}$. On retrouve la valeur communément utilisée de g, intensité du champ de pesanteur terrestre.

2. En haut du Mont Blanc, ce champ de gravitation devient :

$$\mathcal{G} = G \times \frac{M_T}{(R_T + h_{MontBlanc})^2} = 6,67 \times 10^{-11} \times \frac{5,97 \times 10^{24}}{(6371 \times 10^3 + 4809)^2} = \boxed{9,80\ N.kg^{-1}}.$$

3. L'altitude varie, donc la distance aussi ce qui modifie l'intensité du champ de gravitation, nous supposons que la Terre a la même altitude de partout, ce qui est confirmé si l'erreur est faible (pas besoin de prendre en compte l'altitude).

$\varepsilon = \dfrac{\mathcal{G}_T - \mathcal{G}_{MontBlanc}}{\mathcal{G}} = \dfrac{9,81 - 9,80}{9,81} = 1,02 \times 10^{-3} = \boxed{0,102\ \%}$, l'erreur faite est donc faible.

4. Au niveau de Hubble, ce champ de gravitation devient :

$$\mathcal{G} = G \times \frac{M_T}{(R_T + h_{Hubble})^2} = 6,67 \times 10^{-11} \times \frac{5,97 \times 10^{24}}{(6371 \times 10^3 + 559 \times 10^3)^2} = \boxed{8,29\ N.kg^{-1}}.$$

$$\varepsilon = \frac{\mathcal{G}_T - \mathcal{G}_{Hubble}}{\mathcal{G}} = \frac{9,81 - 8,29}{9,81} = 0,155 = \boxed{15,5\ \%}$$

Conclusion : Le champ de pesanteur peut être considéré constant sur Terre et à proximité de la surface de la Terre, en revanche il varie lorsque les objets s'éloignent trop de la Terre.

Exercice 9.14

1. a) Schéma du champ électrostatique $\vec{E}$ créé à une distance r d'une charge ponctuelle de charge +q :

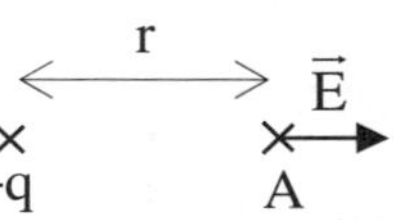

b) Pour une charge q' à proximité de la charge q, elle est dans un champ $E = \dfrac{F}{q'}$ or $F = F_{électrostatique} = k \times \dfrac{|q \times q'|}{r^2}$. Avec une étude a posteriori du sens du champ, on peut ne pas se soucier du signe. On a alors : $\boxed{E = \dfrac{F}{q'} = k \times \dfrac{q \times q'}{r^2} \times \dfrac{1}{q'} = \dfrac{k \times q}{r^2}}$.

2. $E \times S = \dfrac{Q_{int}}{\varepsilon_0}$. Ici, la surface de Gauss est une sphère :

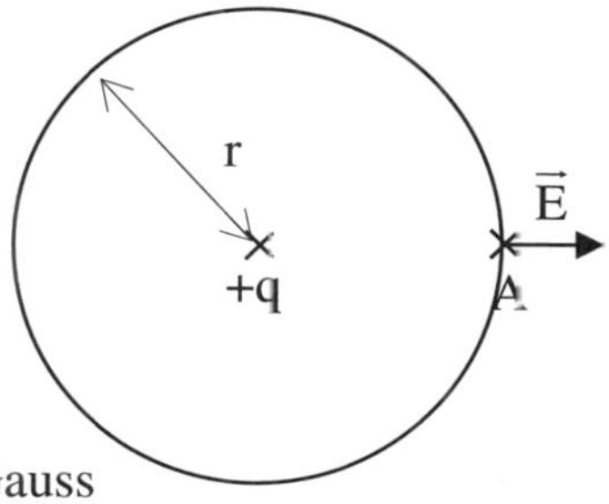

Sphère de Gauss

$S=4\times\pi\times r^2$ est la surface de la sphère de Gauss, $Q_{int}=+q$ est la charge enveloppée. Donc :

$$E\times S=\frac{Q_{int}}{\varepsilon_0}\Rightarrow E=\frac{q}{\varepsilon_0\times S}=\frac{q}{\varepsilon_0\times 4\times\pi\times r^2}=\frac{1}{4\times\pi\times\varepsilon_0}\times\frac{q}{r^2}=\boxed{k\times\frac{q}{r^2}=E}.$$

On retrouve l'expression trouvée à la question précédente.

3. a) La surface S du cylindre est égale à sa hauteur multipliée par la circonférence de sa base circulaire (imaginer qu'en déroulant ce cylindre on obtient un rectangle) : $S=2\times\pi\times r\times h$.

b) La charge Q englobée par la surface de Gauss est celle d'une portion de fil chargé de longueur h (hauteur du cylindre). Ce fil étant chargé linéiquement en λ (en $C.m^{-1}$), sa charge est : $Q_{fil}=\lambda\times h$.

c) On a alors : $E\times S=\frac{Q_{int}}{\varepsilon_0}\Rightarrow E=\frac{Q_{fil}}{\varepsilon_0\times S}=\frac{\lambda\times h}{\varepsilon_0\times 2\times\pi\times r\times h}=\boxed{\frac{\lambda}{\varepsilon_0\times 2\times\pi\times r}=E}$.

Corrigé

Chapitre 10

Structure des entités organiques

Alcool, dans la vie courante, désigne avant tout des boissons contenant de l'éthanol et dont il ne faut pas abuser. En chimie, ce terme couvre une bien plus large classe de produits aux propriétés intéressantes. Quant au butane, qui sert parfois encore à faire cuire la nourriture, il n'est qu'un alcane parmi d'autres.

■ Un scientifique

Le chimiste français Jean-Baptiste **Dumas** (1800-1884) est l'un des fondateurs de la chimie organique. Il obtient, par diverses méthodes de nouveaux composés carbonés dont certains amèneront des progrès industriels. Avec son collègue Eugène-Melchior **Péligot**, il découvre en 1834 la composition du méthanol. Cet alcool étant obtenu à partir du bois, les deux chimistes le nomment *bihydrate de méthylène* des mots grecs *methy* et *ylè* désignant respectivement une boisson fermentée et le bois. Son nom actuel lui est attribué en 1892 lors d'une rationalisation de la nomenclature.

LE SAVIEZ-VOUS ?

L'éthanol ou l'alcool éthylique, de formule CH_3-CH_2-OH est celui utilisé dans les boissons alcoolisées. Sur la bouteille est alors indiqué le pourcentage en volume d'éthanol contenu, par exemple *12 % vol*. En masse, ce pourcentage est inférieur car la densité de l'éthanol est inférieure à celle de l'eau.
Souvent on parle de degré au lieu de pourcentage.
En 1821, on chargea en effet Louis-Joseph **Gay-Lussac** d'établir une mesure donnant la teneur en alcool d'un liquide afin de pouvoir taxer les spiritueux. Il proposa de donner le pourcentage volumique d'éthanol du liquide comme mesure qu'on appela longtemps le degré Gay-Lussac et qui correspond exactement à *1 % vol*.

Objectifs

Les notions que je dois maîtriser

- ▷ Formules brutes et semi-développées
- ▷ Squelettes carbonés saturés, groupes caractéristiques et familles fonctionnelles
- ▷ Lien entre nom d'une molécule et sa formule semi-développée
- ▷ Identification des groupes caractéristiques par spectroscopie infrarouge

Les compétences que je dois acquérir

- ▷ Identifier, à partir d'une formule semi-développée, les groupes caractéristiques associés aux familles de composés : alcool, aldéhyde, cétone et acide carboxylique
- ▷ Justifier le nom associé à la formule semi-développée de molécules simples possédant un seul groupe caractéristique et inversement
- ▷ Exploiter, à partir de valeurs de référence, un spectre d'absorption infrarouge

Résumé de cours

Structures des molécules

Molécules organiques

Une molécule est dite **organique** si elle contient des atomes de carbone liés à des atomes d'hydrogène. Ces molécules peuvent contenir de longues chaînes carbonées, mais aussi d'autres types d'atomes tels que l'azote, l'oxygène, le chlore… la chimie de synthèse utilise beaucoup de dérivés du pétrole, source de molécules organiques.

Formules brute, semi-développée et développée

Si les modèles moléculaires permettent une représentation spatiale des molécules, des représentations plus pratiques sont utilisées pour les représenter sur papier : une représentation plus synthétique est proposée par la **formule brute** d'une molécule, une représentation plane est proposée par les **formules semi-développée** et **développée** des molécules.

Formule brute	Formule développée	Formule semi-développée
Elle fait apparaître la nature et le nombre de chaque **atome** dans la molécule par le symbole de l'**élément** et un **nombre** en indice de chaque symbole.	Elle informe sur la structure de la molécule en indiquant **tous les atomes** et **toutes les liaisons** qui relient ces derniers.	Plus légère que la formule développée, les liaisons avec les atomes d'**hydrogène** ne sont pas représentées. Ces derniers sont **rattachés** aux atomes auxquels ils sont liés.
Avantages et inconvénients		
+ : compacte + : composition vue rapidement + : évaluation rapide de grandeurs telles que la masse molaire – : structure inconnue	+ : permet de visualiser l'enchaînement des atomes + : fait apparaître les groupes caractéristiques + : permet de distinguer des isomères – : prend beaucoup de place – : longue à dessiner	+ : permet de visualiser l'enchaînement des atomes + : fait apparaître les groupes caractéristiques + : permet de distinguer des isomères
Exemple de la propanone		
C_3H_6O	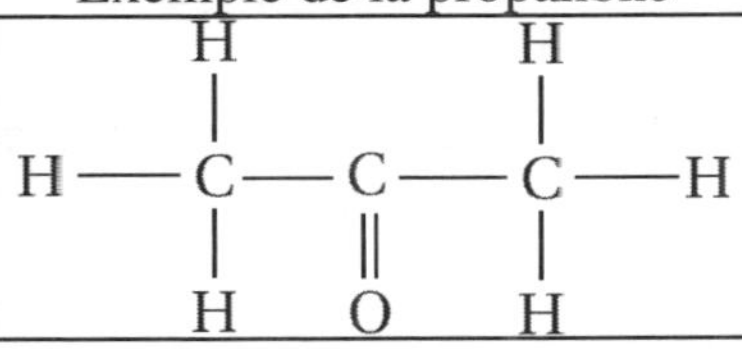	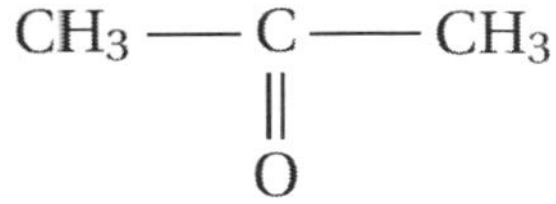

Remarques

Pour une formule brute, l'indice 1 n'est pas noté, l'absence d'indice indique la présence d'un seul atome de l'élément représenté.

L'ordre d'apparition des atomes est en général alphabétique à l'exception de C et H souvent placés en premier, notamment dans les molécules organiques.

⇨ **Méthode 10.1. Représenter des formules semi-développées**

❑ Groupes caractéristiques

Au sein des molécules peuvent se trouver certains arrangements particuliers d'atomes appelés **groupes caractéristiques**, causant des **propriétés chimiques et physiques** particulières à ces molécules.

Quelques groupes caractéristiques à savoir retrouver :

Nom du groupe caractéristique	Nom de la famille des composés	Description de ce groupe caractéristique	Exemple sur des formules développées ou semi-développées
Hydroxyle — OH	**Alcool**	— OH relié à un atome de carbone	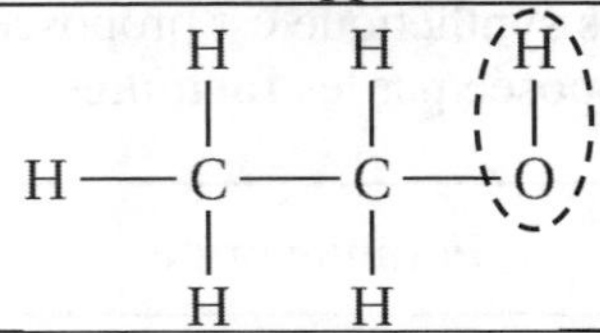
Carbonyle C ═ O	**Aldéhyde**	Un atome de carbone relié par une double liaison à un atome d'oxygène (C ═ O) et à deux atomes de carbone (cétone) ou d'hydrogène et de carbone (aldéhyde).	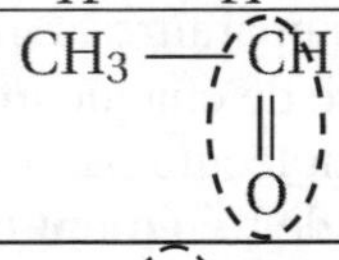
	Cétone		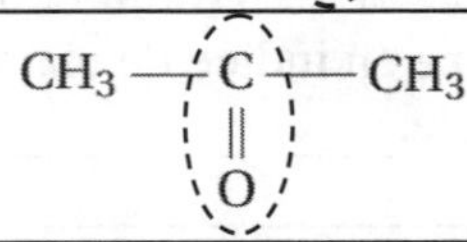
Carboxyle — COOH	**Acide carboxylique**	Un atome de carbone relié par une double liaison à un atome d'oxygène (C ═ O) et à un groupe hydroxyle. Il est souvent noté — COOH.	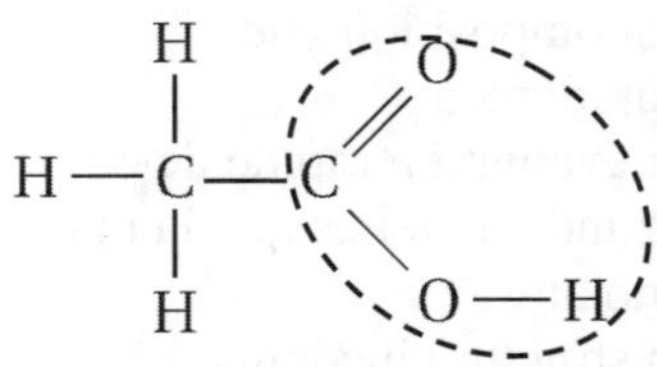

On appelle **carbone fonctionnel** le carbone portant le groupe caractéristique (ci-dessus, les carbones fonctionnels sont ceux entourés).

⇨ **Méthode 10.2. Savoir repérer la présence de groupes caractéristiques**

■ Composés organiques

❑ Les alcanes, définition et nomenclature

Une **chaîne carbonée** d'une molécule **organique** est un enchaînement de carbones au sein de cette molécule. Cette chaîne peut être **linéaire** (tous les atomes sont à la suite les uns des autres), **ramifiée** (certaines ramifications partent de la chaîne principale) ou **cyclique** (la chaîne carbonée forme une boucle fermée). Dans le cas d'un hydrocarbure, la molécule contient en majorité des atomes de carbone et d'hydrogène et on parle de « **squelette carboné** » pour désigner la chaîne principale.
Un **alcane** est un hydrocarbure contenant uniquement des atomes de **carbone** et d'**hydrogène** reliés par des **liaisons simples**. On nomme « **chaîne principale** » la chaîne carbonée la plus longue de la molécule. La formule brute d'un alcane est du type $\mathbf{C_nH_{2n+2}}$ s'il est linéaire ou ramifié, C_nH_{2n} s'il est cyclique.

Exemples

Alcane à chaîne linéaire

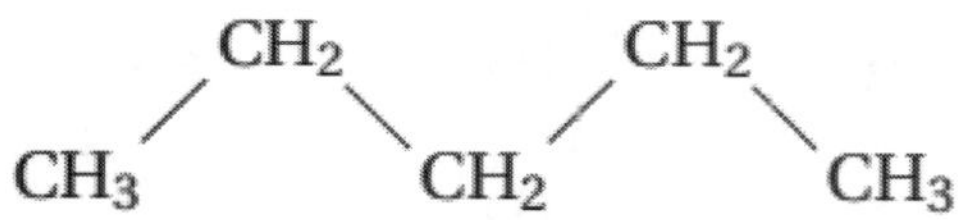

Alcane à chaîne ramifiée

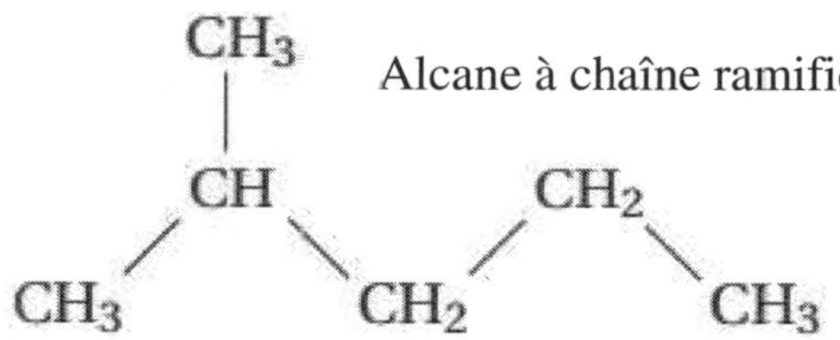

Alcane à chaîne cyclique

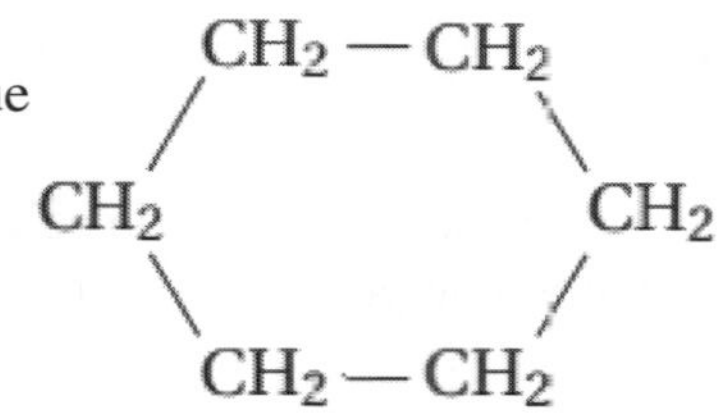

Le nom d'un alcane linéaire est formé d'un préfixe lié au nombre de carbones de sa chaîne carbonée auquel est ajoutée la terminaison « -ane ».

Les préfixes sont :

Nombre d'atomes de carbone de la chaîne carbonée	1	2	3	4	5	6
Préfixe	méth-	éth-	prop-	but-	pent-	hex-

Nombre d'atomes de carbone de la chaîne carbonée	7	8	9	10	12
Préfixe	hept-	oct-	non-	déc-	dodéc-

Exemple

Avec 3 carbones en chaîne linéaire, le propane :

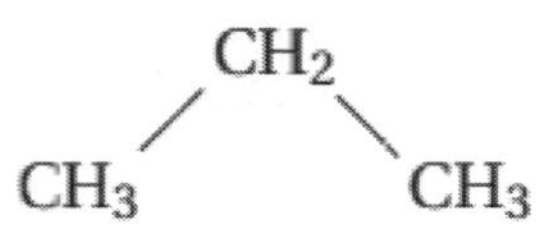

Pour nommer un alcane ramifié, il faut dans l'ordre :
– **Nommer sa chaîne principale** comme expliqué précédemment.
– **Repérer les ramifications**, celles-ci sont des groupes alkyles dont le nom est décrit par la forme « préfixe + -yl » avec les mêmes préfixes que ci-dessus (on a donc méthyl, éthyl…).
– **Numéroter la chaîne principale** de manière à ce que la position des ramifications donne les plus petits nombres possibles.
– **Ajouter le nom des substituants** par ordre alphabétique, précédés du numéro correspondant à leur position dans la chaîne principale. Chiffres et lettres sont séparés par des tirets.
– Si le même substituant apparaît plusieurs fois dans la même molécule, il faut indiquer les différentes positions séparées par des virgules et indiquer le nombre de constituants par un préfixe di- (pour 2), tri- (pour 3), tétra- (pour 4).

Remarque

Les groupes alkyles sont nommés avec un « e » : groupe méthyle, groupe éthyle, … mais ce « e » disparaît dans la nomenclature.

Exemples

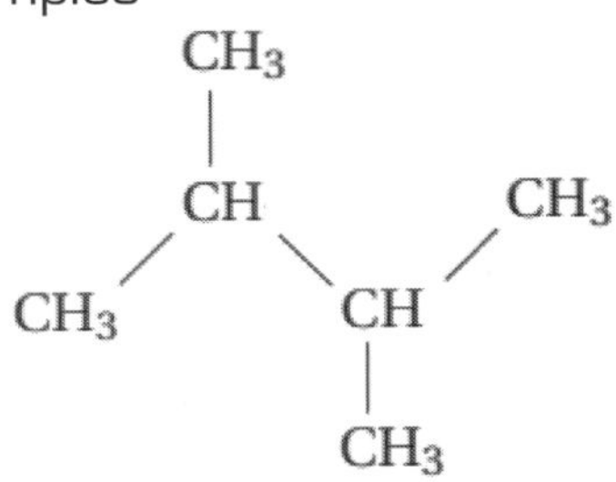

2,3-diméthylbutane

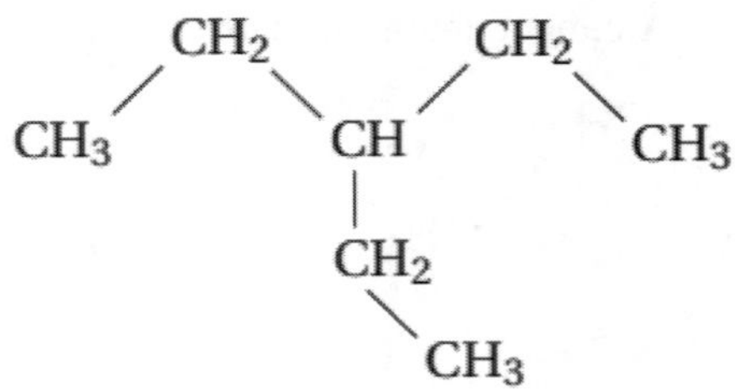

3-éthylpentane

Pour un alcane cyclique, le nom est le même que celui de l'alcane linéaire de même longueur de chaîne carbonée auquel on ajoute le préfixe « cyclo- ».

Exemple

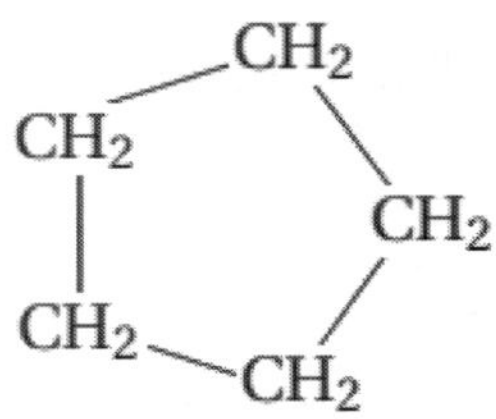

cyclopentane

⇨ **Méthode 10.3. Nommer ou représenter des alcanes**

❑ Nomenclature d'autres familles

Les autres familles de molécules se nomment comme les alcanes à la différence que :
– La **chaîne principale** est celle la plus longue **contenant le carbone fonctionnel** (portant le groupe caractéristique).

– **Numéroter la chaîne principale** de manière à ce que la position du carbone fonctionnel donne le plus petit nombre possible. Les groupements alkyles n'entrent en compte que si le numéro du carbone fonctionnel est le même pour les deux numérotations possibles.
– Nommer l'alcane de cette chaîne principale, le « e » de la **terminaison** est remplacé par le suffixe de la famille correspondante :

Famille	Alcool	Aldéhyde	Cétone	Acide carboxylique
Terminaison	n-ol	al	n-one	oïque

Le n indique le **numéro du carbone fonctionnel**.
– Dans le cas des acides carboxyliques le mot « **acide** » est ajouté devant le nom de la molécule.

Remarques

Dans des cas évidents où le nombre « n » est inutile, il est supprimé du nom (méthanol, éthanol). Parfois, par simplification, les chimistes « oublient » le -1-. Par exemple, « propanol » au lieu de « propan-1-ol ». Pour désigner le « propan-2-ol », le -2- ne peut pas être oublié.
Les représentations semi-développées voient parfois un atome d'hydrogène lié au carbone fonctionnel qui est développé. Cette représentation hybride est tolérée pour faire ressortir le groupe fonctionnel.

Exemples

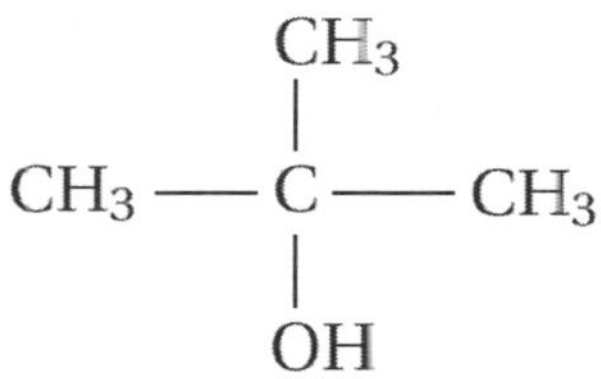
2-méthylpropan-2-ol

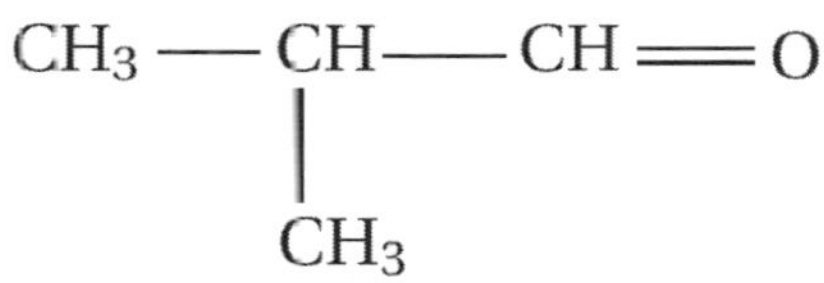
2-méthylpropanal

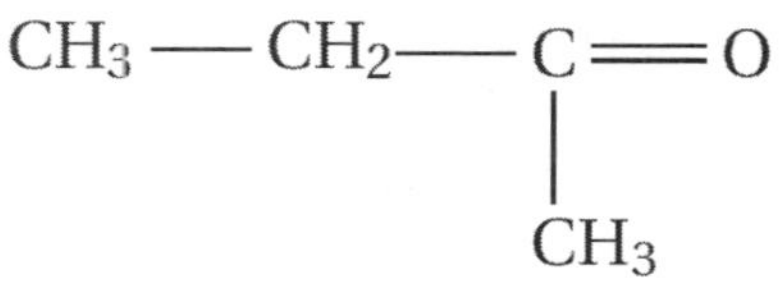
butan-2-one

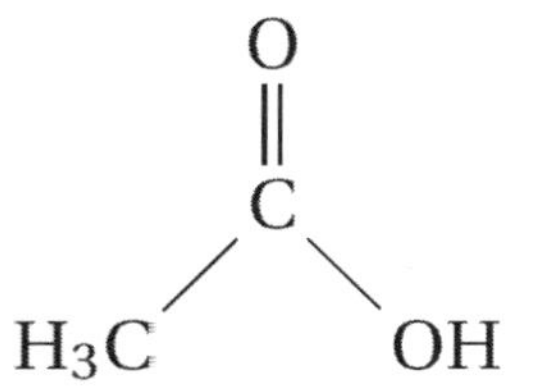
acide éthanoïque

⇨ **Méthode 10.4. Nommer ou représenter des alcools, aldéhydes, cétones et acides carboxyliques**

■ Spectroscopie infrarouge

❑ Description de la spectroscopie infrarouge

Lorsqu'un échantillon est soumis à un rayonnement infrarouge, certaines radiations sont absorbées. Ces radiations sont caractéristiques des atomes et des liaisons au sein des molécules de l'échantillon. Ces propriétés en font une méthode d'analyse : la **spectroscopie infrarouge** (IR en abrégé).

Un spectre infrarouge est une représentation graphique de la **transmittance T** (exprimée en **pourcent**) en fonction du **nombre d'onde** (exprimé en **cm^{-1}**) :

– La transmittance est le rapport entre l'intensité lumineuse transmise et l'intensité lumineuse incidente, sa valeur est comprise entre 0 % (radiations totalement absorbées) et 100 % (radiations totalement transmises).

– Le nombre d'onde est noté σ, il est relié à la longueur d'onde de la radiation par $\sigma = \dfrac{1}{\lambda}$.

Exemple

Spectre IR de l'acide éthanoïque :

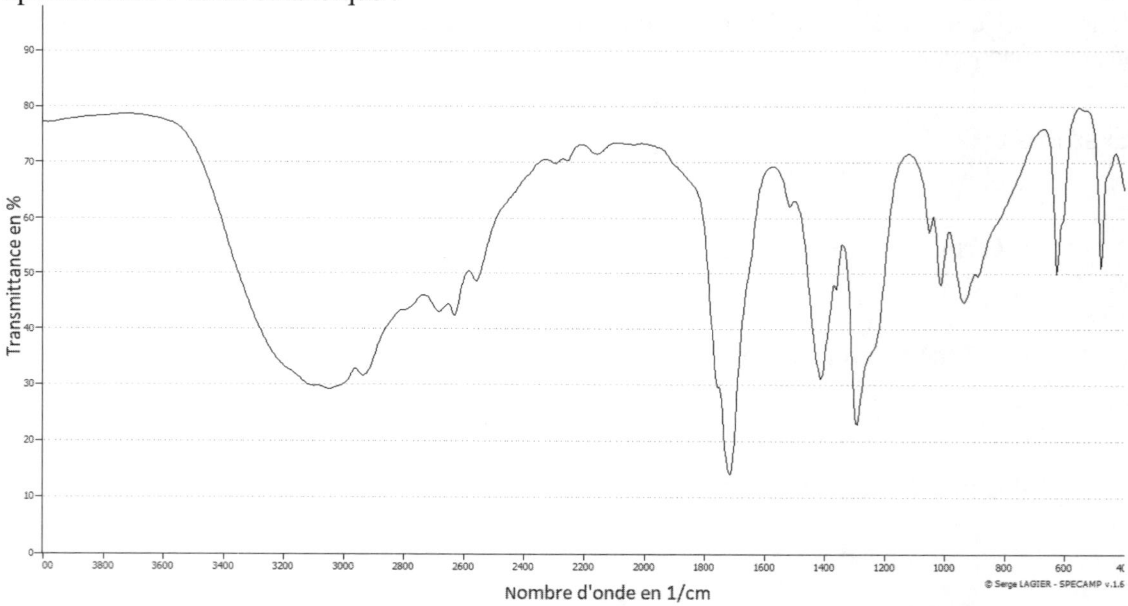

Spectre issu de SPECAMP, logiciel de Serge Lagier, de nombreuses animations sur le site http://www.sciences-edu.net/

❑ Identification par des bandes d'absorption

Les bandes d'absorption du spectre infrarouge sont **caractéristiques d'une liaison**. Ainsi, la mesure du nombre d'onde permet de détecter certaines liaisons telles que C ═ O, O — H, etc. Il est alors aisé d'identifier des **groupes caractéristiques** composant la molécule étudiée.

Quelques bandes d'absorption IR :

Liaison, contexte	Nombre d'onde (cm^{-1})	Description de la bande d'absorption
O — H ; alcool	3200 - 3700	bande fine
O — H ; du groupe carboxyle	2500 - 3200	bande large
C — H ; alcane	2850 - 3100	assez variable
C ═ O ; aldéhyde ou cétone	1650 - 1730	bande fine et forte
C ═ O ; acide carboxylique	1740 - 1800	bande fine et forte

En dessous d'environ 1400 cm^{-1}, le spectre comporte ce qui est couramment appelé des « empreintes digitales » de la molécule étudiée. En effet, les multiples bandes ne sont pas exploitables pour identifier les liaisons, mais restent caractéristiques de la molécule étudiée. Ainsi, comparant le spectre obtenu avec celui d'une molécule connue, il est possible de déterminer si nous avons affaire à cette molécule… ou pas !

Remarques

Une bande forte est une bande pour laquelle l'absorption est forte, une bande large (ou fine) désigne une bande dont l'intervalle de nombre d'onde est grand (ou petit).
Il est impossible de déterminer intégralement une molécule avec un spectre IR.

⇨ **Méthode 10.5. Exploiter un spectre d'absorption infrarouge**

Méthodes

Comment représenter et identifier les molécules ?

Méthode 10.1. Représenter des formules semi-développées

Pour représenter des formules semi-développées, il faut une idée de l'arrangement des atomes au sein de la molécule. C'est pourquoi les exercices proposent de partir d'une représentation connue, donnent des indications quant à l'arrangement des atomes ou donnent un modèle moléculaire. Dans tous les cas, il faut veiller à respecter le nombre de liaisons que doit faire chaque atome au sein de la molécule avec son (ou ses) voisin(s).
Il est préférable de commencer par la représentation de la chaîne carbonée et par le placement des autres atomes, et de n'écrire les atomes d'hydrogène qu'à la fin.

⇨ **Exercices 10.1, 10.3 à 10.8.**

Le butanol, de formule brute $C_4H_{10}O$, est constitué d'une chaîne de 4 carbones au bout de laquelle se trouve une liaison hydroxyle — OH. Donner sa représentation semi-développée.

D'abord, nous représentons la chaîne carbonée :

$$C — C — C — C$$

Puis nous ajoutons la liaison hydroxyle :

$$C — C — C — C — OH$$

Enfin nous complétons avec des atomes d'hydrogène reliés à ceux du carbone en respectant le nombre de liaisons de chaque atome (2 pour O, 4 pour C) :

$$CH_3 — CH_2 — CH_2 — CH_2 — OH$$

Méthode 10.2. Savoir repérer la présence de groupes caractéristiques

Pour repérer la présence de groupes caractéristiques, il faut observer des traits qui leur sont particuliers : la liaison double $C = O$ ou la présence d'un atome d'oxygène. Ensuite, il reste à identifier le groupe caractéristique à partir de ceux qui sont donnés dans l'énoncé ou connus.

⇨ **Exercices 10.3 à 10.14.**

À l'aide des structures proposées dans la partie cours, identifier les groupes caractéristiques présents dans les deux molécules suivantes :

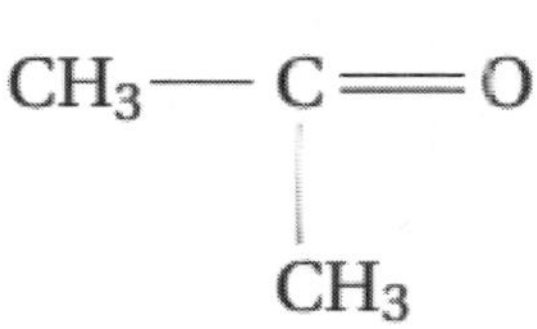

et

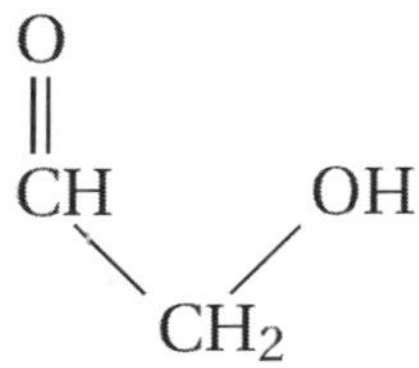

Dans la première molécule, on repère rapidement la double liaison C ═ O, caractéristique d'un groupe carbonyle. Ce dernier n'est relié par ailleurs ni à un atome d'oxygène ni à un atome d'azote. Il s'agit donc bien d'un groupe carbonyle :

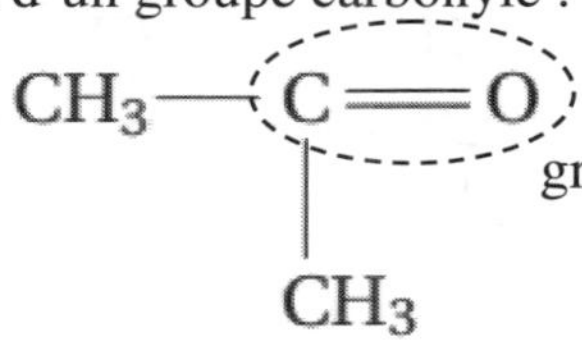

Dans la seconde molécule, on repère aussi une double liaison C ═ O, mais ce groupe carbonyle est relié à un atome d'hydrogène. Il s'agit donc là du groupe des aldéhydes. Un groupe — OH se trouve isolé à droite de la molécule, il s'agit d'un groupe hydroxyle. Cette molécule contient donc deux groupes caractéristiques.

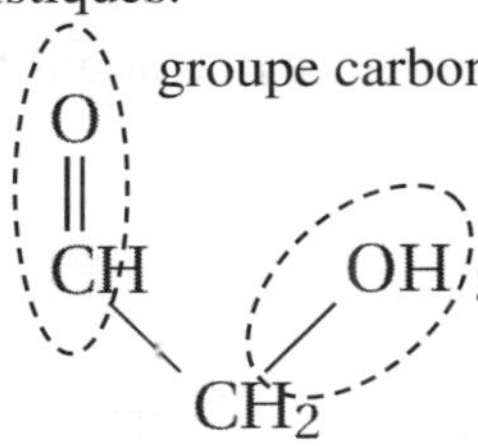

■ Comment nommer les molécules ?

❑ Méthode 10.3. Nommer ou représenter des alcanes

> On peut nommer ou représenter des alcanes en suivant à la lettre les consignes du cours.

⇨ **Exercices 10.2 à 10.5 et 10.7.**

Reprenons ces consignes en détail pour nommer la molécule suivante :

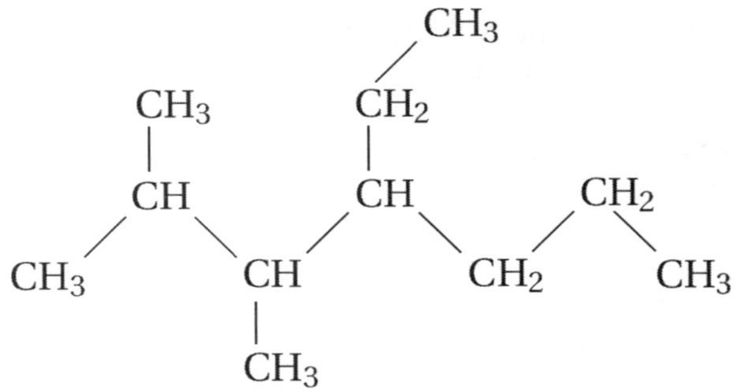

Il s'agit d'un alcane. Repérons d'abord sa chaîne principale :

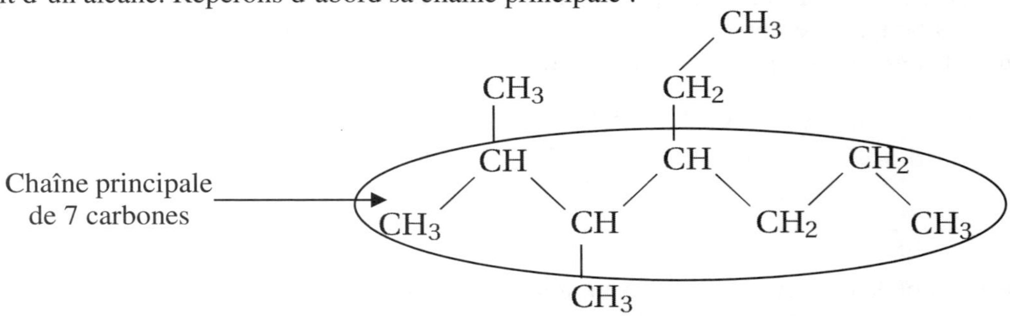

- **Nommer sa chaîne principale** : il s'agit d'un heptane.
- **Repérer les ramifications** : il y a un groupement méthyle en bas, un groupement méthyle et un groupement éthyle en haut.
- **Numéroter la chaîne principale** de manière à ce que la position des ramifications donne les plus petits nombres possibles :

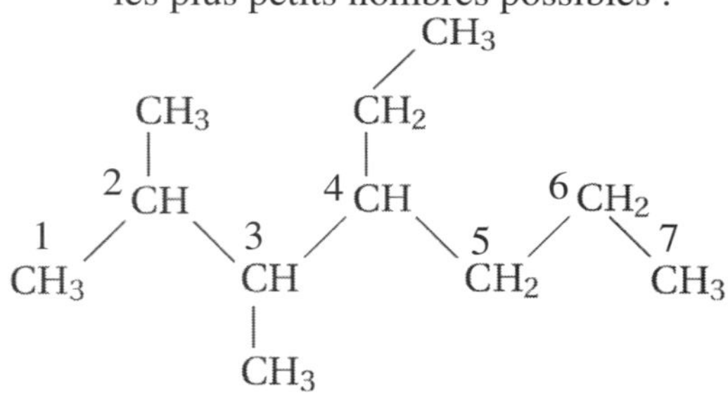

OU

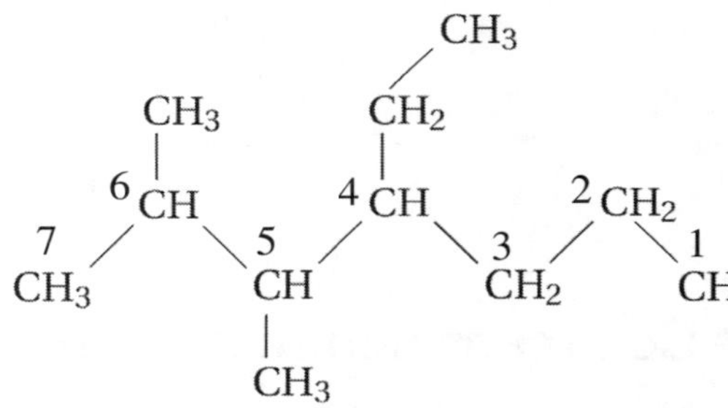

Un groupe méthyle est en position 2, un autre en position 3 et le groupe éthyle en position 4.

Un groupe méthyle est en position 5, un autre en position 6 et le groupe éthyle en position 4.

La première numérotation est préférable car elle implique des nombres plus petits.

- Par ordre alphabétique, ajouter le nom des substituants précédés du numéro correspondant à leur position dans la chaîne principale : il faut ajouter 4-éthyl, 2-méthyl et 3-méthyl.
- Si le même substituant apparaît plusieurs fois dans la même molécule, il faut indiquer les différentes positions séparées par des virgules et indiquer le nombre de constituants par un préfixe di- (pour 2), tri- (pour 3), tétra- (pour 4) : cela donne 2,3-diméthyl.

Au final la molécule se nomme 4-éthyl-2,3-diméthylheptane.

❑ Méthode 10.4. Nommer ou représenter des alcools, aldéhydes, cétones et acides carboxyliques

> On peut nommer ou représenter des molécules des familles citées dans le titre en suivant à la lettre les consignes du cours.

⇨ Exercices 10.2, 10.3, 10.5 à 10.14.

- Reprenons ces consignes en détail pour représenter la molécule de 2,4-diméthylpentan-3-ol :

Les alcools se nomment comme les alcanes à la différence que :

– La chaîne principale doit être la plus longue contenant le carbone fonctionnel : pentane.

$$CH_3 - CH_2 - CH_2 - CH_2 - CH_3$$

– La terminaison en « -ane » est remplacée par « an-x-ol » avec x, position du carbone fonctionnel dans la chaîne principale : ici le carbone fonctionnel est en troisième position.

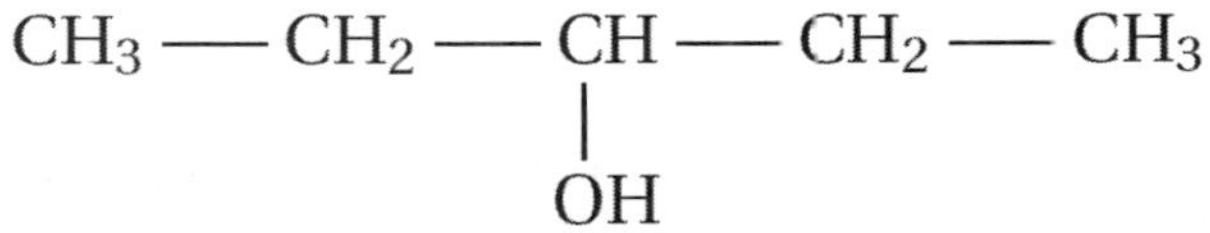

– La numérotation des carbones doit être telle que x soit le plus petit possible, les groupements alkyles n'entrent en compte que si x est le même pour les deux numérotations possibles : ici les groupements alkyles sont des méthyles (CH_3) à placer en positions 2 et 4, comptant de droite à gauche ou de gauche à droite revient au même dans ce cas.

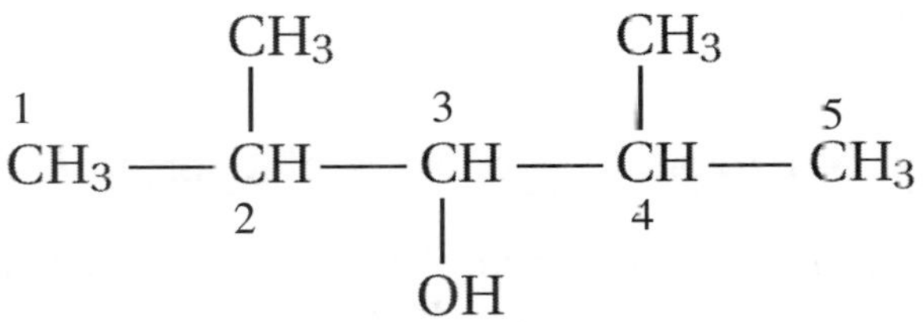

- Nommons la molécule suivante :

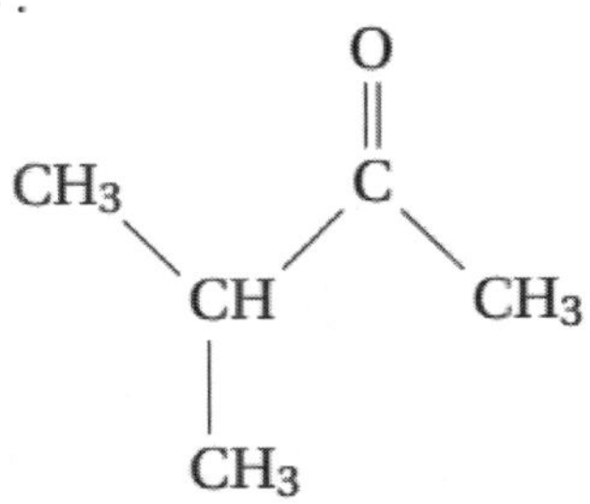

– L'atome de carbone fonctionnel de la liaison C = O doit faire partie de la chaîne principale :

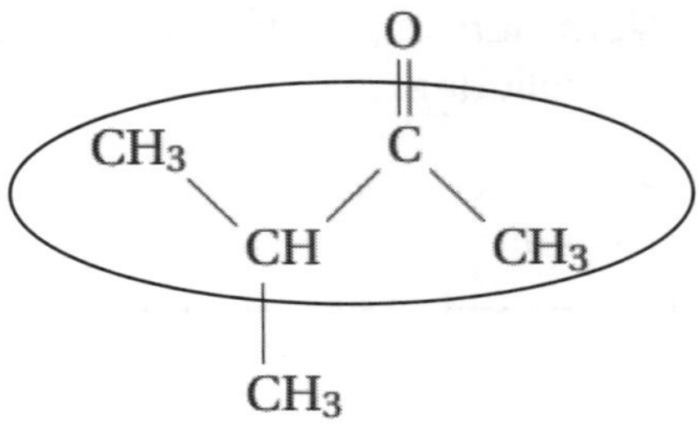

– Numéroter la chaîne principale de manière à avoir le plus petit chiffre possible pour le carbone fonctionnel.

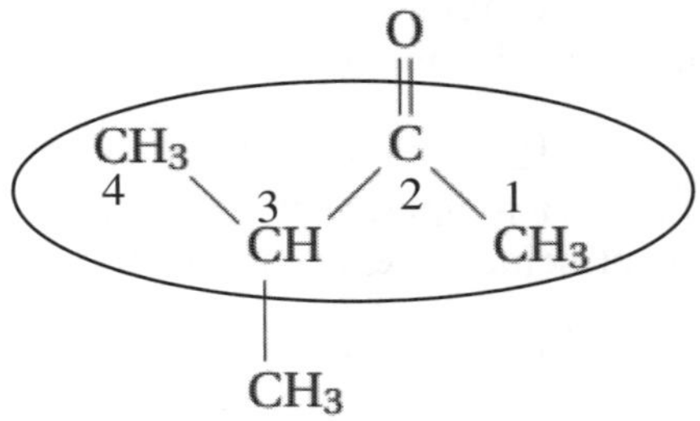

– Le nom de la molécule se termine par le suffixe -one. Devant ce suffixe se trouve la position du carbone fonctionnel.
Ici ce sera donc 2-one.

– Le nom de la molécule contient le nom donné à la chaîne carbonée et ses éventuelles ramifications.
Ici on a une chaîne nommée 3-méthylbutan à laquelle on ajoute le suffixe -one, le nom de la molécule est donc le 3-méthylbutan-2-one.

❑ Méthode 10.5. Exploiter un spectre d'absorption infrarouge

L'observation des bandes du spectre IR permet, en identifiant les bandes caractéristiques, de déduire la présence de groupes caractéristiques au sein de la molécule.

⇨ **Exercices 10.12 à 10.14.**

Reprenons le spectre IR de la partie cours (schéma ci-après).
On détecte :
- une large bande aux alentours de 3000 cm^{-1} : liaison O — H du groupe carboxyle
- une bande fine entre 1740 et 1800 cm^{-1} : liaison C ═ O.

On déduit la présence d'un acide carboxylique.

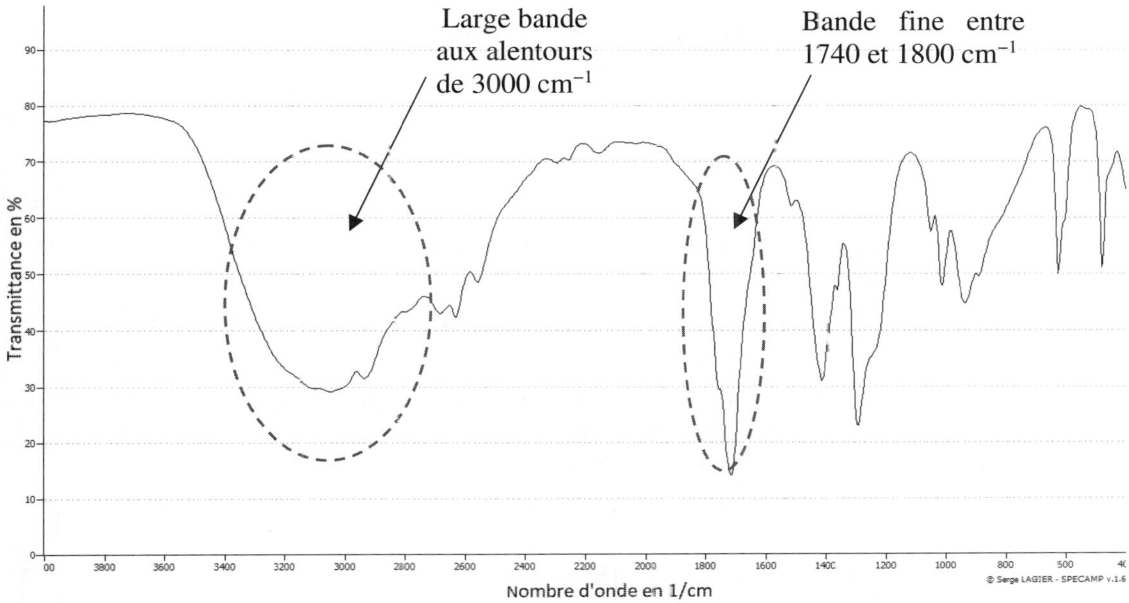

Spectre issu de SPECAMP, logiciel de Serge Lagier,
de nombreuses animations sur le site http://www.sciences-edu.net/

Méthodes

■■ Vrai/Faux

		Vrai	Faux
1.	Une formule semi-développée ne fait pas apparaître les liaisons entre atomes de carbone.	☐	☐
2.	À une formule brute ne peuvent correspondre qu'une ou deux formules semi-développée(s).	☐	☐
3.	Des groupes caractéristiques sont des enchaînements particuliers d'atomes qui donnent des propriétés chimiques et physiques particulières aux molécules qui les possèdent.	☐	☐
4.	$CH_3 — CH_2 — CH_2 — CO_2H$ est une cétone.	☐	☐
5.	$CH_3 — CH_2 — CH_2 — OH$ est un alcool.	☐	☐
6.	$CH_3 — CH_2 — CH_2 — CH_3$ se nomme le butane.	☐	☐
7.	Du fait de sa liaison C ═ O, un acide carboxylique est aussi un aldéhyde.	☐	☐
8.	La spectroscopie infrarouge permet de détecter des liaisons entre atomes au sein d'une molécule.	☐	☐
9.	Pour déterminer la composition d'une molécule avec la spectrométrie IR, il faut autant de spectres qu'il y a de liaisons dans la molécule.	☐	☐
10.	L'étude d'une molécule par spectrométrie IR ne permet pas de déterminer avec exactitude la formule semi-développée de celle-ci.	☐	☐

Énoncé des exercices

❑ Exercice 10.1. Représentation des molécules

Compléter le tableau suivant des représentations de quelques molécules :

Nom de la molécule	Formule brute	Formule semi-développée	Formule développée
eau	H_2O		
eau oxygénée ou peroxyde d'hydrogène			H—O—O—H
propane		$CH_3 - CH_2 - CH_3$	
éthanol		$CH_3 - CH_2 - OH$	
éthanolamine			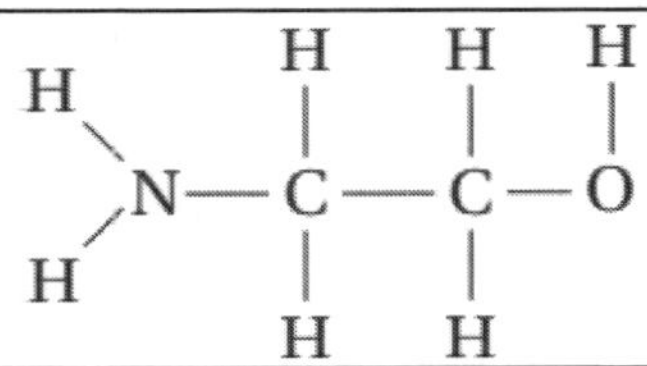
chloramine	NH_2Cl		
chlorométhoxy-méthane (ses atomes de carbone ne sont pas reliés entre eux)	C_2H_5OCl		
cyclohexane (il forme un cycle, c'est-à-dire une chaîne reliée à ses extrémités)	C_6H_{12}		

❑ Exercice 10.2. Nommer alcanes et alcools

Pour chacune des molécules suivantes, dire s'il s'agit d'un alcool ou d'un alcane et le nommer.

1.

$$CH_3 - OH$$

2.

$$CH_3 - CH_2 - CH_2 - CH_3$$

3.

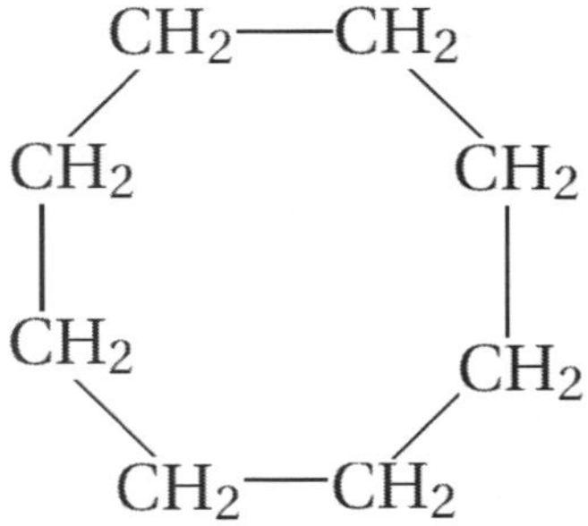

4.

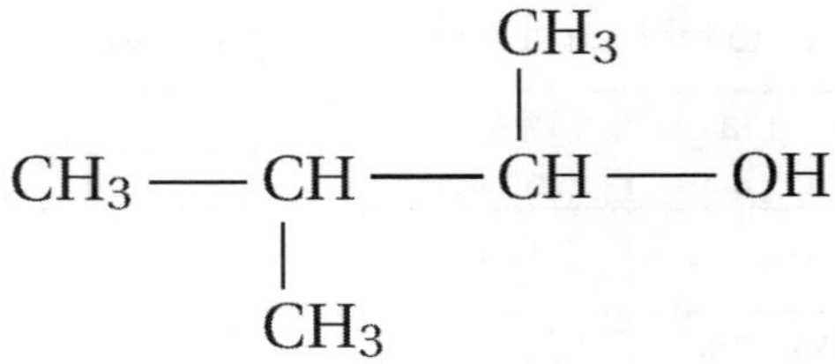

5.

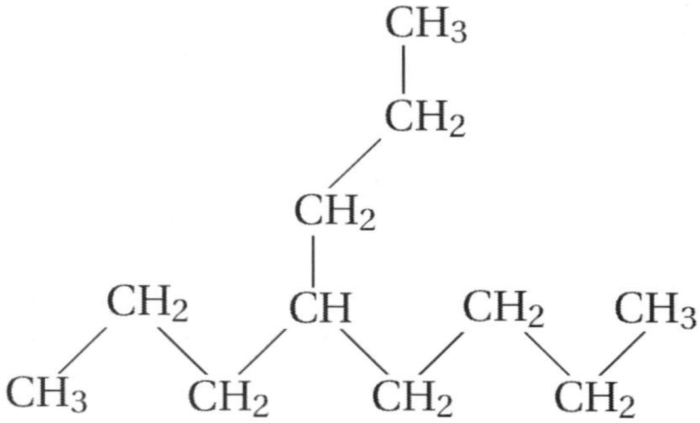

6.

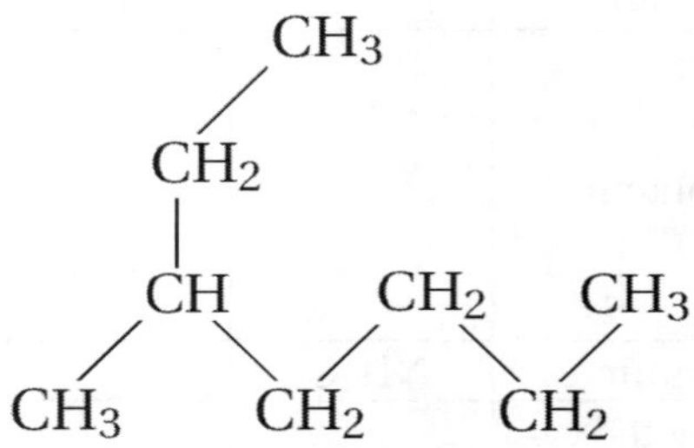

7.

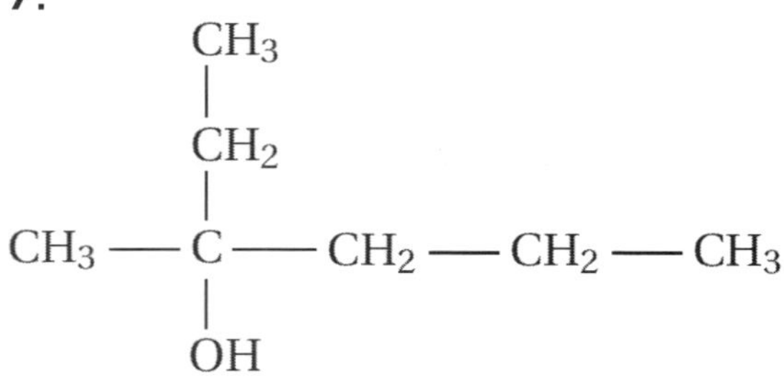

8.

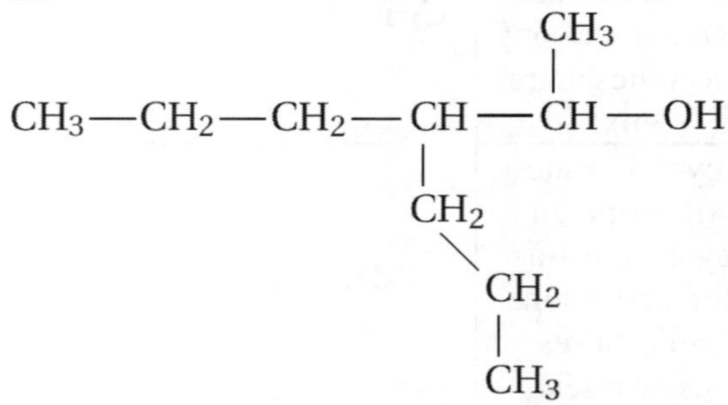

❑ Exercice 10.3. Représentation d'alcanes et d'alcools

Pour chacune des molécules suivantes, donner la représentation semi-développée :

1. Octane.
2. Hexan-2-ol.
3. Propan-1-ol.
4. 2,4-diméthylhexane.
5. 2-méthylpropan-2-ol.
6. Cyclopropane.
7. 3,4-diéthylheptane.
8. 5-éthyl-2,4-diméthyloctan-3-ol.

❑ Exercice 10.4. Énigmes

On appelle respectivement alcool primaire, alcool secondaire ou alcool tertiaire un alcool dont le carbone relié à la fonction — OH est relié à un seul, à deux ou à trois autres carbones.

1. Quel est le plus petit des alcanes ? Donner son nom et sa représentation semi-développée.
2. Quel est le plus petit des alcools ? Donner son nom et sa représentation semi-développée.
3. Quel est le plus petit des alcools tertiaires ? Donner son nom et sa représentation semi-développée.
4. Combien d'alcanes possèdent la formule brute C_4H_{10} ? Donner leurs représentations semi-développées et les nommer.
5. Combien d'alcools possèdent la formule brute $C_4H_{10}O$? Donner leurs représentations semi-développées et les nommer.
6. Un seul alcool tertiaire a pour formule brute $C_5H_{12}O$. Donner sa représentation semi-développée et son nom.

❑ Exercice 10.5. Abominations

Les noms suivants ne représentent pas de molécules : ils sont erronés. Expliquer pourquoi :

1. 2,2-diméthylpropan-2-ol.
2. Pentan-4-ol.
3. 2-éthylpentane.
4. Cycloéthane.

❑ Exercice 10.6. C_2H_4O

Description de 3 molécules :

<u>Alcool vinylique</u> :

Aussi appelé éthénol ou vinylalcool, cette molécule de formule brute C_2H_4O contient une double liaison C ═ C et un groupe hydroxyle — OH. C'est le monomère au sein de l'alcool polyvinylique, utilisé dans les colles ou dans la peinture.

<u>Éthanal</u> :

Aussi appelée acétaldéhyde, cette molécule naturelle peut être trouvée dans les fleurs du coton, dans les feuilles de chêne et de tabac, dans les fruits mûrs, le café et le pain frais. Elle est utilisée comme agent de sapidité dans certaines margarines bien qu'elle soit reconnue comme toxique et potentiellement cancérigène. L'éthanal contient un groupe caractéristique carbonyle relié à un carbone et un hydrogène et a pour formule brute C_2H_4O.

Oxyde d'éthylène :

Aussi appelé oxyde de diméthylène, oxacyclopropane, ou encore oxirane, ce composé organique forme un petit cycle à trois atomes. Utile dans l'industrie chimique, entre autres dans la production d'éthylène glycol, ainsi que dans les industries pharmaceutique et agroalimentaire, il s'agit d'un fongicide utilisé pour stériliser et désinfecter des choses aussi variées que des épices, du matériel médical ou encore des documents d'archives. Sa formule brute est C_2H_4O.

1. a) Comparer les formules brutes de ces différentes molécules.
b) Ces molécules ont-elles les mêmes propriétés chimiques et physiques ?
2. a) Donner la représentation semi-développée de l'alcool vinylique.
b) Entourer le groupe caractéristique hydroxyle que contient cette molécule.
3. a) Donner la représentation semi-développée de l'éthanal.
b) Entourer le groupe caractéristique carbonyle que contient cette molécule.
4. Donner la représentation semi-développée de l'oxyde d'éthylène.

❑ Exercice 10.7. Pentan-2-ol

Le pentan-2-ol est un alcool liquide et incolore à température ambiante et pression atmosphérique. Sa solubilité est faible dans l'eau, mais il est très soluble dans l'éthanol ou l'éther.

1. a) Donner la représentation semi-développée du pentan-2-ol, entourer le groupe caractéristique présent dans cette molécule et le nommer.
b) Donner la formule brute du pentan-2-ol.

On appelle isomères des molécules qui ont la même formule brute, mais des représentations semi-développées différentes.

2. a) Donner la représentation semi-développée des molécules suivantes :
- pentan-3-ol ;
- acide butanoïque ;
- pentanal ;
- pentan-2-one.

b) Laquelle (ou lesquelles) est (sont) isomère(s) du pentan-2-ol ?

❑ Exercice 10.8. Représentations d'aldéhydes

Représenter les formules semi-développées des aldéhydes suivants :

1. Pentanal.
2. 3-éthylhexanal.
3. 2,3,4-triméthylpentanal.
4. 2,3-diéthyl-4,6-diméthylheptanal.

❑ Exercice 10.9. Représentations de cétones

Représenter les formules semi-développées des cétones suivantes :

1. Propanone.
2. 3-méthylbutan-2-one.
3. 4-éthylhexan-2-one.
4. Cyclopentanone.

❑ Exercice 10.10. Représentations d'acides carboxyliques

Représenter les formules semi-développées des acides carboxyliques suivants :

1. Acide méthanoïque.

2. Acide 2-méthylpropanoïque.

3. Acide 5-méthylhexanoïque.

4. Acide 4,6-diéthyl-5-méthyloctanoïque.

❑ Exercice 10.11. Nommer des molécules

Repérer le groupe caractéristique puis nommer chaque molécule.

1.

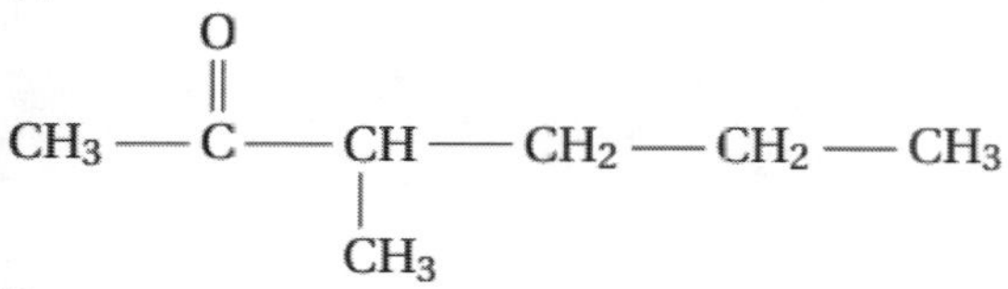

2.

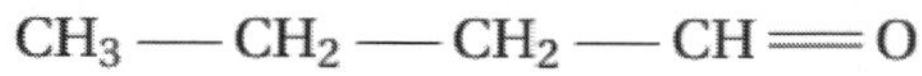

3.

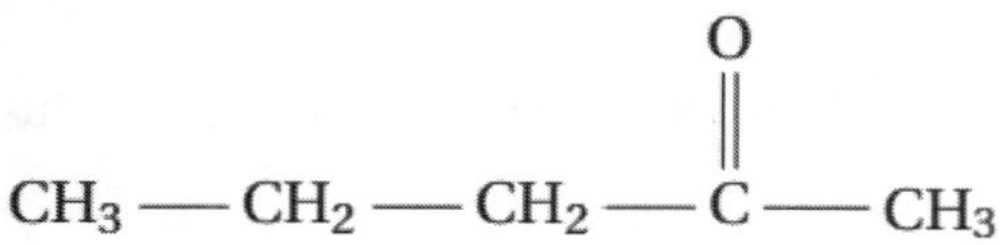

4.

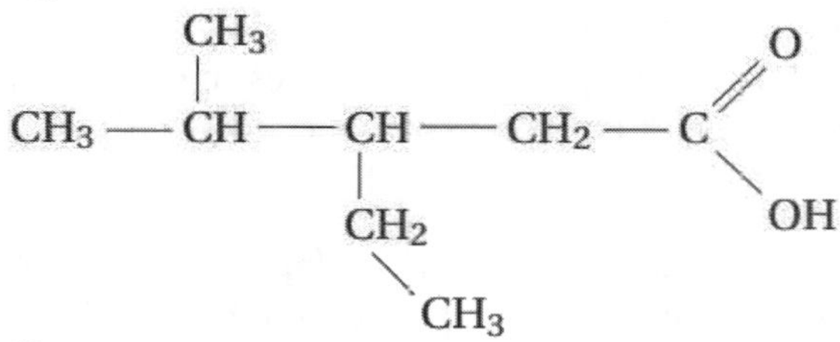

5.

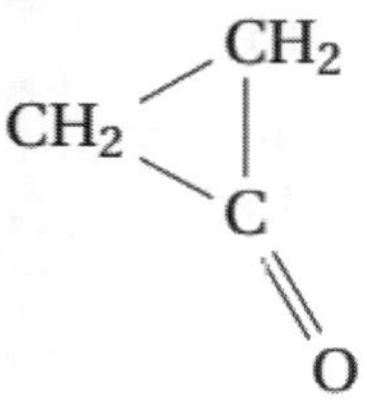

6.

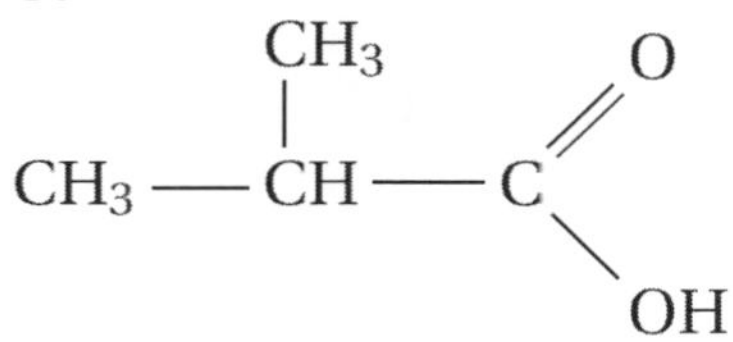

7.

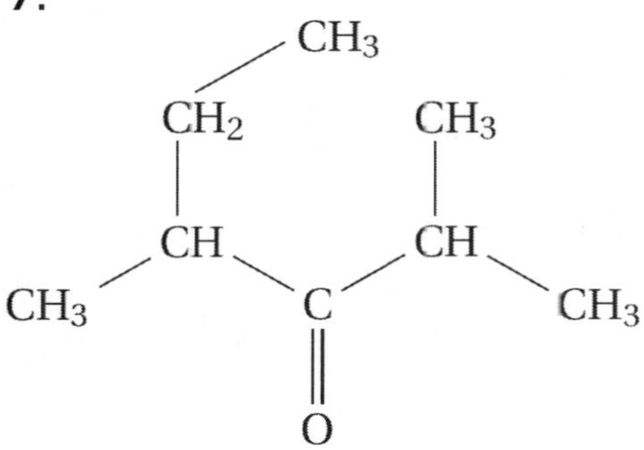

8.

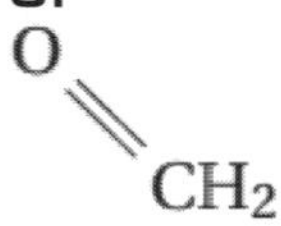

❑ Exercice 10.12. Trois isomères

On appelle isomères des molécules qui ont la même formule brute, mais des représentations semi-développées différentes. Trois isomères sont représentés ci-dessous :

Molécule A :

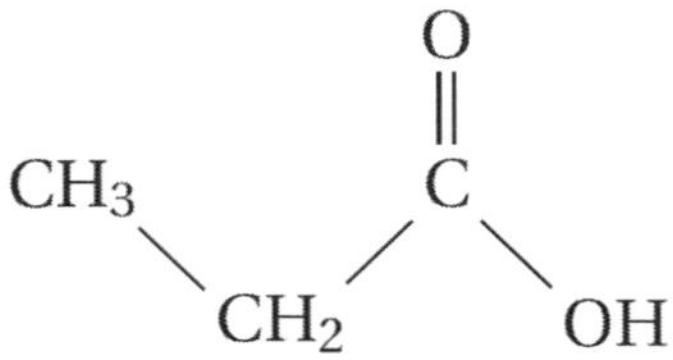

Molécule B :

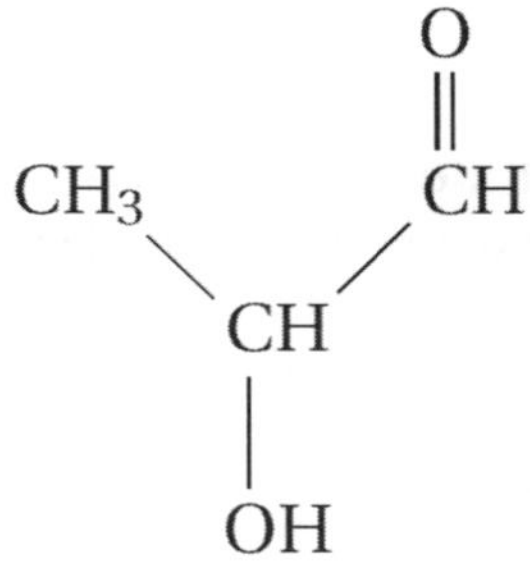

Molécule C :

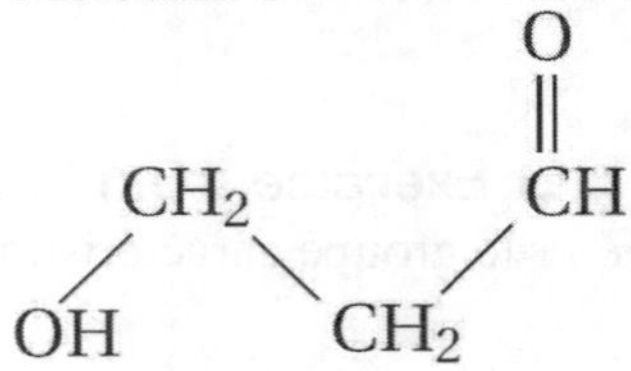

1. a) Repérer les fonctions présentes dans chacune des trois molécules données.

b) Nommer la molécule A.

2. Les trois spectres IR de ces molécules permettent d'en identifier une des trois plus facilement. Laquelle ? Expliquer.

❑ Exercice 10.13. Spectre d'un corps pur

On dispose d'un corps pur composé d'une des quatre molécules suivantes :

Molécule A :

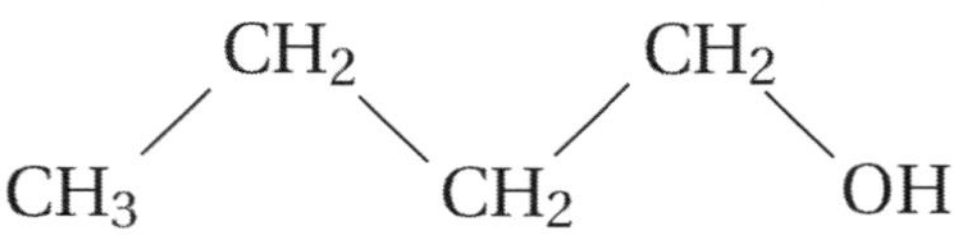

Molécule B :

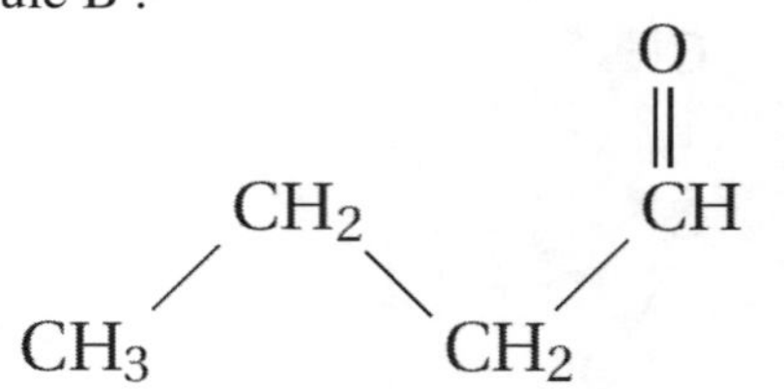

Molécule C :

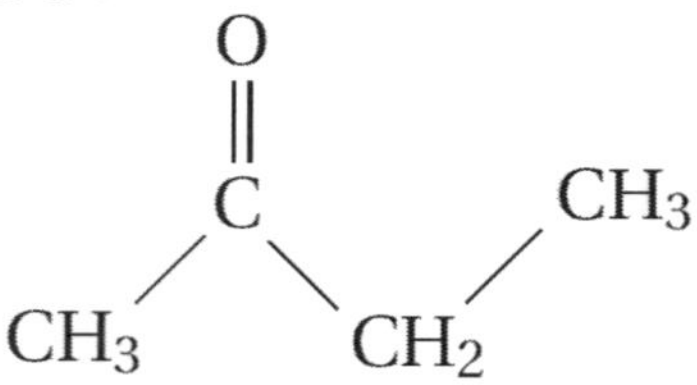

Molécule D :

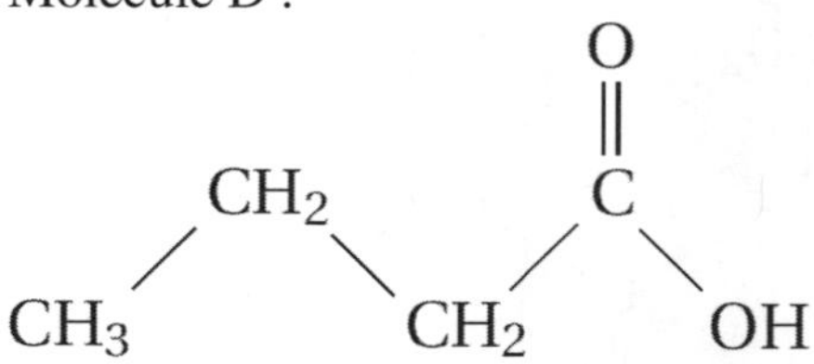

Le spectre IR de cette molécule est tracé :

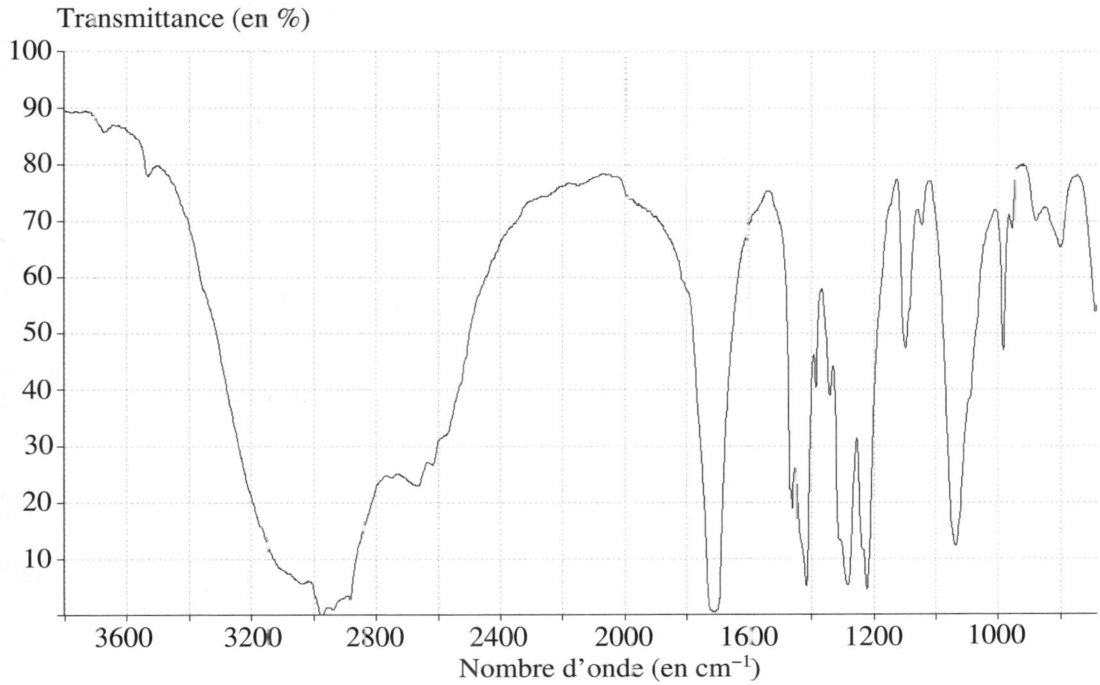

Spectre issu de SPECAMP, logiciel de Serge Lagier, de nombreuses animations sur le site http://www.sciences-edu.net/

1. La molécule du corps pur a de fortes chances d'être la D. Justifier.
2. En réalité, le doute est permis avec deux autres molécules parmi A, B et C. Pourquoi ?
3. Nommer ces quatre molécules.

❑ Exercice 10.14. 2-méthylbutan-2-ol

On se propose d'étudier le 2-méthylbutan-2-ol.

1. Description de la molécule.
a) Quelle fonction se trouve dans cette molécule ?
b) À quelle famille appartient-elle ?
c) Donner sa représentation semi-développée.

2. Parmi les trois spectres infrarouges suivants sur lesquels les nombres d'onde des pics sont indiqués, dire lequel est celui du 2-méthylbutan-2-ol.

Spectre A :

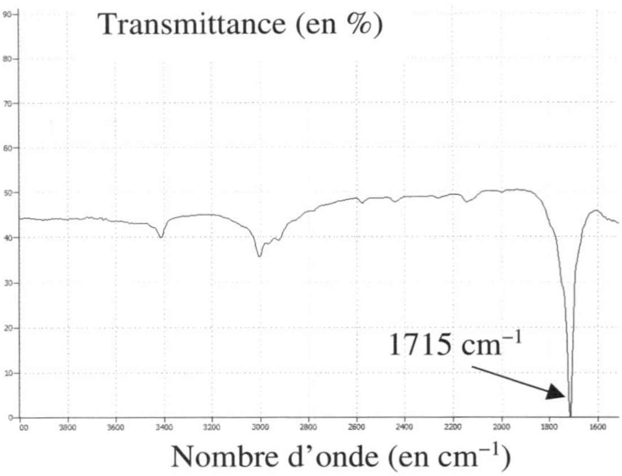

Spectre B :

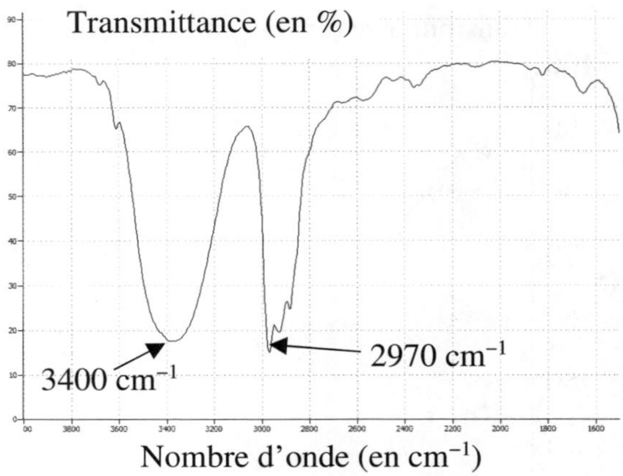

Spectre C :

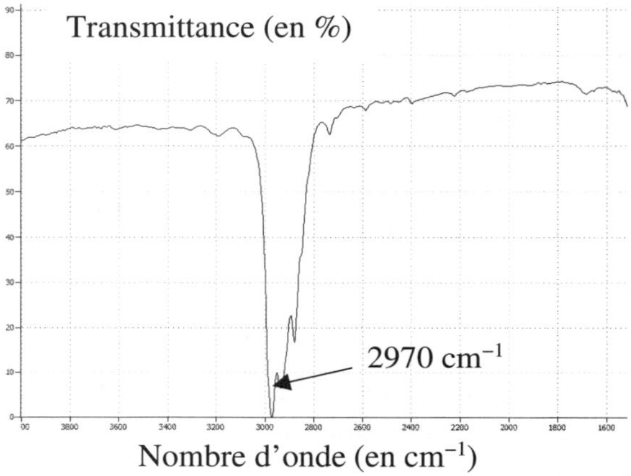

Spectres issus de SPECAMP, logiciel de Serge Lagier, de nombreuses animations sur le site http://www.sciences-edu.net/

■ Pour vous aider à démarrer

Exercice 10.4. Penser à faire des chaînes longues, puis à les raccourcir et mettre des ramifications pour trouver d'autres représentations de molécules à même formule brute.
Exercice 10.5. On peut suivre les règles de nomenclature afin de déterminer les représentations semi-développées des molécules proposées et les étudier ensuite.
Exercice 10.12. Bien repérer les différences entre les molécules et la bande d'absorption qui n'apparaît que pour l'une d'elles.

Corrigé des vrai/faux

1.	2.	3.	4.	5.	6.	7.	8.	9.	10.
faux	faux	vrai	faux	vrai	vrai	faux	vrai	faux	vrai

1. Une formule semi-développée ne fait pas apparaître les liaisons C — H entre atomes de carbone et d'hydrogène.

2. À une formule brute peuvent correspondre une ou plusieurs formule(s) semi-développée(s).

4. $CH_3 — CH_2 — CH_2 — CO_2H$ est un acide carboxylique.

7. Le carbone de la liaison C ═ O d'un acide carboxylique n'est pas relié à un atome d'hydrogène, caractéristique d'un aldéhyde. De plus, si la fonction complète de l'acide carboxylique est présente, la molécule est alors un acide carboxylique et non un alcool ; bien que le groupe — OH soit présent. Ses propriétés chimiques sont celles de l'acide et non de l'alcool.

9. Pour déterminer la composition d'une molécule avec la spectrométrie IR, on réalise un spectre IR sur lequel apparaissent différentes bandes d'absorption à exploiter, donnant des informations sur les différentes liaisons au sein de la molécule.

❑ Les erreurs classiques

– Éviter les représentations batardes : développées par endroits, semi-développées à d'autres endroits... cela est toléré toutefois au niveau des fonctions afin de les faire ressortir, mais c'est déconseillé sur une copie d'élève.
– Une liaison C — OH dans une molécule ne signifie pas forcément que celle-ci est un alcool. C'est peut-être le cas, mais c'est aussi peut-être un acide carboxylique. Étudier si le carbone est relié à un atome d'oxygène avec une double liaison par exemple, alors cela en fait un acide carboxylique.
– Lors de l'étude d'une molécule afin de la nommer, un piège classique consiste à ne pas représenter la chaîne carbonée la plus longue en ligne horizontale… les élèves prennent alors la ligne droite et ne comptent pas ce qui est pour eux une ramification, mais qui pourtant aurait dû faire partie de la chaîne la plus longue…
– Attention aux conclusions hâtives lors de l'interprétation de spectres IR… un pic peut parfois représenter potentiellement plusieurs choses.

Corrigé des exercices

Exercice 10.1

Nom de la molécule	Formule brute	Formule semi-développée	Formule développée
eau	H_2O	H_2O	H—O—H
eau oxygénée ou peroxyde d'hydrogène	H_2O_2	HO—OH	H—O—O—H
propane	C_3H_8	$CH_3—CH_2—CH_3$	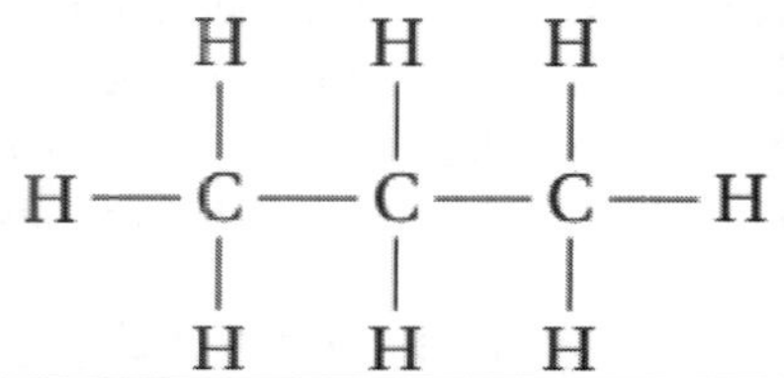
éthanol	C_2H_6O	$CH_3—CH_2—OH$	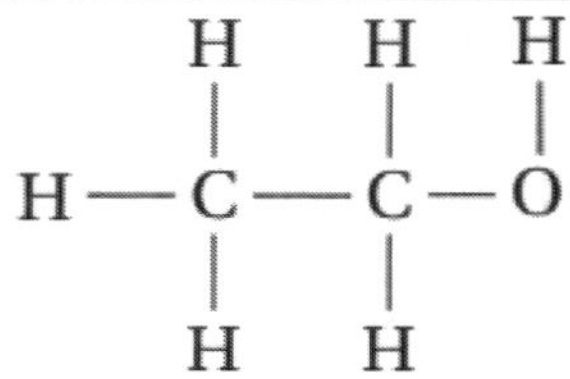
éthanolamine	C_2H_7NO	$NH_2–CH_2–CH_2–OH$	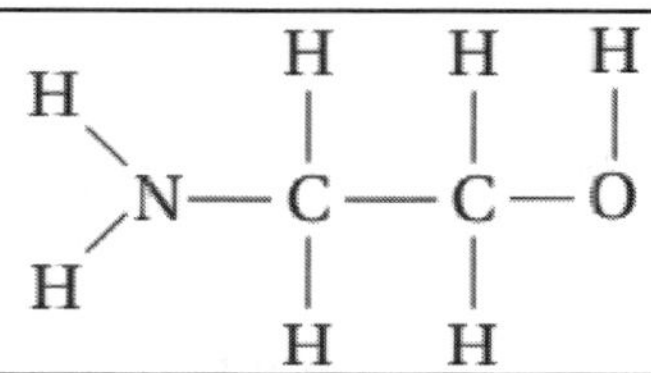
chloramine	NH_2Cl	$NH_2—Cl$	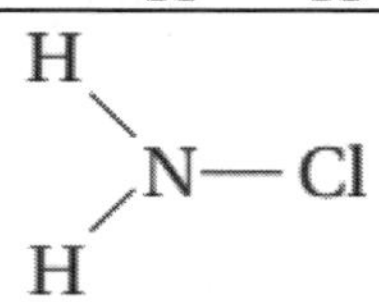
chlorométhox y-méthane (ses atomes de carbone ne sont pas reliés entre eux)	C_2H_5OCl	$CH_3–O–CH_2–Cl$	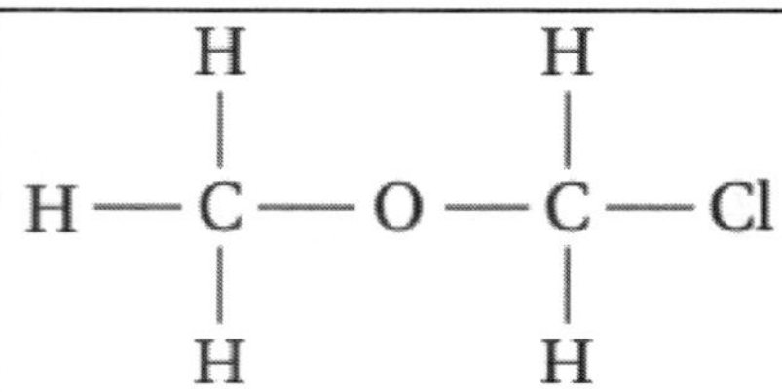

cyclohexane (il forme un cycle, c'est-à-dire une chaîne reliée à ses extrémités)	C_6H_{12}	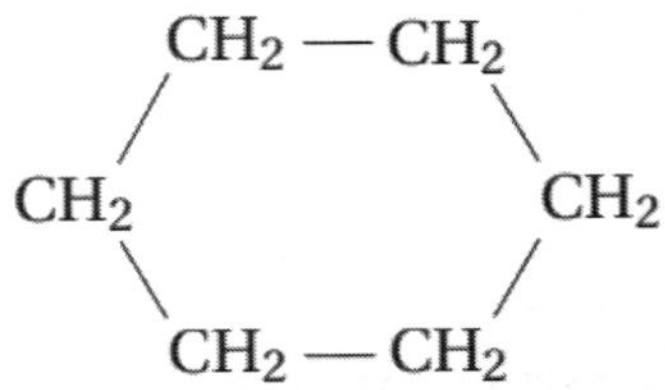	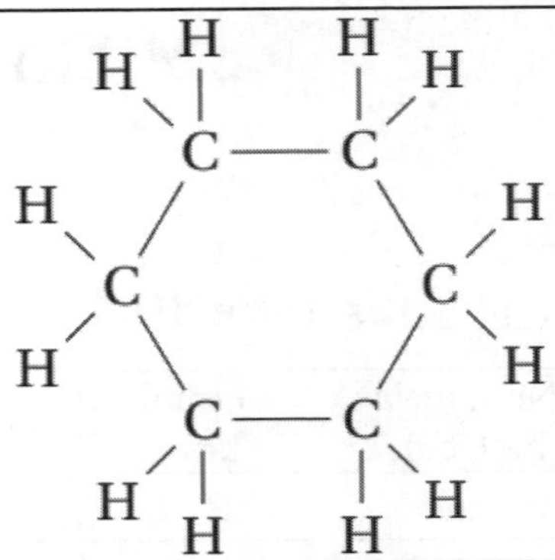

Exercice 10.2

1. C'est un alcool : le méthanol.

2. C'est un alcane : le butane.

3. C'est un alcane : le cyclooctane.

4. C'est un alcool : le 3-méthylbutan-2-ol.

5. C'est un alcane : le 4-propyloctane.

6. C'est un alcane : 3-méthylheptane.

7. C'est un alcool : le 3-méthylhexan-3-ol.

8. C'est un alcool : le 3-propylhexan-2-ol.

Exercice 10.3

1. Octane :

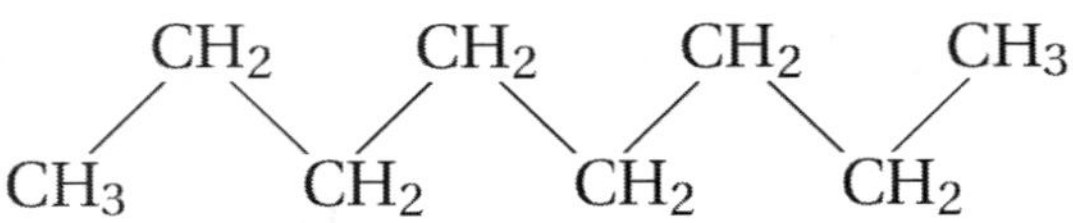

2. Hexan-2-ol :

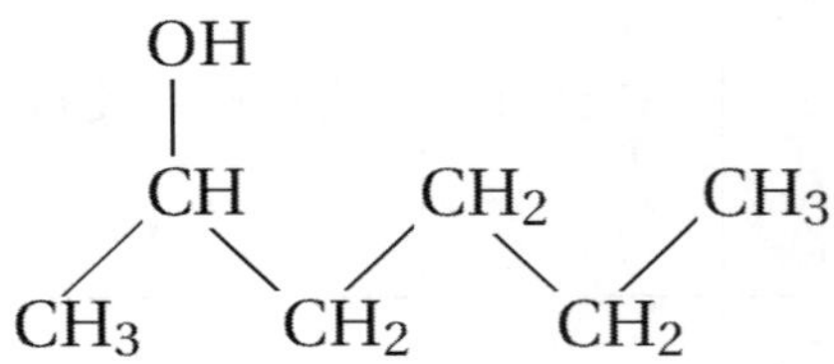

3. Propan-1-ol :

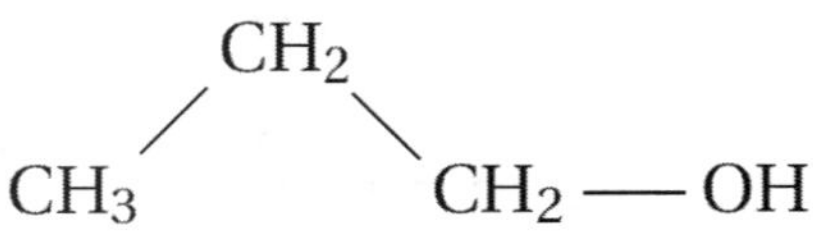

4. 2,4-diméthylhexane :

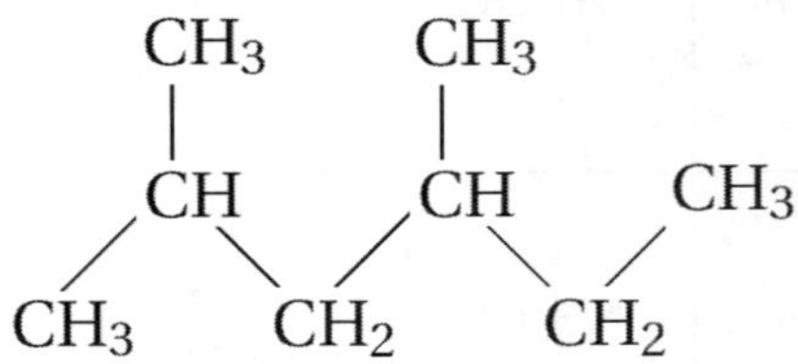

5. 2-méthylpropan-2-ol :

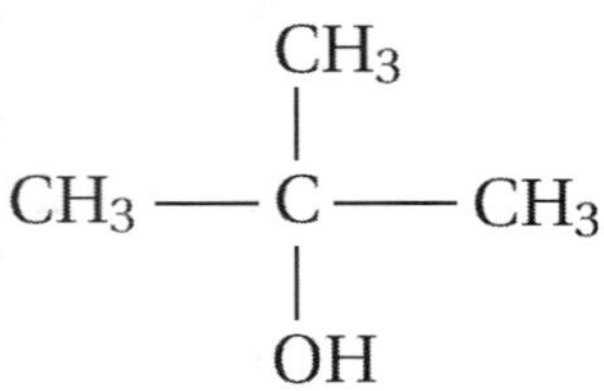

6. Cyclopropane :

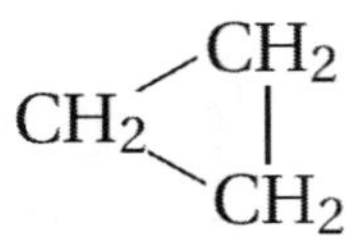

7. 3,4-diéthylheptane

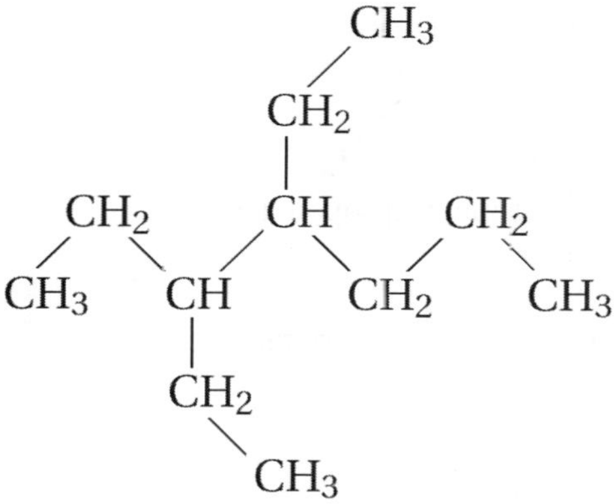

8. 5-éthyl-2,4-diméthyloctan-3-ol

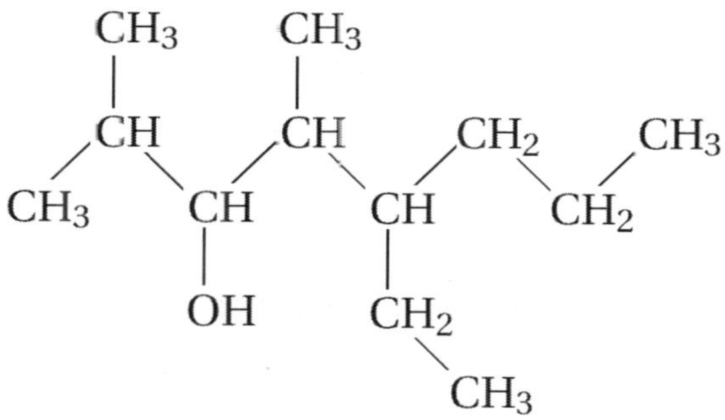

Exercice 10.4

1. Le plus petit des alcanes est le méthane : CH_4

2. Le plus petit des alcools est le méthanol : $CH_3 — OH$

3. Le plus petit des alcools tertiaires est le 2-méthylpropan-2-ol :

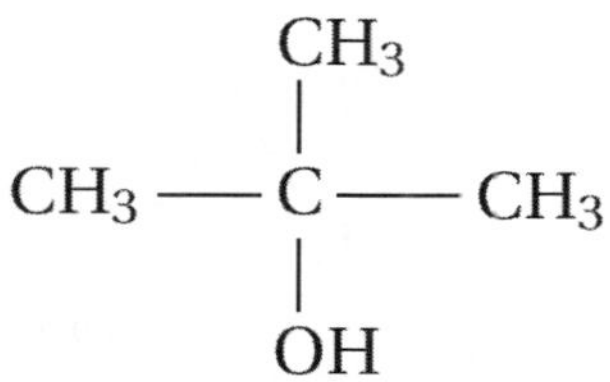

4. Seuls deux alcanes possèdent la formule brute C_4H_{10}, ce sont le 2-méthylpropane et le butane, de formules topologiques :

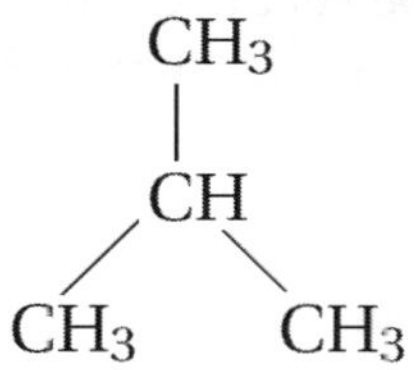

et

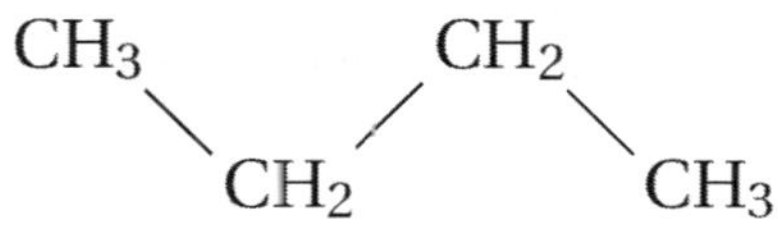

5. 4 alcools possèdent la formule brute $C_4H_{10}O$:

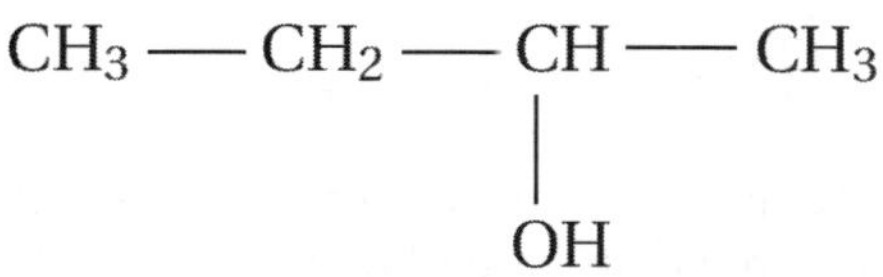

butan-2-ol

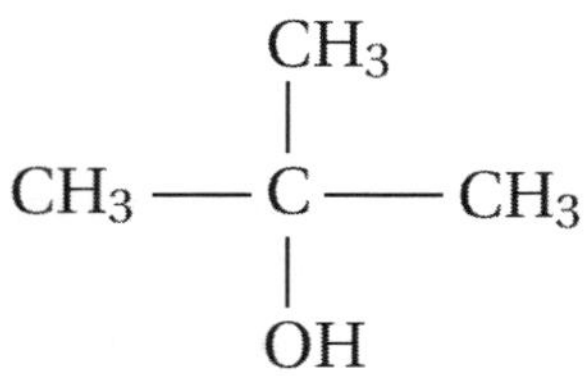

2-méthylpropan-2-ol

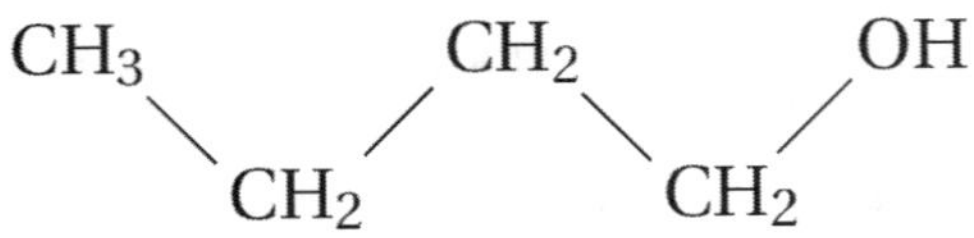

butan-1-ol

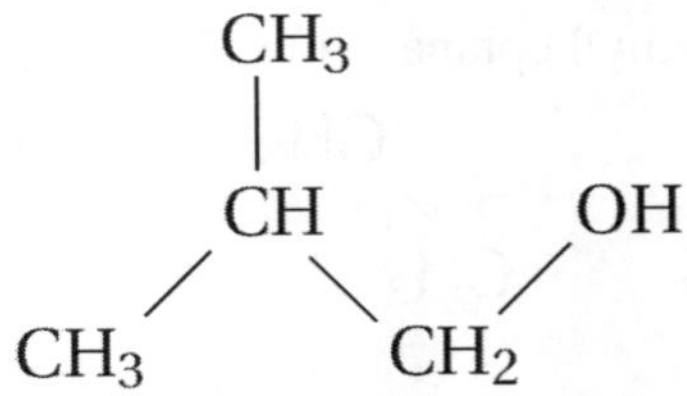

2-méthylpropan-1-ol

6. Le seul alcool tertiaire ayant pour formule brute $C_5H_{12}O$ est le 2-méthylbutan-2-ol.

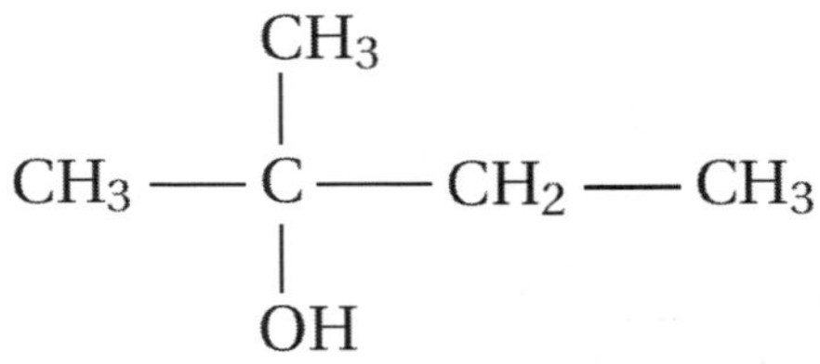

Exercice 10.5

1. Le 2,2-diméthylpropan-2-ol serait représenté ainsi :

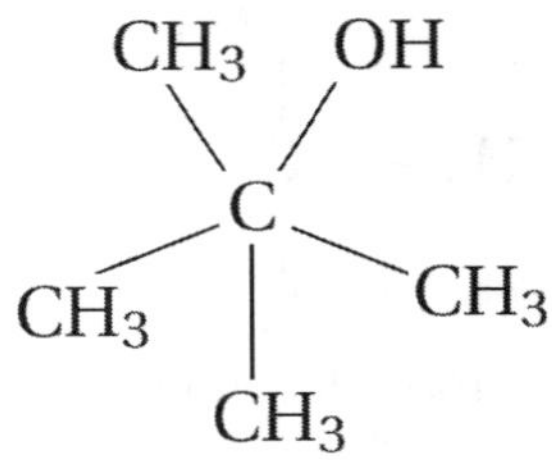

Cette molécule ne peut exister du fait de la règle de l'octet : le carbone central a 5 liaisons, or il doit en faire 4. Par contre, la molécule de 2-méthylpropan-2-ol existe (voir exercice précédent).

2. Le pentan-4-ol serait représenté ainsi :

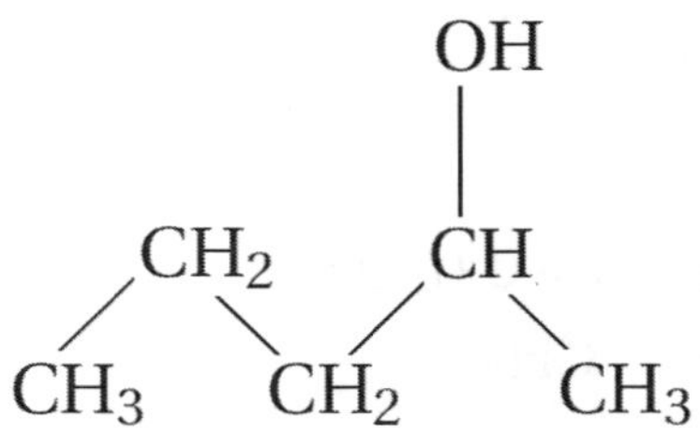

Cette molécule ne peut être nommée ainsi, d'après les règles de nomenclature, la numérotation de la chaîne principale doit être telle que le nombre correspondant au carbone portant la liaison O — H soit le plus petit possible. Son nom correct est alors : pentan-2-ol.

3. Le 2-éthylpentane serait représenté ainsi :

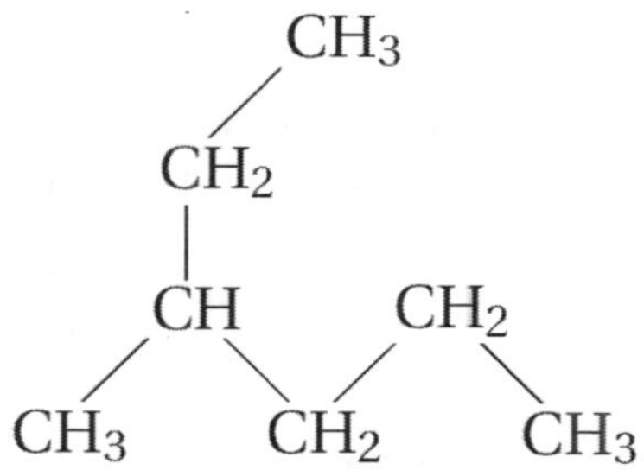

Cette molécule ne peut être nommée ainsi, d'après les règles de nomenclature, il faut d'abord repérer et nommer la chaîne principale (chaîne la plus longue). Ici elle contient 6 atomes de carbone : hexane. En 3e position se trouve un groupe méthyl, la molécule s'appelle : 3-méthylhexane.

4. Cycloéthane : il est impossible de faire un cycle avec seulement deux atomes de carbone.

Exercice 10.6

1. a) Ces différentes molécules ont la même formule brute : C_2H_4O.

b) Malgré leur même formule brute, ces molécules ont des propriétés chimiques et physiques différentes, d'où leur utilisation différente dans des colles ou dans de la peinture, comme agent de sapidité ou comme fongicide. Remarque : on appelle ce type de molécules des « isomères ».

2. a) et **b)** Représentation semi-développée de l'alcool vinylique :

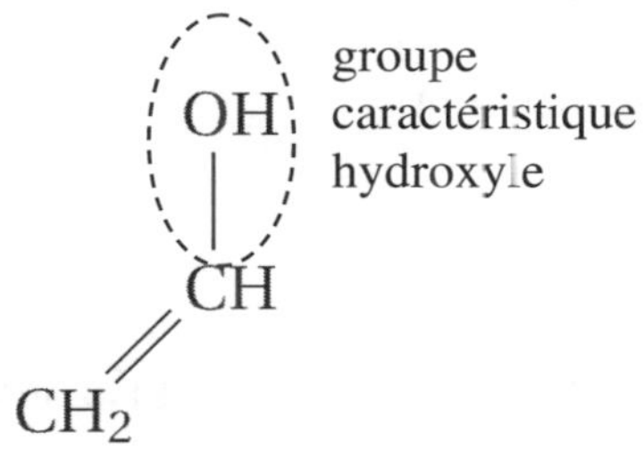

3. a) et **b)** Représentation semi-développée de l'éthanal :

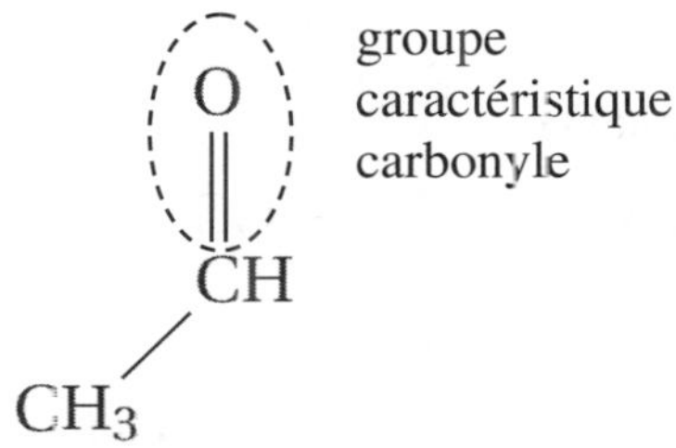

4. Représentation semi-développée de l'oxyde d'éthylène :

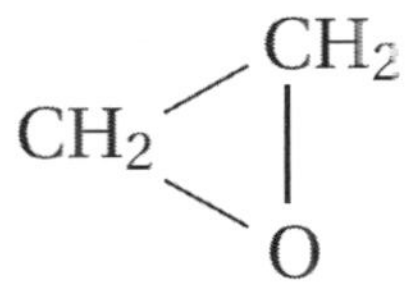

Exercice 10.7

1. a) La formule semi-développée du pentan-2-ol est :

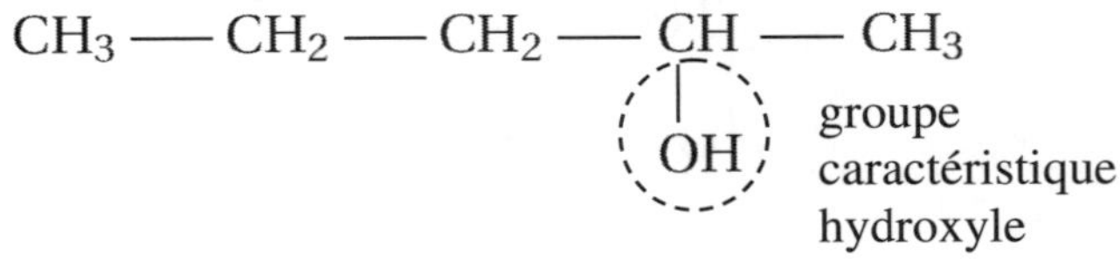

b) La formule brute du pentan-2-ol est $C_5H_{12}O$.

2. a) pentan-3-ol :

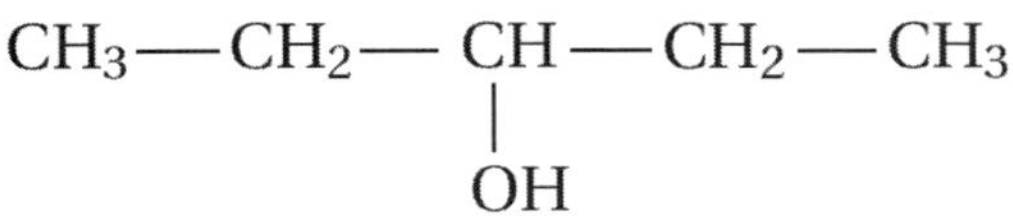

acide butanoïque :

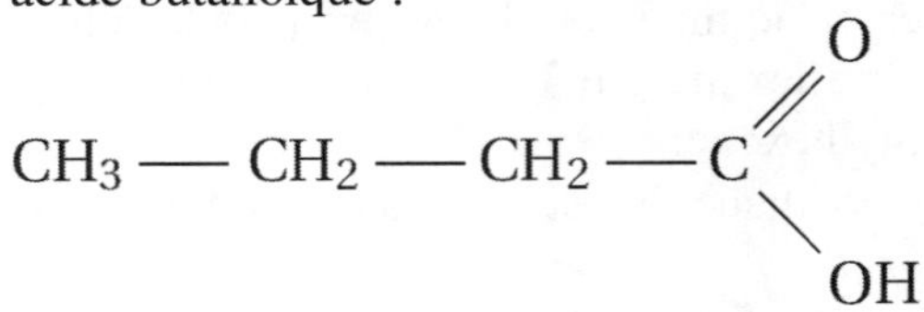

pentanal :

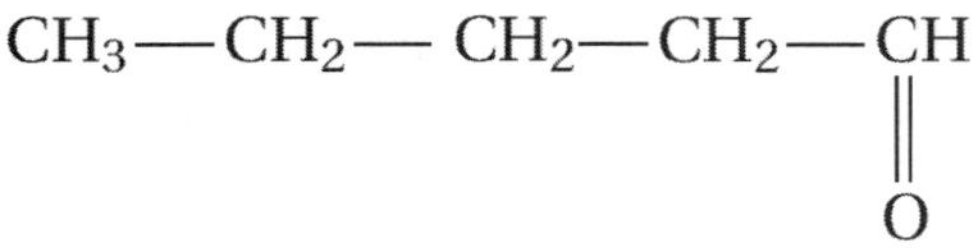

pentan-2-one :

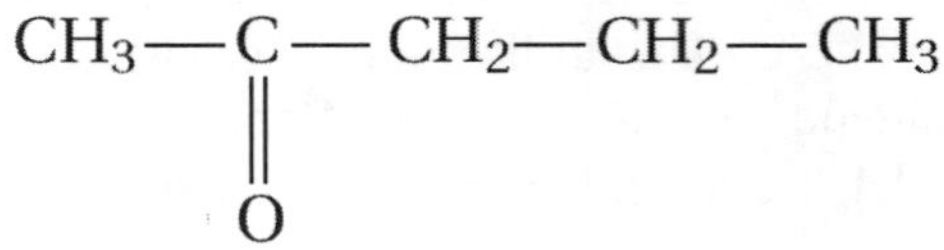

b) Les formules brutes de ces molécules sont :

- pentan-3-ol : $C_5H_{12}O$;
- acide butanoïque : $C_4H_8O_2$;
- pentanal : $C_5H_{10}O$;
- pentan-2-one : $C_5H_{10}O$.

Parmi ces molécules, seule la molécule de pentan-3-ol est isomère du pentan-2-ol.

Exercice 10.8

1. Formule semi-développée du pentanal :

$$CH_3 - CH_2 - CH_2 - CH_2 - CH = O$$

2. Formule semi-développée du 3-éthylhexanal :

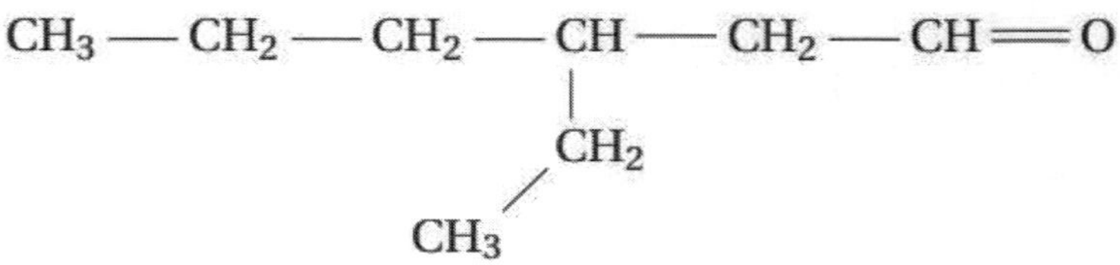

3. Formule semi-développée du 2,3,4-triméthylpentanal :

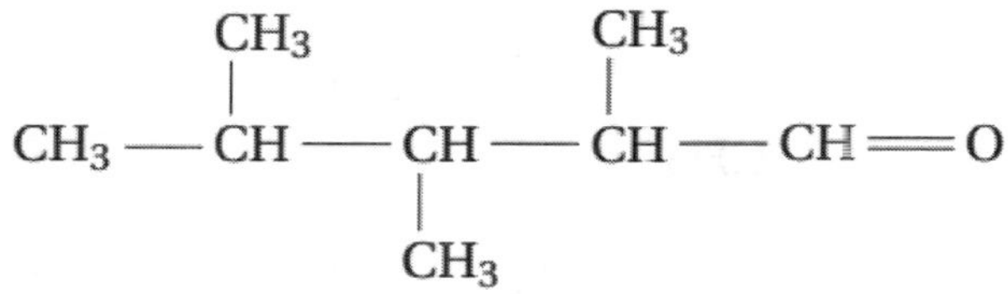

4. Formule semi-développée du 2,3-diéthyl-4,6-diméthylheptanal :

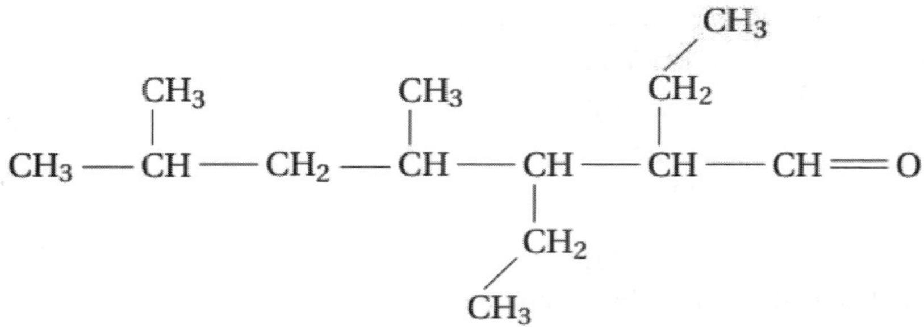

Exercice 10.9

1. Formule semi-développée de la propanone :

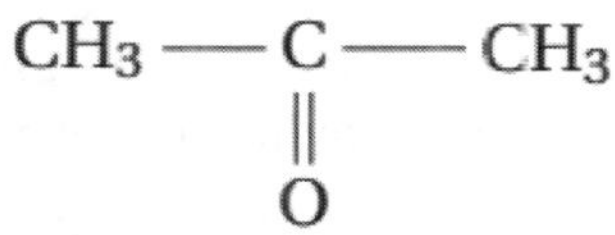

2. Formule semi-développée de la 3-méthylbutan-2-one :

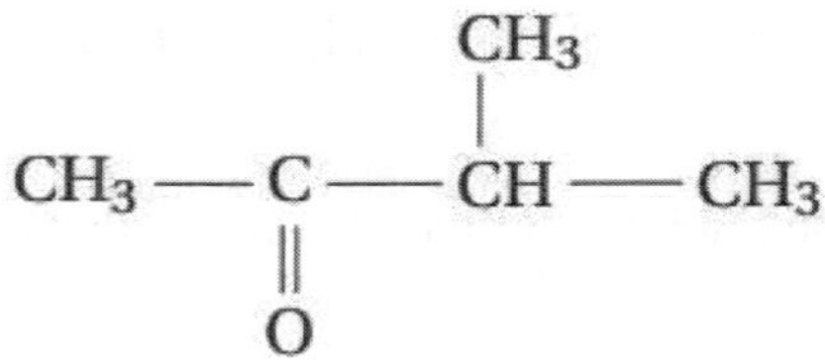

3. Formule semi-développée de la 4-éthylhexan-2-one :

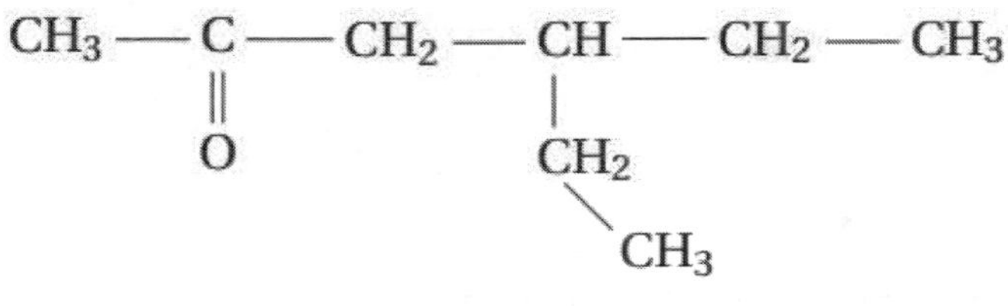

4. Formule semi-développée de la cyclopentanone :

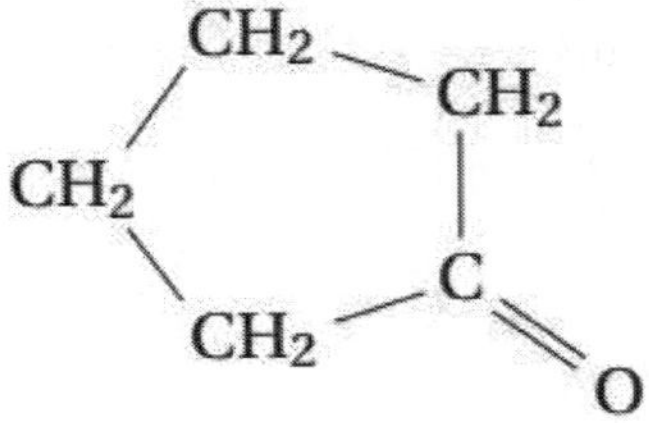

Exercice 10.10

1. Formule semi-développée de l'acide méthanoïque :

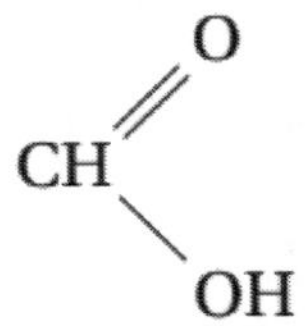

2. Formule semi-développée de l'acide 2-méthylpropanoïque :

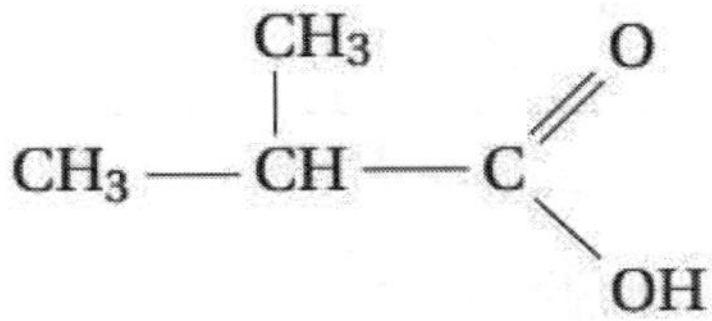

3. Formule semi-développée de l'acide 5-méthylhexanoïque:

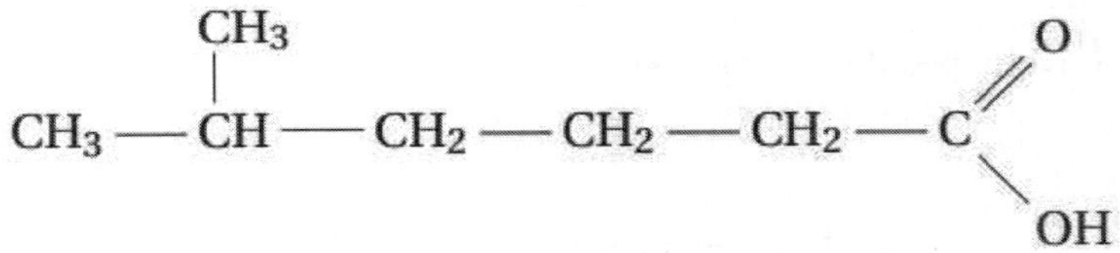

4. Formule semi-développée de l'acide 4,6-diéthyl-5-méthyloctanoïque:

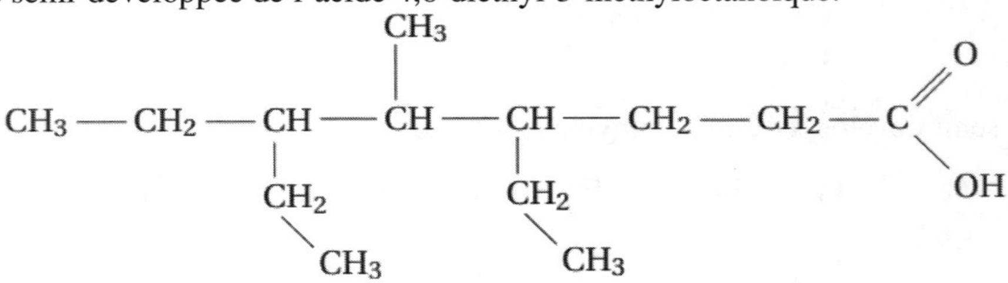

Exercice 10.11

1. C'est une cétone, de nom : 3-méthylhexan-2-one.
2. C'est un aldéhyde, de nom : butanal.
3. C'est une cétone, de nom : pentan-2-one.
4. C'est un acide carboxylique, de nom : acide 3-éthyl-4-méthylpentanoïque.
5. C'est une cétone, de nom : cyclopropanone.

6. C'est un acide carboxylique, de nom : acide 2-méthylpropanoïque (ou acide méthylpropanoïque).
7. C'est une cétone, de nom : 2,4-diméthylhexan-3-one.
8. C'est un aldéhyde, de nom : méthanal.

Exercice 10.12

1. a)

Molécule A :

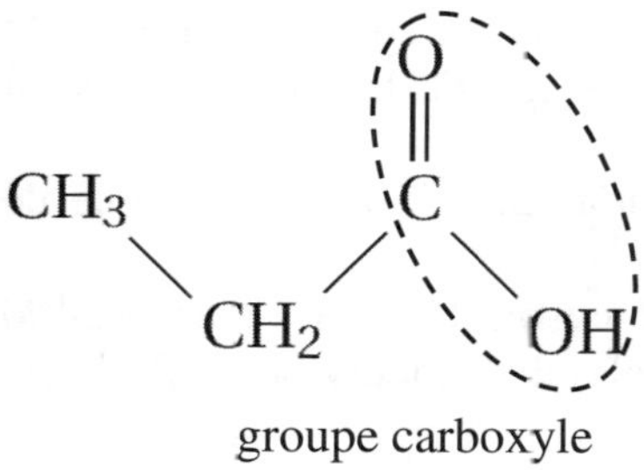

Molécule B :

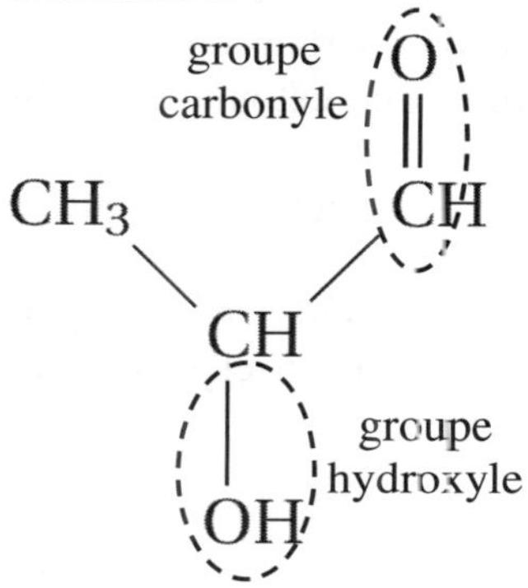

Molécule C :

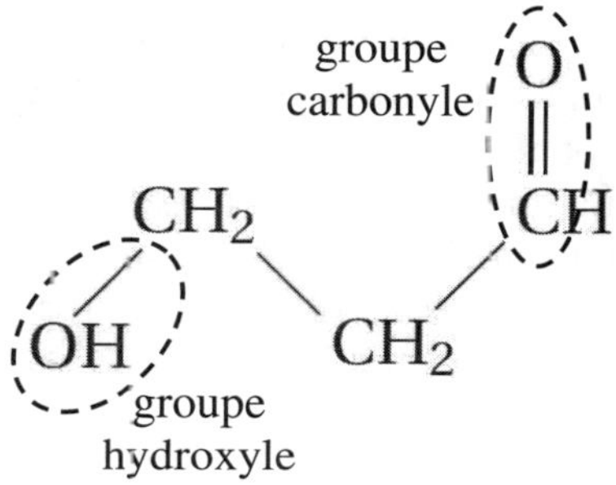

b) La molécule A est l'acide propanoïque.

2. Les groupes O — H des molécules B et C sont des hydroxyles, ils ne font pas partie d'un groupe carboxyle comme celui de la molécule A. Ces groupes sont responsables de bandes entre 3200 et 3700 cm^{-1} dans un spectre IR, celui de la molécule A est responsable d'une bande entre 2500 et 3200 cm^{-1}. Par cette différence, la molécule A est plus facile à identifier parmi ces trois isomères.

Exercice 10.13

1. Sur le spectre, on peut identifier la raie large autour du nombre d'onde 3000 cm^{-1} susceptible d'être la trace de O — H du groupe carboxyle, ce qui pourrait être confirmé par la présence d'une raie fine et forte au-dessus de 1700 cm^{-1}, laissant penser à C ═ O du groupe carboxyle.

2. La raie large autour du nombre d'onde 3000 cm^{-1} pourrait tout aussi bien être due à des liaisons C — H, alors l'autre bande d'absorption fine et forte au-dessus de 1700 cm^{-1}, laisserait penser au carbonyle C ═ O d'un aldéhyde ou d'une cétone. Alors la molécule B ou la molécule C conviendraient.

3. Molécule A : butanol. Molécule B : butanal.
Molécule C : butan-2-one. Molécule D : l'acide butanoïque.

Exercice 10.14

1. a) La fonction se trouvant dans cette molécule est le groupe hydroxyle.

b) Le 2-méthylbutan-2-ol appartient à la famille des alcools.

c) Sa représentation semi-développée est :

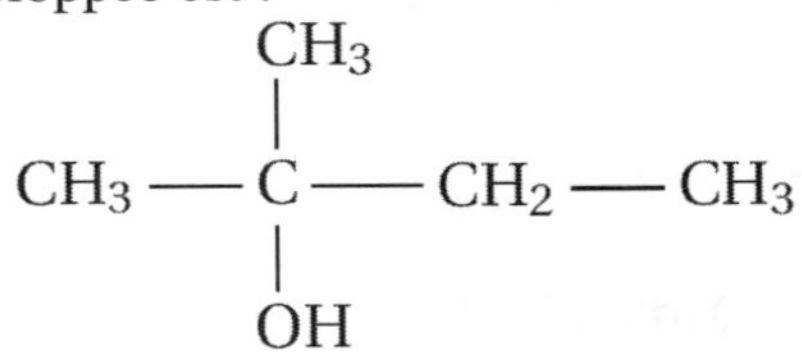

2. Le spectre A ne contient qu'un pic d'absorbance prononcé à 1715 cm^{-1}, signe probable de la fonction carbonyle d'un aldéhyde ou d'une cétone (en réalité, il s'agit de la propanone aussi appelée acétone).
Le spectre C ne contient aussi qu'un seul pic d'absorption, plutôt fin à 2970 cm^{-1}, signe de liaisons C — H d'un alcane.
Le spectre B contient deux pics, l'un fin à 2970 cm^{-1} est signe de liaisons C — H, l'autre à 3400 cm^{-1} est signe de liaisons O — H. Ce spectre correspond bien à celui du 2-méthylbutan-2-ol.

Chapitre 11

Synthèses d'espèces chimiques organiques

Une fois établie une bonne connaissance des liaisons atomiques, on a pu former des molécules n'existant pas à l'état naturel et concevoir de nouveaux matériaux possédant des propriétés très utiles dans le domaine industriel.

Un scientifique

Bernhard **Tollens** (1841-1918) étudie la chimie dans la célèbre université de Göttingen. Après avoir pratiqué diverses activités en Allemagne mais aussi en France et au Portugal, il y revient pour y poursuivre ses recherches. L'idée directrice de son travail était de dévoiler les liens entre la chimie et l'agriculture. C'est dans ce cadre-là qu'il découvre la réaction qui porte désormais son nom.

LE SAVIEZ-VOUS ?

Le chimiste américain Wallace **Carothers** met au point en 1935 la première fibre synthétique à base de polymères. Cette soie synthétique, connue sous le nom de *nylon*, est d'une stupéfiante solidité. Ce produit est commercialisé dès 1938 dans la fabrication de brosses à dents mais son grand succès provient de son utilisation pour la confection de bas. En libérant la France en 1944, les Américains débarquent aussi avec ces nouveaux produits ce qui leur confère un immense prestige.

Objectifs

Les notions que je dois maîtriser

- Étapes d'un protocole
- Étapes de transformation, d'isolement, de purification et d'analyse du produit synthétisé
- Rendement d'une synthèse

Les compétences que je dois acquérir

- Identifier les différentes étapes d'une synthèse
- Justifier le choix des méthodes d'isolement, de purification ou d'analyse
- Déterminer, à partir d'un protocole et de données expérimentales, le rendement d'une synthèse
- Schématiser des dispositifs expérimentaux des étapes d'une synthèse et les légender

Résumé de cours

Description des étapes d'un protocole de synthèse organique

Une **synthèse organique** permet de fabriquer des espèces chimiques en laboratoire. Certaines de ces espèces existent dans la nature, mais leur synthèse est préférée pour diverses raisons (écologiques, économiques…), on parle alors d'**espèces naturelles**. D'autres ne le sont pas, elles sont créées pour des utilisations particulières pour lesquelles elles sont plus adaptées, on parle alors d'**espèces artificielles**. La première partie de ce chapitre décrit les étapes d'un protocole de synthèse organique.

La transformation chimique

Une **synthèse chimique** permet de fabriquer des espèces chimiques (**produits**) désirées par une ou plusieurs transformations chimiques (de **réactifs**). Une synthèse nécessite souvent l'utilisation de matériel adapté, le respect d'un protocole (mode opératoire à suivre) et des consignes de sécurité en fonction du matériel et des espèces chimiques utilisées. Augmenter la température accélère souvent la réaction, ainsi un exemple de dispositif couramment utilisé en synthèse est le **montage à reflux**.

Le **montage à reflux**, dont le schéma est représenté ci-contre, permet d'accélérer la réaction chimique désirée en maintenant le mélange réactionnel à haute température sans perte de réactifs ni de produits. Le mélange réactionnel, composé au départ par les réactifs puis petit à petit par les produits est maintenu à **ébullition** par le chauffage. Un **réfrigérant à boules** permet de liquéfier les vapeurs formées et ainsi de ne pas perdre de réactifs ou de produits. Le réfrigérant est refroidi en permanence par une circulation d'eau froide. Pour des raisons de commodité et de sécurité, le ballon est tenu par une pince accrochée à une **potence**, le **chauffe-ballon** peut ainsi être descendu via un **support élévateur** coupant le contact, donc le chauffage du ballon. Parfois, l'ajout de réactif peut se faire petit à petit dans le mélange réactionnel par une **ampoule de coulée** reliée au ballon monocol.

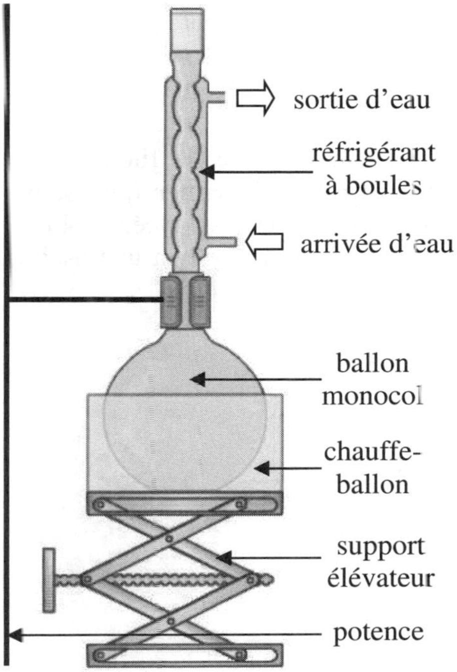

❑ Techniques d'isolement du produit désiré

Suite à la transformation chimique, le produit désiré se trouve dans le mélange réactionnel parmi d'autres produits et des réactifs non consommés potentiels. Différentes techniques sont utilisées pour l'isoler, elles dépendent de l'état physique du produit synthétisé. Quelques techniques de séparation et d'extraction couramment utilisées en TP de chimie :

La filtration :

La **filtration**, représentée ci-contre et déjà étudiée au collège, est une technique permettant de séparer un mélange **hétérogène solide-liquide**. Le mélange est placé dans un **filtre** maintenu sur un **entonnoir**, le filtre étant poreux laisse s'écouler la phase liquide et maintient la phase solide. Le liquide homogène obtenu par filtration est appelé **filtrat**.

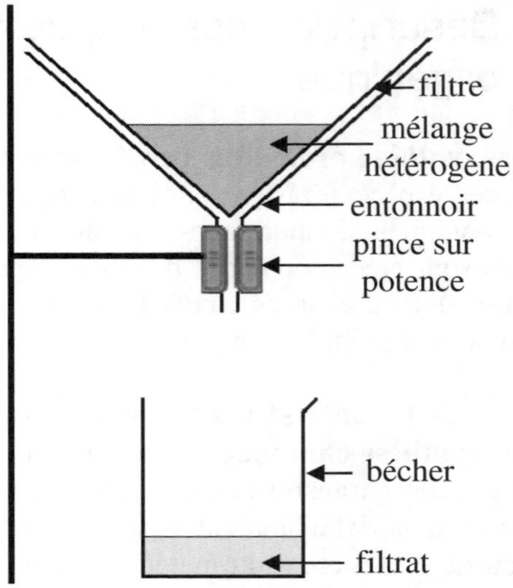

Il existe un montage de filtration avec aspiration, appelé **filtration Büchner** qui est parfois mise en place dans certains lycées. Le principe est d'accélérer la filtration via une aspiration créée par un vide sous le filtre.

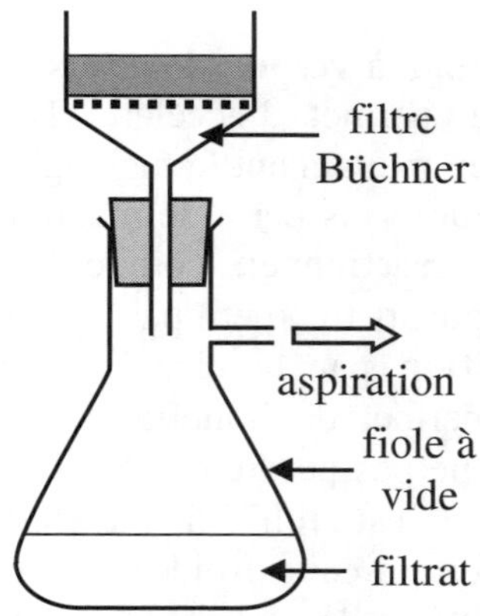

La décantation :

La **décantation**, représentée ci-contre, est une technique permettant de séparer un mélange **hétérogène liquide-liquide**. Les liquides non miscibles se séparent dans une **ampoule à décanter** avec l'aide de la gravité. Le liquide le plus dense se retrouve en dessous du liquide le moins dense. La **densité** d d'un liquide est le rapport de la masse volumique du liquide et de la masse volumique de l'eau :

$$d_{produit} = \frac{\rho_{produit}}{\rho_{eau}}$$

Par définition, la densité de l'eau est donc de 1. Un liquide de densité supérieure à 1 se retrouve donc au-dessous d'une solution aqueuse.

Le liquide le **plus dense** est recueilli en **premier** dans un bécher en le faisant couler via un robinet. Plaçant ensuite un second bécher, le liquide le **moins dense** est recueilli **en second**.

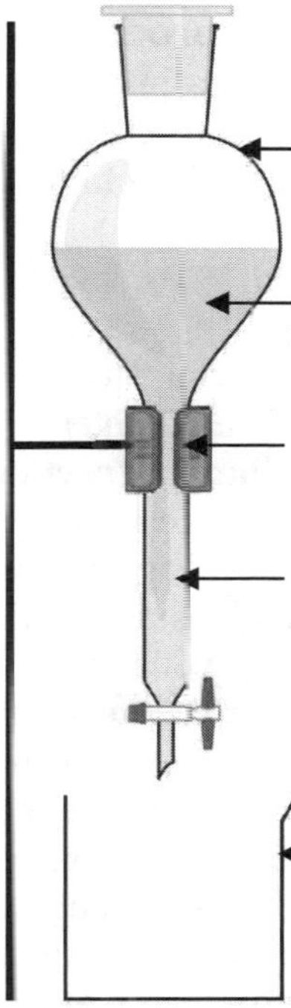

Remarque

Au-dessus de l'ampoule à décanter est placé un bouchon retenant les vapeurs ou permettant d'agiter. Il faut le retirer avant d'ouvrir le robinet permettant de faire couler les liquides.

L'extraction par solvant (extraction liquide-liquide) :

L'**extraction par solvant**, aussi appelée **extraction liquide-liquide**, est une technique d'extraction d'un **soluté** de son solvant initial via un autre solvant appelé **solvant extracteur**. Au contact du solvant extracteur, le soluté quitte son solvant initial pour être dissous dans le solvant extracteur. Afin de pouvoir procéder à une extraction par solvant, il faut que :

- le soluté soit **plus soluble** dans le solvant extracteur que dans son solvant initial ;
- le solvant extracteur et le solvant initial soient **non miscibles** ;
- les éventuels autres solutés indésirables soient peu (ou pas du tout) solubles dans le solvant extracteur ;
- dans la mesure du possible, le solvant extracteur soit le moins polluant, le moins dangereux et le moins cher possible.

La séparation entre le solvant extracteur contenant le soluté désiré et le reste de la solution est ensuite effectuée par décantation à l'aide d'une ampoule à décanter.

⇨ **Méthode 11.1. Élaborer un protocole d'extraction à partir d'informations sur les propriétés physiques des espèces chimiques recherchées**

❑ Purification du produit synthétisé

La purification est effectuée afin d'éliminer d'éventuels résidus dans le produit formé isolé. Ces impuretés peuvent être des réactifs, d'autres produits, des solvants ou encore des catalyseurs utilisés lors de la transformation chimique. Selon les cas, nous utiliserons différentes techniques de purification.

Cas d'un liquide :

Dans le cas d'un liquide, deux techniques sont fréquemment employées. La première est le **rinçage** dans une ampoule à décanter.

La seconde est la **distillation fractionnée** (c'est aussi une **technique d'extraction** !) : ce montage ressemble au montage de distillation simple utilisé en classe de seconde ou au collège, avec en plus la **colonne de Vigreux**, permettant une meilleure séparation des constituants du mélange, ce que ne permet pas une distillation simple. En effet, au sein de la colonne se passent des **liquéfactions** et de nouvelles **vaporisations** permettant à chaque étape, lors de la montée des produits dans la colonne, un enrichissement en produit plus **volatil** (à température de vaporisation plus faible), qui sera récupéré pur en sortie du réfrigérant. Le **thermomètre** est essentiel, il indique la température des vapeurs dans la **tête de colonne** passant vers le **réfrigérant**. Cette température se fixe à la température de vaporisation du produit récupéré. Dès que la température des vapeurs augmente, un nouveau constituant est distillé, il faut alors changer de récipient pour récupérer un autre distillat (ou arrêter la distillation), les produits sont donc récupérés **par ordre croissant de température de vaporisation**. La liquéfaction du distillat est assurée par le réfrigérant à eau dont l'approvisionnement en eau doit être permanent.

Montage de distillation fractionnée :

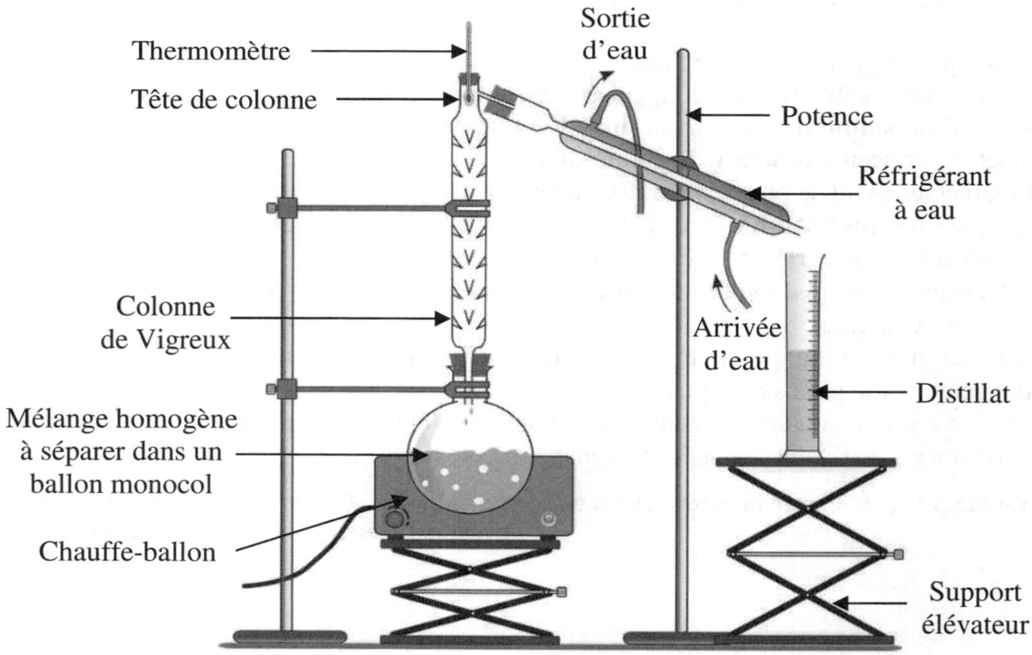

Cas d'un solide :
Dans le cas d'un solide, la purification peut se faire par **recristallisation**. Le solide formé dans le mélange réactionnel renferme des impuretés, pour les retirer, il faut dissoudre ce produit puis le faire recristalliser. Pour cela, on dispose le produit et un **solvant** dans lequel il est **soluble à chaud** dans un montage de chauffage à reflux par exemple. En chauffant, le produit se dissout et relâche les impuretés. Un **refroidissement lent** lui permet de recristalliser sans ces dernières. Il est parfois nécessaire de changer le solvant et recommencer l'opération pour augmenter la pureté du produit.

❑ Techniques d'identification

Afin d'**identifier** des produits chimiques, on utilise des propriétés physiques qui leur sont **caractéristiques**.

Propriété physique étudiée	Techniques employées
Température de changement d'état	Faire fondre un solide sur un **banc Kofler** Mesurer la température d'ébullition d'un liquide
Tests caractéristiques	Tester des ions par **précipitation**, la présence d'eau avec du **sulfate de cuivre anhydre** ou les fonctions carbonyles avec la **2,4-DNPH**
Solubilité	Mesurer la **concentration maximale** d'un soluté dans un solvant (saturation)
Densité/masse volumique	Par **mesure de masse et de volume** ou par utilisation d'un **densimètre**
Couleur, forme	Par **analyse visuelle** de la substance étudiée
Indice de réfraction	Mesurer l'indice de réfraction à l'aide d'un **réfractomètre** (pour un liquide)
Affinité avec un solvant et une phase solide	**Chromatographie sur couche mince** (voir cours de 2de)
Spectroscopie infrarouge	Analyser le **spectre IR** du produit et le comparer à celui attendu

■ Rendement

Le **rendement** d'une synthèse n'est jamais parfait. Les réactions peuvent ne pas être totales, des parties de produits peuvent être perdues dans des filtres ou dans de la verrerie, des réactions parasites ont pu avoir lieu, les manipulations n'ont peut-être pas été optimales… Le rendement maximal de 100 % n'est en pratique jamais atteint. Afin de déterminer ce rendement, on fait le rapport entre la masse (ou la quantité de matière) de produit obtenue et la masse (ou la quantité de matière) de produit attendue théoriquement :

$$r = \frac{m_{\text{expérimentale}}}{m_{\text{théorique}}} = \frac{n_{\text{expérimentale}}}{n_{\text{théorique}}}$$

Ce rendement n'a donc pas d'unité, les masses (ou quantités de matière) doivent être exprimées dans la même unité.

➪ **Méthode 11.2. Calculer un rendement**

Méthodes

❑ Méthode 11.1. Élaborer un protocole d'extraction à partir d'informations sur les propriétés physiques des espèces chimiques recherchées

Le protocole d'extraction adapté à la situation d'extraction désirée dépend principalement des propriétés physiques des espèces chimiques en jeu. Il est donc nécessaire de se poser la question de leurs propriétés physiques.

⇨ **Exercices 11.2, 11.4 et 11.7.**

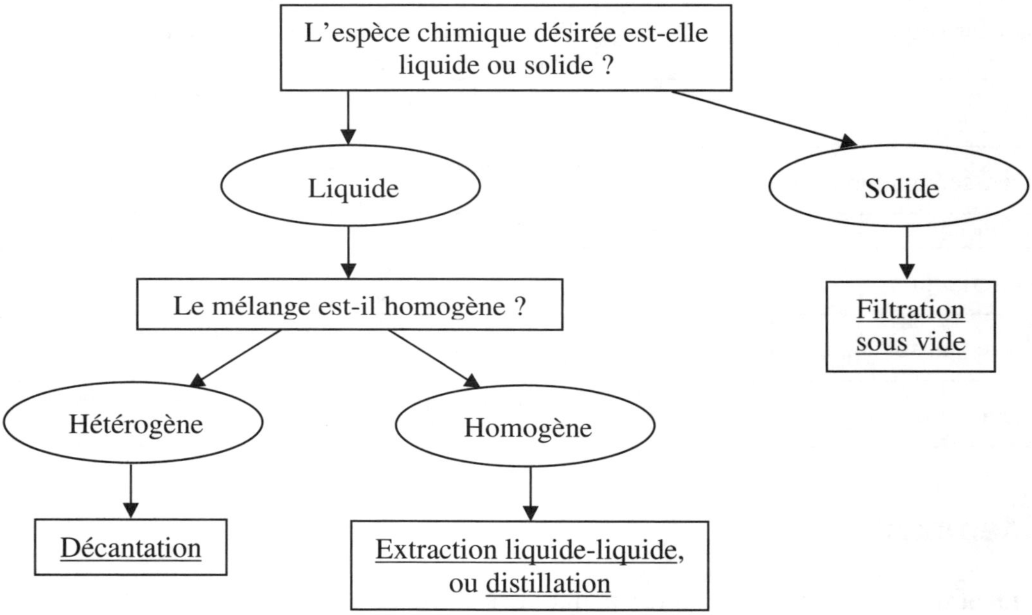

Exemple : comment récupérer de l'eau pure à partir d'eau salée ?
Il s'agit d'une solution aqueuse, donc liquide, homogène. Une distillation est donc adaptée. Dans le cas où on voudrait récupérer seulement le sel, la vaporisation de l'eau suffirait, sans nécessité de condenser les vapeurs (pas besoin de réfrigérant).

❑ Méthode 11.2. Calculer un rendement

> Lors d'une synthèse organique, le rendement est calculé à partir des résultats obtenus et des résultats attendus. Pour calculer un rendement, il faut bien souvent effectuer un bilan de matière théorique.

⇨ **Exercices 11.3 à 11.7.**

Rendement d'une synthèse de l'aspirine :

La synthèse de l'aspirine est réalisée avec la réaction de l'anhydride éthanoïque $C_4H_6O_3$ sur l'acide salicylique $C_7H_6O_3$, formant donc l'aspirine (acide acétylsalicylique) $C_9H_8O_4$ et de l'acide éthanoïque $C_2H_4O_2$. Elle a pour équation bilan :

$$C_4H_6O_{3(l)} + C_7H_6O_{3(l)} \rightarrow C_9H_8O_{4(s)} + C_2H_4O_{2(l)}$$

Introduisant 5,0 g d'acide salicylique et 5,0 mL d'anhydride éthanoïque : on obtient 5,7 g d'aspirine. Calculer le rendement.

Données : $M_{C_7H_6O_3} = 138,0\ \text{g.mol}^{-1}$; $M_{C_4H_6O_3} = 102,0\ \text{g.mol}^{-1}$; $\rho_{C_4H_6O_3} = 1,08\ \text{g.mL}^{-1}$; $M_{C_9H_8O_4} = 180,0\ \text{g.mol}^{-1}$.

D'abord, nous devons effectuer un bilan de matière. Les quantités initiales sont :

$$n_{C_4H_6O_3} = \frac{m_{C_4H_6O_3}}{M_{C_4H_6O_3}} = \frac{\rho_{C_4H_6O_3} \times V_{C_4H_6O_3}}{M_{C_4H_6O_3}} = \frac{1,08 \times 5,0}{102,0} = 5,3 \times 10^{-2}\ \text{mol}$$

$$n_{C_7H_6O_3} = \frac{m_{C_7H_6O_3}}{M_{C_7H_6O_3}} = \frac{5,0}{138,0} = 3,6 \times 10^{-2}\ \text{mol}.$$

Avec la stœchiométrie (ici évidente), on peut déduire avec un peu de métier sans tableau d'avancement que le réactif limitant est l'acide salicylique et que $x_{max} = 3,6 \times 10^{-2}\ \text{mol}$. La quantité d'acide acétylsalicylique pouvant être produite est donc, toujours d'après la stœchiométrie, de $n_{C_9H_8O_4} = 3,6 \times 10^{-2}\ \text{mol}$.

La quantité de matière effectivement produite est donnée par :

$$n_{\text{expérimental}} = \frac{m_{C_9H_8O_4}}{M_{C_9H_8O_4}} = \frac{5,7}{180,0} = 3,2 \times 10^{-2}\ \text{mol}.$$

Le rendement est alors : $r = \frac{n_{\text{expérimental}}}{n_{C_9H_8O_4}} = \frac{3,2 \times 10^{-2}}{3,6 \times 10^{-2}} = \boxed{0,89}$ soit 89 %.

Méthodes

■■ Vrai/Faux

		Vrai	Faux
1.	L'air que l'on respire est un corps pur.	☐	☐
2.	Une filtration Büchner est une filtration pour laquelle une aspiration est créée sous le filtre.	☐	☐
3.	Un réfrigérant à boules peut être utilisé dans un montage à reflux.	☐	☐
4.	Une distillation fractionnée permet de séparer deux liquides miscibles.	☐	☐
5.	Un réfrigérant à boules peut être utilisé dans un montage de distillation fractionnée.	☐	☐
6.	Lors d'une distillation fractionnée, on récupère d'abord l'espèce chimique dont la température de vaporisation est la plus élevée.	☐	☐
7.	Un rendement supérieur à 1 peut mener à un produit pur.	☐	☐
8.	La distillation est une méthode de synthèse utilisant un chauffage et un réfrigérant.	☐	☐
9.	Pour séparer un mélange solide-liquide, une filtration est adaptée.	☐	☐
10.	Pour une extraction liquide-liquide, le solvant extracteur doit être miscible avec la solution contenant le soluté à extraire.	☐	☐

■■ Énoncé des exercices

❑ Exercice 11.1. 3 techniques d'identification

On dispose de 3 liquides incolores dont on sait qu'ils sont : soit de l'eau, soit du toluène, soit du dichlorométhane. On ne peut ni les sentir, ni les toucher, encore moins les goûter. Leurs volumes et leurs masses ont été mesurés, leurs températures de vaporisation sont fournies.

Document 1 : Volumes

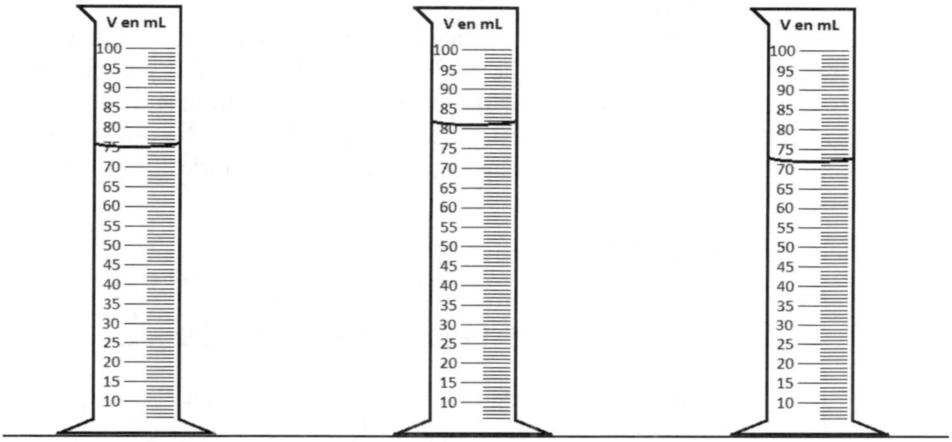

liquide A liquide B liquide C

Document 2 : Températures de vaporisation (à pression atmosphérique) et masses volumiques (à température ambiante) de l'eau, du toluène et du dichlorométhane.

Liquide	eau	toluène	dichlorométhane
T_{vap} (en °C)	100	111	40
densité	1,00	0,867	1,33
miscibilité	ni au toluène, ni au dichlorométhane	au dichlorométhane, mais pas à l'eau	au toluène, mais pas à l'eau

1. Identification par les densités.

a) Rappeler la formule reliant la densité d'un liquide à sa masse volumique. Décrire les termes utilisés ainsi que leurs unités.

b) En déduire les masses volumiques en $g.mL^{-1}$ du toluène et du dichlorométhane, sachant que celle de l'eau est $\rho_{eau} = 1,00\ g.mL^{-1}$.

c) Donner les volumes des liquides A, B et C.

d) Rappeler la formule reliant la masse volumique d'un liquide à sa masse et son volume.

e) Calculer la masse volumique de chacun des trois liquides A, B et C sachant que les masses de ces liquides sont respectivement 75,0 g, 107,7 g et 62,4 g.

f) En déduire la nature des liquides A, B et C.

2. Identification par les températures de vaporisation.
Proposer un protocole expérimental permettant de déterminer la nature des produits A, B et C à l'aide de leurs températures de vaporisation.

3. Identification par mélanges successifs.
Maé, brillante scientifique, propose de mélanger les produits deux à deux dans des proportions différentes. Comment compte-t-elle déterminer les liquides par cette méthode ?

❑ Exercice 11.2. Synthèse de l'aspirine*

La synthèse de l'aspirine se fait en TP par le chauffage à reflux de 5,0 g d'acide salicylique ($C_7H_6O_3$) en poudre dans 8,0 mL d'anhydride acétique ($C_4H_6O_3$) acidifié par quelques gouttes d'acide sulfurique concentré. Le mélange est placé dans un ballon monocol maintenu à 60 °C dans un bain-marie et un réfrigérant à eau est placé sur le ballon. Au bout d'une vingtaine de minutes, le milieu réactionnel est refroidi par l'ajout d'eau très froide, un solide cristallise : l'aspirine.

Quelques informations sur les produits et réactifs en jeu :

	acide salicylique	anhydride acétique	acide acétylsalicylique	acide acétique
Aspect à température ambiante	solide blanc	liquide incolore	solide blanc	liquide incolore
T_{fusion} à 1 bar (en °C)	160	−73	135	17
$T_{vaporisation}$ à 1 bar (en °C)	211	139	se décompose à 140 °C	118
Solubilité dans l'eau	peu soluble	Réagit intégralement avec l'eau	soluble à chaud, peu soluble à froid	très soluble

1. Compléter la légende du schéma de montage ci-contre.
2. Sachant que l'aspirine a pour formule chimique $C_9H_8O_4$ et que lors de cette synthèse est aussi formé de l'acide éthanoïque ($C_2H_4O_2$), donner l'équation bilan de réaction de cette synthèse.
3. Expliquer pourquoi de l'eau très froide est ajoutée en fin de réaction.
4. Afin de contrôler la qualité de l'aspirine formée, un échantillon est passé sur un banc Kofler. Cet outil sert à mesurer la température de fusion d'un solide.
a) Expliquer en quoi cela teste le produit.
b) La lecture donne un point de fusion de 139 °C. Peut-on conclure que l'on a synthétisé de l'aspirine ? Exprimer vos arguments.
c) Comment réagir alors ? Expliquer le protocole suivi.

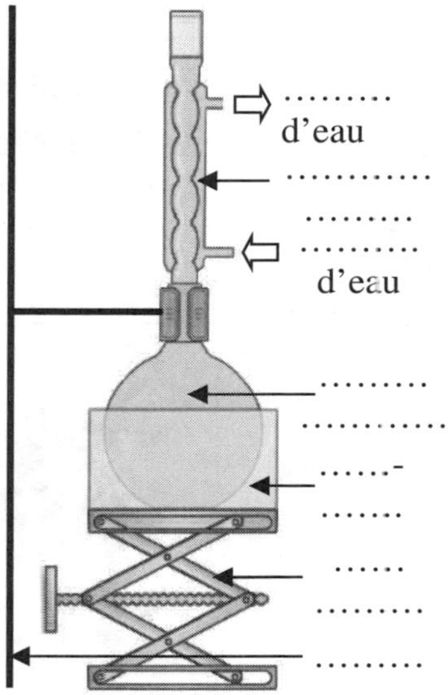

❑ Exercice 11.3. Rendement de synthèse d'un ester

On considère la réaction de synthèse de l'éthanoate de 3-méthylbutyle, ester au goût de banane présent dans les bonbons ou yaourts à la banane. Cette réaction est la suivante :

$$C_2H_4O_2 \quad + \quad C_5H_{12}O \quad = \quad C_7H_{14}O_2 \quad + H_2O$$

acide éthanoïque + 3-méthylbutan-1-ol = éthanoate de 3-méthylbutyle + eau

Au cours d'un TP en classe, différentes proportions ont été testées, des valeurs de rendement et de quantité de matière d'ester obtenus sont calculés. Compléter le tableau des résultats obtenus (valeurs des quantités de matière indiquées en mol) :

n_{acide} (mol)	$n_{3\text{-méthylbutan-1-ol}}$ (mol)	n_{ester} (mol)	rendement
0,040	0,030	0,025	…
0,040	0,060	0,028	…
0,050	0,080	…	0,68
…	0,060	0,033	0,73

❑ Exercice 11.4. Jules et sa maman

Le paracétamol $C_8H_9NO_2$ est synthétisé en faisant réagir du para-aminophénol C_6H_7NO avec de l'anhydride acétique (ou anhydride éthanoïque) $C_4H_5O_3$. Jules veut fournir sa maman pharmacienne en paracétamol, pour ce faire il utilise 5,0 g de para-aminophénol et 5,0 mL d'anhydride acétique. Cette réaction produit aussi de l'acide éthanoïque $C_2H_4O_2$. En fin de réaction, il pèse 7,8 g de solide blanc.

Quelques données sur les molécules citées :

	Para-aminophénol	Anhydride acétique	Paracétamol	Acide éthanoïque
Aspect à 25 °C sous 1 bar.	solide blanc	liquide incolore de masse volumique $\rho = 1{,}08\ g.mL^{-1}$	solide blanc	liquide incolore de masse volumique $\rho = 1{,}05\ g.mL^{-1}$
Pictogrammes de sécurité				
Solubilité dans l'eau	$8{,}0\ g.L^{-1}$ à 20 °C $85\ g.L^{-1}$ à 100 °C	Réagit avec l'eau en donnant l'acide éthanoïque	$10\ g.L^{-1}$ à 20 °C $250\ g.L^{-1}$ à 100 °C	Totale
Températures de changement d'état sous 1 bar	$T_{fus} = 186$ °C $T_{vap} = 284$ °C	$T_{fus} = -73$ °C $T_{vap} = 136$ °C	$T_{fus} = 168$ °C $T_{vap} = 388$ °C	$T_{fus} = 17$ °C $T_{vap} = 118$ °C
Masse molaire (en $g.mol^{-1}$)	109	102	151	60

1. a) Écrire l'équation de réaction.

b) Quelles précautions devra prendre Jules au cours de ses manipulations ?

2. Calculer le rendement de la réaction effectuée. Conclure.

Jules réagit alors. D'abord, il rince sur Büchner son produit avec un peu d'eau distillée froide. Puis il place le solide rincé dans un erlenmeyer, ajoute environ 50 mL d'eau distillée et chauffe le tout jusqu'à dissolution complète du solide. Alors il laisse refroidir le tout progressivement jusqu'à obtenir des cristaux blancs. Après séchage, il pèse 5,3 g de cristaux.

3. a) Expliquer la première étape, qu'espère Jules au cours de celle-ci ?

b) Quelle technique emploie-t-il ensuite ?

c) Quel est le rendement obtenu ?

d) Comment Jules peut-il vérifier la pureté de son produit à l'aide d'un banc Kofler ?

4. Disposant de beaucoup d'anhydride acétique et supposant que le rendement restera le même, quelle masse de para-aminophénol doit prévoir Jules afin de préparer 80 g de paracétamol nécessaires à l'élaboration de 10 boîtes de médicaments ?

❑ Exercice 11.5. Synthèse de l'acide butanoïque (chapitres 6 et 10 requis)

L'acide butanoïque, aussi appelé acide butyrique, a une odeur pestilentielle. Néanmoins, il est fort utile paradoxalement comme réactif en parfumerie. Réagissant avec des alcools il forme des molécules odorantes appelées « esters ». La synthèse de l'acide butyrique se fait à partir de l'oxydation d'un alcool par des ions permanganate MnO_4^- introduits en excès en milieu acide.

1. Représenter la formule semi-développée de cet acide carboxylique.

2. Au cours de l'oxydation, une molécule intermédiaire peut être identifiée : le butanal.

a) Quel groupe caractéristique possède cette molécule intermédiaire ? Donner sa représentation semi-développée.

b) Donner le couple rédox reliant cette molécule à l'acide butyrique et en écrire la demi-équation rédox.

Le butanol est utilisé au départ de cette synthèse.

3. a) Donner la formule semi-développée de cet alcool utilisé au départ.

b) Donner le couple rédox formé par cet alcool avec la molécule intermédiaire vue à la question 2. et en donner la demi-équation rédox.

4. Montrer que ces deux demi-équations successives se résument par l'équation :

$$C_4H_8O_{2(l)} + 4\ H^+_{(aq)} + 4\ e^- = C_4H_{10}O_{(l)} + H_2O_{(l)}$$

5. L'oxydant utilisé est l'ion permanganate MnO_4^- dont le couple rédox est MnO_4^- / Mn^{2+}.

a) Déterminer la demi-équation rédox associée à ce couple.

b) En déduire l'équation bilan de cette oxydation.

6. Lors de cette synthèse, on a introduit un volume d'alcool $V_{C_4H_{10}O} = 2{,}0\ \text{mL}$ puis petit à petit $V_{ox} = 100{,}0\ \text{mL}$ de solution $K^+_{(aq)} + MnO_4^-{}_{(aq)}$ de concentration en ion permanganate $[MnO_4^-] = 0{,}50\ \text{mol.L}^{-1}$. On parvient à synthétiser une masse $m_{C_4H_8O_{2(l)}} = 1{,}25\ \text{g}$ d'acide butanoïque.

On donne : $M_{C_4H_{10}O} = 74{,}0\ \text{g.mol}^{-1}$; $\rho_{C_4H_{10}O} = 0{,}810\ \text{g.mL}^{-1}$; $M_{C_4H_8O_2} = 88{,}0\ \text{g.mol}^{-1}$

a) Vérifier que MnO_4^- est en excès.

b) Quelle masse d'acide butanoïque peut-on espérer obtenir en fin de synthèse ?

c) Quel est le rendement de cette synthèse ?

❑ Exercice 11.6. Synthèse d'un conservateur (chapitre 6 requis, sans calculatrice !)**

L'acide benzoïque est un conservateur présent dans de nombreuses boissons sans alcool. Son code européen est E 210. Il peut être préparé par synthèse en laboratoire.

Principe de cette synthèse : l'oxydation, en milieu basique et à chaud de l'alcool benzylique $C_6H_5CH_2OH$ par les ions permanganate MnO_4^- en excès, conduit à la formation d'ions benzoate $C_6H_5CO_2^-$ et de dioxyde de manganèse MnO_2 (solide brun). Cette transformation est totale.

Après réduction, par l'éthanol, des ions permanganate MnO_4^- excédentaires et élimination du dioxyde de manganèse MnO_2, on obtient une solution incolore contenant les ions benzoate.

L'addition d'acide chlorhydrique à cette solution permet la cristallisation de l'acide benzoïque $C_6H_5CO_2H$ (solide blanc), que l'on recueille après filtration, lavage et séchage.

Certaines aides au calcul comportent des résultats ne correspondant pas au calcul à effectuer.

1. Questions relatives au protocole expérimental

a) Donner, sans justifier, le nom des parties manquantes (verrerie, nom de montage…), notées de [1] à [3] dans le texte ci-dessous décrivant le protocole expérimental.

<u>1/ Formation de l'acide benzoïque</u> :

Après avoir versé dans un ballon bicol posé sur un valet et sous la hotte un volume V_1 = 2,0 mL d'alcool benzylique puis bouché l'ensemble, on ajoute environ 20 mL de soude de concentration 2,0 mol.L^{-1} à l'aide d' [1] . On introduit ensuite quelques grains de pierre ponce dans le ballon pour réguler l'ébullition lors du chauffage.

On réalise alors [2], permettant de chauffer le mélange sans perte de matière ni surpression.

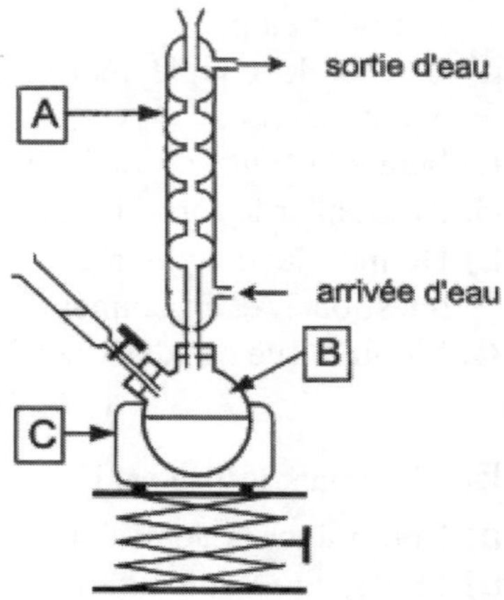

Après avoir versé lentement une solution aqueuse de permanganate de potassium dans le ballon, on porte le mélange à ébullition douce pendant 10 minutes environ. On ajoute quelques millilitres d'éthanol afin d'éliminer le réactif en excès, puis on refroidit le ballon et son mélange.

<u>2/ Cristallisation de l'acide benzoïque</u> :

On filtre le mélange obtenu, <u>rapidement</u>, en utilisant [3] et on recueille un filtrat limpide et incolore. Le filtrat est ensuite versé dans un bécher et refroidi dans la glace.

On ajoute prudemment 8,0 mL d'acide chlorhydrique concentré goutte à goutte et on observe la formation du précipité blanc d'acide benzoïque. On filtre et on rince avec un peu d'eau bien froide.

On récupère les cristaux d'acide benzoïque sur une coupelle <u>préalablement pesée</u> dont la masse est m = 140,4 g.

On les sèche dans une étuve, <u>puis on pèse l'ensemble</u> et on trouve une masse m' = 141,8 g.

b) Nommer les éléments du montage du schéma ci-dessus repérés par les lettres A, B et C.

c) Afin de caractériser le produit formé, on réalise une chromatographie sur couche mince. Dans trois tubes à essais, on verse 1 mL d'éluant E ; dans le tube 1 on ajoute une goutte d'alcool benzylique, dans le tube 2 une pointe de spatule du solide obtenu et dans le tube 3 une pointe de spatule d'acide benzoïque pur.

On réalise une chromatographie sur couche mince à partir du contenu des trois tubes et l'éluant E puis on révèle le chromatogramme sous rayonnement UV.

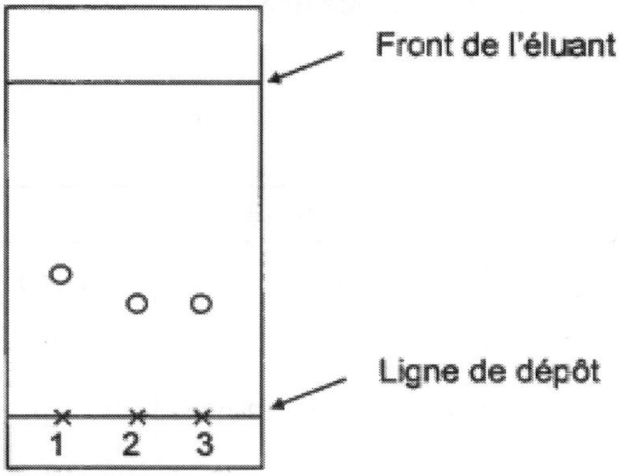

Interpréter le chromatogramme réalisé lors de la synthèse et conclure quant à la nature du solide obtenu.

2. Rendement de la synthèse

Répondre, dans cette seconde partie, en choisissant la bonne réponse. Justifier clairement ce choix (définition, expression littérale et application numérique, tableau d'avancement …).
Une réponse non justifiée ne sera pas prise en compte.
Données :

Nom	Alcool benzylique	Permanganate de potassium	Acide benzoïque
Formule	$C_6H_5CH_2OH$	$KMnO_4$	$C_6H_5CO_2H$
Masse molaire en $g.mol^{-1}$	$M_1 = 108$	$M_2 = 158$	$M_3 = 122$
Masse volumique en $g.mL^{-1}$	$\rho_1 = 1{,}0$		$\rho_3 = 1{,}3$

a) L'oxydation se fait <u>en milieu basique</u>. L'équation chimique de la réaction d'oxydoréduction qui se produit entre l'alcool benzylique et les ions permanganate s'écrit :

$$3\ C_6H_5CH_2OH_{(l)} + 4\,MnO_4{}^-{}_{(aq)} \rightarrow 3\ C_6H_5CO_2{}^-{}_{(aq)} + 4\ H_2O_{(l)} + 4\ MnO_{2(s)} + HO^-{}_{(aq)}$$

Les couples oxydant / réducteur mis en jeu lors de la synthèse de l'acide benzoïque sont les suivants : $C_6H_5CO_2{}^-{}_{(aq)} / C_6H_5CH_2OH_{(l)}$ et $MnO_4{}^-{}_{(aq)} / MnO_{2(s)}$.

Choisir les deux demi-équations électroniques associées à la transformation décrite ci-dessus.

a) $C_6H_5CO_2{}^-{}_{(aq)} + 4\ e^- + 4\ H_2O_{(l)} = C_6H_5CH_2OH_{(l)} + 5\ HO^-{}_{(aq)}$

b) $C_6H_5CO_2{}^-{}_{(aq)} + 4\ e^- + 5\ H^+{}_{(aq)} = C_6H_5CH_2OH_{(l)} + H_2O_{(l)}$

c) $MnO_4{}^-{}_{(aq)} + 8\ H^+{}_{(aq)} + 5\ e^- = Mn^{2+}{}_{(aq)} + 4\ H_2O_{(l)}$

d) $MnO_4{}^-{}_{(aq)} + 3\ e^- + 2\ H_2O_{(l)} = MnO_{2(s)} + 4\ HO^-{}_{(aq)}$

e) $MnO_4{}^-{}_{(aq)} + 3\ e^- + 4\ H^+{}_{(aq)} = MnO_{2(s)} + 2\ H_2O_{(l)}$

b) La quantité n_1 d'alcool benzylique contenue dans la prise d'essai de 2,0 mL vaut :

a) $n_1 = 1,9 \times 10^{-2}$ mol

b) $n_1 = 54$ mol

c) $n_1 = 1,9 \times 10^{-5}$ mol

Aide au calcul		
$\frac{2,0}{108} = 1,9 \times 10^{-2}$	$\frac{108}{2,0} = 54$	$\frac{2,0 \times 10^{-3}}{108} = 1,9 \times 10^{-5}$

Pour toute la suite, on précise que la quantité d'ions permanganate apportée vaut $n_2 = 3,0 \times 10^{-2}$ mol .

c) Lors de l'oxydation de l'alcool benzylique, les ions permanganate doivent être introduits en excès. Choisir la bonne proposition (on pourra s'aider d'un tableau d'évolution du système).

a) Les ions permanganate ont été introduits en excès.

b) Les ions permanganate n'ont pas été introduits en excès

Aide au calcul	
$\frac{1,9}{3} = 0,63$	$1,9 \times 3 = 5,7$

d) Lors de la cristallisation, le passage des ions benzoate à l'acide benzoïque se fait selon l'équation chimique : $C_6H_5CO_2{}^-{}_{(aq)} + H_3O^+{}_{(aq)} = C_6H_5CO_2H_{(s)} + H_2O_{(l)}$

La masse théorique maximale m_{max} d'acide benzoïque qu'il aurait été possible d'obtenir vaut :

a) $m_{max} = 1,6 \times 10^{-2}$ g

b) $m_{max} = 6,6$ g

c) $m_{max} = 2,3$ g

Aide au calcul		
$\frac{1,9}{122} = 1,6 \times 10^{-2}$	$5,4 \times 122 = 6,6 \times 10^2$	$1,9 \times 122 = 2,3 \times 10^2$

e) Le rendement r de la synthèse effectuée vaut :

a) $r = 21\ \%$

b) $r = 61\ \%$

c) $r = 88\ \%$

Aide au calcul		
$\frac{1,4}{6,6} = 0,21$	$\frac{1,4}{2,3} = 0,61$	$\frac{1,4}{1,6} = 0,88$

Exercice 3 de bac S xpécialité 2007, Métropole

❑ Exercice 11.7. Synthèse de l'indigo (chapitres 6 et 10 prérequis)*

L' « indigo » est très utilisé pour sa couleur bleue. Présent naturellement dans la fleur d'indigotier, il est synthétisé en industrie principalement pour colorer des textiles. Une synthèse est réalisée au laboratoire du lycée à partir de 2-nitrobenzaldéhyde en poudre et d'acétone liquide en milieu basique, son équation bilan est :

$$2\ C_3H_6O_{(l)} + 2\ C_7H_5NO_{3(s)} + 2\ HO^-_{(aq)} \rightarrow C_{16}H_{10}N_2O_{2(s)} + 2\ C_2H_3O_2^-{}_{(aq)} + 4\ H_2O_{(l)}$$

Données : $M_{C_7H_5O_3N} = 151,0\ g.mol^{-1}$; $\rho_{C_3H_6O} = 0,791\ g.mL^{-1}$; $M_{C_3H_6O} = 58,0\ g.mol^{-1}$; $M_{C_{16}H_{10}O_2N_2} = 262,0\ g.mol^{-1}$.

Molécule	Représentation	Solubilité	Pictogrammes
Acétone	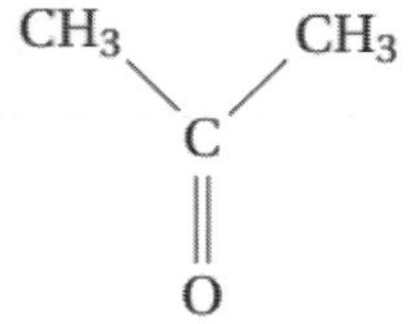	Miscible à l'eau et à l'éthanol	
2-nitrobenzaldéhyde	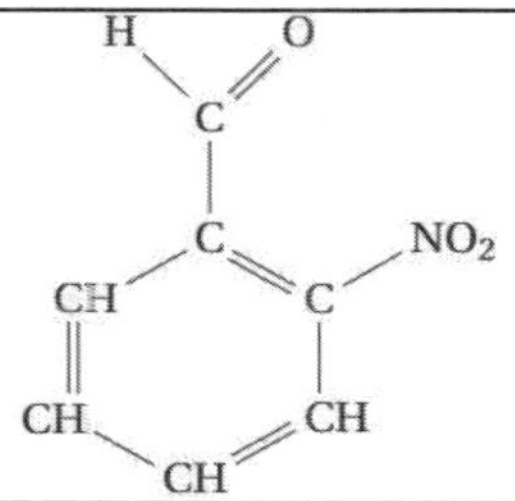	Très peu soluble dans l'eau, soluble dans l'éthanol	
Indigo	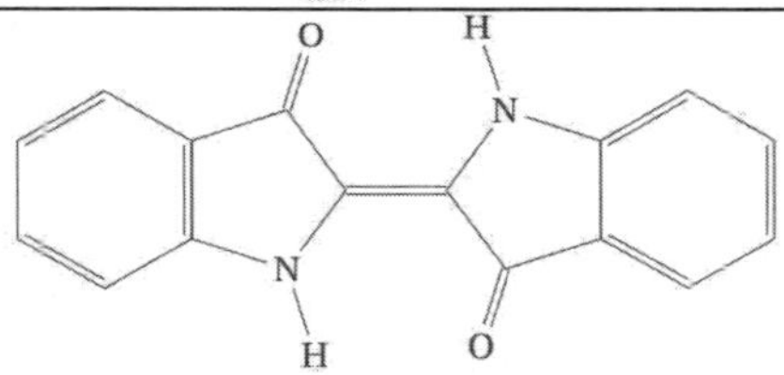	Insoluble dans l'eau et dans l'éthanol	

1. Donner le nom de l'acétone d'après les règles de nomenclature.

Synthèse en TP :

- Dans un erlenmeyer, introduire 0,50 g de 2-nitrobenzaldéhyde, 5,0 mL d'acétone et environ 10 mL d'eau distillée sous agitation magnétique.
- Ajouter ensuite au goutte à goutte 2,0 mL d'une solution d'hydroxyde de sodium $Na^+_{(aq)} + HO^-_{(aq)}$ de concentration telle que $\left[HO^-\right] = 2,0\ mol.L^{-1}$. Une réaction exothermique a lieu et le mélange s'assombrit : l'indigo précipite.
- Filtrer sur Büchner (filtration sous vide) et rincer le solide avec de l'eau distillée puis avec de l'éthanol.

2. Avec quelles verreries sont mesurés les volumes d'acétone et d'eau distillée à utiliser ?

3. Que signifie « réaction exothermique » ?

4. Expliquer pourquoi on effectue deux rinçages différents.

5. Quelle masse d'indigo peut-on produire au maximum lors de cette synthèse ?

6. On en produit 0,32 g. Quel est le rendement ? Expliquer pourquoi celui-ci n'est pas de 1.

■ Pour vous aider à démarrer

Exercice 11.3. Utiliser la stœchiométrie de la réaction pour déterminer la quantité de matière maximale que pourrait produire la réaction.
Exercice 11.4. Il faut commencer par calculer les quantités de matière afin de prévoir, via la stœchiométrie, la quantité de matière maximale puis la masse maximale de paracétamol qu'il est possible de former.
Exercice 11.6. Question 2 : L'oxydation a lieu en milieu basique. Pensez à la nature des ions prépondérants en milieu basique (HO^- et non H^+). Procéder par élimination.
Exercice 11.7. Question 4 : Lors du rinçage, identifier les espèces solubles dans chaque solvant et celles qui ne le sont pas.

Corrigé des vrai/faux

1.	2.	3.	4.	5.	6.	7.	8.	9.	10.
faux	vrai	vrai	vrai	faux	faux	faux	faux	vrai	faux

1. L'air que l'on respire est un mélange, principalement composé de dioxygène et de diazote, mais aussi d'autres molécules comme de l'eau.

5. Une colonne de Vigreux doit être utilisée dans un montage de distillation fractionnée.

6. Lors d'une distillation fractionnée, on récupère d'abord l'espèce chimique dont la température de vaporisation est la plus basse (dite espèce la plus volatile).

7. Un rendement supérieur à 1 implique que le produit formé est impur (voire pas le produit attendu). Il est impossible de former plus de produit que ne prévoit le calcul théorique.

8. La distillation est une méthode de séparation utilisant un chauffage et un réfrigérant.

10. Pour une extraction liquide-liquide, le solvant extracteur doit être non miscible avec la solution contenant le soluté à extraire.

❑ Les erreurs classiques

– Ne pas confondre le chauffage à reflux et la distillation. Le chauffage à reflux est une technique de synthèse, la distillation en est une de séparation.
– Si la masse volumique a une unité, la densité n'en a pas. Ne pas confondre les deux !
– Un rendement supérieur à 1 est parfois trouvé en TP, il n'est pas signe d'une excellente manipulation exceptionnelle, mais au contraire d'un produit qui n'est pas pur ou pas le bon…

Corrigé

■■ Corrigé des exercices

Exercice 11.1

1. a) La formule reliant la densité d'un liquide à sa masse volumique est $d_{produit} = \dfrac{\rho_{produit}}{\rho_{eau}}$.

La densité d d'un produit est sans unité car c'est le rapport de la masse volumique de ce produit dans une unité (exemple $g.mL^{-1}$) et de la masse volumique de l'eau dans la même unité.

b) $d_{produit} = \dfrac{\rho_{produit}}{\rho_{eau}} \Leftrightarrow \rho_{produit} = d_{produit} \times \rho_{eau}$

$\rho_{toluène} = d_{toluène} \times \rho_{eau}$ A.N. : $\rho_{toluène} = 0,867 \times 1,00 = \boxed{0,867 \text{ g.mL}^{-1}}$.

$\rho_{dichlorométhane} = d_{dichlorométhane} \times \rho_{eau}$ A.N. : $\rho_{dichlorométhane} = 1,33 \times 1,00 = \boxed{1,33 \text{ g.mL}^{-1}}$.

c) Par lecture sur les éprouvettes (bien lire au niveau du bas du ménisque, comme appris au collège !), les volumes des liquides A, B et C sont :

- $V_A = 75$ mL ;
- $V_B = 81$ mL ;
- $V_C = 72$ mL.

d) La formule reliant la masse volumique ρ d'un liquide à sa masse m et son volume V est :

$\rho = \dfrac{m}{V}$.

e) $\rho_A = \dfrac{m_A}{V_A}$ A.N. : $\rho_A = \dfrac{75,0}{75} = \boxed{1,0 \text{ g.mL}^{-1}}$.

$\rho_B = \dfrac{m_B}{V_B}$ A.N. : $\rho_B = \dfrac{107,7}{81} = \boxed{1,3 \text{ g.mL}^{-1}}$.

$\rho_C = \dfrac{m_C}{V_C}$ A.N. : $\rho_C = \dfrac{62,4}{72} = \boxed{0,87 \text{ g.mL}^{-1}}$.

f) Par identification avec la question **b)**, l'eau est le liquide A, le dichlorométhane est le liquide B et le toluène est le liquide C.

2. Afin de déterminer les températures de vaporisation, il suffit de placer un thermomètre dans un liquide à déterminer et le placer sur un appareil de chauffage afin de le porter à ébullition. Cette manipulation doit se faire sous hotte aspirante afin de se protéger des vapeurs. L'expérience donnerait assez rapidement une température de vaporisation de 100 °C pour le liquide A, de 40,0 °C pour le liquide B et de 111 °C pour le liquide C.

3. Maé propose de mélanger les produits deux à deux dans des proportions différentes. Le seul liquide non miscible avec les deux autres est l'eau, ce qui permet de l'identifier. B et C sont miscibles, mais de densités différentes, pour l'un elle est supérieure à celle de l'eau (dichlorométhane), pour l'autre elle est inférieure (toluène). Mettant un peu de B dans beaucoup d'eau, on remarque que B coule dans l'eau, on a un mélange hétérogène liquide avec une petite phase au-dessous, une grande au-dessus : l'eau. B est par conséquent le dichlorométhane. La même expérience avec le liquide C permet d'identifier le toluène qui se trouve au-dessus de l'eau.

Exercice 11.2

1. Schéma du montage :

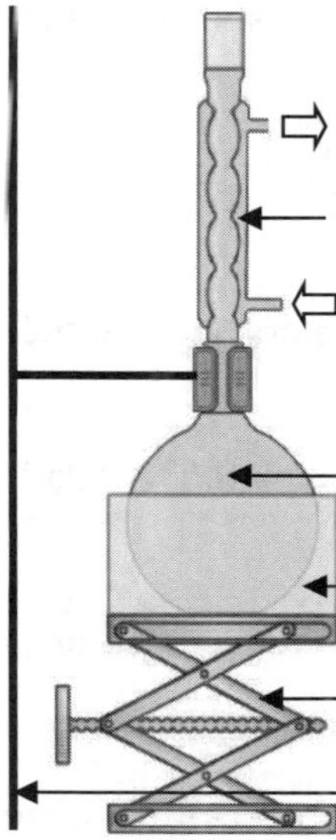

2. L'équation de réaction est :

$$C_7H_6O_{3(s)} + C_4H_6O_{3(l)} \rightarrow C_9H_8O_{4(s)} + C_2H_4O_{2(l)}$$

3. L'eau très froide est ajoutée en fin de réaction car elle fait cristalliser l'aspirine qui est soluble à chaud mais qui n'est que peu soluble à froid dans l'eau. L'aspirine peut ainsi être récupérée par filtration.

4. a) Mesurer la température de fusion teste le produit : en effet si le solide fond à la température tabulée de l'aspirine, on peut conclure que ce produit est de l'aspirine. Si le solide fond à une température différente, soit ce n'est pas de l'aspirine soit c'est de l'aspirine impure c'est-à-dire mélangée à d'autres composés.

b) Le solide testé est sans doute de l'aspirine impure puisque qu'il peut être mélangé avec de l'acide salicylique qui n'aurait pas entièrement réagi.

c) Les chimistes procèdent alors en général à une purification par lavages et une recristallisation. Le solide filtré est disposé dans un solvant dans lequel il est soluble à chaud dans un montage de chauffage à reflux ou au bain-marie. En chauffant, le produit se dissout et relâche les impuretés. Un refroidissement lent lui permet de recristalliser sans ces dernières.

Exercice 11.3

Avant tout, il faut constater la stœchiométrie de la réaction en jeu : 1 pour chaque réactif et 1 pour chaque produit. Ainsi on peut aisément déterminer le réactif limitant pour les trois premières lignes, en déduire la quantité de matière d'ester espérée au maximum, notée n_{max}, en fin de réaction. Prenons l'exercice ligne par ligne :

1re ligne du tableau :

Le réactif limitant est le 3-méthylbutan-1-ol, alors la quantité de matière d'ester espérée est $n_{max} = 0,030$ mol.

Le rendement est de $r = \frac{n_{ester}}{n_{max}} = \frac{0,025}{0,030} = \boxed{0,83}$.

2e ligne du tableau :

Le réactif limitant est l'acide éthanoïque, alors la quantité de matière d'ester espérée est $n_{max} = 0,040$ mol.

Le rendement est de $r = \frac{n_{ester}}{n_{max}} = \frac{0,028}{0,040} = \boxed{0,70}$.

3e ligne du tableau :

Le réactif limitant est l'acide éthanoïque, alors la quantité de matière d'ester espérée est $n_{max} = 0,050$ mol.

Le rendement est $r = \frac{n_{ester}}{n_{max}}$ donc $n_{ester} = r \times n_{max} = 0,68 \times 0,050 = \boxed{0,034 \text{ mol}}$.

4e ligne du tableau :

Le réactif limitant est inconnu, mais à partir du rendement, on peut calculer n_{max} :

$r = \frac{n_{ester}}{n_{max}}$ donc $n_{max} = \frac{n_{ester}}{r} = \frac{0,033}{0,73} = 0,045$ mol.

La quantité de matière initiale de 3-méthylbutan-1-ol étant supérieure à ça, c'est alors l'acide éthanoïque le réactif limitant, la quantité de matière d'acide est donc $n_{acide} = \boxed{0,045 \text{ mol}}$.

Le tableau complété est donc :

n_{acide} (mol)	$n_{3\text{-méthylbutan-1-ol}}$ (mol)	n_{ester} (mol)	rendement
0,040	0,030	0,025	**0,83**
0,040	0,060	0,028	**0,70**
0,050	0,080	**0,034**	0,68
0,045	0,060	0,033	0,73

Exercice 11.4

1. a) Équation de réaction : $C_6H_7NO + C_4H_6O_3 \rightarrow C_8H_9NO_2 + C_2H_4O_2$

b) Jules a bien vu les pictogrammes de sécurité, il va devoir manipuler des produits corrosifs, nocifs, irritants, dangereux pour l'organisme, inflammables et polluants. Ainsi il manipulera sous hotte aspirante muni de gants, de lunettes de sécurité et d'une blouse. Il tiendra l'anhydride éthanoïque loin des sources de chaleur et collectera tous les déchets qu'il déposera dans les bidons de récupération adaptés.

2. Pour calculer le rendement de la réaction effectuée, il faut calculer la masse de paracétamol espérée au maximum m_{max}. Il faut d'abord calculer les quantités de matières initiales des réactifs puis déterminer le réactif limitant, l'avancement maximal et donc la quantité de matière maximale. Pas besoin de tableau d'avancement, la stœchiométrie est de 1 pour chaque espèce :

$$n_{C_6H_7NO} = \frac{m_{C_6H_7NO}}{M_{C_6H_7NO}} \qquad \text{A.N. : } n_{C_6H_7NO} = \frac{5,0}{109} = 0,046 \text{ mol}$$

$$n_{C_4H_6O_3} = \frac{m_{C_4H_6O_3}}{M_{C_4H_6O_3}} = \frac{\rho_{C_4H_6O_3} \times V_{C_4H_6O_3}}{M_{C_4H_6O_3}} \qquad \text{A.N. : } n_{C_4H_6O_3} = \frac{1,08 \times 5,0}{102} = 0,053 \text{ mol}.$$

Ainsi le réactif limitant est le para-aminophénol et on peut espérer produire 0,046 mol de paracétamol, soit une masse :

$$m_{C_8H_9NO_2} = M_{C_8H_9NO_2} \times n_{C_8H_9NO_2} \qquad \text{A.N. : } m_{C_8H_9NO_2} = 151 \times 0,046 = 6,9 \text{ g}.$$

Calcul du rendement :

$$r = \frac{m}{m_{max}} \qquad \text{A.N. : } r = \frac{7,8}{6,9} = \boxed{1,1}.$$

Cette valeur de rendement est impossible car supérieure à 1. Soit il y a erreur dans les calculs, soit il y a erreur dans la manipulation, soit le produit pesé n'est pas du paracétamol pur.

3. a) La première étape est un rinçage, Jules espère éliminer d'éventuelles espèces solubles à l'eau (anhydride éthanoïque et acide éthanoïque) tout en évitant de dissoudre (trop) de paracétamol, d'où la température basse de l'eau.

b) La technique employée ensuite est une recristallisation.

c) $r = \frac{m}{m_{max}}$ A.N. : $r = \frac{5,3}{6,9} = \boxed{0,77}$.

d) Pour vérifier la pureté de son produit sur banc Kofler, Jules va devoir disposer (après étalonnage du banc, voir mode opératoire) ce cristal et repérer sa température de fusion. Si celle-ci est bien de 168 °C comme attendu, il pourra être rassuré sur sa pureté.

4. Deux méthodes sont envisageables : une relation de proportionnalité et un calcul complet.

<u>La relation de proportionnalité</u> :

Il y a proportionnalité entre les quantités de matière, donc entre les masses, de para-aminophénol en début de réaction et de paracétamol à la fin, il faut :

$$m_{C_6H_7NO} = \frac{5,0 \times 80}{5,3} = \boxed{75 \text{ g}}.$$

$m_{C_6H_7NO}$ (en g)	$m_{C_8H_9NO_2}$ (en g)
5,0	5,3
	80

<u>Le calcul complet</u> :

Il veut une masse de 80 g de paracétamol, le rendement attendu est de 0,77. Ainsi $m_{max} = \frac{m}{r}$.

Cela correspond à une quantité de matière de paracétamol maximale de :

$$n_{C_8H_9NO_2} = \frac{m_{max}}{M_{C_8H_9NO_2}} = \frac{\frac{m}{r}}{M_{C_8H_9NO_2}}.$$

Cette quantité de matière doit être celle de para-aminophénol, correspondant à une masse de :

$$m_{C_6H_7NO} = n_{C_6H_7NO} \times M_{C_6H_7NO} = \frac{\frac{m}{r}}{M_{C_8H_9NO_2}} \times M_{C_6H_7NO} \qquad \text{A.N. : } m_{C_6H_7NO} = \frac{\frac{80}{0,77}}{151} \times 109 = \boxed{75 \text{ g}}.$$

Le résultat est identique, seule la méthode de détermination change.

Corrigé

Exercice 11.5

1. La formule semi-développée de l'acide butanoïque est :

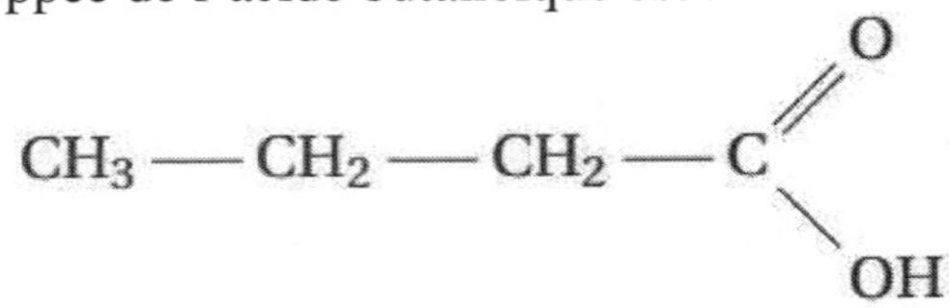

2. a) Le groupe caractéristique que possède cette molécule intermédiaire est CH=O, caractéristique des aldéhydes. L'aldéhyde qui par oxydation donne l'acide butanoïque est le butanal de représentation semi-développée :

$$CH_3 - CH_2 - CH_2 - CH = O$$

b) Le couple rédox reliant le butanal (C_4H_8O) à l'acide butyrique ($C_4H_8O_2$) est $C_4H_8O_2 / C_4H_8O$ de demi-équation rédox : $C_4H_8O_{2(l)} + 2\ H^+_{(aq)} + 2\ e^- = C_4H_8O_{(l)} + H_2O_{(l)}$.

3. a) L'alcool au départ de cette synthèse est le butanol, de formule semi-développée :

$$CH_3 - CH_2 - CH_2 - CH_2 - OH$$

b) Le couple rédox formé par le butanol avec le butanal est $C_4H_8O / C_4H_{10}O$ de demi-équation rédox : $C_4H_8O_{(l)} + 2\ H^+_{(aq)} + 2\ e^- = C_4H_{10}O_{(l)}$.

4. Par somme, on a :

$C_4H_8O_{2(l)} + 2\ H^+_{(aq)} + 2\ e^- = C_4H_8O_{(l)} + H_2O_{(l)}$

$+ C_4H_8O_{(l)} + 2\ H^+_{(aq)} + 2\ e^- = C_4H_{10}O_{(l)}$

$= C_4H_8O_{2(l)} + \cancel{C_4H_8O_{(l)}} + 4\ H^+_{(aq)} + 4\ e^- = C_4H_{10}O_{(l)} + \cancel{C_4H_8O_{(l)}} + H_2O_{(l)}$

$\boxed{C_4H_8O_{2(l)} + 4\ H^+_{(aq)} + 4\ e^- = C_4H_{10}O_{(l)} + H_2O_{(l)}}$.

5. a) $MnO_4{}^-{}_{(aq)} + 8\ H^+_{(aq)} + 5\ e^- = Mn^{2+}_{(aq)} + 4\ H_2O_{(l)}$

b) Le réactif étant le butanol, il faut retourner la demi-équation encadrée, puis afin de faire disparaître les électrons, nous la multiplierons par 5 et celle de l'ion permanganate par 4 :

$5\ C_4H_{10}O_{(l)} + 5\ H_2O_{(l)} = 5\ C_4H_8O_{2(l)} + 20\ H^+_{(aq)} + 20\ e^-$

$+ 4\ MnO_4{}^-{}_{(aq)} + 32\ H^+_{(aq)} + 20\ e^- = 4\ Mn^{2+}_{(aq)} + 16\ H_2O_{(l)}$

$= 5C_4H_{10}O_{(l)} + 5H_2O_{(l)} + 4MnO_4{}^-{}_{(aq)} + 32H^+_{(aq)} \rightarrow 5C_4H_8O_{2(l)} + 20H^+_{(aq)} + 4Mn^{2+}_{(aq)} + 16H_2O_{(l)}$

Soit : $\boxed{5\ C_4H_{10}O_{(l)} + 4\ MnO_4{}^-{}_{(aq)} + 12\ H^+_{(aq)} \rightarrow 5\ C_4H_8O_{2(l)} + 4\ Mn^{2+}_{(aq)} + 11\ H_2O_{(l)}}$.

6. a) $n_{MnO_4^-} = \left[MnO_4{}^-\right] \times V_{ox} = 0{,}50 \times 100{,}0 \times 10^{-3} = \boxed{5{,}0 \times 10^{-2}\ \text{mol}}$

$$n_{C_4H_{10}O} = \frac{m_{C_4H_{10}O}}{M_{C_4H_{10}O}} = \frac{\rho_{C_4H_{10}O} \times V_{C_4H_{10}O}}{M_{C_4H_{10}O}} = \frac{0{,}810 \times 2{,}0}{74{,}0} = \boxed{2{,}2 \times 10^{-2}\ \text{mol}}.$$

Il n'est donc pas nécessaire de faire un tableau d'avancement au vu de la stœchiométrie, clairement $MnO_4{}^-$ est en excès.

b) D'après la stœchiométrie de la réaction de synthèse, on peut attendre autant de moles d'acide butanoïque que d'alcool initialement introduit. Soit une masse :

$m_{C_4H_8O_2} = n_{C_4H_8O_2} \times M_{C_4H_8O_2} = 2,2\times10^{-2} \times 88,0 = \boxed{1,9\ g}$.

c) Le rendement de cette synthèse est : $r = \dfrac{m_{expérimentale}}{m_{théorique}} = \dfrac{1,25}{1,9} = 0,66 = \boxed{66\ \%}$.

Exercice 11.6

1. a) $\boxed{1}$: une éprouvette graduée (pas besoin de précision) ; $\boxed{2}$: un chauffage à reflux ; $\boxed{3}$: une filtration sous vide (Büchner).

b) A : réfrigérant à boules ; B : ballon bicol (à deux cols) ; C : chauffe-ballon.

c) Le tube 2 contient donc un corps pur car il ne crée qu'une seule tache, celle-ci correspondant exactement à celle de l'acide benzoïque, on déduit que le solide obtenu est de l'acide benzoïque pur.

2. a)

a) $C_6H_5CO_2^-{}_{(aq)} + 4\ e^- + 4\ H_2O_{(l)} = C_6H_5CH_2OH_{(l)} + 5\ HO^-{}_{(aq)}$

b) ~~$C_6H_5CO_2^-{}_{(aq)} + 4\ e^- + 5\ H^+{}_{(aq)} = C_6H_5CH_2OH_{(l)} + H_2O_{(l)}$~~ car en milieu acide

c) ~~$MnO_4^-{}_{(aq)} + 8\ H^+{}_{(aq)} + 5\ e^- = Mn^{2+}{}_{(aq)} + 4\ H_2O_{(l)}$~~ car en milieu acide et mauvais couple rédox.

d) $MnO_4^-{}_{(aq)} + 3\ e^- + 2\ H_2O_{(l)} = MnO_{2(s)} + 4\ HO^-{}_{(aq)}$

e) ~~$MnO_4^-{}_{(aq)} + 3\ e^- + 4\ H^+{}_{(aq)} = MnO_{2(s)} + 2\ H_2O_{(l)}$~~ car en milieu acide

Les équations a) et d) correspondent à celles recherchées.

b) La quantité n_1 d'alcool benzylique contenue dans la prise d'essai de 2,0 mL est donnée par :

$n_1 = \dfrac{m}{M} = \dfrac{\rho\times V}{M} = \dfrac{1,0\times2,0}{108} = \boxed{1,9\times10^{-2}\ mol}$, soit réponse a).

c) Tableau d'avancement :

Équation chimique		$3\ C_6H_5CH_2OH_{(l)}$ +	$4 MnO_4^-{}_{(aq)}$	$\rightarrow 3\ C_6H_5CO_2^-{}_{(aq)}$ +	$4\ H_2O_{(l)}$ +	$4\ MnO_{2(s)}$ +	$HO^-{}_{(aq)}$
État initial	$x = 0$	n_1	n_2	0	0	0	0
En cours	x	$n_1 - 3x$	$n_2 - 4x$	$3x$	$4x$	$4x$	x
État max	x_{max}	$n_1 - 3x_{max}$	$n_2 - 4x_{max}$	$3x_{max}$	$4x_{max}$	$4x_{max}$	x_{max}

<u>Hypothèse 1</u> : $C_6H_5CH_2OH_{(l)}$ est réactif limitant

$\Leftrightarrow$ à l'état d'avancement maximal, il ne reste plus de $C_6H_5CH_2OH_{(l)}$

$\Leftrightarrow n_1 - 3x_{max} = 0$

Corrigé

$\Leftrightarrow x_{max} = \frac{n_1}{3} = \frac{1,9\times10^{-2}}{3} = 0,63\times10^{-2}$ mol $= 6,3\times10^{-3}$ mol.

Hypothèse 2 : MnO_4^- est réactif limitant

$\Leftrightarrow$ à l'état d'avancement maximal, il ne reste plus de MnO_4^-

$\Leftrightarrow n_2 - 4x_{max} = 0$

$\Leftrightarrow x_{max} = \frac{n_2}{4} = \frac{3,0\times10^{-2}}{4} = 7,5\times10^{-3}$ mol.

x_{max} est atteint pour une valeur plus petite pour $C_6H_5CH_2OH_{(l)}$ ce qui signifie que c'est $C_6H_5CH_2OH_{(l)}$ la première espèce chimique à manquer. On retient donc l'hypothèse 1, on conclut que $C_6H_5CH_2OH_{(l)}$ est le réactif limitant et que $\boxed{x_{max} = 6,3\times10^{-3}\text{ mol}}$.

La bonne proposition est donc la première : les ions permanganate ont été introduits en excès.

d) On a $3x_{max}$ d'ions benzoate formés, d'après l'équation chimique de cristallisation chaque ion benzoate forme une molécule d'acide benzoïque. Ainsi on a $3x_{max}$ molécules d'acide benzoïque. Or $3x_{max} = n_1 = 1,9\times10^{-2}$ mol. Cela correspond à une masse :

$m_{max} = n_1 \times M_3 = 1,9\times10^{-2}\times122 = \boxed{2,3\text{ g}}$, réponse c).

e) Masse obtenue d'acide benzoïque : 141,8 – 140,4 = 1,4 g.

$r = \frac{m_{expérimentale}}{m_{théorique}} = \frac{1,4}{2,3} = 0,61 = \boxed{61\ \%}$, réponse b).

Exercice 11.7

1. D'après les règles de nomenclature, l'acétone se nomme aussi la propanone.

2. Le volume d'acétone est mesuré précisément, il faut une pipette jaugée. Le volume d'eau n'est pas mesuré précisément, une éprouvette graduée suffit.

3. « réaction exothermique » signifie que la réaction libère de la chaleur.

4. Le premier rinçage à l'eau sert à éliminer l'acétone et les ions $HO^-_{(aq)}$ et $C_2H_3O_2^-{}_{(aq)}$ encore présents malgré la filtration. Le rinçage à l'éthanol est effectué pour évacuer le 2-nitrobenzaldéhyde éventuellement encore présent car celui-ci n'est pas soluble dans l'eau mais l'est bien dans l'éthanol.

5. Pour le 2-nitrobenzaldéhyde :

$$n_{0(C_7H_5O_3N)} = \frac{m_{C_7H_5O_3N}}{M_{C_7H_5O_3N}} = \frac{0,50}{151,0} = \boxed{3,3\times10^{-3}\text{ mol}}.$$

Pour l'acétone :

$$n_{0(C_3H_6O)} = \frac{m_{C_3H_6O}}{M_{C_3H_6O}} = \frac{\rho_{C_3H_6O}\times V}{M_{C_3H_6O}} = \frac{0,791\times5,0}{58,0} = \boxed{6,8\times10^{-2}\text{ mol}}.$$

Pour les ions hydroxyde :

$$n_{0(HO^-)} = \left[HO^-\right]\times V = 2,0\times2,0\times10^{-3} = \boxed{4,0\times10^{-3}\text{ mol}}.$$

Tableau d'avancement :

Équation chimique		$2\ C_7H_5O_3N_{(s)}$ +	$2\ C_3H_6O_{(l)}$ +	$2\ HO^-_{(aq)}$ →	$C_{16}H_{10}N_2O_{2(s)}$ +	$2\ C_2H_3O_2^-{}_{(aq)}$ +	$4\ H_2O_{(l)}$
État initial	$x = 0$	$3,3\times10^{-3}$	$6,8\times10^{-2}$	$4,0\times10^{-3}$	0	0	0
En cours	x	$3,3\times10^{-3} - 2x$	$6,8\times10^{-2} - 2x$	$4,0\times10^{-3} - 2x$	x	$2x$	$4x$
État max	x_{max}	$3,3\times10^{-3} - 2x_{max}$	$6,8\times10^{-2} - 2x_{max}$	$4,0\times10^{-3} - 2x_{max}$	x_{max}	$2x_{max}$	$4x_{max}$

<u>Hypothèse 1</u> : $C_7H_5O_3N_{(s)}$ est réactif limitant :

⇔ à l'état d'avancement maximal, il ne reste plus de $C_7H_5O_3N_{(s)}$

$\Leftrightarrow 3,3\times10^{-3} - 2x_{max} = 0$

$\Leftrightarrow x_{max} = \dfrac{3,3\times10^{-3}}{2} = 1,7\times10^{-3}$ mol.

<u>Hypothèse 2</u> : $C_3H_6O_{(l)}$ est réactif limitant :

⇔ à l'état d'avancement maximal, il ne reste plus de $C_3H_6O_{(l)}$

$\Leftrightarrow 6,8\times10^{-2} - 2x_{max} = 0$

$\Leftrightarrow x_{max} = \dfrac{6,8\times10^{-2}}{2} = 3,4\times10^{-2}$ mol.

<u>Hypothèse 3</u> : $HO^-_{(aq)}$ est réactif limitant :

⇔ à l'état d'avancement maximal, il ne reste plus de $HO^-_{(aq)}$

$\Leftrightarrow 4,0\times10^{-3} - 2x_{max} = 0$

$\Leftrightarrow x_{max} = \dfrac{4,0\times10^{-3}}{2} = 2,0\times10^{-3}$ mol.

x_{max} est atteint pour une valeur plus petite pour $C_7H_5O_3N_{(s)}$ ce qui signifie que c'est $C_7H_5O_3N_{(s)}$ la première espèce chimique à manquer. On retient donc l'hypothèse 1, on conclut que $C_7H_5O_3N_{(s)}$ est le réactif limitant et que $\boxed{x_{max} = 1,7\times10^{-3}\text{ mol}}$.

En fin de réaction : $n_{(C_{16}H_{10}N_2O_2)} = x_{max} = 1,7\times10^{-3}$ mol est espéré, soit une masse :

$$m_{C_{16}H_{10}O_2N_2} = M_{C_{16}H_{10}O_2N_2} \times n_{C_{16}H_{10}O_2N_2} = 262,0\times1,7\times10^{-3} = \boxed{0,45\text{ g}}.$$

6. $r = \dfrac{m_{expérimentale}}{m_{théorique}} = \dfrac{0,32}{0,45} = 0,71 = \boxed{71\ \%}$.

Ce rendement n'est pas de 1 car il y a des pertes au niveau de la filtration, la réaction de synthèse n'est peut-être pas totale, des erreurs de manipulations ont pu intervenir…

Chapitre 12
Conversion de l'énergie stockée dans la matière organique

De nombreuses réactions chimiques permettent d'utiliser l'énergie que contiennent les matières organiques. Le phénomène de combustion a de nombreuses applications dans notre vie courante pour s'éclairer, se chauffer ou se déplacer. Ces énergies furent longtemps utilisées sans frein. Nous devons désormais nous efforcer de limiter les émissions de gaz à effet de serre pour lutter contre le réchauffement climatique.

Un scientifique

Antoine-Laurent **de Lavoisier** (1743-1794) est souvent considéré comme l'un des plus grands chimistes français au point qu'on oublie qu'il s'intéressait aussi à la géologie et à l'économie. Il combat la théorie phlogistique en vogue à l'époque qui postule que les matériaux relâchent lorsqu'ils brûlent du phlogiston, un élément invisible. Il ouvre la voie à une autre approche de la compréhension du phénomène de combustion mais il faudra attendre Joule pour avoir une théorie satisfaisante. Lavoisier met fin également à la compréhension de la matière basée sur les quatre éléments de base, la terre, l'air, le feu et l'eau lorsqu'il affirme que celle-ci est susceptible de décomposition et de recomposition, c'est-à-dire qu'elle n'est pas un élément simple ; nombreux parmi les scientifiques en doutèrent. Son opinion est reconnue deux ans plus tard quand il le prouve expérimentalement.

LE SAVIEZ-VOUS ?

Arrêté pendant la Terreur, **Lavoisier** fut guillotiné le 8 mai 1794 et son ami, le mathématicien Joseph **Lagrange**, déclara : « Il ne leur a fallu qu'un moment pour faire tomber cette tête, et cent années peut-être ne suffiront pas à en produire une semblable ».

Objectifs

Les notions que je dois maîtriser

▷ Combustibles organiques usuels

▷ Modélisation d'une combustion par une réaction d'oxydoréduction

▷ Énergie molaire de réaction, pouvoir calorifique massique, énergie libérée lors d'une combustion

▷ Interprétation microscopique en phase gazeuse : modification des structures moléculaires, énergie de liaison

▷ Combustions et enjeux de société : applications usuelles mettant en œuvre des combustions et les risques associés, axes d'études actuels d'application s'inscrivant dans une perspective de développement durable

Les compétences que je dois acquérir

▷ Écrire l'équation de réaction de combustion complète d'un alcane et d'un alcool

▷ Estimer l'énergie molaire de réaction pour une transformation en phase gazeuse à partir de la donnée des énergies des liaisons

Résumé de cours

Les combustions

Définition

Une **combustion** est une **réaction chimique exothermique** au cours de laquelle un **combustible** (qui brûle) réagit avec un **comburant** (qui aide à brûler). Cette réaction doit être amorcée via une **énergie d'activation** et est ensuite entretenue avec l'énergie qu'elle libère.

Ci-contre, le triangle du feu rappelant ces trois éléments indispensables à l'entretien d'une combustion.

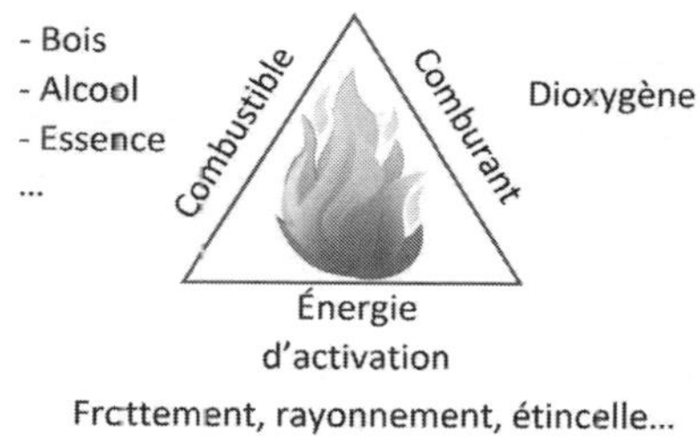

Les combustibles

Les molécules organiques contiennent majoritairement des atomes de carbone et d'hydrogène, cela en fait de bons combustibles. Parmi les plus utilisés en chimie se trouvent les **alcanes** et les **alcools** étudiés dans le chapitre 10.
Les combustibles se classent en deux catégories :

- Les **renouvelables**, dont le renouvellement est fait à l'échelle de temps humaine, comme le bois, les déchets organiques, le biogaz (issu de fermentation de matière organique).
- Les **non renouvelables** à échelle de temps humaine, comme les dérivés du pétrole (essence, gaz, kérozène…) ou le charbon.

Équation de combustion

Une **combustion complète** est une réaction formant comme **produits** du **dioxyde de carbone** (CO_2) et de l'**eau** (H_2O) **uniquement**. Dans le cadre de ce cours nous étudierons la combustion des alcanes et des alcools, le comburant sera le dioxygène, l'équation de réaction s'écrit alors :

$$\text{... alcane ou alcool}_{(g)} + \text{...}\ O_{2(g)} \rightarrow \text{...}\ CO_{2(g)} + \text{...}\ H_2O_{(g)}$$

⇨ **Méthode 12.1. Écrire l'équation de réaction de combustion complète d'un alcane et d'un alcool**

La combustion peut être interprétée par une équation d'oxydoréduction, en effet l'oxydant dioxygène est réduit en eau, le réducteur alcane ou alcool est oxydé en dioxyde de carbone. Les couples en jeu sont donc O_2 / H_2O et CO_2 / combustible.

⇨ **Méthode 12.2. Obtenir l'équation de réaction de combustion complète d'un alcane et d'un alcool à partir des demi-équations électroniques**

Remarques

Dans le cas d'une combustion incomplète, le dioxygène n'est pas en quantité suffisante, alors apparaissent d'autres produits comme le carbone C ou le monoxyde de carbone CO (très dangereux, d'autant plus qu'il est incolore, insipide et inodore, donc indétectable sans appareil).

■ Aspect énergétique des combustions

❑ Énergie des liaisons

Pour rompre une liaison chimique reliant deux atomes d'une molécule en phase gazeuse, il faut fournir une énergie appelée énergie de liaison. On appelle **énergie molaire de liaison**, notée $\mathbf{E_l}$, l'énergie nécessaire à la **rupture d'une mole de cette liaison** entre atomes d'une molécule en phase gazeuse. Cette énergie est toujours **positive**, dépendante de la nature de la liaison (simple, double ou triple) et des atomes reliés. Elle est exprimée en $J.mol^{-1}$ dans le système international, ou fréquemment en $kJ.mol^{-1}$.

Liaison	H — H	C — H	C — C	O — H	C — O	O ═ O	C ═ O de CO_2	C ═ O autres
E_l ($kJ.mol^{-1}$)	432	413	348	463	358	498	804	730

Remarques

Il arrive que soit demandé de calculer l'énergie molaire de liaison d'une molécule, il s'agit alors de calculer la somme des énergies molaires de toutes les liaisons qui la composent.

Exemple

L'énergie molaire de liaison du méthanol est :

$E_{l(CH_3OH)} = 3 \times E_{l(C-H)} + E_{l(C-O)} + E_{l(O-H)}$ A.N. : $E_{l(CH_3OH)} = 3 \times 413 + 358 + 463 = 2060$ $kJ.mol^{-1}$

Pour le nombre de chiffres significatifs, raisonner comme pour une somme.

❑ Énergie molaire de réaction

L'**énergie molaire de réaction**, notée $\mathbf{E_{r,m}}$, est l'énergie échangée par le système réactionnel par mole de combustible, lors d'une transformation chimique. Elle est donnée par la différence entre la somme des énergies molaires de liaison des réactifs et la somme des énergies molaires de liaison des produits, soit :

$$E_{r,m} = \Sigma E_{l(\text{réactifs})} - \Sigma E_{l(\text{produits})}$$

$E_{r,m}$: énergie molaire de réaction en $J.mol^{-1}$.

$\Sigma E_{l(\text{réactifs})}$: somme des énergies molaires de liaison des réactifs en $J.mol^{-1}$.

$\Sigma E_{l(\text{produits})}$: somme des énergies molaires de liaison des produits en $J.mol^{-1}$.

Cette énergie molaire de réaction est évaluée du point de vue du système. Dans le cas d'une combustion, le système libère de l'énergie, on dit que la combustion est **exothermique**, alors $E_{r,m} < 0$.

Les énergies molaires de réaction dépendent de la stœchiométrie des réactifs, par définition elle est calculée par mole de combustible, il est donc nécessaire d'avoir **un nombre stœchiométrique de « 1 »** devant ce **combustible**. Les ½ entiers seront donc acceptés si besoin !

Remarque

Si $J.mol^{-1}$ correspond au système international d'unités, les valeurs permettront souvent d'utiliser l'unité $kJ.mol^{-1}$.

Exemple

Combustion du méthanol : $CH_4O_{(g)} + \frac{3}{2} O_{2(g)} \rightarrow CO_{2(g)} + 2\ H_2O_{(g)}$

L'énergie molaire de la réaction de combustion du méthanol est :

$$E_{r,m} = E_{l(CH_4O)} + \frac{3}{2} \times E_{l(O_2)} - \left(E_{l(CO_2)} + 2 \times E_{l(H_2O)}\right)$$

⇨ **Méthode 12.3. Déterminer des énergies molaires de réaction**

❑ Énergie de réaction

L'**énergie de réaction**, noté $\mathbf{E_r}$, est l'énergie échangée effectivement par le système étudié, celle-ci dépend du combustible, mais aussi de sa quantité. Elle est exprimée en joules et est donnée par :

$$E_r = n \times E_{r,m}$$

E_r : énergie de réaction en J.
n : quantité de matière de **combustible** en mol.
$E_{r,m}$: énergie molaire de réaction en $J.mol^{-1}$.

Remarques

On adaptera ici aussi les unités selon les besoins : $kJ.mol^{-1}$ pour $E_{r,m}$ et kJ pour E_r.
Comme pour l'énergie molaire de réaction, l'énergie de réaction est négative pour une combustion.

⇨ **Méthode 12.4. Déterminer des énergies de réaction**

❑ Pouvoir calorifique

Le **pouvoir calorifique**, noté **PC**, d'un combustible correspond à l'énergie transférée par kilogramme de combustible au cours de sa **combustion complète**. Ainsi l'énergie, exprimée en joules, fournie par la combustion (comptée positivement car du point de vue de l'utilisateur) est donnée par :

$$E = m \times PC$$

E : énergie libérée en J.
m : masse de combustible en kg.
PC : pouvoir calorifique en $J.kg^{-1}$.

Ainsi, pour obtenir le maximum d'énergie d'une même masse de combustible, il faudra choisir le combustible à plus grand pouvoir calorifique.

Combustible	Bois	Charbon	Dihydrogène	Méthane	Butane	Essence
Pouvoir calorifique ($MJ.kg^{-1}$)	15	28	143	55	49,5	43

Remarques

Parfois le pouvoir calorifique est exprimé par unité de quantité de matière ou de volume, il est alors donné en $J.mol^{-1}$ (ou $MJ.mol^{-1}$) ou en $J.m^{-3}$ (ou $MJ.m^{-3}$).

⇨ **Méthode 12.5. Utiliser le pouvoir calorifique**

■ Combustions et enjeux sociétaux

❑ Applications usuelles des combustions

Dans l'habitat, les combustions sont omniprésentes :

- bougies d'éclairage, d'ambiance ;
- chauffage au bois, fioul ;
- barbecue au bois, charbon ;
- déplacement en véhicule consommant de l'essence, du gasoil ou du dihydrogène ;
- transport aérien au kérosène, naval au gasoil ou au fioul ;
- …

Toutes ces sources d'énergies sont potentiellement dangereuses car inflammables et les produits de leurs combustions sont polluants (CO_2 dans le meilleur des cas, mais aussi CO, NO, NO_2, SO_2 et etc…). De plus hormis le bois dans une gestion raisonnée, ces combustibles sont en quantité limitée sur Terre. Les ressources non renouvelables devront être remplacées dans un avenir proche.

❑ Axes d'étude actuels d'applications s'inscrivant dans une perspective de développement durable

Afin de limiter les rejets de CO_2 (gaz à effet de serre) et d'autres produits de combustion polluants, mais aussi d'anticiper la pénurie de ressources non renouvelables, plusieurs solutions sont utilisées ou en développement :

- d'abord la sobriété, c'est par la prise de conscience collective que commence le développement durable (covoiturage, prendre le vélo, chauffer moins etc.) ;
- l'efficacité des systèmes est augmentée (moteurs plus économiques, isolation plus efficace des habitations, chaudières plus performantes etc.) ;
- développer les énergies renouvelables exploitant l'eau, l'air, le soleil… ;
- pots d'échappements catalytiques ou équipés de filtres à particules ;
- utilisation de la biomasse, matière organique valorisable par exemple pour synthétiser des biocarburants (contenant du bioéthanol) ;
- et bien d'autres probablement à découvrir…

Comment obtenir l'équation de réaction d'une combustion complète d'alcane ou d'alcool ?

❑ Méthode 12.1. Écrire l'équation de réaction de combustion complète d'un alcane et d'un alcool

> Pour écrire l'équation de la réaction chimique avec les nombres stœchiométriques corrects, il faut commencer par représenter les réactifs (alcane ou alcool et dioxygène) et les produits de la réaction (eau et dioxyde de carbone) par leur formule chimique de part et d'autre de la flèche orientée de la gauche vers la droite. L'équation de réaction doit respecter la conservation des éléments chimiques (pas de question de charge électrique dans ces cas), pour cela il faut placer des nombres stœchiométriques devant les formules chimiques adéquates avec méthode.

⇨ **Exercices 12.1, 12.2, 12.6, 12.9 et 12.10.**

• Écrire la réaction chimique de combustion du méthane gazeux CH_4 en présence de dioxygène gazeux O_2, produisant du dioxyde de carbone gazeux CO_2 et de la vapeur d'eau H_2O.

D'abord, représentons les formules chimiques des réactifs et des produits de part et d'autre de la flèche, indiquant en indice les états physiques :

$$CH_{4(g)} + O_{2(g)} \rightarrow H_2O_{(g)} + CO_{2(g)}$$

Cette équation ne mettant pas en jeu de charges électriques (comme toute combustion), seuls les éléments chimiques doivent être équilibrés. Pour cela, il faut pour chaque élément en jeu compter le nombre de cet élément dans les réactifs et le comparer à celui dans les produits :

$$CH_{4(g)} + O_{2(g)} \rightarrow H_2O_{(g)} + CO_{2(g)}$$

Bilan des réactifs : 1 C ; 4 H ; 2 O

Bilan des produits : 1 C ; 2 H ; 3 O

L'élément carbone C est équilibré, restent à équilibrer l'oxygène O et l'hydrogène H. Nous commençons par l'hydrogène et **terminerons par l'oxygène**, la molécule de dioxygène O_2 ne contenant que de l'oxygène permet de modifier la quantité de cet élément sans modifier celle des autres. 4 H chez les réactifs, 2 H chez les produits avec la molécule H_2O, pour avoir 4 H il faut mettre 2 molécules d'eau : $2\,H_2O$. Nous faisons ensuite un nouveau décompte des atomes.

$$CH_{4(g)} + O_{2(g)} \rightarrow 2\ H_2O_{(g)} + CO_{2(g)}$$

Bilan des réactifs : 1 C ; 4 H ; 2 O — Bilan des produits : 1 C ; 4 H ; 4 O

L'élément hydrogène H est à son tour équilibré, l'élément carbone C l'est toujours, reste l'oxygène O à équilibrer. 2 O avec la molécule de dioxygène O_2 pour les réactifs, 4 O au niveau des produits : l'équilibre se fait en prenant deux molécules de dioxygène $2\ O_2$.

$$\boxed{CH_{4(g)} + 2\ O_{2(g)} \rightarrow 2\ H_2O_{(g)} + CO_{2(g)}}$$

Bilan des réactifs : 1 C ; 4 H ; 4 O — Bilan des produits : 1 C ; 4 H ; 4 O

Dernière vérification : 1 C ; 4 H ; 4 O de part et d'autre, l'équation de réaction est équilibrée.

- Écrire la réaction chimique de combustion complète du propanol gazeux C_3H_8O en présence de dioxygène gazeux O_2.

D'abord, représentons les formules chimiques des réactifs et des produits de part et d'autre de la flèche, indiquant en indice les états physiques :

$$C_3H_8O_{(g)} + O_{2(g)} \rightarrow H_2O_{(g)} + CO_{2(g)}$$

Cette équation ne mettant pas en jeu de charges électriques (comme toute combustion), seuls les éléments chimiques doivent être équilibrés. Pour cela, il faut pour chaque élément en jeu compter le nombre de cet élément dans les réactifs et le comparer à celui dans les produits :

$$C_3H_8O_{(g)} + O_{2(g)} \rightarrow H_2O_{(g)} + CO_{2(g)}$$

Bilan des réactifs : 3 C ; 8 H ; 3 O — Bilan des produits : 1 C ; 2 H ; 3 O

Commençons par l'élément carbone, 3 chez les réactifs, 1 chez les produits avec CO_2, pour en avoir 3 il faut mettre 3 molécules de CO_2. Le nouveau décompte donne :

$$C_3H_8O_{(g)} + O_{2(g)} \rightarrow H_2O_{(g)} + 3\ CO_{2(g)}$$

Bilan des réactifs : 3 C ; 8 H ; 3 O — Bilan des produits : 3 C ; 2 H ; 7 O

Continuons avec l'hydrogène, 8 chez les réactifs, 2 chez les produits avec H_2O, pour en avoir 8 il faut mettre 4 molécules H_2O. Le nouveau décompte donne :

$$C_3H_8O_{(g)} + O_{2(g)} \rightarrow 4\ H_2O_{(g)} + 3\ CO_{2(g)}$$

Bilan des réactifs : 3 C ; 8 H ; 3 O   Bilan des produits : 3 C ; 8 H ; 10 O

Nous **terminons par l'oxygène**. 3 O chez les réactifs, 10 O chez les produits (4 + 3x2), pour avoir 10 O il faut mettre 9/2 = 4,5 molécules de dioxygène. Alors :

$$C_3H_8O_{(g)} + 4{,}5\ O_{2(g)} \rightarrow 4\ H_2O_{(g)} + 3\ CO_{2(g)}$$

Bilan des réactifs : 3 C ; 8 H ; 10 O   Bilan des produits : 3 C ; 8 H ; 10 O

Afin de n'avoir que des nombres stœchiométriques entiers, multiplions cette équation par 2 :

$$2\ C_3H_8O_{(g)} + 9\ O_{2(g)} \rightarrow 8\ H_2O_{(g)} + 6\ CO_{2(g)}$$

Bilan des réactifs : 6 C ; 16 H ; 20 O   Bilan des produits : 6 C ; 16 H ; 20 O

Dernière vérification : 6 C ; 16 H ; 20 O de part et d'autre, l'équation de réaction est équilibrée.

❑ Méthode 12.2. Obtenir l'équation de réaction de combustion complète d'un alcane et d'un alcool à partir des demi-équations électroniques

Comme nous avons appris à le faire dans le chapitre 6, nous pouvons déterminer l'équation d'oxydoréduction décrivant une combustion à partir des couples rédox formés par le combustible et le dioxyde de carbone CO_2 / combustible et le couple O_2 / H_2O.

⇨ Exercices 12.1 et 12.2.

Vérifions l'équation de combustion du propanol décrite ci-dessus (méthode 12.1) :

Les couples rédox en jeu sont : CO_2 / C_3H_8O et O_2 / H_2O. Reprenons la méthode 6.2.

– Écrire les demi-équations rédox des deux réactifs, tourner ces équations de manière à avoir les réactifs à gauche :

$$C_3H_8O_{(g)} + 5\ H_2O_{(g)} = 3\ CO_{2(g)} + 18\ H^+_{(aq)} + 18\ e^-$$

$$O_{2(g)} + 4\ H^+_{(aq)} + 4\ e^- = 2\ H_2O_{(g)}$$

– Multiplier une (ou les deux) demi-équations rédox par un nombre de manière à ce qu'elles fassent intervenir le même nombre d'électrons, le plus petit possible :

La première demi-équation rédox fait intervenir 18 électrons, la seconde en fait intervenir 4. Le multiple commun le plus petit est 36, il faut multiplier la première équation par 2 et la seconde par 9 :

$$2\ C_3H_8O_{(g)} + 10\ H_2O_{(g)} = 6\ CO_{2(g)} + 36\ H^+{}_{(aq)} + 36\ e^-$$

$$9\ O_{2(g)} + 36\ H^+{}_{(aq)} + 36\ e^- = 18\ H_2O_{(g)}$$

– Sommer membre à membre les deux demi-équations rédox obtenues :

$$2\ C_3H_8O_{(g)} + 10\ H_2O_{(g)} + 9\ O_{2(g)} + 36\ H^+{}_{(aq)} + 36\ e^- = 6\ CO_{2(g)} + 36\ H^+{}_{(aq)} + 36\ e^- + 18\ H_2O_{(g)}$$

– Simplifier l'équation d'oxydoréduction, les électrons disparaissent.

Ici nous avons 36 électrons et 36 H^+ de part et d'autre, ils se simplifient. Nous avons aussi $10\ H_2O$ réactifs et $18\ H_2O$ produits, que l'on simplifie en $8\ H_2O$ produits.

$$\boxed{2\ C_3H_8O_{(g)} + 9\ O_{2(g)} \rightarrow 6\ CO_{2(g)} + 8\ H_2O_{(g)}}$$

On obtient l'équation de combustion déterminée à la méthode précédente.

■ Comment déterminer des énergies ?

❑ Méthode 12.3. Déterminer des énergies molaires de réaction

> Pour déterminer l'énergie molaire d'une réaction de combustion, il faut calculer $E_{r,m} = \Sigma E_{l(réactifs)} - \Sigma E_{l(produits)}$ en prenant garde à ne pas oublier de liaison.

⇨ **Exercices 12.3 à 12.6.**

Déterminons l'énergie de combustion du méthanol de 0,58 moles de méthanol, dont l'équation chimique de réaction est : $2\ CH_4O_{(g)} + 3\ O_{2(g)} \rightarrow 2\ CO_{2(g)} + 4\ H_2O_{(g)}$. On prend bien garde à avoir « 1 » pour nombre stœchiométrique du méthanol, ainsi :

$$CH_4O_{(g)} + \frac{3}{2}\ O_{2(g)} \rightarrow CO_{2(g)} + 2\ H_2O_{(g)}$$

L'énergie molaire de la réaction de combustion du méthanol est : $E_{r,m} = \Sigma E_{l(réactifs)} - \Sigma E_{l(produits)}$

En présence : réactifs : – 1 molécule CH_4O – 3/2 molécule O_2 ; produits : – 1 molécule CO_2 – 2 molécules H_2O

En présence des réactifs suivants :

- 1 molécules CH_4O, contenant trois liaisons C — H, une C — O et une O — H ;
- 3/2 molécule O_2, chacune contenant une liaison O ═ O.

Sont formés les produits suivants :

- 1 molécule CO_2, contenant deux liaisons C ═ O ;
- 2 molécules H_2O, chacune contenant deux liaisons O — H.

Ainsi :

$$E_{r,m} = E_{l(CH_4O)} + \frac{3}{2} \times E_{l(O_2)} - \left[E_{l(CO_2)} + 2 \times E_{l(H_2O)}\right]$$

$$\Leftrightarrow E_{r,m} = 3\times E_{l(C-H)} + E_{l(C-O)} + E_{l(O-H)} + \frac{3}{2}\times E_{l(O=O)} - \left[2\times E_{l(C=O)} + 2\times\left(2\times E_{l(O-H)}\right)\right]$$

$$\Leftrightarrow E_{r,m} = 3\times E_{l(C-H)} + E_{l(C-O)} + \underline{E_{l(O-H)}} + \frac{3}{2}\times E_{l(O=O)} - 2\times E_{l(C=O)} - \underline{4\times E_{l(O-H)}}$$

$$\Leftrightarrow E_{r,m} = 3\times E_{l(C-H)} + E_{l(C-O)} + \frac{3}{2}\times E_{l(O=O)} - 2\times E_{l(C=O)} - 3\times E_{l(O-H)}$$

A.N. : $E_{r,m} = 3\times 413 + 358 + \frac{3}{2}\times 498 - 2\times 804 - 3\times 463 = \boxed{-653 \text{ kJ.mol}^{-1}}$.

❑ Méthode 12.4. Déterminer des énergies de réaction

Une fois déterminée (ou connaissant) l'énergie molaire de réaction, son produit avec la quantité de matière de réactif permet de déterminer l'énergie de réaction de la combustion : $E_r = n\times E_{r,m}$.

⇨ **Exercices 12.6 et 12.8.**

Toujours sur l'exemple de la combustion du méthanol étudiée à la méthode précédente, déterminons l'énergie de réaction de combustion de 0,046 mole de méthanol :

$E_r = n\times E_{r,m}$ A.N. : $E_r = 0{,}046\times(-653) = \boxed{-30 \text{ kJ}}$.

❑ Méthode 12.5. Utiliser le pouvoir calorifique

Connaissant le pouvoir calorifique, il est possible de déterminer l'énergie libérée par la combustion d'un combustible. Pour cela, il faut prendre garde aux unités à mettre dans la formule en fonction des données. D'éventuels calculs de chimie sont souvent obligatoires au préalable.

⇨ **Exercices 12.7 à 12.10.**

Quelle énergie disponible possède une cuve de 1500 L pleine de fioul domestique de pouvoir calorifique $PC = 4{,}5\times 10^7 \text{ J.kg}^{-1}$? Donnée : $\rho_{fioul} = 0{,}845 \text{ kg.L}^{-1}$

Le PC étant donné en J.kg^{-1}, il faudra le multiplier par la masse de combustible en kg afin d'obtenir l'énergie libérée en J : $E = m\times PC$. Il faut au préalable déterminer la masse de fioul.

$\rho_{fioul} = \frac{m}{V} \Leftrightarrow m = \rho_{fioul}\times V = 0{,}845\times 1500 = 1{,}27\times 10^3$ kg.

Alors : $E = 4{,}5\times 10^7 \times 1{,}27\times 10^3 = \boxed{5{,}7\times 10^{10} \text{ J}}$.

Vrai/Faux

		Vrai	Faux
1.	Une combustion est une réaction chimique parfois exothermique.	☐	☐
2.	L'énergie molaire de liaison est exprimée en $J.mol^{-1}$.	☐	☐
3.	L'énergie molaire de liaison entre deux atomes A et B dépend de la nature des atomes A et B reliés par cette liaison.	☐	☐
4.	L'énergie molaire de liaison entre deux atomes A et B dépend de la molécule au sein de laquelle A et B sont reliés par cette liaison.	☐	☐
5.	L'énergie molaire de liaison du méthane est égale à l'énergie molaire de la liaison C — H.	☐	☐
6.	L'énergie molaire $E_{r,m}$ d'une réaction de combustion est reliée aux énergies molaires de liaisons par : $E_{r,m} = \Sigma E_{l(produits)} - \Sigma E_{l(réactifs)}$.	☐	☐
7.	L'équation de combustion de l'éthanol est : $2\ C_2H_6O + 5\ O_2 \rightarrow 4\ CO_2 + 6\ H_2O$.	☐	☐
8.	L'énergie de réaction est toujours négative pour une combustion.	☐	☐
9.	L'énergie de réaction et le pouvoir calorifique ont la même unité.	☐	☐
10.	Le pouvoir calorifique s'utilise en supposant que la combustion étudiée est complète.	☐	☐

Énoncé des exercices

Exercice 12.1. Combustion complète de quelques alcanes

Pour les alcanes suivants, donner l'équation de réaction de leur combustion complète, puis retrouver cette dernière à partir des couples rédox CO_2 / alcane et O_2 / H_2O :

1. Propane. **2.** Heptane.
3. Cyclohexane. **4.** 3-éthyloctane.

Pour le cas où la nomenclature pose problème, les formules brutes sont données dans la rubrique « Pour vous aider à démarrer » à la suite de l'énoncé du dernier exercice.

Exercice 12.2. Combustion complète de quelques alcools

Pour les alcools suivants, donner l'équation de réaction de leur combustion complète, puis retrouver cette dernière à partir des couples rédox CO_2 / alcool et O_2 / H_2O :

1. Méthanol. **2.** Éthanol.
3. 2-méthylbutan-2-ol. **4.** 2,3-diméthylheptan-1-ol.

Pour le cas où la nomenclature pose problème, les formules brutes sont données dans la rubrique « Pour vous aider à démarrer » à la suite de l'énoncé du dernier exercice.

Exercice 12.3. Énergies molaires d'alcanes et d'alcools

À partir des énergies molaires des liaisons du cours, déterminer les énergies molaires des molécules ci-dessous :

1. Dihydrogène H_2. **2.** Méthane CH_4.
3. Pentane C_5H_{12}. **4.** Propan-1-ol C_3H_8O.
5. Dioxyde de carbone CO_2. **6.** Cyclopropane C_3H_6.
7. Eau H_2O. **8.** Propan-2-ol C_3H_8O.

Que dire des résultats du propan-1-ol et du propan-2-ol ? Cela serait-il de même pour toute molécule de formule brute C_3H_8O ?

Exercice 12.4. Énergies molaires de réaction : alcanes

Déterminer les énergies molaires des réactions de l'exercice 12.1 (données prises dans le cours).

Exercice 12.5. Énergies molaires de réaction : alcools

Déterminer les énergies molaires des réactions de l'exercice 12.2 (données prises dans le cours).

Exercice 12.6. Comparaison de cartouches de gaz

Robin et Mélanie projettent d'utiliser des cartouches de gaz de lampes à souder pour un projet de sciences physiques. Mélanie trouve des cartouches de 190 g de butane à 2,62 € la cartouche, Robin en trouve de 190 g de mélange propane/butane à 2,45 € la cartouche. Plus pour le principe que pour l'économie de quelques centimes, ils décident de déterminer laquelle a le meilleur rapport énergie/prix.

Données : $M_{propane} = 44,1 \text{ g.mol}^{-1}$; $M_{butane} = 58,1 \text{ g.mol}^{-1}$.

Les énergies molaires de liaison seront prises dans la partie cours.

1. Donner les équations chimiques de combustion du propane et du butane.

2. Déterminer l'énergie molaire de combustion complète de chaque gaz.

3. a) Déterminer la quantité de matière de gaz butane dans la cartouche proposée par Mélanie.

b) Déterminer les quantités de matière de gaz propane et butane dans la cartouche proposée par Robin. On supposera que ces deux gaz sont présents en même quantité (même nombre de moles). On pourra commencer par montrer que la masse totale $m_{gaz} = m_{propane} + m_{butane}$ est aussi reliée à la quantité de matière de propane $n_{propane}$ ou à la quantité de matière de butane n_{butane} par $m_{gaz} = \left(M_{propane} + M_{butane}\right) \times n_{propane} = \left(M_{propane} + M_{butane}\right) \times n_{butane}$.

4. Calculer les énergies libérées par la combustion complète de l'intégralité de chacune des deux cartouches (on suppose que tout le gaz est consommé bien qu'en réalité il en reste toujours un peu).

5. Exprimer en MJ/€ le rapport entre l'énergie libérable et le prix pour chaque cartouche et conclure quant au choix à faire pour rentabiliser cet achat.

❑ Exercice 12.7. Tonne équivalent pétrole

La tonne équivalent pétrole (tep) est une unité utilisée dans l'industrie désignant l'énergie libérée par la combustion d'une tonne de pétrole, elle correspond à 42 GJ.

1. Déterminer le pouvoir calorifique du pétrole.

2. Compléter dans le tableau suivant la masse en tonnes des différents combustibles cités nécessaire pour produire 1,0 tep via leur combustion.

Combustible	Bois	Charbon	Dihydrogène	Méthane	Butane	Essence
Pouvoir calorifique (MJ.kg^{-1})	15	28	143	55	49,5	43
Masse pour 1 tep (en t)						

❑ Exercice 12.8. Lien entre PC et E_r

1. Définir l'énergie de combustion et donner sa formule en fonction du nombre de moles de combustible utilisé et de l'énergie molaire de combustion de la réaction. Préciser son signe et l'expliquer.

2. Rappeler l'expression de l'énergie reçue par l'environnement lors de la combustion complète d'une masse m de combustible de pouvoir calorifique PC. Préciser son signe et l'expliquer.

3. Que dire des deux énergies citées ci-dessus ?

4. Comment relier alors le pouvoir calorifique d'un combustible et son énergie molaire de combustion ?

❑ Exercice 12.9. Combustible d'hélicoptère**

Dans le film catastrophe *Le Jour d'après*, 2004, un hélicoptère tombe en panne à cause du froid si rude que le carburant, du kérosène, gèle dans le réservoir.

Kérosène	Éthanol
Mélange d'alcanes allant de $C_{10}H_{22}$ à $C_{14}H_{30}$.	
T_{fus} : de – 48°C à – 26°C	T_{fus} : – 114°C
T_{vap} : de 150 à 300 °C	T_{vap} : 79 °C
Insoluble dans l'eau	Miscible à l'eau
PC = 46,4 $MJ.kg^{-1}$; ρ = 0,800 $kg.L^{-1}$	PC = 1,37 $MJ.mol^{-1}$; ρ = 0,789 $kg.L^{-1}$

1. Combien d'alcanes linéaires composent le kérosène ? Donner leurs formules brutes.
2. Existe-t-il d'autres alcanes que ceux de la question précédente dans le kérosène ? Si oui, de quel type ?
3. Expliquer pourquoi les différents alcanes se mélangent.
4. Expliquer pourquoi le kérosène est insoluble à l'eau.
5. Quelle est la température minimale atteinte dans le film ?
6. Afin de pallier au problème du froid extrême, serait-il possible d'utiliser de l'éthanol comme carburant ?

On suppose pour simplifier que l'énergie libérée lors d'une combustion dans un moteur est celle qui le fait tourner. La capacité du réservoir est de 750 litres.

On donne $M_H = 1{,}00 \text{ g.mol}^{-1}$; $M_C = 12{,}0 \text{ g.mol}^{-1}$; $M_O = 16{,}0 \text{ g.mol}^{-1}$.

7. a) Écrire l'équation chimique de réaction de combustion de $C_{14}H_{30}$.
b) Quelle énergie est libérée par un plein de kérosène ?
8. a) Écrire l'équation chimique de réaction de combustion de l'éthanol.
b) Quelle énergie est libérée par un plein d'éthanol ?
c) Pourquoi ce carburant n'est-il pas utilisé ?

❑ Exercice 12.10. Chauffe-plat*

Une bougie chauffe-plat de masse m = 20 g est utilisée dans un restaurant. On considère que la paraffine qui la compose est constituée d'alcanes non cycliques contenant 25 carbones.

Donnée : $PC_{\text{paraffine}} = 46 \text{ MJ.kg}^{-1}$.

1. Donner la formule brute des alcanes composant la paraffine.
2. Écrire son équation de combustion.
3. Quelle énergie peut-on espérer libérer avec la combustion complète de cette bougie ?
4. Seule une partie de l'énergie est transférée au plat. Donner au moins deux explications à cela.

■ Pour vous aider à démarrer

Exercice 12.1. Formules brutes des molécules : propane C_3H_8 ; heptane C_7H_{16} ; cyclohexane C_6H_{12} et 3-éthyloctane $C_{10}H_{22}$.
Exercice 12.2. Formules brutes des molécules : méthanol CH_4O ; éthanol C_2H_6O ; 2-méthylbutan-2-ol $C_5H_{12}O$ et 2,3-diméthylheptan-1-ol $C_9H_{20}O$.
Exercice 12.6. Question 3.b. Partir du fait que la masse totale est égale à la somme des masses, puis exprimer ces dernières en fonction des quantités de matière et des masses molaires.
Exercice 12.8. Dernière question : partir du fait que les énergies citées sont opposées, puis les exprimer en fonction du pouvoir calorifique et de l'énergie molaire de réaction.
Exercice 12.9. Attention aux unités employées pour le PC.

Corrigé des vrai/faux

1.	2.	3.	4.	5.	6.	7.	8.	9.	10.
faux	vrai	vrai	faux	faux	faux	faux	vrai	faux	vrai

1. Une combustion est une réaction chimique toujours exothermique.

4. L'énergie molaire de liaison entre deux atomes ne dépend que du type de liaison et des atomes A et B, peu importe la molécule au sein de laquelle A et B se trouvent.

5. L'énergie molaire de liaison du méthane est égale à l'énergie molaire de la liaison C — H multipliée par 4 (car le méthane CH_4 est composé de 4 liaisons C — H).

6. L'énergie molaire $E_{r,m}$ d'une réaction de combustion est reliée aux énergies molaires de liaisons par : $E_{r,m} = \Sigma E_{l(\text{réactifs})} - \Sigma E_{l(\text{produits})}$.

7. L'équation de combustion de l'éthanol est : $C_2H_6O + 3\ O_2 \rightarrow 2\ CO_2 + 3\ H_2O$.

9. Le pouvoir calorifique est exprimé en $J.kg^{-1}$ alors que l'énergie de réaction est exprimée en J.

❑ Les erreurs classiques

– Attention aux confusions entre les différentes grandeurs : énergie molaire de liaison, énergie molaire de réaction, énergie de réaction... l'analyse des unités est utile ainsi que celle des mots employés dans les énoncés.
– Bien compter négativement les énergies molaires de liaison des produits lors du calcul d'une énergie molaire de réaction.
– Ne pas oublier de compter toutes les liaisons, mais aussi la stœchiométrie lors de l'évaluation des énergies molaires de réaction.
– Lors de l'évaluation de l'énergie molaire de réaction, la stœchiométrie doit être de « 1 » pour le combustible, quitte à avoir des ½ entiers ailleurs.
– Vérifier la cohérence des signes trouvés ou remettre en cause son calcul. L'énergie molaire de réaction de combustion est toujours négative. Au contraire, utilisant le PC, l'énergie libérée récupérée par l'utilisateur de la combustion est positive.

Corrigé

Corrigé des exercices

Exercice 12.1

Pour alléger les notations, les états physiques ne sont pas explicités dans ce corrigé.

1. Équation de combustion :

$$C_3H_8 + 5\ O_2 \rightarrow 4\ H_2O + 3\ CO_2$$

½ équations rédox, à droite les facteurs pour leur combinaison :

$$C_3H_8 + 6\ H_2O = 3\ CO_2 + 20\ H^+ + 20\ e^- \qquad \text{x 1}$$

$$O_2 + 4\ H^+ + 4\ e^- = 2\ H_2O \qquad \text{x 5}$$

$$C_3H_8 + \underline{6\ H_2O} + 5\ O_2 + \cancel{20\ H^+} + \cancel{20\ e^-} \rightarrow 3\ CO_2 + \cancel{20\ H^+} + \cancel{20\ e^-} + \underline{10\ H_2O}$$

barré : ce qui s'élimine de part et d'autre ; souligné : ce qui se simplifie

On retrouve bien : $\boxed{C_3H_8 + 5\ O_2 \rightarrow 4\ H_2O + 3\ CO_2}$.

2. Équation de combustion :

$$C_7H_{16} + 11\ O_2 \rightarrow 8\ H_2O + 7\ CO_2$$

½ équations rédox, à droite les facteurs pour leur combinaison :

$$C_7H_{16} + 14\ H_2O = 7\ CO_2 + 44\ H^+ + 44\ e^- \qquad \text{x 1}$$

$$O_2 + 4\ H^+ + 4\ e^- = 2\ H_2O \qquad \text{x 11}$$

$$C_7H_{16} + \underline{14\ H_2O} + 11\ O_2 + \cancel{44\ H^+} + \cancel{44\ e^-} \rightarrow 7\ CO_2 + \cancel{44\ H^+} + \cancel{44\ e^-} + \underline{22\ H_2O}$$

barré : ce qui s'élimine de part et d'autre ; souligné : ce qui se simplifie

On retrouve bien : $\boxed{C_7H_{16} + 11\ O_2 \rightarrow 8\ H_2O + 7\ CO_2}$.

3. Équation de combustion :

$$C_6H_{12} + 9\ O_2 \rightarrow 6\ H_2O + 6\ CO_2$$

½ équations rédox, à droite les facteurs pour leur combinaison :

$$C_6H_{12} + 12\ H_2O = 6\ CO_2 + 36\ H^+ + 36\ e^- \qquad \text{x 1}$$

$$O_2 + 4\ H^+ + 4\ e^- = 2\ H_2O \qquad \text{x 9}$$

$$C_6H_{12} + \underline{12\ H_2O} + 9\ O_2 + \cancel{36\ H^+} + \cancel{36\ e^-} \rightarrow 6\ CO_2 + \cancel{36\ H^+} + \cancel{36\ e^-} + \underline{18\ H_2O}$$

barré : ce qui s'élimine de part et d'autre ; souligné : ce qui se simplifie

On retrouve bien : $\boxed{C_6H_{12} + 9\ O_2 \rightarrow 6\ H_2O + 6\ CO_2}$.

4. Équation de combustion :

$$2\ C_{10}H_{22} + 31\ O_2 \rightarrow 22\ H_2O + 20\ CO_2$$

½ équations rédox, à droite les facteurs pour leur combinaison :

$$C_{10}H_{22} + 20\ H_2O = 10\ CO_2 + 62\ H^+ + 62\ e^- \qquad \times 2$$

$$O_2 + 4\ H^+ + 4\ e^- = 2\ H_2O \qquad \times 31$$

$$2\ C_{10}H_{22} + \underline{40\ H_2O} + 31\ O_2 + \cancel{124\ H^+} + \cancel{124\ e^-} \rightarrow 20\ CO_2 + \cancel{124\ H^+} + \cancel{124\ e^-} + \underline{62\ H_2O}$$

barré : ce qui s'élimine de part et d'autre ; souligné : ce qui se simplifie

On retrouve bien : $\boxed{2\ C_{10}H_{22} + 31\ O_2 \rightarrow 22\ H_2O + 20\ CO_2}$.

Exercice 12.2

1. Équation de combustion :

$$2\ CH_4O + 3\ O_2 \rightarrow 4\ H_2O + 2\ CO_2$$

½ équations rédox, à droite les facteurs pour leur combinaison :

$$CH_4O + H_2O = CO_2 + 6\ H^+ + 6\ e^- \qquad \times 2$$

$$O_2 + 4\ H^+ + 4\ e^- = 2\ H_2O \qquad \times 3$$

$$2\ CH_4O + \underline{2\ H_2O} + 3\ O_2 + \cancel{12\ H^+} + \cancel{12\ e^-} \rightarrow 2\ CO_2 + \cancel{12\ H^+} + \cancel{12\ e^-} + \underline{6\ H_2O}$$

barré : ce qui s'élimine de part et d'autre ; souligné : ce qui se simplifie

On retrouve bien : $\boxed{2\ CH_4O + 3\ O_2 \rightarrow 4\ H_2O + 2\ CO_2}$.

2. Équation de combustion :

$$C_2H_6O + 3\ O_2 \rightarrow 3\ H_2O + 2\ CO_2$$

½ équations rédox, à droite les facteurs pour leur combinaison :

$$C_2H_6O + 3H_2O = 2\ CO_2 + 12\ H^+ + 12\ e^- \qquad \times 1$$

$$O_2 + 4\ H^+ + 4\ e^- = 2\ H_2O \qquad \times 3$$

$$C_2H_6O + \underline{3\ H_2O} + 3\ O_2 + \cancel{12\ H^+} + \cancel{12\ e^-} \rightarrow 2\ CO_2 + \cancel{12\ H^+} + \cancel{12\ e^-} + \underline{6\ H_2O}$$

barré : ce qui s'élimine de part et d'autre ; souligné : ce qui se simplifie

On retrouve bien : $\boxed{C_2H_6O + 3\ O_2 \rightarrow 3\ H_2O + 2\ CO_2}$.

3. Équation de combustion :

$$2\ C_5H_{12}O + 15\ O_2 \rightarrow 12\ H_2O + 10\ CO_2$$

½ équations rédox, à droite les facteurs pour leur combinaison :

$$C_5H_{12}O + 9\ H_2O = 5\ CO_2 + 30\ H^+ + 30\ e^- \qquad \times 2$$

$$O_2 + 4\ H^+ + 4\ e^- = 2\ H_2O \qquad \times 15$$

$$2\ C_5H_{12}O + \underline{18\ H_2O} + 15\ O_2 + \cancel{60\ H^+} + \cancel{60\ e^-} \rightarrow 10\ CO_2 + \cancel{60\ H^+} + \cancel{60\ e^-} + \underline{30\ H_2O}$$

barré : ce qui s'élimine de part et d'autre ; souligné : ce qui se simplifie

On retrouve bien : $\boxed{2\ C_5H_{12}O + 15\ O_2 \rightarrow 12\ H_2O + 10\ CO_2}$.

4. Équation de combustion :

$$2\ C_9H_{20}O + 27\ O_2 \rightarrow 20\ H_2O + 18\ CO_2$$

½ équations rédox, à droite les facteurs pour leur combinaison :

$$C_9H_{20}O + 17\ H_2O = 9\ CO_2 + 54\ H^+ + 54\ e^- \qquad \times 2$$

$$O_2 + 4\ H^+ + 4\ e^- = 2\ H_2O \qquad \times 27$$

$$2\ C_9H_{20}O + \underline{34\ H_2O} + 27\ O_2 + \cancel{108\ H^+} + \cancel{108\ e^-} \rightarrow 18\ CO_2 + \cancel{108\ H^+} + \cancel{108\ e^-} + \underline{54\ H_2O}$$

barré : ce qui s'élimine de part et d'autre ; souligné : ce qui se simplifie

On retrouve bien : $\boxed{2\ C_9H_{20}O + 27\ O_2 \rightarrow 20\ H_2O + 18\ CO_2}$.

Exercice 12.3

1. Dihydrogène H_2 :
Détail de la liaison : 1 liaison H — H.
Expression de l'énergie : $E_{l(H_2)} = E_{l(H-H)}$.
Application numérique : $E_{l(H_2)} = \boxed{432\ \text{kJ.mol}^{-1}}$.

2. Méthane CH_4 :
Détail des liaisons : 4 liaisons C — H.
Expression de l'énergie : $E_{l(CH_4)} = 4 \times E_{l(C-H)}$.
Application numérique : $E_{l(CH_4)} = 4 \times 413 = \boxed{1652\ \text{kJ.mol}^{-1}}$.

3. Pentane C_5H_{12} :
Détail des liaisons : 4 liaisons C — C et 12 liaisons C — H.
Expression de l'énergie : $E_{l(C_5H_{12})} = 4 \times E_{l(C-C)} + 12 \times E_{l(C-H)}$.
Application numérique : $E_{l(C_5H_{12})} = 4 \times 348 + 12 \times 413 = \boxed{6348\ \text{kJ.mol}^{-1}}$.

4. Propan-1-ol C_3H_8O :
Détail des liaisons : 2 liaisons C — C ; 7 liaisons C — H ; 1 liaison C — O et 1 liaison O — H.
Expression de l'énergie : $E_{l(C_3H_8O)} = 2 \times E_{l(C-C)} + 7 \times E_{l(C-H)} + E_{l(C-O)} + E_{l(O-H)}$.
Application numérique : $E_{l(C_3H_8O)} = 2 \times 348 + 7 \times 413 + 358 + 463 = \boxed{4408\ \text{kJ.mol}^{-1}}$.

5. Dioxyde de carbone CO_2 :
Détail des liaisons : 2 liaisons C ═ O.
Expression de l'énergie : $E_{l(CO_2)} = 2 \times E_{l(C=O)}$.
Application numérique : $E_{l(CO_2)} = 2 \times 804 = \boxed{1608\ \text{kJ.mol}^{-1}}$.

6. Cyclopropane C_3H_6 :
Détail des liaisons : 3 liaisons C — C et 6 liaisons C — H.
Expression de l'énergie : $E_{l(C_3H_6)} = 3\times E_{l(C-C)} + 6\times E_{l(C-H)}$.

Application numérique : $E_{l(C_3H_6)} = 3\times 348 + 6\times 413 = \boxed{3522 \text{ kJ.mol}^{-1}}$.

7. Eau H_2O :
Détail des liaisons : 2 liaisons O — H.
Expression de l'énergie : $E_{l(H_2O)} = 2\times E_{l(O-H)}$.

Application numérique : $E_{l(H_2O)} = 2\times 463 = \boxed{926 \text{ kJ.mol}^{-1}}$.

8. Propan-2-ol C_3H_8O :
Détail des liaisons : 2 liaisons C — C ; 7 liaisons C — H ; 1 liaison C — O et 1 liaison O — H.
Expression de l'énergie : $E_{l(C_3H_8O)} = 2\times E_{l(C-C)} + 7\times E_{l(C-H)} + E_{l(C-O)} + E_{l(O-H)}$.

Application numérique : $E_{l(C_3H_8O)} = 2\times 348 + 7\times 413 + 358 + 463 = \boxed{4408 \text{ kJ.mol}^{-1}}$.

Il s'agit du même résultat que le Propan-1-ol, ce qui est normal puisque le même nombre de liaisons de chaque type est identique. Attention, ce n'est pas forcément le cas de tous les isomères, un contre-exemple serait CH_3 — O — CH_2 — CH_3.

Exercice 12.4

1. Équation de combustion : $C_3H_8 + 5\ O_2 \rightarrow 4\ H_2O + 3\ CO_2$

$$E_{r,m} = E_{l(C_3H_8)} + 5\times E_{l(O_2)} - \left[4\times E_{l(H_2O)} + 3\times E_{l(CO_2)}\right]$$

$$\Leftrightarrow E_{r,m} = 2\times E_{l(C-C)} + 8\times E_{l(C-H)} + 5\times E_{l(O=O)} - \left[4\times\left(2\times E_{l(O-H)}\right) + 3\times\left(2\times E_{l(C=O)}\right)\right]$$

$$\Leftrightarrow E_{r,m} = 2\times E_{l(C-C)} + 8\times E_{l(C-H)} + 5\times E_{l(O=O)} - 8\times E_{l(O-H)} - 6\times E_{l(C=O)}$$

A.N. : $E_{r,m} = 2\times 348 + 8\times 413 + 5\times 498 - 8\times 463 - 6\times 804 = \boxed{-2038 \text{ kJ mol}^{-1}}$.

2. Équation de combustion : $C_7H_{16} + 11\ O_2 \rightarrow 8\ H_2O + 7\ CO_2$

$$E_{r,m} = E_{l(C_7H_{16})} + 11\times E_{l(O_2)} - \left[8\times E_{l(H_2O)} + 7\times E_{l(CO_2)}\right]$$

$$\Leftrightarrow E_{r,m} = 6\times E_{l(C-C)} + 16\times E_{l(C-H)} + 11\times E_{l(O=O)} - \left[8\times\left(2\times E_{l(O-H)}\right) + 7\times\left(2\times E_{l(C=O)}\right)\right]$$

$$\Leftrightarrow E_{r,m} = 6\times E_{l(C-C)} + 16\times E_{l(C-H)} + 11\times E_{l(O=O)} - 16\times E_{l(O-H)} - 14\times E_{l(C=O)}$$

A.N. : $E_{r,m} = 6\times 348 + 16\times 413 + 11\times 498 - 16\times 463 - 14\times 804 = \boxed{-4490 \text{ kJ.mol}^{-1}}$.

3. Équation de combustion : $C_6H_{12} + 9\ O_2 \rightarrow 6\ H_2O + 6\ CO_2$

$$E_{r,m} = E_{l(C_6H_{12})} + 9\times E_{l(O_2)} - \left[6\times E_{l(H_2O)} + 6\times E_{l(CO_2)}\right]$$

$$\Leftrightarrow E_{r,m} = 6\times E_{l(C-C)} + 12\times E_{l(C-H)} + 9\times E_{l(O=O)} - \left[6\times\left(2\times E_{l(O-H)}\right) + 6\times\left(2\times E_{l(C=O)}\right)\right]$$

$$\Leftrightarrow E_{r,m} = 6\times E_{l(C-C)} + 12\times E_{l(C-H)} + 9\times E_{l(O=O)} - 12\times E_{l(O-H)} - 12\times E_{l(C=O)}$$

A.N. : $E_{r,m} = 6\times 348 + 12\times 413 + 9\times 498 - 12\times 463 - 12\times 804 = \boxed{-3678 \text{ kJ.mol}^{-1}}$.

Corrigé

4. Équation de combustion : $C_{10}H_{22}+\frac{31}{2}\ O_2 \rightarrow 11\ H_2O+10\ CO_2$

$$E_{r,m}=E_{l(C_{10}H_{22})}+\frac{31}{2}\times E_{l(O_2)}-\left[11\times E_{l(H_2O)}+10\times E_{l(CO_2)}\right]$$

$$\Leftrightarrow E_{r,m}=9\times E_{l(C-C)}+22\times E_{l(C-H)}+\frac{31}{2}\times E_{l(O=O)}-\left[11\times\left(2\times E_{l(O-H)}\right)+10\times\left(2\times E_{l(C=O)}\right)\right]$$

$$\Leftrightarrow E_{r,m}=9\times E_{l(C-C)}+22\times E_{l(C-H)}+\frac{31}{2}\times E_{l(O=O)}-22\times E_{l(O-H)}-20\times E_{l(C=O)}$$

A.N. : $E_{r,m}=9\times 348+22\times 413+\frac{31}{2}\times 498-22\times 463-20\times 804=\boxed{-6329\ \text{kJ.mol}^{-1}}$.

Exercice 12.5

1. Équation de combustion : $2\ CH_4O+3\ O_2 \rightarrow 4\ H_2O+2\ CO_2$

soit : $CH_4O+\frac{3}{2}\ O_2 \rightarrow 2\ H_2O+CO_2$

$$E_{r,m}=E_{l(CH_4O)}+\frac{3}{2}\times E_{l(O_2)}-\left[2\times E_{l(H_2O)}+E_{l(CO_2)}\right]$$

$$\Leftrightarrow E_{r,m}=E_{l(C-O)}+E_{l(O-H)}+3\times E_{l(C-H)}+\frac{3}{2}\times E_{l(O=O)}-\left[2\times\left(2\times E_{l(O-H)}\right)+2\times E_{l(C=O)}\right]$$

$$\Leftrightarrow E_{r,m}=E_{l(C-O)}+\underline{E_{l(O-H)}}+3\times E_{l(C-H)}+\frac{3}{2}\times E_{l(O=O)}-\underline{4\times E_{l(O-H)}}-2\times E_{l(C=O)}$$

$$\Leftrightarrow E_{r,m}=E_{l(C-O)}+3\times E_{l(C-H)}+\frac{3}{2}\times E_{l(O=O)}-3\times E_{l(O-H)}-2\times E_{l(C=O)}$$

A.N. : $E_{r,m}=358+3\times 413+\frac{3}{2}\times 498-3\times 463-2\times 804=\boxed{-653\ \text{kJ.mol}^{-1}}$.

2. Équation de combustion : $C_2H_6O+3\ O_2 \rightarrow 3\ H_2O+2\ CO_2$

$$E_{r,m}=E_{l(C_2H_6O)}+3\times E_{l(O_2)}-\left[3\times E_{l(H_2O)}+2\times E_{l(CO_2)}\right]$$

$$\Leftrightarrow E_{r,m}=E_{l(C-C)}+E_{l(C-O)}+E_{l(O-H)}+5\times E_{l(C-H)}+3\times E_{l(O=O)}-\left[3\times\left(2\times E_{l(O-H)}\right)+2\times\left(2\times E_{l(C=O)}\right)\right]$$

$$\Leftrightarrow E_{r,m}=E_{l(C-C)}+E_{l(C-O)}+\underline{E_{l(O-H)}}+5\times E_{l(C-H)}+3\times E_{l(O=O)}-\underline{6\times E_{l(O-H)}}-4\times E_{l(C=O)}$$

$$\Leftrightarrow E_{r,m}=E_{l(C-C)}+E_{l(C-O)}+5\times E_{l(C-H)}+3\times E_{l(O=O)}-5\times E_{l(O-H)}-4\times E_{l(C=O)}$$

A.N. : $E_{r,m}=348+358+5\times 413+3\times 498-5\times 463-4\times 804=\boxed{-1266\ \text{kJ.mol}^{-1}}$.

3. Équation de combustion : $2\ C_5H_{12}O+15\ O_2 \rightarrow 12\ H_2O+10\ CO_2$

soit $C_5H_{12}O+\frac{15}{2}\ O_2 \rightarrow 6\ H_2O+5\ CO_2$

$$E_{r,m}=E_{l(C_5H_{12}O)}+\frac{15}{2}\times E_{l(O_2)}-\left[6\times E_{l(H_2O)}+5\times E_{l(CO_2)}\right]$$

$$\Leftrightarrow E_{r,m} = 4\times E_{l(C-C)} + E_{l(C-O)} + E_{l(O-H)} + 11\times E_{l(C-H)} + \frac{15}{2}\times E_{l(O=O)}$$
$$-\left[6\times\left(2\times E_{l(O-H)}\right)+5\times\left(2\times E_{l(C=O)}\right)\right]$$

$$\Leftrightarrow E_{r,m} = 4\times E_{l(C-C)} + E_{l(C-O)} + \underline{E_{l(O-H)}} + 11\times E_{l(C-H)} + \frac{15}{2}\times E_{l(O=O)} \underline{-12\times E_{l(O-H)}} - 10\times E_{l(C=O)}$$

$$\Leftrightarrow E_{r,m} = 4\times E_{l(C-C)} + E_{l(C-O)} + 11\times E_{l(C-H)} + \frac{15}{2}\times E_{l(O=O)} - 11\times E_{l(O-H)} - 10\times E_{l(C=O)}$$

A.N. : $E_{r,m} = 4\times 348 + 358 + 11\times 413 + \frac{15}{2}\times 498 - 11\times 463 - 10\times 804 = \boxed{-3105 \text{ kJ.mol}^{-1}}$.

4. Équation de combustion : $2\ C_9H_{20}O + 27\ O_2 \rightarrow 20\ H_2O + 18\ CO_2$

soit $C_9H_{20}O + \frac{27}{2}\ O_2 \rightarrow 10\ H_2O + 9\ CO_2$

$$E_{r,m} = E_{l(C_9H_{20}O)} + \frac{27}{2}\times E_{l(O_2)} - \left[10\times E_{l(H_2O)} + 9\times E_{l(CO_2)}\right]$$

$$\Leftrightarrow E_{r,m} = 8\times E_{l(C-C)} + E_{l(C-O)} + E_{l(O-H)} + 19\times E_{l(C-H)} + \frac{27}{2}\times E_{l(O=O)}$$
$$-\left[10\times\left(2\times E_{l(O-H)}\right)+9\times\left(2\times E_{l(C=O)}\right)\right]$$

$$\Leftrightarrow E_{r,m} = 8\times E_{l(C-C)} + E_{l(C-O)} + \underline{E_{l(O-H)}} + 19\times E_{l(C-H)} + \frac{27}{2}\times E_{l(O=O)} \underline{-20\times E_{l(O-H)}} - 18\times E_{l(C=O)}$$

$$\Leftrightarrow E_{r,m} = 8\times E_{l(C-C)} + E_{l(C-O)} + 19\times E_{l(C-H)} + \frac{27}{2}\times E_{l(O=O)} - 19\times E_{l(O-H)} - 18\times E_{l(C=O)}$$

A.N. : $E_{r,m} = 8\times 348 + 358 + 19\times 413 + \frac{27}{2}\times 498 - 19\times 463 - 18\times 804 = \boxed{-5557 \text{ kJ.mol}^{-1}}$.

Exercice 12.6

1. Équation de combustion du propane : $C_3H_8 + 5\ O_2 \rightarrow 4\ H_2O + 3\ CO_2$.

Équation de combustion du butane : $C_4H_{10} + \frac{13}{2}\ O_2 \rightarrow 5\ H_2O + 4\ CO_2$.

2. Énergie molaire de combustion du propane :

$$E_{r,m(propane)} = E_{l(C_3H_8)} + 5\times E_{l(O_2)} - \left[4\times E_{l(H_2O)} + 3\times E_{l(CO_2)}\right]$$
$$\Leftrightarrow E_{r,m} = 2\times E_{l(C-C)} + 8\times E_{l(C-H)} + 5\times E_{l(O=O)} - \left[4\times\left(2\times E_{l(O-H)}\right)+3\times\left(2\times E_{l(C=O)}\right)\right]$$
$$\Leftrightarrow E_{r,m} = 2\times E_{l(C-C)} + 8\times E_{l(C-H)} + 5\times E_{l(O=O)} - 8\times E_{l(O-H)} - 6\times E_{l(C=O)}$$

A.N. : $E_{r,m} = 2\times 348 + 8\times 413 + 5\times 498 - 8\times 463 - 6\times 804 = \boxed{-2038 \text{ kJ.mol}^{-1}}$.

Énergie molaire de combustion du butane :

$$E_{r,m(butane)} = E_{l(C_4H_{10})} + \frac{13}{2}\times E_{l(O_2)} - \left[5\times E_{l(H_2O)} + 4\times E_{l(CO_2)}\right]$$

Corrigé

$$\Leftrightarrow E_{r,m} = 3\times E_{l(C-C)} + 10\times E_{l(C-H)} + \frac{13}{2}\times E_{l(O=O)} - \left[5\times\left(2\times E_{l(O-H)}\right) + 4\times\left(2\times E_{l(C=O)}\right)\right]$$

$$\Leftrightarrow E_{r,m} = 3\times E_{l(C-C)} + 10\times E_{l(C-H)} + \frac{13}{2}\times E_{l(O=O)} - 10\times E_{l(O-H)} - 8\times E_{l(C=O)}$$

A.N. : $E_{r,m} = 3\times 348 + 10\times 413 + \frac{13}{2}\times 498 - 10\times 463 - 8\times 804 = \boxed{-2651 \text{ kJ.mol}^{-1}}$.

3. a) $n_{butane} = \frac{m_{butane}}{M_{butane}}$ A.N. : $n_{butane} = \frac{190}{58,1} = \boxed{3,27 \text{ mol}}$.

b) $m_{gaz} = m_{propane} + m_{butane} = n_{propane} \times M_{propane} + n_{butane} \times M_{butane} = \left(M_{propane} + M_{butane}\right) \times n_{propane}$

$\Leftrightarrow n_{propane} = n_{butane} = \frac{m_{gaz}}{\left(M_{propane} + M_{butane}\right)}$ A.N. : $n_{propane} = n_{butane} = \frac{190}{(44,1+58,1)} = \boxed{1,86 \text{ mol}}$.

4. Pour la cartouche de Mélanie :

$E_{r(butane)} = n_{butane} \times E_{r,m(butane)}$

A.N. : $E_{r(butane)} = 3,27 \times (-2651) = -8,67 \times 10^3 \text{ kJ} = \boxed{-8,67 \text{ MJ}}$.

Pour la cartouche de Robin :

$E_{r(propane + butane)} = E_{r(propane)} + E_{r(butane)} = n_{propane} \times E_{r,m(propane)} + n_{butane} \times E_{r,m(butane)}$

A.N. : $E_{r(propane + butane)} = 1,86 \times (-2038) + 1,86 \times (-2651) = -8,72 \times 10^3 \text{ kJ} = \boxed{-8,72 \text{ MJ}}$.

5. Rapports énergie/prix : $\frac{8,67}{2,62} = \boxed{3,31 \text{ MJ/€}}$ pour la cartouche de Mélanie,

$\frac{8,72}{2,45} = \boxed{3,56 \text{ MJ/€}}$ pour la cartouche de Robin qui semble donc être plus rentable.

Exercice 12.7

1. $E_{pétrole} = m_{pétrole} \times PC_{pétrole} \Leftrightarrow PC_{pétrole} = \frac{E_{pétrole}}{m_{pétrole}}$

A.N. : $PC_{pétrole} = \frac{E_{pétrole}}{m_{pétrole}} = \frac{42\times 10^9}{1,0\times 10^3} = 42\times 10^6 \text{ J.kg}^{-1} = \boxed{42 \text{ MJ.kg}^{-1}}$.

2. Afin de compléter la masse on utilise la formule $m_{combustible} = \frac{E}{PC_{combustible}}$:

Combustible	Bois	Charbon	Dihydrogène	Méthane	Butane	Essence
Pouvoir calorifique (MJ.kg^{-1})	15	28	143	55	49,5	43
Masse pour 1 tep (en t)	$\frac{42}{15} = 2,8$	$\frac{42}{28} = 1,5$	$\frac{42}{143} = 0,29$	$\frac{42}{55} = 0,76$	$\frac{42}{49,5} = 0,85$	$\frac{42}{43} = 0,98$

Exercice 12.8

1. L'énergie de combustion E_c est l'énergie échangée par le système étudié, elle est exprimée en joules et est donnée par :

$$E_c = n \times E_{c,m}$$

E_c : énergie de combustion en J.
n : quantité de matière de combustible en mol.
$E_{c,m}$: énergie molaire de combustion en $J.mol^{-1}$.

Son signe est négatif puisque la combustion est exothermique, le système perd de l'énergie au cours de la combustion.

2. L'énergie reçue par l'environnement lors de la combustion complète d'une masse m de combustible de pouvoir calorifique PC est donnée par :

$$E = m \times PC$$

E : énergie en J.
m : masse de combustible en kg.
PC : pouvoir calorifique en $J.kg^{-1}$.

Son signe est positif car l'environnement reçoit cette énergie du système qui subit la combustion.

3. L'énergie échangée par le système est reçue par l'environnement, ainsi la somme des deux est nulle (ou elles sont opposées).

4. $E = -E_c \Leftrightarrow m \times PC = -n \times E_{c,m} \Leftrightarrow -\frac{m}{n} \times PC = E_{c,m} \Leftrightarrow \boxed{-M \times PC = E_{c,m}}$. Ces deux grandeurs sont reliées par un signe et la masse molaire du combustible.

Exercice 12.9

1. 5 alcanes linéaires composent le kérosène : $C_{10}H_{22}$; $C_{11}H_{24}$; $C_{12}H_{26}$; $C_{13}H_{28}$; $C_{14}H_{30}$.

2. Il existe d'autres alcanes que ceux de la question précédente dans le kérosène : une grande quantité d'alcanes ramifiés.

3. Les différents alcanes se mélangent car leurs chaînes carbonées apolaires effectuent des interactions de Van der Waals induites.

4. L'eau est un solvant polaire, le kérosène est composé d'alcanes apolaires, ils sont donc non miscibles.

5. La température minimale atteinte est – 26°C, température à laquelle gèle le kérosène.

> ✎ *En fait, pour solidifier le kérosène, la température extérieure doit être encore plus basse car le carburant est isolé dans le réservoir, le moteur réchauffe l'hélicoptère et il y a des additifs dans le carburant pour abaisser sa température de solidification.*

6. Afin de pallier au problème du froid extrême, une solution pourrait être d'utiliser de l'éthanol comme carburant. Ce dernier ayant une température de fusion, donc de solidification plus basse : il reste liquide jusqu'à – 114 °C.

7. a) L'équation chimique de réaction de combustion de $C_{14}H_{30}$ est :

$$C_{14}H_{30} + \frac{43}{2} O_2 \rightarrow 14\ CO_2 + 15\ H_2O$$

Corrigé

b) La combustion d'un plein correspond à la combustion de 750 litres de kérosène, soit :

$\rho_{\text{kérosène}} = \dfrac{m_{\text{kérosène}}}{V_{\text{kérosène}}} \Leftrightarrow m_{\text{kérosène}} = \rho_{\text{kérosène}} \times V_{\text{kérosène}}$ A.N. : $m_{\text{kérosène}} = 0,800 \times 750 = 600$ kg .

Cette masse de combustible libère une énergie :

$E = PC \times m$ A.N. : $E = 46,4 \times 600 = \boxed{2,78 \times 10^4 \text{ MJ}}$.

(Attention aux unités, ici les unités du PC de l'énoncé sont utilisées : l'énergie est en MJ et la masse en kg).

8. a) L'équation chimique de réaction de combustion de l'éthanol C_2H_6O est :

$$C_2H_6O + 3\ O_2 \rightarrow 2\ CO_2 + 3\ H_2O$$

b) La combustion d'un plein correspond à la combustion de 750 litres d'éthanol, soit :

$\rho_{\text{éthanol}} = \dfrac{m_{\text{éthanol}}}{V_{\text{éthanol}}} \Leftrightarrow m_{\text{éthanol}} = \rho_{\text{éthanol}} \times V_{\text{éthanol}}$ A.N. : $m_{\text{éthanol}} = 0,789 \times 750 = 592$ kg .

Le pouvoir calorifique de l'éthanol est donné en MJ.mol^{-1}. Par analyse dimensionnelle on remarque qu'il faut utiliser la formule $E = PC \times n$, donc calculer la quantité de matière d'éthanol contenue dans un réservoir plein.

$M_{\text{éthanol}} = 2 \times M_C + 6 \times M_H + M_O = 2 \times 12,0 + 6 \times 1,00 + 16,0 = 46,0$ g.mol^{-1}

$n_{\text{éthanol}} = \dfrac{m_{\text{éthanol}}}{M_{\text{éthanol}}}$ A.N. : $n_{\text{éthanol}} = \dfrac{592 \times 10^3}{46,0} = 1,29 \times 10^4$ mol .

Cette quantité de matière de combustible éthanol libère une énergie :

$E = PC \times n$ A.N. : $E = 1,37 \times 1,29 \times 10^4 = \boxed{1,77 \times 10^4 \text{ MJ}}$.

c) Ce carburant n'est pas utilisé car le kérosène libère plus d'énergie pour un même volume transporté. Il offre ainsi une meilleure autonomie à l'appareil.

Exercice 12.10

1. La formule brute des alcanes composant la paraffine est $C_{25}H_{52}$.

2. Son équation de combustion est :

$C_{25}H_{52} + 38\ O_2 \rightarrow 25\ CO_2 + 26\ H_2O$

3. La combustion complète de cette bougie peut libérer :

$E = PC \times m$ A.N. : $E = 46 \times 0,020 = \boxed{0,92 \text{ MJ}}$.

4. Seule une partie de l'énergie est transférée au plat. Cela s'explique principalement par les pertes d'énergie transférée à l'air, aux produits de combustion (CO_2 et H_2O), il y a aussi une partie d'énergie lumineuse (la bougie éclaire aussi), de l'énergie est utilisée pour faire fondre la paraffine, puis pour la faire se vaporiser (ce sont les vapeurs de paraffine qui brûlent) …

Chapitre 13
Ondes mécaniques

La propagation d'une onde dans un milieu mécanique ne déplace pas de matière mais seulement de l'énergie. On pense bien sûr à celle du son ou la vibration d'une corde ; moins sympathiques sont les ondes sismiques qui par l'énergie qu'elles transportent peuvent être dévastatrices.

■ Un scientifique

Érudit français, moine de l'ordre des Minimes, Marin **Mersenne** (1588-1648) organise des échanges entre les grands scientifiques de son époque. Esprit rationnel et d'avant-garde, il défend les théories de **Galilée** et de **Descartes**. Sa passion pour la musique le conduit à se pencher vers l'acoustique.
Dans une étude sur les instruments à cordes, il établit une relation entre la longueur de la corde et la fréquence du son émis, établissant les prémices de la théorie des ondes. Il rédige entre 1634 et 1637 un énorme traité intitulé *Harmonie universelle* ; l'un des 19 volumes, consacré aux mouvements des corps, pose les bases de la physique mécanique.

LE SAVIEZ-VOUS ?

Le 13 mars 1738, César-François **Cassini de Thury** et son cousin Giovanni Domenico **Maraldi**, mirent au point une expérience pour calculer la vitesse du son. L'un se plaça à Montlhéry et l'autre à Montmartre, deux lieux dont la distance était connue avec précision. Un coup de canon fut tiré de chacun de ses lieux et l'on constata dans l'autre lieu un écart d'une minute vingt-trois secondes entre l'éclair et le son. Des expériences analogues furent effectuées les jours suivants avec des conditions climatiques différentes. Les deux hommes en conclurent que le son parcourt 173 toises par seconde.

■■ Objectifs

■ Les notions que je dois maîtriser

- ▷ Onde mécanique progressive et grandeurs physiques associées
- ▷ Célérité d'une onde, retard
- ▷ Ondes mécaniques périodiques, ondes sinusoïdales
- ▷ Période, longueur d'onde

■ Les compétences que je dois acquérir

- ▷ Décrire, dans le cas d'une onde mécanique progressive, la propagation d'une perturbation mécanique d'un milieu dans l'espace et au cours du temps
- ▷ Exploiter la relation entre la durée de propagation, la distance parcourue par une perturbation et la célérité, notamment pour localiser une source d'onde
- ▷ Justifier et exploiter la relation entre période, longueur d'onde et célérité
- ▷ Déterminer les caractéristiques d'une onde mécanique périodique à partir de représentations spatiales ou temporelles

■■ Résumé de cours

■ Description des ondes mécaniques

❑ Les ondes mécaniques progressives

Une **onde mécanique progressive** est la propagation d'une **perturbation** dans un **milieu matériel élastique**, sans transport de matière. Cette perturbation s'accompagne d'un transport d'**énergie**. Les ondes mécaniques progressives ont pour propriétés :

- de se propager à partir de la source dans **toutes les directions offertes** par le milieu matériel, cette propagation peut être unidirectionnelle (cas de la vibration d'une corde), bidirectionnelle (cas d'ondes à la surface de l'eau) ou tridimensionnelle (cas des ondes sonores dans l'air),
- de **se superposer** dans le cas où deux ondes se croisent, chacune poursuit ensuite son chemin sans être perturbée.

Les ondes mécaniques progressives sont dites **longitudinales** lorsque la direction de propagation de l'onde est **parallèle** à celle de la perturbation, **transversales** lorsque la direction de propagation de l'onde est **perpendiculaire** à celle de la perturbation.

Exemple de propagation le long d'un ressort d'une onde longitudinale

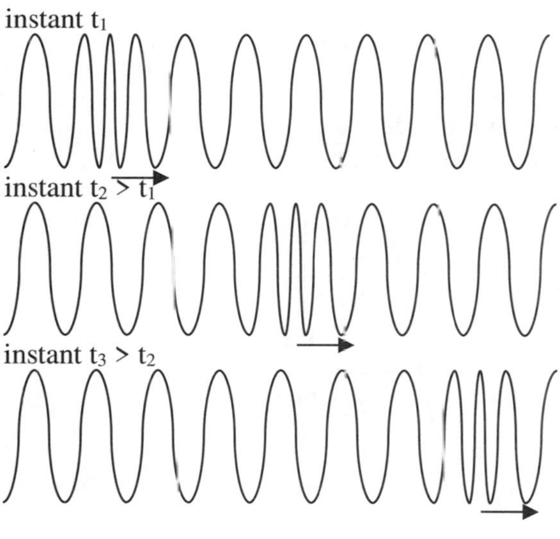

Exemple de propagation sur une corde d'une onde transversale

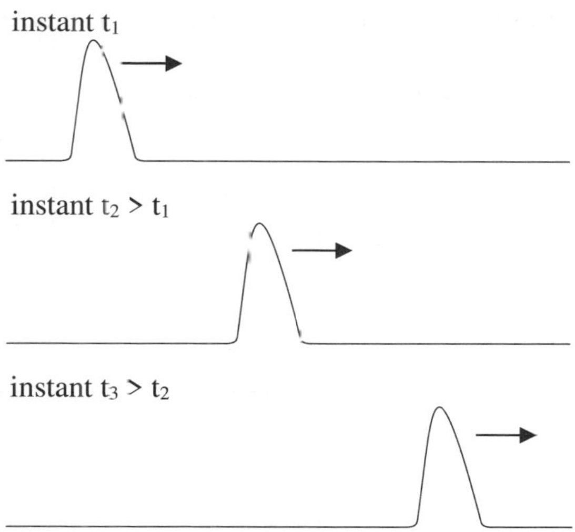

❑ Célérité d'une onde, retard

La vitesse de propagation v d'une onde progressive dans une direction est nommée **célérité** et exprimée en $m.s^{-1}$. Si on considère deux points A et B atteints par l'onde progressive, la perturbation observée en A arrive au point B avec un **retard τ**. La célérité de l'onde est alors donnée par :

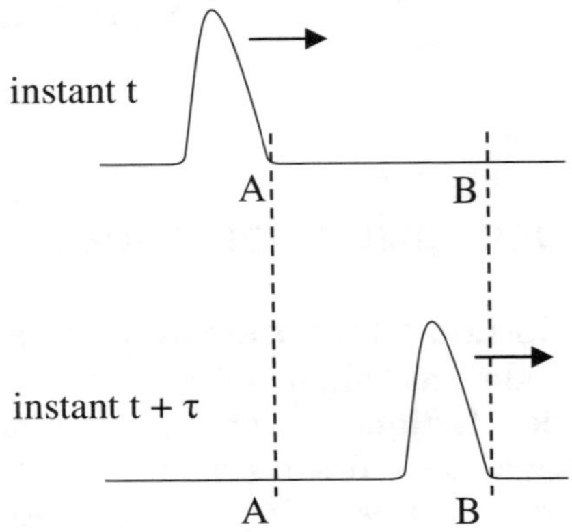

$$v = \frac{AB}{\tau}$$

v : célérité de l'onde en $m.s^{-1}$
AB : distance parcourue en m
τ : retard en s

Cette célérité dépend du milieu de propagation de l'onde progressive.

⇨ **Méthode 13.1. Utiliser la relation entre la célérité d'une onde, la distance parcourue et le retard**

■ Ondes mécaniques périodiques

❑ Définition

Une onde mécanique est dite **périodique** lorsque la perturbation se reproduit identique à elle-même à intervalles de temps égaux. Elle est qualifiée de **sinusoïdale** si la grandeur mesurée de perturbation créée est une fonction sinusoïdale du temps.

Représentation d'une onde sinusoïdale :

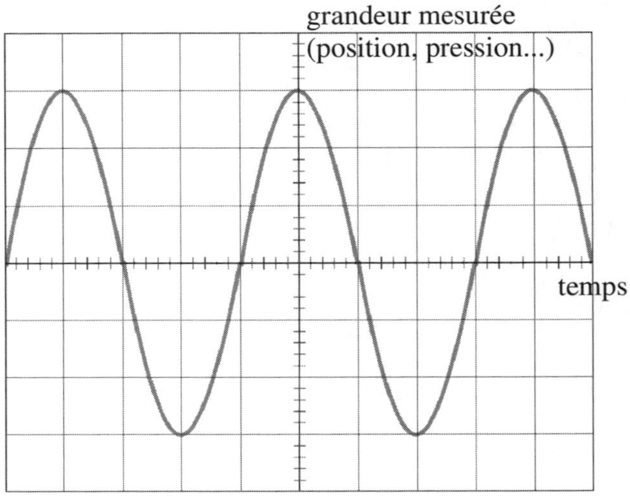

❑ Périodicité temporelle, fréquence

La **période temporelle** ou **période**, notée **T**, d'un signal périodique est **le plus petit intervalle de temps** au bout duquel le signal périodique se reproduit à l'identique. Elle est exprimée en **secondes** dans le système international. Pour une onde mécanique périodique, la perturbation observée a la même période que la vibration de la source qui en est à l'origine.

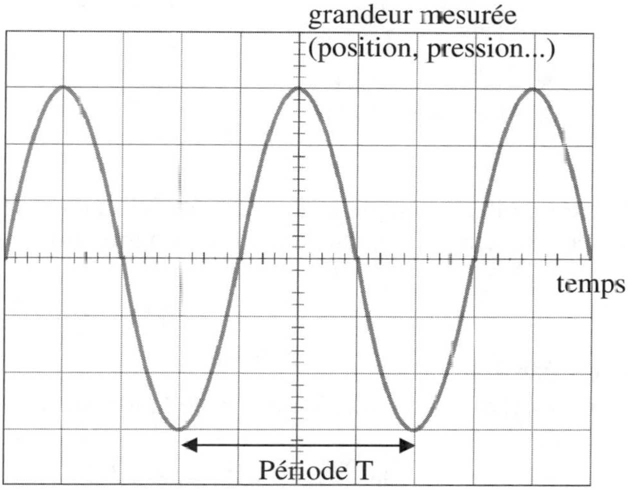

Remarque

La période a été mesurée ici entre deux minima, il était aussi possible de la mesurer entre deux maxima ou deux autres instants délimitant un motif élémentaire.

La **fréquence**, notée **f**, d'un signal périodique est le **nombre de répétitions** de ce signal **par unité de temps**. Elle est exprimée en **hertz** (**Hz**) et est reliée à la période par :

$$\boxed{f = \frac{1}{T}}$$

f : fréquence en Hz

T : période en s

⇨ **Méthode 13.2. Déterminer la période et la fréquence d'un phénomène périodique**

Remarque

Par déduction, la période est déterminée à partir de la fréquence par la formule : $\boxed{T = \frac{1}{f}}$.

❑ Périodicité spatiale, longueur d'onde

La **longueur d'onde** (ou période spatiale), notée **λ**, d'une onde progressive périodique est **la plus petite distance** séparant deux points qui vibrent à l'identique en même temps (on dit alors qu'ils vibrent en phase). Elle est exprimée en mètres dans le système international.

Exemple d'onde à la surface d'un liquide :

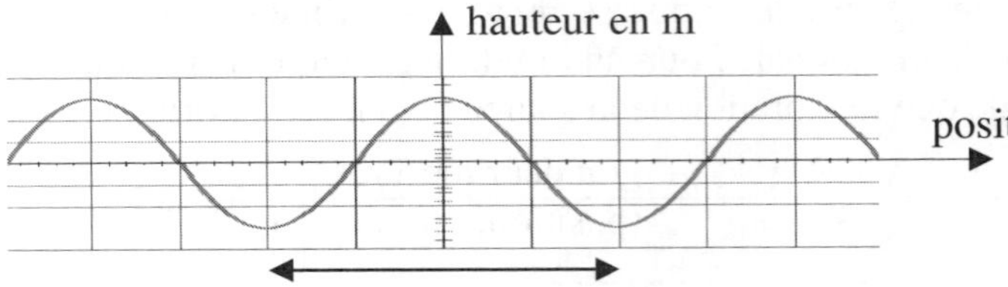

Remarque

Comme pour la période temporelle, la longueur d'onde a été mesurée ici entre deux minima, il était aussi possible de la mesurer entre deux maxima ou deux autres instants délimitant un motif élémentaire.

❑ Lien avec la célérité

Dans le cas d'une onde progressive périodique, le rapport de la longueur d'onde λ par la période T donne la célérité v de l'onde :

$$\boxed{v = \frac{\lambda}{T}}$$

v : célérité de l'onde en $m.s^{-1}$
λ : longueur d'onde en m
T : période en s

Remarques

De cette formule, on peut extraire la période $T = \frac{\lambda}{v}$ ou la longueur d'onde $\lambda = v \times T$.

La vitesse d'une onde dépend du milieu dans lequel elle se propage, il en est de même pour la longueur d'onde. En revanche, la fréquence est intrinsèque à l'onde, constante lors des changements de milieu.

⇨ **Méthode 13.3. Exploiter la relation entre période, longueur d'onde et célérité**

■ Comment localiser une source d'onde mécanique ?

❑ Méthode 13.1. Utiliser la relation entre la célérité d'une onde, la distance parcourue et le retard

Pour localiser la source d'une onde mécanique, il faut déterminer sa distance au récepteur connaissant la direction et la vitesse de propagation avec la formule $v = \frac{AB}{\tau}$. Dans le cas où l'on ne connait pas la direction de propagation, plusieurs récepteurs sont alors nécessaires.

⇨ Exercices 13.1, 13.6 à 13.13.

Cas où le temps de parcours de l'onde est connu :
On considère une onde sonore issue d'un feu d'artifice, émise en A et reçue en B se propageant linéairement entre A et B. Cette onde est perçue 3,2 secondes après l'explosion du pétard. Connaissant la célérité des ondes sonores dans l'air $v = 340\ m.s^{-1}$, déterminer la distance à laquelle se trouve la source.

$$v = \frac{AB}{\tau} \Leftrightarrow AB = v \times \tau \qquad \text{A.N. : } AB = 340 \times 3,2 = \boxed{1,1 \times 10^3\ m}.$$

Cas où la direction de propagation de l'onde est inconnue, mais le temps de parcours connu :
On considère une onde mécanique se propageant à une célérité connue $v = 1200\ m.s^{-1}$. Deux capteurs détectent cette onde. Le premier capteur détecte l'onde à un instant t_1 = 125 ms après son émission, le second la détecte à un instant t_2 = 78,2 ms après son émission. Déterminer la distance à laquelle se trouve la source de chaque récepteur, peut-on en déduire sa position ?

Si physiquement le problème est différent, la méthode reste la même pour déterminer la distance entre la source et chaque récepteur. On note d_1 et d_2 ces distances.

Pour le premier récepteur : $v = \frac{d_1}{t_1} \Leftrightarrow d_1 = v \times t_1$ A.N. : $d_1 = 1200 \times 125 \times 10^{-3} = \boxed{150\ m}$.

Pour le second récepteur : $v = \frac{d_2}{t_2} \Leftrightarrow d_2 = v \times t_2$ A.N. : $d_2 = 1200 \times 78,2 \times 10^{-3} = \boxed{93,8\ m}$.

La source se trouve donc à 150 m du premier récepteur et à 93,8 m du second. Afin de déterminer la position de cette source, il est possible de tracer sur une carte avec mise à l'échelle (à adapter) deux cercles de rayons respectifs 150 m et 93,8 m ; de centres respectifs les positions des deux récepteurs (O_1 et O_2). La source se trouve nécessairement sur l'une des intersections des deux cercles (notées S_1 et S_2) :

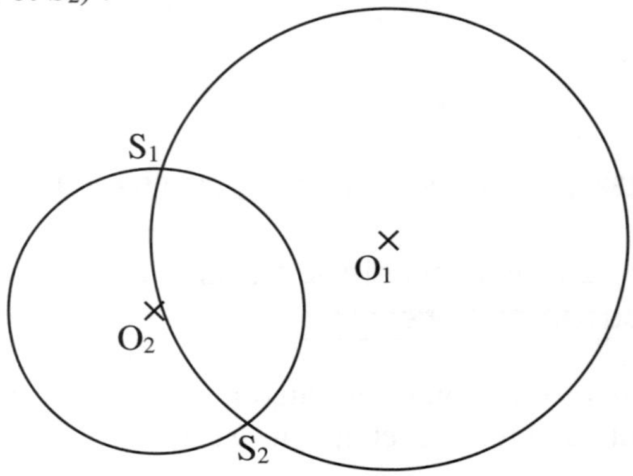

Afin de déterminer laquelle de ces positions est effectivement celle de la source, il est nécessaire d'avoir au moins un troisième récepteur. Étudions ce cas : supposons un troisième récepteur en O_3 qui détecte l'onde à un instant t_3 = 103 ms après son émission.

Pour le troisième récepteur : $v = \dfrac{d_3}{t_3} \Leftrightarrow d_3 = v \times t_3$ A.N. : $d_3 = 1200 \times 103 \times 10^{-3} = \boxed{124 \text{ m}}$.

Après ajout d'un cercle de 124 m de rayon (à l'échelle) de centre O_3, on constate que ce dernier passe par S_2 qui est donc la position de la source de l'onde mécanique.

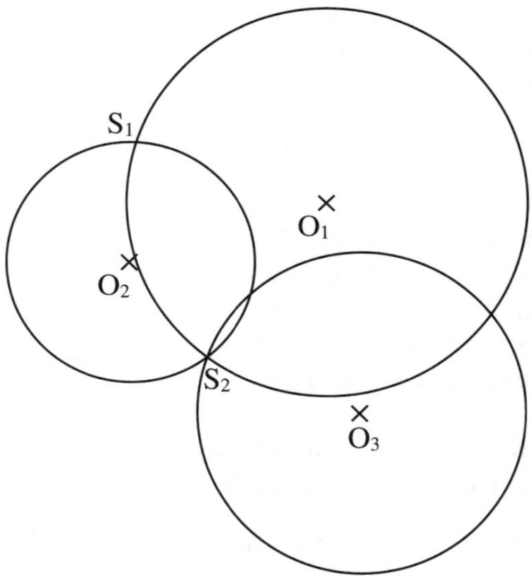

■ Comment relier les grandeurs caractéristiques d'une onde mécanique ?

❑ Méthode 13.2. Déterminer la période et la fréquence d'un phénomène périodique

> Pour déterminer la période et la fréquence d'une onde périodique, il faut au préalable une première information. Le plus souvent cette information est la période, tirée du signal représentant une grandeur physique de l'onde. Pour cela, il faut déterminer la durée d'un motif élémentaire. Une fois la période déterminée, la formule $f = \dfrac{1}{T}$ permet d'obtenir la fréquence.

⇨ **Exercices 13.2 à 13.5.**

Considérons la sinusoïde suivante représentant l'altitude d'un point d'une corde vibrante. La mesure de la période se fait directement : il s'agit du temps d'un motif élémentaire.

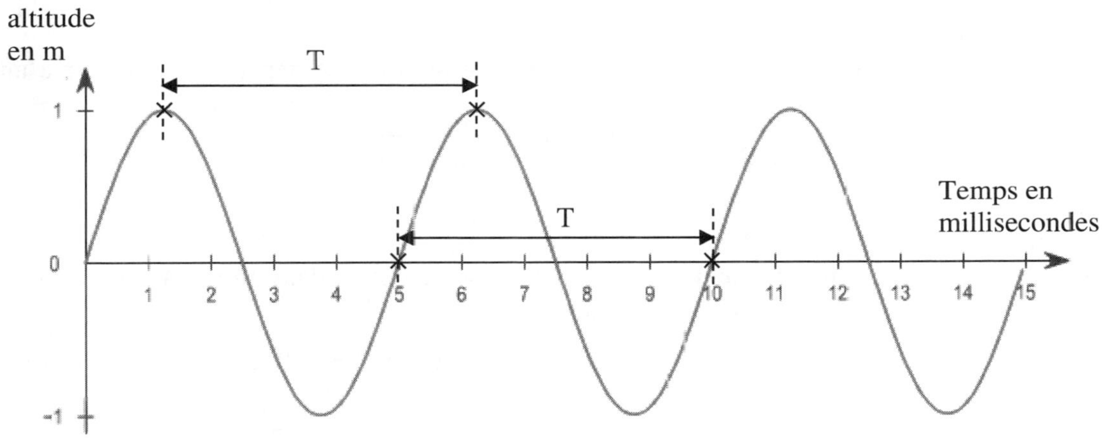

On mesure $\boxed{T = 5,0 \text{ ms}}$.

Pour obtenir la fréquence, il faut utiliser $f = \dfrac{1}{T}$. Attention à bien mettre la période en secondes dans la formule : $T = 5,0 \text{ ms} = 5,0 \times 10^{-3} \text{ s}$.

A.N. : $f = \dfrac{1}{5,0 \times 10^{-3}} = \boxed{2,0 \times 10^{2} \text{ Hz}}$.

❑ Méthode 13.3. Exploiter la relation entre période, longueur d'onde et célérité

La relation exprimant la célérité d'une onde mécanique en fonction de sa période et sa longueur d'onde est : $v = \frac{\lambda}{T}$. Si on cherche à déterminer la longueur d'onde ou la période à l'aide des deux autres grandeurs, il suffit de manipuler cette formule afin de déduire les deux autres : $T = \frac{\lambda}{v}$ et $\lambda = v \times T$.

⇨ **Exercices 13.3 à 13.5.**

Recherche de la célérité :
Considérons une onde mécanique de longueur d'onde 400 cm se déplaçant dans une corde, dont la période temporelle est de 470 ms. Quelle est sa vitesse de déplacement ?

$v = \frac{\lambda}{T}$ A.N. : $v = \frac{400 \times 10^{-2}}{470 \times 10^{-3}} = \boxed{8{,}51\ \text{m.s}^{-1}}$.

Recherche de la période :
Considérons une onde mécanique de longueur d'onde 80,0 cm se déplaçant dans l'air à une vitesse de 340 m.s^{-1}. Quelle est sa période ?

$v = \frac{\lambda}{T} \Leftrightarrow T = \frac{\lambda}{v}$ A.N. : $T = \frac{80{,}0 \times 10^{-2}}{340} = \boxed{2{,}35 \times 10^{-3}\ \text{s}}$.

Recherche de la longueur d'onde :
Considérons une onde mécanique de période 20,0 µs se déplaçant dans un rail à une vitesse de 1140 m.s^{-1}. Quelle est sa longueur d'onde dans ce rail ?

$v = \frac{\lambda}{T} \Leftrightarrow \lambda = v \times T$ A.N. : $\lambda = v \times T = 1140 \times 20{,}0 \times 10^{-6} = \boxed{0{,}0228\ \text{m}} = 2{,}28\ \text{cm}$.

Vrai/Faux

		Vrai	Faux
1.	La descente d'un bobsleigh le long d'une piste peut être considérée comme une onde mécanique.	☐	☐
2.	Le retard est la distance séparant deux récepteurs captant une même onde mécanique progressive.	☐	☐
3.	La distance entre deux récepteurs ponctuels A et B entre lesquels on constate un retard τ pour le passage d'une onde progressive de célérité v est donnée par $AB = v \times \tau$.	☐	☐
4.	La période (en s) est donnée par l'inverse de la fréquence (en Hz).	☐	☐
5.	Un signal périodique ayant pour période T = 1 ms a pour fréquence f = 1 Hz.	☐	☐
6.	Une onde mécanique progressive peut se propager dans le vide.	☐	☐
7.	Une onde mécanique peut exister dans le vide.	☐	☐
8.	Pour une onde mécanique progressive unidimensionnelle, connaissant le retard entre deux récepteurs et la célérité de l'onde, il est possible de déterminer la distance de la source.	☐	☐
9.	Un récepteur détectant une onde mécanique avec un retard mesurable depuis son émission est nécessaire pour déterminer la distance de la source si la direction et le sens de propagation sont connus.	☐	☐
10.	Trois récepteurs détectant une onde mécanique avec un retard mesurable depuis son émission sont nécessaires pour déterminer la distance de la source.	☐	☐

Énoncé des exercices

❑ Exercice 13.1. Propagation le long d'une corde

On considère le déplacement d'une déformation le long de la corde représentée ci-dessous :

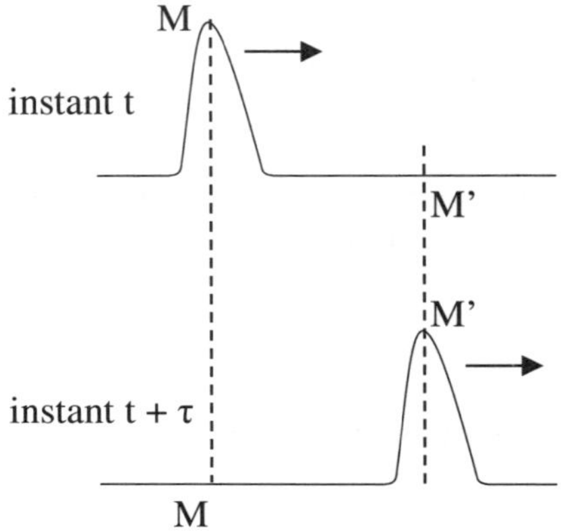

1. À propos de l'onde.

a) De quel type d'onde s'agit-il ?

b) Cette onde est-elle longitudinale ou transversale ? Justifier.

2. Aspect qualitatif.

a) Comment s'appelle la durée τ ?

b) Quelle relation existe-t-il entre la distance MM' à l'instant t, la durée τ et la vitesse v de l'onde ?

c) De quoi dépend principalement cette vitesse ?

❑ Exercice 13.2. Liens entre f, v et λ

Compléter le tableau ci-dessous décrivant ces grandeurs pour 3 exemples d'ondes.

Exemple d'onde	Longueur d'onde en m	Fréquence en Hz	Célérité de l'onde en $m.s^{-1}$
« La3 » de la gamme tempérée		440	340
Houle un matin au large des côtes bretonnes	50	0,20	
Ondes le long d'un ressort excité mécaniquement	0,512		3,20

❑ Exercice 13.3. Surpression due à une onde sonore dans un fluide

Un fluide est parcouru par une onde sonore de célérité $v = 1200$ m s^{-1}. Cette dernière cause des variations de pressions locales au sein du fluide représentées sur le graphique ci-dessous :

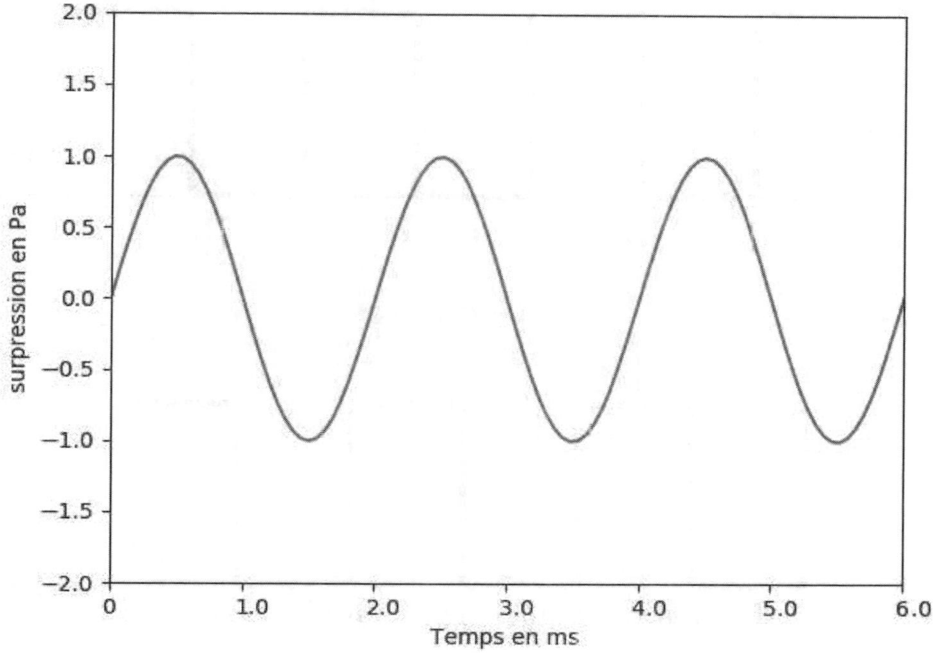

1. a) Quelle est la période de cette onde sonore ?

b) En déduire sa fréquence.

c) Calculer sa longueur d'onde dans le fluide.

2. Cette onde sonore change de milieu à la surface du fluide et passe dans l'air, elle se propage alors à $v_{air} = 340$ m.s^{-1}.

a) Quelle est la période de cette onde sonore dans l'air ?

b) En déduire sa fréquence.

c) Calculer sa longueur d'onde dans l'air.

❑ Exercice 13.4. Onde périodique

Soit une onde périodique se propageant suivant une direction x. La courbe 1 représente les variations de l'amplitude de cette onde en fonction du temps à $x = 0{,}80$ m, la courbe 2 représente les variations d'amplitude de cette onde en fonction de x à $t = 1{,}2$ ms.

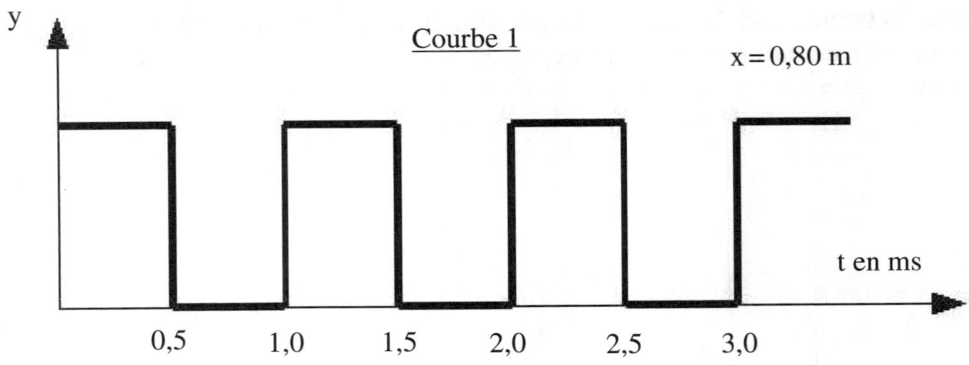

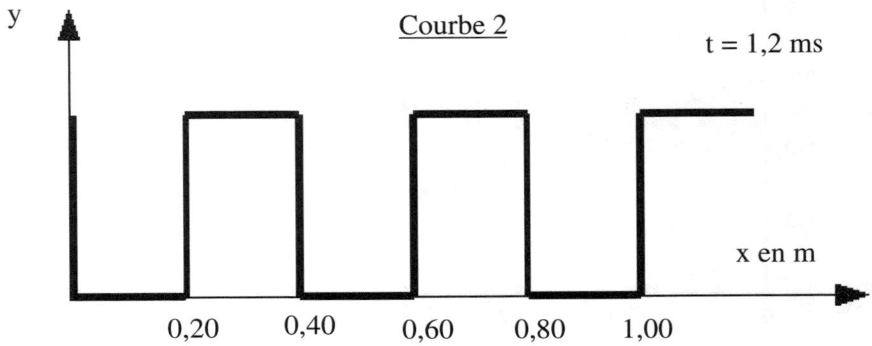

Indiquer la (ou les) proposition(s) exacte(s) :

a) La longueur d'onde est de 1,0 s.

b) La période est de 0,5 ms.

c) La fréquence est 1,0 kHz.

d) La célérité de l'onde est de $4,0 \times 10^3$ m.s^{-1}.

❑ Exercice 13.5. Étude d'une corde de guitare

La vitesse de propagation d'une onde le long d'une corde de guitare est donnée par :

$$v = \sqrt{\frac{T}{\mu}}$$

T : tension de la corde en N
μ : masse linéique de la corde en kg.m^{-1}

1. a) À partir du nom et de l'unité de la masse linéique, déterminer la relation entre μ, L (longueur de la corde) et m (masse de la corde).

b) Calculer la masse linéique d'une corde de guitare de 90 cm pesant 10 g.

2. À quelle vitesse se propage une onde dans cette corde si elle est tendue à 100 N ?

3. La note obtenue n'est pas juste, l'analyse du son obtenu à l'aide d'un micro est :

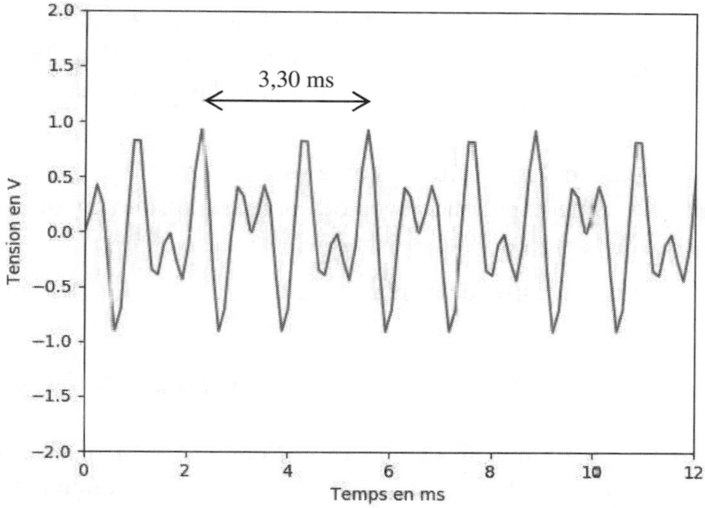

Le musicien doit accorder son instrument. Sachant que la fréquence de la note augmente si la tension augmente, que doit faire le musicien pour obtenir un mi3 à 330 Hz ?

❑ Exercice 13.6. Attaque de train

Les frères Dalton comptent attaquer un train. Ils choisissent un lieu adapté où il est impossible de les voir depuis le train à moins de 500 m. L'attente est longue, Joe tend l'oreille et semble percevoir un faible son de train. Pendant ce temps-là, Averell est couché, la tête sur un rail. À 10 km de là, le train déraille dans un vacarme immense… 2,0 secondes plus tard, Averell sursaute et somme ses frères de sauter sur leur cheval afin de profiter de l'occasion ! Mais il subit les foudres de ses frères pour le bruit qu'il fait, qu'il ferait mieux de rester concentré au lieu de rêvasser sur son rail. La suite est une série de noms d'oiseaux et de gestes qu'il serait incorrect de rapporter. Néanmoins quelques instants après, un bruit de déraillement se fait entendre. Les frères comprennent et foncent vers le train déraillé.

On donne la vitesse du son dans l'air : $v_{air} = 340\ m.s^{-1}$.

1. Dans le rail :

a) Rappeler la formule qui relie la vitesse v de propagation du son, la distance d sur laquelle ce son se propage et le temps t de propagation.

b) Calculer la vitesse de propagation du son dans le rail.

c) Averell a-t-il pu entendre le déraillement avant ses frères ?

2. Dans l'air :

a) Combien de temps a mis le bruit du déraillement pour parvenir aux frères Dalton ?

b) Avec plus de confiance en Averell, combien de temps aurait pu être gagné par les Dalton ?

❑ Exercice 13.7. Mesure de la distance Terre-Lune au laser*

À la surface de la Lune ont été déposés des réflecteurs. Leur intérêt est de s'en servir de miroirs pour des faisceaux laser envoyés depuis la Terre. Ainsi, à l'aide d'un calcul adapté, il est possible de déterminer la distance Terre-Lune. L'expérience donne un temps d'aller-retour de la lumière de 2,54 secondes. La vitesse de la lumière dans l'air et dans le vide est de $c = 3,00 \times 10^8\ m.s^{-1}$.

1. Évaluer la distance séparant les sols lunaire et terrestre.

2. a) Si on pouvait faire cette expérience avec des ondes ultrasonores, quel temps mesurerait-on ? On rappelle $v_{air} = 340\ m.s^{-1}$.

b) Pourquoi cette expérience n'est-elle pas réalisable ?

❑ Exercice 13.8. Estimation de la distance du point d'impact de la foudre

Enfant, ma grand-mère Nicole me disait les soirs d'orages : « Si tu vois la foudre, compte jusqu'à entendre le tonnerre, puis multiplie le résultat par 300. Tu obtiendras alors la distance à laquelle la foudre a frappé le sol. »

Expliquer d'où vient cette technique. La valeur trouvée est-elle supérieure ou inférieure à la distance réelle de la foudre ? Discuter de la précision.

Donnée : vitesse du son dans l'air $v_{air} = 340\ m.s^{-1}$.

❑ Exercice 13.9. Pêche au sonar*

Un bateau de pêche se sert d'un radar pour sonder ce qu'il y a dessous. Voici deux situations à quelques instants d'écart. Dans cet exercice, les valeurs seront approchées, on ne se souciera pas des chiffres significatifs.

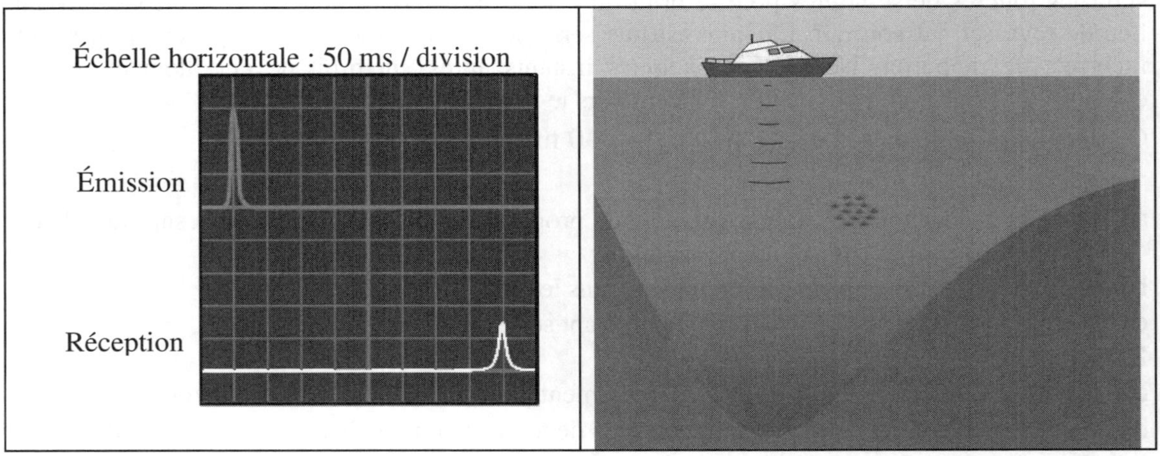

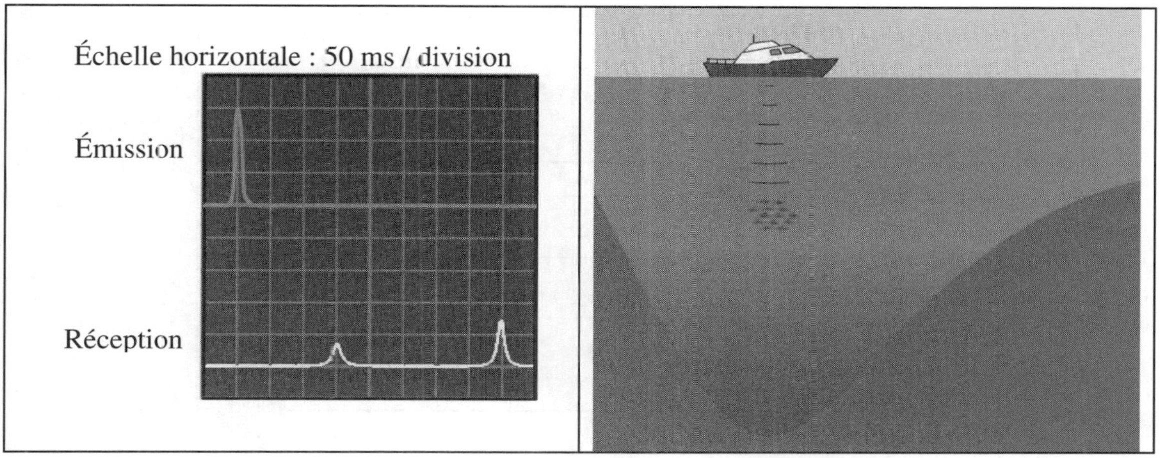

Source : http://www.ostralo.net/ site à visiter !

1. Exploitation du premier oscillogramme :

a) Expliquer la cause des différents pics vus sur le premier oscillogramme.

b) Exprimer la vitesse v_{eau} de propagation du son dans l'eau en fonction de la profondeur p_{fond} d'eau sous le bateau et d'un temps t à définir.

c) Sachant que la profondeur d'eau sous le bateau p_{fond} est de 300 m, déterminer la vitesse v_{eau}.

2. Exploitation du second oscillogramme :

a) Expliquer la cause des différents pics vus sur le second oscillogramme.

b) Exprimer la profondeur $p_{poisson}$ à laquelle se trouvent les poissons sous le bateau en fonction de la vitesse v_{eau} de propagation du son dans l'eau et d'un temps à définir.

c) Calculer la profondeur $p_{poisson}$.

❑ Exercice 13.10. Utilisation d'un émetteur et d'un récepteur d'ultrasons*

En séance de TP, on se propose de manipuler un émetteur de salves ultrasonores et un récepteur d'ultrasons reliés à un oscilloscope.

1. Dans un premier temps, l'émetteur et le récepteur sont placés face-à-face à une distance de 50 cm. On observe l'oscillogramme suivant :

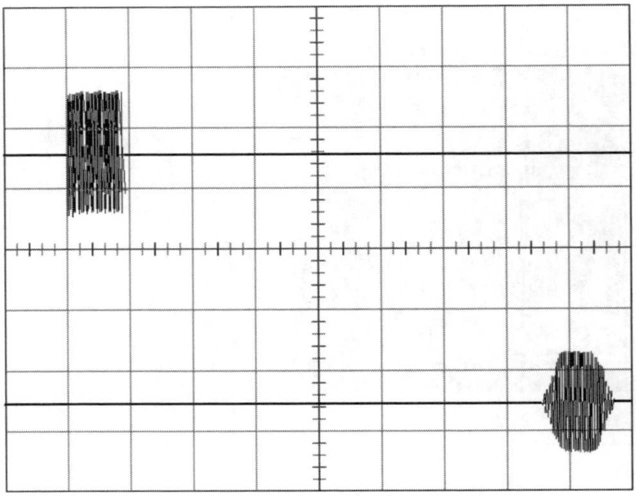

Échelle horizontale : 0,20 ms / division

a) Rappeler la vitesse v_{son} de propagation du son dans l'air.

b) Exprimer cette vitesse v_{son} de propagation du son en fonction de la distance d séparant l'émetteur du récepteur et du temps t de propagation du son.

c) Déterminer le temps mis par le signal émis par l'émetteur pour rejoindre le récepteur.

d) Calculer la vitesse de propagation de cette onde sonore et la comparer à v_{son}.

2. Principe de l'échographie

Dans un premier temps, on place entre l'émetteur et le récepteur successivement 3 objets : une toile de jute (tissu textile tissé avec de la jute), de la mousse de calage en plastique puis un cylindre en bois. Dans le premier cas, le signal du récepteur reste inchangé ; dans le second et dans le troisième cas, le récepteur ne reçoit plus de salve sonore.

a) Pour chaque objet, préciser s'il est transparent aux ondes sonores ou s'il les ne transmet pas.

Dans un deuxième temps, on place l'émetteur et le récepteur côte à côte dans le même sens, puis à 25 cm devant eux, à tour de rôle, les 3 objets : une toile de jute, de la mousse de calage en plastique puis un cylindre en bois. Dans le premier et dans le second cas, le récepteur ne reçoit plus de salve sonore ; dans le troisième cas, le récepteur reçoit une onde sonore similaire à celle reçue dans la première expérience.

b) Pour chaque objet, préciser s'il réfléchit ou non les ondes sonores.

3. Application

Au fond d'une boîte en carton profonde d'une dizaine de centimètres, le professeur a déposé de la mousse de calage. Sur celle-ci se trouve à un endroit un cylindre en bois. La face supérieure du carton est remplacée par de la toile de jute. Proposer un protocole pour déterminer la position approximative du cylindre en bois sans ouvrir le carton ou retirer la toile de jute.

❑ Exercice 13.11. Précision**

Le signal émis par un émetteur ultrason donne l'oscillogramme suivant :

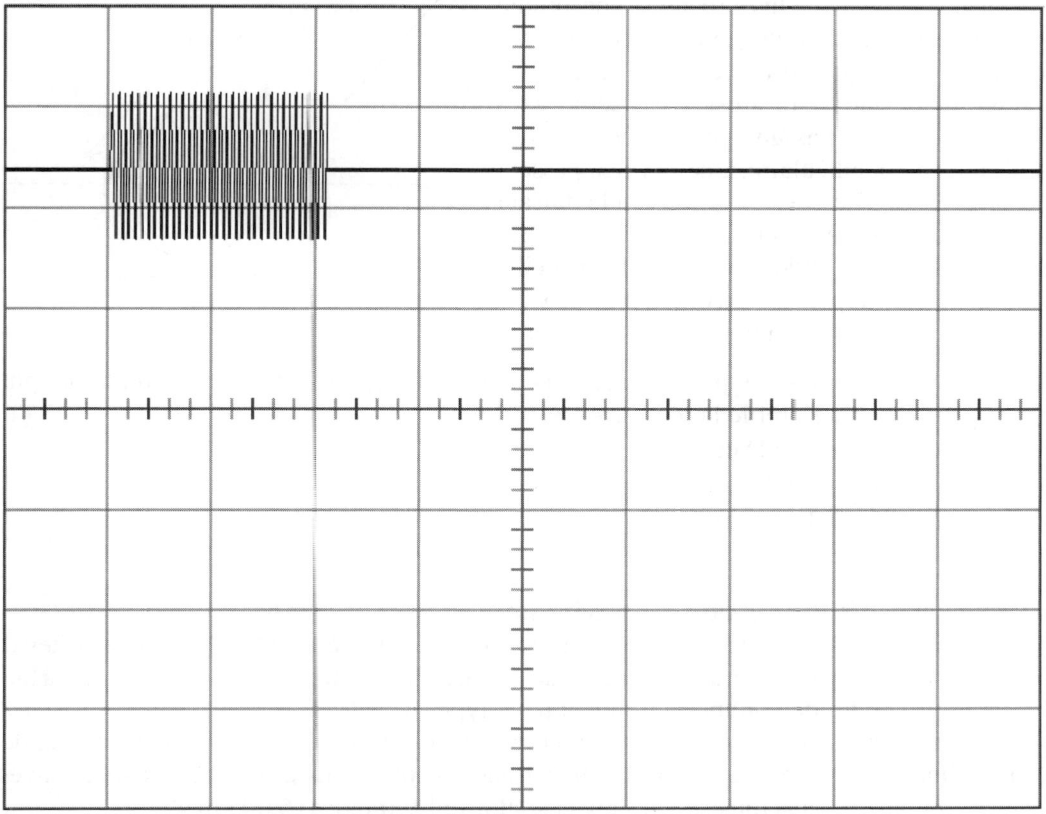

Échelle horizontale : 0,50 ms / division

Les limites de l'oscilloscope utilisé ici n'ont pas permis d'avoir une échelle horizontale mieux adaptée. Proposer une méthode permettant de déterminer la période puis la fréquence des oscillations de cet émetteur. Appliquer cette méthode et vérifier que ces ondes sont bien ultrasonores (soit de fréquence supérieure à 20 kHz).

❑ Exercice 13.12. Localiser un son dans l'air**

Une expérience simple, les yeux fermés, permet de comprendre l'intérêt d'avoir deux oreilles :

– prendre un tuyau souple et vide, placer chacune de ses extrémités contre ses oreilles ;

– à l'aide d'une baguette, taper alors sur le tube à différents endroits (ou faire taper un ami).

À l'écoute du choc, on est capable de dire si l'impact a eu lieu plus près de l'oreille gauche, de l'oreille droite ou à équidistance. De même, pour différents chocs, on peut dire s'ils se rapprochent ou s'éloignent d'une de nos oreilles.

1. Expliquer cette expérience.

Sans tuyau désormais, on cherche à expliquer ce qui nous fait identifier la direction d'où vient un son. Supposant la tête humaine comme une sphère de diamètre D (distance entre les deux oreilles), un son arrivant d'une source plus proche d'une oreille que de l'autre est entendu à des temps différents par celles-ci. Illustrons et quantifions ceci. Le schéma ci-contre représente une tête ainsi que deux axes parallèles au sol, l'un passant par les centres des oreilles, l'autre perpendiculaire à ce dernier passant par le centre de la tête. On note α l'angle faisant l'onde sonore avec ce second axe et L la distance parcourue en plus par l'onde pour atteindre l'oreille la plus éloignée par rapport à l'oreille la plus proche. On considère la vitesse du son dans l'air à 340 $m.s^{-1}$.

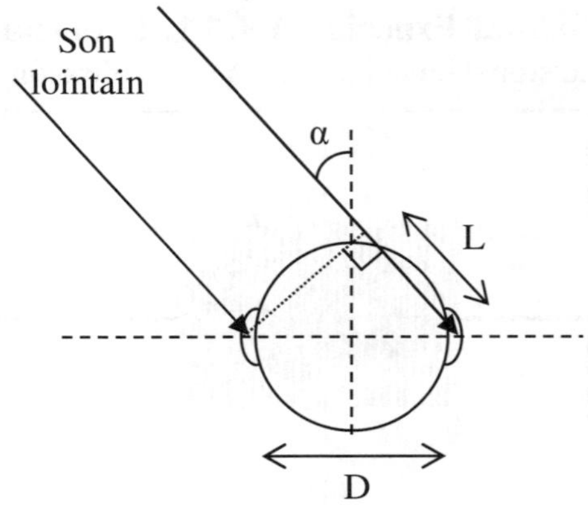

2. a) Exprimer τ le temps supplémentaire mis par l'onde pour atteindre l'oreille la plus éloignée par rapport à l'oreille la plus proche.

b) Exprimer L en fonction de D et α.

c) Exprimer τ en fonction de D, α et v.

d) Que vaut τ pour D = 20 cm et α = 45° ?

❑ Exercice 13.13. Étude d'un séisme*

Lors d'un séisme, différents types d'ondes se propagent depuis l'épicentre. Des ondes dites de volume se propagent au sein de la matière et des ondes de surface se propagent à la surface terrestre. Parmi les ondes de volume se trouvent deux types d'ondes :

- les ondes P, aussi appelées ondes primaires, ondes de compression ou encore ondes longitudinales. Leur propagation se fait via des compressions et dilatations successives, elles se propagent dans tous les milieux et sont les plus rapides (6,00 $km.s^{-1}$) ;
- les ondes S, aussi appelées ondes secondaires, ondes de cisaillement ou ondes transversales. Leur propagation se fait perpendiculairement au mouvement de la matière, n'a pas lieu dans les liquides, elles sont détectées après les ondes P.

La différence de temps de mesure de ces deux types d'ondes permet, à l'aide de trois sismographes, de déterminer la position de l'épicentre.

1. Expliquer pourquoi il faudrait au minimum 3 sismographes afin de détecter la provenance des ondes (l'épicentre). Qu'obtiendrait-on avec un seul sismographe ? Avec deux ?

2. Expression de la distance de l'épicentre

On note t_S et t_P les temps mis par les ondes S et P pour rejoindre un sismographe détectant le séisme, v_S et v_P leurs vitesses de déplacement, d la distance entre l'épicentre et le sismographe.

On suppose un séisme peu profond et un rapport des vitesses $\frac{v_P}{v_S} = 1,75$.

a) Montrer que $t_S - t_P = \frac{d}{v_P} \times \left(\frac{v_P}{v_S} - 1 \right)$.

b) Isoler d et montrer qu'on peut simplifier l'expression de d par $d = 8,00 \times (t_S - t_P)$.

3. Localisation de l'épicentre d'un séisme

On s'intéresse à un séisme ayant eu lieu dans le lieu imaginaire suivant :

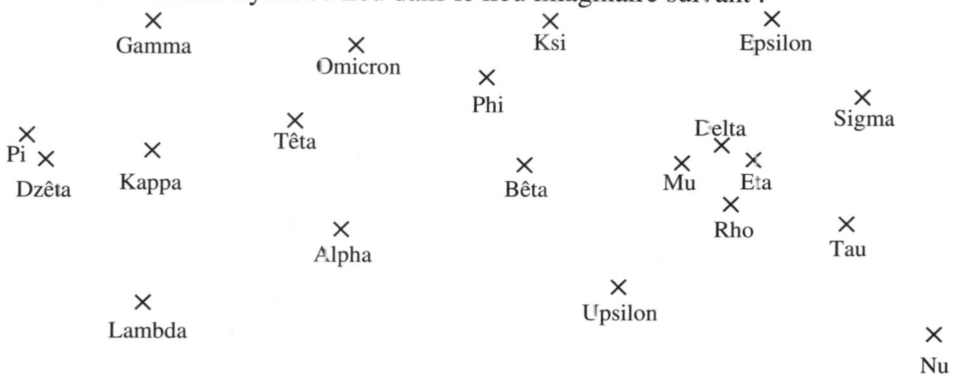

carte à l'échelle $1/10^7$

Données des sismographes de trois villes :

	$t_S - t_P$ (s)	d (km)
Kappa	49,25	
Omicron	19,00	
Tau	69,50	

a) D'après l'échelle, quelle distance réelle représente 1,00 cm sur la carte ?

b) Compléter la troisième colonne du tableau.

c) Déterminer sur la carte le lieu de l'épicentre du séisme.

d) Quelle ville est la plus proche de l'épicentre du séisme ?

■ Pour vous aider à démarrer

Exercice 13.5. L'analyse de l'unité, appelée analyse dimensionnelle permet de déterminer des relations entre des grandeurs (sans certitude toutefois). L'unité $kg.m^{-1}$ indique le rapport d'une masse par une distance.

Exercice 13.8. Le temps de parcours de la lumière de la foudre jusqu'à l'œil est négligeable devant celui du bruit créé par l'impact de la foudre avec le sol jusqu'à l'oreille. Ainsi, le temps de parcours du son peut permettre de calculer la distance à laquelle on se trouve de l'impact (connaissant la vitesse de propagation du son).

Exercice 13.11. La mesure de T sur un motif est très imprécise. Il est mieux de compter le nombre de périodes sur une durée (1 ms par exemple), puis déduire la période (par division).

Exercice 13.12. Utiliser la trigonométrie dans le triangle formé de l'angle droit indiqué et dont les deux autres sommets sont les oreilles.

Exercice 13.13. question 2, partir de la différence $t_S - t_P$ et remplacer ces temps de parcours par le rapport de la distance à parcourir sur la vitesse de déplacement.

Corrigé des vrai/faux

1.	2.	3.	4.	5.	6.	7.	8.	9.	10.
faux	faux	vrai	vrai	faux	faux	faux	faux	vrai	vrai

1. Une onde mécanique progressive est la propagation d'une perturbation dans un milieu matériel élastique, sans transport de matière. Or lors de la descente du bobsleigh, il y a transport de matière.

2. Si on considère deux points A et B atteints par l'onde progressive, la perturbation observée en A arrive au point B avec un retard τ tel que $v = \frac{AB}{\tau}$ est la vitesse de propagation de l'onde.

5. Un signal périodique ayant pour période T = 1 ms a pour fréquence $f = 1{,}0 \times 10^3$ Hz . Il faut penser à convertir la période en secondes.

6. Une onde mécanique progressive se propage dans un milieu matériel.

7. Une onde mécanique ne peut exister, comme son nom l'indique, que dans des milieux matériels.

8. Pour une onde mécanique progressive unidimensionnelle, connaissant le retard entre deux récepteurs et la célérité de l'onde, il est possible de déterminer la distance entre les deux récepteurs.

❑ Les erreurs classiques

– Pour déterminer la période, il faut bien utiliser le motif élémentaire (le plus petit qui se répète). Un motif plus grand pouvant être composé de 2 ou 3 fois le motif élémentaire se répète aussi, attention à ne pas considérer qu'il dure une période.
– Une onde sonore ne se propage pas dans le vide !
– Attention aux unités, les signaux périodiques peuvent avoir des périodes très faibles souvent exprimées en microsecondes ou millisecondes. Pour obtenir la fréquence, il faut utiliser la formule $f = \frac{1}{T}$ avec la période T en secondes !
– Ne pas oublier que, lors d'une utilisation des ondes sonores en sonar, ces dernières effectuent un aller-retour vers l'obstacle. La distance parcourue par cette onde est donc le double de la distance séparant le sonar et l'obstacle.

Corrigé des exercices

Exercice 13.1

1. a) Il s'agit d'une onde mécanique progressive.

b) Cette onde est transversale : sa direction de propagation est perpendiculaire à celle de la perturbation.

2. a) La durée τ s'appelle retard.

b) Cette relation est $v = \dfrac{MM'}{\tau}$.

c) Cette vitesse dépend principalement du milieu, donc de la corde.

Exercice 13.2

Afin d'effectuer les calculs demandés, il faut coupler les formules $v = \dfrac{\lambda}{T}$ et $T = \dfrac{1}{f}$. On a alors $v = \lambda \times f$ mais aussi $\lambda = \dfrac{v}{f}$ et $f = \dfrac{v}{\lambda}$.

Exemple d'onde	Longueur d'onde en m	Fréquence en Hz	Célérité de l'onde en $m.s^{-1}$
« La3 » de la gamme tempérée	$\boxed{0,773}$	440	340
Houle un matin au large des côtes bretonnes	50	0,20	$\boxed{10}$
Ondes le long d'un ressort excité mécaniquement	0,512	$\boxed{6,25}$	3,20

Exercice 13.3

1. a) La période de cette onde sonore est $T = \boxed{2,0 \text{ ms}}$.

b) $f = \dfrac{1}{T}$ A.N. : $f = \dfrac{1}{2,0 \times 10^{-3}} = \boxed{5,0 \times 10^2 \text{ Hz}}$.

c) $\lambda = \dfrac{v}{f}$ A.N. : $\lambda = \dfrac{1200}{5,0 \times 10^2} = \boxed{2,4 \text{ m}}$.

2. a) La période et la fréquence d'une onde ne dépendent pas du milieu dans lequel elle se propage. Ainsi sa période est toujours $T = \boxed{2,0 \text{ ms}}$.

b) Sa fréquence est toujours : $f = \boxed{5,0 \times 10^2 \text{ Hz}}$.

c) $\lambda_{air} = \frac{v_{air}}{f}$ A.N. : $\lambda_{air} = \frac{340}{5,0\times10^2} = \boxed{0,68\ \text{m}}$.

Exercice 13.4

La période de l'onde est $T = \boxed{1,0\ \text{ms}}$ par lecture graphique sur la courbe 1.

La fréquence est donnée par $f = \frac{1}{T}$ A.N. : $f = \frac{1}{1,0\times10^{-3}} = \boxed{1,0\times10^3\ \text{Hz}}$.

La longueur d'onde est $\lambda = \boxed{0,40\ \text{m}}$ par lecture graphique sur la courbe 2.

La célérité de l'onde peut être donnée par $v = \lambda \times f$

A.N. : $v = 0,40\times1,0\times10^3 = \boxed{4,0\times10^2\ \text{m.s}^{-1}}$.

Ainsi :

a) Faux, au-delà de la valeur, l'unité était fausse.

b) Faux, elle est de 1,0 ms.

c) Vrai, $1,0\times10^3\ \text{Hz} = 1,0\ \text{kHz}$.

d) Faux, une puissance de 10 en trop, cette célérité est en fait de $4,0\times10^2\ \text{m.s}^{-1}$.

Exercice 13.5

1. a) À partir du nom : masse linéique semble être le rapport de la masse par la longueur de la corde. L'unité est kg.m^{-1}, donc une masse en kg divisée par une longueur en m, cela confirme la formule :

$$\mu = \frac{m}{L}$$

m : masse de la corde en kg
L : longueur de la corde en m
μ : masse linéique de la corde en kg.m^{-1}

b) A.N. : $\mu = \frac{0,010}{0,90} = \boxed{0,011\ \text{kg.m}^{-1}}$.

2. $v = \sqrt{\frac{T}{\mu}}$ A.N. : $v = \sqrt{\frac{100}{0,011}} = \boxed{95\ \text{m.s}^{-1}}$.

3. La note obtenue a une période de 3,30 ms, déterminons la fréquence de cette note :

$f = \frac{1}{T}$ A.N. : $f = \frac{1}{3,30\times10^{-3}} = \boxed{303\ \text{Hz}}$.

Sachant que la fréquence de la note augmente si la tension augmente, le musicien doit augmenter la tension de la corde pour obtenir un mi3 à 330 Hz.

Exercice 13.6

1. a) La formule qui relie la vitesse v de propagation du son, la distance d sur laquelle ce son se propage et le temps t de propagation est $v = \frac{d}{t}$.

b) A.N. : $v = \frac{10\times10^3}{2,0} = \boxed{5,0\times10^3\ m.s^{-1}}$.

c) La vitesse du son dans les rails étant beaucoup plus grande que celle dans l'air (5000 contre 340 $m.s^{-1}$), Averell a donc effectivement pu entendre le déraillement avant ses frères.

2. a) Le temps mis par le bruit du déraillement pour parvenir aux frères Dalton par l'air est donné par $t = \frac{d}{v}$. A.N. : $t = \frac{10\times10^3}{340} = \boxed{29\ s}$.

b) Avec plus de confiance en Averell, les Dalton auraient donc pu gagner 29 – 2 = 27 secondes.

Exercice 13.7

1. Pour évaluer la distance séparant les sols lunaire et terrestre, il faut au préalable calculer la distance parcourue par l'onde électromagnétique :

$d = v\times t$ A.N. : $d = 3,00\times10^8 \times 2,54 = 7,62\times10^8$ m.

La distance entre les sols lunaire et terrestre est la moitié de cette distance du fait de l'aller-retour effectué par l'onde : $d_{\text{Terre Lune}} = \frac{7,62\times10^8}{2} = \boxed{3,81\times10^8\ m}$.

2. a) Supposant que l'on puisse faire cette expérience avec des ondes ultrasonores (ce qui n'est pas le cas), il faut calculer le temps de trajet d'une onde sur cette distance :

$2d_{\text{Terre Lune}} = 7,62\times10^8$ m avec $t = \frac{d}{v}$. A.N. : $t = \frac{7,62\times10^8}{340} = \boxed{2,24\times10^6\ s} \approx 623$ h.

b) Cette expérience n'est pas réalisable car le son ne se propage pas dans le vide qui sépare la Terre de la Lune.

Exercice 13.8

La vitesse de la lumière étant un million de fois plus grande que celle du son dans l'air, le temps séparant la vue de la foudre et le bruit qu'elle crée est le temps de propagation du son depuis la foudre jusqu'à notre oreille. Ainsi $d = v_{air}\times t$ donne cette distance. Pour faciliter le calcul de tête, 340 est simplifié à 300, ce qui donne $\boxed{d = 300\times t}$, expression proposée par ma grand-mère Nicole. Les résultats trouvés sont convenables et l'arrondi sur la vitesse est légitime sachant que compter quelques secondes de tête n'est pas très précis non plus.

Sachant que la vitesse est légèrement arrondie par défaut (valeur inférieure à la valeur réelle), le résultat sur la distance est donc légèrement plus faible que le résultat théorique. Néanmoins, une fois encore, l'imprécision lors du comptage des secondes est du même ordre de grandeur. Pour plus de précision, il faudrait un chronomètre, de bons réflexes et la vitesse exacte du son dans l'air.

Exercice 13.9

1. a) Le pic de la première courbe, « émission », est justement dû à l'émission d'une onde sonore depuis le bateau. Le pic de la seconde courbe, « réception », est dû à la réception par le bateau de l'onde sonore après sa traversée jusqu'au fond de l'eau, sa réflexion, puis sa remontée à la surface pour rejoindre le bateau avec un léger amortissement.

b) La vitesse de propagation du son dans l'eau est donnée par $\boxed{v_{eau} = \frac{2 \times p_{fond}}{t}}$ avec p_{fond} la profondeur d'eau sous le bateau et t le temps de trajet de l'onde, soit le temps séparant les 2 pics d'émission et de réception. Le 2 vient du fait que l'onde traverse 2 fois la profondeur d'eau (une fois en descente, une fois en montée).

c) Sur l'oscillogramme, on lit le temps de trajet de l'onde, avec 8 carreaux de 50 ms = 0,050 s, $t = 8 \times 0,050 = 0,40$ s.

A.N. : $v_{eau} = \frac{2 \times 300}{0,40} = \boxed{1,5 \times 10^3 \text{ m.s}^{-1}}$.

2. a) Le pic de la première courbe, « émission », est toujours dû à l'émission d'une onde sonore depuis le bateau. Deux pics sont visibles sur la seconde courbe, le premier est dû à la réflexion sur quelque chose de plus proche : le banc de poissons. Le second est encore dû à la réflexion sur le fond de l'eau.

b) Par analogie avec la formule du dessus, $v_{eau} = \frac{2 \times p_{poisson}}{t_2}$ avec $p_{poisson}$ la profondeur à laquelle se trouvent les poissons sous le bateau et t_2 le temps de parcours de l'onde qui se réfléchit sur le banc de poissons.

$$v_{eau} = \frac{2 \times p_{poisson}}{t_2}$$

$$\Leftrightarrow v_{eau} \times t_2 = 2 \times p_{poisson}$$

$$\Leftrightarrow \boxed{p_{poisson} = \frac{v_{eau} \times t_2}{2}}.$$

c) Sur l'oscillogramme, on lit le temps de trajet de l'onde, avec 3 carreaux de 50 ms, soit 150 ms, $t_2 = 150 \text{ ms} = 0,150$ s

A.N. : $p_{poisson} = \frac{1500 \times 0,150}{2} \approx \boxed{113 \text{ m}}$.

Exercice 13.10

1. a) La vitesse v_{son} de propagation du son dans l'air est $v_{son} = 340 \text{ m.s}^{-1}$.

b) Cette vitesse v_{son} de propagation du son est donnée par $v_{son} = \frac{d}{t}$, avec d la distance séparant l'émetteur du récepteur et t le temps de propagation du son.

c) Le temps mis par le signal émis par l'émetteur pour rejoindre le récepteur est obtenu par lecture de l'oscillogramme et utilisation de l'échelle horizontale : 7,5 carreaux de 0,20 ms, soit $t = 7,5 \times 0,20 = 1,5 \text{ ms} = \boxed{1,5 \times 10^{-3} \text{ s}}$.

d) La vitesse de propagation de cette onde sonore est $v_{son} = \dfrac{0,50}{1,5 \times 10^{-3}} = \boxed{3,3 \times 10^{2} \text{ m.s}^{-1}}$. On retrouve une valeur proche de celle attendue de 340 m.s^{-1}.

2. a) La toile de jute est transparente aux ondes sonores, la mousse de calage en plastique et le cylindre en bois ne transmettent pas les ondes sonores.

b) Le cylindre en bois réfléchit les ondes sonores, mais pas la toile de jute ni la mousse de calage en plastique.

3. Pour déterminer la position approximative du cylindre en bois sans ouvrir le carton ou retirer la toile de jute, il faut utiliser l'ensemble émetteur-récepteur mis côte à côte à la manière d'un médecin effectuant une échographie. Pour cela, il faut balader l'ensemble émetteur-récepteur à la surface de la toile de jute comme le ferait le médecin à la surface de la peau. Si le récepteur ne détecte aucun signal, seule de la mousse de calage se trouve sous la toile de jute. Si le récepteur détecte un signal, c'est que l'onde sonore émise est réfléchie par le cylindre en bois, donc ce dernier se trouve sous la toile de jute. Ainsi, on peut détecter la position de ce cylindre. C'est ce que fait le médecin lors de l'échographie, avec une bonne résolution et du matériel plus précis, il peut par exemple observer une image de bébé à l'écran.

Exercice 13.11

Il est extrêmement difficile voire impossible de mesurer le temps séparant 2 pics correspondant à une période. Une technique plus adaptée et plus précise est de déterminer le temps de plusieurs périodes puis de déduire par une division. Ici, il est possible de compter 34 pics entre 2 carreaux, soit pour un temps de 1,0 ms on a 33 périodes. Par division, on déduit donc la période T :

$$T = \frac{1,0}{33} = 0,030 \text{ ms} = 0,030 \times 10^{-3} \text{ s} = \boxed{3,0 \times 10^{-5} \text{ s}}.$$

$f = \dfrac{1}{T} = \dfrac{1}{3,0 \times 10^{-5}} = 3,3 \times 10^{4} \text{ Hz} = \boxed{33 \text{ kHz}}$. On a bien des ondes ultrasonores car de fréquence supérieure à 20 kHz.

Exercice 13.12

1. Depuis l'impact, le son parcourt une plus grande distance pour aller vers l'oreille la plus éloignée. Cette dernière perçoit donc plus tardivement ce son, ce qui permet au cerveau d'interpréter et de conclure que l'impact a lieu plus loin de cette oreille que de l'autre. C'est un des phénomènes qui naturellement nous permet de savoir si un son provient de la droite, ou de la gauche.

2. a) $\tau = \dfrac{L}{v}$.

Corrigé

b) Par trigonométrie $\sin\alpha = \frac{L}{D}$, d'où $L = D\times\sin\alpha$.

c)

$$\left.\begin{array}{l} L = D\times\sin\alpha \\ \tau = \frac{L}{v} \end{array}\right\} \tau = \frac{D\times\sin\alpha}{v}.$$

d) Application numérique : $\tau = \frac{0{,}20\times\sin 45}{340} = 4{,}2\times10^{-4}\ \text{s} = \boxed{0{,}42\ \text{ms}}$. Les oreilles ont une acuité et un temps de réponse très fins.

Exercice 13.13

1. Il faudrait au minimum trois sismographes afin de détecter la provenance des ondes (l'épicentre) car chaque donnée de la différence de temps entre l'arrivée des ondes S et P au sismographe fournit la distance du sismographe au séisme. Or cette distance seule ne donne pas la direction. À une distance d'un point se trouve une infinité de points répartis sur un cercle, c'est ce qu'on obtiendrait avec un seul appareil. L'intersection de deux cercles étant deux points, on aurait deux possibles emplacements de l'épicentre. Pour avoir avec certitude l'emplacement de l'épicentre, il faut un troisième sismographe.

2. a) $t_S - t_P = \frac{d}{v_S} - \frac{d}{v_P} = d\times\left(\frac{1}{v_S} - \frac{1}{v_P}\right) = d\times\left(\frac{v_P}{v_S\times v_P} - \frac{1}{v_P}\right) = \frac{d}{v_P}\times\left(\frac{v_P}{v_S} - 1\right)$.

b) $t_S - t_P = \frac{d}{v_P}\times\left(\frac{v_P}{v_S} - 1\right) \Leftrightarrow d = \frac{t_S - t_P}{\left(\frac{v_P}{v_S} - 1\right)}\times v_P$

D'après l'énoncé, $\frac{v_P}{v_S} = 1{,}75$ et $v_P = 6{,}0\ \text{km.s}^{-1}$ ainsi $\frac{v_P}{\left(\frac{v_P}{v_S} - 1\right)} = \frac{6{,}00}{(1{,}75 - 1)} = 8{,}00$

Ainsi : $d = 8{,}00\times(t_S - t_P)$.

3. a) $1{,}00\times10^7\ \text{cm} = 1{,}00\times10^5\ \text{m} = 1{,}00\times10^2\ \text{km} = \boxed{100\ \text{km}}$. D'après l'échelle $1/10^7$, 1,00 cm sur la carte représente 100 km.

b) Données des sismographes de trois villes :

	$t_S - t_P$ (s)	d (km)
Kappa	49,25	394
Omicron	19,00	152
Tau	69,50	556

c) Pour déterminer sur la carte le lieu de l'épicentre du séisme, on va tracer des arcs de cercles de :

– 3,94 cm de rayon autour de Kappa ;
– 1,52 cm de rayon autour d'Omicron ;
– 5,56 cm de rayon autour de Tau.

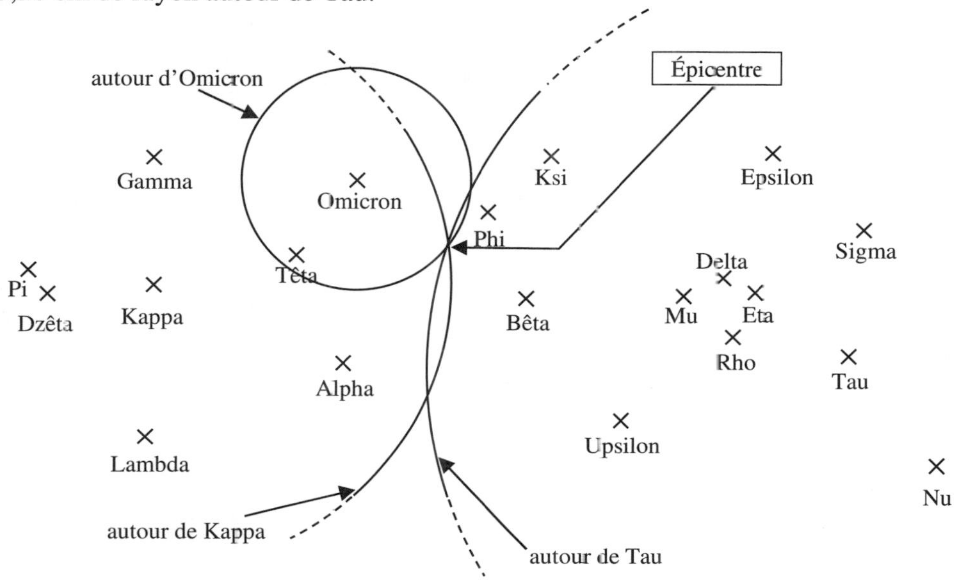

d) La ville la plus proche de l'épicentre du séisme est Phi.

Chapitre 14
Mouvement d'un système

Les hommes ont mis des siècles à comprendre la notion de mouvement, à le décrire et le quantifier ; il est pourtant la vie. Son étude nous place dans le monde vectoriel de dimension 2 ou 3. Une bonne compréhension de ce chapitre nécessite de manier les notions de vitesse et d'accélération dans ce contexte et de faire le lien avec les forces qui engendrent le mouvement et les masses sur lesquelles elles s'appliquent.

Un scientifique

L'astronome et mathématicien allemand Johannes **Kepler** (1571-1630) est connu pour avoir énoncé trois lois régissant l'orbite des planètes. Les lois de **Newton** justifieront ses découvertes. On sait moins que le même Kepler a produit une étude fort rigoureuse pour permettre aux négociants en vin de connaître le volume des tonneaux ; elle fut publiée en latin sous le nom *Nouvelle géométrie solide des tonneaux de vin*. Sur ses vieux jours, le savant allemand a gagné sa vie en établissant des horoscopes. Comme quoi, à l'époque, science et superstition étaient proches l'une de l'autre !

LE SAVIEZ-VOUS ?

En 1697, Jean **Bernoulli** pose le problème suivant : un mobile sans vitesse initiale va de A vers B mu seulement par la gravité en suivant une courbe. On néglige les frottements. Quelle est la courbe qui minimise le temps de parcours ? **Galilée** avait affirmé qu'il s'agissait d'un arc de cercle.
Le calcul intégral, récemment introduit, donnait un moyen mathématique de résoudre le problème ; il fallut peu de temps à **Leibniz**, Newton, Jacques Bernoulli, **Tschirnhaus** et le **Marquis de l'Hôpital** pour donner la réponse.
Jean Bernoulli nomme brachistochrone la courbe obtenue, des mots grecs *brakhistos*, le plus court et *khronos*, temps ; elle est plus connue sous le nom de cycloïde.

Objectifs

Les notions que je dois maîtriser

- ▷ Vecteur vitesse
- ▷ Vecteur variation de vitesse
- ▷ Résultante des forces
- ▷ Lien entre la variation du vecteur vitesse d'un système modélisé par un point matériel entre deux instants voisins et somme des forces appliquées sur celui-ci
- ▷ Rôle de la masse

Les compétences que je dois acquérir

- ▷ Tracer un vecteur variation de vitesse
- ▷ Donner une estimation de la variation de vitesse entre deux instants voisins, les forces appliquées au système étant connues
- ▷ Donner une estimation des forces appliquées au système, le comportement cinématique étant connu

Résumé de cours

Remarque préalable valant pour tout ce chapitre :
Dans le cadre du cours de mécanique de lycée, les mouvements des solides sont étudiés dans des référentiels dits « **galiléens** ». Ce sont des référentiels pour lesquels le principe d'inertie est applicable. En première approximation, on supposera que c'est le cas du référentiel terrestre qui sera utilisé dans ce chapitre. Pour simplifier, les systèmes étudiés seront approximés à des **masses ponctuelles** situées à leur centre de gravité.

Vecteurs vitesse et variation de vitesse

Rappels sur le vecteur vitesse

On appelle **vecteur vitesse** ou **vecteur vitesse instantanée** en un point M en mouvement au cours du temps t, le vecteur tangent à la trajectoire, dans le sens du mouvement et dont la norme est la vitesse en M à l'instant t. Il est calculé par :

$$v_i = \frac{M_iM_{i+1}}{t_{i+1} - t_i} = \frac{M_iM_{i+1}}{\Delta t}$$

M_iM_{i+1} : distance entre les points M_i et M_{i+1} en m

$t_{i+1} - t_i = \Delta t$: intervalle de temps entre deux points en s

v_i : vitesse au point i en m.s^{-1}

Exemple

Vecteur vitesse $\vec{v}_3$ d'une trajectoire parabolique

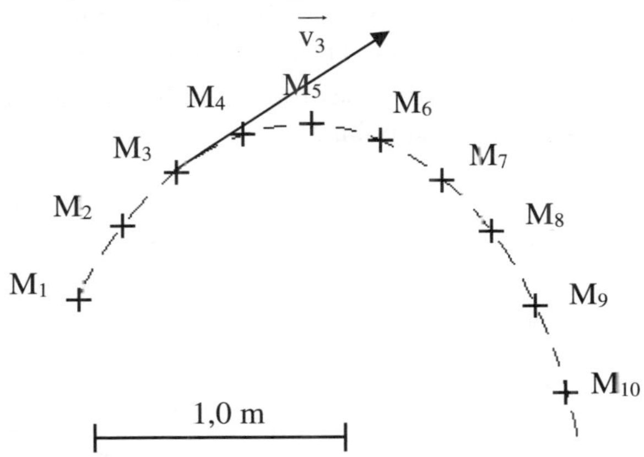

Remarques

Certains ouvrages prennent leur définition du vecteur vitesse à partir du point précédent i – 1 et du point suivant i + 1, l'intervalle de temps alors $v_i = \frac{M_{i-1}M_{i+1}}{t_{i+1} - t_{i-1}} = \frac{M_{i-1}M_{i+1}}{2\Delta t}$.

Pour que la vitesse instantanée ait un sens, Δt doit être le plus petit possible.

⇨ **Méthode 14.1. Rappel : tracer un vecteur vitesse instantanée**

❑ Vecteur variation de vitesse

Au cours du mouvement d'un système, son vecteur vitesse instantanée peut varier. Celui-ci peut voir sa direction, son sens et sa valeur être modifiés. Pour étudier ces variations entre deux positions i et j, on utilise le **vecteur variation de vitesse** $\Delta\vec{v}$ défini par :

$$\Delta\vec{v}_{i \to j} = \vec{v}_j - \vec{v}_i$$

$\Delta\vec{v}_{i \to j}$: vecteur variation de vitesse en i

$\vec{v}_j$: vecteur vitesse instantanée en j

$\vec{v}_i$: vecteur vitesse instantanée en i

Ce vecteur a pour origine le point j et peut être déterminé graphiquement par la somme vectorielle vue en mathématiques. Souvent, les deux points pris sont successifs, on note alors $\Delta\vec{v}_{i-1 \to i} = \Delta\vec{v} = \vec{v}_i - \vec{v}_{i-1}$.

Remarque

Selon les définitions adoptées, ce vecteur peut aussi être calculé par $\Delta\vec{v}_i = \vec{v}_{i+1} - \vec{v}_i$ ou par $\Delta\vec{v}_i = \vec{v}_{i+1} - \vec{v}_{i-1}$. Ainsi, attention à la définition donnée par le sujet, le professeur ou le livre avec lequel vous travaillez !

⇨ **Méthode 14.2. Tracer un vecteur variation de vitesse**

■ Lien entre force résultante, masse et vecteur variation de vitesse

❑ Résultante des forces

Pour un système représenté par une masse ponctuelle M (son centre de gravité généralement), lorsque plusieurs forces lui sont appliquées, on définit la **force résultante** ou **résultante des forces** comme la somme vectorielle de toutes les forces qui lui sont appliquées. Notée $\Sigma\vec{F}$, cette résultante est un vecteur qui s'applique au point M.

Exemple

Glisse sans frottement sur un plan incliné d'un objet massique

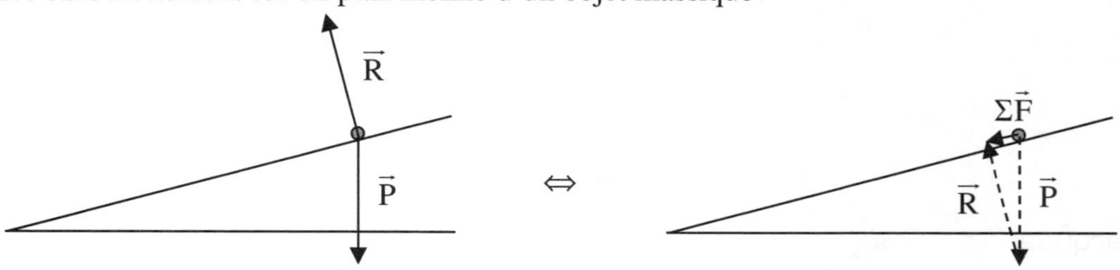

$\vec{P}$: poids de l'objet
$\vec{R}$: réaction du sol

$\Sigma\vec{F} = \vec{P} + \vec{R}$: résultante des forces

La résultante des forces est dans la **même direction** et de **même sens** que le vecteur variation de vitesse calculé sur un intervalle de temps Δt.

❑ Influence de la masse

La masse a une grande influence sur la variation du mouvement d'un système. En effet, **plus la masse du système est grande, plus il est difficile d'en modifier le mouvement**.

Pour illustrer cela, on peut simplement appliquer la même force sur 2 systèmes de masses différentes et le constater, par exemple sur deux caddies de supermarché à l'arrêt, un plein, un vide. En les poussant avec la même force, le caddie vide se met plus rapidement en mouvement et à plus grande vitesse.

❑ Expression approchée de la 2e loi de Newton

Pour un système de masse m, la résultante des forces $\Sigma\vec{F}$ auxquelles il est soumis, le vecteur variation de vitesse $\Delta\vec{v}$ et l'intervalle de temps Δt d'étude sont reliés par :

$$\boxed{\Sigma\vec{F} = m \times \frac{\Delta\vec{v}}{\Delta t}}$$

$\Sigma\vec{F}$: résultante des forces (dont la norme est en N)
m : masse du système (kg)
$\Delta\vec{v}$: vecteur variation de vitesse (dont la norme est en $m.s^{-1}$)
Δt : intervalle de temps (s)

Cette expression n'a de sens que pour des intervalles de **temps courts**.

Attention ! La norme d'une différence n'est pas la différence des normes des termes. On ne peut pas déduire une vitesse instantanée par simple calcul algébrique à moins d'avoir une projection simple de vecteurs (cas d'un mouvement rectiligne).

Remarque

On retrouve l'influence de la masse. Si celle-ci double par exemple d'un système à l'autre (toutes choses égales par ailleurs), pour avoir la même variation du vecteur vitesse, il faut une résultante des forces doublée.

⇨ **Méthode 14.3. Donner une estimation des forces appliquées au système**
⇨ **Méthode 14.4. Donner une estimation de la variation de vitesse entre deux instants voisins**

❑ Retour sur le principe d'inertie

En classe de 2de a été vu le principe d'inertie : « Tout corps persévère dans son état de repos ou de mouvement rectiligne uniforme si les forces qui s'exercent sur lui se compensent ». Cela se vérifie avec la formule ci-dessus puisque si le corps est au repos ou en mouvement rectiligne uniforme, alors $\Delta\vec{v} = \vec{0}$, donc $\Sigma\vec{F} = \vec{0}$ et donc les forces exercées sur lui se compensent. La réciproque est vraie et donne : si $\Sigma\vec{F} = \vec{0}$ alors $\Delta\vec{v} = \vec{0}$.

Il est aussi possible d'appliquer les contraposées :

– si $\Sigma\vec{F} \neq \vec{0}$, alors $\Delta\vec{v} \neq \vec{0}$
– si $\Delta\vec{v} \neq \vec{0}$, alors $\Sigma\vec{F} \neq \vec{0}$.

■ Comment tracer des vecteurs vitesse et variation de vitesse ?

❑ Méthode 14.1. Rappel : tracer un vecteur vitesse instantanée

Pour tracer un vecteur vitesse v_i, il faut :

- mesurer la distance M_iM_{i+1} et déterminer sa valeur réelle dans le cas d'un schéma avec une échelle ;
- calculer sa valeur via la formule $v_i = \dfrac{M_iM_{i+1}}{\Delta t}$;
- évaluer la longueur du vecteur sur le schéma en fonction de l'échelle choisie ;
- tracer le vecteur v_i tangent à la trajectoire

⇨ Exercice 14.8

Sur la trajectoire ci-dessous, traçons le vecteur vitesse $\vec{v}_3$, au point M_3. Le tracé sera fait avec l'échelle $(1{,}0 \text{ m.s}^{-1})_{\text{réel}} \leftrightarrow (1{,}0 \text{ cm})_{\text{schéma}}$. L'intervalle de temps entre 2 points est $\Delta t = 0{,}10$ s .

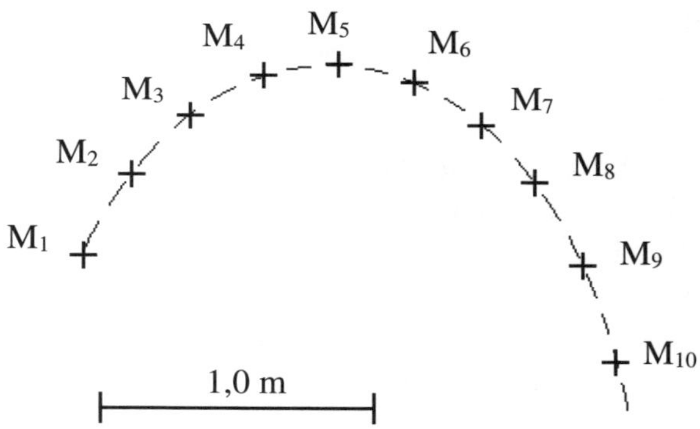

D'abord, mesurons la distance $(M_3M_4)_{\text{schéma}}$: 0,95 cm.

Par mesure, $(3{,}0 \text{ cm})_{\text{schéma}} \leftrightarrow (1{,}0 \text{ m})_{\text{réel}}$, à l'aide du tableau de proportionnalité ci-contre on détermine ainsi $(M_3M_4)_{\text{réel}} = \dfrac{0{,}95 \times 1{,}0}{3{,}0} = 0{,}32$ m.

Longueur sur le schéma en cm	Longueur réelle en m
3,0	1,0
0,95	

Calculons ensuite la norme du vecteur vitesse : $v_3 = \dfrac{0,32}{0,10} = 3,2 \text{ m.s}^{-1}$.

Enfin, déduisons sa taille afin de pouvoir le tracer : $(3,2 \text{ m.s}^{-1})_{\text{réel}} \leftrightarrow (3,2 \text{ cm})_{\text{schéma}}$, puis traçons :

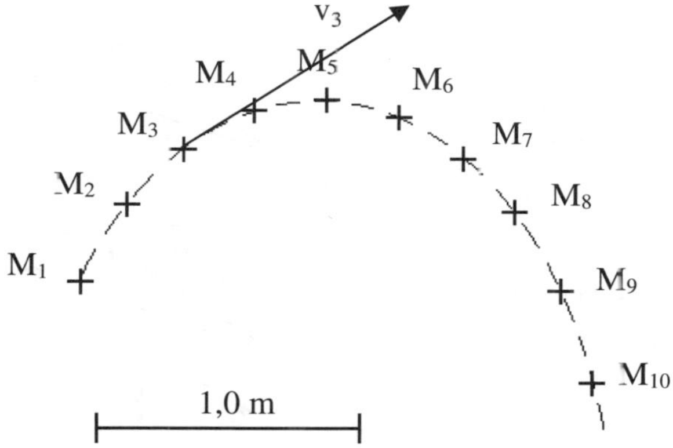

❑ Méthode 14.2. Tracer un vecteur variation de vitesse

Afin de tracer un vecteur variation de vitesse entre deux points successifs i et i + 1, il faut au préalable tracer les vecteurs vitesse instantanée en ces deux points. Puis il faut effectuer la somme des vecteurs $\overrightarrow{v_{i+1}}$ et $-\overrightarrow{v_i}$ (opposé du vecteur $\overrightarrow{v_i}$). Le résultat est alors ajouté sur le schéma à partir du point i.

⇨ **Exercices 14.1 et 14.8**

On se propose de tracer le vecteur variation de vitesse du point M_3 de la méthode 14.1.

D'abord, appliquant cette méthode, nous avons tracé les vecteurs vitesse nécessaires $\overrightarrow{v_3}$ et $\overrightarrow{v_4}$:

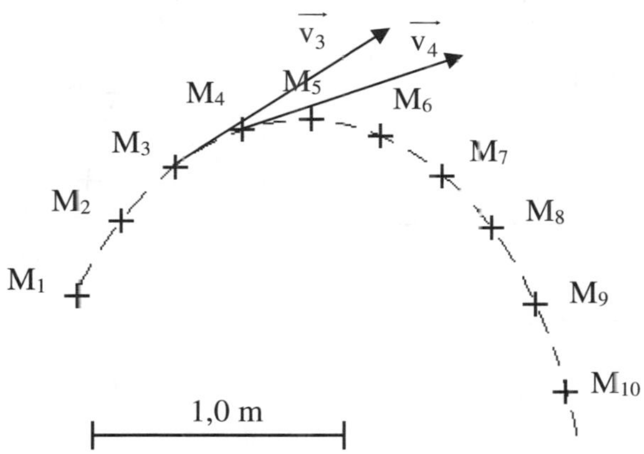

Puis afin d'effectuer la somme vectorielle $\overrightarrow{v_4} - \overrightarrow{v_3} = \overrightarrow{v_4} + \left(-\overrightarrow{v_3}\right)$, retournons le vecteur $\overrightarrow{v_3}$ afin d'obtenir le vecteur $-\overrightarrow{v_3}$ puis accolons-le au vecteur $\overrightarrow{v_4}$.

Dans un premier temps, ne gardons que les vecteurs du schéma afin de bien comprendre le tracé :

Les vecteurs vitesse :

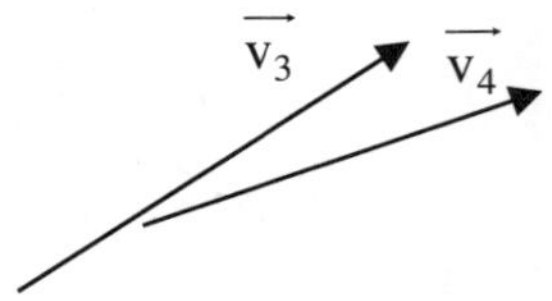

On retourne le vecteur $\overrightarrow{v_3}$ et on l'accole à $\overrightarrow{v_4}$:

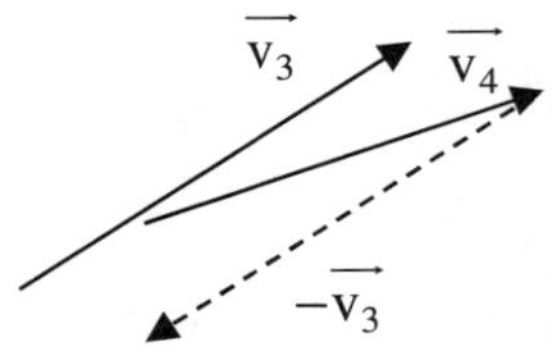

On peut alors tracer $\Delta\vec{v}$:

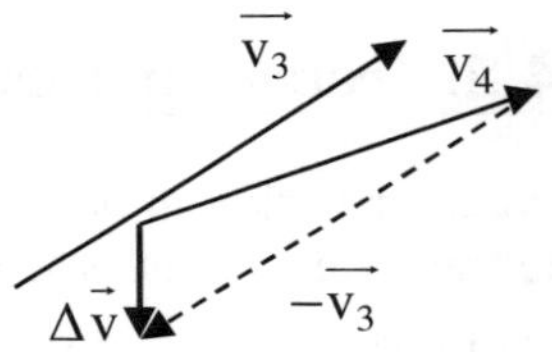

Ce qui donne sur le schéma complet :

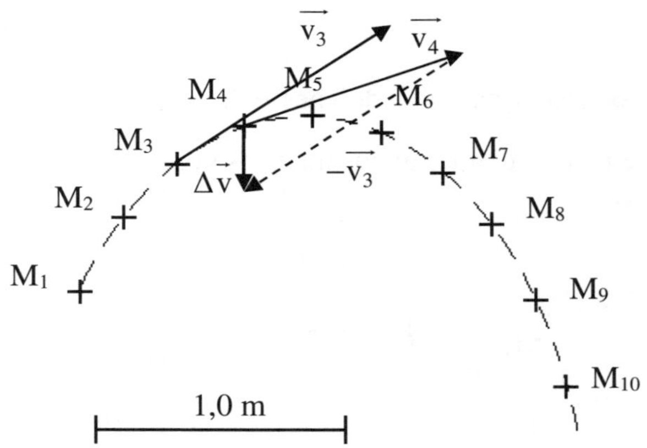

■ Comment exploiter l'expression approchée de la 2e loi de Newton ?

❑ Méthode 14.3. Donner une estimation des forces appliquées au système

> La 2e loi de Newton $\Sigma\vec{F} = m \times \frac{\Delta\vec{v}}{\Delta t}$ permet d'estimer une variation de vitesse directement.

⇨ **Exercices 14.4 à 14.6, 14.8 et 14.9.**

Exemple algébrique : relance au pied d'un gardien de but de football

On considère un ballon de foot réglementaire (environ 430 g) posé sur la ligne des 6 mètres pour une relance par le gardien de but. Le coup de pied dure environ 10 ms et le ballon décolle à une vitesse de 30 m.s^{-1}. Estimer la force exercée par le pied sur le ballon.

Initialement immobile, le ballon se déplace alors dans le sens de la force après le choc, ainsi en projection sur cette direction, on a :

$$F = m \times \frac{\Delta v}{\Delta t} = m \times \frac{v - v_0}{\Delta t} \qquad \text{A.N. : } F = 0{,}430 \times \frac{30 - 0}{0{,}010} = \boxed{1{,}3 \times 10^3 \text{ N}}.$$

Exemple géométrique :

On considère le mouvement de chute libre d'un projectile (c'est-à-dire soumis seulement à son poids en théorie). On désire déterminer la résultante des forces qu'il subit afin de constater que cela correspond à son poids. Le système peut être considéré comme une masse ponctuelle de 100 g, $g = 9{,}81$ N.kg^{-1} et $\Delta t = 0{,}20$ s.

L'échelle pour le tracé de vecteur est $(5 \text{ m.s}^{-1})_{\text{réel}} = (2 \text{ cm})_{\text{schéma}}$.

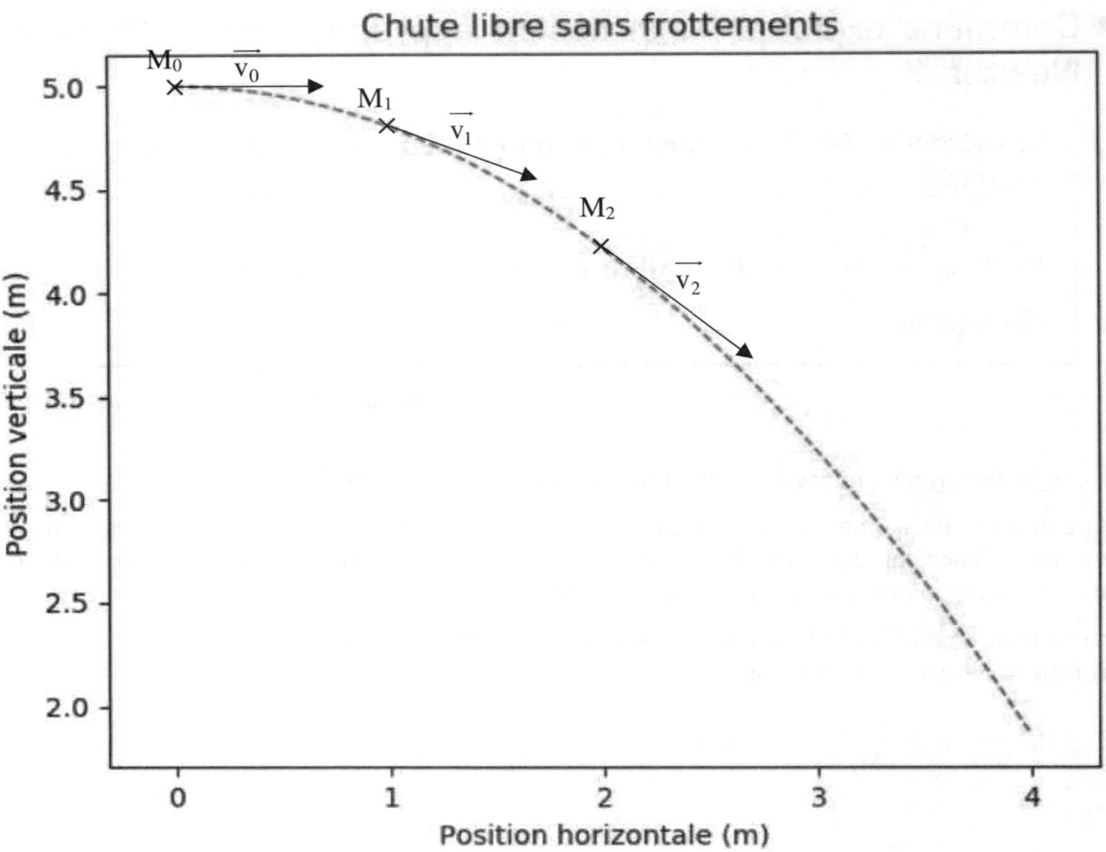

Pour effectuer cette étude, évaluons d'abord le vecteur variation de vitesse :

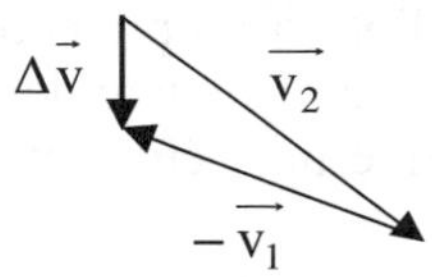

Par mesure on a une longueur de $\Delta\vec{v}$ de 0,8 cm.

Ce qui donne $\left\|\Delta\vec{v}\right\| = \dfrac{0{,}8\times 5}{2} = 2 \text{ m.s}^{-1}$.

Permettant de calculer $F = m\times\dfrac{\Delta v}{\Delta t} = 0{,}100\times\dfrac{2}{0{,}20} = \boxed{1\text{ N}}$.

Si le résultat est imprécis (à cause de la mesure à la règle), il est tout de même très proche du résultat attendu puisque $P = m\times g = 0{,}100\times 9{,}81 = \boxed{0{,}981\text{ N}}$.

❑ Méthode 14.4. Donner une estimation de la variation de vitesse entre deux instants voisins

> Partant de l'expression de la 2e loi de Newton $\Sigma\vec{F} = m \times \dfrac{\Delta\vec{v}}{\Delta t}$, il est possible d'estimer une variation de vitesse en isolant $\Delta\vec{v}$.

⇨ **Exercices 14.3, 14.7 et 14.9.**

Isolons $\Delta\vec{v}$:

$$m \times \frac{\Delta\vec{v}}{\Delta t} = \Sigma\vec{F} \Leftrightarrow m \times \Delta\vec{v} = \Sigma\vec{F} \times \Delta t \Leftrightarrow \boxed{\Delta\vec{v} = \frac{\Sigma\vec{F} \times \Delta t}{m}}.$$

Ainsi, connaissant la résultante des forces d'un système de masse m, il est possible d'évaluer la variation du vecteur vitesse sur un intervalle de temps Δt.

<u>Exemple algébrique</u> :

Quelle vitesse horizontale acquiert un cycliste pesant 75 kg (avec son vélo et équipement) initialement à l'arrêt poussé par son coach au démarrage avec une force de 80 N sur 1,0 s ?

La vitesse étant dans le sens de la force, on peut travailler avec les normes des vecteurs.

$\Delta v = v - v_0 = v$ puisque la vitesse initiale est nulle.

$v = \dfrac{\Sigma F \times \Delta t}{m}$ A.N. : $v = \dfrac{80 \times 1{,}0}{75} = \boxed{1{,}1 \text{ m.s}^{-1}}$, il va devoir pédaler…

<u>Exemple géométrique</u> :

On considère le mouvement de chute libre d'un projectile de la méthode précédente (c'est-à-dire soumis seulement à son poids). On désire déterminer le vecteur vitesse instantanée au point M_3. Le système est toujours une masse ponctuelle de 100 g, g = 9,81 $N.kg^{-1}$ et $\Delta t = 0{,}200$ s. L'échelle pour le tracé de vecteur est $(5{,}0 \text{ m.s}^{-1})_{\text{réel}} = (2{,}0 \text{ cm})_{\text{schéma}}$.

Méthodes

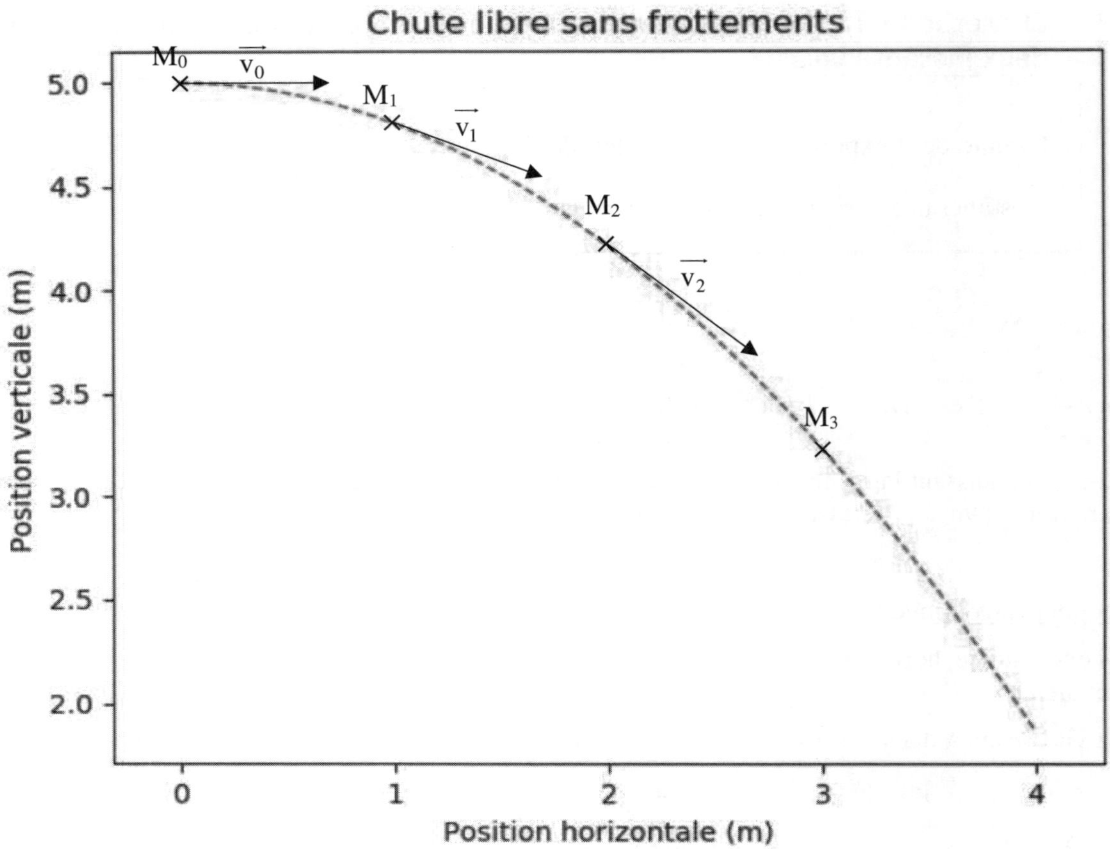

À partir de l'expression approchée de la 2e loi de Newton :

$$\Sigma\vec{F} = m \times \frac{\Delta\vec{v}}{\Delta t} \Leftrightarrow \Delta\vec{v} = \frac{\Sigma\vec{F} \times \Delta t}{m} = \frac{\vec{P} \times \Delta t}{m} = \frac{m \times \vec{g} \times \Delta t}{m}.$$

Ainsi $\Delta\vec{v} = \vec{g} \times \Delta t$, vertical vers le bas dont la norme est $\left\|\Delta\vec{v}\right\| = \left\|\vec{g} \times \Delta t\right\|$.

A.N. : $\left\|\Delta\vec{v}\right\| = 9{,}81 \times 0{,}200 = 1{,}96$ m.s^{-1}. Ce vecteur variation de vitesse est constant puisque la seule force appliquée est elle aussi constante. Ce vecteur $\Delta\vec{v}$ vertical vers le bas de norme 1,96 m.s^{-1} peut être représenté sur le schéma par un vecteur vertical vers le bas de norme $\frac{1{,}96 \times 2{,}0}{5{,}0} = 0{,}78$ cm (on fera 0,8 cm avec notre règle).

Puisque $\Delta\vec{v} = \overrightarrow{v_3} - \overrightarrow{v_2}$ alors on obtient $\overrightarrow{v_3}$ via la construction de $\overrightarrow{v_3} = \Delta\vec{v} + \overrightarrow{v_2}$.

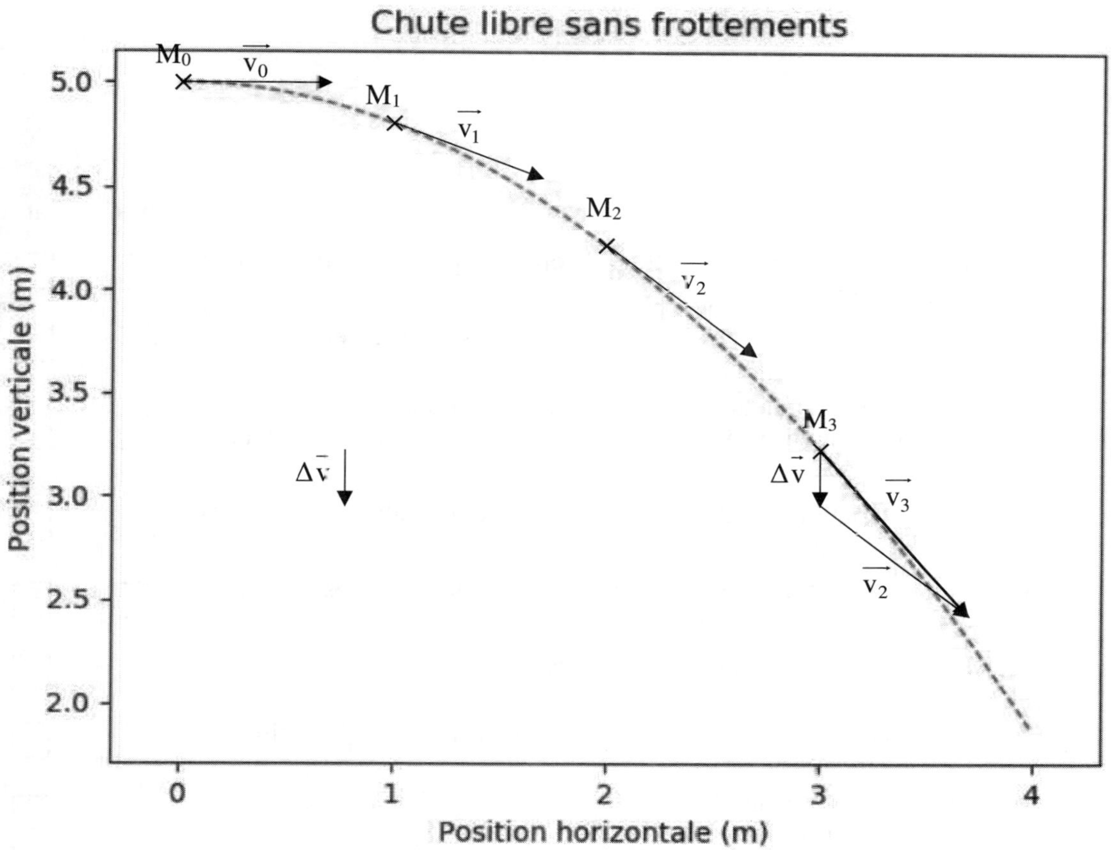

Par mesure à la règle, ce vecteur a une longueur de 3,0 cm sur le schéma, donc une valeur réelle de $\dfrac{3{,}0\times5{,}0}{2{,}0}=\boxed{7{,}5\ \text{m.s}^{-1}}$.

Méthodes

■■ Vrai/Faux

		Vrai	Faux
1.	Le vecteur vitesse instantanée est constant pour un mouvement rectiligne uniforme.	☐	☐
2.	Le vecteur variation de vitesse a une norme qui s'exprime en $m.s^{-1}$.	☐	☐
3.	Pour toute trajectoire, la norme du vecteur variation de vitesse est égale à la différence des valeurs de deux vitesses instantanées voisines.	☐	☐
4.	Le vecteur variation de vitesse est colinéaire à la résultante des forces subies par le système étudié.	☐	☐
5.	La résultante des forces est la somme vectorielle de toutes les forces appliquées au système étudié.	☐	☐
6.	La résultante des forces a une norme exprimée en newtons.	☐	☐
7.	Un objet plus lourd est plus difficile à accélérer, mais aussi à freiner.	☐	☐
8.	Avec une résultante des forces constante non nulle, la vitesse d'un système ne fait qu'augmenter.	☐	☐
9.	Si la résultante des forces est verticale vers le bas, alors l'objet se déplace verticalement vers le bas.	☐	☐
10.	Si la résultante des forces est verticale vers le bas, alors la projection verticale de la vitesse de l'objet est vers le bas.	☐	☐

Énoncé des exercices

❑ Exercice 14.1. Vecteur variation de vitesse

Pour chaque cas, les positions prises par un système sur des intervalles de temps réguliers sont représentées numérotées dans l'ordre. Préciser avec une justification brève sur quel schéma le vecteur variation de vitesse est bien représenté.

1. Mouvement rectiligne ralenti

Schéma A Schéma B Schéma C

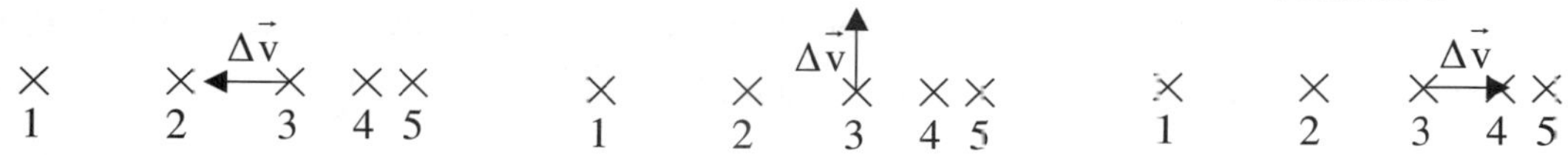

2. Mouvement rectiligne uniforme

Schéma A Schéma B Schéma C

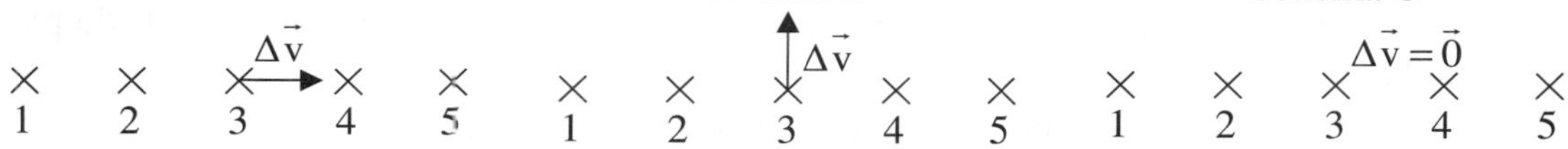

3. Mouvement circulaire uniforme

Schéma A Schéma B Schéma C

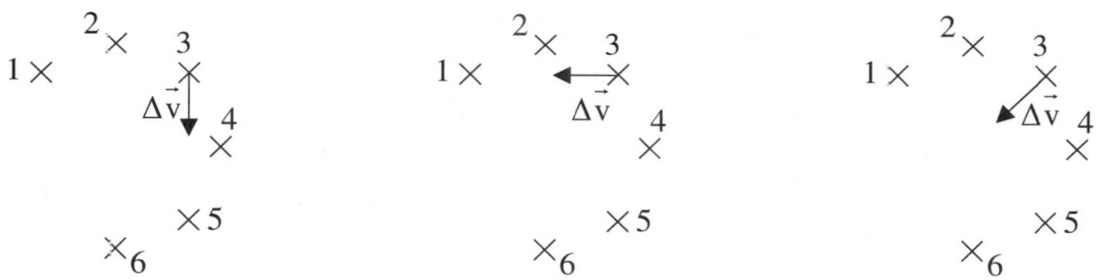

4. Mouvement parabolique

Schéma A Schéma B Schéma C

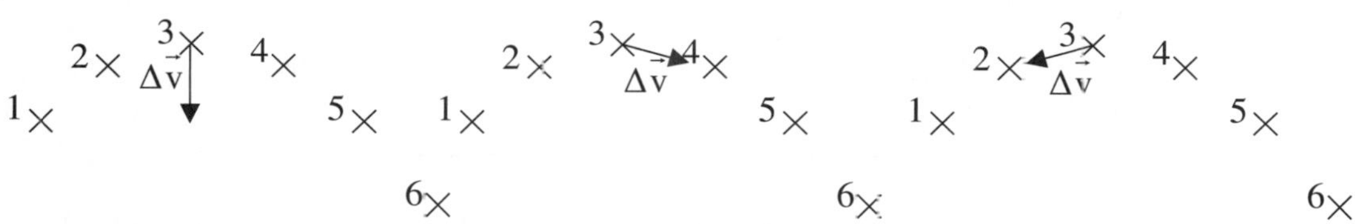

❑ Exercice 14.2. Glissement d'un palet sur plan incliné

Un palet glisse à vitesse lente et constante de manière linéaire le long d'un plan incliné (schéma ci-contre). On note $\vec{P}$ le poids du palet et $\vec{R}$ la réaction du support ou force exercée par le plan incliné sur le palet (cette force est perpendiculaire au plan incliné).

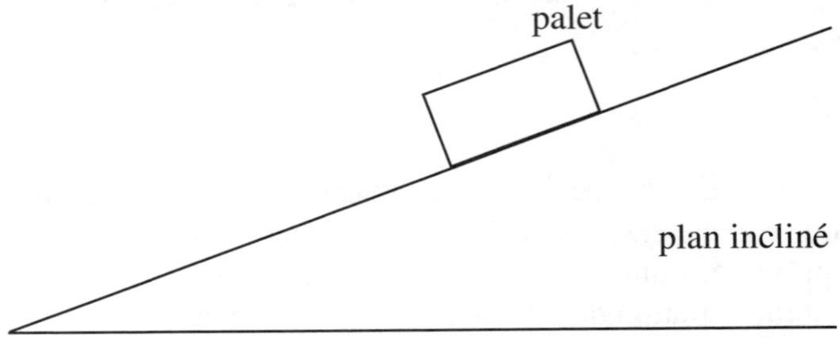

Données : $g = 9{,}8\ \text{N.kg}^{-1}$; $m_{\text{palet}} = 10\ \text{kg}$.

1. a) Calculer puis représenter les forces citées dans l'énoncé sur le schéma, la norme de $\vec{R}$ est donnée : $\|\vec{R}\| = 92\ \text{N}$. On choisira comme échelle $(20\ \text{N})_{\text{réel}} = (1{,}0\ \text{cm})_{\text{schéma}}$.

b) Déterminer la résultante des forces $\Sigma\vec{F} = \vec{P} + \vec{R}$ (direction, sens et valeur).

c) Cette résultante des forces $\Sigma\vec{F}$ est-elle en accord avec le mouvement du palet ? Pourquoi ?

2. a) Expliquer la présence d'une autre force. Cette force est la force de frottement $\vec{f}$ du palet sur le plan incliné.

b) Déterminer cette force de frottement $\vec{f}$ (direction, sens et valeur).

❑ Exercice 14.3. Balle soufflée sur plan incliné

Une balle subit sur un plan incliné :

- son poids $\vec{P}$, vertical vers le bas d'une intensité de 1,0 N
- la réaction normale du plan incliné $\vec{R}$ d'une intensité de 0,94 N
- la force de frottement de l'air $\vec{F}$ dans le sens de la pente, dirigée vers la montée, d'une intensité de 0,35 N

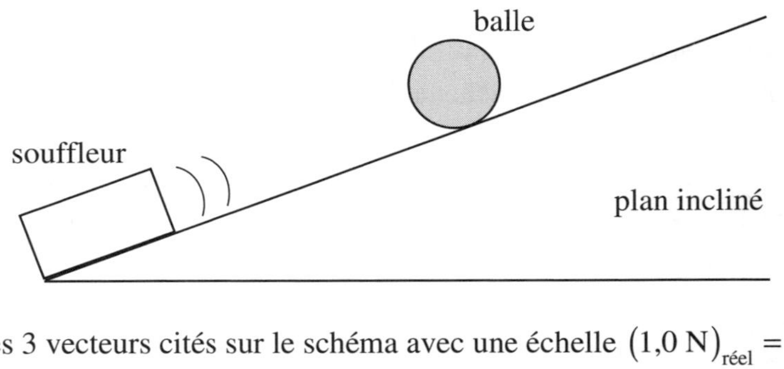

1. Représenter les 3 vecteurs cités sur le schéma avec une échelle $(1{,}0\ \text{N})_{\text{réel}} = (4{,}0\ \text{cm})_{\text{schéma}}$

2. a) Déterminer graphiquement le vecteur résultante des forces $\Sigma\vec{F}$.

b) En déduire le mouvement de la balle.

❑ Exercice 14.4. Chocs sur des balles

Sur le tableau suivant se trouvent les descriptions de chocs subis par différentes balles dans différents sports :

Type de balle	Type de choc	Variation de vitesse (en $m.s^{-1}$)	Durée de l'impact (en ms)	Masse de la balle (en g)
Ping-pong	Smatch	20	1,0	2,7
Golf	Drive	60	1,0	46
Tennis	Service	50	5,0	57,5
Baseball	Coup de batte	80 (2 x 40)	0,80	145
Football	Coup franc	30	10	430

On se propose de comparer les forces subies par ces balles, il vous est possible de faire un classement hypothétique avant de calculer les valeurs…

1. Calculer pour chaque balle la force subie durant le choc en supposant les autres forces négligeables et en supposant que la force subie est constante durant l'impact.

2. Classer ces forces, cet ordre vous paraissait-il intuitif ?

❑ Exercice 14.5. De 0 à 100 km/h

Les bolides les plus puissants mettent à peine 3,0 s pour atteindre la vitesse de 100 $km.h^{-1}$, départ arrêté. On se propose d'étudier une voiture dont les performances ont été enregistrées et consignées dans le tableau ci-dessous :

temps en s	0	0,30	0,60	0,90	1,20	1,50	1,80	2,10	2,40	2,70	3,00
vitesse en $km.h^{-1}$	0	11	22	33	43	53	63	73	82	91	100

La voiture étudiée a une masse de 1800 kg au moment de l'essai, elle se déplace horizontalement vers la droite. On fera l'hypothèse que les forces de frottements (sol et air) sont négligées sur cet essai et que l'intensité de la pesanteur est $g = 9{,}8\ N.kg^{-1}$.

1. À propos de la vitesse

a) Calculer la valeur du vecteur variation de vitesse à l'instant t = 1,50 s.

b) Représenter le vecteur variation de vitesse calculé ci-dessus à t = 1,50 s en suivant l'échelle $\left(0{,}70\ m.s^{-1}\right)_{réel} = \left(1{,}0\ cm\right)_{schéma}$.

2. À propos de la résultante des forces

a) Déduire les caractéristiques du vecteur résultante des forces à t = 1,50 s.

b) Faire un bilan des forces et représenter ces dernières ainsi que la résultante en suivant l'échelle $\left(4000\ N\right)_{réel} = \left(1\ cm\right)_{schéma}$. On pourra représenter la voiture par un point noté V.

❑ Exercice 14.6. Démonstration d'une expérience historique

La chute des corps avait été expliquée par Aristote (IVe siècle av J.-C.) par les 4 éléments et leur arrangement au sein des corps, leur donnant ainsi leurs propriétés parmi lesquelles la gravité (mais aussi la légèreté). On pense alors que les corps les plus lourds tombent plus vite que les corps les plus légers. Il faut attendre le XVIIe siècle pour que Galilée revienne définitivement sur ces idées reçues. Pour cela, il propose une expérience de pensée que l'on se propose d'étudier.

1. On considère comme juste l'affirmation « un corps plus lourd tombe plus vite qu'un corps plus léger ». On appellera Lo le corps lourd, Lé le corps léger.

a) Si on attache avec une ficelle Lo à Lé, qu'advient-il de la vitesse de chute de Lo comparé à s'il était seul ? Est-il poussé, retenu ou non influencé ?

b) Ces deux corps attachés forment un système plus lourd que le Lo seul, ce système Lo+Lé devrait-il tomber plus vite ou moins vite que Lo seul ?

c) Les réponses aux questions a et b correspondent-elles ? Conclure.

2. On raconte que pour illustrer cette propriété des corps lourds et légers de tomber à la même vitesse, Galilée aurait lâché deux corps de masses différentes M (corps lourd) et m (corps léger) du haut de la tour de Pise. Les formes des objets étant similaires, les forces de frottements sont identiques et peuvent être négligées tant que les objets ne sont pas trop gros et en chute trop haute, on le supposera ici.

a) Faire un bilan des forces appliquées aux objets de masses M et m au cours de leur chute.

b) Rappeler la formule de l'expression approchée de la 2e loi de Newton.

c) Pour chaque objet, remplacer la résultante des forces par l'expression de la (ou des) force(s) en jeu en faisant apparaître les masses M et m dans les expressions.

d) Que devient l'expression après simplification ? Conclure.

❑ Exercice 14.7. Saut de stylo ressort

Un stylo à bille rétractable est un de ces fameux stylos qui n'ont pas de bouchon mais qui par un système ingénieux avec ressort, permet de sortir ou rentrer la pointe du stylo. Ils sont de plus en plus utilisés par les étudiants, de moins en moins appréciés par les enseignants quand ils sont utilisés comme « stylos-sauteurs », certains ont, il faut l'avouer, du talent. Parmi les élèves qui déforment le ressort de leur stylo, certains parviennent à faire bondir leurs stylos de quelques dizaines de centimètres ! Considérons un stylo de ce type, de masse m = 12,0 g et dont la résultante des forces durant la propulsion est de 1,0 N. On suppose que la propulsion se fait durant 40 ms durant lesquelles la force de propulsion est supposée constante.

1. Effectuer un bilan des forces appliquées durant la phase de propulsion, on négligera les forces de frottement.

2. Déterminer la valeur de la variation de vitesse entre le départ à l'arrêt et la fin de la phase de propulsion.

3. L'altitude à laquelle monte un projectile (appelée la flèche) est donnée par $h = \frac{v_0^2 \times \sin\theta}{2 \times g} + h_0$, avec v_0 sa vitesse en fin de propulsion ($m.s^{-1}$), θ l'angle avec l'horizontale (ici 90 °), $g = 9{,}8\ N.kg^{-1}$ l'accélération de la pesanteur et h_0 l'altitude de départ (ici nulle). Calculer la hauteur que peut atteindre ce stylo.

❑ Exercice 14.8. Palet sur table à coussin d'air.

Une table à coussin d'air permet de déplacer des palets à sa surface sans frottements. Un palet pesant 400 g est relié par une ficelle de masse négligeable à un point fixe au centre de la table. Le palet est en mouvement de rotation uniforme autour de ce point fixe, une caméra placée au-dessus capte les positions du palet au cours du temps permettant, après exploitation, d'obtenir le pointage suivant :

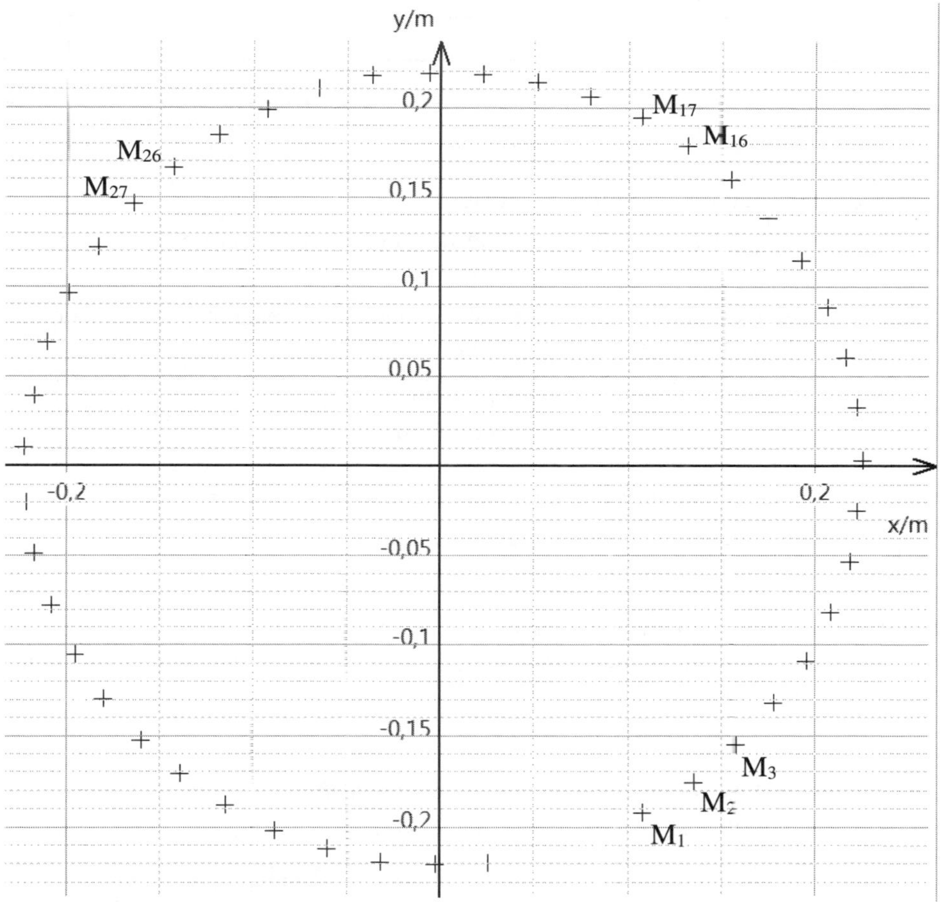

Le temps séparant 2 points successifs est de 40 ms.

1. Effectuer un bilan des forces subies par le mobile au cours de son mouvement, en déduire la résultante.

2. Tracé de quelques vecteurs vitesse.

a) D'après les distances précisées sur les axes, donner l'échelle employée ici pour les distances.

b) Rappeler le lien entre la vitesse v_i, la distance entre deux points successifs M_iM_{i+1} et le temps les séparant Δt.

c) Compléter le tableau suivant pour lequel les distances précises sont informées, puis tracer les différents vecteurs vitesse qu'il contient. La taille réelle doit être déterminée par la mise à l'échelle de la question a), l'échelle à respecter pour les tracés de vecteur est $\left(1{,}0\ \text{m.s}^{-1}\right)_{\text{réel}} = \left(5{,}0\ \text{cm}\right)_{\text{schéma}}$. On pourra garder 2 chiffres significatifs.

	Mesure de M_iM_{i+1} en cm	Taille réelle de M_iM_{i+1} en m	Valeur réelle de la vitesse v_i en $m.s^{-1}$	Taille du vecteur $\vec{v_i}$ à l'échelle en cm
$\vec{v}_2$	0,76			
$\vec{v}_3$	0,76			
$\vec{v}_{16}$	0,73			
$\vec{v}_{17}$	0,74			
$\vec{v}_{26}$	0,73			
$\vec{v}_{27}$	0,76			

2. Tracé de quelques vecteurs variation de vitesse.

a) Tracer sur le pointage les vecteurs variation de vitesse $\Delta\vec{v}_3 = \vec{v}_3 - \vec{v}_2$; $\Delta\vec{v}_{17} = \vec{v}_{17} - \vec{v}_{16}$ et $\Delta\vec{v}_{27} = \vec{v}_{27} - \vec{v}_{26}$.

b) Compléter le tableau suivant en mesurant les longueurs des vecteurs variation de vitesse puis en déterminant leur valeur réelle avec l'échelle.

	Mesure de la longueur en cm	Valeur réelle en $m.s^{-1}$
$\Delta\vec{v}_3$		
$\Delta\vec{v}_{17}$		
$\Delta\vec{v}_{27}$		

c) Que dire des valeurs des vecteurs variation de vitesse ? Pourquoi ne sont-elles pas égales ?

d) À partir de la moyenne de la norme des vecteurs variation de vitesse trouvés, déterminer la valeur de la force de tension du fil.

❑ Exercice 14.9. Palet lancé sur plan incliné

Un palet de masse de 2,00 kg est lancé avec une vitesse $v_0 = 4{,}0\ m.s^{-1}$ sur une pente de glace faisant un angle $\theta = 30°$ avec l'horizontale. L'altitude initiale est considérée nulle et les frottements négligés. On repère la position initiale M_0, une position quelconque M et la position M_{max} pour laquelle l'altitude atteinte est maximale (et donc la vitesse nulle) sur le schéma.
Donnée : $g = 9{,}81\ N.kg^{-1}$

Schéma de l'expérience :

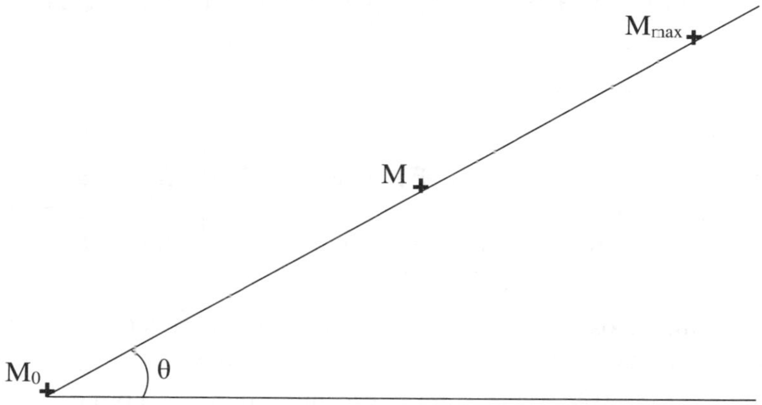

1. a) Lister les deux forces auxquelles est soumis le palet au cours de son mouvement. Ces dernières se compensent-elles ?

b) Après en avoir calculé l'intensité, représenter le poids du palet sur le schéma en respectant l'échelle $(5{,}0\ \text{N})_{\text{réel}} = (1{,}0\ \text{cm})_{\text{schéma}}$.

c) Décrire le mouvement du palet dans le référentiel terrestre lié au plan incliné.

d) Dans quel sens et quelle direction doit être la résultante des forces pour expliquer ce mouvement ?

e) Tracer alors la seconde force et la résultante de ces deux forces sur le schéma.

2. Étude de la résultante des forces.

a) Sachant que l'on retrouve l'angle θ entre les deux vecteurs forces, à l'aide du triangle formé par les vecteurs forces et la résultante des forces, montrer que l'intensité de la résultante des forces est telle que $\left\|\Sigma\vec{F}\right\| = P \times \sin\theta$ avec P la norme du poids. Calculer sa valeur.

b) Mesurer sur le schéma la longueur du vecteur résultante des forces, en déduire l'intensité du vecteur résultante des forces puis comparer à la question précédente.

3. a) Quelle vitesse possède le palet après 0,50 s de montée ?

b) Combien de temps faut-il pour que le palet atteigne l'altitude maximale de son mouvement ?

■ Pour vous aider à démarrer

Exercice 14.4. On pourra utiliser la norme de l'expression simplifiée de la 2e loi de Newton.

Exercice 14.6. En faisant apparaître la masse dans l'expression du poids, cette masse se simplifie avec celle de l'expression simplifiée de la 2e loi de Newton.

Exercice 14.9. Question 2. Faire un triangle avec le vecteur poids, le vecteur réaction du plan incliné et le vecteur résultante des forces.

Question 3. À l'altitude maximale, $\Delta v = v_0$ puisque $v = 0$.

Corrigé des vrai/faux

1.	2.	3.	4.	5.	6.	7.	8.	9.	10.
vrai	vrai	faux	vrai	vrai	vrai	vrai	faux	faux	faux

3. Attention, c'est une grosse erreur : ajouter des vecteurs et ajouter des scalaires est très différent. La norme d'une somme n'est pas la somme des normes des termes. Pour s'en convaincre, prenons $\overrightarrow{AB}+\overrightarrow{BA}$. Cette somme est nulle, donc de norme nulle $\left\|\overrightarrow{AB}+\overrightarrow{BA}\right\|=0$, pourtant $\left\|\overrightarrow{AB}\right\|+\left\|\overrightarrow{BA}\right\|=AB+AB=2AB$.

8. Avec une résultante des forces constante non nulle, le vecteur variation de vitesse est non nul, la vitesse peut donc varier soit en norme, soit en direction ou alors en norme et en direction. Dans le cas du mouvement de la Lune autour de la Terre supposé circulaire uniforme, la Lune subit une force gravitationnelle de la Terre mais ne voit pas sa vitesse varier en norme (mais en direction).

9. et **10.** Si la résultante des forces est verticale vers le bas, alors l'objet a un vecteur variation de vitesse vers le bas. Néanmoins s'il avait une vitesse horizontale, cette composante horizontale est conservée… De plus, pour un mouvement vers le haut, ce dernier est ralenti un temps mais toujours vers le haut avant inexorablement de devenir vers le bas.

❑ Les erreurs classiques

– Évaluer la variation d'un vecteur vitesse ou utiliser l'expression $\Sigma\vec{F}=m\times\frac{\Delta\vec{v}}{\Delta t}$ n'a de sens que pour des intervalles de temps limités.

– Attention ! La norme d'une différence n'est pas la différence des normes des termes. On ne peut passer de l'expression $\Sigma\vec{F}=m\times\frac{\Delta\vec{v}}{\Delta t}$ à $\left\|\Sigma\vec{F}\right\|=m\times\frac{v_j-v_i}{\Delta t}$ que si $\overrightarrow{v_j}$ et $\overrightarrow{v_i}$ sont colinéaires.

– Attention à ne pas relier directement la résultante des forces à la vitesse ! Cette résultante explique la variation de vitesse uniquement !

Corrigé des exercices

Exercice 14.1

1. Pour un mouvement rectiligne ralenti, la variation de vitesse se fait dans le sens contraire au mouvement, $\Delta\vec{v} = \vec{v}_3 - \vec{v}_2$ avec $\|\vec{v}_3\| < \|\vec{v}_2\|$. C'est donc le schéma A.

2. Pour un mouvement rectiligne uniforme, $\Delta\vec{v} = 0$ car $\vec{v}_3 = \vec{v}_2$. C'est donc le schéma C.

3. Pour un mouvement circulaire uniforme, la force est centrale (exemple du système Terre-Lune), donc le vecteur variation est central. C'est donc le schéma C.

4. Pour le mouvement parabolique représenté ici, la variation de vitesse est vers le bas, le projectile a une vitesse constante horizontale (exemple de la trajectoire d'un projectile en chute libre sur Terre). C'est donc le schéma A.

Exercice 14.2

1. a) $P = m \times g$

A.N. : $P = 10 \times 9{,}8 = \boxed{98 \text{ N}}$.

Le poids est vertical, il s'applique au centre de gravité du palet, schématiquement sa longueur est de $\dfrac{98 \times 1{,}0}{20} = 4{,}9$ cm.

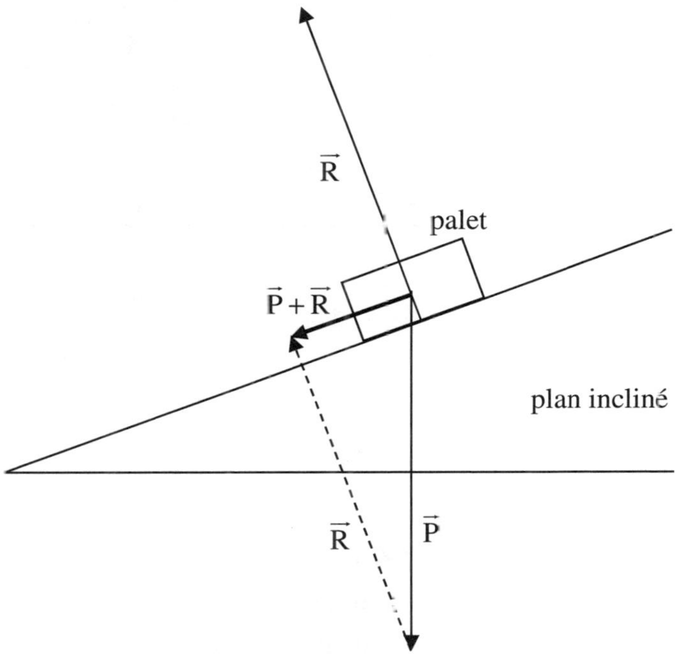

La réaction du support est perpendiculaire au plan incliné et a pour norme 92 N, sur le schéma sa longueur est de $\dfrac{92 \times 1{,}0}{20} = 4{,}6$ cm.

b) Pour déterminer la résultante des forces $\Sigma\vec{F} = \vec{P} + \vec{R}$, on fait la somme vectorielle des deux vecteurs. Sur le schéma ci-contre le vecteur $\vec{R}$ en pointillés a été ajouté pour la construction de la somme. On obtient un vecteur (représenté en trait épais) suivant l'inclinaison du plan, vers le bas, donc dans le sens de la vitesse. Par mesure à la règle, il fait 1,7 cm, ce qui correspond à une intensité de $\dfrac{1{,}7 \times 20}{1{,}0} = 34$ N.

c) Cette résultante des forces $\Sigma\vec{F}$ n'est pas du tout en accord avec le mouvement du palet. En effet, ce mouvement est rectiligne uniforme d'après l'énoncé, donc le vecteur variation de vitesse est nul, donc la résultante des forces est forcément nulle (principe d'inertie vu en 2de ou application directe de la formule $\Sigma\vec{F} = m \times \frac{\Delta\vec{v}}{\Delta t}$). Ce qui n'est pas le cas ici.

2. a) Puisque la résultante des forces doit être le vecteur nul afin de pouvoir avoir un mouvement rectiligne uniforme, une autre force doit forcément s'ajouter à $\vec{P}+\vec{R}$ de sorte que la résultante soit nulle.

b) Cette force de frottement $\vec{f}$ est telle que $\Sigma\vec{F} = \vec{P}+\vec{R}+\vec{f} = \vec{0}$. Elle est donc opposée à $\vec{P}+\vec{R}$ et de même intensité : $\vec{f} = -\left(\vec{P}+\vec{R}\right)$.

Elle est ajoutée en gris sur le schéma suivant :

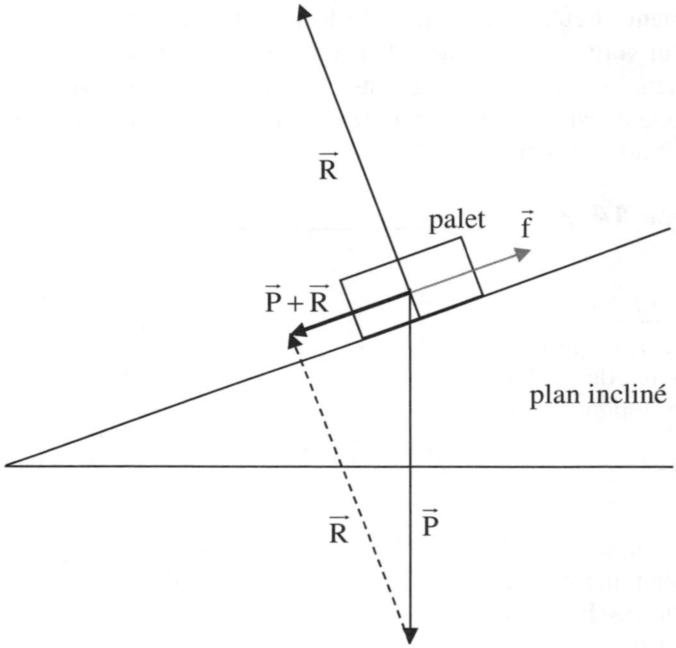

Exercice 14.3

1. Calculons les longueurs des vecteurs (normes) sur le schéma :

- longueur du vecteur $\vec{P}$: 4,0 cm ;
- longueur du vecteur $\vec{R}$: $\frac{0,94 \times 4,0}{1,0} = 3,8$ cm ;
- longueur du vecteur $\vec{F}$: $\frac{0,35 \times 4,0}{1,0} = 1,4$ cm.

Ce qui donne le schéma :

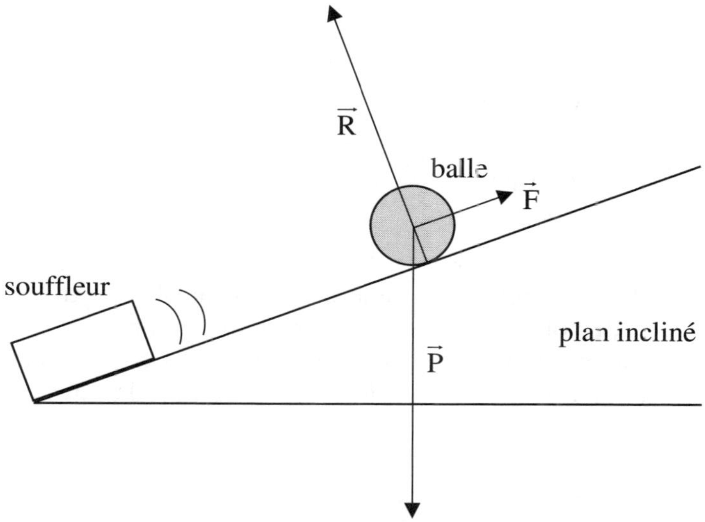

2. a) Mettons bout à bout les vecteurs pour en faire la somme :

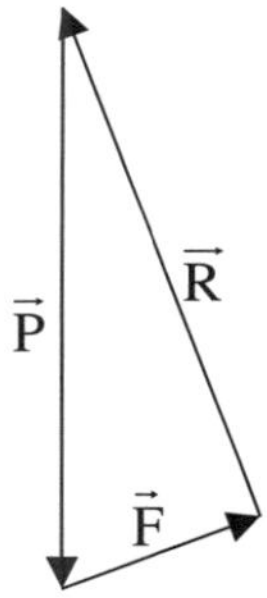

On constate que cela forme un cycle : la somme est nulle. Le vecteur résultante des forces est donc nul, les forces se compensent.

b) Puisque les forces se compensent, le mouvement est soit nul, soit rectiligne uniforme (principe d'inertie). Avec la formule, $\Sigma\vec{F} = m \times \frac{\Delta\vec{v}}{\Delta t}$, si $\Sigma\vec{F} = \vec{0}$, alors $\Delta\vec{v} = \vec{0}$ ce qui implique une vitesse nulle ou un vecteur vitesse constant (mouvement rectiligne uniforme).

Exercice 14.4

1. Les forces sont dans la direction de la variation de vitesse, le calcul peut être fait avec les normes des vecteurs par $F = m \times \frac{\Delta v}{\Delta t}$:

- $F_{ping\text{-}pong} = 2{,}7 \times 10^{-3} \times \frac{20}{1{,}0 \times 10^{-3}} = \boxed{54\ \text{N}}$.
- $F_{golf} = 46 \times 10^{-3} \times \frac{60}{1{,}0 \times 10^{-3}} = \boxed{2{,}8 \times 10^{3}\ \text{N}}$.

– $F_{tennis} = 57,5\times10^{-3}\times\dfrac{50}{5,0\times10^{-3}} = \boxed{5,8\times10^{2}\ \text{N}}$.

– $F_{baseball} = 145\times10^{-3}\times\dfrac{80}{0,8\times10^{-3}} = \boxed{1,5\times10^{4}\ \text{N}}$.

– $F_{football} = 430\times10^{-3}\times\dfrac{30}{10\times10^{-3}} = \boxed{1,3\times10^{3}\ \text{N}}$.

2. Ces forces classées dans l'ordre $F_{baseball} > F_{golf} > F_{football} > F_{tennis} > F_{ping\text{-}pong}$, cet ordre peut se comprendre… pour la balle de ping-pong, elle est vraiment plus légère et ne part pas à trop grande vitesse. La balle de golf et la balle de baseball sont frappées avec des clubs et battes, d'où les forces élevées, de même pour le ballon de football qui est lui frappé au pied. La force est d'autant plus grande que la masse est élevée, la variation de vitesse élevée et le temps d'impact court.

Exercice 14.5

1. a) $\left(\Delta\vec{v}\right)_{1,50s} = 53 - 43 = 10\ \text{km.h}^{-1} = \boxed{2,8\ \text{m.s}^{-1}}$.

b) Avec cette échelle $\left(0,70\ \text{m.s}^{-1}\right)_{réel} = \left(1,0\ \text{cm}\right)_{schéma}$, la longueur du vecteur vitesse doit être de $\dfrac{2,8\times1,0}{0,70} = 4,0\ \text{cm}$:

$\Delta\vec{v}$

2. a) D'après la formule $\Sigma\vec{F} = m\times\dfrac{\Delta\vec{v}}{\Delta t}$, la résultante des forces est colinéaire au vecteur variation de vitesse et de même sens.

Son intensité est donnée par $\Sigma F = m\times\dfrac{\Delta v}{\Delta t}$ A.N. : $\Sigma F = 1800\times\dfrac{2,8}{0,30} = \boxed{1,7\times10^{4}\ \text{N}}$.

b) Inventaire des forces : poids $\vec{P}$ de la voiture, réaction $\vec{R}$ du sol et force de propulsion $\vec{F}$ des roues. Le poids et la réaction du sol se compensent et ont pour valeur :

$P = m\times g$ A.N. : $P = 1800\times9,8 = \boxed{1,8\times10^{4}\ \text{N}}$.

Avec cette échelle $\left(4000\ \text{N}\right)_{réel} = \left(1\ \text{cm}\right)_{schéma}$, la longueur des vecteurs poids et réaction du sol doivent être de $\dfrac{1,8\times10^{4}\times1,0}{4000} = \boxed{4,5\ \text{cm}}$. Celui de la force de propulsion (et donc résultante des forces) doit être de $\dfrac{1,7\times10^{4}\times1,0}{4000} = \boxed{4,3\ \text{N}}$.

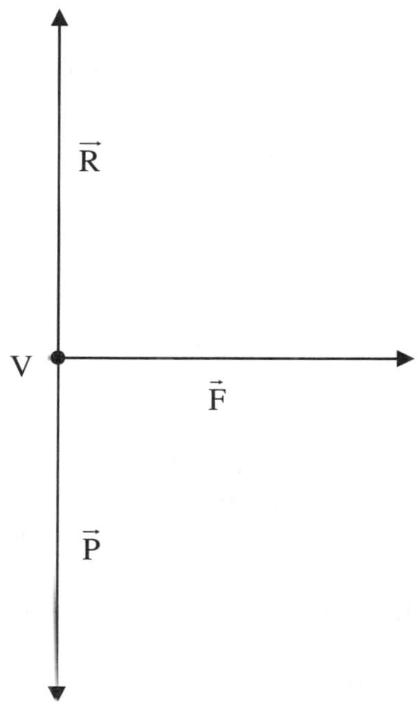

Exercice 14.6

1. a) Si on attache avec une ficelle Lo à Lé, Lé tombant moins vite que Lo va faire tendre cette ficelle et par conséquent ralentir Lo. Lo tomberait alors moins vite que s'il était seul puisqu'il est un peu retenu.

b) Ces deux corps attachés forment un système plus lourd que le Lo seul, d'après l'hypothèse formulée, ce système Lo+Lé devrait donc tomber plus vite que Lo seul.

c) Les réponses aux questions a et b se contredisent en n'utilisant que l'hypothèse… c'est un raisonnement par l'absurde qui mène à conclure que l'hypothèse est fausse.

2. a) Le bilan des forces est simple, chaque corps n'est soumis qu'à son poids au cours de sa chute. Ce sont des chutes libres.

b) Expression approchée de la 2e loi de Newton : $\Sigma\vec{F} = m \times \dfrac{\Delta\vec{v}}{\Delta t}$.

c) Pour l'objet de masse M :

$$\Sigma\vec{F} = M \times \frac{\Delta\vec{v}}{\Delta t}$$

$$\Leftrightarrow M \times \vec{g} = M \times \frac{\Delta\vec{v}}{\Delta t}$$

$$\Leftrightarrow \vec{g} = \frac{\Delta\vec{v}}{\Delta t}$$

Pour l'objet de masse m :

$$\Sigma\vec{F} = m \times \frac{\Delta\vec{v}}{\Delta t}$$

$$\Leftrightarrow m \times \vec{g} = m \times \frac{\Delta\vec{v}}{\Delta t}$$

$$\Leftrightarrow \vec{g} = \frac{\Delta\vec{v}}{\Delta t}$$

d) Conclusion : les variations de vitesse sont indépendantes des masses, Galilée avait donc bien raison (on notera que si une plume tombe moins vite qu'une bille en plomb, c'est à cause des forces de frottements).

Exercice 14.7

1. Les forces appliquées au stylo durant sa phase de propulsion sont :
- le poids du stylo, vertical et vers le bas
- la force de propulsion, verticale et vers le haut.

2. $\left\|\Delta\vec{v}\right\| = \dfrac{\left\|\Sigma\vec{F}\right\| \times \Delta t}{m}$ A.N. : $\left\|\Delta\vec{v}\right\| = \dfrac{1{,}0 \times 40 \times 10^{-3}}{12{,}0 \times 10^{-3}} = \boxed{3{,}3 \text{ m.s}^{-1}}$.

3. $h = \dfrac{v_0{}^2 \times \sin\theta}{2 \times g} + h_0$ A.N. : $h = \dfrac{3{,}3^2 \times \sin 90}{2 \times 9{,}8} + 0 = 0{,}56 \text{ m} = \boxed{56 \text{ cm}}$.

Exercice 14.8

1. Les forces subies par le mobile au cours du mouvement sont :
- le poids du mobile, vertical et vers le bas
- la réaction de la table, verticale et vers le haut et d'intensité égale à celle du poids
- la force exercée par le fil, appelée tension du fil

Le poids et la réaction de la table se compensent, alors la résultante est donc égale à la force de tension du fil.

2. a) D'après les distances précisées sur les axes : $(0{,}2 \text{ m})_{\text{réel}} = (5{,}0 \text{ cm})_{\text{schéma}}$.

b) $v_i = \dfrac{M_iM_{i+1}}{t_{i+1} - t_i} = \dfrac{M_iM_{i+1}}{\Delta t}$

c)

	Mesure de M_iM_{i+1} en cm	Taille réelle de M_iM_{i+1} en m	Valeur réelle de la vitesse v_i en m.s^{-1}	Taille du vecteur $\vec{v}_i$ à l'échelle en cm
$\vec{v}_2$	0,76	0,030	0,75	3,8
$\vec{v}_3$	0,76	0,030	0,75	3,8
$\vec{v}_{16}$	0,73	0,029	0,73	3,7
$\vec{v}_{17}$	0,74	0,030	0,75	3,8
$\vec{v}_{26}$	0,73	0,029	0,73	3,7
$\vec{v}_{27}$	0,76	0,030	0,75	3,8

$\dfrac{\text{colonne précédente} \times 0{,}2}{5{,}0}$ $\dfrac{\text{colonne précédente}}{0{,}040}$ $\dfrac{\text{colonne précédente} \times 5{,}0}{1{,}0}$

Les tracés sont réalisés sur le schéma à la fin de la question suivante.

2. a)

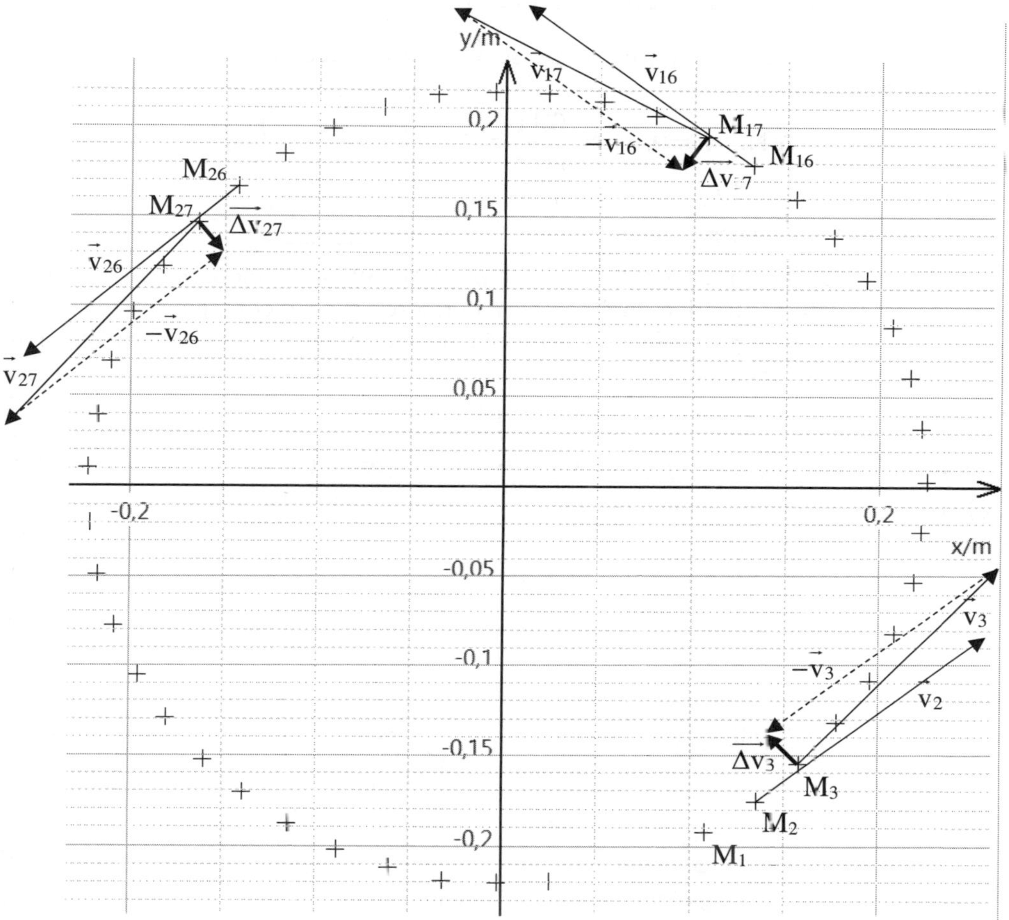

b)

	Mesure de la longueur en cm	Valeur réelle en m.s^{-1}
$\Delta\vec{v}_3$	0,60	0,12
$\Delta\vec{v}_{17}$	0,55	0,11
$\Delta\vec{v}_{27}$	0,55	0,11

$$\frac{\text{colonne précédente} \times 1,0}{5,0}$$

c) Les valeurs des vecteurs variation de vitesse sont sensiblement égales. C'était prévisible car la trajectoire est circulaire, la vitesse subit toujours la même variation. Ces valeurs ne sont pas parfaitement égales ici, c'est lié aux imprécisions de mesure, en particulier au moment du pointage.

Corrigé

d) On considère la variation de vitesse moyenne $\Delta v = \dfrac{0{,}11+0{,}11+0{,}12}{3} = 0{,}11 \text{ m.s}^{-1}$.

Le poids et la réaction de la table se compensent, ainsi la force de tension du fil est égale à la résultante des forces.

$F = m \times \dfrac{\Delta v}{\Delta t}$ A.N. : $F = 0{,}400 \times \dfrac{0{,}11}{0{,}040} = \boxed{1{,}1 \text{ N}}$.

Exercice 14.9

1. a) Les deux forces auxquelles est soumis le palet au cours de son mouvement sont le poids du palet et la réaction du plan incliné. Ces dernières ne se compensent pas, du fait de l'inclinaison elles ne sont pas colinéaires. La réaction du plan incliné est perpendiculaire à ce dernier, le poids est lui vertical.

b) $P = m \times g$ A.N. : $P = 2{,}00 \times 9{,}81 = \boxed{19{,}6 \text{ N}}$.

À l'échelle $(5{,}0 \text{ N})_{\text{réel}} = (1{,}0 \text{ cm})_{\text{schéma}}$, le poids est représenté par un vecteur d'une longueur de $\dfrac{19{,}6 \times 1{,}0}{5{,}0} = 3{,}9 \text{ cm}$.

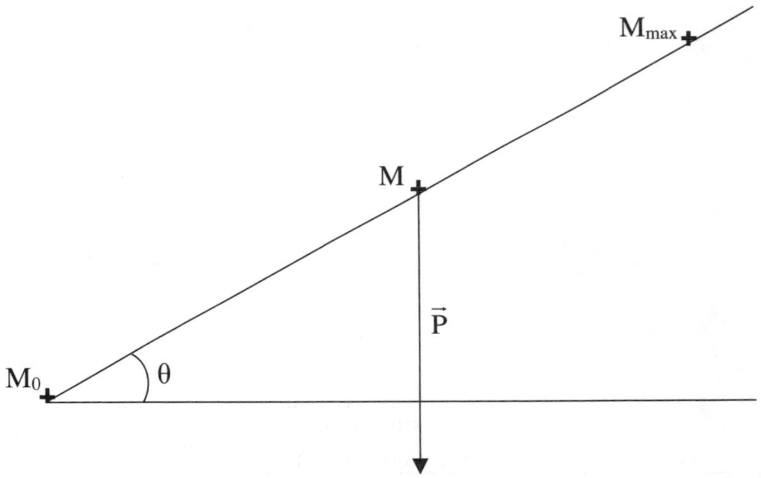

c) Le mouvement du palet dans le référentiel terrestre lié au plan incliné est rectiligne ralenti.

d) Pour expliquer ce mouvement, la résultante des forces est forcément suivant la direction de la pente, vers le bas (opposé à la montée).

e) La résultante doit être comme indiqué à la question précédente. Si on a la direction de la réaction $\vec{R}$ du plan incliné, sa norme (longueur du vecteur) doit être telle que la somme $\vec{P}+\vec{R}$ soit dirigée selon la pente. Cela permet de tracer $\vec{R}$ et donc de le déterminer.

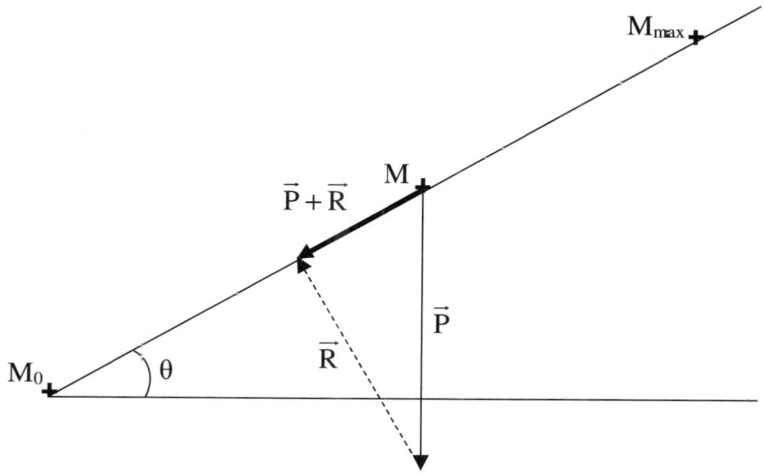

En faisant apparaître ce vecteur sur M on obtient :

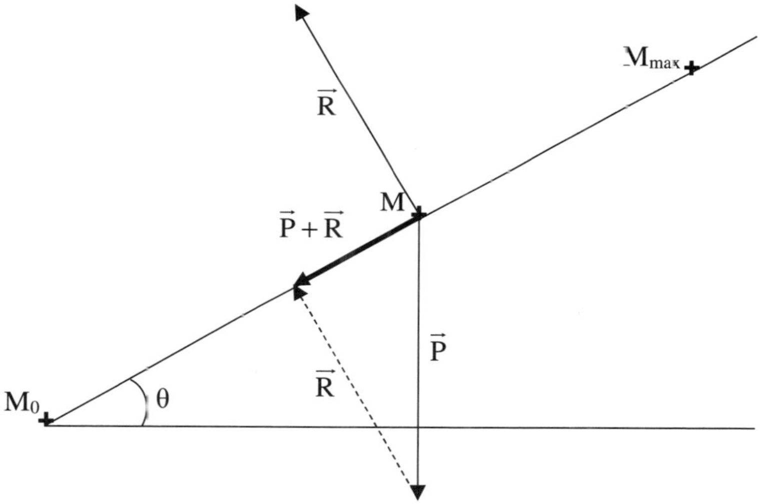

2. a) Sachant que l'on retrouve l'angle θ dans le triangle rectangle rappelé ci-contre, d'après les relations de trigonométrie on a :

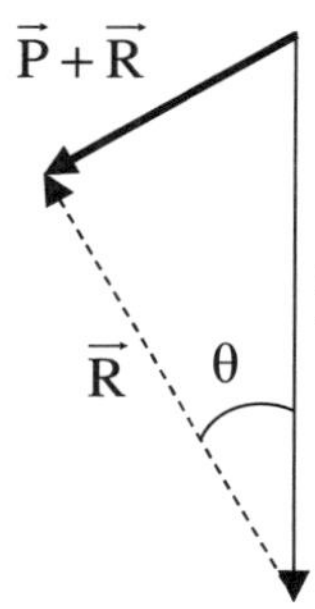

$$\sin\theta = \frac{\left\|\vec{P}+\vec{R}\right\|}{\left\|\vec{P}\right\|} = \frac{\left\|\Sigma\vec{F}\right\|}{P}$$

$\Leftrightarrow \left\|\Sigma\vec{F}\right\| = P \times \sin\theta$ A.N. : $\Leftrightarrow \left\|\Sigma\vec{F}\right\| = 19{,}6 \times \sin 30 = 9{,}8\ \text{N}$.

b) Sur le schéma la longueur du vecteur résultante des forces mesure 1,95 cm. Cette valeur correspond à une intensité du vecteur résultante des forces de $\dfrac{1{,}95 \times 5{,}0}{1{,}0} = 9{,}8\ \text{N}$. Cela correspond bien au résultat de la question précédente.

3. a) Après 0,50 s de montée, on a :

$m\times\frac{\Delta v}{\Delta t}=\Sigma F\Rightarrow\Delta v=\frac{\Sigma F\times\Delta t}{m}$ A.N. : $\Delta v=\frac{9,8\times0,50}{2,00}=\boxed{2,5\ m.s^{-1}}$.

Si la variation de vitesse est de 2,5 $m.s^{-1}$, avec une vitesse initiale de 4,0 $m.s^{-1}$, on a donc une vitesse de $4,0-2,5=\boxed{1,5\ m.s^{-1}}$.

b) Pour que le palet atteigne l'altitude maximale de son mouvement (donc une vitesse nulle), il faut $\Delta v=v_0=4,0\ m.s^{-1}$.

$m\times\frac{\Delta v}{\Delta t}=\Sigma F\Rightarrow\Delta t=m\times\frac{\Delta v}{\Sigma F}$ A.N. : $\Delta t=2,00\times\frac{4,0}{9,8}=\boxed{0,82\ s}$.

Chapitre 15

Aspects énergétiques des phénomènes mécaniques

La notion de référentiel galiléen est la base de la compréhension de l'étude des mouvements. La notion de force est très abstraite, surtout quand elle agit de manière invisible comme la gravitation. Elle est pourtant la cause de toute perturbation d'un mouvement rectiligne uniforme.

Un scientifique

Gottfried **Leibniz** (1646-1716) s'est intéressé à tous les domaines de la connaissance de son époque. Ses considérations philosophiques comme ses travaux sur le calcul différentiel l'ont rendu célèbre.
Généralisant une idée de son ami Christian **Huygens**, Leibniz affirme la conservation dans un choc élastique de la somme $\sum mv^2$ qu'il appelle *vis viva* (force vive en français). Dans un traité paru en 1686, il en fait un principe général, se démarquant ainsi des idées de René **Descartes**. Ce n'est qu'au XIXe siècle que le principe de conservation de l'énergie sera établi, incluant d'autres sources d'énergie inconnues à l'époque.

LE SAVIEZ-VOUS ?

La fronde gravitationnelle consiste à accélérer et dévier une sonde interplanétaire. On calcule la trajectoire de l'engin spatial de sorte qu'il frôle une planète sans la heurter ; l'engin est capté par le champ de gravitation de l'astre dont la vitesse est très supérieure. Pris sur une orbite hyperbolique, il effectue seulement une portion de révolution puis quitte l'attraction de la planète. Cette manœuvre nécessite bien sûr une précision extrême.

■■ Objectifs

■ Les notions que je dois maîtriser

▷ Énergie cinétique d'un système modélisé par un point matériel

▷ Travail d'une force, cas d'une force constante

▷ Théorème de l'énergie cinétique

▷ Forces conservatives et non conservatives

▷ Énergie potentielle, cas du champ de pesanteur terrestre

▷ Énergie mécanique, conservation ou non-conservation

▷ Gain ou dissipation d'énergie

■ Les compétences que je dois acquérir

▷ Utiliser l'expression de l'énergie cinétique d'un système modélisé par un point matériel

▷ Utiliser l'expression du travail dans le cas de forces constantes

▷ Énoncer et exploiter le théorème de l'énergie cinétique

▷ Établir et utiliser l'expression de l'énergie potentielle de pesanteur dans un système au voisinage de la surface de la Terre

▷ Calculer le travail d'une force de frottement d'intensité constante dans le cas d'une trajectoire rectiligne

▷ Identifier des situations de conservation et de non-conservation de l'énergie mécanique

▷ Exprimer et exploiter des cas simples de conservation de l'énergie mécanique

Résumé de cours

Remarque préalable valant pour tout ce chapitre

Dans le cadre du cours de mécanique de lycée, les mouvements des solides sont étudiés dans des référentiels dits **galiléens**. Ce sont les référentiels pour lesquels le principe d'inertie est applicable. En première approximation, on supposera que c'est le cas du référentiel terrestre qui sera utilisé dans ce chapitre. Pour simplifier, les systèmes étudiés seront approximés à des **masses ponctuelles** situées à leur centre de gravité.

Travail d'une force

Définition

Lorsqu'une **force** agit sur un **objet en mouvement**, elle peut participer à la modification de sa vitesse ou de sa température, le déformer... Elle apporte ou prélève à l'objet en mouvement une partie de son **énergie**, appelée **travail**.

Exemple de la force exercée par la Terre sur une balle : le poids

Une balle lancée vers le haut voit sa vitesse, donc son énergie, diminuer sous l'action de son poids. On dit que le travail du poids est **résistant**.

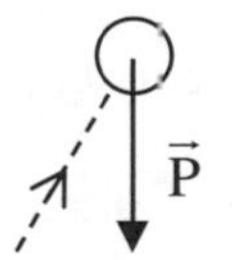

v diminue sous l'action du poids, travail résistant

Cette même balle retombant désormais vers le sol voit sa vitesse, donc son énergie, augmenter sous l'action de son poids. On dit que le travail du poids est **moteur**.

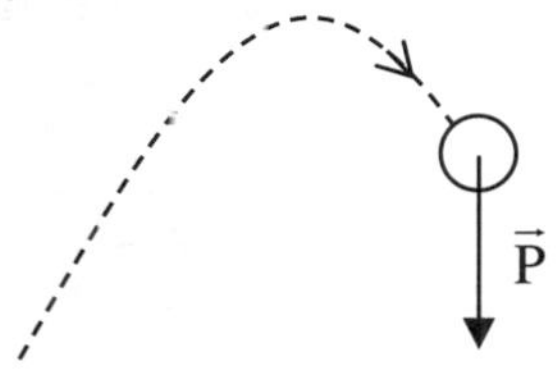

v augmente sous l'action du poids, travail moteur

Travail d'une force constante

Une **force** est dite **constante** si sa direction, son sens, sa norme et son point d'application restent inchangés au cours du temps. Cela revient à dire que le vecteur force qui la représente reste le même.

Le **travail** $W_{AB}(\vec{F})$ d'une force constante $\vec{F}$ appliquée sur un objet en mouvement depuis un point A vers un point B est donné par le produit scalaire $\vec{F}\cdot\overrightarrow{AB}$:

$$\boxed{W_{AB}\left(\vec{F}\right)=\vec{F}\cdot\overrightarrow{AB}=F.AB.\cos\alpha}$$

$W_{AB}\left(\vec{F}\right)$: travail en joules de la force $\vec{F}$.

F : norme de la force $\vec{F}$, en newtons.

AB : distance entre A et B en mètres.

α : angle entre les vecteurs $\vec{F}$ et $\overrightarrow{AB}$.

Il est important de noter que **peu importe la trajectoire** suivie par l'objet entre A et B sous l'influence de la force $\vec{F}$, le travail $W_{AB}\left(\vec{F}\right)$ aura la même valeur.

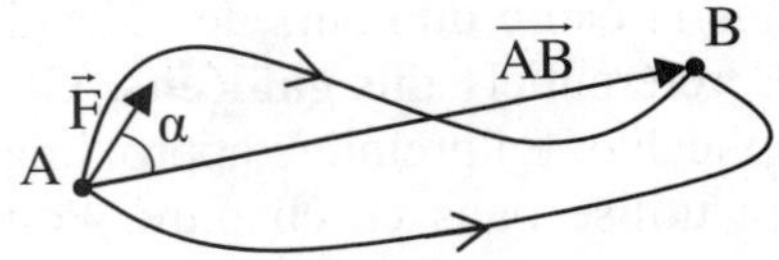

⇨ **Méthode 15.1. Utiliser l'expression du travail dans le cas de forces constantes**

❑ Travail moteur, travail résistant

La signe de $W_{AB}\left(\vec{F}\right)$ dépend du signe du produit scalaire $\vec{F}\cdot\overrightarrow{AB}$ donc du signe de $\cos\alpha$:

Si $\cos\alpha>0 \Leftrightarrow W_{AB}\left(\vec{F}\right)>0$, alors le travail est **moteur**, la force favorise le déplacement.

Si $\cos\alpha<0 \Leftrightarrow W_{AB}\left(\vec{F}\right)<0$, alors le travail est **résistant**, la force s'oppose au déplacement.

Si $\cos\alpha=0 \Leftrightarrow W_{AB}\left(\vec{F}\right)=0$, alors le travail est **nul**, la force n'influence pas le mouvement.

❑ Cas d'une force de frottement d'intensité constante

Le travail d'une force de frottement d'intensité constante est toujours négatif (il s'oppose au mouvement). La force de frottement étant colinéaire de sens contraire au vecteur vitesse (donc au déplacement), cos α = –1. Le travail des forces de frottement $W_{AB}\left(\overrightarrow{F_f}\right)$ est alors donné par :

$$\boxed{W_{AB}\left(\overrightarrow{F_f}\right)=-F_f.AB=-F_f.L}$$

$W_{AB}\left(\overrightarrow{F_f}\right)$: travail en joules de la force de frottement.

F_f : intensité de la force de frottement $\overrightarrow{F_f}$, en newtons.

L = AB : distance entre A et B en mètres.

■ Énergie cinétique et théorème de l'énergie cinétique

❑ Énergie cinétique

Un objet en mouvement a de l'énergie, elle est libérée violemment en cas de collision ou sous forme thermique en cas de freinage par exemple. Cette énergie liée au **mouvement** est appelée **énergie cinétique**. Pour un solide en translation de masse m se déplaçant à une vitesse v, l'énergie cinétique est donnée par :

$$E_c = \frac{1}{2} \times m \times v^2$$

E_c : énergie cinétique de l'objet en joules (J).
m : masse de l'objet en kg.
v : vitesse de l'objet en $m.s^{-1}$.

⇨ **Méthode 15.2. Utiliser l'expression de l'énergie cinétique d'un système modélisé par un point matériel**

❑ Théorème de l'énergie cinétique

Un objet en mouvement de translation entre 2 points A et B, soumis à différentes forces, peut voir son énergie cinétique varier. Cette variation d'énergie cinétique est égale à la somme des travaux des forces subies, c'est le **théorème de l'énergie cinétique** (souvent noté **TEC**) :

$$E_c(B) - E_c(A) = \sum_i W_{AB}\left(\vec{F_i}\right)$$

$E_c(B)$ et $E_c(A)$: énergies cinétiques en joules (J) de l'objet en B et en A.

$W_{AB}\left(\vec{F_i}\right)$: travail en joules (J) de la $i^{\text{ème}}$ force subie par l'objet.

⇨ **Méthode 15.3. Énoncer et exploiter le théorème de l'énergie cinétique**

■ Forces conservatives et énergie potentielle de pesanteur

❑ Forces conservatives

Une force $\vec{F}$ appliquée à un point matériel M constitue un **champ de force** $\vec{F}(P)$ si elle ne dépend que de la position P où se trouve M (et non de sa vitesse, ou des autres forces).
La force est alors dite **conservative** si son travail entre deux positions A et B quelconques ne dépend pas de la trajectoire suivie par le point M entre A et B.

Exemples

Poids d'un objet : $\vec{P} = m \times \vec{g}$.

Plus généralement force d'interaction gravitationnelle : $\vec{F}_{A/B} = G \times \frac{m_A \times m_B}{d^2}.\vec{u}_{BA}$.

Force d'interaction électrostatique : $\vec{F}_{A/B} = \frac{1}{4\pi\varepsilon_0} \times \frac{q_A \times q_B}{d^2}.\vec{u}_{AB}$.

❑ Énergie potentielle

À toute force conservative est associée une énergie potentielle du système. Si une force conservative $\vec{F}$ est appliquée sur un objet en mouvement de A vers B, le travail de cette force conservative est l'opposé de la variation d'énergie potentielle subie par le système :

$$\boxed{W(\vec{F})^{A\to B} = E_P(A) - E_P(B)}$$

$W(\vec{F})^{A\to B}$: travail en joules (J) de la force subie par l'objet en mouvement entre A et B.

$E_P(A) - E_P(B)$: opposé de la variation d'énergie potentielle en joules (J) subie par le système.

Remarque

En général en physique, ou plus globalement dans les sciences, la variation d'une grandeur U est notée ΔU et correspond à la différence $U_{final} - U_{initial}$. Ici la variation d'énergie potentielle correspond à la différence $E_p(B) - E_p(A)$.

❑ Cas du champ de pesanteur : énergie potentielle de pesanteur

Au poids d'un objet $\vec{P} = m \times \vec{g}$ situé à une altitude z est associée une énergie potentielle appelée **énergie potentielle de pesanteur**, notée E_P ou E_{pp}, telle que :

$$\boxed{E_{PP}(z) = m.g.z}$$

$E_{PP}(z)$: énergie potentielle de pesanteur en joules (J) de l'objet en mouvement entre A et B.

m : masse de l'objet en kg.

z : altitude de l'objet par rapport à une référence des altitudes en m.

Afin de repérer l'altitude z, un axe vertical (Oz) orienté vers le haut doit être défini ainsi que son origine.

L'énergie potentielle augmente si l'altitude de l'objet augmente. Cette énergie potentielle dépend de la position arbitraire de l'origine O de l'axe qui repère les altitudes. Néanmoins, la différence d'énergie potentielle ne dépend pas de la position de l'origine O, c'est cette différence qui sera utile dans les exercices.

Remarque

L'énergie potentielle est une grandeur algébrique, rien n'empêche qu'elle soit négative : c'est le cas si l'altitude z est négative.

Le travail du poids $W_{AB}(\vec{P})$ s'exprime alors :

$$\boxed{\begin{aligned} W(\vec{P})^{A\to B} &= E_{PP}(A) - E_{PP}(B) \\ &= m.g.(z_A - z_B) \end{aligned}}$$

$W(\vec{P})^{A\to B}$: travail du poids en joules (J) subi par l'objet en mouvement entre A et B.

$E_{PP}(A) - E_{PP}(B)$: opposé de la variation d'énergie potentielle en joules (J) subie par le système.

m : masse de l'objet en kg.

z_A et z_B : altitudes de l'objet en m.

⇨ **Méthode 15.4. Établir et utiliser l'expression de l'énergie potentielle de pesanteur dans un système au voisinage de la surface de la Terre**

■ Énergie mécanique et théorème de l'énergie mécanique

❑ Définition

L'**énergie mécanique E_m** d'un objet est définie par la **somme** de son **énergie cinétique E_c** et de l'**énergie potentielle E_p**, qui dans le cadre de ce cours sera uniquement **l'énergie potentielle de pesanteur E_{pp}** :

$$\boxed{E_m = E_c + E_{pp}}$$

E_m : énergie mécanique en joules (J) de l'objet.
E_c : énergie cinétique en joules (J) de l'objet.
E_{pp} : énergie potentielle en joules (J) de l'objet.

Toutes les énergies sont exprimées dans la même unité, en joules (J) généralement.

❑ Cas où seul le poids travaille

Le document ci-contre indique les positions prises par une bille en chute libre, c'est-à-dire uniquement soumise à son poids. On se propose d'appliquer à cette bille le théorème de l'énergie cinétique entre ses positions de plus haute (A) et plus faible (B) altitudes :

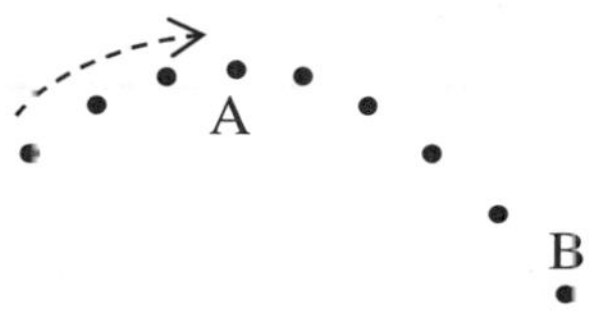

$E_c(B) - E_c(A) = W_{AB}(\vec{P})$ or le travail du poids s'exprime $W(\vec{P})^{A \to B} = E_{PP}(A) - E_{PP}(B)$.

Ainsi :

$$E_c(B) - E_c(A) = E_{PP}(A) - E_{PP}(B)$$
$$E_c(B) + E_{PP}(B) = E_c(A) + E_{PP}(A)$$
$$E_m(B) = E_m(A)$$

L'énergie mécanique d'un solide se conserve lorsque seul le poids travaille. Plus généralement, on considérera que **l'énergie mécanique se conserve** si **aucune force non conservative** n'est subie par le solide. On écrit alors :

$$E_m = \text{constante} \Leftrightarrow \boxed{E_m(B) = E_m(A)}$$

⇨ **Méthode 15.5. Exploiter la conservation de l'énergie mécanique pour déterminer des grandeurs physiques (variations d'altitude, vitesses)**

❑ Cas où d'autres forces travaillent : exemple des frottements

Dans le cas où d'autres forces travaillent, l'énergie mécanique n'est pas constante, sa variation est égale à la somme des travaux des forces non conservatives appliquées :

$$\boxed{E_m(B) - E_m(A) = \sum_i W_{AB}(\overrightarrow{F_{nci}})}$$

$E_m(B)$ et $E_m(A)$: énergie mécanique en joules (J) de l'objet en B et en A.
$W_{AB}(\overrightarrow{F_{nci}})$: travail en joules (J) de la i[ème] force non conservative subie par l'objet.

Dans le cas où la seule force non conservative appliquée est une force de frottement $\overrightarrow{F_f}$ constante, cette expression devient : $\boxed{E_m(B) - E_m(A) = W_{AB}(\overrightarrow{F_f})}$.

Méthodes

Comment exploiter le théorème de l'énergie cinétique ?

Méthode 15.1. Utiliser l'expression du travail dans le cas de forces constantes

$W_{AB}\left(\vec{F}\right)=\vec{F}\cdot\overrightarrow{AB}=F.AB.\cos\alpha$ est la formule à utiliser pour obtenir la travail d'une force constante. Il faut faire attention de bien mettre les grandeurs dans les bonnes unités (force en newtons, distance en mètres et travail en joules).

⇨ **Exercices 15.1, 15.2, 15.8 à 15.10.**

Un objet chute verticalement de 10 mètres sous l'influence de son poids. Cet objet pèse 130 g, On donne l'intensité de la pesanteur g = 9,8 N.kg^{-1}. Quelle est la valeur du travail du poids ?

Ici, la force appliquée est verticale, vers le bas, et la trajectoire également, donc $\alpha = 0°$.
La masse doit être convertie en kg : 130 g = 0,130 kg.

$W_{AB}\left(\vec{P}\right)=P.AB.\cos\alpha=m.g.AB.\cos\alpha$

Application numérique : $W_{AB}\left(\vec{P}\right)=0,130\times9,8\times10\times\cos0=\boxed{13\text{ J}}$.

Méthode 15.2. Utiliser l'expression de l'énergie cinétique d'un système modélisé par un point matériel

À partir des données de la vitesse d'un objet et de sa masse, il est possible de déterminer son énergie cinétique. Si sa vitesse varie, sa variation d'énergie cinétique peut être calculée.

⇨ **Exercices 15.3 à 15.7.**

On se propose de déterminer l'énergie cinétique d'une voiture de masse $m=1200$ kg roulant à 155 km.h^{-1} puis celle de cette même voiture après ralentissement, roulant à 110 km.h^{-1} :

Avant tout, il faut convertir ces vitesses en m.s^{-1}, unité adaptée au calcul de l'énergie cinétique.

$$v_1=155\text{ km.h}^{-1}=155\times10^3\text{ m.h}^{-1}=\frac{155\times10^3}{3600}\text{ m.s}^{-1}=43,1\text{ m.s}^{-1}.$$

$$v_2=110\text{ km.h}^{-1}=110\times10^3\text{ m.h}^{-1}=\frac{110\times10^3}{3600}\text{ m.s}^{-1}=30,6\text{ m.s}^{-1}.$$

Calcul de l'énergie cinétique initiale :

$$E_{c1} = \frac{1}{2} \times m \times v_1^2 = \frac{1}{2} \times 1200 \times 43,1^2 = 1,11 \times 10^6 \text{ J}.$$

Calcul de l'énergie cinétique après freinage :

$$E_{c2} = \frac{1}{2} \times m \times v_2^2 = \frac{1}{2} \times 1200 \times 30,6^2 = 5,62 \times 10^5 \text{ J}.$$

Remarque

L'énergie est presque deux fois plus élevée à 155 km.h^{-1} qu'à 110 km.h^{-1}, les dégâts en cas d'accident aussi…

La variation d'énergie, comme son nom l'indique, est une variation, donc une différence entre l'énergie finale et l'énergie initiale. En sciences une variation est couramment notée Δ (delta) :

$$\Delta E_c = E_{c2} - E_{c1} = 5,62 \times 10^5 - 1,11 \times 10^6 = (5,62 - 11,1) \times 10^5 = \boxed{-5,5 \times 10^5 \text{ J}}.$$

Il y a donc au cours du freinage une perte d'énergie cinétique de $5,5 \times 10^5$ J.

Remarque

La calculatrice indique $5,48 \times 10^5$, mais elle ne tient pas compte, contrairement à un élève de 1re, des chiffres significatifs. Ici pour la somme, un terme est précis à 1.10^4 joules, un autre à 1.10^3 joules. On doit garder la précision du moins précis ! Pour bien comprendre, la factorisation par 10^5 a été faite, le chiffre 2 de 5,62 subit la soustraction par un chiffre non significatif (non exprimé), le résultat ne peut être significatif au deuxième chiffre après la virgule sous cette puissance de 10.

❑ Méthode 15.3. Énoncer et exploiter le théorème de l'énergie cinétique

> Le théorème de l'énergie cinétique appliqué sur un objet en mouvement d'un point A vers un point B soumis à des forces $\vec{F_i}$ est : $E_c(B) - E_c(A) = \sum_i W_{AB}(\vec{F_i})$.
>
> Afin de pouvoir l'exploiter, il faut recenser les différentes forces appliquées à l'objet, exprimer la somme de leur travail sur la distance AB, celle-ci est égale à la variation de l'énergie cinétique subie par l'objet.

⇨ **Exercices 15.8 à 15.10.**

Un automobiliste en panne demande à deux amis de pousser sa voiture sur un sol horizontal afin de l'aider à démarrer. La masse de cette voiture chargée est de 1500 kg, les amis la poussent avec une force constante et horizontale avec une force d'intensité F = 200 N, les frottements sont négligés. Initialement immobile, la voiture se met en mouvement, la poussée s'arrête au bout de 20 m. Quelle est la vitesse de la voiture ?

D'abord, il faut faire l'inventaire des forces appliquées : le poids $\vec{P}$ subi par la voiture, la réaction $\vec{R}$ du sol sur cette voiture et la force exercée $\vec{F}$ par les amis poussant la voiture.

On applique ensuite le théorème de l'énergie cinétique entre A, point de départ, et B, point situé à 20 m à partir de A :

$$E_c(B) - E_c(A) = W_{AB}(\vec{P}) + W_{AB}(\vec{R}) + W_{AB}(\vec{F})$$

L'angle fait par le poids avec la trajectoire horizontale de la voiture est de 90°. Ainsi, le travail du poids est nul. Il en est de même pour la réaction du sol.

$\Leftrightarrow E_c(B) - E_c(A) = W_{AB}(\vec{F})$, l'énergie cinétique en A est nulle (énoncé)

$\Leftrightarrow E_c(B) = W_{AB}(\vec{F})$

$\Leftrightarrow \frac{1}{2}m.v(B)^2 = F.AB.\cos\alpha$, l'angle α vaut 0°.

$\Leftrightarrow v(B)^2 = \frac{2.F.AB.\cos\alpha}{m}$

$\Leftrightarrow v(B) = \sqrt{\frac{2.F.AB.\cos\alpha}{m}}$ A.N. : $v(B) = \sqrt{\frac{2\times200\times20\times\cos 0}{1500}} = \boxed{2{,}3\ m.s^{-1}}$.

■ Comment exploiter l'énergie potentielle ?

❑ Méthode 15.4. Établir et utiliser l'expression de l'énergie potentielle de pesanteur dans un système au voisinage de la surface de la Terre

À partir des données de l'altitude d'un objet et de sa masse, il est possible de déterminer son énergie potentielle. Si son altitude varie, sa variation d'énergie potentielle peut être calculée.

⇨ **Exercices 15.3 à 15.7.**

On se propose de déterminer l'énergie potentielle d'une balle de masse m = 400 g en chute libre à deux altitudes différentes : au départ et à mi-chemin vers le sol. Au départ, elle est lâchée à une altitude de 10,0 m par rapport au sol. Donnée : $g = 9{,}81\ N.kg^{-1}$.

Calcul de l'énergie potentielle initiale :

$$E_{pp1} = m\times g\times z_1 = 0{,}400\times9{,}81\times10{,}0 = 39{,}2\ J.$$

Calcul de l'énergie potentielle à mi-chemin de chute :

$$E_{pp2} = m\times g\times z_2 = 0{,}400\times9{,}81\times\frac{10{,}0}{2} = 19{,}6\ J.$$

On remarque que l'énergie a diminué de moitié, c'était prévisible puisque l'altitude a été divisée par deux. La variation d'énergie potentielle est donc :

$$\Delta E_{pp} = E_{pp2} - E_{pp1} = 19{,}6 - 39{,}2 = \boxed{-19{,}6\ J}.$$

Cette variation d'énergie est négative, cela signifie que la balle a perdu de l'énergie potentielle. Cette énergie s'est convertie en énergie cinétique, la balle a en effet acquis de la vitesse lors de sa chute.

■ Comment exploiter l'énergie mécanique ?

❑ Méthode 15.5. Exploiter la conservation de l'énergie mécanique pour déterminer des grandeurs physiques (variations d'altitude, vitesses)

> Dans une étude de mouvement d'un système sans dissipation d'énergie par des forces de frottement et sans autres forces non conservatives, il est possible d'exprimer la conservation de l'énergie mécanique afin de relier les énergies cinétique et potentielle et leurs grandeurs d'influence.

⇨ **Exercices 15.3 à 15.7 et 15.11.**

Reprenant l'exemple de la chute de la balle de la méthode 15.4, supposant que cette chute soit sans frottement et sa vitesse initiale nulle, calculer la vitesse après une chute de 10 m.

Si cette chute est sans frottement, alors : $\Delta E_m = E_{m2} - E_{m1} = 0 \text{ J}$, alors $\boxed{E_{m1} = E_{m2}}$.

En reprenant les expressions des énergies :

$$E_{pp1} + E_{c1} = E_{pp2} + E_{c2}$$

$$\Rightarrow m \times g \times z_1 + \frac{1}{2} \times m \times v_1^2 = m \times g \times z_2 + \frac{1}{2} \times m \times v_2^2$$

$$\Rightarrow g \times z_1 + \frac{1}{2} \times v_1^2 = g \times z_2 + \frac{1}{2} \times v_2^2 \text{ (après simplification par m)}$$

$$\Rightarrow \frac{1}{2} \times v_2^2 = g \times z_1 + \frac{1}{2} \times v_1^2 - g \times z_2$$

$$\Rightarrow v_2^2 = 2g \times (z_1 - z_2) + v_1^2$$

$$\Rightarrow \boxed{v_2 = \sqrt{2g \times (z_1 - z_2) + v_1^2}}$$

Note : il est de même possible d'isoler v_1, mais aussi z_1 et z_2 !

Application numérique : $v_2 = \sqrt{2 \times 9,81 \times 10 + 0^2} = \boxed{14 \text{ m.s}^{-1}}$.

Méthodes

■■ Vrai/Faux

		Vrai	Faux
1.	L'énergie cinétique dépend du référentiel d'étude.	☐	☐
2.	Pour une balle en chute libre avec des frottements de l'air, l'énergie mécanique augmente.	☐	☐
3.	Lors du freinage d'un véhicule, l'énergie cinétique est convertie en énergie potentielle.	☐	☐
4.	L'énergie potentielle de pesanteur d'un objet est plus élevée que son énergie cinétique si l'objet est situé à haute altitude.	☐	☐
5.	L'énergie potentielle de pesanteur est indépendante de la vitesse.	☐	☐
6.	Le travail d'une force de frottement ne peut être que négatif ou nul.	☐	☐
7.	Le théorème de l'énergie cinétique indique que la variation d'énergie cinétique d'un système est égale à la somme des travaux des forces non conservatives subies par le système étudié.	☐	☐
8.	Un véhicule lancé à une vitesse deux fois plus élevée a une énergie cinétique quatre fois plus élevée.	☐	☐
9.	Une force orthogonale au mouvement ne travaille pas.	☐	☐
10.	Dans l'eau, l'énergie potentielle de pesanteur est plus grande à 100 m de profondeur qu'à 10 m de profondeur.	☐	☐

■■ Énoncé des exercices

■ Travail de forces constantes

❑ Exercice 15.1. Calculs du travail de forces constantes

Pour chaque cas, donner l'expression du travail de la force considérée, puis calculer son intensité et préciser si ce travail est moteur ou résistant.

Données : $g = 9,81\ N.kg^{-1}$

1. La force $\vec{F}$ constante exercée par un enfant pour remonter sa luge. L'intensité de cette force est de 30,0 N, dans une direction faisant un angle α = 15,0 ° avec la trajectoire de la luge. L'enfant tire cette luge sur une longueur L = 20,0 m d'une pente d'inclinaison β = 25,0 ° avec l'horizontale, qu'il compte probablement redescendre ensuite.

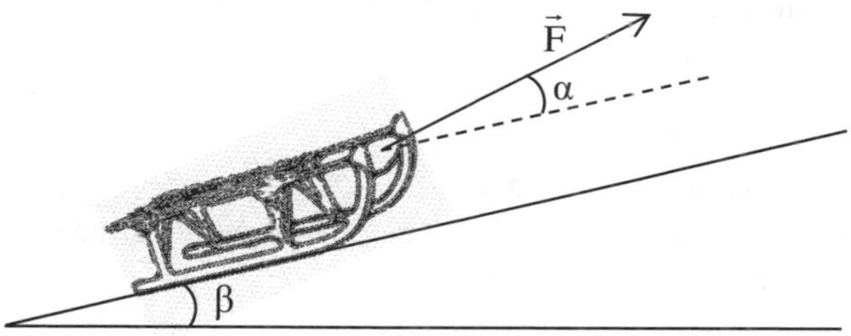

2. Le poids $\vec{P_1}$ d'une balle de masse m = 56,7 g en chute libre verticale vers le sol entre 2 points A et B distants de 20,0 m.

3. Le poids $\vec{P_2}$ d'une balle de masse m = 56,7 g en chute libre parabolique vers le sol entre 2 points A et C séparés par des distances décrites sur le schéma.

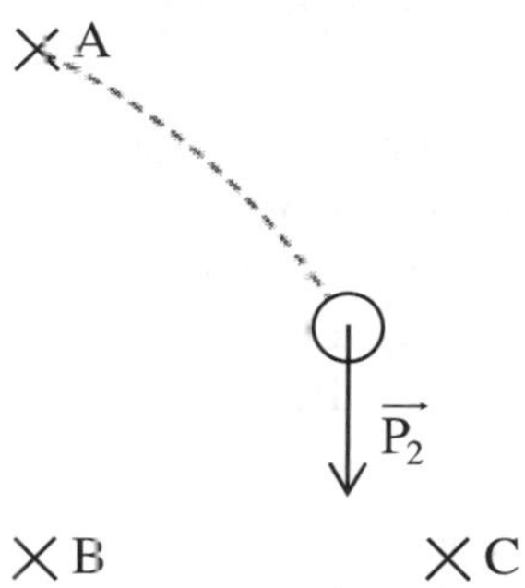

AB = 20,0 m ; BC = 16,0 m

4. La force $\overrightarrow{F_L}$ effectuée via sa laisse sur un chien par son maître. Cette force d'intensité constante de 100 N est orientée avec un angle de 150 ° avec la direction de déplacement du chien sur la longueur L = 5,00 m.

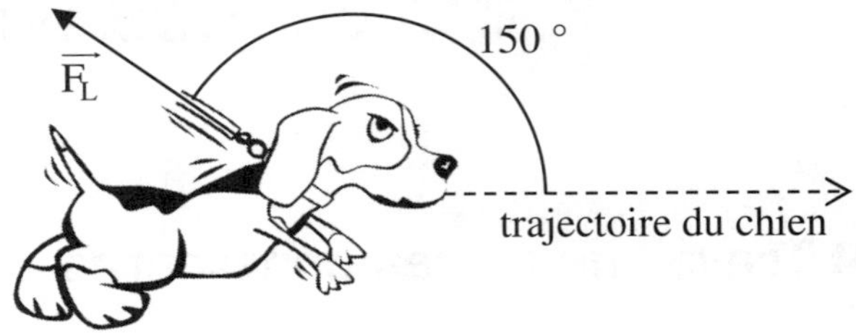

❑ Exercice 15.2. Travail d'une force de frottement

Un tracteur passe une herse pesant 1,2 tonne sur un champ plan et horizontal afin de travailler la terre en surface. On considère un déplacement d'une longueur L = 200 m du tracteur en ligne droite. La herse est soumise à une traction constante $\vec{T}$ du tracteur dans une direction faisant un angle α = 15,5 ° avec le sol. La herse subit des frottements dans la direction opposée à son mouvement, que l'on pourra modéliser par une force $\vec{f}$ constante.

La norme de $\vec{f}$ est : $\|\vec{f}\| = 3{,}2 \times 10^3$ N.

1. Étude de la force de frottement

a) Calculer le travail de la force de frottement.

b) Expliquer son signe et en déduire si cette force de frottement est motrice ou résistante.

2. Étude du poids de la herse

a) Exprimer le travail du poids de la herse.

b) Calculer la valeur du travail du poids.

3. On considère que le travail de la force de frottement est en valeur absolue égal au travail de la force de traction $\vec{T}$. Calculer l'intensité de cette force de traction.

■ Cas de conservation de l'énergie mécanique

❑ Exercice 15.3. Chute libre

Clara et Mathys étudient l'énergie mécanique via la chute libre d'une balle de tennis. Depuis le troisième étage du lycée, Clara lâche la balle sans vitesse initiale à une hauteur de 12,5 m du sol, pris comme référence pour l'altitude. Mathys enregistre avec une caméra haute vitesse l'atterrissage de la balle. Les frottements de l'air seront négligés.

Données : $m_{balle} = 58{,}2$ g ; $g = 9{,}81$ N.kg^{-1}.

1. Quel instrument de mesure peut permettre de déterminer la hauteur initiale ?

2. Exprimer et justifier la conservation de l'énergie mécanique, donner une expression reliant les énergies cinétiques et potentielles à l'instant initial et à l'impact au sol.

3. Que vaut l'énergie cinétique initiale ? Que vaut l'énergie potentielle à l'impact ? Simplifier l'expression de la question précédente.

4. Exprimer puis calculer la vitesse de l'impact.

5. Après plusieurs expériences, Mathys assure pourtant que la balle arrive au sol avec en moyenne une vitesse de 14.9 $m.s^{-1}$. Expliquer l'écart constaté de cette vitesse avec la vitesse théorique d'impact.

❑ Exercice 15.4. Plan incliné en TP

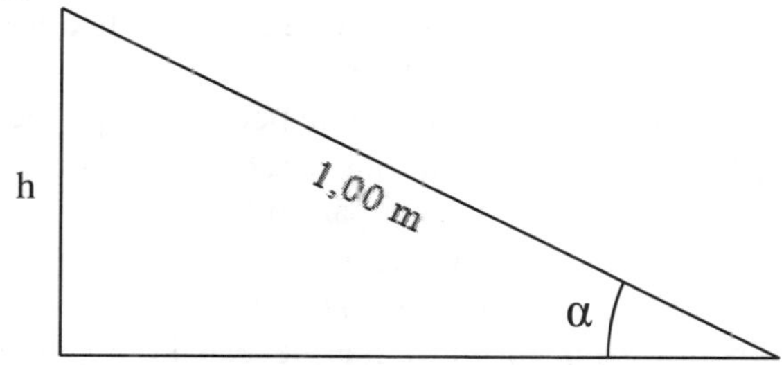

En TP de physique, Solène et Boris travaillent sur la conservation de l'énergie mécanique. Ils disposent d'un plan incliné sur lequel ils décident de placer des objets. Le plan incliné est fait d'une planche glissante mesurant L = 1,00 m et faisant un angle $\alpha = 30°$ avec le sol, horizontal, pris comme référence des altitudes (ou altitude nulle). On nomme h l'altitude initiale des objets en haut du plan incliné. À l'aide d'un radar, ils ont accès à la vitesse des objets en bas du plan incliné avec une précision de 5%.

Donnée : $g = 9,81\ N.kg^{-1}$

Dans une première partie, le plan incliné est savonné pour limiter les frottements, une masse en fer de masse $m_{fer} = 200\ g$ est lâchée en haut, son mouvement de glisse accélérée sur le plan est observé.

1. a) Quelle est l'altitude initiale ?

b) Comment évoluent les énergies cinétique et potentielle lors du mouvement de la masse ?

c) Que peut-on supposer de l'énergie mécanique ?

d) Dans ce cas quelle est la vitesse théorique de la masse en bas du plan incliné ?

e) Solène affirme que sa vitesse est de 3,0 $m.s^{-1}$. Que peut-elle en conclure ?

f) Que vaut l'énergie cinétique de la masse en bas du plan incliné ? Et son énergie mécanique ?

Ensuite, l'expérience est faite avec une balle de golf de masse $m_{balle} = 45,8\ g$ qui roule sans glisser le long du plan incliné. Les frottements de l'air sont négligeables.

2. a) La vitesse théorique de la balle en bas du plan incliné est-elle la même que pour la masse ?

b) Solène mesure une vitesse de 1,7 $m.s^{-1}$ que peut-elle en conclure ?

c) La rotation d'un objet sur lui-même lui confère une énergie dite énergie de rotation. Expliquer ce qu'il advient de l'énergie initiale de la balle de golf au cours de l'expérience.

d) Évaluer l'énergie de rotation de la balle en négligeant les frottements.

❑ Exercice 15.5. Record du saut à la perche*

Au saut à la perche, les perchistes utilisent des perches de 5,20 m, mais rien ne leur interdit de prendre des perches plus longues. Nous allons tenter d'expliquer pourquoi la taille de la perche importe peu et pourquoi le record du monde d'Armand Duplantis a peu de chances d'être fortement dépassé.

Le saut d'un perchiste se décompose en trois phases distinctes :

– la phase d'élan durant laquelle l'athlète prend de la vitesse ;
– la phase de montée à l'aide de la perche ;
– la phase de descente après avoir passé la barre.

Donnée : $g = 9{,}8\ N.kg^{-1}$.

1. Étude du saut parfait d'un perchiste pesant $m = 80\ kg$ qui atteint la vitesse de $10\ m.s^{-1}$ au bout de sa course d'élan.

a) Rappeler la définition de l'énergie mécanique et sa particularité si on néglige les pertes d'énergie (saut parfait sans frottements avec matériel parfait sans dissipations).

b) Rappeler les formules des énergies cinétique et potentielle, calculer l'énergie cinétique à la fin de la première phase.

c) À quelle hauteur maximale peut espérer s'élever le perchiste ?

d) Le centre de gravité du perchiste se situant à 1 m du sol, à quelle altitude peut-il espérer s'élever lors d'un saut parfait ?

2. Étude du rôle de la perche.

À la fin de la première phase, le perchiste plante sa perche, qui plie, elle accumule alors de l'énergie sous forme d'énergie élastique (notée E_{el}). Les pertes d'énergies sont négligeables avec les perches optimisées utilisées aujourd'hui.

a) Écrire une relation entre l'énergie cinétique au moment de planter la perche et les énergies cinétique, potentielle et élastique au cours de la deuxième phase.

b) À quel moment E_{el} est-elle maximale ? nulle ?

3. Le record du monde d'Armand Duplantis est de 6,17 m.

a) Le saut parfait n'existant pas au niveau énergétique malgré une attitude parfaite du perchiste, donner des causes inexorables de pertes d'énergie.

b) Comment, en haut de la perche avant de passer la barre, le perchiste peut-il récupérer encore un petit peu d'énergie pour gagner quelques centimètres de hauteur ?

c) La technique du perchiste et les perches étant optimisées, pensez-vous possible que le record évolue de manière significative à l'avenir ? Pourquoi ne pas utiliser des perches plus longues ?

D'après un travail de David Louapre, https://sciencetonnante.wordpress.com/
vidéo : https://www.youtube.com/watch?v=HTI97yib_rw

❑ Exercice 15.6. Un service au tennis

Un terrain de tennis est un rectangle de longueur 23,8 m et de largeur 8,23 m. Il est séparé en deux dans le sens de la largeur par un filet dont la hauteur est 0,920 m.

Lorsqu'un joueur effectue un service, il doit envoyer la balle dans une zone comprise entre le filet et une ligne située à 6,40 m du filet.

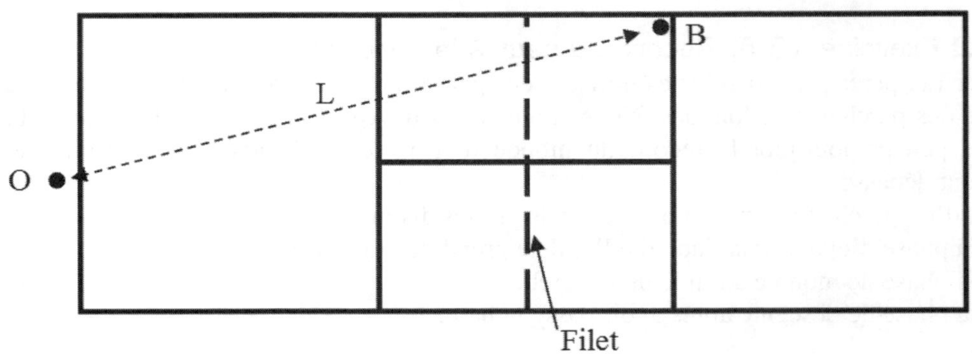

Ce joueur souhaite que la balle frappe le sol en B tel que $OB = L = 18,7\ m$.
Pour cela, il lance la balle verticalement et la frappe avec sa raquette en un point D situé sur la verticale de O à la hauteur $H = 2,20\ m$. La balle part alors de D avec une vitesse de valeur $v_0 = 126\ km.h^{-1}$, horizontale comme le montre le schéma ci-dessus. La balle de masse $m = 58,0\ g$ sera considérée comme ponctuelle et on considérera que l'action de l'air est négligeable.
On prendra $g = 9,81\ m.s^{-2}$.
On étudie un service du joueur placé au point O.

1. Donner l'expression littérale de la variation d'énergie potentielle de la balle entre l'instant où elle quitte la raquette et l'instant où elle touche le sol. Calculer sa valeur.
2. Quelle est l'expression de l'énergie cinétique de la balle lorsqu'elle part de D ? Indiquer les unités dans le système international.
3. Écrire les expressions de l'énergie mécanique de la balle en D ($E_{m(D)}$) et de la balle en B ($E_{m(B)}$).
4. Quelle est la relation entre $E_{m(D)}$ et $E_{m(B)}$? Justifier.
5. Déduire de **4.** l'expression de la vitesse v_B de la balle lorsqu'elle frappe le sol. Calculer cette vitesse.

Extrait de BAC S 2009, Amérique du Sud

❑ Exercice 15.7. Stylo à bille rétractable

Un stylo à bille rétractable est un de ces fameux stylos qui n'ont pas de bouchon mais qui par un système ingénieux avec ressort, permet de sortir ou rentrer la pointe du stylo. Ils sont de plus en plus utilisés par les étudiants, de moins en moins appréciés par les enseignants quand ils sont utilisés comme « stylos-sauteurs », certains ont, il faut l'avouer, du talent.
Le stylo étudié pèse $m = 4,0\ g$ et est constitué d'un ressort de constante de raideur $k = 30\ N.m^{-1}$. Le stylo placé verticalement pointe en haut est enfoncé dans un premier temps, compressant le ressort. Puis le stylo est lâché, le ressort se détend rapidement donnant une impulsion au stylo qui décolle. L'élève faisant faire les plus beaux sauts à son stylo pense alors gagner le respect de toute la classe.
L'énergie stockée par un ressort est une énergie potentielle élastique, donnée par $E_{el} = \frac{1}{2} \times k \times x^2$ où x est la longueur (en m) avec laquelle il est comprimé par rapport au départ, ici $x = 1,0\ cm$.
Les frottements sont négligés, on donne : $g = 9,81\ N.kg^{-1}$.

1. Quelle forme d'énergie possède le stylo au moment où il est lâché ?
2. Quelles formes d'énergie possède le stylo lors de son vol ?
3. Donner une relation entre ces énergies et l'énergie de la question 1.
4. Que devient cette égalité lorsque le stylo atteint son altitude maximale ?
5. Calculer alors cette altitude maximale.

Afin de faire effectuer de plus beaux vols à son stylo, un élève peut démonter son stylo et étirer le ressort.

6. Elian parvient à faire sauter son stylo d'une dizaine de centimètres, pour réussir cela il démonte ce stylo et étire le ressort modifiant ainsi ses propriétés mécaniques (donc k). Évaluer alors la constante de raideur du ressort de son stylo.

■ Application des théorèmes énergétiques

❑ Exercice 15.8. Mathys le skieur

Mathys descend une piste de ski d'une longueur $AB = 50$ m et inclinée d'un angle $\alpha = 25°$ par rapport à l'horizontale. Il est soumis à son poids $\vec{P}$ et à la réaction $\vec{R}$ de la piste, qui se décompose en une composante normale $\vec{N}$ et une composante tangentielle $\vec{T}$ (colinéaire et de sens contraire au mouvement) ; les normes de ces composantes sont liées par la relation $T = \mu N$, avec $\mu = 0{,}10$. La masse de Mathys est de 65 kg. On prendra $g = 9{,}8\ \text{m.s}^{-2}$.

1. a) Faire un schéma de la situation où apparaissent les forces et les axes $\overrightarrow{e_x}$ dirigé selon la pente dans le sens de la montée et $\overrightarrow{e_y}$ orthogonal à $\overrightarrow{e_x}$ vers le haut.

b) À l'aide de projections vectorielles sur les axes $\overrightarrow{e_x}$ et $\overrightarrow{e_y}$, on peut montrer que le poids s'exprime $\vec{P} = -mg\sin\alpha\,\overrightarrow{e_x} - mg\cos\alpha\,\overrightarrow{e_y}$. Qu'en est-il des expressions de $\vec{N}$ et $\vec{T}$?

c) Que dire du mouvement selon l'axe (Oy) ? Que peut-on en déduire des composantes des forces sur cet axe ?

d) À l'aide de la question précédente et d'une projection selon l'axe (Oy), donner une expression de N et T en fonction de m, g, α et μ.

e) Exprimer et calculer le travail des forces $\vec{P}$, $\vec{N}$ et $\vec{T}$ lors de cette descente.

2. Sachant qu'il est parti du point A sans vitesse initiale, quelle sera sa vitesse lors de son passage en B ?

Adapté de physique PCSI, collection prépa sciences, Thierry Finot

❑ Exercice 15.9. Acrobaties**

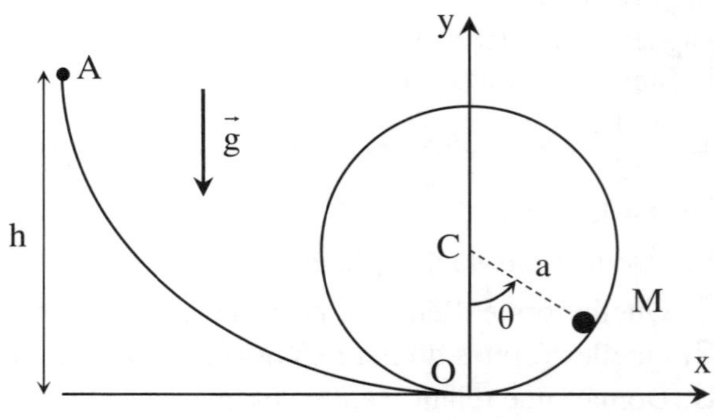

Un adepte du roller, assimilé à un point matériel M de masse m, se lâche sans vitesse initiale depuis le point A d'une rampe, situé à une hauteur h au-dessus de O, point le plus bas de la rampe. À partir de O la rampe a une forme cylindrique de rayon a : le patineur peut rouler à l'intérieur de ce cylindre en restant dans le plan vertical (Oxy), et éventuellement faire le tour complet. Le contact est sans frottement sur toutes les surfaces.

On note $\vec{g} = -g.\overrightarrow{e_y}$ l'accélération de la pesanteur.

1. Déterminer la norme v_0 de la vitesse du patineur lorsqu'il arrive au point O.

2. Déterminer la norme v de la vitesse du patineur en un point M quelconque du cercle, repéré par l'angle θ. On pourra admettre (se démontre avec la relation de Chasles et une projection de M sur l'axe Oy) et décomposer le vecteur ainsi :
$\overrightarrow{AM} = -h\overrightarrow{e_y} - x_A\overrightarrow{e_x} + a(1-\cos\theta)\overrightarrow{e_y} + x_M\overrightarrow{e_x}$.

Adapté de physique PCSI, collection prépa sciences, Thierry Finot

❑ Exercice 15.10. Pendule simple**

Un pendule simple composé d'une masse m = 120 g suspendue au bout d'un fil inextensible de masse négligeable de longueur L = 50,0 cm est lâché sans vitesse initiale en A à un angle $\theta_i = 48{,}0°$ de sa position d'équilibre verticale. On considère l'axe Oz vertical tel que O est la position d'équilibre stable du pendule.

Donnée : $g = 9{,}81\ \text{N.kg}^{-1}$.

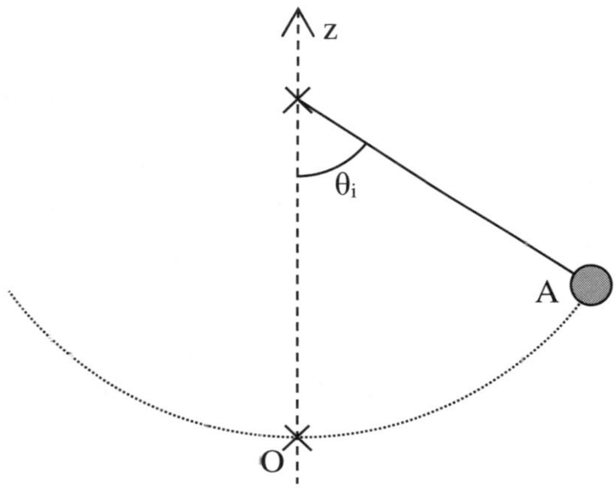

1. Lister les forces subies par le pendule et les représenter sur le schéma.

2. Exprimer le travail du poids du pendule entre l'angle θ_i et l'angle quelconque θ atteint au cours du mouvement, en fonction de m, g, L, θ_i et θ.

3. Calculer la valeur du travail du poids entre la position initiale (angle θ_i) et la position d'équilibre $\theta_O = 0$.

4. Que dire du travail du poids entre les angles θ_i et $-\theta_i$?

5. Que dire du travail de la force de tension du fil ?

6. À l'aide du théorème de l'énergie cinétique, déterminer la vitesse du pendule lors de son passage par le point O, considérant les frottements négligeables.

7. Expérimentalement, lors de la première descente le pendule passe en O à une vitesse mesurée de $1{,}67\ \text{m.s}^{-1}$.

a) Expliquer la différence de vitesse observée.

b) Calculer le travail des forces de frottements alors en jeu.

❑ Exercice 15.11. Mobile lancé à force constante vers une rampe*

Un mobile de masse m est lancé depuis sa position d'arrêt en O à l'aide d'une force constante et horizontale $\vec{F}$ jusqu'au point A. Il n'est alors plus soumis à $\vec{F}$ et se déplace jusqu'à B où il rencontre une rampe. La montée de la rampe se fait jusqu'à un point C repéré par son altitude h par rapport à l'altitude nulle en A.

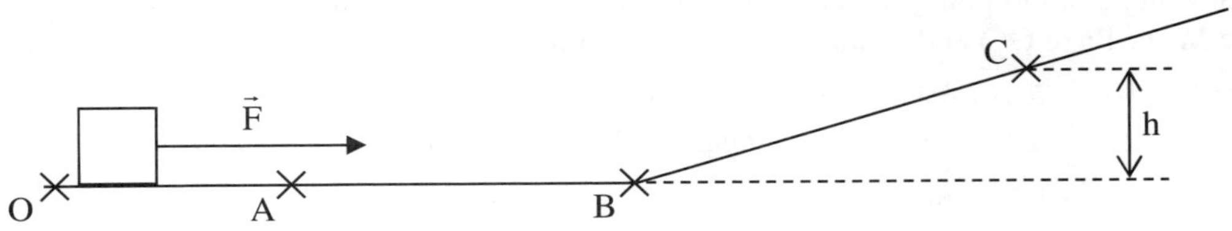

Les frottements sont négligés dans un premier temps, on donne : $g = 9{,}81\ \text{N.kg}^{-1}$; $\|\vec{F}\| = 150\ \text{N}$; $m = 900\ \text{g}$; OA = 14,0 cm.

1. a) Calculer la variation d'énergie mécanique entre O et A.

b) Calculer la vitesse du mobile en A.

c) En déduire la vitesse du mobile en B.

2. Calculer la hauteur h à laquelle monte le mobile.

3. Expérimentalement, le mobile a une vitesse de $v_B = 6{,}24\ \text{m.s}^{-1}$ en B, puis monte à une hauteur $h = 1{,}56\ \text{m}$.

a) Estimer le travail des forces de frottement sur le plan horizontal.

b) Estimer le travail des forces de frottement sur le plan incliné.

■ Pour vous aider à démarrer

Exercice 15.4. Penser à utiliser les relations de trigonométrie dans un triangle rectangle.
Question 1.e : Encadrer la valeur mesurée en fonction des incertitudes pour comparer à la valeur attendue.
Question 2.d : Effectuer un bilan énergétique considérant que l'énergie potentielle est convertie en énergie cinétique de rotation.
Exercice 15.7. Question 3 : Appliquer la conservation de l'énergie en exprimant l'égalité entre l'énergie de départ et la somme des énergies du stylo au cours de son vol.
Exercice 15.8. Les équations vectorielles donnent deux équations scalaires, une par projection sur chaque axe. Ces équations peuvent être exploitées indépendamment ou couplées.
Exercice 15.10. Question 2 : On pourra noter z_A l'altitude de A selon l'axe z. Utiliser la trigonométrie pour faire apparaître les grandeurs désirées.

Corrigé des vrai/faux

1.	2.	3.	4.	5.	6.	7.	8.	9.	10.
vrai	faux	faux	faux	vrai	vrai	faux	vrai	vrai	faux

2. Pour une balle en chute libre avec des frottements de l'air, l'énergie mécanique diminue.

3. Lors du freinage d'un véhicule, l'énergie cinétique est convertie en énergie thermique aux freins.

4. L'énergie potentielle de pesanteur d'un objet peut être plus élevée ou plus faible que son énergie cinétique, même si l'objet est situé à haute altitude, il peut aussi avoir une grande vitesse…

7. Le théorème de l'énergie cinétique indique que la variation d'énergie cinétique d'un système est égale à la somme des travaux de toutes les forces subies par le système étudié.

10. Dans l'eau, l'énergie potentielle de pesanteur est plus petite à 100 m de profondeur qu'à 10 m de profondeur.

❑ Les erreurs classiques

– Attention aux unités dans les différentes formules, masses en kg, forces en N, distances en m, énergie en J.

– Attention aux signes ! $W(\vec{P})^{A\to B} = E_{PP}(A) - E_{PP}(B) = m.g.(z_A - z_B)$, le travail du poids est l'opposé de la variation d'énergie potentielle de pesanteur.

Corrigé

Corrigé des exercices

Exercice 15.1

1. $W_L(\vec{F}) = \vec{F} \cdot \vec{L} = F.L.\cos\alpha$

Application numérique : $W_L(\vec{F}) = 30{,}0 \times 20{,}0 \times \cos 15{,}0 = \boxed{580\ J}$.

Ce travail est moteur, la force est à l'origine du mouvement de la luge.

2. $W_{AB}(\vec{P_1}) = \vec{P_1} \cdot \vec{AB} = m.g.AB.\cos\alpha$. Ici $\alpha = 0\ °$

Application numérique : $W_{AB}(\vec{P_1}) = 0{,}0567 \times 9{,}81 \times 20{,}0 \times \cos 0 = \boxed{11{,}1\ J}$.

Ce travail est moteur, le poids est responsable de l'accélération de la balle vers le bas.

3. $W_{AC}(\vec{P_2}) = \vec{P_2} \cdot \vec{AC} = m.g.AC.\cos\alpha$.

Deux méthodes peuvent être utilisées pour effectuer ce calcul :

<u>En utilisant le théorème de Chasles</u> : $\vec{AC} = \vec{AB} + \vec{BC}$

$W_{AC}(\vec{P_2}) = \vec{P_2} \cdot \vec{AC} = \vec{P_2} \cdot (\vec{AB} + \vec{BC}) = \vec{P_2} \cdot \vec{AB} + \underbrace{\vec{P_2} \cdot \vec{BC}}_{=0}$ car $\vec{P_2}$ et $\vec{BC}$ sont orthogonaux.

Ainsi : $W_{AC}(\vec{P_2}) = \vec{P_2} \cdot \vec{AB} = P_2.AB$ car $\vec{P_2}$ et $\vec{AB}$ sont colinéaires.

Application numérique : $W_{AC}(\vec{P_2}) = 0{,}0567 \times 9{,}81 \times 20{,}0 = \boxed{11{,}1\ J}$.

<u>En utilisant la trigonométrie</u> : $\cos\alpha = \cos(\vec{AB}\ ; \vec{AC}) = \dfrac{AB}{AC}$

Ainsi : $W_{AC}(\vec{P_2}) = \vec{P_2} \cdot \vec{AC} = m \times g \times AC \times \dfrac{AB}{AC} = m \times g \times AB$

Application numérique : $W_{AC}(\vec{P_2}) = 0{,}0567 \times 9{,}81 \times 20{,}0 = \boxed{11{,}1\ J}$.

Ce travail est positif, le poids de la balle accélère celle-ci vers le bas.

4. $W_L(\vec{F}) = \vec{F_L} \cdot \vec{L} = F_L.L.\cos\alpha$

Application numérique : $W_L(\vec{F}) = 100 \times 5{,}00 \times \cos 150 = \boxed{-433\ J}$.

Ce travail est négatif, la force exercée par le maître s'oppose au mouvement du chien.

Exercice 15.2

1. a) $W_L(\vec{f}) = \vec{f} \cdot \vec{L} = F.L.\cos\theta$. La force étant opposée au mouvement, l'angle θ vaut 180 °.

Alors : $W_L(\vec{f}) = -f \times L$

Application numérique : $W_L(\vec{f}) = -3{,}2 \times 10^3 \times 200 = \boxed{-6{,}4 \times 10^5\ J}$.

b) Le signe de ce travail est négatif, en effet la force de frottement s'opposant au mouvement, elle est résistante.

2. a) Le travail du poids de la herse est donné par $W_L(\vec{P}) = \vec{P} \cdot \vec{L} = P.L.\cos\beta$.

b) L'angle β est un angle droit (90 °), en effet le mouvement est horizontal et le poids vertical. Ainsi, puisque $\cos\beta = \cos 90 = 0$, le travail du poids est nul.

3. Le travail de la force de traction est donné par : $W_L(\vec{T}) = \vec{T} \cdot \vec{L} = T.L.\cos\alpha$

Ainsi : $T = \dfrac{W_L(\vec{T})}{L.\cos\alpha} = \dfrac{W_L(\vec{f})}{L.\cos\alpha}$

Application numérique : $T = \dfrac{6{,}4\times10^5}{200\times\cos 15{,}5} = \boxed{3{,}3\times10^3\ \text{N}}$.

Exercice 15.3

1. Différents instruments de mesure peuvent permettre de déterminer la hauteur initiale, mais le plus probable est le décamètre. Un télémètre aurait aussi pu être cité.

2. Les frottements de l'air étant négligés, l'énergie mécanique est conservée. Alors on a $\boxed{E_{m(initiale)} = E_{m(impact)}}$ d'où $\boxed{E_{pp(initiale)} + E_{c(initiale)} = E_{pp(impact)} + E_{c(impact)}}$.

3. L'énergie cinétique initiale est nulle puisque la vitesse initiale est nulle. Il en est de même pour l'énergie potentielle à l'impact, puisque l'altitude à l'impact est nulle.

L'expression précédente devient : $\boxed{E_{pp(initiale)} = E_{c(impact)}}$.

4. $E_{c(impact)} = E_{pp(initiale)} \Leftrightarrow \dfrac{1}{2}\times m\times v_{c(impact)}^2 = m\times g\times z_{(initiale)} \Leftrightarrow v_{c(impact)}^2 = 2\times g\times z_{(initiale)}$

$\boxed{v_{c(impact)} = \sqrt{2\times g\times z_{(initiale)}}}$ A.N. : $v_{c(impact)} = \sqrt{2\times9{,}81\times12{,}5} = \boxed{15{,}7\ \text{m.s}^{-1}}$.

5. Le constat de Mathys montre que l'hypothèse de négliger les frottements de l'air est ambitieuse pour une telle chute, la balle semble en effet ralentie par les frottements.

Exercice 15.4

1. a) Pour trouver l'altitude initiale, il faut se servir de la relation de trigonométrie $\sin\alpha = \dfrac{\text{Opposé}}{\text{Hypoténuse}} = \dfrac{h}{L} \Leftrightarrow \boxed{h = L\times\sin\alpha}$. A.N. : $h = L\times\sin\alpha = 1{,}00\times\sin 30 = 0{,}50$ m.

b) L'énergie cinétique est nulle au départ à cause de la vitesse nulle de l'objet, elle augmente tout au long de la descente puisque la vitesse augmente tout au long de cette descente. L'énergie potentielle diminue lors du mouvement de la masse puisque celle-ci perd de l'altitude, elle est nulle en bas du plan incliné.

c) On peut supposer de l'énergie mécanique qu'elle est constante puisque tout est fait pour qu'il n'y ait pas de frottement.

d) Dans ce cas, pour déterminer la vitesse théorique, on peut exprimer l'égalité de son énergie mécanique initiale et de son énergie mécanique finale : $\boxed{E_{m\,ini} = E_{m\,fin}}$.

En reprenant les expressions des énergies :

$E_{pp\,ini} + E_{c\,ini} = E_{pp\,fin} + E_{c\,fin}$ or $E_{c\,ini} = 0$ et $E_{pp\,fin} = 0$

$\Rightarrow E_{pp\,ini} = E_{c\,fin}$

$\Rightarrow m \times g \times h = \frac{1}{2} \times m \times v_{fin}{}^2$

$\Rightarrow g \times h = \frac{1}{2} \times v_{fin}{}^2$ (après simplification par m)

$\Rightarrow v_{fin}{}^2 = 2 \times g \times h$

$\Rightarrow v_{fin} = \sqrt{2 \times g \times h}$

A.N. : $v_{fin} = \sqrt{2 \times 9{,}81 \times 0{,}50} = \boxed{3{,}1\ m.s^{-1}}$.

e) La vitesse mesurée par Solène est précise à 5 %, c'est-à-dire avec une erreur de $3{,}0 \times 5\% = 0{,}15\ m.s^{-1}$. Donc Solène a mesuré une vitesse v_{mes} telle que $2{,}85 < v_{mes} < 3{,}15\ m.s^{-1}$. Cette valeur est cohérente avec la valeur théorique, les frottements peuvent donc bien être négligés (leurs éventuels effets sont noyés dans les incertitudes).

f) L'énergie cinétique de la masse est donc $E_c = \frac{1}{2} \times m \times v_{fin}{}^2 = \frac{1}{2} \times 0{,}200 \times 3{,}1^2 = \boxed{0{,}96\ J}$.

L'énergie potentielle étant nulle, l'énergie mécanique est donc aussi de 0,96 J.

2. a) La vitesse théorique de la balle en bas du plan incliné est effectivement la même si les frottements sont toujours négligés, sans autre perte d'énergie. En effet, dans le calcul en **1.d)** la masse est simplifiée dans le calcul.

b) Cette vitesse mesurée est bien plus faible que la vitesse attendue, une partie de l'énergie est donc convertie sous une autre forme que l'énergie cinétique.

c) La rotation d'un objet sur lui-même lui confère une énergie dite énergie de rotation, donc l'énergie initiale de la balle de golf est transformée en énergie cinétique et en énergie de rotation au cours de l'expérience. Cela explique cette vitesse plus faible que prévue, l'énergie cinétique étant plus faible que prévue.

d) Notant E_r l'énergie de rotation de la balle :

$$E_{m\,ini} = E_c + E_r \Rightarrow E_r = E_{m\,ini} - E_c = E_{p\,ini} - E_{c\,fin} = m_{balle} \times g \times h - \frac{1}{2} \times m_{balle} \times v_{fin}{}^2$$

A.N. : $E_r = 0{,}0458 \times 9{,}81 \times 0{,}500 - \frac{1}{2} \times 0{,}0458 \times 1{,}7^2 = \boxed{0{,}16\ J}$. On remarque que la majorité de l'énergie potentielle initiale est convertie en énergie de rotation.

Exercice 15.5

1. a) L'énergie mécanique est la somme des énergies cinétique E_c et potentielle E_{pp} : $E_m = E_{pp} + E_c$, sa particularité étant que si on néglige les pertes d'énergie, cette énergie mécanique est conservée.

b) Énergie cinétique : $E_c = \frac{1}{2} \times m \times v^2$ et énergie potentielle : $E_{pp} = m \times g \times z$.

À la fin de la première phase, $v = 10 \text{ m.s}^{-1}$, $\boxed{E_c = \frac{1}{2} \times 80 \times 10^2 = 4{,}0 \times 10^3 \text{ J} = 4{,}0 \text{ kJ}}$.

c) $E_m = E_{pp} + E_c = \text{constante}$

Considérant l'altitude initiale du perchiste nulle (de son centre de gravité), on a en fin de prise d'élan $E_m = 4{,}0 \times 10^3$ J.

En haut, le perchiste a une vitesse quasi-nulle, son énergie cinétique est donc nulle et son énergie potentielle est maximale, égale à $E_{pp} = 4{,}0 \times 10^3$ J.

$E_{pp} = m \times g \times z \Leftrightarrow \boxed{z = \frac{E_{pp}}{m \times g} = \frac{4{,}0 \times 10^3}{80 \times 9{,}8} = 5{,}1 \text{ m}}$.

d) Le centre de gravité du perchiste se situant à 1 m du sol, il peut donc s'élever à une altitude de 6,1 m.

2. a) $E_m = \text{constante} = E_{c(\text{bas})} = E_c + E_{pp} + E_{el}$.

b) E_{el} est maximale quand la perche est le plus déformée, soit au début de la seconde phase, au début de la montée du perchiste. Elle est nulle quand la perche est droite, soit avant l'impulsion et lors du lâché de la perche quand le perchiste est au plus haut.

3. a) Des causes inexorables de pertes d'énergie sont :
- frottements de l'air ;
- frottement du sol, des mains sur la perche ;
- dissipations dans la perche (échauffement).

b) En haut de la perche avant de passer la barre, le perchiste peut récupérer encore un petit peu d'énergie pour gagner quelques centimètres de hauteur en poussant sur la perche qui est quasiment verticale.

c) La technique du perchiste et les perches étant optimisées, le calcul montre donc que les valeurs maximales prévues par la physique sont actuellement atteintes. Ainsi, le record pourra au mieux être battu de quelques centimètres, pas plus, avec une vitesse d'élan un peu plus élevée ou un appui plus fort en bout de perche. Utiliser des perches plus longues n'est pas une bonne idée : pour monter au bout verticalement, plus d'énergie est nécessaire à la prise d'élan, or c'est impossible (à moins de courir encore plus vite).

Exercice 15.6

1. La variation d'énergie potentielle de la balle entre l'instant où elle quitte la raquette et l'instant où elle touche le sol est :

$E_{pp(B)} - E_{pp(D)} = m \times g \times z_B - m \times g \times z_D$

$E_{pp(B)} - E_{pp(D)} = -m \times g \times z_D$ car B est au sol, donc $z_B = 0$

A.N. : $E_{pp(B)} - E_{pp(D)} = -0{,}0580 \times 9{,}81 \times 2{,}20 = \boxed{-1{,}25 \text{ J}}$.

Corrigé

2. L'expression de l'énergie cinétique de la balle lorsqu'elle part de D est : $E_{c(D)} = \frac{1}{2} \times m \times v_D{}^2 = \frac{1}{2} \times m \times v_0{}^2$. $E_{c(D)}$ est exprimée en Joules (J), m en kilogrammes (kg) et v_0 en mètres par seconde ($m.s^{-1}$).

3. L'énergie mécanique de la balle en D est :

$$E_{m(D)} = E_{pp(D)} + E_{c(D)} = m \times g \times H + \frac{1}{2} \times m \times v_0{}^2.$$

L'énergie mécanique de la balle en B est :

$$E_{m(B)} = E_{pp(B)} + E_{c(B)} = m \times g \times z_{(B)} + \frac{1}{2} \times m \times v_{(B)}{}^2$$

$$\boxed{E_{m(B)} = \frac{1}{2} \times m \times v_{(B)}{}^2} \text{ car } z_B = 0.$$

4. L'action de l'air est négligeable, il n'y a donc pas de forces de frottements, l'énergie mécanique est donc conservée : $\boxed{E_{m(B)} = E_{m(D)}}$.

5. $E_{m(B)} = E_{m(D)} \Rightarrow \frac{1}{2} \times m \times v_{(B)}{}^2 = m \times g \times H + \frac{1}{2} \times m \times v_0{}^2$

$\Leftrightarrow \frac{1}{2} \times v_{(B)}{}^2 = g \times H + \frac{1}{2} \times v_0{}^2$ (simplification par m)

$\Leftrightarrow v_{(B)}{}^2 = 2 \times g \times H + v_0{}^2$

$\Leftrightarrow \boxed{v_{(B)} = \sqrt{2 \times g \times H + v_0{}^2}}$.

La vitesse doit être mise en $m.s^{-1}$: $v_0 = 126 \text{ km.h}^{-1} = 35{,}0 \text{ m.s}^{-1}$

A.N. : $\boxed{v_{(B)} = \sqrt{2 \times 9{,}81 \times 2{,}20 + 35{,}0^2} = 35{,}6 \text{ m.s}^{-1}}$.

Exercice 15.7

1. Au moment où il est lâché, le stylo possède de l'énergie élastique. En contact avec la table, son énergie potentielle peut être considérée nulle et cette altitude est alors l'altitude de référence.

2. Lors de son vol le stylo possède de l'énergie cinétique (car il est en mouvement) et potentielle (car son altitude n'est pas nulle).

3. L'énergie mécanique est constante (puisque les frottements sont négligeables), et égale à l'énergie fournie au départ par le ressort : $\boxed{E_{el} = E_c + E_{pp}}$.

4. Lorsque le stylo atteint son altitude maximale, sa vitesse devient nulle (avant d'augmenter vers le bas) l'énergie cinétique est alors nulle. Cette égalité devient $\boxed{E_{el} = E_{pp}}$.

5. $E_{pp} = E_{el} \Leftrightarrow m \times g \times h = \frac{1}{2} \times k \times x^2$

$$\Leftrightarrow h=\frac{\frac{1}{2}\times k\times x^2}{m\times g} \qquad \text{A.N. : } h=\frac{\frac{1}{2}\times 30\times 0{,}010^2}{4{,}0\times 10^{-3}\times 9{,}81}=3{,}8\times 10^{-2}\ \text{m}=\boxed{3{,}8\ \text{cm}}.$$

6. $\frac{1}{2}\times k\times x^2=m\times g\times h\Leftrightarrow k=\frac{m\times g\times h}{\frac{1}{2}\times x^2}$ A.N. : $k=\frac{4{,}0\times 10^{-3}\times 9{,}81\times 0{,}10}{\frac{1}{2}\times 0{,}010^2}=\boxed{78\ \text{N.m}^{-1}}$.

Exercice 15.8

1. a) Schéma ci-contre.

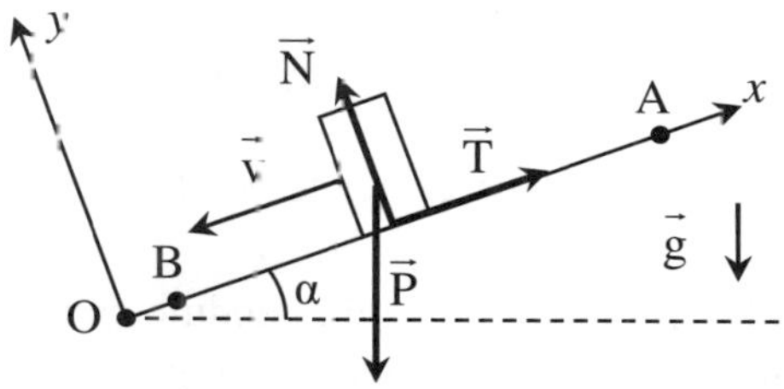

b) $\vec{N}=N\vec{e_y}$ et $\vec{T}=T\vec{e_x}=\mu N\vec{e_x}$

c) Le mouvement de Mathys est uniquement selon l'axe $\vec{e_x}$, il est nul selon l'axe $\vec{e_y}$. On peut en déduire que les forces se compensent selon cet axe $\vec{e_y}$.

d) Projection sur l'axe (Oy), orthogonal au mouvement : $-mg\cos\alpha+N=0$ d'où $N=mg\cos\alpha$ et $T=\mu mg\cos\alpha$.

e) On peut maintenant calculer les travaux de ces trois forces, qui sont toutes constantes.

Poids : $W(\vec{P})=\vec{P}\cdot\overrightarrow{AB}=\left(-mg\sin\alpha\vec{e_x}-mg\cos\alpha\vec{e_y}\right)\cdot\left(-AB\vec{e_x}\right)$ soit $W(\vec{P})=+mg\sin\alpha AB$.

A.N. : $W(\vec{P})=+65\times 9{,}8\times\sin 25\times 50=\boxed{+13\ \text{kJ}}$.

Réaction normale : $W(\vec{N})=\vec{N}\cdot\overrightarrow{AB}=+mg\cos\alpha\vec{e_y}\cdot\left(-AB\vec{e_x}\right)$ soit $W(\vec{N})=0$.

Réaction tangentielle : $W(\vec{T})=\vec{T}\cdot\overrightarrow{AB}=+\mu mg\cos\alpha\vec{e_x}\cdot\left(-AB\vec{e_x}\right)$ soit $W(\vec{T})=-\mu mg\cos\alpha AB$.

A.N. : $W(\vec{T})=-0{,}10\times 65\times 9{,}8\times\cos 25\times 50=\boxed{-2{,}9\ \text{kJ}}$.

2. Théorème de l'énergie cinétique entre les positions A et B :

$\Delta E_c(M)_{\mathcal{R}}=W(\vec{P})+W(\vec{N})+W(\vec{T})$ soit $\frac{1}{2}mv_B^2-0=+mg\sin\alpha AB+0-\mu mg\cos\alpha AB$

d'où on tire $v_B=\sqrt{2gAB(\sin\alpha-\mu\cos\alpha)}$

A.N. : $v_B=\sqrt{2\times 9{,}8\times 50(\sin 25-0{,}10\times\cos 25)}=\boxed{18\ \text{m.s}^{-1}}=65\ \text{km.h}^{-1}$.

Exercice 15.9

1. On étudie le point matériel M (de masse m) dans le référentiel terrestre supposé galiléen. Forces appliquées : poids $\vec{P}=-mg\vec{e_y}$; réaction $\vec{R}$ de la rampe, réduite à une seule composante normale car il n'y a pas de frottement. Théorème de l'énergie cinétique entre le point A et le point O : $\frac{1}{2}mv_0^2-0=W(\vec{P})_{A\to O}+W(\vec{R})_{A\to O}$.

$W(\vec{R})_{A\to O}=0$ car cette force est toujours orthogonale au déplacement.

Corrigé

$W(\vec{P})_{A\to O} = \vec{P}\cdot\overrightarrow{AO} = -mg\,\overrightarrow{e_y}\cdot\left(-h\,\overrightarrow{e_y} - x_A\,\overrightarrow{e_x}\right) = +mgh$. Donc $\frac{1}{2}m v_0^2 = mgh$ d'où $\boxed{v_0 = \sqrt{2gh}}$.

2. TEC entre A et M : $\frac{1}{2}m v^2 - 0 = W(\vec{P})_{A\to M} + W(\vec{R})_{A\to M}$ avec toujours $W(\vec{R})_{A\to M} = 0$ et

$W(\vec{P})_{A\to M} = \vec{P}\cdot\overrightarrow{AM}$

$= -mg\,\overrightarrow{e_y}\cdot\left(-h\,\overrightarrow{e_y} - x_A\,\overrightarrow{e_x} + a(1-\cos\theta)\overrightarrow{e_y} + x_M\,\overrightarrow{e_x}\right) = +mg\,(h + a(\cos\theta - 1))$.

On obtient donc $\boxed{v = \sqrt{2g\,(h + a(\cos\theta - 1))}}$.

Exercice 15.10

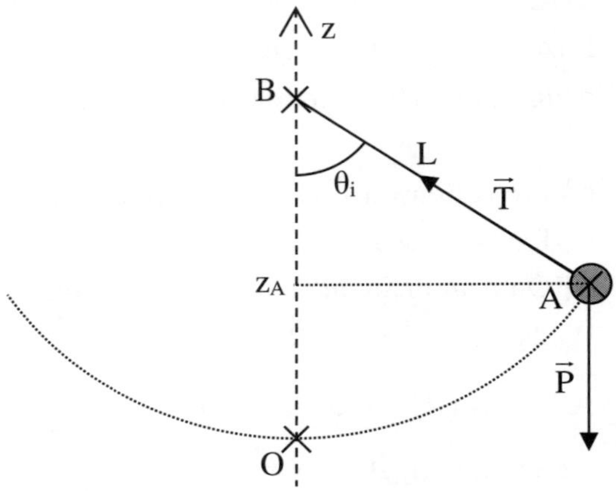

1. Les forces subies par le pendule sont le poids $\vec{P}$ et la traction du fil $\vec{T}$.

2. Le travail du poids du pendule entre l'angle θ_i et l'angle quelconque θ est donné par :

$W(\vec{P}) = m.g.(z_A - z)$ avec z_A l'altitude en A et z l'altitude en tout point. Or d'après la trigonométrie

$z_A = OB - L\times\cos\theta_i = L - L\times\cos\theta_i = L\times(1-\cos\theta_i)$

et de même $z = L\times(1-\cos\theta)$

$\Leftrightarrow W(\vec{P}) = m.g.L\times((1-\cos\theta_i) - (1-\cos\theta))$

$\Leftrightarrow \boxed{W(\vec{P}) = m.g.L\times(\cos\theta - \cos\theta_i)}$.

3. $W(\vec{P}) = m.g.L\times(\cos\theta_O - \cos\theta_i)$

Application numérique : $W(\vec{P}) = 0{,}120\times 9{,}81\times 0{,}500\times(\cos 0 - \cos 48{,}0) = \boxed{0{,}195\ \text{J}}$.

4. Le travail du poids entre les angles θ_i et $-\theta_i$ est donné par :

$W(\vec{P}) = m.g.L\times(\cos(-\theta_i) - \cos\theta_i) = m.g.L\times(\cos\theta_i - \cos\theta_i) = 0$.

Ce travail est nul, c'est évident puisqu'il n'y a pas de différence d'altitude entre les positions du pendule en $-\theta_i$ et θ_i.

5. Le travail de la force de tension du fil est nul car cette force de tension est toujours perpendiculaire au mouvement du pendule : la trajectoire du pendule est circulaire, la force de tension se fait le long du fil qui est un rayon de cette trajectoire.

6. Le théorème de l'énergie cinétique exprimé entre les positions A et O donne :

$E_c(O) - \underbrace{E_c(A)}_{=0} = W_{AO}(\vec{P}) + \underbrace{W_{AO}(\vec{T})}_{=0}$.

L'énergie cinétique en A est nulle car le pendule est lâché sans vitesse initiale.

$\Leftrightarrow E_c(O) = W_{AO}(\vec{P})$

$$\Leftrightarrow \frac{1}{2}.m.v_O^2 = m.g.L\times(\cos\theta_O - \cos\theta_i)$$

$$\Leftrightarrow v_O^2 = 2.g.L\times(\cos\theta_O - \cos\theta_i)$$

$$\Leftrightarrow v_O = \sqrt{2.g.L\times(\cos\theta_O - \cos\theta_i)}$$

Application numérique : $\Leftrightarrow v_O = \sqrt{2\times 9{,}81\times 0{,}500\times(\cos 0 - \cos 48{,}0)} = \boxed{1{,}80\ m.s^{-1}}$.

7. a) La différence de vitesse observée est probablement due aux frottements. En effet, dans l'air, des frottements ont lieu entre l'air et le pendule lors de son déplacement. La vitesse mesurée est alors plus faible que celle prévue théoriquement sans frottement.

b) Exprimons le théorème de l'énergie mécanique entre A et O :

$E_m(O) - E_m(A) = W_{AO}(\vec{F_f})$ avec $W_{AB}(\vec{F_f})$ le travail des forces de frottement.

$$\Leftrightarrow \underbrace{E_{pp}(O)}_{=0} + E_c(O) - \left(E_{pp}(A) + \underbrace{E_c(A)}_{=0}\right) = W_{AO}(\vec{F_f})$$

$$\Leftrightarrow E_c(O) - E_{pp}(A) = W_{AO}(\vec{F_f})$$

$$\Leftrightarrow \frac{1}{2}.m.v_O^2 - m.g.L\times(1-\cos\theta_i) = W_{AO}(\vec{F_f})$$

$$\Leftrightarrow W_{AO}(\vec{F_f}) = \frac{1}{2}.m.v_O^2 - m.g.L\times(1-\cos\theta_i)$$

Application numérique :

$$W_{AO}(\vec{F_f}) = \frac{1}{2}\times 0{,}120\times 1{,}67^2 - 0{,}120\times 9{,}81\times 0{,}500\times(1-\cos 48{,}0) = \boxed{-2{,}74\times 10^{-2}\ J}.$$

Ce travail est faible et négatif, cohérent avec le fait que ce sont des forces de frottement, s'opposant (peu) au mouvement.

Exercice 15.11

1. a) La variation d'énergie mécanique entre O et A est donnée par :

$$E_m(A) - E_m(O) = W_{OA}(\vec{F}) = \vec{F}\cdot\overrightarrow{OA} = F.OA$$

Application numérique : $E_m(A) - E_m(O) = 150\times 0{,}140 = \boxed{21{,}0\ J}$.

b) $E_m(O) = 0$ puisque le mobile est initialement immobile et à altitude nulle.

Ainsi, $E_m(A) = \underbrace{E_{pp}(A)}_{=0} + E_c(A) = E_c(A) = 21{,}0\ J$.

$$E_c(A) = \frac{1}{2}.m.v_A^2$$

$$\Leftrightarrow v_A^2 = 2\times\frac{E_c(A)}{m}$$

$$\Leftrightarrow v_A = \sqrt{2\times\frac{E_c(A)}{m}}$$

Corrigé

Application numérique : $v_A = \sqrt{2 \times \frac{21,0}{0,900}} = \boxed{6,83\ m.s^{-1}}$.

c) Entre A et B, il n'y a pas de frottement, ainsi la vitesse du mobile en B est égale à celle en A (on pourrait appliquer le théorème de l'énergie mécanique pour s'en convaincre). Alors $v_B = \boxed{6,83\ m.s^{-1}}$.

2. Ce mouvement est sans frottement : $\Delta E_m = E_m(C) - E_m(B) = 0\ J$, alors $\boxed{E_m(C) = E_m(B)}$.

$$\Leftrightarrow E_{pp}(C) + \underbrace{E_c(C)}_{=0} = \underbrace{E_{pp}(B)}_{=0} + E_c(B)$$

$$\Leftrightarrow m.g.h = \frac{1}{2}.m.v_B^2$$

$$\Leftrightarrow g.h = \frac{1}{2}.v_B^2 \text{ (après simplification par m)}$$

$$\Leftrightarrow h = \frac{1}{2} \times \frac{v_B^2}{g}$$

Application numérique : $\Leftrightarrow h = \frac{1}{2} \times \frac{6,83^2}{9,81} = \boxed{2,38\ m}$.

3. a) Exprimons le théorème de l'énergie cinétique entre O et B (on peut le faire aussi avec le théorème de l'énergie mécanique) :

$E_c(B) - \underbrace{E_c(O)}_{=0} = W_{OB}(\vec{F_f}) + W_{OB}(\vec{F})$ avec $W_{OB}(\vec{F_f})$ le travail des forces de frottement.

$\Leftrightarrow W_{OB}(\vec{F_f}) = E_c(B) - \underbrace{W_{OB}(\vec{F})}_{= F.OA}$, la force F ne s'applique que de O à A.

$\Leftrightarrow W_{OB}(\vec{F_f}) = \frac{1}{2}.m.v_B^2 - F.OA$ A.N. : $W_{OB}(\vec{F_f}) = \frac{1}{2} \times 0,900 \times 6,24^2 - 150 \times 0,140 = \boxed{-3,48\ J}$.

b) Exprimons le théorème de l'énergie cinétique entre B et C (on peut le faire aussi avec le théorème de l'énergie mécanique) :

$\underbrace{E_c(C)}_{=0} - E_c(B) = W_{BC}(\vec{F_{f2}}) + W_{BC}(\vec{P})$ avec $W_{BC}(\vec{F_{f2}})$ le travail des forces de frottement sur le plan incliné.

$$\Leftrightarrow W_{BC}(\vec{F_{f2}}) = -E_c(B) - W_{BC}(\vec{P})$$

$$\Leftrightarrow W_{BC}(\vec{F_{f2}}) = -\frac{1}{2}.m.v_B^2 - \left(\underbrace{E_{PP}(B)}_{=0} - E_{PP}(C) \right)$$

$$\Leftrightarrow W_{BC}(\vec{F_{f2}}) = -\frac{1}{2}.m.v_B^2 + m.g.h$$

Application numérique : $\Leftrightarrow W_{BC}(\vec{F_{f2}}) = -\frac{1}{2} \times 0,900 \times 6,24^2 + 0,900 \times 9,81 \times 1,56 = \boxed{-3,75\ J}$.

Chapitre 16

Aspects énergétiques des phénomènes électriques

L'énergie, en particulier sous forme électrique, est un des rouages essentiels du fonctionnement de notre société. Savoir la produire, la stocker, la transporter, l'économiser est un enjeu important surtout dans le cadre du réchauffement climatique.
La maîtrise de la fission fournit de l'énergie électrique dans les centrales nucléaires ; cependant le risque est important et le traitement des déchets n'est pas vraiment résolu. La recherche actuelle sur la fusion est intense, elle permettrait une production d'énergie plus grande, sans déchet et sans avoir à importer des minerais..

Un scientifique

Le physicien anglais James **Joule** (1818-1889) pensait que tout phénomène physique doit s'expliquer par des lois simples. En 1840, il découvre l'effet Joule, et remet ainsi en cause la théorie de la conservation de la chaleur énoncée par Antoine **Lavoisier** et confortée par Sadi **Carnot**. L'année suivante, ses travaux sur l'échauffement au sein des conducteurs l'amènent à énoncer la loi qui porte désormais son nom. Deux ans plus tard, il établit l'équivalence entre l'énergie mécanique et la chaleur et il évalue la constante de proportionnalité, l'équivalent mécanique de la calorie.

LE SAVIEZ-VOUS ?

Curieusement, la justesse des théories de James **Joule** était parfois étayée par ses croyances religieuses, comme en témoigne la citation suivante : « Croyant que le pouvoir de détruire n'appartient qu'au Créateur, j'affirme que toute théorie qui, une fois développée, nécessite l'annihilation de forces, est nécessairement erronée. »

Objectifs

Les notions que je dois maîtriser

- ▷ Porteur de charge électrique
- ▷ Lien entre intensité du courant continu et débit de charges
- ▷ Modèle d'une source réelle de tension
- ▷ Puissance et énergie électrique
- ▷ Rendement

Les compétences que je dois acquérir

- ▷ Distinguer puissance et énergie
- ▷ Effectuer un bilan de puissance dans un circuit
- ▷ Manipuler la loi d'Ohm et les pertes par effet Joule
- ▷ Calculer un rendement

Résumé de cours

Courant et tension électrique

Origine et définition du courant électrique

Nous avons vu au collège puis en classe de 2de le sens du **courant électrique** dans un circuit : de la borne « plus » du générateur vers la borne « moins » du générateur. Ce courant électrique a pour origine le **déplacement des électrons** au long du circuit fermé. La **quantité d'électricité Q** transportée par un courant électrique correspond au nombre n d'électrons qui ont circulé au cours d'une durée t. Cette quantité d'électricité est la charge totale passant par une section du circuit pendant le temps t, elle est donnée par :

$$\boxed{Q = n \times e}$$

Q : charge totale (= quantité d'électricité) en coulombs (C)
n : nombre d'électrons passant par une section du circuit
e : charge élémentaire, constante de valeur $e = 1{,}6 \times 10^{-19}$ C

L'intensité du courant est définie par :

$$\boxed{I = \frac{Q}{t}}$$

I : intensité du courant en ampères (A)
Q : charge totale (= quantité d'électricité) en coulombs (C)
t : temps de mesure en secondes (s)

Remarque

Le sens du courant est défini du « plus » vers le « moins » bien que les charges déplacées (les électrons) aillent du « moins » vers le « plus ». Il s'agit d'une convention pour les courants, sans a priori sur le signe du porteur de charge. Dans d'autres domaines, il existe des courants de cations (ions positifs) par exemple.

Bases : rappels d'électricité

La **tension** se mesure avec un **voltmètre** placé **en parallèle** du dipôle, elle s'exprime en **volts (V)**. L'**intensité** se mesure avec un ampèremètre placé **en série** du dipôle, elle s'exprime en **ampères (A)**.

Dans un circuit **en série**, **l'intensité est la même partout**, la tension du générateur est égale à la somme des tensions des récepteurs.

Dans un circuit **en dérivation**, la **tension de chaque branche dérivée est identique aux autres**, la **somme des intensités incidentes** à un nœud **est égale à la somme des intensités émergentes** du nœud. Dans un circuit électrique, l'intensité du courant est notée i ou I et est représentée par une flèche sur le circuit allant **du + vers le –** du générateur. La tension est notée U et est représentée par une flèche au-dessus ou au-dessous du dipôle sous tension dans le **même sens** que le courant pour un **générateur**, dans le **sens inverse** du courant pour un **récepteur**.

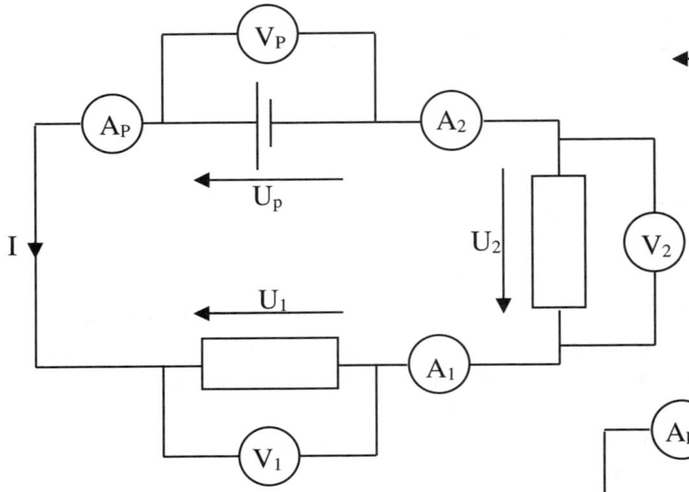

Circuit en série

L'intensité est la même pour chaque dipôle : $I = I_1 = I_2 = I_P$.

La tension du générateur est égale à la somme des tensions des récepteurs : $U_P = U_1 + U_2$.

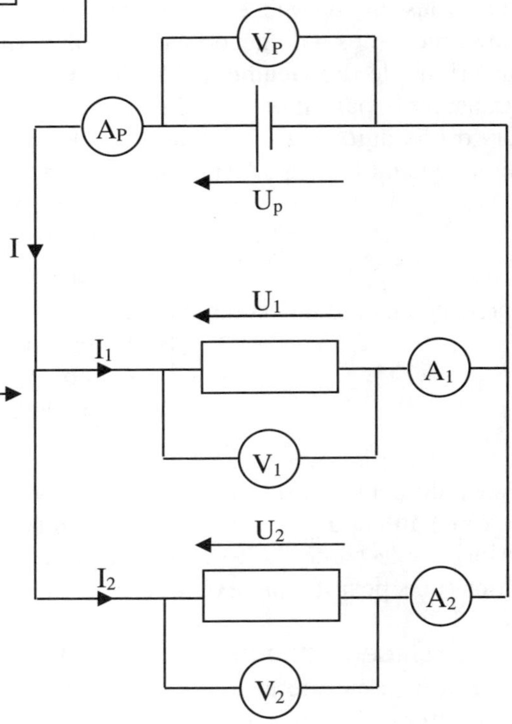

Circuit en dérivation

L'intensité du générateur est égale à la somme des intensités dans les branches dérivées : $I = I_1 + I_2$.

Les tensions de chaque branche dérivée sont égales : $U_P = U_1 = U_2$.

❑ Générateurs de tension

Un **générateur de tension idéal** délivre une **tension fixe**, indépendante de l'intensité du courant dans le circuit. Cette tension est nommée « **force électromotrice** » (f.e.m.) du générateur. La caractéristique U = f(I) d'un générateur de tension idéal est une courbe du type **U = constante**.

Un **générateur de tension réel** peut être modélisé par un générateur de tension idéal en série avec une résistance nommée « **résistance interne** du générateur ». La caractéristique U = f(I) d'un générateur de tension réel est une courbe du type **U = E – RI** avec E la f.e.m. et R la résistance interne.

Dans le cas d'un générateur idéal de tension de 12 V, U = 12 V, quelle que soit l'intensité :

Modélisation du générateur de tension idéal de f.e.m. = 12 V :

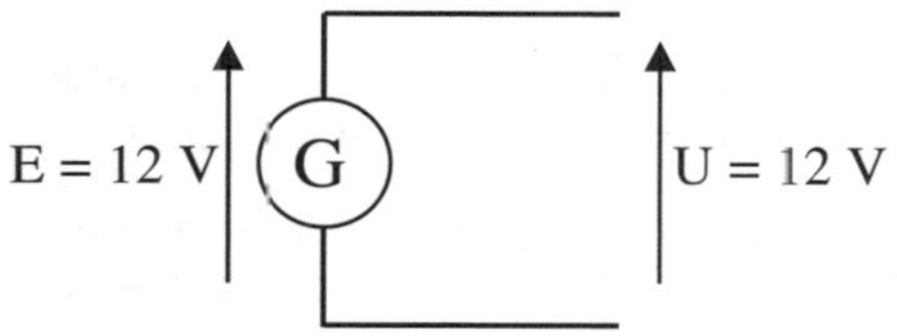

Caractéristique du générateur de tension idéal de f.e.m. = 12 V :

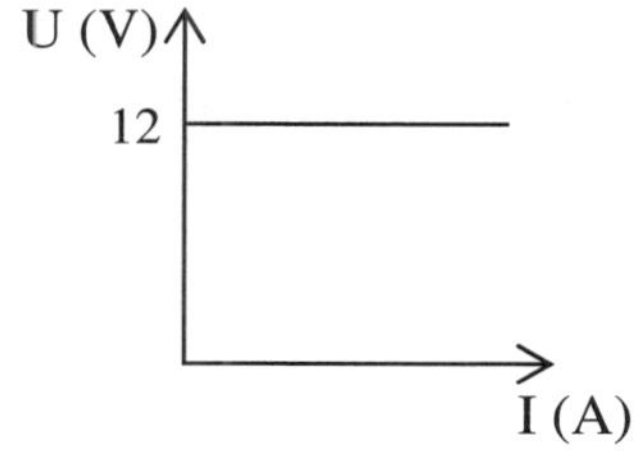

Dans le cas d'un générateur réel de tension de 12 V, U = E – RI :

Modélisation du générateur de tension réel de f.e.m. = 12 V :

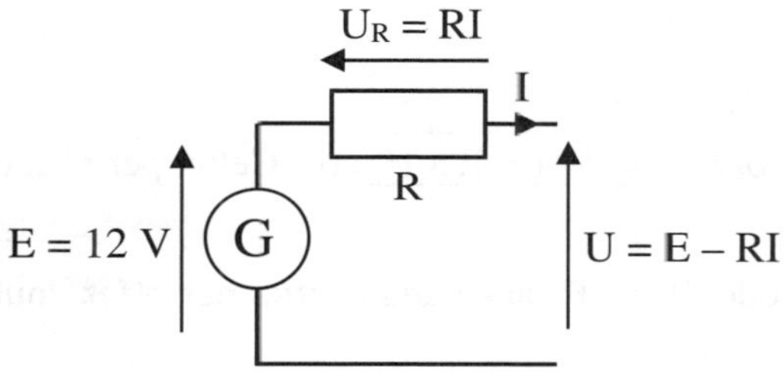

Caractéristique du générateur de tension réel de f.e.m. = 12 V :

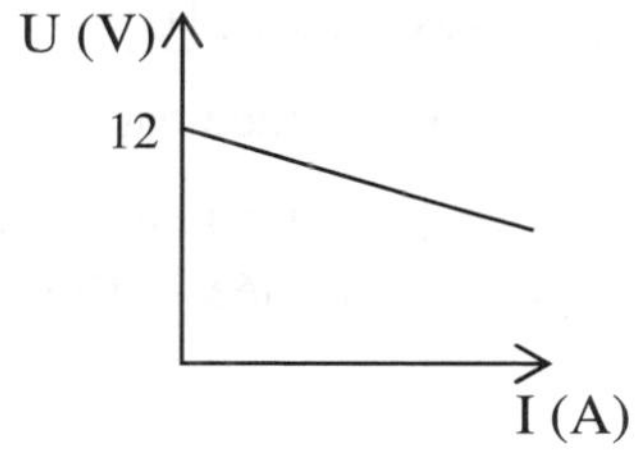

■ Puissance et énergie

❑ Puissance, ordres de grandeur

Le besoin énergétique instantané est nommé **puissance**. La puissance P est la quantité d'énergie E par unité de temps fournie ou captée par un système en un temps donné, P et E sont liées par :

$$E = P \times t$$

E : énergie en joules (J)
P : puissance en watts (W)
t : temps de mesure en secondes (s)

Ordres de grandeur de puissances :

Objet	DEL, pointeur LASER	Ampoule	TV, ordinateur	Radiateur électrique	Éolienne	Réacteur nucléaire	Soleil
Puissance (W)	10^{-3}	10^1 à 10^3	10^3	10^3	10^6	10^9	10^{26}

La **puissance électrique** d'un dipôle est donnée par :

$$\boxed{P = U \times I}$$

P : puissance en watts (W)
U : tension aux bornes de ce dipôle en volts (V)
I : intensité du courant qui traverse ce dipôle en ampères (A)

Cette puissance est fournie dans le cas d'un générateur ou reçue dans le cas d'un récepteur. Pour obtenir l'énergie fournie ou reçue, il reste à multiplier par le temps de fonctionnement t.

⇨ **Méthode 16.1. Calculer des puissances et des énergies**
⇨ **Méthode 16.2. Convertir des puissances et des énergies**

❑ Cas d'une résistance

Les résistances sont omniprésentes en électricité, par exemple un fil électrique a déjà une résistance (0,5 à 1 Ω pour un fil de TP). Une résistance se mesure hors circuit avec un ohmmètre et est exprimée en ohms (Ω). La loi d'Ohm relie la résistance, la tension et l'intensité du courant dans le cas d'une résistance : $\boxed{U = R \times I}$ (U en V et I en A).

Sa puissance est alors donnée par $\boxed{P = U \times I = R \times I \times I = R \times I^2}$

L'énergie dissipée par une résistance est donnée par $\boxed{E = P \times t = R \times I^2 \times t}$. Cette perte sous forme thermique est nommée « **effet Joule** ».

⇨ **Méthode 16.3. Évaluer des pertes par effet Joule**

■ Évaluation des transferts énergétiques

❑ Chaîne énergétique

Une **chaîne énergétique** représente les énergies, les conversions ou transferts et les objets qui les réalisent. Des flèches symbolisent ces **transferts/conversions d'énergie**, des rectangles représentent les **sources** ou **réservoirs d'énergie**, des ovales représentent les **convertisseurs**.

Remarque

Rectangles et ovales ne sont pas des conventions, mais des choix pour ce livre.
Dans le cas général :

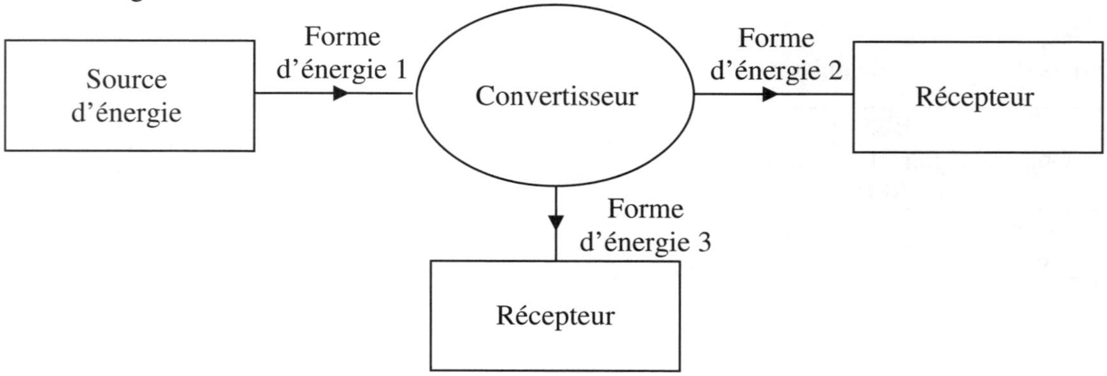

Exemple de l'éolienne

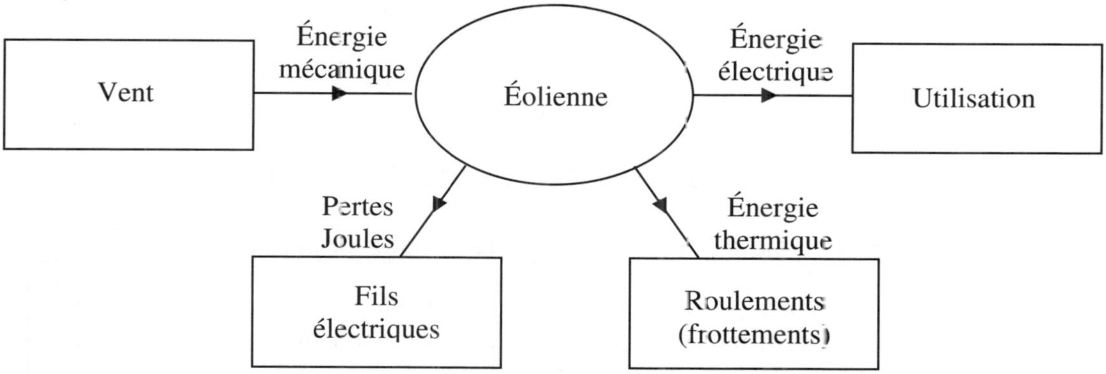

❑ Rendement énergétique

Un **rendement** est souvent un rapport entre ce que cela rapporte et ce que cela coûte. On utilise cette notion en énergétique, mais aussi en chimie et même en finance (le rendement d'un placement par exemple). Pour des rendements énergétiques, le rendement est le rapport entre l'**énergie utile** et l'**énergie totale reçue**. Il n'a pas d'unité, est inférieur ou égal à 1 et est noté **r** ou **η** (« êta »). Par multiplication par 100 on obtient ce rendement sous forme d'un pourcentage.

$\eta = \dfrac{\text{énergie utile}}{\text{énergie reçue}}$. Les énergies sont exprimées dans la même unité, souvent en joules.

Exemple

Dans le cas de l'éolienne vue précédemment $\eta = \dfrac{\text{énergie électrique}}{\text{énergie mécanique}}$.

⇨ **Méthode 16.4. Calculer des rendements énergétiques**

Remarque

La formule $E = P \times t$ permet de calculer le rendement avec le rapport des puissances utile et reçue durant le même temps d'utilisation.

Ordres de grandeur de quelques rendements usuels :

Objet	Panneau solaire	Éolienne	Muscles	Moteur thermique	Réacteur nucléaire	Moteur électrique
Rendement	20 %	5 à 20 %	20 %	30 à 35 %	35 %	90 à 95 %

Méthodes

Comment manier des puissances et des énergies ?

Méthode 16.1. Calculer des puissances et des énergies

À partir de la donnée de la puissance, il est facile de déterminer l'énergie correspondante pendant un temps défini. Au contraire, connaissant l'énergie et le temps, nous pouvons déterminer la puissance en jeu.

⇨ **Exercices 16.1, 16.5, 16.7, 16.8 et 16.9.**

Quelle énergie est utilisée par un ascenseur électrique de 10 kW de puissance durant 15 secondes de montée ?

L'énergie fournie par l'ascenseur est donnée par $E = P \times t$.

Analyse numérique : $E = 10 \times 10^3 \times 15 = \boxed{15 \times 10^4 \text{ J}}$.

Quelle puissance devrait avoir cet ascenseur pour effectuer cette même montée (donc même énergie) en 10 secondes ?

La puissance de cet ascenseur est donnée par $P = \dfrac{E}{t}$.

Analyse numérique : $P = \dfrac{15 \times 10^4}{10} = \boxed{15 \times 10^3 \text{ W}} = 15 \text{ kW}$.

❑ Méthode 16.2. Convertir des puissances et des énergies

Les unités du système international sont la joule pour les énergies et le watt pour les puissances. Néanmoins, selon les domaines et les valeurs, il peut être courant d'exprimer ces grandeurs par d'autres unités. Alors il est nécessaire de savoir analyser la grandeur exprimée, elle donne explicitement des informations afin de pouvoir la convertir par analyse dimensionnelle.

⇨ **Exercice 16.1.**

Mon compteur électrique indique actuellement 37663 kWh. À quelle grandeur cela correspond-il et que vaut cette grandeur dans les unités du système international ?

kWh est explicite, ce sont « des kilowatts multipliés par des heures » : on a un produit d'une puissance par un temps, cette grandeur est donc une énergie. La formule utilisée est $E = P \times t$, la puissance étant ici en kW et le temps en heures. Pour obtenir cette énergie en joules, il faut convertir afin d'avoir des watts et des secondes :

1 kw = 10^3 W ; 1 h = 3600 s ; W.s correspond à J

$$37663 \text{ kWh} = 37663 \times 10^3 \text{ Wh} = 37663 \times 10^3 \times 3600 \text{ W.s} = 1{,}3559 \times 10^{11} \text{ J}$$

■ Comment caractériser des transferts ou des conversions énergétiques ?

❑ Méthode 16.3. Évaluer des pertes par effet Joule

Tout appareil électrique comporte des résistances, qu'elles soient placées volontairement ou non. De simples fils conducteurs agissent comme de faibles résistances et dissipent de l'énergie électrique en énergie thermique par effet Joule. Évaluer ces pertes se fait par l'utilisation de la formule de l'énergie ainsi que celle de la loi d'Ohm : $\boxed{E = P \times t = U \times I \times t = R \times I^2 \times t}$.

⇨ **Exercices 16.3, 16.8 et 16.9.**

On considère une résistance chauffante de résistance $R = 2{,}0 \text{ k}\Omega$, parcourue par un courant d'intensité $I = 720 \text{ mA}$. Quelle puissance dissipe-t-elle par effet Joule ? Quelle énergie cela représente-t-il pour une heure d'utilisation ?

Calcul de la puissance :
Attention aux unités ! I doit être converti en A : $I = 720 \text{ mA} = 720 \times 10^{-3} \text{ A}$
$P = U \times I = R \times I^2$
Analyse numérique : $P = 2{,}0 \times 10^3 \times (720 \times 10^{-3})^2 = \boxed{1{,}0 \times 10^3 \text{ W}} = 1{,}0 \text{ kW}$.

Calcul de l'énergie dissipée par effet Joule :
$E = P \times t = U \times I \times t = R \times I^2 \times t$
Analyse numérique : $E = 2{,}0 \times 10^3 \times (720 \times 10^{-3})^2 \times 3600 = \boxed{3{,}7 \times 10^6 \text{ J}} = 3{,}7 \text{ MJ}$.

❑ Méthode 16.4. Calculer des rendements énergétiques

Pour calculer un rendement énergétique, il faut d'abord analyser les énergies afin de déterminer les énergies utile et reçue par le système étudié, au besoin, il faudra les calculer. Puis la formule $\eta = \dfrac{\text{énergie utile}}{\text{énergie reçue}}$ donne le rendement.

⇨ **Exercices 16.3, 16.5, 16.6, 16.7, 16.8 et 16.10.**

L'ascenseur de la méthode 16.1 de puissance 10 kW montant durant 15 s est alimenté par un courant électrique $I = 10$ A sous une tension $U = 1,2$ kV. Quel est alors son rendement ?

L'énergie utile est $E_{utile} = \boxed{15 \times 10^4 \text{ J}}$ (voir méthode 13.1).
L'énergie fournie à l'ascenseur est : $E = P \times t = U \times I \times t$.
Analyse numérique : $E = 1{,}2 \times 10^3 \times 10 \times 15 = \boxed{1{,}8 \times 10^5 \text{ J}}$.

Ainsi le rendement est : $\eta = \dfrac{\text{énergie utile}}{\text{énergie reçue}} = \dfrac{15 \times 10^4}{1{,}8 \times 10^5} = 0{,}83 = \boxed{83\ \%}$.

Vrai/Faux

		Vrai	Faux
1.	La tension se mesure en ampères avec un ampèremètre.	☐	☐
2.	Un ampèremètre se branche en série dans la maille étudiée.	☐	☐
3.	Deux branches dérivées sous soumises à une même tension.	☐	☐
4.	Différents dipôles branchés en série sont traversés par la même intensité.	☐	☐
5.	La tension fournie par un générateur idéal de tension est constante.	☐	☐
6.	Énergie et puissance sont reliées par la formule $P = E \times t$.	☐	☐
7.	Les unités à utiliser pour obtenir une énergie en joules sont le watt pour la puissance et la seconde pour le temps.	☐	☐
8.	Dans le cas d'une résistance $U = R \times I$ implique une énergie dissipée $E = I \times R^2$.	☐	☐
9.	Le rendement est une grandeur sans unité qui peut être ramenée à un pourcentage.	☐	☐
10.	Le rendement se calcule uniquement avec des énergies.	☐	☐

Énoncé des exercices

❑ Exercice 16.1. Comparaisons de puissances et d'énergies

1. Classer les puissances de ces objets par ordre croissant :

– Puissance d'un transformateur $P_{transformateur} = 0,100$ kVA .

– Puissance d'une ampoule $P_{ampoule} = 80$ W .

– Puissance musculaire $P_{musculaire}$ utilisée pour lever un sac à dos de 10 kg en 1,0 seconde pour le porter sur le dos à une hauteur de 1,4 m (voir chapitre 15).

2. Classer les énergies que possèdent ces objets par ordre croissant :

– Énergie contenue dans une tomate : $E_{tomate} = 20$ kcal .

– Énergie d'une pile E_{pile} sur laquelle sont écrites les indications : 3,7 V ; 9800 mAh.

– Énergie cinétique d'une voiture pesant 1000 kg lancée à 50,0 km/h (voir chapitre 15).

Données : 1 cal = 4,19 J ; g = 9,81 $N.kg^{-1}$.

Exercice 16.2. Grandeurs électriques

I représente l'intensité du courant électrique passant durant un temps t à travers la section d'un fil électrique. Q représente la charge passant par cette section de fil durant t, n le nombre de porteurs de charge. On donne $e = 1,60 \times 10^{-19}$ C . Compléter le tableau suivant :

I	100 mA			1,23 A	230 mA	
Q		50,0 C			12,0 C	301 C
t	30,0 s	820 ms	12,0 min			2h 6 min
n			$1,25 \times 10^{17}$	$8,86 \times 10^{19}$		

Exercice 16.3. Étude d'un générateur de tension

Un générateur idéal de tension U = 220 V fournit de l'énergie électrique à un chauffage électrique composé d'une résistance chauffante de résistance R = 50,0 Ω.

1. a) Réaliser le schéma électrique du circuit.

b) Des pertes Joule sont attribuées aux fils de résistance totale r = 3,0 Ω. Évaluer le rendement de ce montage vis-à-vis de la résistance chauffante.

2. Le générateur est en fait réel, de résistance interne $R_g = 2,0$ Ω.

a) Réaliser un montage faisant apparaître la modélisation du générateur réel, la résistance des fils et la résistance du chauffage.

b) Évaluer le rendement du montage vis-à-vis de la résistance chauffante.

Exercice 16.4. Étude d'un fil électrique

On modélise un fil électrique par un cylindre de section S et de longueur L :

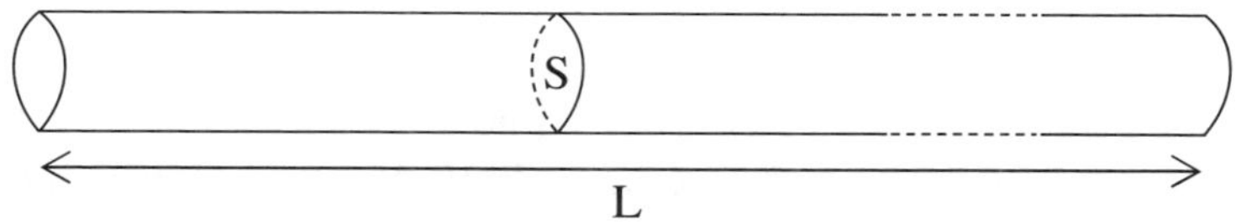

Au sein de ce fil, des électrons sont en mouvement à une vitesse d'ensemble v, créant ainsi un courant électrique d'intensité $I = 4,0\ A$.

1. a) Exprimer l'intensité du courant I en fonction de la charge élémentaire e, du temps t de mesure et du nombre n d'électrons traversant S durant ce temps t.

b) En déduire le nombre d'électrons qui passent chaque seconde à travers la section S.

2. On note n_v le nombre d'électrons non liés (responsables du courant) par unité de volume, aussi appelé densité électronique, tel que $n_v = \frac{n}{V}$.

a) Montrer que l'intensité du courant peut s'écrire $I = \frac{n_v \times S \times L \times e}{t}$ avec $V = S \times L$ le volume du fil.

b) En reliant la vitesse de déplacement des électrons à la longueur L et au temps t, calculer la vitesse des électrons au sein du fil.

c) L'information électrique se déplace à une vitesse de $2 \times 10^8\ m.s^{-1}$, expliquer la différence constatée avec le résultat de la question b.

Données : $e = 1,6 \times 10^{-19}$ C ; $n_v = 8,5 \times 10^{28}\ m^{-3}$; $S = 2,5\ mm^2$.

Exercice 16.5. Rendement d'un panneau solaire

Au sol, les photons émis par le Soleil fournissent une puissance surfacique moyenne de 350 $W.m^{-2}$. Un panneau solaire de 300 cm de large et de 400 cm de long fournit une intensité moyenne de 3,70 A dans une maison dont les prises délivrent une tension de 230 V.

1. a) Quelle puissance électrique fournit le panneau solaire ?

b) À quelle énergie cela correspond pour 20 min d'utilisation ?

2. Quelle puissance reçoit le panneau solaire ?

3. a) Quel est le rendement du panneau solaire ?

b) Que dire de ce rendement ? Est-il rentable d'utiliser un panneau solaire ?

c) Effectuer un diagramme énergétique du panneau solaire.

❑ Exercice 16.6. Lampe à incandescence*

Une lampe à incandescence émet un rayonnement de corps chaud (corps noir) dont l'essentiel du spectre se trouve dans l'infrarouge et une partie dans le visible. Ces lampes chauffent beaucoup, leur rendement est de 5 %.

1. Effectuer un diagramme énergétique d'une lampe à incandescence.

2. Sur l'emballage d'une lampe fluocompacte est indiqué « 8W → 45W ». Expliquer la signification de cette indication.

3. Quel est alors le rendement de cette lampe fluocompacte ?

❑ Exercice 16.7. Sur un chantier

On considère le moteur électrique du treuil d'une grue sur un chantier, soulevant une charge de 6,5 tonnes à une hauteur de 20 mètres. Le temps de levée est de 57 secondes.

Donnée : $g = 9{,}81\ N.kg^{-1}$

1. Quelle énergie est nécessaire pour lever cette charge ?

2. Le moteur est alimenté par un courant électrique de 10 A sous une tension de 3,0 kV.

a) Quelle est l'énergie consommée par la grue ?

b) Sous quelle forme est dissipée de l'énergie ?

c) Calculer le rendement.

d) Effectuer un diagramme énergétique du moteur électrique de la grue.

❑ Exercice 16.8. Dynamo de vélo

Une dynamo de vélo fournit un courant de 0,50 A et une tension de 6,0 V lors du déplacement du vélo à 20 $km.h^{-1}$. Elle alimente une lampe à l'avant du vélo permettant d'éclairer la route.

1. Compléter la chaîne énergétique suivante représentant les différentes conversions énergétiques qui ont lieu au niveau de la dynamo ainsi que les pertes :

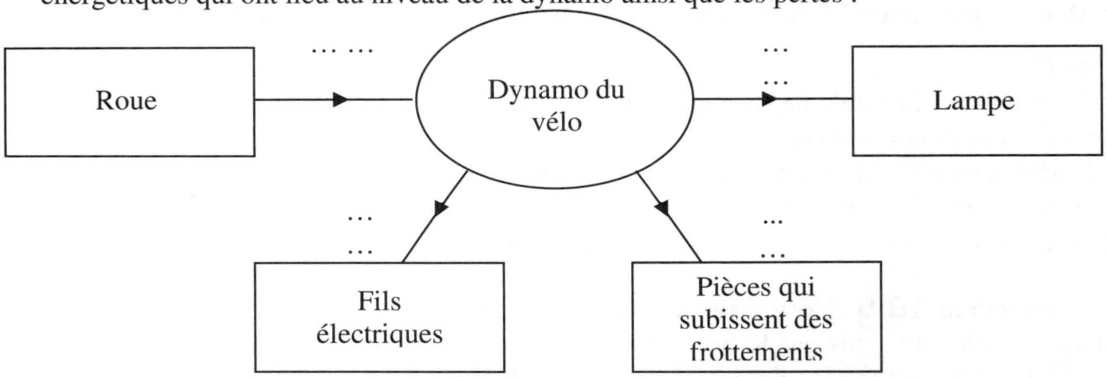

2. Quelle puissance est fournie par la dynamo ?

Le rendement de la dynamo est de 85%.

3. Quelle puissance est reçue par la dynamo ?

4. On suppose que la moitié de l'énergie perdue par la dynamo l'est par effet Joule.

a) Évaluer la puissance de ces pertes.

b) Calculer la résistance de la dynamo.

❑ Exercice 16.9. Sèche-cheveux

Un sèche-cheveux est constitué d'un moteur électrique entraînant des pales destinées à créer un courant d'air et d'une résistance chauffante dont le but est de chauffer l'air.

Le sèche-cheveux de Bernadette a une puissance de 1,5 kW et est adapté aux prises françaises. Les prises électriques délivrent en France une tension de 230 V, aux USA, cette tension est de 110 V. On considère que la puissance du moteur est négligeable devant celle de la résistance.

1. Déterminer la résistance de la résistance chauffante.

2. Quelle puissance reçoit la résistance chauffante si Bernadette utilise ce sèche-cheveux en voyage aux USA ? Quelle en est alors la conséquence ?

3. Que risque, en situation inverse, un américain utilisant son sèche-cheveux lors d'un voyage en France ?

❑ Exercice 16.10. Étude de la transmission d'énergie d'une voiture**

Pour une voiture, l'énergie est apportée par la combustion de l'essence dans le moteur. Cela entraîne dans un premier temps la rotation du vilebrequin. 95 % de l'énergie de rotation du vilebrequin est ensuite transmise aux roues via un dispositif de transmission (boîte à vitesses + axe de transmission). Les 5 % restants sont utilisés par d'autres dispositifs comme la courroie de distribution ou perdus.

1. Effectuer un diagramme énergétique des dispositifs cités ci-dessus.

2. Le rendement du moteur est de 30 %, celui de la transmission est de 95 %.

a) Exprimer le rendement du moteur.

b) Exprimer le rendement de la transmission.

c) Exprimer puis calculer le rendement de l'ensemble des deux.

■ Pour vous aider à démarrer

Exercice 16.5. Qui paye le Soleil pour briller ?
Exercice 16.8. Question 3 : Utiliser la formule du rendement.
Exercice 16.10. On pourra montrer que le rendement d'un ensemble d'objets qui se suivent est égal au produit des rendements de chacun de ces objets.

Corrigé des vrai/faux

1.	2.	3.	4.	5.	6.	7.	8.	9.	10.
faux	vrai	vrai	vrai	vrai	faux	vrai	faux	vrai	faux

1. La tension se mesure en volts avec un voltmètre.

6. Énergie et puissance sont reliés par la formule $E = P \times t$.

8. Dans le cas d'une résistance $U = R \times I$ implique une énergie dissipée $E = R \times I^2 \times t$.

10. Le rendement se calcule avec des énergies ou avec des puissances.

❑ Les erreurs classiques

- Ne pas confondre puissance et énergie, ni leurs unités.
- Attention aux conversions kWh ↔ J, à maîtriser.
- Ne pas penser qu'une prise délivre un courant constant, c'est la tension qui est fixée supposant la prise comme un générateur idéal.
- Ne jamais mettre d'unité pour le résultat d'un rendement, les grandeurs introduites pour le calculer doivent l'être dans la même unité.

■■ Corrigé des exercices

Exercice 16.1

1. Afin de classer ces puissances, exprimons les dans la même unité : en watts.
La puissance d'un transformateur $P_{transformateur} = 0{,}100$ kVA a une unité que nous mettrons en W une fois convertie en VA (produit de volts et d'ampères).

Ainsi : $P_{transformateur} = 100 \text{ VA} = \boxed{100 \text{ W}}$.

La puissance d'une ampoule $P_{ampoule} = \boxed{80 \text{ W}}$ est déjà en W.

La puissance musculaire $P_{musculaire}$ utilisée pour lever un sac à dos de 10 kg en 1 seconde pour le porter sur le dos à une hauteur de 1,4 m est trouvée par un calcul d'énergie potentielle, puis une déduction de la puissance :

$E_{pp} = m \times g \times h = 10 \times 9{,}81 \times 1{,}4 = 1{,}4 \times 10^2$ J.

$$E_{pp} = P_{musculaire} \times t \Leftrightarrow P_{musculaire} = \frac{E_{pp}}{t} = \frac{1{,}4 \times 10^2}{1{,}0} = \boxed{1{,}4 \times 10^2 \text{ W}}.$$

Ainsi : $\boxed{P_{ampoule} < P_{transformateur} < P_{musculaire}}$.

2. Afin de classer ces énergies, exprimons-les dans la même unité : en joules.
L'énergie contenue dans une tomate $E_{tomate} = 20$ kcal est convertie en joules avec la donnée par proportionnalité : $E_{tomate} = 20 \text{ kcal} = 20 \times 10^3 \text{ cal} = 20 \times 10^3 \times 4{,}19 \text{ J} = \boxed{8{,}4 \times 10^4 \text{ J}}$.

L'énergie d'une pile E_{pile} sur laquelle on trouve : 3,7 V ; 9800 mAh est donnée en effectuant d'abord la conversion : $9800 \text{ mAh} = 9{,}800 \text{ Ah} = 9{,}800 \times 3600 \text{ As} = 3{,}528 \times 10^4 \text{ As}$, puis nous utilisons la formule $E_{pile} = P \times t = U \times I \times t = 3{,}7 \times 3{,}528 \times 10^4 = \boxed{1{,}3 \times 10^5 \text{ J}}$.

L'énergie cinétique d'une voiture pesant 1000 kg lancée à 50,0 km/h est déterminée avec la formule de l'énergie cinétique, la vitesse étant convertie en m.s^{-1} :

$$E_{voiture} = \frac{1}{2} \times m \times v^2 = \frac{1}{2} \times 1000 \times \left(\frac{50{,}0}{3{,}6}\right)^2 = \boxed{9{,}65 \times 10^4 \text{ J}}.$$

Ainsi : $\boxed{E_{tomate} < E_{voiture} < E_{pile}}$.

Exercice 16.2

Il suffit d'exploiter les formules $Q = n \times e$ et $I = \frac{Q}{t}$ ainsi que celles qui en découlent : $n = \frac{Q}{e}$; $t = \frac{Q}{I}$ et $Q = I \times t$. Attention à bien convertir les intensités en ampères, les charges en coulombs et les temps en secondes.

Corrigé

I	100 mA	61,0 A	$2{,}78\times10^{-5}$ A	1,23 A	230 mA	39,8 mA
Q	3,00 C	50,0 C	0,0200 C	14,2 C	12,0 C	301 C
t	30,0 s	820 ms	12,0 min	11,5 s	52,2 s	2h 6 min
n	$1{,}88\times10^{19}$	$3{,}13\times10^{20}$	$1{,}25\times10^{17}$	$8{,}86\times10^{19}$	$7{,}50\times10^{19}$	$1{,}88\times10^{21}$

Exercice 16.3

1. a) Schéma électrique du circuit :

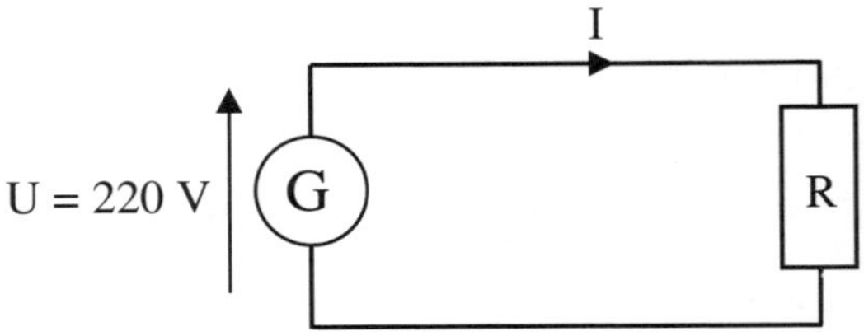

b) L'intensité du courant au sein du circuit est donnée par $I=\dfrac{U}{R_{tot}}$ avec $R_{tot}=r+R$ la résistance totale. Analyse numérique : $I=\dfrac{220}{50{,}0+3{,}0}=\boxed{4{,}15\text{ A}}$.

La puissance délivrée par le générateur est donnée par $P_g=U\times I$.

Analyse numérique : $P_g=220\times4{,}15=\boxed{913\text{ W}}$.

La puissance consommée par la résistance chauffante est donnée par $P_R=R\times I^2$.

Analyse numérique : $P_R=50{,}0\times4{,}15^2=\boxed{861\text{ W}}$.

Le rendement est alors donné par $\eta=\dfrac{P_R}{P_g}$. Analyse numérique : $\eta=\dfrac{861}{913}=0{,}943=\boxed{94{,}3\ \%}$.

2. a) Montage faisant apparaître la modélisation du générateur réel, la résistance r des fils et la résistance R du chauffage :

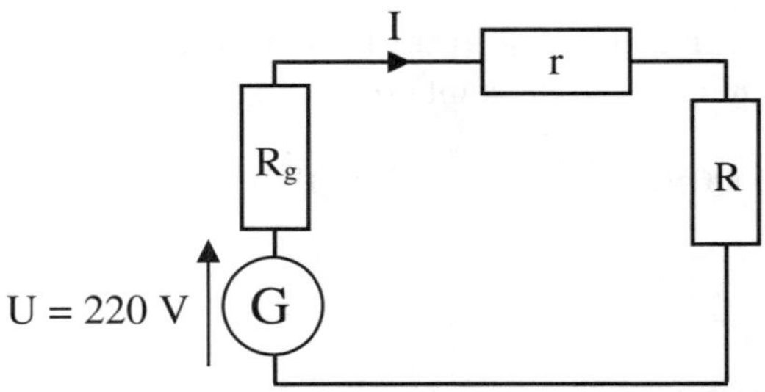

b) L'intensité du courant au sein du circuit est donnée par $I=\dfrac{U}{R'_{tot}}$ avec $R'_{tot}=r+R+R_g$ la résistance totale. Analyse numérique : $I=\dfrac{220}{50{,}0+3{,}0+2{,}0}=\boxed{4{,}00\text{ A}}$.

La puissance délivrée par le générateur est donnée par $P_g=U\times I$.

Analyse numérique : $P_g = 220 \times 4{,}00 = \boxed{880\text{ W}}$.

La puissance consommée par la résistance chauffante est donnée par $P_R = R \times I^2$.

Analyse numérique : $P_R = 50{,}0 \times 4{,}00^2 = \boxed{800\text{ W}}$.

Le rendement est alors donné par $\eta = \dfrac{P_R}{P_g}$. Analyse numérique : $\eta = \dfrac{800}{880} = 0{,}909 = \boxed{90{,}9\ \%}$.

Le rendement est plus faible, c'était attendu avec des pertes Joule ajoutées par rapport au générateur idéal de tension.

Exercice 16.4

1. a) Il faut assembler les formules de la quantité d'électricité et de l'intensité du courant :

$$\begin{cases} I = \dfrac{Q}{t} \\ Q = n \times e \end{cases} \Leftrightarrow \boxed{I = \dfrac{n \times e}{t}}$$

b) $I = \dfrac{n \times e}{t} \Leftrightarrow \boxed{n = \dfrac{I \times t}{e}}$

Analyse numérique : $n = \dfrac{4{,}0 \times 1{,}0}{1{,}6 \times 10^{-19}} = \boxed{2{,}5 \times 10^{19}}$.

2. a) $n_v = \dfrac{n}{V} \Leftrightarrow n = n_v \times V$

$$I = \frac{n \times e}{t} = \frac{n_v \times V \times e}{t} = \frac{n_v \times S \times L \times e}{t}.$$

b) La vitesse de déplacement des électrons v est le rapport entre la distance L qu'ils parcourent et le temps t de parcours : $v = \dfrac{L}{t}$.

Ainsi $I = \dfrac{n_v \times S \times L \times e}{t} = n_v \times S \times v \times e \Leftrightarrow \boxed{v = \dfrac{I}{n_v \times S \times e}}$

Analyse numérique : $v = \dfrac{4{,}0}{8{,}5 \times 10^{28} \times 2{,}5 \times 10^{-6} \times 1{,}6 \times 10^{-19}} = \boxed{1{,}2 \times 10^{-4}\ \text{m.s}^{-1}}$.

c) On remarque que les électrons de conduction se déplacent à une vitesse inférieure au millimètre par seconde, vitesse très inférieure à celle de l'information électrique. Cette différence s'explique par le fait que sous la mise sous tension, tous les électrons du circuit se mettent à se déplacer quasiment simultanément, si bien que l'information du déplacement est quasiment instantanée alors que le déplacement d'un électron seul se fait à une vitesse très faible.

C'est aussi le cas dans un tuyau plein d'eau de 30 m par exemple : si on ouvre une vanne d'un côté du tuyau, l'eau coule instantanément de l'autre côté tandis que les molécules d'eau se trouvant au niveau de la vanne mettront bien plus de temps à atteindre l'autre bout du tuyau.

Exercice 16.5

1. a) La puissance électrique fournie par le panneau solaire est donnée par :
$P = U \times I = 230 \times 3,70 = \boxed{851 \text{ W}}$.

b) Cela correspond à une énergie $E = P \times t = 851 \times 20 \times 60 = \boxed{1,0 \times 10^6 \text{ J}}$ pour 20 min d'utilisation.

2. La puissance surfacique moyenne transportée par les photons est donnée en $W.m^{-2}$, donc c'est une puissance divisée par la surface exposée. Afin de déterminer la puissance reçue par le panneau, il faut donc multiplier cette grandeur par la surface du panneau $S = l \times L = 3,00 \times 4,00 = 12,0 \text{ m}^2$.

Le panneau solaire reçoit une puissance : $P = 350 \times 12,0 = \boxed{4,20 \times 10^3 \text{ W}}$.

3. a) Le rendement du panneau solaire est :

$$\eta = \frac{\text{énergie utile}}{\text{énergie reçue}} = \frac{\text{puissance utile}}{\text{puissance reçue}} = \frac{851}{4,20 \times 10^3} = \boxed{20,3 \ \%}.$$

b) Ce rendement est faible ! Néanmoins, l'énergie fournie par le Soleil via les photons est gratuite (personne ne paye le Soleil pour briller), donc malgré ce faible rendement, il est rentable d'utiliser un panneau solaire.

c) Diagramme énergétique du panneau solaire :

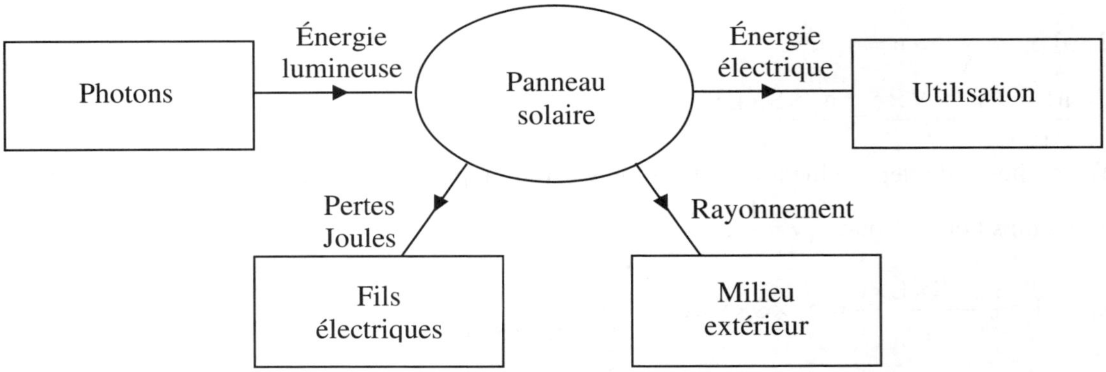

Exercice 16.6

1. Diagramme énergétique d'une lampe à incandescence :

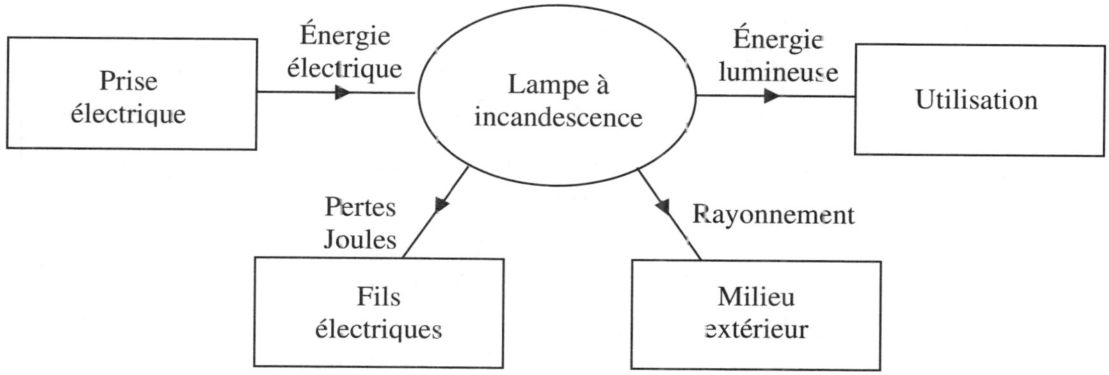

2. La signification de l'indication « 8W → 45W » sur l'emballage d'une lampe fluocompacte est maladroite. Elle signifie que la lumière émise par cette lampe pour une puissance consommée de 8W est la même que celle émise par une lampe à incandescence consommant une puissance de 45 W.

3. Le rendement de cette lampe se déduit par proportionnalité, on a la même puissance utile et une puissance consommée $\frac{45}{8} = 5{,}6$ fois plus faible. Le rendement est donc 5,6 fois plus grand, soit un rendement de 28 %.

Exercice 16.7

1. L'énergie nécessaire pour lever cette charge est l'énergie potentielle qu'aura cette charge à 20 m : $E_{pp} = m \times g \times h = 6{,}5 \times 10^3 \times 9{,}81 \times 20 = \boxed{1{,}3 \times 10^6 \text{ J}}$.

2. a) L'énergie consommée par la grue est :
$E = P \times t = U \times I \times t = 3{,}0 \times 10^3 \times 10 \times 57 = \boxed{1{,}7 \times 10^6 \text{ J}}$.

b) De l'énergie est dissipée sous forme de pertes par effet Joule dans les fils électriques et par frottements au niveau du câble du treuil (lors de l'enroulement).

c) Le rendement est de $\eta = \frac{\text{énergie utile}}{\text{énergie reçue}} = \frac{1{,}3 \times 10^6}{1{,}7 \times 10^6} = 0{,}76 = \boxed{76 \%}$.

d) Le diagramme énergétique du moteur électrique de la grue est :

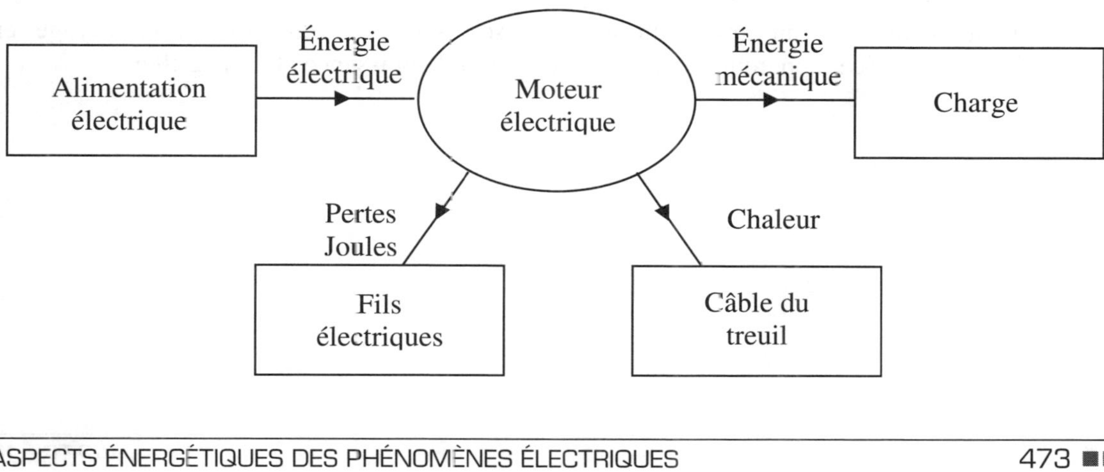

Corrigé

Exercice 16.8

1. Chaîne énergétique de la dynamo :

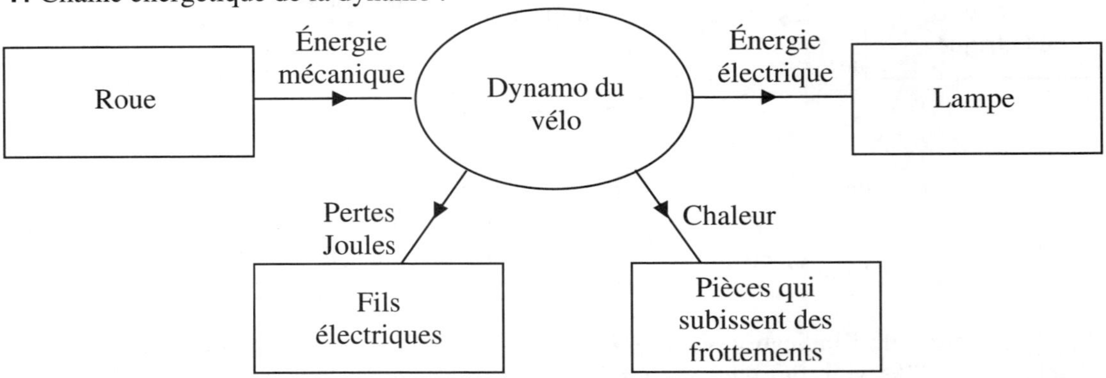

2. La puissance fournie par la dynamo est : $\boxed{P = U \times I = 6{,}0 \times 0{,}50 = 3{,}0 \text{ W}}$.

3. La puissance reçue par la dynamo est reliée à la puissance fournie par la dynamo à la lampe par la relation $\eta = \dfrac{\text{puissance utile}}{\text{puissance reçue}}$ d'où puissance reçue $= \dfrac{\text{puissance utile}}{\eta} = \dfrac{3{,}0}{0{,}85} = \boxed{3{,}5 \text{ W}}$.

4. a) La puissance totale des pertes est de $3{,}5 - 3{,}0 = 0{,}5$ W. La moitié est due à l'effet Joule, l'autre moitié aux frottements mécaniques, chacune de ces pertes représente donc 0,25 W.

b) Les pertes par effet Joule sont données par $P = U \times I = R \times I^2$ d'où $R = \dfrac{P}{I^2} = \dfrac{0{,}25}{0{,}50^2} = \boxed{1{,}0\ \Omega}$.

Exercice 16.9

1. La puissance du sèche-cheveux est donnée par $P = U \times I$ or dans le cas d'une résistance $I = \dfrac{U}{R}$, on a donc $P = U \times I = \dfrac{U^2}{R}$ d'où $R = \dfrac{U^2}{P} = \dfrac{230^2}{1{,}5 \times 10^3} = \boxed{35\ \Omega}$.

2. En voyage aux USA, la résistance chauffante reçoit une puissance :

$P = \dfrac{U^2}{R} = \dfrac{110^2}{35} = 3{,}5 \times 10^2 \text{ W} = \boxed{0{,}35 \text{ kW}}$ soit une puissance plus faible qu'en France, l'appareil est donc bien moins efficace.

3. En situation inverse, un américain utilisant son sèche-cheveux lors d'un voyage en France risque de voir cet appareil fonctionner à trop grande puissance et donc griller.

Exercice 16.10

1. Diagramme énergétique des dispositifs cités :

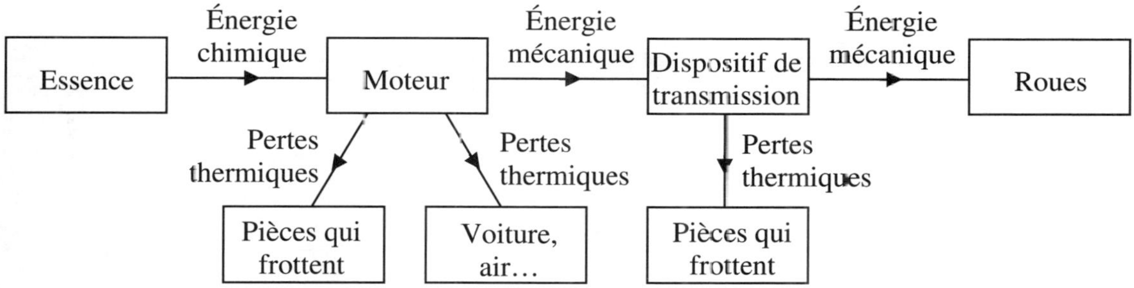

Les pertes thermiques du moteur peuvent être regroupées.

2. a) Le rendement du moteur est $\eta_m = \dfrac{\text{énergie mécanique}}{\text{énergie chimique}}$.

b) Le rendement de la transmission est $\eta_t = \dfrac{\text{énergie mécanique transmise aux roues}}{\text{énergie mécanique reçue du moteur}}$.

c) Le rendement de l'ensemble des deux est :

$$\eta = \frac{\text{énergie mécanique transmise aux roues}}{\text{énergie chimique}}$$

$$\Leftrightarrow \eta = \frac{\text{énergie mécanique transmise aux roues}}{\text{énergie mécanique reçue du moteur}} \times \frac{\text{énergie mécanique reçue du moteur}}{\text{énergie chimique}}$$

$\Leftrightarrow \eta = \eta_t \times \eta_m$ Application numérique : $\eta = 0{,}95 \times 0{,}30 = 0{,}29 = \boxed{29\ \%}$.

Chapitre 17
La pression

La structure des fluides est plus difficile à appréhender que celle des solides. Les particules en mouvement sont d'autant plus agitées que la température est élevée. Ceci crée des relations entre le volume et la pression que nous donne la loi de Boyle-Mariotte. Ces propriétés ont rendu possibles les premières machines à vapeur à l'aube de la Révolution industrielle.

Un scientifique

D'une précocité incroyable, Blaise **Pascal** (1623-1662) est connu comme écrivain, philosophe avec deux œuvres majeures que sont *Les Pensées* et *Les Provinciales* ; son apport aux mathématiques est aussi important avec les prémices du calcul des probabilités et des travaux en géométrie.
S'inspirant d'une expérience réalisée par le savant italien Evangelista **Torricelli**, Pascal entreprend de justifier l'existence de la pression atmosphérique. En 1648, il convainc son beau-frère Florin **Perrier** de comparer la hauteur d'une colonne de mercure retournée dans une cuve de mercure en bas et en haut du Puy de Dôme. L'air pressant sur le liquide dans la cuve compense en effet le poids de la colonne de mercure dans le tube ; en altitude, le mercure est plus haut dans le tube, l'action de l'air sur ce dernier y est donc moins intense : l'existence de la pression atmosphérique est prouvée.
C'est en hommage à ses travaux que l'unité de pression porte son nom ; un pascal correspond à la pression exercée par un newton sur une surface d'un mètre carré.

LE SAVIEZ-VOUS ?

La pression ou tension artérielle correspond à la pression du sang dans les artères. Elle atteint un maximum lors de la systole, c'est-à-dire la contraction du cœur et un minimum lors de la diastole, lors de son relâchement. C'est pourquoi on l'exprime avec deux nombres correspondant à ces deux phases. On la donne en général dans une ancienne unité, le centimètre de mercure. Ainsi une tension de 13-8 signifie que la pression systolique se monte à treize centimètres de mercure et la pression diastolique à huit. Ce qu'on appelle un centimètre de mercure correspond à la pression exercée par une colonne de mercure haute d'un centimètre et vaut 1333,22 Pa.

■■ Objectifs

■ Les notions que je dois maîtriser

▷ Masse volumique, température

▷ Pression d'un gaz, pression dans un liquide

▷ Force pressante exercée sur une surface, perpendiculairement à cette surface

▷ Pression dans un liquide au repos, influence de la profondeur

▷ Dissolution d'un gaz dans un liquide

▷ Loi de Boyle-Mariotte

■ Les compétences que je dois acquérir

▷ Utiliser la relation liant la pression, la force et la surface sur laquelle s'applique cette force

▷ Exprimer puis calculer la pression à différentes altitudes dans un fluide

▷ Utiliser la relation liant la pression et le volume d'un gaz sous faible pression

Résumé de cours

Grandeurs macroscopiques de description d'un fluide au repos

Description de la matière, notion de fluide

La matière est constituée d'entités (molécules, atomes et ions). Les trois états physiques de la matière sont décrits ainsi :

- État **solide** : compact et ordonné. Les entités ont des positions à peu près fixes.
- État **liquide** : compact et désordonné. Les entités ont un mouvement permanent désordonné.
- État **gazeux** : dispersé et désordonné. Les entités sont relativement éloignées les unes des autres et ont un mouvement permanent désordonné.

Un **fluide** est un milieu déformable, dans le cadre de ce cours nous considérerons le cas des liquides et des gaz.

Masse volumique

La **masse volumique** d'une substance est le rapport entre sa masse et son volume. Elle est notée **ρ** (lettre grecque « rhô ») et est exprimée en **kg.m^{-3}** dans le système international.

$$\boxed{\rho = \frac{m}{V}}$$

ρ : masse volumique en kg.m^{-3}.
m : masse en kg.
V : volume en m^3.

Remarque

Souvent utilisée dans d'autres domaines, la masse volumique est aussi exprimée en kg.L^{-1}, g.mL^{-1} ou bien d'autres combinaisons d'unités de masse et de volume.

Température

La **température** d'un fluide est liée à la vitesse des entités qui le constituent. Plus la température est élevée, plus la vitesse des entités est importante. On parle d'agitation thermique pour décrire ce mouvement dans les fluides. Dans le système international, la température est aussi appelée température absolue, elle est exprimée en kelvins (symbole K). La température la plus basse existante est liée à l'immobilité des entités, elle vaut 0 K (aussi appelé « zéro absolu »). La conversion entre température absolue et température en °C est donnée par :

$$T_{absolue}(K) = T(°C) + 273,15$$

■ Pression et force pressante

❑ Origine de la pression

Au sein des **fluides**, les molécules subissent un **mouvement désordonné et incessant**. Ce mouvement est à l'origine de nombreux chocs sur les parois contenant ce fluide, il en résulte une **force pressante**. Cette force pressante est d'autant plus grande que la **température** est élevée (les molécules se déplacent plus vite et donc les chocs sont plus énergétiques), que le **nombre de molécules** est élevé (donc plus de chocs) et que le **volume** de gaz est faible (les parois sont plus souvent heurtées).

❑ Force pressante

La **force pressante** est la force appliquée par les molécules d'un fluide sur les parois du récipient qui les contient. Cette force est :

- **perpendiculaire à la surface** sur laquelle elle s'applique ;
- **dirigée** du fluide **vers le milieu extérieur** ;
- **appliquée au centre** de la surface sur laquelle elle s'applique ;
- **exprimée**, comme toute force, **en newtons** (N).

Cette force est représentée par un vecteur force $\vec{F}$. Les molécules sont représentées par des boules se déplaçant dans des directions aléatoires représentées par de petites flèches.

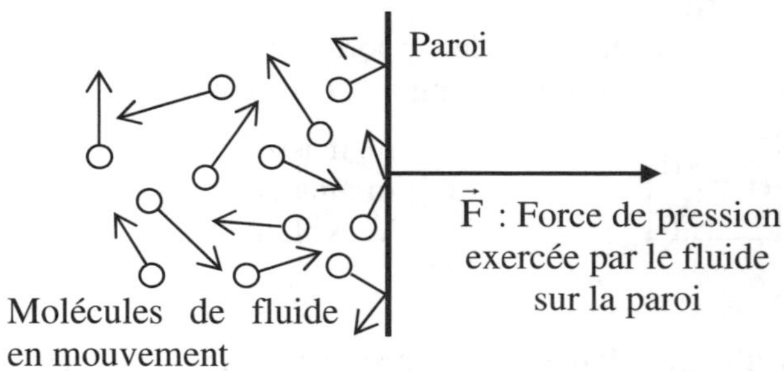

❑ Pression

La pression P d'un fluide, exprimée en **pascals (Pa)**, est le rapport de la force (en N) exercée par ce fluide sur la surface S (en m^2) sur laquelle cette force s'applique :

$$\boxed{P = \frac{F}{S}}$$

P : pression du fluide en Pa.
F : force exercée par le fluide sur la paroi en N.
S : surface de la paroi en m^2.

La pression se mesure avec un manomètre, un baromètre, ou encore un pressiomètre. Si l'unité du système international pour la pression est le pascal (Pa), d'autres unités sont aussi employées comme l'hectopascal (hPa) en météorologie, le bar (bar), l'atmosphère (atm) ou le millimètre de mercure (mmHg) en médecine. Il est utile de retenir la conversion $1 \text{ bar} = 10^5 \text{ Pa}$.
L'intensité de la force F et la surface S ne peuvent être que positives ou nulles, par conséquent la **pression** ne peut être que **positive ou nulle**.

Remarque

Cette expression liant la pression, la force et la surface est couramment utilisée pour des fluides mais peut aussi être utilisée en mécanique lorsqu'un objet matériel exerce une force sur une surface.

⇨ **Méthode 17.1. Utiliser la relation liant la pression, la force et la surface sur laquelle s'applique cette force**

■ Loi de la statique des fluides incompressibles

La pression au sein d'un fluide dépend de la **profondeur** à laquelle elle est mesurée. Lorsque la profondeur augmente, la pression augmente, c'est par exemple le cas lorsque l'on plonge au fond d'une piscine avec un masque, on ressent la pression de l'eau appliquer une force plus grande sur le masque. Cette variation de pression est aussi liée à la **nature du fluide**. Elle est exprimée par la **loi de la statique des fluides incompressibles** entre deux points A et B d'altitudes z_A et z_B avec **B en dessous de A** :

$$\boxed{P_B - P_A = \rho \times g \times (z_A - z_B)}$$

$$\Leftrightarrow$$

$$\boxed{\Delta P = \rho \times g \times h}$$

$\Delta P = P_B - P_A$: variation de pression entre A et B en **Pa**.
ρ : masse volumique du fluide en **kg.m^{-3}**.
$h = z_A - z_B$: variation d'altitude entre les points A et B en **m**.
g : intensité de la pesanteur en **N.kg^{-1}** ou **m.s^{-2}** ($\approx$ 9,8 à la surface de la Terre) .

Remarque

Les unités sont celles du système international, pour la masse volumique, bien que ce soit peu commun, il faut utiliser le kg.m^{-3} !

Exemple classique d'application

Dans le cas de liquides, la formule donnant la pression P à une certaine profondeur h par rapport à la surface est donnée par $\boxed{P = \rho \times g \times h + P_{surface}}$.

Cette formule est pratique, mais ne peut être utilisée que si l'on connaît la pression à la surface du fluide.

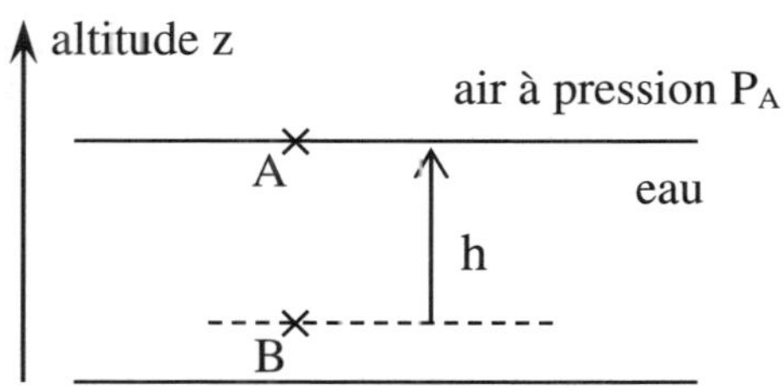

⇨ **Méthode 17.2. Exprimer puis calculer la pression à différentes altitudes dans un fluide**

■ Cas des gaz : loi de Boyle-Mariotte

La loi de **Boyle-Mariotte** est applicable aux gaz tant que leur pression n'est pas trop élevée (majorité des cas étudiés cette année). L'énoncé et la mise en équation de cette loi sont :

À **température fixée**, le produit de la pression P d'un gaz par son volume V est une constante.

$$\boxed{P \times V = \text{constante}}$$

P : pression du gaz.
V : volume du gaz.

Remarque

Il n'est pas nécessaire pour cette formule d'utiliser les unités du système international. La constante dépend de la température ainsi que de l'unité utilisée.

⇨ **Méthode 17.3. Utiliser la relation liant la pression et le volume d'un gaz sous faible pression**

❑ Méthode 17.1. Utiliser la relation liant la pression, la force et la surface sur laquelle s'applique cette force

La relation $P=\dfrac{F}{S}$ donne la pression exercée en fonction de la force appliquée et de la surface sur laquelle elle s'applique. À partir de cette expression, on peut déduire celle de la force $F=P\times S$ ou celle de la surface $S=\dfrac{F}{P}$ selon la nécessité.

⇨ Exercices 17.1, 17.2, 17.3, 17.5, 17.7, 17.8 et 17.9.

Considérons une salle de classe, où la pression est de 1015 hPa, quelle force exerce l'air dans la salle de classe sur une vitre de 2,0 m² ?

D'abord, il faut convertir la pression en Pa : $1015\ \text{hPa}=1015\times10^{2}\ \text{Pa}=1{,}015\times10^{5}\ \text{Pa}$.
Cette force est donnée par :

$F=P\times S$ A.N. : $F=1{,}015\times10^{5}\times2{,}0=\boxed{2{,}0\times10^{5}\ \text{N}}$.

Un plongeur voit s'appliquer sur la surface vitrée de son masque une force de $1{,}5\times10^{4}\ \text{N}$, quelle est la pression de l'eau au niveau du plongeur sachant que son masque a une surface vitrée de 150 cm² ?

D'abord, il faut convertir la surface en m² : $150\ \text{cm}^{2}=150\times10^{-4}\ \text{m}^{2}=0{,}0150\ \text{m}^{2}$.
Cette pression est donnée par :

$P=\dfrac{F}{S}$ A.N. : $P=\dfrac{1{,}5\times10^{4}}{150\times10^{-4}}=\boxed{1{,}0\times10^{6}\ \text{Pa}}=10\ \text{bar}$.

Un hublot de la station spatiale internationale subit la force de $3{,}18\times10^{5}\ \text{N}$ de la part de l'air situé dans la station à la pression de $1013\ \text{hPa}$. Quelle est la surface de ce hublot ?

D'abord, il faut convertir la pression en Pa : $1013\ \text{hPa}=1013\times10^{2}\ \text{Pa}=1{,}013\times10^{5}\ \text{Pa}$.
Cette surface est donnée par :

$S=\dfrac{F}{P}$ A.N. : $S=\dfrac{3{,}18\times10^{5}}{1013\times10^{2}}=\boxed{3{,}14\ \text{m}^{2}}$.

❑ Méthode 17.2. Exprimer puis calculer la pression à différentes altitudes dans un fluide

La relation de la statique des fluides implique $P = \rho \times g \times h + P_{surface}$. Cette formule peut être utilisée pour donner directement la pression à une certaine profondeur h de fluide connaissant la pression à la surface. Pour résoudre certains exercices, il peut être utile de savoir isoler une inconnue dans cette équation.

⇨ **Exercices 17.9, 17.11, 17.12 et 17.13.**

La pression à la surface de la mer est de 1000 hPa, un plongeur ramasse des tellines à 2,5 m de profondeur. Quelle est la pression de l'eau au niveau des tellines ?
Données : $\rho_{eau} = 1{,}0 \times 10^3 \text{ kg.m}^{-3}$; $g = 9{,}8 \text{ m.s}^{-2}$.

Appliquant la formule :

$P_{tellines} = \rho \times g \times h + P_{surface}$

A.N. : $P_{tellines} = 1{,}0 \times 10^3 \times 9{,}8 \times 2{,}5 + 1{,}000 \times 10^5$

$= 2{,}5 \times 10^4 + 1{,}000 \times 10^5$

$= (0{,}25 + 1{,}000) \times 10^5 = \boxed{1{,}25 \times 10^5 \text{ Pa}}$.

Le choix du nombre de chiffres significatifs n'étant pas évident (produit, puis somme), le calcul est développé…

À quelle profondeur faudrait-il plonger pour voir la pression passer à P_h = 1500 hPa ?

Partant de la formule :

$P_h = \rho \times g \times h + P_{surface}$

$\Leftrightarrow P_h - P_{surface} = \rho \times g \times h$

$\Leftrightarrow h = \dfrac{P_h - P_{surface}}{\rho \times g}$

A.N. : $h = \dfrac{1{,}500 \times 10^5 - 1{,}000 \times 10^5}{1{,}0 \times 10^3 \times 9{,}8} = \boxed{5{,}1 \text{ m}}$. Il faut plonger à 5,1 m !

❑ Méthode 17.3. Utiliser la relation liant la pression et le volume d'un gaz sous faible pression

Lors de l'évolution d'un système gazeux d'un état A à un état B, la formule $P \times V = \text{constante}$, utilisable dans un domaine de pression pas trop élevée, est équivalente à $P_A \times V_A = P_B \times V_B$, plus facile à utiliser pour des calculs directs de pressions ou de volumes lors de transformations.

⇨ **Exercices 17.10 et 17.13.**

Une seringue fermée contient initialement du gaz sous la pression $P_1 = 1{,}0$ bar quand le volume de gaz est de $V_1 = 50$ mL.

On appuie alors sur la seringue, quelle est la pression du gaz si la seringue indique un volume $V_2 = 20$ mL ?

$P_1 \times V_1 = P_2 \times V_2$ avec les notations de l'énoncé

$\Leftrightarrow P_2 = \dfrac{P_1 \times V_1}{V_2}$ par division A.N. : $P_2 = \dfrac{1{,}0 \times 50}{20} = \boxed{2{,}5 \text{ bar}}$.

On tire sur la seringue afin d'obtenir une pression $P_3 = 0{,}65$ bar, quel est alors le volume du gaz dans la seringue ?

$P_1 \times V_1 = P_3 \times V_3$

$\Leftrightarrow V_3 = \dfrac{P_1 \times V_1}{P_3}$ A.N. : $V_3 = \dfrac{1{,}0 \times 50}{0{,}65} = \boxed{77 \text{ mL}}$.

Ce résultat aurait pu être trouvé en utilisant la situation 2 (gaz comprimé) :

$P_2 \times V_2 = P_3 \times V_3$

$\Leftrightarrow V_3 = \dfrac{P_2 \times V_2}{P_3}$ A.N. : $V_3 = \dfrac{2{,}5 \times 20}{0{,}65} = \boxed{77 \text{ mL}}$.

■■ Vrai/Faux

		Vrai	Faux
1.	La pression est un type de force exercée par des fluides, elle s'exprime donc en newtons.	☐	☐
2.	Les mouvements désordonnés et incessants des particules de fluide sont à l'origine de la pression de ces fluides.	☐	☐
3.	Pour calculer la force de pression exercée par un gaz sur une surface S, il faut diviser la pression du gaz par cette surface.	☐	☐
4.	L'unité du système international de la pression est le bar.	☐	☐
5.	Dans l'eau, la pression augmente avec la profondeur.	☐	☐
6.	Dans l'air, la pression augmente avec l'altitude.	☐	☐
7.	Pour doubler la pression d'un gaz à température constante, on peut diviser son volume par deux.	☐	☐
8.	Dans le vide, la pression est négative.	☐	☐
9.	Dans tous les liquides, la pression augmente avec la profondeur.	☐	☐
10.	Dans tous les liquides, la pression augmente de 1 bar tous les 10 m de profondeur.	☐	☐

■■ Énoncé des exercices

❑ Exercice 17.1. Force, pression et surface

Dans le tableau suivant représentant 3 gaz différents, compléter les formules à utiliser et les cases vides par le calcul :

	Gaz n°1	Gaz n°2	Gaz n°3
Force F en N F = ...	150		$4,8\times10^6$
Pression P en Pa P = ...	$2,5\times10^7$	800	
Surface S en m^2 S = ...		0,030	$2,4\times10^6$

❑ Exercice 17.2. Ballon de foot

Un ballon de football est gonflé à 1,6 bar avec de l'air ambiant, il a une surface intérieure de 1520 cm^2.

1. a) Parmi ces paramètres concernant l'air dans le ballon : la température, la quantité de matière de gaz, la nature du gaz, la luminosité, le volume, desquels dépend la pression dans ce ballon ?

b) Décrire pour chaque paramètre son influence sur la pression du ballon.

2. a) Avec quel instrument peut-on mesurer la pression de l'air dans le ballon ?

b) Quelle est l'unité du système international de la pression ?

c) Exprimer la pression dans le ballon avec cette unité.

3. a) Rappeler la formule reliant la force pressante F exercée par l'air dans le ballon à la surface intérieure S du ballon et à la pression P de l'air qu'il contient. Rappelez les unités de chaque grandeur.

b) Faire un schéma représentant la force pressante sur une petite surface du ballon et rappeler les propriétés de cette force.

c) Calculer la valeur de la force pressante exercée par l'air contenu dans le ballon.

❑ Exercice 17.3. Randonnée en raquettes

Trois randonneurs se promènent sur de la poudreuse. Anthony porte un gros sac à dos, sa masse est de 112 kg avec son sac et son équipement, il est chaussé de raquettes de surface $S_A = 0,12\ m^2$. Mylène porte un petit sac, sa masse est de 65 kg avec son sac et son équipement, elle est chaussée de petites raquettes de surface $S_M = 0,10\ m^2$. Ils sont accompagnés du petit Kylian qui déteste les raquettes mais adore la neige, sa masse est de 20 kg équipé, les semelles de ses chaussures ont une surface $S_K = 0,015\ m^2$.

Après avoir calculé la pression exercée sur la neige lors de chaque pas pour chacun de ces randonneurs, indiquer lequel s'enfonce le plus dans la neige.

Donnée : $g = 9{,}8\ \text{m.s}^{-2}$.

❑ Exercice 17.4. Pschitt

Une bouteille d'eau gazeuse fait un « pschitt » à l'ouverture.

1. a) La bouteille est-elle en surpression ou en sous-pression par rapport à la pression atmosphérique ?

b) Au niveau du goulot, est-ce que du gaz rentre ou sort de la bouteille ?

On referme cette bouteille quelques minutes, puis on l'ouvre, un nouveau « pschitt » se fait entendre.

2. a) Expliquer pourquoi ce bruit se fait entendre à nouveau et ce qui a pu le rendre possible.

b) Au bout de plusieurs répétitions de l'expérience, aucun son ne se fait entendre à l'ouverture de la bouteille. Pourquoi ?

❑ Exercice 17.5. Surhumains ou juste humains ?

La pression atmosphérique terrestre est en général aux alentours de 1,0 bar. On se propose de comparer la force de pression que subissent nos corps à des exemples de forces plus parlantes.

Donnée : $g = 10\ \text{m.s}^{-2}$

1. a) Rappeler l'expression de la force de pression F exercée par un gaz à pression P sur une surface S.

b) Pour un homme adulte, la surface corporelle est aux alentours de 2 m^2. Calculer alors la force de pression exercée par l'air de l'atmosphère sur sa surface corporelle.

2. Comparaison au poids d'un éléphant.

a) Exprimer le poids P d'un éléphant en fonction de sa masse m et de l'intensité de la pesanteur g.

b) Calculer le poids d'un éléphant d'Afrique (d'environ 2 tonnes) et le comparer à la force de pression.

c) Combien faut-il d'éléphants pour obtenir un poids égalant la force de pression exercée sur un homme adulte ?

d) Expliquer comment l'homme peut supporter cette pression alors qu'il aurait du mal à porter un éléphant sur la tête.

❑ Exercice 17.6. Bases de la plongée

En plongée, on dit que la pression augmente d'un bar tous les 10 m. Vérifions-le.

Données : $\rho_{eau} = 1{,}0 \times 10^3\ \text{kg.m}^{-3}$; $g = 10\ \text{m.s}^{-2}$; $P_S = 1{,}0 \times 10^5\ \text{Pa}$

1. Expression de la loi

a) Rappeler la formule reliant la pression P à une profondeur h donnée, cette profondeur et la pression de surface P_S.

b) Décrire chacun des termes de cette formule ainsi que son unité.

c) Exprimer la différence $P - P_S$.

2. Application numérique

a) Calculer l'augmentation de pression à 10 m de profondeur.

b) Convertir ce résultat en bar et conclure quant à l'affirmation de l'énoncé.
c) Par conséquent, en déduire la pression à 20 m, 30 m et 100 m de profondeur.

❑ Exercice 17.7. Hémisphères de Magdebourg

Document 1 : expérience de Magdebourg

Otto Von Guericke, scientifique et homme politique allemand, a mis au point au XVe siècle une expérience visant à démontrer l'action de la pression atmosphérique : deux hémisphères creux d'une cinquantaine de centimètres de diamètre ont été rassemblés et, à l'aide d'une pompe à vide inventée par le scientifique allemand, le vide a été fait dans la sphère ainsi formée. La pression extérieure n'étant plus compensée par la pression intérieure, les deux hémisphères furent maintenus l'un contre l'autre malgré l'effort de deux fois 12 chevaux tirant de toute leur force de part et d'autre.

Document 2 : hémisphères de Magdebourg

1. Sur un schéma simple des hémisphères joints, représenter sur chacun leur résultante des forces de pression (sans soucis d'échelle).

2. Pour calculer la force pressante appliquée sur un hémisphère, il faut considérer la surface projetée (surface correspondant à celle d'un cercle de diamètre identique à celui de la sphère).

a) Quelle formule relie la force pressante sur un hémisphère F à la surface projetée S et la pression P de l'atmosphère extérieure ?

b) Calculer la force pressante subie par chaque hémisphère de 50 cm de diamètre utilisé par Otto Von Guericke en considérant la pression atmosphérique à $P = 1,0 \times 10^5$ Pa .

3. Pour mettre en évidence l'action de la pression atmosphérique, des hémisphères de 12,0 cm de diamètre sont utilisés en TP.

a) Calculer la force pressante subie par chaque hémisphère en TP lorsque le vide est fait entre les hémisphères.

b) En déduire la force que devrait produire un élève désirant séparer ces hémisphères avec les mains.

c) Sachant que le poids d'un corps de masse est donné par $P = m \times g$, avec $g = 10$ m.s^{-2} l'intensité de la pesanteur, déterminer la masse qu'il faudrait pendre sur les hémisphères afin de les séparer.

❑ Exercice 17.8. Expérience amusante*

Une petite expérience simple et rapide pouvant être effectuée à la maison (au-dessus d'un lavabo par précaution) :
Sur un verre d'eau rempli à ras-bord, déposer une feuille de papier recouvrant l'eau, puis retourner l'ensemble, un maintien de la feuille est nécessaire lors de l'opération. Retirer la main de la feuille, celle-ci ne tombe pas et retient l'eau dans le verre.

Schéma de l'expérience :

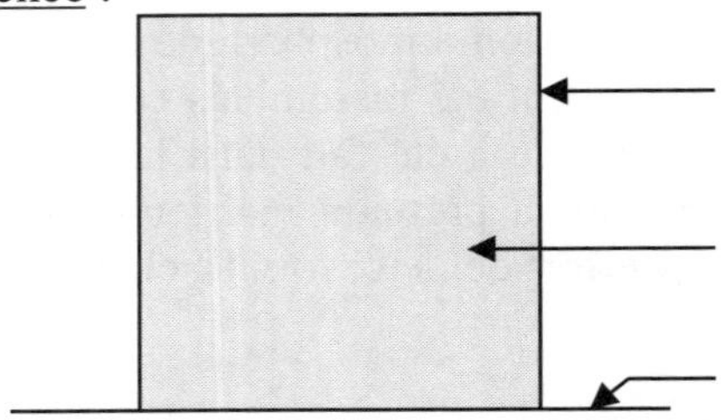

Le verre contient 200 g d'eau, sa base cylindrique a pour surface $S = 50,0\ \text{cm}^2$, on néglige dans cet exercice la masse de la feuille de papier.

Données : pression atmosphérique $P = 1,0 \times 10^5\ \text{Pa}$; $g = 9,81\ \text{m.s}^{-2}$.

1. Constatant que la feuille ne tombe pas, que peut-on dire de la force de pression subie par cette dernière de la part de l'air F_{air} par rapport à celle exercée par l'eau F_{eau} sur la feuille ?
2. Sur le schéma, ajouter ces deux forces.
3. Pour calculer la force de pression qui retient la feuille de papier, seule la surface S importe et non toute la surface de la feuille, expliquer pourquoi.
4. Exprimer puis calculer la force de pression exercée par l'air qui retient la feuille.
5. Exprimer et calculer la force exercée par l'eau sur la feuille, puis conclure.

❑ Exercice 17.9. Mesure de la pression en fonction de la profondeur dans un fluide

Un TP de physique propose d'étudier l'évolution de la pression dans l'eau en fonction de la profondeur. Pour cela, une sonde est plongée dans une colonne d'eau, reliée à un pressiomètre qui indique la pression. Un réglet permet de mesurer la profondeur de la sonde (il faut en fait mesurer le niveau d'eau dans la sonde).

Doc 1 : Résultats de l'expérience.

P (hPa)	1009	1014	1018	1023	1030	1035	1039
h (cm)	0	5	10	15	20	25	30

Document 2 : Schéma de l'expérience

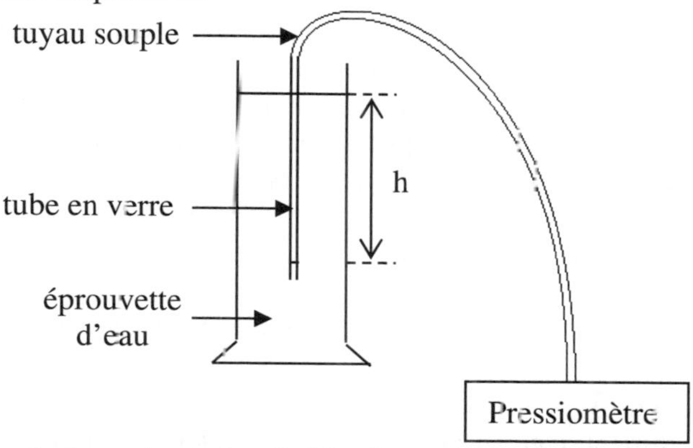

1. Rappeler la formule de la statique des fluides incompressibles reliant la pression P dans le fluide (ici l'eau) en fonction de la pression P_0 à la surface, de l'intensité de la pesanteur g, de la masse volumique de l'eau ρ_{eau} et de la profondeur h.

2. Graphique de l'évolution de P en fonction de h.

a) Tracer l'évolution de la pression mesurée en fonction de la profondeur.

b) Commenter la forme de la courbe tracée, était-ce prévisible ?

3. Modélisation de la courbe.

Afin de modéliser la courbe, les grandeurs sont entrées dans un tableur (doc 1). La modélisation de la courbe donne une fonction affine de coefficient directeur 1,029 et d'ordonnée à l'origine 1009.

a) En analysant la formule de la question **1.**, dire à quoi correspondent ces valeurs.

b) Avec une autre modélisation de la courbe, les grandeurs sont converties dans les unités du système international puis entrées dans un tableur. On obtient une fonction affine dont le coefficient directeur est 4 ordres de grandeur plus grand que le précédent. Pourquoi ?

c) Quelle devrait être la pression à 50 cm de profondeur d'après cette modélisation ?

❑ Exercice 17.10. Plongée à bouteilles

Doc 1 : Pression et volume

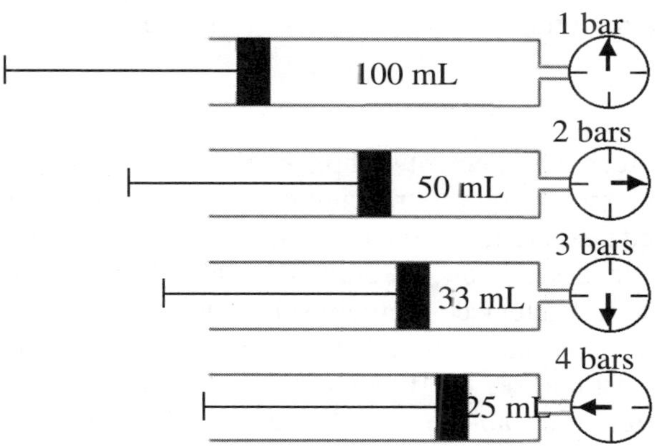

Doc 2 : Intérêt du détendeur

L'air dans la bouteille de plongée est un mélange de dioxygène et de diazote dans les mêmes proportions que l'air respiré d'habitude. Afin de pouvoir respirer cet air, l'air comprimé doit avoir la même pression que l'air des poumons du plongeur, égale elle-même à la pression de l'eau au niveau du plongeur. Pour cela, un détendeur permet d'adapter la pression en sortie de la bouteille. Lorsque le plongeur descend, la pression de l'air qu'il respire augmente, lorsqu'il remonte, cette pression diminue. Une pression inadaptée dans les poumons pourrait ne pas permettre de respirer voire causer de graves dégâts aux poumons.

Doc 3 : Ivresse des profondeurs
L'ivresse des profondeurs est la sensation d'ivresse qui peut être ressentie par les plongeurs lors d'une plongée en eaux profondes. Cette ivresse, aussi appelée narcose, est due à la trop grande concentration de diazote dans le sang. Elle est d'autant plus grave qu'elle est plus probable en grande profondeur et a pour conséquence de troubler l'attention, modifier le comportement, angoisser, faire perdre ses moyens… Les plongeurs ressentant les premiers signes de narcose ont pour consigne d'en prévenir leurs collègues et de remonter en surface en prenant soin de bien respecter les paliers de décompression.

1. a) Nommer et rappeler la relation entre le volume et la pression d'un gaz à température constante.
b) Vérifier que cette loi est bien vérifiée pour le gaz dans le document 1.
2. a) À l'aide du document 1 et du document 2, indiquer pourquoi il est dangereux pour un plongeur de ne pas respirer lors de la remontée.
b) En profondeur, le plongeur inspirant 500 mL d'air fait-il rentrer plus, moins ou autant de molécules de gaz que lorsqu'il inspire en surface ?
3. a) L'augmentation de la concentration en diazote dans le sang est à l'origine de la narcose. La solubilité du diazote dans les liquides, comme celle des autres gaz dépend de plusieurs facteurs. En citer deux.
b) La solubilité des gaz augmente-t-elle ou diminue-t-elle lors de la descente en profondeur ?
c) Quel serait le danger d'une remontée trop rapide à cause de l'évolution de cette propriété physique ?
d) Par conséquent, quelle consigne doivent suivre tous les plongeurs lors de leur remontée vers la surface ?

❑ Exercice 17.11. Le millimètre de mercure**

Document 1 : <u>Origine du millimètre de mercure (mmHg)</u>

Le torr ou mmHg est une unité de pression utilisée notamment en médecine pour mesurer la pression sanguine ou en physique pour certaines réactions à basse pression. « Torr » a été l'unité choisie en hommage au physicien Torricelli qui a mis en évidence la pression atmosphérique et construit les premiers baromètres à tube de mercure au XVIIe siècle.

Document 2 : <u>Baromètre au mercure</u>

Le baromètre à mercure est réalisé avec un tube initialement rempli et retourné dans une bassine aussi remplie de mercure. L'expérience montre que le mercure descend partiellement laissant une partie vide dans le haut du tube. Cette expérience prouve non seulement l'existence de la pression atmosphérique (sinon le mercure descendrait intégralement dans la bassine), mais aussi permet de la mesurer en fonction de la hauteur de mercure stable dans le tube. La pression de l'air est donc mesurée en mmHg par la mesure en mm de la hauteur de mercure au-dessus du niveau dans la bassine. L'expérience est réalisée en 1644 par Torricelli, peu importe la forme ou le diamètre du tube renversé, le mercure se stabilise à une hauteur de 76,0 cm.

Document 3 : Schéma du montage

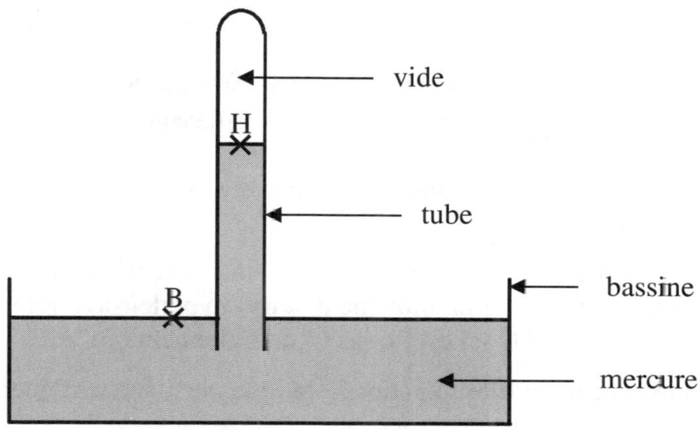

Données : $\rho_{eau} = 1{,}00 \times 10^3$ kg.m^{-3} ; $g = 9{,}80$ m.s^{-2} ; $\rho_{mercure} = 1{,}36 \times 10^4$ kg.m^{-3}.

On suppose qu'au niveau d'une interface air/liquide, la pression au sein du liquide est égale à la pression de l'air. On se propose de mesurer la pression extérieure à l'aide du baromètre à mercure.

1. a) Quelle pression en Pa trouve-t-on dans le tube en-dessus du mercure ?

b) Exprimer P_B en fonction de la pression P_H du mercure au niveau de l'interface mercure/air, de la hauteur h de mercure et de grandeurs à expliquer.

c) Calculer P_B en Pascal. La pression extérieure était-elle de 1013 hPa lors de cette expérience historique ? Faire une correspondance entre une mesure exprimée en Pascal et une mesure exprimée en mm de mercure.

d) La même expérience est réalisée avec un tube de section double. Quelle est alors la hauteur de mercure dans ce tube ?

2. Pour une autre expérience faite en laboratoire dans une pièce en atmosphère hyperbare (de pression supérieure à la pression atmosphérique), le mercure dans le baromètre de Torricelli se stabilise à une hauteur de 84,0 cm.

a) Quelle est la pression dans la pièce en mmHg ?

b) Déduire cette pression en Pa dans la pièce à l'aide de la formule de la question 1b.

3. Au lieu d'utiliser le mercure comme liquide (qui est toxique, coûteux et chimiquement réactif), on se propose d'utiliser un baromètre à eau. Quelle serait la hauteur de la colonne d'eau dans le tube de Torricelli pour une pression atmosphérique de 1013 hPa ? Interpréter le choix persistant du mercure malgré ses inconvénients.

4. Les prévisions météorologiques s'intéressent beaucoup aux relevés de pressions atmosphériques. Les cieux sont habituellement dégagés en haute pression et nuageux/pluvieux en basse pression. Par exemple, à Paris, à 75 m d'altitude, les pressions relevées le 1er janvier 2017 et le 1er mars 2017 sont respectivement 1029 hPa et 1001 hPa.

a) Quelle est la journée soumise à une dépression ? Celle soumise à un anticyclone ? Que peut-on imaginer sur les conditions météorologiques de ces deux journées ?

b) Le 6 septembre 2017, le cyclone IRMA de très grande puissance a frappé les îles Nord des Antilles. Dans l'œil de ce cyclone, la pression a été relevée à 915 hPa sur l'île de Saint Barthélémy (France). À quelle pression en mm de mercure correspond-elle ?

❑ Exercice 17.11 bis. Pression (tension) artérielle

Dans un cabinet médical, un médecin mesure la pression artérielle d'un jeune adulte. Il annonce 13/8. Le médecin rassure le patient.

1. Que signifient ces deux nombres ? Indice : ce sont des nombres exprimés en cm, pour la grandeur pression sanguine des artères.

Le patient suivant est une personne âgée. Elle est inquiète : sa tension est 17/9. Le médecin lui conseille une surveillance régulière et un traitement pour l'hypertension. La voilà confiante.

2. Qu'est-ce que l'hypertension ? Quel est l'objectif du traitement prescrit ?

Arrive une jeune femme enceinte. Elle se plaint de fatigue, de manque d'énergie. Sa tension est 8/6.

3. Quel est le diagnostic du médecin ? Quel sera son objectif ?

❑ Exercice 17.12. Tube en U*

On considère le tube en U ci-dessous contenant de l'eau (au fond) et de l'huile alimentaire sur la partie gauche du tube.

Données : $\rho_{eau} = 1,0\times10^3$ kg.m^{-3} ; $g = 9,8$ m.s^{-2}.

On suppose qu'au niveau d'une interface (air/huile, air/eau ou eau/huile), la pression est la même dans les deux milieux en contact avec l'interface.

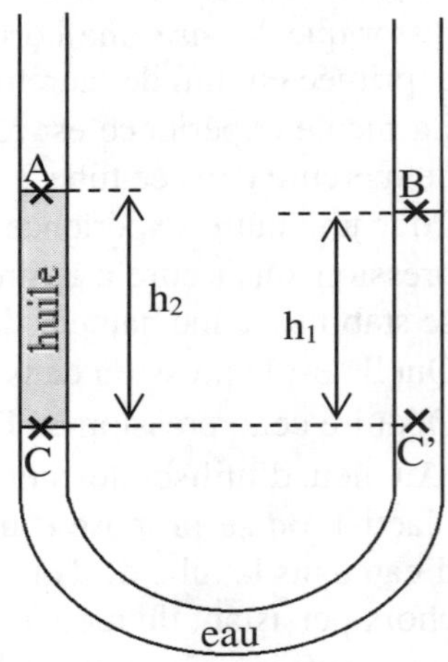

1. a) Exprimer, à l'aide de la relation de la statique des fluides, la pression P_C en C en fonction de la pression P_A en A et d'autres paramètres à définir.

b) Exprimer, à l'aide de la relation de la statique des fluides, la pression $P_{C'}$ en C' en fonction de la pression P_B en B et d'autres paramètres à définir.

c) Que dire des pressions $P_{C'}$ en C' et P_C en C ?

d) En déduire une relation entre P_A et P_B.

2. Les pressions en A et B peuvent être considérées égales.

a) Expliquer pourquoi.

b) Simplifier l'expression de la question **1.d)**, puis isoler ρ_{huile}.

c) Sachant que l'expérience donne h_1 = 9,0 cm et h_2 = 10,2 cm, calculer la masse volumique ρ_{huile}, puis la comparer à la valeur $\rho_{huile} = 0,9$ kg.L^{-1}.

❑ Exercice 17.13. Cloche de plongée**

La cloche de plongée, ou cloche à plongeur, est un objet couramment utilisé pour permettre à des plongeurs non équipés de bouteilles de plongée de respirer lors de travaux, d'expériences ou d'exploration sous l'eau. Il s'agit d'une cloche plongée dans l'eau qui emprisonne de l'air, alors disponible aux plongeurs qui n'ont plus besoin de remonter respirer à la surface. L'air de la cloche doit néanmoins être renouvelé au bout d'un certain temps d'utilisation.

On considère la cloche de plongée cylindrique de longueur d suivante :

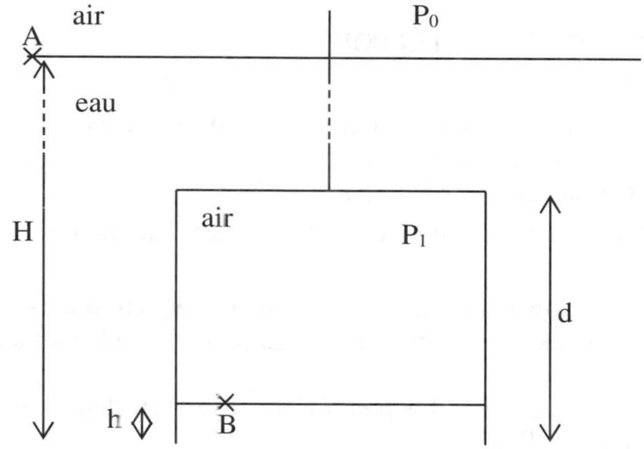

La cloche a été remplie avec de l'air libre en surface à pression P_0. On suppose qu'au niveau d'une interface air/eau la pression est la même dans les deux milieux en contact avec l'interface, ainsi l'air dans la cloche est à la pression P_B, pression de l'eau à une profondeur H.

La pression de l'air au sein de la cloche est supposée homogène (c'est-à-dire la même dans toute la cloche).

1. Étude qualitative

a) Au cours de la descente de la cloche, l'air dans la cloche voit-il sa pression augmenter ou diminuer ?

b) À l'aide de la loi de Boyle-Mariotte, expliquer ce qu'il advient alors du volume d'air sous la cloche lors de la descente de celle-ci.

2. Exprimer, à l'aide de la relation de la statique des fluides, la pression P_1 au sein de la cloche en fonction de la pression P_0 de l'air en surface et d'autres paramètres à définir.

3. a) Exprimer le volume V_0 de l'air dans la cloche en début de plongée en fonction de la surface de sa base S et de sa longueur d.

b) Exprimer le volume V_H de l'air dans la cloche en cours de plongée à une profondeur H en fonction de la surface de sa base S, de sa longueur d et de la hauteur h à laquelle remonte l'eau dans la cloche.

c) À l'aide de l'égalité de la loi de Boyle-Mariotte exprimée pour l'air de la cloche en début de plongée et en profondeur, montrer que $P_1 = P_0 \times \dfrac{d}{d-h}$.

4. a) À l'aide des expressions des questions **2.** et **3. c)**, donner l'expression de la profondeur H d'immersion de la cloche en fonction de la hauteur h à laquelle remonte l'eau dans cette dernière.

b) Déterminer la profondeur H pour laquelle h = 40 cm, avec d = 1,00 m, $P_0 = 1{,}0 \times 10^5$ Pa, $\rho_{eau} = 1{,}0 \times 10^3$ kg.m^{-3} et $g = 9{,}8$ m.s^{-2}.

■ Pour vous aider à démarrer

Exercice 17.4. Se rappeler de ce qui arrive quand on secoue une bouteille de cola ou du champagne avant son ouverture.
Exercice 17.5. On rappelle que $P = m \times g$.
Exercice 17.7 et 17.9. La surface S d'un cercle de rayon r est donnée par $S = \pi \times r^2$.
Exercice 17.9. En mathématiques, y = ax + b est l'équation d'une fonction affine. Ici, P (analogue à y) est une fonction affine en fonction de la variable h (analogue à x).
Exercice 17.12. question 1.c La pression est égale en deux points à une même altitude dans un même fluide.

Corrigé des vrai/faux

1.	2.	3.	4.	5.	6.	7.	8.	9.	10.
faux	vrai	faux	faux	vrai	faux	vrai	faux	vrai	faux

1. La pression est le rapport d'une force par la surface sur laquelle elle s'applique, elle s'exprime en **pascals** !

3. Pour calculer la force de pression exercée par un gaz sur une surface S, il faut multiplier la pression du gaz par cette surface.

4. L'unité du système international de la pression est le pascal.

6. Dans l'air, la pression diminue avec l'altitude.

8. Dans le vide, la pression est nulle car il n'y a pas de fluide, donc pas de force de pression. De plus la pression ne peut pas être négative.

10. Si la pression augmente de 1 bar tous les 10 m de profondeur pour l'eau, cette augmentation dépend de la masse volumique du liquide et est donc différente pour chaque liquide.

❑ Les erreurs classiques

– Attention aux unités ! La pression doit être exprimée en pascals dans les formules, à l'exception de la loi de Boyle-Mariotte pour laquelle pressions et volumes peuvent être dans toutes les unités à partir du moment où elles correspondent entre les états initiaux et finaux.

– $P_B = \rho \times g \times h + P_A$ peut être utilisé dans tout fluide à condition que B soit en dessous de A. Pour appliquer cette formule à l'air, il faut pouvoir le supposer incompressible dans le cas étudié.

– Attention à ne pas occulter la pression dans l'air, vivre avec peut nous la faire oublier, néanmoins les forces en jeu sur nous ou ce qui nous entoure sont colossales !

Corrigé

Corrigé des exercices

Exercice 17.1

	Gaz n°1	Gaz n°2	Gaz n°3
Force F en N $F = P \times S$	150	24	$4,8\times10^6$
Pression P en Pa $P = \frac{F}{S}$	$2,5\times10^7$	800	2,0
Surface S en m^2 $S = \frac{F}{P}$	$6,0\times10^{-6}$	0,030	$2,4\times10^6$

Exercice 17.2

1. a) Parmi ces paramètres concernant l'air dans le ballon, la température, la quantité de matière de gaz et le volume ont une influence sur la pression dans ce ballon.

b) Si la température augmente, les chocs des molécules d'air au sein du ballon seront plus fréquents et plus énergétiques, donc la pression augmente.

Si la quantité de matière augmente, les chocs des molécules d'air au sein du ballon seront plus fréquents, donc la pression augmente.

Si le volume du ballon augmente, les chocs des molécules d'air au sein du ballon seront plus rares, donc la pression diminue.

2. a) On peut mesurer la pression de l'air dans ce ballon à l'aide d'un manomètre.

b) L'unité du système international de la pression est le pascal.

c) Conversion : $1,6 \text{ bar} = 1,6\times10^5 \text{ Pa}$.

3. a) La pression est donnée par :

$$P = \frac{F}{S}$$

P : pression du gaz en Pa.
F : force exercée par le gaz sur la paroi intérieure du ballon en N.
S : surface de la paroi intérieure du ballon en m^2.

b) La force de pression exercée par un gaz est orthogonale à la surface sur laquelle elle s'applique et est dirigée depuis ce gaz vers l'extérieur :

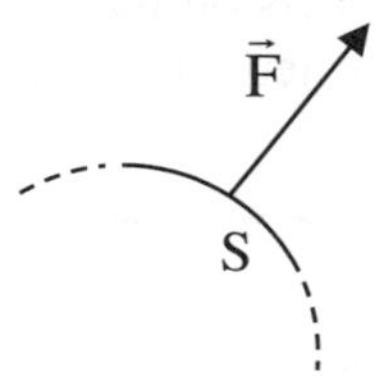

c) La valeur de la force pressante exercée par l'air contenu dans le ballon est donnée par :

$F = P \times S$ A.N. : $F = 1{,}6 \times 10^5 \times 0{,}1520 = \boxed{2{,}4 \times 10^4 \text{ N}}$.

(la surface du ballon a été mise en m^2)

Exercice 17.3

La pression exercée sur la neige est donnée par $P = \frac{F}{S}$. La force F exercée par la raquette sur la neige est le poids $F = m \times g$ (attention de ne pas confondre les notations P, représente la pression ici, non le poids). Ainsi, $P = \frac{m \times g}{S}$.

Pour Anthony :

$P_A = \frac{m_A \times g}{S_A}$ A.N. : $P_A = \frac{112 \times 9{,}8}{0{,}12} = \boxed{9{,}1 \times 10^3 \text{ Pa}}$.

Pour Mylène :

$P_M = \frac{m_M \times g}{S_M}$ A.N. : $P_M = \frac{65 \times 9{,}8}{0{,}10} = \boxed{6{,}4 \times 10^3 \text{ Pa}}$.

Pour Kylian :

$P_K = \frac{m_K \times g}{S_K}$ A.N. : $P_K = \frac{20 \times 9{,}8}{0{,}015} = \boxed{1{,}3 \times 10^4 \text{ Pa}}$.

Kylian exerce, malgré sa plus petite masse, une pression supérieure à celles exercées par Mylène et Anthony. Par conséquent, il s'enfonce plus dans la neige !

Exercice 17.4

1. a) La bouteille est en surpression par rapport à la pression atmosphérique, c'est une des causes de l'expulsion de certaines boissons gazeuses lorsqu'elles sont agitées avant l'ouverture.

b) Au niveau du goulot, du gaz sort de la bouteille à son ouverture. On remarque bien d'ailleurs lors de l'ouverture d'une bouteille, que des bulles de gaz remontent.

2. a) La bouteille, une fois ouverte, se retrouve à pression atmosphérique (équilibre des pressions dans l'air par mouvement des gaz). Le liquide et les gaz dissous sont soumis à une plus faible pression, si bien que les gaz sont moins solubles et s'échappent vers le goulot. La bouteille refermée voit alors sa pression interne augmenter à nouveau à cause de ces gaz, une nouvelle ouverture produira à nouveau ce « pschitt ».

b) Au bout de plusieurs répétitions de l'expérience, aucun son ne se fait entendre à l'ouverture de la bouteille, en effet à chaque étape, une partie du gaz initialement dissous s'échappe de la bouteille, jusqu'à ce qu'il n'y en ait plus suffisamment pour entendre ce phénomène.

Exercice 17.5

1. a) L'expression de la force de pression F exercée par un gaz à pression P sur une surface S est : $F = P \times S$.

b) La pression doit être exprimée en Pa : $1{,}0 \text{ bar} = 1{,}0\times10^5$ Pa.

A.N. : $F = 1{,}0\times10^5\times2 = \boxed{2\times10^5 \text{ N}}$.

2. a) Le poids P d'un éléphant est donné en fonction de sa masse m et de l'intensité de la pesanteur g par $P = m\times g$.

b) La masse de l'éléphant est $m = 2 \text{ t} = 2\times10^3$ kg.

$P = m\times g$ A.N. : $P = 2\times10^3\times10 = \boxed{2\times10^4 \text{ N}}$.

Ce poids est 10 fois plus faible que la force de pression !

c) Divisons l'intensité de la force de pression par celle du poids : $\frac{F}{P} = \frac{2\times10^5}{2\times10^4} = \boxed{10}$.

Il faut 10 éléphants pour que leur poids égale celui des forces de pression.

d) L'homme peut supporter cette pression car elle est parfaitement répartie sur toute la surface de son corps. Des forces de pression sur l'avant, sur l'arrière, sur le haut, sur le bas… compriment le corps mais ont une résultante nulle. Si on lui posait un éléphant sur la tête, le poids de ce dernier n'étant ni compensé par une autre force, ni réparti, deviendrait un réel danger.

Exercice 17.6

1. a) La formule reliant la pression P à une profondeur h donnée, cette profondeur h et la pression de surface P_S est : $P = \rho_{eau}\times g\times h + P_S$.

b) P est la pression en Pa à la profondeur, ρ_{eau} la masse volumique de l'eau en $kg.m^{-3}$, g l'intensité de la pesanteur en $m.s^{-2}$, h la profondeur en m et P_S la pression en surface en Pa.

c) $P - P_S = \rho_{eau}\times g\times h$.

2. a) L'augmentation de pression à h = 10 m de profondeur est donnée par :

$P - P_S = \rho_{eau}\times g\times h$ A.N. : $P - P_S = 1{,}0\times10^3\times10\times10 = \boxed{1{,}0\times10^5 \text{ Pa}}$.

b) $1{,}0\times10^5 \text{ Pa} = 1{,}0 \text{ bar}$, on retrouve l'affirmation de l'énoncé, pour 10 m de profondeur supplémentaires, la pression est augmentée de 1,0 bar.

c) Par conséquent, la pression à 20 m de profondeur est de 3,0 bar, celle à 30 m est de 4,0 bar et celle à 100 m est de 11,0 bar.

Exercice 17.7

1. Schéma des hémisphères joints :

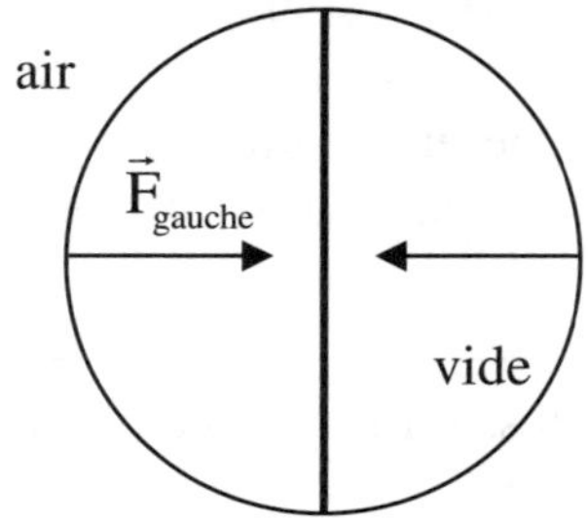

On remarque que pour la sphère complète, la résultante des forces de pression est nulle.

2. a) La formule reliant la force pressante sur un hémisphère F à la surface projetée S et la pression P de l'atmosphère extérieure est : $F = P \times S$.

b) $S = \pi \times r^2$ avec r le rayon de la sphère tel que $r = 25\ \text{cm} = 0{,}25\ \text{m}$ (moitié du diamètre).

$F = P \times S = P \times \pi \times r^2$ A.N. : $F = 1{,}0 \times 10^5 \times \pi \times (0{,}25)^2 = \boxed{2{,}0 \times 10^4\ \text{N}}$.

3. a) Le rayon de ces hémisphères est de 6,0 cm

$F = P \times S = P \times \pi \times r^2$ A.N. : $F = 1{,}0 \times 10^5 \times \pi \times (0{,}060)^2 = \boxed{1{,}1 \times 10^3\ \text{N}}$.

b) La force que devrait produire un élève désirant séparer ces hémisphères est la même si l'hémisphère est tenu d'un côté, donc $1{,}1 \times 10^3\ \text{N}$. Si l'élève tient un hémisphère dans chaque main, il doit alors fournir cette force avec chaque main dans des directions opposées.

c) $P = m \times g \Leftrightarrow m = \dfrac{P}{g}$ A.N. : $m = \dfrac{1{,}1 \times 10^3}{10} = \boxed{1{,}1 \times 10^2\ \text{kg}}$.

Ainsi, il faudrait pendre une masse de 110 kg sur les hémisphères afin de les séparer. Cela semble difficile.

Exercice 17.8

1. Constatant que la feuille ne tombe pas, on peut dire que la force de pression subie par cette dernière de la part de l'air est supérieure à celle exercée par l'eau sur la feuille.

2. Schéma de l'expérience ci-contre :

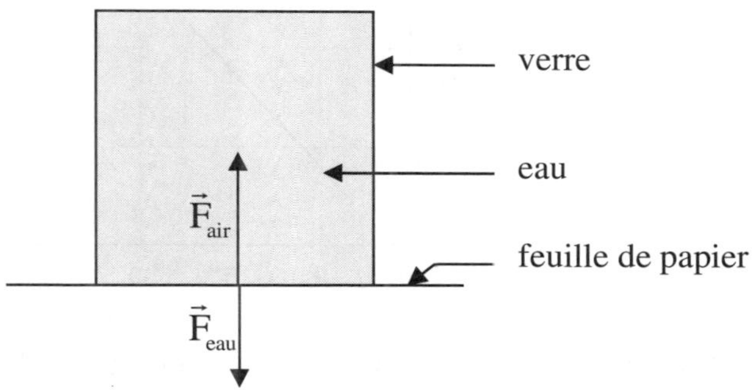

3. Pour calculer la force de pression qui retient la feuille de papier, seule la surface S importe et non toute la surface de la feuille. En effet, les parties de feuille au-delà du verre subissent une force de pression de l'air situé en dessous compensée par la force de pression exercée par de l'air situé au-dessus de la feuille (pression et surface de feuille sont en effet égales pour cette partie de la feuille).

4. $F_{air} = P \times S$ A.N. : $F_{air} = 1{,}0 \times 10^5 \times 50 \times 10^{-4} = \boxed{5{,}0 \times 10^2\ \text{N}}$.

5. La force exercée par l'eau correspond à son poids :

$F_{eau} = m \times g$ A.N. : $F_{eau} = 0{,}200 \times 9{,}81 = \boxed{1{,}96\ \text{N}}$.

La force exercée par l'eau sur la feuille est beaucoup plus faible que celle exercée par l'air, la feuille est donc maintenue plaquée contre le verre, retient l'eau et ne tombe pas. Cette expérience peut être réalisée à la maison et fait son effet.

Exercice 17.9

1. La formule de la statique des fluides incompressibles reliant la pression P dans le fluide (ici l'eau) en fonction de la pression P_0 à la surface, de l'intensité de la pesanteur g, de la masse volumique de l'eau ρ_{eau} et de la profondeur h est $P = \rho_{eau} \times g \times h + P_0$.

2. a) Graphique de l'évolution de la pression mesurée en fonction de la profondeur :

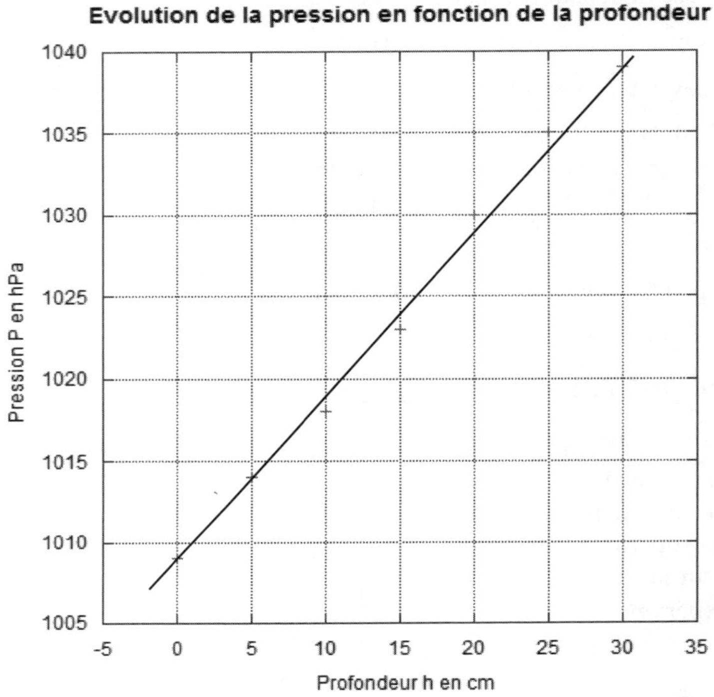

b) La courbe tracée est une droite, c'était prévisible puisque $P = \rho_{eau} \times g \times h + P_0$ est une fonction affine de P en fonction de h.

3. a) La formule de la question **1.** est $P = \rho_{eau} \times g \times h + P_0$, on remarque que le tracé de la pression P en fonction de la profondeur h est une fonction affine de coefficient directeur $\rho_{eau} \times g$ et d'ordonnée à l'origine P_0. On a donc $\rho_{eau} \times g = 1{,}029$ et $P_0 = 1009$ hPa.

b) Le coefficient directeur est 4 ordres de grandeur en dessous de la valeur attendue avec les grandeurs en unités internationales car la profondeur n'est pas en m mais en cm (2 ordres de grandeur) et la pression n'est pas en Pa mais en hPa (2 ordres de grandeur).

c) Pour déterminer la pression à 50 cm de profondeur d'après cette modélisation, on l'applique avec h = 50 :

$P = 1{,}029 \times h + 1009$ A.N. : $P = 1{,}029 \times 50 + 1009 = \boxed{1060\text{ hPa}}$.

Exercice 17.10

1. a) La relation entre le volume et la pression d'un gaz à température constante est la loi de Boyle-Mariotte $P \times V = \text{constante}$.

b)

	Cas n°1	Cas n°2	Cas n°3	Cas n°4
P en bar	1	2	3	4
V en mL	100	50	33	25
P×V en bar.mL	100	100	99	100

Cette loi est donc globalement bien vérifiée. Les mesures, notamment de pression, sont grossières (sans grande précision).

2. a) Le document 1 indique que si la pression diminue, le volume des gaz augmente. Or lors de la remontée, le plongeur subit une dépression. Bloquant sa respiration, l'air dans ses poumons prenant plus de place gonflerait fortement ces derniers et pourrait les déformer, les blesser.

b) En profondeur, le plongeur inspirant 500 mL d'air fait rentrer plus de molécules de gaz que lorsqu'il inspire en surface car l'air en profondeur est plus comprimé et il contient donc une plus grande quantité de matière.

3. a) Le diazote, comme tous les autres gaz, a une solubilité qui varie avec la pression et avec la température.

b) La solubilité des gaz augmente avec la pression : ils sont plus solubles sous haute pression que sous plus basse pression, donc au fond de l'eau qu'en surface.

c) Une remontée trop rapide à cause de la diminution de la concentration en gaz dissous serait un grave danger ! En effet, les gaz devenant moins solubles n'auraient pas le temps d'être évacués par les poumons via la respiration. Ils s'échapperaient via le sang directement au sein du corps : risque d'embolie gazeuse avec conséquence AVC.

d) Par conséquent, tous les plongeurs doivent remonter lentement et faire des paliers de décompression lors de leur remontée vers la surface.

Exercice 17.11

1. a) La pression P_H en-dessus du mercure est nulle, soit 0 Pa, puisque l'espace est vide.

b)

$$P_B = P_H + \rho_{mercure} \times g \times h$$

P_B et P_H : pressions en B et A en Pa.
$\rho_{mercure}$: masse volumique du mercure en $kg.m^{-3}$.
g : intensité de la pesanteur en $m.s^{-2}$.
h : différence d'altitude entre les deux points H et B en m.

c) A.N. : $P_B = 0 + 1,36\times10^4 \times 9,80 \times 0,760 = \boxed{1,01\times10^5\ Pa}$.

La pression pouvait donc bien être de 1013 hPa lors de cette expérience historique, la mesure concorde mais est néanmoins imprécise.

Ainsi $\boxed{1,01\times10^5\ Pa = 760\ mmHg}$.

d) La même expérience peut être réalisée avec des tubes de toutes sections, la largeur du tube n'intervenant pas dans l'équation, la hauteur de mercure sera toujours la même.

2. a) La pression est alors de 840 mmHg.

b) $P_B = P_H + \rho_{mercure} \times g \times h$.

Corrigé

3. $P_B = P_H + \rho_{eau} \times g \times h$

$\Leftrightarrow P_B - P_H = \rho_{eau} \times g \times h$

$$\Leftrightarrow \boxed{h = \frac{P_B - P_H}{\rho_{eau} \times g}} \qquad \text{A.N. : } h = \frac{1013 \times 10^2 - 0}{1{,}00 \times 10^3 \times 9{,}8} = \boxed{10 \text{ m}}.$$

Ce résultat est bien trop grand, le tube devrait être supérieur à 10m, cela explique le choix persistant du mercure malgré ses inconvénients. Sa masse volumique importante permet d'utiliser des tubes plus courts.

4. a) La journée soumise à une dépression est le 1er mars 2017, on peut donc imaginer un ciel couvert ce jour-là (nuages, peut-être pluie). Le 1er janvier 2017 semble une journée de haute pression, probablement avec un ciel dégagé.

b) Reprenant le calcul fait question **3.** avec le mercure :

$$h = \frac{P_B - P_H}{\rho_{mercure} \times g} \qquad \text{A.N. : } h = \frac{915 \times 10^2 - 0}{1{,}36 \times 10^4 \times 9{,}8} = 0{,}69 \text{ m} = \boxed{69 \text{ cm}}.$$

On aurait alors une pression aux alentours de 690 mmHg.

Exercice 17.11 bis

1. Ces deux nombres donnent la pression artérielle en cmHg.

2. L'hypertension est le fait d'avoir une pression artérielle trop élevée. L'objectif du traitement prescrit sera de la baisser (avec des béta bloquants par exemple).

Arrive une jeune femme enceinte. Elle se plaint de fatigue, de manque d'énergie. Sa tension est 8/6.

3. Le médecin diagnostique une tension trop basse, il lui demandera de se reposer avec pour objectif de retrouver une tension plus élevée.

Exercice 17.12

1. a) À l'aide de la relation de la statique des fluides :

$$P_C = P_A + \rho_{huile} \times g \times h_2$$

P_C et P_A : pressions en C et A en **Pa**.
ρ_{huile} : masse volumique de l'huile en **kg.m⁻³**.
g : intensité de la pesanteur en **m.s⁻²**.
h_2 : différence d'altitude entre les deux points A et C en **m**.

b) À l'aide de la relation de la statique des fluides :

$$P_{C'} = P_B + \rho_{eau} \times g \times h_1$$

$P_{C'}$ et P_B : pressions en C' et B en **Pa**.
ρ_{eau} : masse volumique de l'eau en **kg.m⁻³**.
g : intensité de la pesanteur en **m.s⁻²**.
h_1 : différence d'altitude entre les deux points C' et B en **m**.

c) Les pressions $P_{C'}$ en C' et P_C en C sont égales car C' et C sont à la même altitude dans le même liquide.

d) $P_C = P_{C'}$

$$\Leftrightarrow \boxed{P_A + \rho_{huile} \times g \times h_2 = P_B + \rho_{eau} \times g \times h_1}.$$

2. a) Les pressions en A et B peuvent être considérées égales car A et B sont des interfaces avec l'air et dans l'air la pression ne varie que très peu sur quelques centimètres.

b) $P_A + \rho_{huile} \times g \times h_2 = P_B + \rho_{eau} \times g \times h_1$ et $P_A = P_B$

$\Rightarrow \rho_{huile} \times g \times h_2 = \rho_{eau} \times g \times h_1$

$\Leftrightarrow \rho_{huile} \times h_2 = \rho_{eau} \times h_1$ en divisant les deux côtés par g

$$\Leftrightarrow \boxed{\rho_{huile} = \frac{\rho_{eau} \times h_1}{h_2}}.$$

c) $\rho_{huile} = \dfrac{\rho_{eau} \times h_1}{h_2}$ A.N. : $\rho_{huile} = \dfrac{1000 \times 9{,}0}{10{,}2} = \boxed{8{,}8 \times 10^2 \text{ kg.m}^{-3}} = 0{,}88 \text{ kg.L}^{-1}$.

La masse volumique trouvée correspond bien à la valeur attendue $\rho_{huile} = 0{,}9 \text{ kg.L}^{-1}$.

Exercice 17.13

1. a) Au cours de la descente de la cloche, l'air dans la cloche voit sa pression augmenter puisque celle de l'eau augmente. La pression de l'air et de l'eau étant la même à l'interface air/eau, ces pressions évoluent ensemble.

b) À l'aide de la loi de Boyle-Mariotte $P \times V = \text{constante}$, si la pression de l'air dans la cloche augmente, son volume diminue pour que le produit reste constant.

2. La pression P_1 au sein de la cloche est aussi la pression dans l'eau en B, soit à la profondeur H – h, ainsi :

$$P_1 = P_0 + \rho_{eau} \times g \times (H - h)$$

P_1 et P_0 : pressions dans la cloche et en surface en Pa.
ρ_{eau} : masse volumique de l'eau en kg.m^{-3}.
g : intensité de la pesanteur en m.s^{-2}.
H – h : profondeur de l'interface eau/air dans la cloche en m.

3. a) Le volume V_0 de l'air dans la cloche en début de plongée est donné par $V_0 = S \times d$.

b) Le volume V_H de l'air dans la cloche en cours de plongée à une profondeur H est donné par $V_H = S \times (d - h)$.

c) L'égalité de la loi de Boyle-Mariotte entre le début de plongée et en profondeur est :

$P_0 \times V_0 = P_1 \times V_H$

$$\Leftrightarrow P_1 = \frac{P_0 \times V_0}{V_H}$$

$$\Leftrightarrow P_1 = \frac{P_0 \times S \times d}{S \times (d - h)}$$

$$\boxed{P_1 = P_0 \times \frac{d}{d - h}}.$$

Corrigé

4. a) Par égalité des expressions de P_1 :

$$\frac{P_0 \times d}{d-h} = P_0 + \rho_{eau} \times g \times (H-h)$$

$$\Leftrightarrow \frac{P_0 \times d}{d-h} - P_0 = \rho_{eau} \times g \times (H-h)$$

$$\Leftrightarrow \frac{P_0 \times d - P_0 \times (d-h)}{d-h} = \rho_{eau} \times g \times (H-h)$$

$$\Leftrightarrow \frac{P_0 \times d - P_0 \times d + P_0 \times h}{d-h} = \rho_{eau} \times g \times (H-h)$$

$$\Leftrightarrow \frac{P_0 \times h}{d-h} = \rho_{eau} \times g \times (H-h)$$

$$\Leftrightarrow \frac{P_0 \times h}{\rho_{eau} \times g \times (d-h)} = H-h$$

$$\Leftrightarrow \boxed{H = \frac{P_0 \times h}{\rho_{eau} \times g \times (d-h)} + h}.$$

b) A.N. : $H = \frac{1,0 \times 10^5 \times 0,40}{1,0 \times 10^3 \times 9,8 \times (1,00 - 0,40)} + 0,40 = \boxed{7,2 \text{ m}}$.

Cet ouvrage a été achevé d'imprimer en septembre 2020
dans les ateliers de Normandie Roto Impression s.a.s.
61250 Lonrai (Orne)
N° d'imprimeur : 2003358
Dépôt légal : octobre 2020

Imprimé en France